合作探偵小説コレクション

8

日下三蔵〔編〕

悪魔の賭
京都旅行殺人事件

春陽堂書店

合作探偵小説コレクション❽

目次　contents

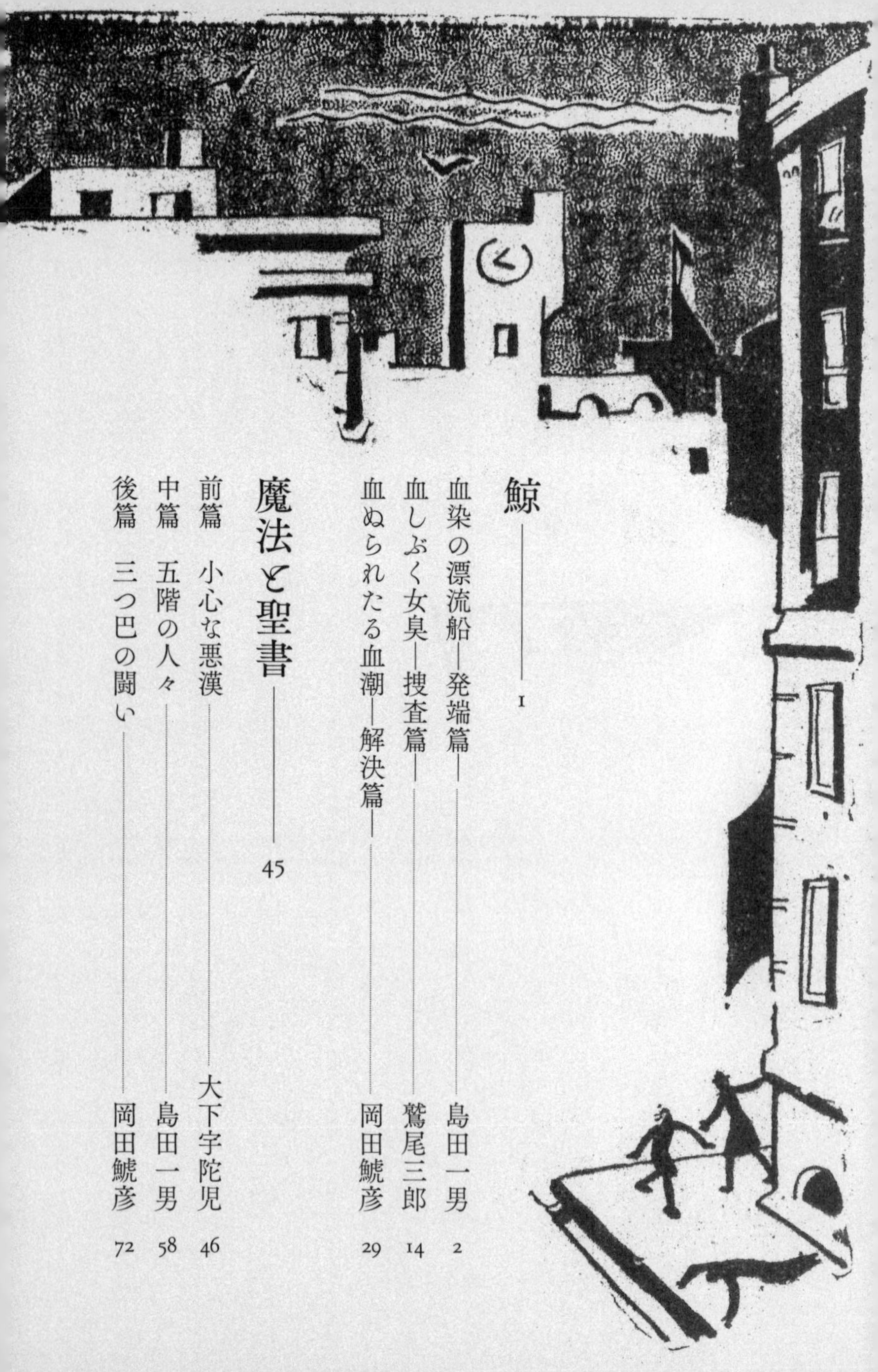

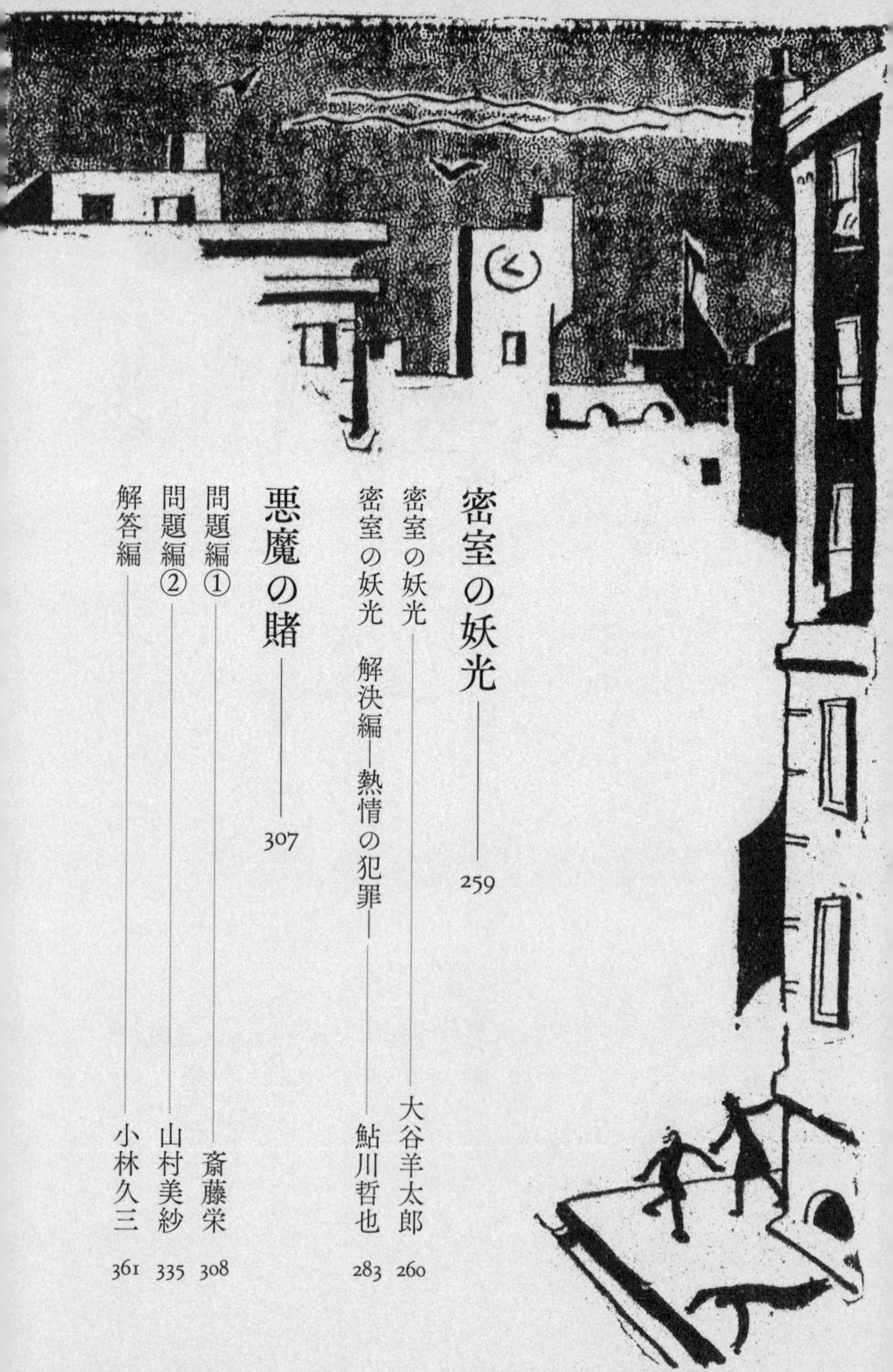

「合作探偵小説」とは

複数の作者によってひとつの作品を成す探偵小説の形態。

作者ごとの執筆箇所が明らかなリレー式の合作と、連名だが執筆分担のはっきりしない合作とがある。

本コレクションには、未完に終わった作品、中断した作品も含めた。

編集部

凡例

●収録作品の底本は初出誌を使用、一部入手困難な作品については刊本より適宜選択した。
●各種刊本を参照しつつ、明らかな誤記・誤植は訂正し、脱字は補った。
●本文は原則として、
旧仮名づかいは現代仮名づかいに、旧字は新字に改めた。

漢字の送り仮名、踊り字は底本のままとした。
●ルビは各種刊本を参照し適宜付した。
●本文中［ ］内に注を付した。
●今日からみて不適切な語句・表現もあるが、時代背景と作品の価値を鑑み、そのままとした。

〈合作探偵小説〉

鯨

島田一男
鷲尾三郎
岡田鯱彦

血染の漂流船―発端篇―

島田一男

I

洋品店の前を通りかかった坂田為蔵《さかたためぞう》は、ギョッと、足を止めた。

ウィンドの中に飾ってある黒い水泳着と、窓ガラスの関係が、ちょうど大きな姿見のような具合いになって、為蔵の上半身をクッきりうつしているのだ。

頬骨のとがった、冷酷な顔が、ジッと、ガラスの上で動かない。

〝――これが俺の顔か……〟

為蔵は思わず、頬から顎を撫で廻した。

いまさら変んな話だ。――医者は過激な労働は命とりだという。また、先ず摂生こそ最高の良薬だともいう。しかし、焼玉《やきだま》エンジンと取ッ組むポンポン乗りを止めては、おまんまの喰いあげになる。みすみす命を刻む仕事とは承知していながら、喰うために、体を張って船に乗っているのである。

それに、お新《しん》という毒が、目先きにちらついている。お新はいまでは船長のかみさんだ。――が、その前は為蔵も金で買った女である。体を知っているだけに、スキさえあれば、征服したくなる。

「だだっ児《こ》……。めっかったら、ひどい目にあわされるよ。飛んだお富《とみ》と与三郎《よさぶろう》になっちゃうじゃないか……」

そんなことをいって、お新はズッシリ、脂ぎった体を投げかけてくる。

これではどう考えても、病気がよくなる筈はない。

〝――それにしても、今日はゲッソリし過ぎてやがる……。昨夜《ゆうべ》はちょいと、荒ッぽ過ぎたからなァ……〟

為蔵は乾いた唇をペロリと舐めた。

昨夜は船長の留守を幸い、お新を湯気印しの安宿《ドヤ》へ引っぱり込んで、息苦しくなるまで乱れたのだ。

「うちはいなくっても、啓《けい》さんがいるんだから、そうゆッくりはしていられないよ」

お新がそういうと、為蔵は意地になってお新を帰そうとしなかった。

「ふン、啓次《けいじ》の方が、俺より若けェからなァ」

「あら、キザだよ。啓さんの方が若いから、どうだっていうのさ」

「あいつも、幸楽《こうらく》のお新の檀家だった」

「働いてた頃は、売りもの買いものさ。いまじゃ幸楽のお新じゃないよ。第三半七丸《はんしちまる》の船長、津上専吉《つがみせんきち》の女房……。啓さんだって、兄の嫁になった女に、手を出す筈がないじゃないか」

「啓次の方はその気でも、お前ッて女は気が多いからな。現に俺とだって、幸楽からずっと続いてるんだぜ」

「為さん！　あんた、本気でそんなことをいうの？　じゃ、なぜ、幸楽の借金《かり》のことを相談した時、あんたが金の都合してくれなかったのさ……。あたしゃ、あんたの女房になりたかった。ところが、あんたには金が出来ない。専吉の女房になれッてすすめたのは、あんたじゃないかッ」

「あの時は、仕方がなかったんだ。いまなら、なんだい五万円ぽッち」

「おや、じゃ現金《げんなま》揃えてごらんよ。そして、ポンとうちの前へ叩きつけて、お新を女房に貰って行きますッていってごらん」

「よし……近々に、船長とは話をつける。その時になって、俺の女房になるのはいや――だとはいうまいな？」

「云う筈がないじゃないか。そんなことをいうくらいだったら、誰がお前、人眼を忍んでこんなところで……」

お新はニンマリ笑うと、はだけた胸へ、為蔵の手を手繰《たぐ》り込んで、うっとりと眼を閉じるのだった。

お新が帰ったのは、十一時を廻っていただろう。

為蔵はそのまゝ、グッタリと昼近くまで眠って、漸《ようや》く宿《ドヤ》を出て来たのだが……。

「いけねェ……」

為蔵はもう一度、顎を撫でた。

「お気に入りませんか？」

突然声を掛けられて振返ると、洋品店の主人《あるじ》が、禿《は》げた頭を掻いている。

「なんだい？」

「その開襟は、お似合いだと思いますがねェ」

なる程、ウィンドには、海水着と並べて、白い開襟シャツを陳列してある。主人《しゅじん》は、為蔵がそれを見ているものと早合点したのであろう。

そういわれてウィンドの中を見直すと、襟先の長く尖ったちょいと洒落た開襟だった。

「防暑服型ですよ。三四日前にもね、これと同じものを、船長らしいガッチリした船乗りさんが買って行きましたよ」

「俺は、しがねェ焼玉の機関士さ。船長と一緒にしないでくれよ」

「しかしねェ、こういう粋なシャツは、旦那のようないい男の船乗りさんに着てもらいたいですねェ」

「アハハ……、商売が上手だ……」

が、為蔵は結局、そのシャツを買った。

——飲み仲間の𠃧《かねき》の後藤《ごとう》から、千葉《ちば》の大学病院をすすめられている。シャツくらい、新らしいのを着て行かねばなるまい……。そう考えて、シャツを買う気になったのだ。

包みをかかえて浜へ……。


「おや……」

為蔵は、見馴れた海岸の景色を、あらためて見直した。

木更津《きさらづ》名物簀立《すだ》ての客が十五六組、舟を浮かべて、三味の音と芸者の歌が、潮風に乗って流れてくる。

「今日は、土曜か……。ちぇッ、派手に遊んでやがる。あの簀を、三ツ四ツ立てる金でお新が俺のものになるんだが……」

為蔵が、ふと、苦笑いを口許《くちもと》に浮かべた。

——その昔、鋳掛松《いかけまつ》という大泥棒は、両国橋《りょうごくばし》の上から川船のさんざめきを聞いて、長い一生を短かく終る決心をしたそうだ……。

行きがかり上、お新には金をつくるといったが、その当てがあってのことではない。

〝——えーい、俺も料簡《りょうけん》を変えて、今夜の出港にお新をさそい、明日東京に着いたら、駈落《ドロン》ちをきめ込むか……〟

そんなことを為蔵は考えていたのである。

Ⅱ

エンジンの油拭きを終った啓次は、甲板へ出ると、ジロリと船首へ視線を投げた。

お新がしゃがんで頬杖をつき、沖を眺めている。

「東京ならそちらじゃないぜ」

「？……」

お新は、いぶかしそうに顔だけ捻じむけた。

「東京なんか、見てやしないわ」

「ふーン……、木更津照るとも東京は曇れ、可愛い殿御が陽にやけるッてね、お新さんは、兄貴のことを考えてるのかと思った」

「あら、うちの、東京へ行ったの？」

「うちのか……、その言葉、すっかり板に付いちゃったなァ……。それにしても、お新さんは、知らなかったのかい？」

「積荷の相談で、館山《たてやま》のほうへでも行ってるのだと思っていたけど」

「荷はアジとスズキ、それに黒ダイが少々とね、さっき、富津《ふっつ》の問屋から連絡が入っているよ。今夜八時頃出港して、青木《あおき》、西川《にしかわ》、富津で積み荷をやると、ちょうど明日の朝の魚河岸に間に合う」

「じゃ、うちの——、ふン、他にいいようがないじゃないか……、うちのは、東京へ行ってるッてわけね」

「気をつけた方がいいな。兄貴は、ここ二三日、まい日出掛けるじゃないか。毎晩遅い。昨夜はとうとう帰って来なかった」

「だって、それだから東京だとは決っていないわね」

「一昨日の夕方……、俺は浅草《あさくさ》へ遊びに行った——」

「ふン、浅草だか、吉原《よしわら》だか、鳩の町だかわかるもんか」

「ま、どこでもいいや……。チンピラじゃあるまいし、花屋敷で、飴玉しゃぶって、木馬に乗って来た……とはいわないよ。うン、女ッ臭いところで遊んで来たよ。が、それとは話は別なんだ。俺が両国の駅に降りると、ジャンジャン降りなんだ。どうしようかなァと考えてると、雨に濡れた兄貴が、駅の中へ飛び込んで来た」

「啓さん、会ったの?」

「いや……、駅の中は混んでいたんだ。チラッと、兄貴の横顔を見たっきり……。兄貴は気がつかなかったらしい」

「そう〳〵……、一昨日、啓さんは、帰って来なかったね……、あの時?」

「俺が帰らなかったッて、お新さんには痛くも痒くもあるまい。しかし、兄貴が毎日東京へ行くのは、油断ができねェぜ」

お新は顔を硬ばらせると、啓次の傍らへ寄り添った——。

「うちのが何処へ行くか、あんた知ってるのかい?」

「ほう! お新さん、やけに糞まじめな顔だね。焼き餅かい? こいつァ驚いた。お新さんでも、妬くのかい?」

「あたしが妬いちゃ、おかしい?」

「まァね……。昨夜なんか、十二時近くに帰ってくるお新さんだ。反対に為蔵は、とうとう帰って来なかった。今夜は、出舟《でふね》だっていうのに、まだ顔を出さない」

「だから?」

「およしよ、しらッぱくれるのは。昨日の夕方、お新さんと為蔵がくぐった家の屋根に、どんな看板が出ていたか、俺は知っているんだぜ。三本足のタコが、真ッ赤になって逆立ちしてるやつさ」

お新はジッと啓次の眼を見詰めた。——いっぱしの啖呵《たんか》は切っても三ツ年上の、それも仇《あだ》ッぽいお新から見詰められると、啓次の方が眼を伏せてしまう……。

お新はホッと息をつくと、グッと、肩を落した。

「啓さん……、女はね、体を知られている男には、弱いのさ……。殊に、あたし達のような商売をした女は、働いてる時には、口から出まかせの嘘で、男をだましているからね……。それが、堅気になってから、飛んでもない弱味になることもあるのさ」

「じゃ、俺もその一人か……。幸楽の二階で、お新さんと色々話したッけ……。その女が、兄貴の女房になるとは、夢にも思わなかった」

「勘忍……。でも、あたしは啓さんにだけは、嘘はいわなかった。あんたからお金を搾《しぼ》った覚えもないし、一枚の着物もつくって貰っちゃいないわ」

「二十才《はたち》過ぎたばかりの小僧ッ子だったから、お新さんの方で、騙す気になれなかったのだろう。つまり、騙し甲斐のない客だった」

「違う……。啓さんは、可愛いかった」

啓次が、ゴクリと、唾を呑み込んだ。

「お新さん、俺、為蔵のやつを、叩き殺してやりたいんだぜ。時々は兄貴まで殺したくなる。夜中に、頭がカッカしてくるんだ」

「あたしだって、啓さんに悪いなあァ……と思うことがある。うちのが、余りしつこい時なんか……」

啓次は、しばらく水の上へ視線を落していたが、ふッと、小さな声で、つぶやくようにいった――。

「女は、最初の男が忘れられないもんだッてね……。お新さんは？」

「そうね……、あたしは、まともに嫁入りしたのさ。その亭主が始めての男……。いつかお前さんが喧嘩したあの男だよ。――いわれてみると、幾人の男を相手にしたかわからないけど、目の前にいる啓さんや為さんは別にして、思い出すのは、最初のひとだけだねェ……」

「男だって、最初の女は忘れない」

お新は、ピクッと眉を動かした。

「そうだったわね……。でも、そんなことは嘘さ。啓さんは随分派手に遊んでるじゃないか。あたしのことなんか、とっくに忘れてる証拠さ」

「反対だ……。お新さんを忘れるために、無茶をして来たんだ。だけど、一ツ屋根の下にいちゃ、忘れようとする方が無理だ」

「そう……、あたしも本音は、啓さんに、どっかへ行って貰いたかった。その方が、お互いのためなんだもの」

「ところが、俺はどうしても、家を出ることが出来ない。お新さんが一緒に逃げてくれるなら別だが――」

「啓さん！」

お新は啓次の言葉を押えた。――包みを抱えた為蔵が、浜伝いに近づいてくるのだ。

Ⅲ

——運命は皮肉なものだ……と、お新は考えていた。

狭い船の中には、ムッと、魚の匂いが立ち籠めている。

畳は三畳ほどしか敷いてなかった。あとは板子《いたご》で、ランプの光は、奥までとどかない。

畳の上には、はげッちょろけた折たゝみのる卓袱《ちゃぶ》台《だい》があるだけ……。甲板へ出る垂直の梯子の傍らに、しちりん、米櫃《こめびつ》、釜、薬缶のたぐいが、放り出したように置いてあり、更にバケツの中には茶碗や湯呑みが、その横に一升瓶が四五本。醤油が一本、酒が一本、あとは水が詰めてある。

お新は、卓袱台を片隅に押しやって、ゴロリと、あおむけに寝転がった。

安全ランプが、ブラリと、顔の上に垂れ下って、機関室と境いの板壁に祀った船霊《ふなだま》さまのすすけた神棚をボンヤリ照らしている。

「——うちのひとは、どんな顔をするだろう……」

お新は眼をつぶっている。

トン〳〵……、トン〳〵……。為蔵がエンジンを試動しているのであろう。軽い震動が、あおむいた胸へ響いてくる。

「お新さん、俺は決心したんだ。今夜ァ一緒に東京へ行ってくれねェか?」

暗くなる前だった。啓次がちょっと浜へあがったすきに、為蔵がささやいた。

「東京へ? あたしに行けというの?」

「船長には、なんとかうまく、理由をつけてくれ。な、頼む」

「まさか、あたしを連れて、逃げようッてんじゃないだろうね」

「実は、そうなんだ……。金を返して、お新さんを貰って行くといったが、その金を工面するまで待てなくなった。一日も早く、一緒になりたくなったんだ」

「それじゃ、うちのひとがあんまりみじめじゃない?」

「金は必ずあとから送る。先きに払うか、あとから払うか、それだけの違いだ」

「随分虫のいい考えのようだけど…。ちょいと考えさせておくれよ」

それから三十分とたたないうちに、今度は啓次が、こッそりとお新に近づいてきた。

「俺、明日東京で、船をあがるよ。積み荷を河岸に揚げたら、どっかに船を繋いでひと眠りするだろう。その時、ずらかる積りだ」

「そう……、船を繋いでる間にね……。いっそ、河岸でバタ〳〵してる間の方がよくはない？」

「ウン、それでもいい……。お新さんの都合のいい方にする」

「あたしの？」

「お新さん、俺は兄貴を裏切る積りだ。お新さんも決心してくれ」

「ちょッと、啓さん！」

「お新さんはこの船で一緒に行くか、それとも、汽車で東京へ出てくるか、どちらにする？」

「まッとくれよ、そう独り決めされては、あたしゃ、困っちまうじゃないか。第一、二人で逃げたって、一体どうして喰べて行くの？」

「俺だって二十三だ。お新さんを養うくらいのことは出来るさ。お新さんはさっき、為のやつと話をしていたろ。あんな姿は、もう二度と見たくないんだ。それから、兄貴とだって、一緒に寝てもらいたくない」

「無理なひとだねェ……。あたしは、津上専吉の女房だもの、一緒におねんねしたって仕方がない」

「だから、俺と行ってくれ」

若い啓次は、眼を据えていた……。

お新は、エンジンの響きに、気持ちよく体をゆすぶられながら、為蔵と啓次の言葉を思い出しているのだ。

〃――なぜ、あたしを連れて行きたいんだろう？逃げるのなら、さっさと、一人で逃げればいいのに……。同じ晩に、同じようなことをいうなんて、よッぽどどうかしている〃

お新がそんなことを考えている時、ズングリした太い脚が、梯子を降りて来た。

「こんなとこにいたのかい」

船長の津上専吉が、ノッソリ、お新の枕許に立った。

エンジンの試動が止まっている。――板壁一枚向うで、為蔵が耳を澄ましているのかもしれない。

ピッタ……、ピッタ……、ピッタ……と、船ばたを洗う波の音が聞えてくる。

「あら……、今、帰ったの？」

「日暮れまえだ……。それからずーっと、家でお前を待っていた。が、お前は帰って来ない。出港の時間は迫ってくるし、仕方がないから諦めてこちらへ来たんだ」

「そう……、悪かったわね」

「逃げたかと思ったよ」

カタン……と、甲板で、なにかの落ちる物音が響いた。――啓次が、中の様子をうかがっていたのかもしれない。

お新は、ムックリ体を起すと、横坐りになって専吉を見上げた。

「信用がないんだねェ、あたしは……」

「俺が気を廻し過ぎたんだ。勘弁してくれ。二時間余り、暗い家ン中で、独りで苛々してたもんだから……」

「腹を立ててたんでしょう」

「うン……、正直ンところ、糞ッ、騙しやがった……と思ったよ」

お新は立って、両腕を専吉の肩へ廻した。

「今夜は、あんたと一緒に行くわ」

「お新！」

専吉の眼が、瞬間、鋭く光った。お新が右手をほどいて、サッと、専吉の唇を押さえる。

「わけを聞かしてあげましょうか……。あんたが浮気をしないようにへばり着いてるのさ……いいえ、いいわけは駄目！　あんたがここ二三日、家をあけては東京へ行ってるッて、ある人が教えてくれた。……ねェ、もしあんたが、あたしを捨てるようなことがあったら、あたしは承知しないよ……」

お新と専吉の眼が、激しくからみ合った。

機関室では為蔵が、甲板では啓次が、胸をはずませて、お新の声に耳を傾けている。

〝――しめた！　お新はうまく騙してくれた。俺

と逃げる決心をしたんだ……〃

二人は、同時に、同じようなことを考えたことであろう……。

Ⅳ

午後八時、第三半七丸は木更津の浜を出た。

専吉とお新が甲板に立って、遠ざかって行く木更津の灯火《あかり》を眺めている。

機関室では、為蔵はエンジンの焼玉を睨み、啓次は舵を握っている。

半七丸は、予定通り、海岸づたいに青木、西川、富津の漁場を廻り、夕浜《ゆうはま》で水揚げした魚類を船倉へ積み込んだ。

富津の浜を出たのは午前一時を過ぎていたであろう……。

船に弱いお新は、ランプの下で立て膝をして、湯呑みで冷や酒をあおっている。船に酔うより、酒に酔った方がいいというわけなのだ。

専吉は、機関室へ入って行った。

「帰り船の荷物だが……」専吉はまず為蔵へ話しかけた。

「今までに搬んだものの中じゃ、鯨が一番儲かった。その次ぎは駿河湾《するがわん》のエビだが、こいつはいつでもあるってものじゃない。三番目はカキだが、これも時機はずれ……」

「やっぱり、鯨がいいでしょうよ。冷凍だから鮮度の心配がありませんよ」

「しかし、この前ほど儲るかどうかわからねェ。現金を握って、河岸からまッすぐ引ッ返すか」

「大丈夫でさァ。鯨を仕込みましょうよ。それに焼玉にも油を喰わして、ちょいと休ませてやらなきゃァ……」

専吉は啓次を振返った。

「お前は、どう思う？」

「ウン、鯨を買ってきゃいいだろう」

「ほう……、珍らしいこともあるものだ。なんだって反対する為と啓の考えが、今夜はどういう風の吹き廻しか、ピッタリ一つになったぜ……。じゃ、鯨にきめよう」

午前三時、第三半七丸は、東京湾のほぼ中心を過ぎた。

四時半には、太平洋の空が、ほのほのと白《し》らみ始める。

そして五時には、魚河岸に入っていた。川又仲買店《かわまたなかがいてん》に富津漁場の魚類を納めて、冷凍会社から鯨を買う。水揚料が七万六千円で冷凍鯨が六万円、差し引き一万六千円が専吉のふところに残ったわけである。

午前六時半……。大東京が漸く一日の騒音の序曲を奏で始めた頃、第三半七丸は、河岸に近い汐留《しおどめ》の桟橋の下に舫っていた。

いくらか幹線をはずれているので、大きな木橋であるが朝のうちの往来は少い。ひと眠りするには、うってつけの待避場所である。

その半七丸が、九時過ぎには桟橋の下から姿を消していた。

東京港を出る船、入る船、或いは団平船《だんぺいぶね》を曳《ひ》いた発動機船などのうち、幾隻かは、ポンポンポンポンと、薄紫の重油の煙を吹きあげて、南へ進む焼玉エンジンの運送船を認めたかもしれない。

しかし、その船尾に表示された、第三半七丸の文字までは読まなかったであろう。とにかく、半七丸は母港木更津へ向っていたのだ。

ところが、午前十時近く、その半七丸が品川へ接近して、お台場をかすめ、木更津とは正反対の航路をとっていた。

ここで、同じ木更津のこがね丸とすれ違っているのだ。

「おーい、横浜かァ……？」

こがね丸の船長が潮枯《しおか》れた声で怒鳴った。

半七丸では、船尾にいた専吉らしい男が手を振って応え、白地の簡単服を着た女になにか説明していた。女といえば、当然お新である。

更に三十分の後、木更津の回漕船﹁キのかずさ丸が半七丸と擦違った。

場所は、大森《おおもり》防波堤の外だ。

かずさ丸に乗っていた後藤は、薄茶ズボンに、開襟シャツ姿の為蔵が立っているのを見て手を振った。

が……、これは為蔵にはわからなかったのか、半七丸はそのまま、防波堤を避けて、大森海岸へ進んで行った。

「へんだな……、どこへ行くんだろ？」

後藤は首をかしげたが、その時、半七丸の中で、どんなことが持ち上っていたか、勿論知り得る筈はなかった。

この半七丸の異変が、始めて明るみに出たのは、午前十一時過ぎであった。

日曜の人出に、文字通り芋の子を洗うような大森海水浴場へ、傍若無人にも、グングン進航して来たポン〳〵蒸汽に、附近の海水浴客は肝を冷やして逃げ散った。

「馬鹿野郎ッ、気をつけろッ！」

「水泳場だぞッ！　危ないじゃないかッ……」

人々が、口々に喚《わめ》き、罵声《ばせい》を浴びせかけたが、船は停ろうとしない。

――あーッ！　人々は息を呑んだ。

この海水浴場、この遠浅の海に入りながら、船はエンジンを止めていない。しかも、舳《へさき》はまっすぐに海岸へ向いているのだ。

「馬鹿々々、馬鹿々々ッ、気違いッ！」

「停めろッ！　船を停めんか！」

怒りの声は、不安と恐怖の声にかわった。

その混乱の中を、船は悠々と突き切り、やがて、ガッガッガッ……と、砂地へ乗りあげて、ユラリッと、心持ち右へ傾いた。

ワーッと、船の周囲に群がる水着一枚の人々……。

気の早い幾人かゞ、甲板へ飛び上り、機関室をのぞき、船倉へ踏み込んだ。

そして、その最後の船倉組の口から、脅え切った絶叫が飛び出した。

船には、乗組員の姿は、一人も見えなかった。それなのに、エンジンは、トン〳〵トン〳〵と、魔ののように動いている。

しかも、船倉は、板子の上が一面に紅がらの溶液を撒き散らしたような鮮血に彩られていたのである。

これが、無人の流血船第三半七丸発見の瞬間であった……。

血しぶく女臭——捜査篇——

鷲尾三郎

I

「うわッ。こいつはひどいな……」

さすがに口へは出さなかったが、捜査一課長は問題の流血船、第三半七丸の船倉に踏み込んだ瞬間、まるで屠殺場のように、足の踏場もないほど夥《おびただ》しい流血にまみれた船底を見て、思わずゾッとした鬼気迫る肌寒さを覚えた。船尾《とも》のほうで二名の刑事と、何ごとかを熱心に協議していた越智《おち》警部は、課長の姿に気づくと、頸筋《くびすじ》に流れる汗をしきりとハンカチで拭いながら、船端を伝って課長のそばへやってきた。

「ご苦労さま。日中大変だろう」

「えゝ、臭くって……。それに蠅がうるさくってやりきれません」

越智警部は汗ばんだ顔を歪めて苦笑した。

日曜日のまっ昼間、海水浴に来ていた群衆が、船を遠巻きにして好奇の眼を、一斉に二人の上に注いでいた。海は和《な》いでいて、そよとの微風《びふう》もなかった。遥かの沖の空には、東京湾をおゝうような入道雲が、徐《おもむ》ろに西の空へ移動しつゝあった。全く海へでも入らなければやりきれない暑さだった。

「船主の氏名はわからないかね?」

「えゝ、船の中は一通り捜査しましたが、乗組員の身許をたしかめるものは何一つもありません。しかし、これは間もなくわかるでしょう。この船はたしかに東京湾内のどこかの漁場から、中央市場へ生魚を輸送していたものです。それはこの臭気が何よりも雄弁な証拠ですからね。それでさっき水上警察とも連絡をとっていますから、多分船主の消息はわかると思います」

「これだけの惨劇が行われたとすると、被害者は到底一人や二人ではないだろう?」

「そうでしょうね。とに角船に乗っていた人員だけはわかりました。四名らしいようです。それは船尾のセジにちゃんと食事の支度ができているんです。

茶碗が四つと、それに箸が四人前、釜には飯が炊いてあって、火の消えた七輪には、牛肉と葱《ねぎ》の煮こみが鍋のまゝでかゝっています」

「ほーう。なるほど……。すると四人の者がこれから仲よく食事をしようという朝飯前に、この惨劇が勃発したというわけなんだな？」

「ところが課長。朝飯前じゃないようです。釜の内側にはまだ湯気の滴がついていますし、飯を炊いたのは二三時間前のことらしいようすなんです。もうおっゝけ鑑識がくるでしょうから、茶碗の指紋などゝいっしょに、飯のほうも調べさせようと思います」

「ふむ。朝飯前じゃない。いやな辻占だな」

課長は不愉快そうに鼻を鳴らした。

「越智君。それ以外に船内には、四人の人間の何か遺留品がなかったかね？　それから兇器らしいものは……？」

「いや、それが何一つありません。もちろん加害者が予《あらかじ》め考えて、すっかりそんな物は処分したのでしょう。肉や葱を切った菜切《なつきり》庖丁はありましたが、これは到底兇器にもならない鈍物《なまくら》です」

課長は苦りきった表情で、身体にとまろうとする蠅を、うるさそうに幾度も手で追払っていた。

「どうせこの船は、木更津か、それとも湊《みなと》あたりの漁場から中央へ商売にやってきたのだろうが、するとちょっとした纏《まと》まった金を握っていた筈だから、それを目当ての兇行じゃないかね？」

「それもたしかに考えられます。しかし課長。この船には女が乗っていたようです」

意外な越智警部の報告に、課長の眉がピクリと動いた。

「さっきセジの畳の上で、パーマのかゝった頭髪《かみのけ》を発見しました。それにどうもあなぐらの中には、うれた牝《めす》の臭いが感じられるのです。ひょっとすると金が目当ての兇行ではなく、痴情怨恨からの犯罪かもしれませんね」

「なるほど……。四名のうちの一人が女だとすると、あるいはそうかもしれない。しかしそれにしては、いったい加害者は女をつれてどこから上陸したのだろう？」

それはたしかにこの事件の大きな謎であった。海水浴場へ第三半七丸が乗りあげて来た時、大勢の群衆はこの乱暴な船を、幾千という目で監視していたのだ。しかし船からは女はおろか、鼠一匹さえも飛出さなかった。船の周囲を取巻いていた幾百人の監視の眼をごまかして、どうして逃亡することができるだろうか？　たとえ翼が生えて空へ飛び去ったとしても、群衆の中の一人はそれを見ていた筈なんだ。越智警部にさっきからもう幾十人となく、無人船の証言を耳に胼胝《たこ》ができるほど聞かされていたのだった。

幽霊船――馬鹿々々しい話だ。いくら盂蘭盆《うらぼん》が近いからって、小説じゃあるまいし、まっ昼間血染めの精霊船《しょうりょうせん》なんかゞ漂流してたまるものか！

越智警部はいまいましそうに、ペッと船の上から砂浜へ唾を吐いていた。

Ⅱ

それから二時間あまり経って――大森警察署の階上の一室では、捜査一課長と越智警部、それに署長と捜査係主任がテーブルを囲んで、熱心に協議をつゞけていた。既に事件と関係のある各所からは、絶えず電話がかゝってきていたし、情報聴取に派出した警察官からは、次から次へと調査報告が、越智警部の机上へもたらされてきた。

「第三半七丸の船籍と、船主ならびに乗組員が判明しました。木更津市△△町漁業仲買人津上専吉四十才が船主で、同人の家族は妻新二十六才、専吉の弟啓次二十三才、それから同家雇人の坂田為蔵二十六才の四人家族です。それから、集った情報を綜合しますと、昨夜八時頃に、専吉の持船である発動船第三半七丸に、家族四人がともに乗組んで木更津を出発、富津附近の漁場を廻って、アジやスズキ、黒ダイを積みこみ、今朝の五時に中央市場に入って、川《かわ》又《また》という生魚問屋へ、代金七万六千円で水揚げしています。それから後の消息がちょっと不明なのですが、その後東京港の防波堤の内側で、同じ木更津の同業者のこがね丸が、約五十メートルの距離で、防波堤から港外へ出て行く第三半七丸を目撃しています。その時船尾に津上専吉と新らしい二人の姿を見たといっています。それからまた木更津の回漕船かずさ丸が、品川沖を南下して行く第三半七丸と行違って、その時は船尾に雇人の坂田がただ一人で立っていたのを見たそうです。二つの船が第三半七丸を目撃したのは、だいたい午前十時前後ということです」

「つまり第三半七丸が取引をすませて、木更津へ帰航しつゝあったというわけだね？」

と、越智警部が言葉を切るのを待って、捜査課長が念を押すように訊ねた。

「えゝ、だいたいそう考えられます」

「すると、大森海岸へ船が乗りあげたのが午前十一時だから、兇行はだいたい十時から十一時までの間じゃないだろうか？　それに最後には坂田一人が船尾にいたというなら、おそらく坂田はその売上金を盗む目的で、防波堤を船が出るとすぐ、津上の家族三人を殺害したのだろう。そして屍体や遺留品を海へ投げこんで、自分は船が大森の海岸へ近づいた時、海の中へ飛びこんで泳いで逃げたのだろう」

「いや、しかし課長。坂田一人の姿が船尾に見えていたからって、なにも外の三名が殺害されたとは限らないでしょう。あるいは外の三名は、舵を坂田にまかせて、あなぐらの中で休息していたのかもしれません」

「うむ。そらそうかもしれないが……。しかしそれなら加害者はいったい何者だというんだね？　君の意見はどうなんだ？」

課長は鼻の頭に浮んだ汗の玉をハンケチで拭き乍ら警部に訊ねた。

「いや、僕にはまだはっきりと、加害者の目星はついていません。坂田がもし泳いで逃げたとしても、裸体で道中はできないでしょうし、それに海岸一帯はすでに監視の眼が光っているのですから、そのまゝの恰好じゃすぐに発見される恐れがあると思います。それに狭い船の中で家族三名を鏖殺《おうさつ》するなんていうことは、実際にはかなり困難な仕事じゃないでしょうか？　ピストルでも持っていたというならとに角、ちょっと一人ではできない芸当だと思いますね。どうせ被害者も死物狂いで抵抗するでしょうし、加害者もそれでは無疵《むきず》の身体では逃げおゝせないでしょう」

「ねえ、越智君。犯人はもしかしたら、外の船の者じゃないだろうか？」署長が扇子を動かす手を休めて口をはさんだ。

「あるいは、その雇人の坂田為蔵が、売上金欲しさの悪心から、第三者の共犯と予め結託して、帰途を待伏せして船を接近させ、そして二人がゝりで兇行をやって、被害船はそのまゝ陸へ向けて走らせ、自分たちはその別の船で逃げ去った——と、考えられないだろうか？」

「なるほど……。たしかにそれも考えられます。僕はそれなら犯人が逮捕されるのは、おそらく時間の問題だと思います。すでに東京湾の沿岸一帯には、厳重に監視の目が光っているのですから、おそらく我々の警戒の目を潜ることはできないだろうと考えます。しかし僕はちょっとそのご意見に疑問があるのです。それは船が陸へ乗りあげた海水浴場の正面には、ご承知のように防波堤があるのですから、沖から海岸めざして走ってきた船が無人なら、当然防波堤へ衝突するのがあたりまえでしょう。しかるに第三半七丸は目撃者の話では、防波堤を迂回してこの海水浴場へ入り、まっすぐ陸に向って突き進んできたというのです。だから当然舵を取っていた者が、接岸直前まではたしかに船内にいたと考えられます」

「ウーム……。なるほど……。それじゃ無人船じゃ理窟に合わないというわけなのか……」

署長は唸りながらしきりとテレたように扇子を動かしていた。

ちょうどその時、一同が待っていた鑑識からの報告書が届けられた。しかしそれを最初に受取った越智警部の顔色が、咄嗟《とっさ》にサッと急変した。そして外の三人の鋭い眼が、異様な輝きを帯て一斉にその報告書の上に注がれたのであった。

Ⅲ

越智警部はその報告書を無言で課長に手渡すと、署長と捜査係主任に向ってやゝ上ずった声でいった。

「実に意外なことなんです。船底に流れていた血痕は、人間の血じゃなかったのです」

「えッ、人間の血じゃないって……？　それじゃいったいあの血痕は……？」

「鯨の血だったのです」

署長と捜査主任は意外なという顔つきで、呆れたように顔を見合わせていた。

「念の為に三カ所から採血しましたし、おそらく疑念の余地はないと思います。それから茶碗からは、女一人の指紋が検出されたばかりで、外の三名の男の指紋は検出されていません。やはり釜の飯は十時頃に炊《た》かれていたもので、鍋の中の肉は鯨でした。茶碗には唾液が附着していないという事ですから、おそらく昼飯の支度をして、これから食事をしようとした際に、何ごとかゞあったのです。そして四人が消えたのでしょう。いや、消されたのかもしれませんが……。当重油の消費量から考えて、船は二浬《カイリ》ほどしか運航していません。鑑識の報告はそれだけです」

「ふーむ。実に奇怪な事件だ」

署長がしばらくして首をかしげながらいった。兇悪殺人事件――と、みんなが力んでいたゞけに、流血が鯨のものと判明すると、いさゝか肩すかしを食ったような拍子抜けが感じられて、四人はしばらく無言のまゝで考えこんでいた。

「越智君。鑑識の報告はそれとして、君はこの事件をどう考えるかね？」

しばらくして課長が警部の意見を糺《ただ》した。

「課長。僕はこの事件をやはり兇悪な犯罪の事件だと考えています。四名の家族が一斉に船を遺棄して姿を消したということは、どうもたゞごとではないように思うのです」

「うむ、たしかにそうだ。船底の血痕が鯨であったにしても、外の方法で家族を殺して、屍体を海へ投げこむって方法もあるんだから……」

「それにアジとスズキと黒ダイを運んできた船に、どうして鯨の血なんかゞ流れていたのか、これも疑えばなにか曰《いわ》くがありそうだね？」

と、署長も課長の言葉をうけて、強く二人の犯罪説に賛成した。

「とに角もう一度念を入れて中央市場を調査してみましょう。それから水上署へは、沿岸一帯の警戒を厳重にしてもらうことゝ、漂流屍体の捜査発見を継続してもらって、もし明朝になっても、津上の家族が一人も家へ帰ってこないようなら、僕はすぐに木更津へ行ってみる考えなのです。どうも僕にはこの事件が、ヘンな生臭い予感がしてならないのです」

「うむ、ご苦労だが一つ徹底的に調べてみてくれたまえ。あるいは意外に大きい謎が隠されているかもしれない」

会議室を出た越智警部は、すぐ外に待機していた二名の刑事を招いた。

「大友《おおとも》君。君はもう一度念の為に、発動船を調べてくれたまえ。船底の流血以外に、どこかに血痕がないか、そいつが是非知りたいんだ。船の中じゃなく、外側も綿密に調べて欲しいのだ。もし発見したら、僕の部屋へ電話をしてくれたまえ。それから鑑識で人血かどうかを調べてもらうのだ」

大友刑事は警部の命令に頷《うなず》くと、すぐに警察署から飛出して行った。それから越智警部は今一人の刑事に、

「君はこれから中央市場へ行って、鯨の仲買人から今朝津上に鯨を売ったかどうか、たしかめてきてくれないか？　あるいは津上は冷凍会社から、直接に鯨を買っているかもしれないのだ。だから仲買人でわからなかったら、冷凍会社へ廻ってみてくれたまえ」

と、命令した。二人の刑事が出て行ってから、やがて越智警部は外へ出た。目が眩《くら》みそうな強烈な太陽の直射に、いたゝまらないような激しい疲労が感じられた。

いったいどうして鯨の血なんかが船底に流れていたのだろう？　もし鯨を買ったのだとすれば、どうして鯨が船から消えていたのだろうか？　それに四名の人間は、いつどこで姿を消したのだろう？　もし金が目当の兇行だとすれば、鯨は誰かに売ったのかもしれないが………。しかし加害者は船からいつ逃亡したのだろう？　いや、動機は案外に女かもしれない。専吉と女房は十四も年令にひらきがある。雇人の為蔵はお新と同じ年だ。どうも叩けば埃が出そうなんだが……。

越智警部は黙々と心の中で自問自答をしながら、

国電の大森駅へ歩いて行った。つい目と鼻の距離にあった国際空港からは、彼が名も知らない大型の旅客機が、暑苦しい爆音を大きく響かせながら、はるかの大空の彼方へ飛び立って行くのが、碧空《あおぞら》の中にあざやかにながめられた。

Ⅳ

木更津の駅で下車した越智警部は、津上の住所をたずねて、町外れの海辺に近い漁師町へ入っていった。入江に沿った切石の船着場に、〓と商号を記した回漕店が目についた。菰包《こもづゝみ》がいくつとなく積上げられた、藁埃のひどい床を踏んで、彼は店内へ入ると、

「昨日あなたのほうのかずさ丸に乗っていた人に会いたいのです。東京港の防波堤のところで、第三半七丸を見たという人なんですが……」

警部はそして警察手帳を示した。すぐに後藤と呼ばれた若い船員帽の男が奥から出てきた。警部はその男に洋モクをすゝめながら、

「君は津上の家の坂田君とは親しく交際しているのかね？」

「えゝ、特別に親しいというわけじゃないんですが、こちらでもよく顔を合わしますし、それに東京の魚河岸でも会うものですから……」

「どんな性格の男だね？　たとえば勝負事が好きだとか、女遊びをよくするとか……」

「そうですね。坂田はあまり勝負事には興味がなかったようです。しかし女には達者な男で、それにいゝ男でしたから、女がすぐに夢中になるらしいのです」

「それじゃ小遣いにも不自由しなかったゞろう？」

「えゝ、そうです。自分でもそれを自慢にしていました」

「色男で金に不自由しなかったら、大した仕合せ者だ」

「しかし最近胸を患って、もう船乗稼業は廃業するようにいっていました。それなのに昨日船に乗っていましたから、随分乱暴な養生をすると、僕は不思議に思っていたのです」

「君が第三半七丸の船尾で見たのは、たしかに坂田

にちがいなかったゞろうか？」

「えゝ、たしかに彼だったと思います。見覚えのある薄茶色の長ズボンに、半袖の白シャツを着ていました。尤も距離が七十メートルほども距《へだ》たっていましたし、坂田は向うをむいていましたから、顔はわかりませんでした」

「君とは親しい間柄なのに、行違っても合図もしないのかね？」

「いや、そういえば昨日は少しヘンでした。いつも手を振るか、お互が呼び合うのです。それが昨日は初めからずっと向うをむいたまゝでした」

「なるほど……。専吉って男はどんな人かね？」

「さあ、僕は交際していません。顔を合わしても話もしないで、すぐに顔を背けてしまう変った男なんです。小柄で熊のような顔をしています。気の小さい男らしいようです」

「啓次という男は？」

「あれはひどい道楽者です。この部落でも評判の与太者で、よく専吉さんの金を盗み出して、千葉や、船橋《ふなばし》の競輪に行くようです。最近は坂田と何か不味いことがあるらしく、そんなことでも坂田は仕事を罷《や》めたいような口吻《くちぶり》でした」

「いや、ありがとう。あ、それからもう一つ訊ねたいんだが、津上の家では東京へ商売に行く時は、いつも家族全部で出掛けるのかね？」

「いやァ、それで僕も今朝の新聞を見て、ちょっとヘンだと思いました。主婦《おかみ》さんがいっしょに行くなんて、そんなことは今まで滅多にありませんでしたよ」

「じゃ、どうして昨日はいっしょに行ったんだろう？」

「さァ……。僕にはわかりませんね。新聞には四人ともが船から姿を消していたと出ていましたが、どうも僕には合点がいかないのです。坂田は一昨日漁場で僕と会った時、明日千葉の大学病院へ、レントゲンを撮りに行くから、いっしょに行こうといっていたのです」

「ホーウ。そんな約束をしていたのかね」

「どうせ千葉の女に会いに行くついでなんでしょうがね」

「胸はひどくわるいのかね？」

「いゝえ、特攻隊にいた時一度肋膜《ろくまく》をやって、それが再発したとかいっていました。熱があって働くのが苦しいようすでした。姉が一人いるのですが、福島にいるという話でした」

「君はお新さんのことを知らないかね？」

「えゝ、嫖緻《きりょう》のいゝ女だということは知っていました。しかし他のことはあまり知りません。坂田も主婦さんのことは、なぜかあまりに喋《しゃべ》りませんでした。お新さんはこの町の裏筋にある、〝幸楽〟という呑屋で一年ほど前まで働いていた女なんです。あまり評判のいゝ女じゃなかったようです」

越智警部は後藤に礼を述べて〓の店から外へ出た。めったに船に乗らなかったお新が、どうして昨日に限って船に乗っていたのだろうか？　船の中で炊事や食事までしようとしていた。為蔵がどうして昨日は後藤に顔を背けたのだろうか？　そして後藤との今日の約束をスッポかして、彼はいつどこへ隠れているのだろう。

越智警部は黙々と思案に耽りながら、漁場特有の魚臭の漂う町を、沈鬱な表情で歩きつゞけて行った。

V

「えゝ、たしかにあの子は去年の春まで、うちの店で働いていました」

幸楽の女将《おかみ》はビールの栓を抜きながら、越智警部の問に答えた。やっと今店の掃除が片づいたところらしく、女将はまだ頭髪《かみ》に綿埃をくっゝけたまゝで、耳朶《みみたぶ》にあわてゝクリームを顔になすりつけたらしく、耳朶に小さな塊りがついているのも、彼には漁師町の飲屋らしいお愛嬌だと思われて愉快に感じられた。

「旦那は東京のお方なんでしょう？　こちらへは避暑にいらっしたんですか？」

「そんな結構な身分なら、こんな炎天干しの日中などにうろつくものかね。ちょっとお新さんのことを調べにきたんだよ」

「あらッ、それじゃ警察……」

「ハヽヽ……。なにもそう慌てなくたって……。僕は刑事《デカ》じゃないよ。安心したまえ。一流でない新聞記者なんだから……」

それでも女将の眼の中には、しばらく警戒の色が消えなかった。

「新聞には行方が不明だなんてかいてありましたけど、本当はもう四人とも殺されたんでしょう？」

「おや、どうしてだね？」

「だってさ、四人が揃って船からいなくなるなんてヘンね。きっと悪いやつに狙われて、みんな船の中で殺されたのよ。海賊の仕業かもしれないわ」

「日本もとうとうお膝下迄《ひざもとまで》、海賊が出るようになったのかね。今に汽車の中に山賊が出るようになるかもしれないよ。ところで君に一杯いこう」

警部はコップのビールを干すと、それを女将にさした。

「ありがとう。毎日暑いわね？」

「うむ、全くだ。その炎暑の中をわざわざ記事を取りに、こゝまで遥々《はる〴〵》行幸してきたのだよ。何か面白い艶種《つやだね》でもきかしたまえ。お新さんは仲々美人だっていう噂だが、専吉さんがひどく惚れていたそうじゃないか？」

「そうよ。だからうちの借金を払って、ツーさんが女房にしたのよ。お新ちゃんはツーさんといっしょになるのは、本当はいやだったの。でも、いつまで働いていたって、年が寄れば落ちぶれる一方だし、向うから望んで借金まで払ってくれるんだから、とうとう身を堅める決心をしたのよ。終戦まではどっかの勤め人のおかみさんだったらしいわ。世帯《しょたい》を持ってたのは横浜だとかいってたけど……。その後御亭主は、戦争に行ったとかなんとかで行方知れずになり、お新さんは仕方なくしばらく横須賀で働いていたんだけど、突然、亭主らしい姿を町で見たとかで、落ちぶれた恰好を見せたくないと木更津へ逃げてきたって話していたわ」

「フーン……。それでその男は、お新さんを追駈けてこなかったのかね？」

「えゝ、一度この店へ訪ねてきたわ。その時はお新ちゃんをツーさんの弟の啓さんが、ものにしようと思って夢中で通っていた当時で、その男と啓さんはひどい喧嘩をしたの。そしてその横須賀の男に傷を負わせたとかで、啓さんは三月ほど豚箱に入っていたのよ」

「へーえ、それじゃお新さんは専吉さんといっしょになるまでに、もう弟と関係があったわけなんだね？」

「まあそうね」

「呆れた話だ。それで専吉さんは、お新さんが啓次とできているのを知っていながら女房にしたのかね？」

「そりゃ知っていたかもしれないわ。でも、啓さんはなにもお新ちゃん一人が色女じゃなかったの。あっちやこっちの女と結んだりはなれたりしている道楽者なのよ。だからそれはちゃんと兄弟で話をつけたんでしょう。でも、お新ちゃんはそんなことがあるので、ツーさんといっしょになるのがいやだったわけなの」

「それじゃいくら嫂《あによめ》になったって、身体を知っている者が同じ家に暮していたんじゃ、当然はっきりと関係を断ち切ったとは考えられないね？　つまり腐れ縁というのだな……」

「そう。だからお新ちゃんもわるいところへ行ったと後悔していたわ」

「そりゃ当然だよ。馬鹿だなァ……」

「だってさ、四万も五万も借金があってみれば、誰だって一度は借金なしの軽い身体になってみたいでしょう」

「君の家じゃ随分お新さんに貸していたんだね？」

「えゝ、あの子はちょっとうちでは弗箱《ドルばこ》みたような人気者だったの。男好きのする愛嬌のある顔立ちだったし、それにとても人には親切なところがあるのよ。そうわるずれもしていなかったし、わたしはあの子は信用していたの。啓さんが豚箱へ入っていた時も、すまないってずっと差入をしていたわ。たしかツーさんがお新ちゃんを見初《みそ》めたのはその時だったわ。それからツーさんがうちへ飲みにくるようになったのよ」

「君はあすこの坂田って男を知っている？」

「えゝ、いゝ男の人でしょう？」

「坂田とお新さんとの噂はきかないかね？」

「さァね……。あの男も大変な女たらしなんだから……。男三人に女一人じゃたまらないわね。いくら受身だからってさ……。そういえば四五日前にお新ちゃんと、郵便局で出会った時、「ねえさん。肋膜によく効く薬を知らない？」って、わたしに訊ねたのよ。それで、「お新ちゃん。あんたがわるいの？」と、わたしがきゝ返すと、「うゝん。わたしじゃないんだけど……」と、なんだか鬱《ふさ》いだような浮かない顔で、話はそれっきりだったんだけど、疲れたような顔色をしていたわ。それなのに船に乗ったりなんかよくできたものね？」

「ねえ、女将。この事件は第三者の何者かゞ、専吉の売上金を強奪する目的以外に、お新さんを中心として行われた痴情犯罪だと考えられないだろうか？」

「そうね。わたしにはよくわからないけれど、あるいは旦那の考えが当っているかもしれないわね」

「とすると、君は犯人を誰だと考える？」

「いや、よしてよ。そんなこと迂闊《うかつ》に喋って、もしあとで迷惑がかゝっちゃかなわないわ」

「いや、絶対他言はしない。大丈夫だよ」

「そうね、まあ、啓さん……が一ばん疑われるんじゃない？」

Ⅵ

木更津警察署の落合《おちあい》捜査係主任は、もと東京の警視庁では、越智警部の有力な部下だった関係から、警部の姿が警察署の入口に見えると、落合主任は急いで椅子から立上って彼を迎えた。

「大変ですね。わざわざこちらまで足を運ばれて……」

「うむ、まあね。なにしろ屍体が発見されるまで、暢気《のんき》に待っているわけにもいかないからね。」

「船の中の血痕は鯨だったとか……」

「いや、ところが後で僕の部下に再調査させたんだが、船尾の舷側《げんそく》で一ヵ所、どうやら人血の血痕を発見することが出来たんだ」

「えッ？　じゃ、やはり殺人《ころし》があったんですね？」

落合主任は越智警部を奥の客室へ案内したうえ、すぐに冷たい飲物を出して、警部の労をねぎらった。

「どうやら専吉の家族は、まだ誰もこちらへは帰ってきていないようすだね？」

「えゝ、停車場《ステーシヨン》も、船着場も、厳重に監視させてありますから……」

「無論そんなヘマをやるような犯人じゃないだろう。おそろしく計画的に頭を働かしているんだから……」

「しかし僕は四名とも、すでに殺害されているんじゃないかしらと思うんです」

「どうして……？　それじゃ四名以外に、誰か容疑者だと考えられるような人物がいるのかね？」

「いや、漁場の連中で、東京へ昨日行った者は、一通り調べたのですが、犯人に該当するような事情の者はいなかったのです」

「落合君。犯人はたしかに専吉の家族のうちの者だよ。なるほど一応は魚の売上代金欲しさの兇行だとも考えられるんだが、その後の調査で、専吉が昨日の朝、冷凍会社から鯨を二十貫買込んでいたという事実が判明したんだ。そして六万円ほどの金を支払っている。だから金が兇行の目的だとは考えられないわけだ。つまりそれなら買物をしない日を狙うべきだよ。僕はさっき㋖回漕店と、それから幸楽へ行って聴込をしてきたんだが、僕には犯行の動機が、お新を中心とした愛欲の葛藤だと考えられるね。だから生きているのは、おそらく犯人とお新だろう。ただ問題は、専吉と、啓次と、為蔵の三人の中で、誰が犯人か？　という判定なんだ。だからお新は当然共犯かもしれない。いや、共犯でなくとも従犯はまぬがれないだろう」

越智警部はそこで落合主任に、今まで彼が調査した事件の全貌を、詳細に物語った。

「……それで、疑問に思われるのは、どうしてお新が昨日に限って、みなといっしょに東京の中央市場へ行ったのかということなんだ」

「なるほど。しかしそうだとして、いったいその犯人とお新が、あの船からどうして逃亡《ずら》かったのでしょう？」

「うむ、それなんだよ。僕が悩まされている厄介な疑問は……？　それに鯨を二十貫も買込んで、いったいそれをどう処分したか……」

二人は顔を見合わせながら、解けぬ謎に頭を捻っていた。

ちょうどその時、

「警部さん、警視庁からお電話です」

と、女事務員が報じた。越智警部はすぐに部屋を出て行った。が、間もなく通話を了えて、警部はやや自信に満ちた顔色で引返してきた。

「落合君。どうやら僕の推定が当ったようだ。昨夜八時頃に大森海岸の大衆食堂へ入ってきた男女の一組が、ひどく濡れた衣類を着ていたそうだ。たしかに海水浴の帰りらしい様子をしていたそうだが、雨も降らなかったのに、女のワンピースがひどくしめって皺だらけになっていたというんだ。……ところで落合君。君のほうの調べで、専吉が昨日の前に東京へ行った日がわからないかね？」

「ええ、わかっています。だいたい隔日ごとに東京の中央へ魚を運んでいるのです。勿論専吉と、啓次と、為蔵の三人いっしょですがね」

「ふーむ。ありがとう。それじゃ一先ずすぐに東京へ引返えそう」

越智警部は、元気よく椅子から立上ると、落合主任に礼を述べて警察署を外へ出た。

お新をめぐる犯人は、たしかに東京に潜伏している。果して主犯は何者だろうか？

事件の解決に苦慮しつゝあった警部を乗せた列車は、黄昏間近い千葉の平野を、一路東京へ、東京へと驀進《ばくしん》しつゝあった。しかし彼の帰京を待ち構えていたこの事件の意外な新発展は、果して事件の謎を解く鍵《キー》を警部に与えたゞろうか？ それは神のみぞ知る。車窓にまどろむ越智警部には知る由もなかった。

血ぬられたる血潮—解決篇—

岡田鯱彦

I

「あゝ、小山《こやま》君。君の聞き込みだそうだナ。昨夜海岸通りの大衆食堂へ怪しい男女の二人連れが立ち現われた。その二人の着衣が濡れていた——とかいう話だったネ。それを詳しく聞かしてくれ給え」

木更津海岸から帰った越智警部は、大森警察署の一室で、汗とほこりにまみれた顔を洗う暇もなく、もう、疲れを知らぬ精悍な瞳を輝やかして、刑事に訊ねている。

「あ、その話ですか……」小山刑事はちょっと照れ臭そうにニヤリとして、越智警部の顔を見返し、

「どうもあれは……飛んだ怪談ばなしなんで……聞き込みましたので一応報告はしておきましたが、私はあまり……」

「まあいゝから、詳しく話してくれ給え」

「それが……詳しくといっても、それだけの事なんで……つまり、昨夜八時頃ですナ、その二人が食堂へ入って来て、お酒を注文し、丼物を食べた。所が、何しろ昨日からあの「幽霊船」で海岸は持ち切りですからネ、その女のワンピースが雨も降らないのにひどく濡れて皺だらけになっていたというんで……外の客の中で誰かがそれに気がついて、目引き袖引き、ひそひそと頷《うなず》き合ってる中《うち》に、期せずして一斉に皆の目がその怪しい男女に集中しちまった、という訳です。

その異様な空気を感じて、当の二人も自分らが皆の注視の的になってる事に気が附くと、慌てゝ金をテーブルの上に投げ出して……食堂の親爺の言葉によると「すうっと風の様に」出て行ってしまった、というんです……」

「フムそれから？」

小山刑事は意外に熱心な捜査主任の訊き方に少し慌てゝ、

「ソ、それから……えゝと、それから、一瞬みんなゾーッとして静まり返っていたそうですが、暫くし

てから「幽霊だ」「幽霊だ」「幽霊船の幽霊だ」という訳でネ、気の強い四五人は、慌てゝ飛び出して追っかけてったそうですが、……ハッハッハ、四人殺されたってのに、二人だけ幽霊になって出る筈もないのに、親爺の言い種がいゝんです。四人の中で、あの二人は思い合った仲だから、まだこの世の生活に未練があって舞い戻って来たんだろう——ってんですからネ。それから親爺は二人の腰かけてた椅子にそっとさわって見たら、それがシッポリと濡れてた、って言うんです。いや、あの親爺なかく\の怪談好きですヨ……」

小山刑事を退《さが》らせてから、越智警部はすぐにその大衆食堂へ行って見ようと立ち上った時、卓上電話がジジーッと鳴り出した。

「やあ、落合君か。今帰った所だ。先程はどうも……」

「もうお帰りになった頃だと思って、電話をかけたのです。実はあなたが木更津からお立ちになると間もなく、ちょっとした情報が入りましたのです。例の坂田為蔵に関してですが……坂田の友達の、船乗り仲間の一人で、江川平助《えがわへいすけ》という若い衆がやって来ましてネ。坂田が一昨日の夕方、舟に乗り込む前に二人で一杯呑んでる時に、「金が欲しいなあ。金せえありゃあ、好きな女と手に手を取って逃亡《ずら》かれるんだが……あゝ、もう我慢が出来ねえ。俺あ何でもするゾ。オイ、江川、俺あお前とも当分会えねえ事になるかも知れん。お別れの盃だ」ってな事を言ってた、というんです。昨日の事件の話を聞いて何か参考になるかと思ってお届けする、といって来たんです。……いや、用件はこれだけです」

越智警部の顔は紅潮し、目はキラく\と輝やいた。

〝よしッ、大衆食堂の男女を追ッ掛けよう！〟

警部は受話器をガチャリとおいて、勢よく立ち上った。

Ⅱ

海岸通りの「丸安《まるやす》」の二三軒手前で、越智警部は自動車を停めた。

丁度夕食時で店はこんでいた。越智警部はずッと奥へ入って行って調理場の所へ顔を突ッ込んだ。肉を叩いていた額の広く禿げ上った、大きなテラ〳〵した血色のいゝ顔の主人公は、慌てゝ手を拭きながら飛び出して来て警部を「まあ〳〵」と椅子を引きよせて座らせた。

「なあに、あとの連中で結構料理の方はやれますんで……何ぞ御用でしょうか？」

「いや、昨日こちらへ刑事が来て伺ってった、あの……濡れた男女二人組の事について……」

「あッ、あれですか。いや、どうも……もう〝幽霊話〟は参りましたョ、旦那」と「丸安」の主人公は、口では幽霊話は参ったと言いながら、本当は嬉しくて堪まらないらしく、咽喉《のど》をならす様にして滔々《とうとう》と饒舌《しゃべ》り出すのであった。

大体先程小山刑事から聞いた所と同じであったが、警部は黙ってじっと聞いていた。すると、終りの方で一ヵ所、小山刑事の落していた話が出て来た。

「で、二人が出てっちゃってから、あっしは恐る〳〵テーブルに近づいてって見ると、……あゝ、その二人は入口の硝子戸のすぐそばの、あの隅ッこのテーブルに向き合って座ってたんです。……見ると、お銚子の下に五百円札がはさんでありました。所がネ、旦那、こゝからが面白いんで……その五百円札にあっしがこう手をのばしてさわった途端、何とその五百円札までシッポリと濡れてた、ってえ訳なんで……」

親爺はこゝで、調理場の出し口の板の隅に、一輪《いちりん》挿《ざし》の下にさし込んであった札を出して来て警部に見せながら、「これですョ。記念に取っておきましたんで……間違いのない日本政府のお札です。贋札じゃねえんで……旦那、これが幽霊の持っていたおアシですョ、ヘッヘッヘッ」

越智警部は親爺の駄洒落に苦笑しながらその五百円札をいじくっていたが、急に思い付いて、恐らく指紋は採取出来ないだろうとは思ったが、その札を丁寧に折って手帳の間に挟み、

「この札はちょっと警察へ預からして貰うョ」

といって、手帳を胸ポケットに納めた。

「へ、へえ……」親爺はあっけに取られた様な顔で、警部の胸ポケットのあたりを眺めている。

「さて、これから少しこちらからその幽霊について

訊きたい事があるんだが……」越智警部はやゝ改まって切り出した。

「へえ、へえ、何なりと、どうぞ……」

「先ず男の方から始めるが、そいつなか〳〵いゝ男だったろう?……女好きのする苦み走ったいゝ男……」

「さあネ(親爺はうすい頭を掻いて)あっしぁ、どうもいゝ男にゃあ縁のねえ方で、よく分らねえが……この頃はあんなのがいゝ男ってえのかねえ。苦み走った、ねえ……そう言やあ、そうかも知れねえ。あんまりやさ男ってえ方じゃねえナ。何しろ幽的の色男なんて、さっぱりだなあ。蒼い顔をして、むっつりしてて……」

「ナニ、蒼い顔? フム、胸を患らってる様な様子じゃなかったかネ? 何か疲れた様な……」

「そう、胸を患ってるかどうか、そこ迄は分らねえが、確かにひどく疲れてる様子じゃあったネ。何かこう肩で息をしてるって様な、ネ」

「そうか」警部は目を輝かして、「で、年齢は幾つ位に見えたかネ?」

「そう、どうも幽的に親戚が少ねえので、幽霊の年齢もよく分らねえが、……三十前後ってとこかなあ……いやもっと――」

「もっと上かネ、下かネ?」

「いや、やっぱり分らねえ。分りませんネ」

「何だ、心細いんだナ……では、服装を訊こう。(警部は手帳を取り出して、坂田為蔵の所を見ながら)いゝかネ?――白の開襟シャツ……」

「そうです。白の開襟シャツでした」

「えゝと……襟尖《えりさき》の長く尖ったひどく洒落た型――と書いてあるが」

「ソ、その通りです。但し濡れて皺だらけになってましたが、確かに襟尖の長く尖った、凄い洒落た型の開襟シャツでした」

「そうか!……」越智警部は目を輝かして、「そして、ズボンは、薄茶色の長ズボン……」「違うネ!」

「ナニ?」「違いますネ。薄茶色じゃなかったですよ。さあ、何色だったかナ。はっきり思い出せねえが……とに角、薄茶色の長ズボンじゃなかったネ」

「そうか! 違うか……フム……では(津上啓次の

服装書きの所を見ながら）これも白の開襟シャツにカーキ色の半ズボン……」

「ウン、思い出した。あの幽的はカーキ色の長ズボンでしたョ。それに白い開襟シャツだったんだ」

「そうか。……では（津山専吉の服装書きを見ながら）緑色のシャツに、黒っぽい縞ズボン、鍔《つば》つきの海員帽……こりゃ違うネ」

「違いますネ、全然」「すると、前の二人は白シャツだけはその男に似てるが、ズボンが違うんだナ。とも角、三人とも落第だ」

越智警部はがっかりした顔でこう呟やいたが、

「じゃあ、まあ、念の為に女の方も訊いておこうか。女の方の服装はどうだったネ？」

「さあ……えゝと……」「ワンピースが濡れて皺んなってたそうじゃないか。そのワンピースだが、どんな色あいだったのかネ？……」

越智警部の手帳には、津上専吉の妻お新の服装として「白地に濃緑《こみどり》の水玉模様のアッパッパー（簡単服）」と書いてある。

「はあてナ、どうも頭が悪くなったナ……オイ、花ちゃんに君ちゃん一寸応援を頼む。昨日の幽的の女はどんな色の服を着てたかナ？」

二人の給仕女はさっきから料理物の出し入れに警部のそばを何度も通りながら、何か口を出したくてムズ〳〵するのを我慢していたらしく、二人でベチャ〳〵と饒舌り出しに。それは、「水色のスーツで、裾の方に少し赤い花模様が散らしてある」というのであった。

〝何だ、全然違うじゃないか……男女二人とも違う！〟

越智警部は悄然《しょうぜん》として「丸安」大衆食堂を出た。

Ⅲ

事件は解決の袋小路に追いつめられた様に見えながら、最後の土壇場で、急に摑みかけた指の間からスルリと獲物に逃げられてしまったという感じである。越智警部は思い屈した様子で一人で海岸の方へ歩いて行った。

日は今落ちたばかりの所だったが、まだ空も海も明るかった。もう海水浴客はあらかた引きあげた後だが、それでもまだあちこちにボチャ〳〵やってる人もある。夕涼みに海岸を散歩してる人もある。

何よりも一番さきに目に入るのは、砂浜にのし上げた黒い〝幽霊船〟だ。その周りに一群の人だかりが見える。が、舟へは人を近づけない様に警官が立って見張りをしている。いや、こゝばかりでなく、警官があちこちに立って警戒しているのが目につく。

警部は感慨にふけりながら、知らず識らずの中《うち》にその人だかりの方へ近づいて行ったが、急に気がついて、方向を変えて船から離れて海岸をブラ〳〵歩いて行った。

松林の中に入って、警部はとある松の根方に腰を下ろし、海岸の方を――従って〝幽霊船〟の方を眺めながら、この血なまぐさい怪事件の経過を初めから考え直して見た。が、結局何度考え直して見ても、「犯人はどうして上陸したか？」というあの最初の謎に舞い戻ってしまうのであった。

四人の姿が消えてしまって、死体も発見されぬという事は、海賊船に襲われて拉致されたか、四人が何かの事情で他の船に乗って姿を晦《くら》ましたか、という考えに誘惑され易いのであるが、昨日から今まで東京湾上隈《くま》なく捜査されたに拘わらず、一隻の怪しい船も発見されないという事によって、それは可能性が殆んどなくなっている。

更に、船がこの海岸に侵入して来た時、防波堤を迂回して海岸に向ったのであるから、たしかに船には何人かは知らず人が乗っていたに違いないのである。然るに、船が砂浜に乗り上げた時には完全に〝無人〟であった。では、乗っていた何人かは防波堤を廻ってから、砂浜に乗り上げるまでの間にどうして船から姿を消す事が出来たのであろう？

何れ彼らは上陸したのに違いあるまいが、海岸には日曜日で海水浴客が雲集《うんしゅう》していた。そしてこの乱暴船に対して皆の目が一斉に集中されていた。その何千の目を逃れて、船から海に飛び込んで岸に泳ぎつく事は絶対に不可能である。

然らば如何にして彼らは、上陸したのであろうか？……

これがやっぱり一番大きな謎だ、と越智警部は考えた。これが解決されれば、この事件は案外簡単に片づくであろう。そして、これが解決されない限りは、事件は残念ながら迷宮入りであるかも知れない……

警部は立ち上り、松林を出て、又波打際を船の方へ歩き始めた。奇怪な船の周りには相変らず人だかりがしている。海水着を着た海水浴の人と、シャツとズボン或は浴衣の散歩の人と……

警部は昨日この船が砂浜に乗り上げた時の光景を想像して見た。ワァーッと船のまわりにとりついた海水浴の人々……船は一瞬にして色さまざまの海水着の人々に取囲まれてしまったのであろう。そこには今日と違って、シャツとズボンや浴衣の人は居なかったであろう。そんな人が一人でもいたら、目立って仕方がないであろう……

ここまで考えた時、越智警部は「アッ」と小さく叫んで、思わず歩みを止めていた。〝そうだ。それに違いない!……〟警部はつぶやいた。〝それが唯一の上陸の方法だ! すると……そうだ。彼らの着衣が違っていた事もそれで解明が出来る。では、着衣が濡れていたのは?……そう、そう言えば一昨々夜雨が降ったっけ。そうだ。それで総て辻褄《つじつま》が合う!……〟

有頂天になって考え続けていた越智警部はこの時、ハッとして顔色を変えた。それから慌てて船の見張りをしている警官に何事か耳打ちして命令を伝えた。……

それから十分の後には、さっきまであんなにあちこちに望見された警官の姿が全部海岸から引き揚げて行ってしまった。何故か海岸は厳重な警戒の眼から解放される事になったのである。

海岸には暮色《ぼしょく》が漸く濃くなり、人気がなくなった……

Ⅳ

雨もよいの空は、星の光さえ見えず、鼻の先も見えにくい闇夜である。越智警部は松の幹に身を凭《もた》せかけて、吸いたい煙草も吸わずに、もう二時間以上も闇の中に立ち尽くしているのである。闇になれた眼で、松林の向うの端と、〝幽霊船〟の陰と、荒倉庫の蔭と、その向うの松林の中と、この四ヶ所に順ぐりに監視の眼を放っている。海岸の警戒を解いたと見せて、実は選《え》りすぐった腕っこきの刑事ばかりを要所々々に配置して、自分も入れて五人で隠密の監視に立っている訳である。

警部は左手をあげて腕時計をのぞいた。夜光の針は、午前一時十五分をさした。〝今夜は駄目か！……〟そう思った時、松林の向うの端の監視の所で、小さな光が燃えた。マッチの合図だ。警部はサッと緊張してその方へ這う様に身をかがめて、足音を忍んで急いだ。

宮川刑事が松の陰で手を振っていた。とある松の幹へピッタリ身をよせて、越智警部は刑事のさす方を闇をすかして窺った。十米《メートル》ばかり先を松の幹から幹へヒラリ〳〵と身をかくしながら歩いて行く男がある。二人はそっと跡をつけて行った。

松林のずっと奥へ入った所で、とある松の根もとへ男は身をかがめた。警部と刑事はそっと後から近づいた。男はナイフの様なもので松の根もとを掘っている。警部は刑事の手首を指でついた。刑事は二米の距離を一《ひと》とびに怪しい人影に飛びついた。「あッ！」と怪人が叫びをあげたが、激しい格闘の二三秒の後、ガチャリと手錠の音が鳴った。

越智警部は懐中電灯を怪人にさしつけた。白シャツにカーキ色の長ズボン……昨夜「丸安」食堂へ現われた幽霊男！　警部は満足そうに頷ずいて、男の顔をのぞき込んだ。がっちりした、熊の様な風貌の四十男である……〝あッ、津上専吉！……そうだったのか……〟

警部は、男の掘り出しかけていた物を拾い上げた。それは黒い水泳パンツと、黄色い女の海水着だった。「ウム、俺の思った通りだ」警部は満足げにつぶやいた。

あとの監視の三人の刑事も駆け集まった。津上専吉は宮川刑事に引ッ立てられて、もう観念したらしく、大人しく歩き始めた。

小山刑事がそっと越智警部にたずねる。

「幽霊船の謎は解けたんですか？」

「ウン、解けたサ」警部は黒パンツと黄色い海水着を刑事の鼻先につきつけて、「これが手品の種だョ、小山君。……フフフ、やっぱり大衆食堂の〝濡れた男女〟が犯人だったんだ。男が津上だとは思わなかったがネ。とに角、犯人は必ずこの海水着を取りに来るだろうと思って、今夜はわざと海岸の警戒をゆるめて、待っていたんだ。果してやって来た。

何しろ、これが出ては〟幽霊船〟の秘密は発《ば》れちまう訳だからナ。この海水着が〟無人船〟の謎の種なんだ。数千人目の前で、船から上陸したカラクリの種なんだ。ハッハッハ、然しよく考えたもんだヨ」

「で、どういう風に……」

「そりゃあネ、犯人は女と二人であらかじめ海水着と水泳パンツに着かえておき、それから海岸へ近づいた。防波堤を廻って船を海岸へ向けといてから、こっそり水に入って、船尾に摑まって海岸に達し、海水浴の人々がワーッと船のまわりに取りついた所で、二人もその連中の中にまざって一緒にワイ〳〵騒いでた——という訳サ。これが〟謎の上陸〟の真相だヨ。船尾に血痕がついてたというのも、それではっきり分るというものだ。……考えて見れば、その外には彼らが上陸し得る機会というものは絶対にないんだから、もっと早く考えついてもよかった訳なんだが……」

V

お新のいる浅草の連込宿へ刑事が飛んだ。が、二階から刑事の入って来る所を見ていたお新は、宿屋の裏口から逃げ出した。然し、東北線で高飛びしようと上野駅へ立ち廻った所を、張り込んでいた越智警部の部下の刑事によって、難なく捕えられてしまった。

津上専吉と妻お新の供述によって、事件の全貌は明らかになった。それによると、大体次の様な事情であった。

津上専吉は〟幸楽〟の酌婦お新の借金を払ってやって女房にしたが、お新は弟の啓次と以前から肉体関係がある仲で、啓次はその為に人と喧嘩して三ヵ月も豚箱に入った事がある位、本気で女に打ち込んでいた。女の方ももと〳〵尻軽な浮気者で、年の十四も違う専吉だけに満足していられる女ではなかったので、啓次の〃姉さん〃になっても、若い啓次の魅力を忘れられずいつの間にか専吉の目を忍んでコソコソ囁き合う仲となっていた。同時にお新は、これも酌婦当時馴染みであった雇人の坂田為蔵という女たらしの色男に、この所すっかり焼けぼっくいに火がついた様に爛《ただ》れた肉欲に熱い血をたぎらせているのだった。啓次と為蔵とは互にこの事を知って険悪な間柄になっていた。

　が、二人は専吉がこの事を知るまいと思っていた。お新とてもその通り……所が、いつか専吉はこの事を知ってしまったのである。そして彼は四十男の未練と執着に身を悶えて懊悩した。若さと美貌と……そのどっちにも欠けている彼は、それだけに一層瞋《しん》恚《い》をつのらせて、嫉妬の鬼となり、遂に啓次と為蔵を殺そうと決心したのである。

　専吉は冷静に殺人の計画を練った。そして、準備万端整えて、一昨日の日曜日がその計画を実行に移す日にきめられたのだった。

　専吉は、殺人計画を実行する為にお新を連れて行く事が必要だった。で、彼は何と言ってお新を船に乗せようか、と口実を色々考えていた。で、何とか口実を考えて家へ帰った所が、お新がいないので、彼はびっくりし、自分が後ろ暗い計画を考えてるだけに、真実彼は女房に逃げられたんじゃないかとギョッとした。やきもきしながら船に帰って見ると、お新が船倉の胴の間に仰むけにひっくり返っていたという次第だった。

　お新の方は為蔵から駆け落ちの為の東京行きを進められ、船にやって来た所、啓次からも駆け落ちの東京行きを口説かれて、嬉しい当惑に戸まどいしてる所へ、専吉が来たので、とっさに専吉へは彼への嫉妬を装って「わたしも東京へ行くョ」と言い出して、専吉を喜ばした。専吉は女の手管《てくだ》で喜ばされた訳ではなくて、女を誘い出す手数が省けたので喜んだのだが、お新の方ではうまく騙した積りで、赤い舌を出した。

　こうして、専吉、お新、啓次、為蔵と、それぞれがそれぞれによからぬ計画を胸に畳んだ四人を乗せて、第三半七丸は土曜日の午後八時に木更津を出港した。

途中でアジ、スズキ、黒ダイを積み込んで、翌日曜日の午前五時芝浦《しばうら》に入った第三半七丸は、魚河岸で積荷を売り、冷凍会社から冷凍鯨二十貫を買い入れた。この鯨を買う事は、初からちゃんと、専吉の殺人計画《プログラム》の中に入ってる大切な一ヵ条であったのだ。それから船を汐留の桜橋《さくらばし》の下にもやって、いつもの通りここで一眠りする事にした。ここは、割に交通が少く、橋幅が広いので橋の下は薄暗く、一眠りには持って来いの所だったのである。

お新は皆の寝息をうかがっていたが、やがてソッと身体を起こすと板子の上に啓次と二人で転がってる為蔵の足をつねった。そして天井を指さして合図してから、ソッと梯子を昇って行った。為蔵は睡《ねむ》い眼をこすりながら、ソッとあとから出て行くと、お新は為蔵の手首を引ッ摑んで機関室へもぐり込んだ。

「お前さん、呑気に寝てる時じゃないョ。魚河岸であんなにあたしが目配せしたのに、どうしたってのサ？　逃亡かるのは止めたのかい？　そんならそれでいいんだョ。何もあたしの方から……」

「ジョ、冗談言っちゃ不可《いけ》ねえ。俺だってさっきからヤキモキしてるんだが、啓次の奴がしつこく附きまといやがって、あれじゃどうにもならねえじゃねえか。……啓次の奴、俺たちの計画を感づいたんじゃねえのかナ。お前、そんな気はしなかったか？」

「あの子が何を考えてるか。あたし達に分るもんかネ。それより逃亡かるんなら、今の中だョ。船が出ちまったら、どうするのサ？　すぐ逃亡かろうョ」

「すぐ逃亡かろうったって、橋の下じゃどうにもならねえ……そうョどうしたもんかなあ……」

二人が機間室で声をひそめて逃亡の相談を始めた時、船倉では専吉が啓次をゆり起こして、為蔵を殺す決心を打ち明けた。

「為蔵はお新を抱いたから、殺してやる。お前も手伝ってくれ」

専吉は為蔵が手強そうだと思ったので、最初に啓次に手伝わせて二人で為蔵を殺し、あとで自分一人で啓次を殺そうという計画を立てていた。で、お新と為蔵がこっそり船倉を抜け出してった機会を捕えて、啓次を口説きにかかったのだ。

いや応もなく、無理矢理啓次を承知させて、専吉はあなぐらから首を出して為蔵を呼んだ。

為蔵が何気なく船倉へ降りて来た所を、啓次は言いつけられた通り、いきなり背後《うしろ》から飛びついて頸をしめにかかった。

「アッ!」為蔵はびっくりしたが、咄嗟に身をかがめると、啓次は為蔵の身体の上で美事に一廻転して、板子の上に仰向けに叩きつけられた。為蔵は飛びかかって馬乗りになり、あべこべに啓次の頸を上から押しつけにかかった。

専吉は横から身体をぶつける様にして、為蔵の脇腹へ短刀を突ッ込んだ。専吉は為蔵の手強い事を予想していたから、血を流さずに片附ける事は出来ない、とちゃんと前から計算をしていたのである。

が、為蔵は専吉の予想以上のしたたか者だった。彼は専吉が二度目に突き出した短刀を、サッと身をかわして専吉の手頸を摑むと、短刀をもぎ取り、起き上ろうともがく啓次の頸部《けいぶ》、顔面へめったやたらに突き立てた。

この隙に、専吉は背後から蔽《おお》いかぶさる様にして大きな両手で為蔵の頸をしめつけた。最初の深傷《ふかで》で参っていたので、流石《さすが》の為蔵ももう振り飛ばす力がなく、とう〳〵のびてしまった。

組み敷いていた為蔵がのびてしまったのに、啓次は起き上がろうともしない。見ると、これも既に縡《こと》切《き》れてしまっていたのである。

物音にお新が何事かと飛び込んで来たが、この有様にまっ蒼になって気絶しようとした。こういう浮気女が案外にこんな場面に遭遇すると、すっかり顚《てん》倒《とう》して小娘の様にオド〳〵してしまった。専吉は短刀を突きつけて、「これからこの二人の死骸を始末するが、俺の言う通りにしなければ、お前の命はないゾ!」と脅迫した。

専吉は二人を裸にして、用意の縄で死骸を縛り、お新に手伝わせて行き来の船のないのを見すまして、橋桁《はしげた》に二人の死体を結びつけてしまった。越智警部は犯人の供述に従って死体を収容に行ったが、何とも奇抜な、そして安全な死体の隠匿所である事に一驚を喫した。誰しも橋の下を通る時は、一刻も早く抜け出したい気持で一杯で、暗い橋桁の裏をのぞき上げる者はいない——流石に船乗りだけにうまい盲点をついたものである。

VI

第三半七丸は九時少し過ぎに桜橋の下から出発して海上に出、木更津に向って航行すると見えたが、暫らくして針路を転じ、十時近く、品川沖のお台場の附近で「こがね丸」に行き会い、それから又暫くして「かずさ丸」と行き違った。「こがね丸」が船上に専吉とお新の姿を認めたのは不思議はないが、「かずさ丸」が船上に坂田為蔵を認めているのは、専吉が為蔵の死体から剝《は》ぎ取った白の開襟シャツと薄茶色の長ズボンを着けて、為蔵を装おっていたのである。為蔵が後ろ向きになっていて、「かずさ丸」に乗ってた為蔵の親友⌉キの後藤が手を振ったのに、挨拶も交さなかったというのは、為蔵が殺人の容疑者と思われていた時は、為蔵が人を殺した後で顔を見られるのを避けたものと思われたものだが、実は替え玉だったのだから、此方《こちら》へ顔は向けられなかった訳である。

　こうして専吉は、十時頃まで乗組員が全部生存していた、と思わせる事に成功した。尚そのために、わざ〳〵お新に御飯をたかせて、四人分の食事のお膳立てまでさせているのである。

　専吉はそれから、冷凍が融けて流れ出した鯨の血液を先程の惨劇で船底の板子の上に流された啓次と為蔵の血汐の上に一面に撒き散らした。つまり二人の血をおびただしい鯨の血で蔽い隠してしまおうという算段である。鯨を買い込んだのは、この目的の為であった。そしてこれは美事に目的を達し、鑑識の目をうまく誤魔化す事に成功したのであった。

　専吉の考えは、この〝無人の漂流船〟で、人々は先ずそのおびただしい流血に胆を潰《つぶ》して、物凄い惨劇を想像し、次いでそれが人血でなくて鯨の血だったという肩すかしでポカンとして、〝では、四人は海賊船に拉致されたか、或は自ら逃亡したか、……海岸近くまで四人ともいたらしいのに、何とも不思議な事件だ。然し、まあ、ひょっとすると四人とも何処かで無事に生きているのかも知れない……〟ぐらいの所で、厳しい当局の追求も免れ得るのではないか――と、こういう期待を専吉はしていたのである。

専吉はかねて用意の黒パンツ一つになり、お新には派手な黄色の海水着を着せ、自分らの着ていたものと、啓次、為蔵のものと全部一まとめにし、血まみれの短刀をその中に押し込み、沢庵石《たくあんいし》を錘《おも》しにして大風呂敷にくるみ込んで、深い海底に沈めてしまった。それから鯨肉《げいにく》を出刃庖丁で切り裂いて海へ流し、その出刃庖丁も海へ抛《ほう》り込んでしまった。

あとは自分ら二人が、うまく姿を消してしまいさえすればいい訳である。が、この二人が姿を消す方法が、専吉が一番苦心惨憺《さんたん》した所であるのだった。酌婦育ちのお新は、水泳が全然いけない。水に入ると、頭の方から沈んでしまうという、本当の金槌である。小舟なぞを利用して接岸すれば簡単だが、それではすぐ人目についてしまうから、問題にならない。絶対に人目には触れたくない……

そこで苦心惨憺の末考えついたのが、最も人目の多い日曜日の大森海岸の海水浴場の人混みの中へ、船を乗り上げるという、皮肉な、そして大胆極わまる巧妙な詐術《トリツク》であった。二人は船を海岸に向けてからそっと機関室を飛び出し、水中に身を隠して、船尾に取りついて数千の物見高い人目をごまかして海岸に達し、ワーッと海水浴の人々がこの乱暴船のまわりに取りついた時、海水着を着ていた二人は船尾につかまっていた手を離して、それらの弥次馬の中にまぎれ込んで、一緒に奇怪な無人の〝血染めの漂流船〟見物にワイ〳〵騒いでいた事は、越智警部の推定した通りであった。船尾についていた血痕というのは専吉の腕か何処かについていた僅《わず》かの血が、この時に知らずにそこになすりつけられたものであろう。

こうして極めて巧みに上陸を敢行した専吉は、お新と共に日の暮れるまで海水浴の人々にまじってボチャ〳〵やって時間を過ごし、暗くなってから、そっと海岸を離れて松林の中に入り、松の根もとから、前以て埋《うず》めておいた衣服を掘り出して着換えた。そして、黒パンツと黄色の海水着を代りにその穴に埋めて隠した。お金もちゃんとズボンのポケットに入れておいたのである。

こういう専吉の周到綿密な用意にもかかわらず、意外な障害が入ったのであった。というのは……砂の下に埋めておいた二人の衣服が一昨日（金曜）の夜の雨で、すっかり濡れてしまっていたのである。尤も、専吉は雨の為に衣服がどうなったか心配して、昨日（土曜）東京へ出て来たのだが、合憎《あいにく》土曜日の人出で大森海岸はごった返し、衣服を調べる事が出来なかった。それをするには夜に入るのを待たなければならないが、もうその暇はない。何しろその夜の八時には第三半七丸に乗って木更津を出なければならないのだから。そこで心ならずも〝まあ、砂の下に埋めてあるのだから、大抵大丈夫だろう〟と諦らめて、急ぎ木更津へ引ッ返したのであった。……それが不可なかった。然し、今更どうする事も出来ない。とに角、早く街へ出て食事をしなければ、腹が減ってどうにもならない。そこで冷めたいのを我慢して衣服を着け、街へ出て一番最初に見つけた「丸安」大衆食堂へ飛び込んで、先ず熱燗《あつかん》をひっかけ、それから丼物でお腹を満たした。

そこで二人の衣服の濡れてる所から怪談騒ぎになって、二人は食事の途中で慌ててそこを飛び出した。あとから弥次馬が追っ掛けて来たりしたので、やっと国鉄の駅に飛び込んで逃がれた二人は、浅草の連込宿へ泊って夜を明かした。

翌朝、新聞は、大森海岸の〝血染めの漂流船〟と書き立てて大騒ぎをしている。〝殺人犯罪の疑もある〟なぞと書いている新聞もあるので、専吉は薄気味悪くなり、海水着とパンツを松の根もとに埋めて来たのが心配になって来た。そこで東北線で高飛びする計画だったのを一日延ばして、夜に入るのを待って、お新を宿に残して専吉ひとり大森海岸へ出掛けて行った。そして待ち構えていた越智警部らに捕えられた、という次第である。

「いや、物凄い血腥《ちなまぐさ》い奇妙な事件でしたョ」

語り終った越智警部は、精悍《せいかん》そのものの様な、ガッチリした男らしい顔に、人なつこい微笑を浮かべて、筆者らの顔を見ながら、話を次の様に結ぶのであった。

「あの上陸方法なぞ、実に巧妙な詐術だったと思いますネ。然し、犯人としては、必要のギリ〳〵の線を動いてるだけなんだ、という事が専吉の供述を聞いていて、よく判りましたョ。専吉は、ただうっかりして大森海岸の防波堤を廻って船を乗り入れた為に、海岸に乗り上げる直前まで人間が乗ってた事が分って〝無人船〟は一層の怪奇性を帯びる事になってしまった訳ですが、そんな怪奇性なぞは、勿論専吉の期待する所ではなかった訳です。丁度「丸安」食堂の〝濡れた幽霊〟の怪奇性と全く同様にネ。

……」

〈合作探偵小説〉

魔法と聖書《バイブル》

大下宇陀児
島田一男
岡田鯱彦

前篇　小心な悪漢

大下宇陀児

　雪になるかも知れない。空が曇っている。

　それに停電で、銀座《ぎんざ》が田舎の町のようにまっ暗になり、時々自動車のヘッドライトが、商店の軒先きや通行人の姿を、青白く照らしだした。

　並木通りを、新橋《しんばし》の方へ向って歩きながら、浅井《あさい》新吉《しんきち》が、

「おれ、風を引いたかも知れないな」

　ぶるッと肩をふるわせていったから、肘《ひじ》につかまっていた南條市子《なんじょういちこ》が、

「あのホテルがいけなかったのね。サービスが悪くて、あんなのってありゃしないわ。もう、こりこり……あたしも、なんだか寒いみたい。どこかで、支那そばの暖かいのでも食べましょうか」

　優しくいたわるようにしていうと新吉はしばらく返事をしないで歩いてから、

「おれ、ハジキが欲しいな。ハジキさえありゃ、このごろの銀座は毎晩暗いし、あんなやつ、生かしておいちゃやらねえんだ！」

　と、だしぬけに言いだした。

　びっくりして、足がとまった。

「いやね。なにいうのよ。ハジキなんて……」

「ハジキ、知らねえのか。ピストルのことだよ」

「そりゃ、そんなことぐらい、知ってるわ。だけど、おどろくじゃないの。生かしておかないのどうのって、いったい、誰のこといってるのよ」

「うん。へんなやつだよ。どういったらいいのか、わからねえな。とにかくおれは、あいつが出てきてからろくなことはねえ。パチンコが第一、まるっきりつかなくなっちゃった」

「へぇえ……」

「パチンコはね、言わなくても知ってるだろうが、おれはプロだよ。五十円札一枚持ってったら、どんなことしたってピースの十や二十は持ってくる。ところがいけねえ。あいつも、よくパチンコ屋へくるんだ。そして、顔を見たとたんに、おれはつかなくなる。いっぱいためといた玉が、見る間になくなっ

てしまうんだからね」

「わからないわ。どうしてそんな……」

自動車が急にカーブを切り、光が眩《まぶ》しく顔にあたって、新吉は、あわてたように市子を暗がりの方へ引っぱった。

「乱暴ね。あぶないじゃないの」

「ごめん、ごめん。おれ、どうかしてるんだね。何もべつに怖がることはねえはずなんだが……」

「ほんとうよ。ハジキの話だって、とてもへんだわ。パチンコが、それで、どうしたっていうのよ」

「うん。つまりさ、そのへんなやつがいさえしなきゃ、おれは、パチンコだけでも食ってけるくらいさ。だのに、そいつがいるから、パチンコがてんでだめになっちゃった。二度や三度じゃねえ。五へんも六ぺんもだ。まるでそいつ、おれをだめにするためにくる、パチンコ屋のまわし者みたいなんだよ。まア、見ていてごらん。電気がついたら、おれ、パチンコ屋へ行くよ。はじめ、チンジャラジャンのジャラジャラとくらあ。次も同じく、チンジャラジャンで玉がこぼれらあ。ところが、いけねえ。じきにきっと、そいつがくるからね。きたとなったら、おれの手にある玉は魔法のようになくなっちゃうんだ。そうだ。あいつ、魔法使いかも知れねえさ。しかも、魔法使いのやつ、面白くもなさそうな顔をして、一つずつていねいに玉をはじいて、おれがいる間は、ちゃんと同じ店にいやがるんだ。おれは腐るよ。気にしちゃいけねえって思ってみても、気にしないじゃいられねえじゃねえか。——ハジキなんて、なアに、冗談だよ。まさか、そんなことをしやしねえけれど、早い話が、ハジキでもあってぶち殺してやったら、気がせいせいするだろうと思うんだよ。まアいい。そばは、おれも賛成だ。橋を渡ったとこに、安くてうまいうちがあったっけな」

ひとかど与太もんじみたことをいうけれど、浅井新吉は今年二十三歳、丸金《まるきん》商事というかなり大きな会社の外交員で、その情婦南條市子は、丸金商事がある同じビルのうちのエレベーター・ガールをやっている。どちらも性格は、悪い意味のアプレ派で、この半年ほど前から関係ができた。今夜も二人はホテルへ行き、それから足の向くまま、銀座へ出てきていたというわけだった。

橋を渡ると、新橋駅がすぐそこである。

小さな中華料理店が、果物店と鉄扉をおろした何かの会社の間にはさまれていて、暗い蓄電池の電灯が、おぼつかなげに、テーブルや椅子を照らしていた。

市子は、五目そばをすすり、新吉は、

「ビールが欲しいけどな」

「だいじょぶよ。今夜はあたしそのくらいあるわ」

「そうかい。すまねえ」

ひどく殊勝にいって、

「オイ、しゅうまいくれ。ビールもだ」

とえらそうにいいつけた。

パチンコやハジキのことを、さすがにここでは口へ出さない。狭い店に、客がまだ二組ほどいる。市子は、映画の話をした。新吉は、それに合槌をうちながら、たちまちビールを飲んでしまって、まだ物足りなそうな顔になった。

「どうしたのよ。それでいいの？」

「ううん……」

「いやなひとね。えんりょなんかして。ボーイさん、もう一本、ビールちょうだい！」

市子が気を利かせたから、新吉は、面目なげに頭をかいた。

「おれ、まったくだらしがねえな」

泣きそうな眼になって、新しい泡の立つコップを、女の前へ押してやり、

「君だって、飲めよ。な――」

自分は、たばこをポケットからひきずりだしている。

「酔うとあたし、苦しいけど……」

市子は、おとがいをそらし、薬と同じようにして一口飲んで、あとを男に返したが、そのとたん、電灯が明るくついた。

「よかったわ。長い停電だったわね」

「毎晩のことで、めちゃくちゃでござりまするだ。なアに、暗くたって明るかったって、そんなことどうだってかまやしねえ。いけねえのは、おれが意気地なしだということだけよ」

「ばかね。自分で自分を、そんな風に言うもんじゃ

ないことよ。まるっきり、やけっぱちになっているみたい……」

「みたいじゃねえよ。ほんとにもう、やけっぱちかも知れねえんだ。このごろのようにシケてると、自分でも、何をやらかすかわからねえ。会社でも信用はなくなっちゃいそうだし、こうなると、いつか話したつかいこみも、近いうちにきっとばれちゃうね。ばれない前に、自動車強盗でもやりてえくらいさ」

「ますます、ばかね。つかいこみは、あたしのオーバー作った時からだから、あたしにだって責任がないことじゃないし、そんなことどこにだってあるでしょう。あんまりくよくよすることないと思うわ。なんとかして穴埋めをして、それからもうちょっとよく働いて、会社の信用を回復すればいいんじゃないの。――そういえば、思いだしたわ。あなたの会社の支配人さん、とってもエロおやじでキザな人ね」

「ウフフ、君の手を、エレベーターの中で握ったんだろ」

「握るどころか、もっと、ひどいことするんだもん。ふいに、手くびをつかまえたのよ。そして、力をいれてねじまげて、ズボンのところを、上からおさえさせようとしたことがあったわ」

「おどろいたなア。ほんとうかい?」

「あたし、怒ったわ。それから、あなたに教わったことを思いだしたわ。手で、力いっぱい、つかみつぶしてやろうとしたら、あいててててッていって、しゃがんじゃったの」

「ウフ、ウフ、ウフフフ、よかった。そいつはよかった。支配人の顔見たかったね」

「五階でございます、御用の方はございませんかって、あたし、支配人さんが一人きりなのに、わざと大きな声でいってやったら、しかめっ面しておりて行ったけれど、びっこ引くようにしていたから、おかしかったわ。三日ばかりたった時、やはり支配人さんが一人きりでのったことがあって、すると、何かあたしに言いたそうな顔をしたけれど、けっきょく何も言えなかったんだから、よっぽど、あたしのこと、コリちゃったのね。会社じゃ、勢力があるんでしょ?」

「そりゃ、あるさ。もしかすると、社長より威張っているかも知れないよ。机の上に、いつもバイブルを置いといてね、バイブルの文句ひいて社員に叱言《こごと》をいうのが得意なんだ。よしきた。あのバイブル支配人が、そんなことしたっての、おれが吹聴してやろう。みんな、きっと笑いだすね。誰にだってあいつ、憎まれているんだからさ。不思議なことに、ばかに気前のいいことがあって、誰かが関西とか九州とかへ出張に出る時にゃ、きまりの手当てのほかにポケットマネーでどすんと機密費ってのをくれるんだそうだが、おれはそんな目には、一度もあったことがねえんだよ。なんでも財産は、二億ぐらいあるんじゃねえかっていう人もある。しかし、平生《へいぜい》は、ケチでやかましくて、そのくせ、いつだって香水の匂いを、ぷんぷんさせていやがるんだからね」

「そうよ。その香水よ。あたしがキザだって思ってるのは。香水が、エレベーターの中へ、ねばりつくようにして残っちゃうの。そして、あたし、気がついたけど、その香水が、三種類も四種類も使ってるわね。男用の香水じゃなくて、女用の香水も使ってるらしいわ。匂いが、時々違うんですもの。そして、違うといえば、ネクタイだの靴下だのも、毎日変ったのをつけているわ。男のおしゃれもいいけれど、あそこまで行くと、とっても滑稽になっちゃうわよ」

二本目のビールが、空になった。

進吉は、何気ない体で店のうちを見廻したが、とたんに、さっと眼の色を変えた。

「いけねえ！　来ている！」

低い声だったから、

「え、何よ？」

女が顔を上げて訊き返すと、

「あいつだ。パチンコ屋の魔法使いさ。おれのうしろの、隅っこのテーブル……」

そうして、もう椅子を立ち上りそうになった。

その隅のテーブルにいた男は、格別変った風采《ふうさい》の人物ではない。

中古のソフトに、茶色の大きながらのオーバーを着て、少し前かがみの姿勢で、やきめしのスプーンを、せっせと口へ運んでいる。砂でもはいっていたのか、口をもぐもぐうごかして、床へ、ぺっと唾を吐きだしたが、その時、眼鏡がキラリと光った。まだ若くて、三十を越したばかりの年恰好に見える。鼻が丸くて、不精髯《ぶしょうひげ》がちょびちょびのびていて、しかし、何かスポーツでもやったのではないかと思われる、均整のとれた身体つきで、ことに肩が、拳闘選手のようにがっしりとしている。

顔色は陽灼けした小麦色だった。

帽子の下へ、黒い髪の毛が食《は》みだしていた。

とっさに市子が、

「なんだか共産党みたいな人ね。それとも、第三国人じゃない？」

といったのは、案外適切な表現だったかも知れない。

「オイ、早く勘定してくれ。こう、つけまわされちゃ、おれ、かなわねえよ！」

新吉は、早口に市子の耳へ囁《ささや》いた。

黒い輪

「皆さま、頑張って下さいませ。当店は本日大出血サービスの開けっぱなしデー。どなたの頭上に最高記録の栄冠が輝きますか。粘って粘って、粘って下さい、パチンコは粘りが大切でございます。さア、決死的サービスの底抜け出血――」

パチンコホール宝珠《ほうじゅ》では、間断なく拡声機がしゃべり続けた。

「やってみるか。ここはおれ、はじめてだけどな」

玉の音を聞くと、急に機嫌がよくなった新吉は、市子を促がして中にはいったが、さすがはプロを自称するだけあって、はじめに買った五十円の玉が、いっぺんなくなりかけたと思った頃から、めきめきふえてたちまちのうちに、受皿をこぼれるほどになってきた。

「君もやれよ」

「いいわ。見ていた方が面白いもん」

「よし。そいじゃ、ピース三十にしような。今夜はいいぞ。だいじょぶだ」

悦に入ってパチパチやると、

「オーイ、六十四番。中玉がまた出ないじゃないか」

声までがはしゃいで明るく響いた。

玉は、いっぺんに二つずつ、盤の上をころがっていた。

左の風車へ右からあたると、くるくる廻って左の穴へはいり、てっぺんの右肩からおちた玉は、ぴょこぴょこぴょん、三度はねてから左へ曲り、それからゆっくりと下段の穴へはいった。

減ったり増えたりで、しかし、借りてきた木の箱が目立って重くなって行く。

隣りの六十五番が、あまりよくないと見えて、しょっちゅう人が変っている。

――ふいに、六十四番が出なくなった。

十、十五、二十、二十五、つづけて玉が流れおちて、狙った風車へ、狙った角度からあたっても、玉は釘にぶつかってはねかえって、だらしなく下へすべり落ちてしまう。

顔へ焦りが浮いてきた。

新しく左の手へ、玉をいっぱい摑み出し、それがいっぺんジャラーンと鳴っただけで、見る見る空になってしまった時、市子をふりむいて見ようとしたのが、鋭い恐怖の色に変った。

六十五番へ、あの男がきている。

形の崩れたソフトとオーバーのはでな縞《しま》がらで、顔を見ないでもすぐわかった。市子も、その時までは知らなかった。いつの間にか、魔法使いがきていたのだった。

「畜生！」

と歯を嚙んで、パチンコ台へ向きなおった新吉に、

「おどろいたわ。ほんとだったのね。――もう、だめになったんでしょう。よした方がよくなくって？」

市子がよりそって注意したが、

「くそ、もういっぺんだ。ためしてみていけなかったら、殺してやる……」

新吉は、形相凄まじくばねに手をかけ、箱の中の玉を摑みだしている。

意地ずくで、敗けぬ気だったろうが、だめだった。

それからは、何としても新吉はつかなくなり、玉は減る一方になってしまった。

台を五へん変えた。

連発式の機関銃をやった。が、とうとうあれほどあった玉が、最後の一発まで消え失せた。

　魔法使いが、奥の曲り角にある台の前へ立ち、たばこをくわえて、のろのろと一つずつ、はじいているのが見えている。

　新吉の顔に、激しい怒気が燃え上り、肩をそびやかすようにして、人を押し分け突き進もうとするのを、市子は、辛うじて前へ廻り押し宥《なだ》めた。

「だめよ、あんた！」

「どいてくれ！　あの野郎……」

「いいえ、いけない。無茶するもんじゃなくってよ。お願いだから、乱暴しなで……」

「あいつがおれに、何の恨みがあるってんだ。おれのあとばっかりつけまわしやがって、おれは……おれは……」

　客がいっせいにこちらをふり向き、パチンコ台の上からは、獄門台のように、店の女たちが、にょきにょきと首を突き出した。

　市子は、拝むようにして新吉を、花輪のところまで引っぱってきて、それから、やみくもに人通りを分けて歩いた。

　急に、幕をおろしたように街が暗くなり、再度の停電になったらしい。

「あら、あら、まただわ。いやんなっちゃうわね」

　市子がいったが、新吉は考えこんでいて返事をしない。

　少し行って、

「たばこ、まだある？　一本吸いたいわ」

　そういうと、だまったままポケットをさぐって、箱ごとたばこを女に渡した。

「じゃけんね、まるっきり。何をあんた考えてるのよ」

　そうしてちょっとのうち立止って、へたな手つきで火をつけた。

「あなたも吸う？　いっしょにつけるわ」

「いらねえよ」

「呆れたわ。まるであたしのことを怒ってるみたい。だけど、もうあの男のこと、忘れてしまった方がいいんじゃない。あたしだったら平気だな」

「君は平気だろうさ。おれは、平気じゃいられねえ。ほんとに、あいつを叩っ殺してやりたくなった」

「そんなこと思わないで、あんなやつ、どこかの馬の骨だと思ってばかにするのよ。気にするから、だめになるんでしょう。パチンコなんて、そういうものにちがいないわ。魔法使いなんて、あったためしがないんだもん」

「ためしがどうだって、あいつは魔法使いなんだ。気にしなけりゃ、いいだろうってことも知っている。しかし、なぜだ。なぜあいつは、あんなにも執念深く、おれのいるところへ出てくるんだ。毎晩、少なくても、いっぺんはあいつの顔をおれは見るんだよ。今夜はごていねいに二度だからな」

「二度でも三度でも……そういうの、何てったか知ら。えゝと、そうよ、偶然よ。偶然にあいつといっしょになるのよ。そして、偶然に、あいつがいると、あなたがつかなくなっちゃうのよ。それだけのことだとあたしは思うな。——もしかして、それだけじゃないんだとしたならば、あなたがあいつに、恨まれているかどうかして……」

「冗談じゃないよ。あんなやつ、見たことも聞いたこともないんだぜ。恨みを受けるはずはねえ」

「そうお、それならそれでもいいんじゃなくて。やっぱり、ただの偶然ね。偶然てもの、理屈がないんだからしかたがないわ。偶然がいくつ重なって、変てこりんになっただけよ。——ええと、そうか、あたしもう一つ思いついたけど、言おうかな、どうしよかな」

「なんだい。おかしなやつだな。言ってみろよ」

「あんた、前に、どこかよその奥さんと寝たことでもあったんじゃない？」

「ううん、そりゃ、そんなのはねえよ。おれは君が初恋さ」

「どうだかな。わかんないわ。あたし、いつもそう思うのよ。あんたはいろんなことを知っていて、とてもへんなことあたしにするでしょう。あたし、すぐ嬉しくなっちゃって夢中だけれど、きっとあれは、どこかであなたが覚えてきたことだって思っちゃうわ。それがつまり、よその奥さんよ。その奥さんの旦那さんが、あなたは顔を知らないけれど、やきもちゃいて、あなたを見張っているんじゃないか知ら」

「ばか言え！　そんなこと、ぜったいにあるもんか。君以外の女なんて、あったらお目にかかからねえよ」

新吉は、少し機嫌がなおった。

笑って、女の眼をのぞくようにした。

じきに横断道路へ出て、バスやトラックやタクシーの流れに、二人とも歩みを阻まれたが、するとその直後に新吉が、何か小さく口のうちで叫んだ。

「あら、どうかした？　へんな顔をあんたしているわ」

「とってもまずいや。悪いとこで、悪い人に出会《でくわ》すもんだな。——こいつがほんとの偶然てもんだよ。いま、会社のやつらに、おれの顔見られちゃったぜ」

「へええ、会社のやつて、誰よ？」

「しかも、おやじたちだ。君もエレベーターで知ってるだろう。社長と会計課長だよ。どうも、うまくねえな。今夜はよっぽどいやな晩だ」

「あたし気がつかなかったけれど……」

「向うじゃ、少なくともおれに気がついていたよ。おれを見て、ジロリと睨《にら》んで行きやがった。社長はいいさ。でも、会計課長は、田にしっていう綽名《あだな》がついてやがってね、堅い一方の無口なおやじさ。とてもおれ、おっかねえ。うん、ここらで待っていてくれ。おれ、ちょっと行ってくるよ」

言いすてて、あわてて向うへ行こうとするのを、市子が、

「だめよ、そんな……あたしも、いっしょに行くわ」

ハンドバッグを持ちなおし、追いすがるようにしかけると、手で肩を突きはなし、腹の立った顔つきになった。

「いけねえ。よせよ」

「だって、どうして？」

「田にし課長は、おれが遊び好きだってこと、誰かから聞いて知ってやがるんだ。こないだ叱言を言われたばかりだ。もしかすると、つかいこみをもう、気がついているかも知れねえと思う。——君といっしょだったとこ見つけられちゃ、叱られるだけでも

たいへんだろう。だから、なんとか話して言いわけだけしておくよ。そうだな。駅がいいね。出札のあたりで待っていてくれ。なに、すぐにおれ、帰ってくらあ……」

説明する間も惜しかったらしい。

新吉は、そのまま道路を向う側へ突っ切ると、左手の暗い建物の方へ、吸いこまれるように走って行ってしまった。

新橋駅が、電車通りを隔てて反対側にあった。停電でも明るい光の束を投げ出していて、女や男の姿がざわめいている。

市子は、ふりむいてそちらを眺めたり、また新吉の立ち去った方角へ、そこはさっきの中華料理のじき近くで、堀割を裏にひかえた倉庫やカフェーや商店の並んだ一区画になっていたが、じっと見透かすような視線を向けていた。

奇妙な時間の連続だった。しばらくのうち何事も起らなかった。

子供連れの一家族が、買物と動物の形をした風船を持ち、通り過ぎた。パン屋の店で、ろうそくが一本倒れ、店員同志、大きな声で罵《ののし》り合った。

市子は、すぐに駅へ行かず、逆に、ちょっと様子を見るといった顔で、新吉と同じように道路を横ぎり、中華料理のすぐ手前まで行きかけたが、その時に、はげしい音がした。

タイヤのパンクしたのに似ていて、それよりもっと鋭い音だった。しかも、続いてその音がいくどか聞えた。

銃声だと、誰も気がついたのだろう。やがて、走る足音があちらこちらに起り、黒い風のように、人々が一定の方向へ駈け出した。

市子は、はじめ、道路にあったリヤカーのそばで、立止ったままになっていた。

恐怖が襲いかかり、そのくせに、あとへ引返すことができなかった。ためらって、それから、人々と同じように、音の起った場所へ近づいた。

一つの地点で、野次馬が黒い輪を作っている。輪は、じり、じり、と小さくなって行ったが、あるところまで行くと、誰もそれ以上には進まずに、離れたところから、道路に横たわっている、その黒い物体を眺めた。手や足が、かすかに動いたようでもあるし、道路にぴったり、貼りついたままのようにも見えた。

　ふいに、光が一筋走った。

　それは、誰かが気を利かしてもってきた懐中電灯だったろう。

　光は、肩と腕を照らし、次に死体の顔が見えた。そうして、野次馬の輪へ、身を斜めにして割りこんでいた南條市子は、思わず咽喉《のど》の奥であっと叫んだ。死体は、こっちをまっすぐに見ていた。

　記憶に強く残っている顔だった。

　鼻のわきに、ぽつんと目立っているほくろがあり、顎がしゃくれていてむやみに長かった。もっとそばまで近づいたら、いつものように、ぷーんと匂いがしたのであろう。それはエレベーターで、市子にひどいいたずらをした男だった。新吉の話だと、丸金商事の奥まった室で、机の上にバイブルをのせておくのだという、あのキザでエロおやじの支配人が、死体になっていたのであった。

　遅れ走《ば》せに、巡査がやってきた。

そして、ほとんど同時に、白い車体のパトロールカーが、群衆を追い散らして現場へ到着した。

中篇　五階の人々

島田一男

五階の人々

とうとう雪になった。勿論玄関には、マットや靴洗いの水槽、ブラッシも備えつけてあるが、入口の人造大理石はかなり汚れている。

昇降機《エレベーター》の中も、床が濡れて、ところどころに、雪と泥のかたまりがへばりついている。

市子は、雨と雪の日の勤務が、一番いやだった。汚れた昇降機の中にいると、街頭で働いているようで、わびしく、みじめッぽさが身にしみるからである。

そもそも市子がエレベーター・ガールになったのは、ピンと立った飾りハンカチと、真ッ白な手袋をアクセサリーにした、あのスマートさが気にいったからで、従って、昇降機の中が汚れることは、我慢がならない程、いとわしかったのである。

が……、今日は、わびしさも、いとわしさも、感じる余裕を持っていなかった。

朝から、幾十回、ビルの地下室から六階までを上り下りしているかわからないが、ただ、機械の一部分にでもなったかのように、習慣的にハンドルを動かしていただけである。

「――上へ参ります……、しばらくお待ち下さい……」

「――下へ参ります……、お待ちどうさまでした……」

そんな言葉も、なかば意識せずに口にしていたのだ。

その癖、神経だけは針のように鋭くなっていた。昇降機に出入りする人々の、ちょッとした言葉からでも昨夜以来行方のしれない新吉の消息を摑みとろうとしていたのである。

田にしと新吉が云った丸金の課長はいつものように九時四、五分前に昇降機に乗った。ちょうど出勤時間で、各階各会社の社員が目白押しになっていたが、市子には、会計課長の眼が、人々の肩越しにジッと自分に注がれているような気がして、うっかり、三階で停めるのを忘れたほど息苦しさを感じた。

丸金社長の倉橋《くらはし》は、十時半近くになって、昇降機に入って来た。いつもだと――

「――よう、どうじゃね、ベッピンさん……」

気軽に、そんなことを云う倉橋だが、今朝はさすがに、むすッと、口をへの字に結んでいた。

運悪く、この時は、他に乗客がなかった。

「昨夜、銀座へ行っていたね……」

昇降機が動き始めると、突然、倉橋が口を開いた。

「はア……」

「うちの社員といっしょだったようだが……」

「はア……」

「浅井《あさい》……、そうだね？　ずっと、いっしょだったのかね？」

「いいえ、新橋の近くで――」

市子は、ハッと倉橋を見詰めた。

うっかり、新橋の近くと云ったが、バイブル支配人が射殺された現場が、やはり新橋駅の近くであったことを考えると、あとの言葉が続かなかったのである。

五階までは、十四五秒しかかからない。

「――五階でございます」

「や、有難う……」

倉橋は、悠然と降りて行った。――が、その時、倉橋の片頬に、チラリと、意味ありげな笑いが浮かんでいるような気がした。

市子はたまらなかった。

〝――馬鹿よッ！　新吉さん、なぜ姿を見せてくれないのッ。なんだってあたしひとりが、こんなに苦しまなきゃならないのッ……〟

思いッ切り、そう叫びたいのだ……。

ブ《ブザ》ー……、ブー……と、信号が鳴り続けている。一階から呼んでいるのだ。

が、市子は、空《から》の昇降機を六階へあげると、廊下へ飛び出すなり、屋上への狭い階段を駈け上って行った。――お椀をかぶったように重ッ苦しい頭を、冷たい雪の朝風で、ひやしたかったのである。

しかし、屋上の風は、思ったほどうまくはなかった。寧《むし》ろ、ドアをあけると同時に、咽喉《のど》から肺臓へ、ジーン……と、刺すような冷たさがしみわたって、激しい咳がこみあげてくる。

市子は慌てて、口と胸をおさえて体を前へかがめた。

そして——雪の上に黒々と印された一ト筋の足跡を見たのだ……。

雪はまだ降っている。こんな日に、しかも風の冷たい朝のうちに屋上へ出るなんて、余ほどのもの好きに違いない。

男靴の跡であった。

〝——誰かしら……?〟

市子は、ホーッと、白い息を吐き出した。と同時に、市子はヒョイと首をかしげた。

足跡は、ドアを離れると、小さな塔のような出入口の建物添いに南へ曲っている。

ところで、足跡は、行ったきりで、戻って来ていない。つまり、屋上へ出た男は、まだ、屋上のどこかにいるわけなのだ。

市子は、なんということなく、その足跡の上を踏んで、塔のかどまで行った。

とたんに、ピリッと肩を震わせて、息を呑みこんだ。

七八間さきにしゃがみこんでいるのは、間違いもなく田にし課長だったのである。

そこは、ビルの屋上を囲む腰塀《こしべい》の角で、風当りの一番ひどいところである。雪が降ると、いつも吹き溜りになる場所で、風の強い今朝は既に二尺余り、腰塀一ぱいに、雪が吹き寄せられていた。

課長は、その雪の中に、うずくまっているのだ……。

〝——なにか、隠してるんじゃないかしら……。あすこなら、雪がやんでも、四五日は積っているから……〟

ふッと、そんなこと考えると、市子は急に、怖ろしくなった。

ソッと、注意して足跡の上をあとずさりすると、追われるように階段を駈けおりた。

——ババババーッ、ババババーッ……信号が、立て続けに鳴っていた。

昇降機に飛び込むと、スーッと、胸一ぱい息を吸いこみ、呼吸をととのえた。それから、ちょいと服装と髪をなおして、ハンドルを握る。

自分でもおかしいほど、手が震えていた。

「──お待ちどうさまでした……」

ドアをあけると、ドヤ〳〵ッと、派手な服装の男女が六七人──

「おはよう」「余り待たさないでよ」

「すみません……」

三階の軽演劇団事務所の関係者達だった。

市子は、三階で、この連中を下ろしてドアを閉めた。

「──五階……」

〃──あら？〃

みんな下ろした積りだった市子は、思わず振り返った。

「あッ……」

こんどこそ市子は、キューッと、心臓を押しつぶされるような気がした。

昇降機の隅に男が一人よりかかっている。──形の崩れたソフト、大がらの茶色のオーバー、そして、眼鏡をかけた、鼻の丸い顔……。新吉につきまとった奇妙な男が、そこにいたのだ。

「──ヘンだねェ……」

この男の声も、市子は始めて聞いたのである。見かけによらず、丸味のあるやわらかい含み声だった。

「この昇降機《リフト》は、五階から、六階へあがり、七分ばかりとまっていた。そして、六階から一階へ、直行で降りて来たが、客も荷物も乗せていなかった」

「あたし──」

「いや、失礼……。僕は、君を詰問しているのじゃない。単なる僕の詮索癖《せんさくへき》なんだ……。五階へあげてくれたまえ」

市子は慌ててハンドルを廻した。

──バッバー、バーッ……

また、せっかちに信号が鳴る。やはり、一階からであった。

市子が五階でドアをあけると、奇妙な男は、チラッと、信号表示器へ視線を投げてから、足音も立てず静かに出て行った。

それの態度は、──こんどはすぐ一階へ下りたまえ……、そう云わんばかりである。

——パチンコ屋の魔法使いが、とう〳〵、このビルまで翼をのばして来た……。

そう考えた市子は、力いっぱいドアを閉めると、急いで一階へ降りた。男が二人と、女が一人待っていた。

「丸金商事は？」

「五階です」

「頼む……」

市子は、ゲッソリした。

〝——あたしは、五階へ行きたくないのよッ〟

そう云えたら、どんなにスッとするだろう。

男二人は連れらしい。女は、ひとり離れて立っている。一見して、それとわかる粋な身なり、身のこなしである。若く見えるが、三十はとっくに越しているであろう……。

〝——待合のおかみさんかしら……。このひとは、五階じゃないだろう……〟

ところが、市子の想像に反して、この女も男達のあとから、五階で昇降機《エレベーター》を出て行った。——五階は、丸金商事が独占していたのである……。

パチンコ判断

勤めを終った市子は、牢獄を脱出するような気持ちで、雪どけの町へ飛び出して行った。

長い、そして、いやな一日だった。

本当は、早や退けしたかったのだが、いろ〳〵の状況がからみあって、まるで金しばりにでもあったように、終日、昇降機から出ることが出来なかったのである。

そのかわり、かなり、正確な情報も、摑むことが出来た。

短い冬の日は、もうとッぷり暮れている。雪はやんだが、道がびしょついて、却って仕末が悪い……。

市子は、耳に入った情報を、頭の中で整理して見た。その結果、二十分後に、市子が現れたのは、新橋駅に近いパチンコホール宝珠《ほうじゅ》であった。

〝——あ、やっぱり……〟

店の奥に新吉の姿を見つけると、ソッと、辺りを見廻してから、スッと、素早く店へ入り、新吉のとなりの台の前へ立った。

新吉の受皿には、玉が盛り上っている。——魔法使いが来ていない証拠である。

市子は黙って新吉の玉を一ト握りすると、パチン……と、最初の一発を飛ばした。

コツン、コツン、コツン……と、あちらこちらで、頭をこずき廻されるような恰好で、玉は、下の穴へ消えてしまった。

「ふふッ……」

新吉が、ニヤリと笑って、ピーンとはじく。ジャラジャラジャラ……。正に、チンジャラ節の主人公である。

「のんきねエ……」

「そうでもねエんだよ……。俺、あいつに会いてエんだ。魔法使いによう」

「あら、ヘンねエ。来たら、忽《たちま》ち入らなくなるんじゃない」

「玉なんか問題じゃねエんだ。君、今日出勤した？」

「出たわ……。出たから、あなたが多分、ここにいるだろうと見当がつけられたのよ」

「ふーン、なぜだい？」

「あなたのお家も、あなたが常連になっているパチンコ屋も、刑事さんが調べたけど、あなたは見つからなかった」

新吉は、ピュッ……と軽く口笛を吹いて、ちょいと肩をすくめた。映画仕込みのジェスチュアーである。

「どうして、そんなこと、君は知ってるの？」

「あなたの社の人達の噂話を小耳に挟んだのよ……。だからあたし、ここだと見当つけたの。ここだと、あたしも知っているし、もしあなたが、あたしを待っているとすると、このお店だと思ったわ」

「その通りなんだ。おれ、君にも会いたい。魔法使いにも会いたい。だから、ここにいれば、魔法使いは必ず現れるし、ひょッとすると、君も来てくれる……、そう考えたんだ。ところが、今夜に限って、魔法使いのやつ現れねエ。そして、余り当てにしていなかった君が来てくれた」

「あの人、あなたの会社へ行ったわ」

新吉は、愕然と市子の顔を見つめた。

「本当かい？　人違いじゃねエのか？」

「あの顔、一度見れば忘れないわ」

「出よう……」

新吉はトットッと、宝珠を出ると、それがキッカケになったかのように、パッと町中の電灯が消えた。明るいのは、新橋駅ばかり……。高架線の紫がかった青シグナルが、人玉のように光っている。

「ちょうどいいや……。昨夜《ゆうべ》の支那《しな》そば屋へ行こう……」

新吉は市子の肩を抱くと、ギュッと、一度抱き締めてから歩き始めた。

中華料理店の中は、昨夜より一層薄暗さを増していた。バッテリーの充電を忘れたのであろう。

暗い方が二人には都合がよい。

新吉は今夜も、ビールをとった。

「ねエ、こう云うわけなの……」

市子は、今朝からの出来事を、詳しく話した。

――社長が意味ありげに笑ったこと……、会計課長が雪の屋上へ出て行ったこと……、パチンコ屋の魔法使いが突然現れたこと……。その一つ一つに、新吉は眼を輝やかせて聞きいっているのだ。

「お昼近くに、男二人と女一人を乗せたわ。あとで、その男達は警視庁の人で、女は、死んだ支配人さんの二号さんだとわかったわ」

「刑事が、会社を調べたのか？」

「詳しいことはわからないわ。ちょこッ、ちょこッと、噂話を横で聞くだけだもの……。でも、会計の帳簿を調べたらしいのよ。それも、会社の方から、刑事さんを呼んだのですッて……」

「いけねエ！　俺の使い込みも、バレちゃっただろうなア」

「ええ……、社の人達の口から、あなたの名前、幾度も聞いたわ。それから、下宿やパチンコ屋を調べたことも」

「君は、調べられなかった？」

「ええ……、なぜだか、社長さんも、会計課長さんも、あなたとあたしのこと、刑事さんに云わなかったらしいわね……。でも、あたし、ヒヤリッとした。社長さんが、あたしの顔を見て、ひとりごとのように——犯罪の蔭に女ありか……ッて。お昼の食事に出かける時、そんなことを云うのよ。それから、あの課長さん——」

「会計課長？」

「ええ、二時頃、どっかへ出かけたの。その時、昇降機《リフト》の中で、ジロ〳〵、あたしの足許を眺めているの……。あたし屋上で、用心して課長さんの靴の跡を踏んだ積りだけど、あたしの足跡を、課長さん見つけたんじゃないかと思ったわ」

「気のせいだろう……。田にしの野郎、いつも、にが虫嚙みつぶしたみたいな面で、下を睨んでやがるのさ」

「でも、あの人達の目が、あたしを監視してるような気がして、体がすくんじゃった」

「わかる……。君だから、我慢できたのさ。社の女事務員なんか、田にしから睨まれると、ゾーッとすると云ってるよ」

「あ——、そうだ！」

　市子は、急にテーブルへ乗り出すと、新吉へ顔を近づけて、一段と声を低くした。

「ゾーッとすると云えばね、あたし、本当にゾーッとしちゃった。さっき云った二号さんね、帰る時、なんだか紫の風呂敷に包んだものを抱えて、昇降機へ入って来たのよ。とたんに、プーンと匂うじゃないの」

「なにが……？」

「香水よ……。いつも、支配人さんがつけていた、それも、女用の香水の匂いなのよ。そのあとで、あなたの社の給仕さんが乗って、こんな話をするのよ。あの二号さんが、社長さんへ泣いて頼んだんですッて。——あたしは、お通夜はもとより、お葬式にも大びらでは行けない。せめて、あの人が身近かに置いていたものでも貰って行って、お線香があげたい……ッて。社長さんと刑事さんが相談して、いいってことになったの。その時、二号さんが第一番にほしいと云ったのが、聖書よ」

「あ、あれか！　なる程、バイブル支配人と云われたくらいだから、こいつア身近かに置いといたものに違いねエや」

「次ぎに、机の抽斗《ひきだし》を一ッ一ッ抜いて、クン〳〵嗅ぎ廻ったあげく、あ――、これをもらいますッ……て、取り上げたものが何ンだと思う？」

「わからねエ」

「赤や青のインクのしみがいっぱいついた、碁盤縞《ごばんじま》の古ハンカチなのよ。それに頰ずりして、――あー、あの人の匂いがする……ッて、大変ンなんですッて」

「全然、色きちがいだね……。そのハンカチに、女香水の匂いがしみこんでたんだな」

「そうなの……。あたし、その話を聞いて、背中がゾクゾクしちゃった。こそばいやら、気味が悪いやらで……」

新吉は、コックリうなずいてから、グーッと、一ト息にビールをあおると、今度は新吉の方が声をひそめた。

「魔法使いは？」

「知らない……。一度見かけたッきりよ。帰りは階段を降りたのかもしれないわ。昇降機には乗らなかったもの」

「誰と会ったか、なにも聞かない？」

「ええ、全然……」

「弱っちゃッたなア……」

「だから、なぜなの？」

新吉は、店の中を見廻した。他に客はいない。店の女の子は、汚れたカーテンから首だけ奥へつッ込んで、料理人とふざけている。

「俺、支配人がやられた時、実はすぐ近くにいたんだ」

「まア、そうだったの？」

「昨夜、俺、田にし課長に言いわけする積りで君と別れたろ。ところが、やっぱり停電の最中だ。課長や社長が、どっちに行ったか、さっぱりわからねエ。俺、あちらこちら、かけずりまわったんだ。と、すれ違った男から、プーンと、匂いやがった」

「あ、香水ね」

「うン、ハッとしたよ。――アチャー、こんだは、支配人にぶっつかっちゃった……。そう思ったとたん、パンパン……と鳴りやがった。支配人の体が、キーッとねじれるのを見たよ。すると、出し抜けに、俺は手を握られた。ギョッとする耳もとで、――逃げろッ、つかまるぞッ……。そう云ったのが、なんと魔法使いだったのさ」

「ずーッと、あなたのうしろに、喰い下ってたのねエ」

「そうらしい……。俺、あとさきの考えなしに、逃げたよ。そして、通り合せたパン助をひっぱって、近くの温泉マークへ飛び込んじゃった」

「きたない人ッ！」

「おこんなよ。考えて見ると、俺、ノーマネーじゃないか。すっかり男下げちゃって、ガマ口をおッことしたとかなんとか云って、宿《ドヤ》を出た。が、おっかなくッて、下宿には帰れない。仕方がねエから、終電の電車を待って、新橋駅へもぐり込んだ、乗り遅れたような恰好してね」

「なぜ、あたしのとこへ帰って来なかったの」

「あの騒ぎだもの、君もどっかへ行っちゃっただろうと思った。それに、俺、少々あがってたんだ」

「だってあなた、拳銃なんか、持ってなかったじゃないの。逃げることなかったのに……」

「そうなんだ……。あとで、俺も気がついた。逃げたなアまずかったよ。が、とにかくだ、俺が射ったんじゃねエッてこと一番よく知ってるなア、魔法使いのやつだ」

「そうよ。ずッと、あなたをつけてたんだから」

「だから、やつを見つけ出すと、俺、アリバイが出来るのさ。使い込みでとっ捕まるのは仕方がねエが、人殺しなんて、飛んでもねエ……。ところが肝腎な時に、あの野郎現れねエ。チーン、ジャラジャラ、チーン、ジャラジャラ、大当りだよ。いやンなっちゃう……。俺、昼間ッから、宝珠でねばってたんだぜ。その頃あいつは、ノコノコ会社へ行ってやがったんだ。ひとの気も知らねエで、なんだって会社なんかへ――」

新吉が、ハッと、顔色を替えた。

「そうだッ！」

突然、はじかれたように、立ち上る。

「どうしたの？」

「会社へ、行って見る」

「えッ！　こんな時間に？」

「うン、いま、ふッと頭へ浮かんだんだけど、屋上の吹きッ溜りを調べて見よう」

「でも……、なんか隠してたようだッて云うの、あたしの想像よ。カン違いかもしれないわ。わざ〳〵ビルへ忍び込んで、なにも出なかったら、つまんないじゃないの」

「出るか出ねエか、玉をはじいて見なきゃ、わかんねエさ。いいじゃないか、やらしてくれよ。ジッとしてると、息がつまりそうで、俺、たまンないんだ」

「だったら……、ねエ、どっか、ホテルへ行かない？　これなら、はずれッこ無し」

「うン……」

新吉はちょッと考えていたが――

「やっぱり、会社へ行って見よう。案外、飛んだオール・二十と出るかもしれねエから……。俺、思いついたことは、やって見てエ性分なんだ」

「じゃ、あたしも――」

「君は、よせよ」

「いや、心配だから……。ちょッと、お会計……」

市子は、新吉を押しのけるようにして、女の子へ声をかけた。

地上の灯火

ビルへ行く途中で、町が明るくなった。

「ちぇッ、もっと消えていりゃいいのに……。明るいほうがいい時にゃ、電気消えやがるし、暗いほうがいい時には点きやがる」

「どっちだって、おんなじよ。どうせ、夜のビルは、まッ暗なんだもの……。そんなことより、心配なことがあるわ。あなた、どこから入る積り？」

「あ、そうか、表は鍵をおろしちゃうんだなア」

「ええ、裏口には、小使さんがいるわ。あなた、姿を見られてはまずいでしょ？」

「うン……。見られたくねエなア」

「こんなこととわかってたら、昼間のうちに、一階のお手洗いの窓でも、あくようにしとくんだったのに……」

ところが、予想に反して、ビルの三階の一部には、あか〳〵と電灯がつけられていた。軽演劇団事務所にあたる窓には、チロ〳〵と動く人の影が写っている。

「稽古でもしてるのかしら？」

「うン、ちーッと、まずいなア」

が、これは却って幸運だったと云わねばならない。軽演劇団が残っていたおかげで、表の大扉が、細目にあけてあったのだ。

「しめたッ！　悪いことがありゃ、いいこともある……」

「でも、気をつけないと、劇団の人に見つかるわ」

「わかってるよ。君、入らない方がいいな。俺、ひとりで行って見る。女づれじゃ、動きにくいから……」

「そう……、じゃ、待ってる。早く帰って来てね」

「うン、十分くらいだ……」

「今夜は、大丈夫ね？」

「え？」

「昨夜は、とう〳〵帰って来なかったもの」

「よせよ。変ンなこと、思い出さすなよ」

新吉は、市子を抱くと、ビルの厚い壁によりかかるようにして、素早く唇を重ねた。

「――じゃ……」

スルリッと、大きな扉のすきまから滑り込む……。

かすかに、アコーディオンの音色が聞えて来た。市子が云ったように、三階では稽古をしているらしい……。ほかには、なんの物音も聞えなかった。

エレベーターに並んで、階段がついている。廊下は真ッ暗だったが階段の電灯だけはついていた。

新吉は、登り口でしばらく耳を澄ましていたが、やがて、ツ、ツ、ツ、……と、小きざみに階段を駈け登って行った。爪先きだけで、体を浮かし気味に、すこしも足音を立てない。

登るにつれて、アコーディオンの音《ね》が大きく聞えてくる。

三階で、一度足を止めた。

ここから上は、階段もまッくらなのだ。

新吉は、気が軽くなるのを覚えた。警戒水域を突破した潜水艦乗りの気持ちである。

あとは、壁づたいに、ゆっくり登って行く。

音楽が、また遠のいて行った。と同時に、階段の闇は、うるしのように濃くなってくる。

五階で、また立ち止まった。——丸金商事……、再びこの事務所で仕事をすることがあるだろうか……。そんな考えが、ふッと、頭の中を横切ったのである。

〝——ちぇッ、センチでやがらア。なんだいこんな会社……〟

自分をはげますようにして、新吉は六階へあがって行った。

あとは、屋上へ出る狭い階段だけだ。

その登り口に近づくと、サーッと、冷たい風が吹きおろしてくる。

六階まで、一ッ気にあがって来たので、脚の筋がひきつったような感じである。新吉は、軽くふとももを叩いて、階段を見上げた。

上のほうが、ポーッと、青白ンでいる。雪明りらしい……。

やがて、ゆっくり階段を上り始めた。一段々々、脚をひきずるようにして……。

「——あれ——……?」

屋上へ出るドアが、開けッ放しになっていたのだ。風が吹きおろして来たはずである。雪明りが階段まで入っていたのも、このためとわかった。

〝——どうしたんだろう〟

新吉の神経が、ピーンと、ひきしまった。

ソーッと、ドアに近づき、外を眺めた。——都合の悪いことに出口付近の雪は無数の足跡に踏みあらされている。昼休みどきに、大勢の男女事務員が、ここへ出て来たのであろう……。何者かが、極く最近ここを出て行ったとしても、足跡では判断がつかないのだ。

別に、物音も聞えない……。

〝——夕方、閉めわすれたのかもしれねエなア〟

そう考えると、新吉の気持ちは楽になった。

外へ出て、辺りを見廻したが、眼のとどく限りは、白々と雪におおわれて、人影は見えない。

それでも用心して、塔のはずれから、眼だけ出して、屋上の南側を眺めて見た。これも亦、雪の外は、なにも眼に入らない。

〝——やっぱり、閉め忘れたんだ……〟

新吉は、急に大胆になり、サク〳〵と雪を踏んで、吹《ふ》き溜《だま》りへ近づいて行った。

そこには、こんもりと雪が盛りあがり、砂丘のような縞が描き出されている。――この下に、なにかが隠されているとは、到底考えることが出来なかった。

しかし、会計課長の田にしがここにうずくまっていたのは、十一時頃だったと市子はいっている。

それから、なお三四時間雪は降っていたのだし、風もかなり強かった。たとえ、吹き溜りを掘り返えしたとしても、あとは風の手で、きれいに塗り直されている筈である。

〝――無駄でも、いいや……〟

新吉は、グサッ……と、美しい雪の中へ手をさしこんだ。

とたんに、グッと、うしろから羽交締《はがいじ》めにされてしまった。

「あッ!」

夢中で振り離そうとしたが、相手の腕は、はりつけたように、新吉の脇下から、肩を締めつけて、離れようとしない。

「だッ、誰だッ!」

新吉は歯をむき出して、首をねじ向けようとした。が……、相手は新吉の背中へ、ピタリッと、顔を押しつけている。

しかも、声もたてず、グイッ、グイッと、新吉を押してくる。すさまじい力だ! 新吉は愕然とした。このままで行けば、数分の後には、屋上から、真ッさかさまに、放り出されてしまう!

「――助けてくれ――ッ!」

新吉は、必死で踏みとまろうとした。――が、下は雪だ。ズルッ、ズルッと滑って、力が入らない。

「いやだッ! なぜッ、俺を殺すんだッ! 離せッ……。許してくれッ……」

喚《わ》めき続ける新吉は、恐怖に満ちた眼を見はり、遥かなる地上の灯火《ともしび》を見詰めていた。

後篇　三つ巴の闘い

岡田鯱彦

三つ巴の闘い

　サーッと新吉の身体は、雪にすべるビルの屋上から、突き出されて、遥かな地上めがけて毬《まり》の様に墜落……という一瞬前、彼の瞼《まぶた》にあの魔法使いのキラリと目鏡《めがね》の光る気味の悪い顔がチラとひらめいた。

〝あいつだ。魔法使いだ。さん〴〵パチンコで邪魔をし抜いた上、とう〳〵俺をこのビルの上から……〟

と思うと、猛然たる敵愾心《てきがいしん》が胸にわき起った。

〝畜生ッ！　あんな野郎に……あんな野郎に、負けられるかッ！〟

　新吉は自分の胸を羽交締めにしている殺人者の、両手首を自分の両手でギュッと引ッ摑んだ。

〝死なば諸共だ！〟

　新吉の身体はビルの断崖から空間へのめり出た。背後の男は狼狽《あわ》てて摑まれた手首を振り離そうともがいた。新吉はこれを離したらおしまいだから、全身の力を手に集めて、やっとこの様に締めつけた。

　妙な事になった。今は男が一生懸命新吉を引き止める様な形になった。そうして引き止めながら、男は手首を振りもぎろうと、必死の努力を開始した。

　新吉は男のそうした気持に感づくと、益々男の手首を握った手に力をこめ、そうしていゝ気持になって暴れ出した。

〝魔法使いめ。一緒に飛び下りて正体をばらしてやるぞ！……〟

　守勢は常に弱い。今度は背後の男の負けだ。男の靴がズル〳〵と雪の上を滑った。遂に、二人の身体は諸共にビルの崖縁《がけつぷち》をズルッと空間へ飛び出そうとした……その時、暴風の様な力で、二人の身体は引き戻されてぶっ倒れた。

　二人は跳び上るより早く摑み掛って、ガッキと四つに組んだ。互に相手を投げ倒そうと必死の技を掛け合う。新吉は夢中だった。投げ倒されたが最後だ。その瞬間、ビルの屋上から蹴ころがされてしまうのだ。二人は雪煙をあげて必死の格闘を続けた。

所が、不思議な事が起った。二人は争いながら、よろ〳〵とよろめいた。それがお互いの技でない事に新吉は気がついた。ガッチリ四つに組みながら、うつむいた首をねじって、無理に横の方を見やると、自分らの四本の足の外にもう二本足があるのだ。つまり、二人のほかにもう一人、人間がいたのだ。そいつが必死に格闘している二人を横から押しこくって突き倒そうとしているのだ！

そこで二人は、一本ずつ手を伸ばして、そいつの身体を引ッ掴まえた。こうして、三人は鼎《かなえ》の様に組み合って激しい揉み合いを始めた。

新吉は二人の敵が誰だかを見極めたいと思ったが、自分の首が前からの相手の首で押さえつけられているので、どうにもならない。

こうして、四つでなくて六つに取ッ組んで、六本足の怪物となって雪の上を三つ巴になって必死に揉み合ってる中に、新吉は「あッ」と叫んだ。危うく腰が砕けて押しつぶされる所だった。というのは、彼が後ろ向きにさつきの雪の吹き溜りの小丘へ足を踏み込んだからだ。

やっと踏みこたえた時、新吉はハッと気がついた。彼はさっき、こゝで雪の中へ田にし課長が何か隠したと思われるものを探しに来たのだった。そして、雪の中へ手を突ッ込んだ瞬間に、怪物に背後から羽交絞めにされたのだった……。

新吉はそこで冷静に戻ると、相手の二人の押して来る力を適当にあしらいながら、右足で雪の中をじり〳〵と踏み分けつゝ探って見た。

〝あった！〟

とう〳〵足さきに何か堅い手応えがあった。そこで右足でそいつを掘り出して、彼の無理に俯向けられてる首の視野のきく足許へそいつを蹴り出した。それはまっ黒な部厚い大きな四角い物体だった。

その瞬間、相手の二人も、その各々の固定された首の位置から、この掘り出された物体をそれ〴〵認めたと見え、三人の鼎は一挙に崩れて、六本の腕が一斉にその物体へ掴み掛った。

新吉の両腕が一番速かった。そいつを引ッ掴んで彼はパッと駆け出そうとした。が、後ろから四本の腕が彼の胴体へしがみついた。新吉は忽ち、そこへ引き倒された。が、引き倒される瞬間、彼の頭の中へビルの入口で待ってる筈の市子の姿が浮かび上った。彼の手からその四角い物体――それは大きな帳簿である事を新吉は知った――そいつは暗《やみ》の空間へビューンと投げ飛ばされていた。

「あッ！」

という叫びが、二人の襲撃者の口から同時に洩れたが、次の瞬間、一人はサッと屋上の出入口の方へ駆け出していた。それを見て、もう一人の男は倒れている新吉を見て一瞬躊躇したが、忽ち後を追って駆け出した。

新吉は引き倒される時、無理をして帳簿を投げ飛ばしたために、彼の身体はステーンと物凄く叩きつけられて、ひどく腰を打ち、暫く起き上れなかった……

脅迫の種

温泉マークの一室。

市子は男の身体をいとしむ様に、横から抱きついている。新吉は蒲団の中で腹這いになり頰杖ついて、さっきの大きな帳簿を開いて首をかしげている。

「どう？　分った？」

「どうも分らねえ。こりゃあ、うちの帳簿に違《ちげ》えねえが、別に何でもねえたゞの会計帳簿だ。……俺が屋上から投げ飛ばしたのが、これに間違いねえかね？」

「いやだわ。さっきから何度も言う通り、わたしが入口からちょっと離れた暗い所《とこ》で待ってた時に、いきなり空から何か落っこって来たのが、これなんだもの。間違いっこなしだわ」

「それから、あいつが飛び出して来た、というんだね？」

「そうよ。あたしが、その天から降って来た雪だけの冷めたい重い帳面を、拾い上げて、〝これが課長さんが昼前に雪の中へ隠した物なんだわ。新吉さんが見付けて抛《ほお》ってよこしたに違いない〟こう思って、そっとビルの天ッ辺《ぺん》を見上げたけれど、あなたは顔を出さないので、ビルの出入口の方へ行って、あなたの出て来るのを待ってると、いきなり、ビルの出入口から大変な勢で飛び出して来た男があるの。あたし、あなたかと思って駆けよろうとした瞬間、そいつがあなたでなくて、魔法使いだって事に気がついたので、サッと暗がりに隠れたら、あいつは知らずにキョロ〳〵見廻してから、向うへ吹ッ飛んでっちゃったわ」

「ウーム……あいつが魔法使いだったって事は、俺の想像通りだが……もう一人出て来なかった、というのが訝《おか》しい。屋上にはたしかにもう一人いやがったんだ」

「魔法使いが出て来てから、いつまでたってもあなたが出て来ないんで、あたし心配になっちゃっててビルの出入口を入って階段をのぼり掛けたら、、あなたが腰をかゞめながら、痛そうに顔をしかめて降りて来たのよ。だから、魔法使いが出て来てから、あなたが来るまでは、誰も出なかった筈よ。もっとも、あたしがこの本を取りに行ってるほんのちょっとの間に、入口を飛び出してれば別だけど……」

「いや、そいつと魔法使いとは、殆んど同時ぐらいに出て来てい丶筈なんだ……まあ、仕方がない。何にしても、こんな当り前の帳簿を会計課長が何だって雪の中へ隠したかが問題だ」

新吉は枕許に転がってる「ひかり」を取り上げ、マッチをすった。

「あッ、そうだわ。……二重帳簿じゃないかしら。……つまり、税金逃がれの為めに、二重の帳簿をつけて誤魔化す。そのほんとの方がこれなのよ」

市子はまん丸い顔を輝かしていった。

「そうだわ。今日は刑事が二人丸金商事へ行ったわね。会計課長は刑事の来る事を知って、急に二重帳簿の一つを隠しに屋上へ上ったんだわ」

新吉は市子の顔を見下ろし、

「君は頭がい丶なあ。ほんとにそうかも知れねえ……すると、これが本物の方の帳簿という訳だな」

そういってから新吉はちょっと考える様に目を細めて煙草をふかしていたが、急に生き〳〵した顔になって、

「そうだ。うまい事がある。これを種に田にし課長を脅迫して、一儲けしてやろう。百万円、金を出せ。出さなければ、二重帳簿を警察へ持ってって発《ば》らし

てやるがいゝか?……いや、こりゃ税務署かな?」

「どっちだっていゝわ。けど、そんなに出してくれるかしらねえ……」

「出すとも。……ウン、出す……だろう」

「でも、そんな事したら、あなた首が危なかない?」

「平気 よう。どうせあんな所、使い込みが発れりゃ首なんだ。うんと絞り取ってやって、こっちから追ん出てやるのよ」

「そうね。それがいゝわ。あなたも頭がいゝわね。感心したわ。百万円あればいゝわねえ。遊んで暮らせるわ。あたしはエレベータ・ガールをやめて、あなたと家を持って、方々遊んで歩くわ。あなたはビールを飲みたいだけ飲んで、あたしは支那そばを腹一ぱい食べて……」

「フフフ、よせやい。ミミッちい事を言うなって事よう。ハイヤーで方々の、こんな温泉マークじゃねえ、本当の温泉を遊んで歩くんだ」

「まあ! 嬉しいわねえ! あたし、もうたまらないわ!」

女は下から男の身体に抱きついて胴に両腕を廻し、身体中でキューッと男の身体を絞めつけながら、顔をのけぞらして唇を突き出した。

男も「フフフ」と笑いながら、顔を俯向けて、女の唇へ唇を重ねようとし、然しそのトタンに、

「アイチチチッ!」

男は腰骨の痛さに顔をしかめて跳び上った。


「バイブル!」


いゝあんばいに四階でほかのお客はみんな降りた。市子はザーッとエレベーターの扉《ドア》をしめてから、そばへ寄って来た新吉へ、小声で囁いた。

「遅かったのねえ」

「ウン、昼からの方が、やつのいる事が確かだからな」

「もう、腰はいゝの?」

そう言って、市子は昨夜の事を思い出してポッと赤くなった。

「ウン……大抵」

男は平然と答える。

「たった今、あの色きちがいの二号さんが、五階へ行ったわ。何しに行ったのかしら?……ホラ、香水の匂いがするでしょ? まだ残ってるわ」

「フン、そうかな。そういえば、少し匂う様だな」

「あのエロ支配人の、女用香水の匂いだわ……いやらしい!」

市子は鼻をクン〳〵言わしながら、把手《ハンドル》を動かした。

「じゃあ、しっかりやってらっしゃいね」

「ウン」

す早く女を抱いて唇を重ねる。ザーッと扉があく。新吉は勢よく飛び出した。そのトタンまたピクリと腰が痛んだ。「ツツーッ」彼は唇をゆがめて腰をさすった。

丸金商事の金文字の硝子扉を開けようと把手に手をかけた時、中からグリッと把手が廻って、扉が押し開けられた。新吉は飛びのいてそのまゝ廊下をスタ〳〵歩いて行った。昨日から会社をサボってる彼は人に顔を合わせたくない気持が不意に飛び出したのだろう。彼は、

〝そんな事は覚悟の上だったじゃないか。意気地がねえなあ、俺は〟

こんな事じゃ、課長を脅迫して百万円出させるなんて折角の目論《もくろ》みも、心細くなって来たぞ……と、これは心の底の底で感じながら、強いて市子の目をつぶって唇を突き出す、あの可愛い顔を思い浮かべて、

「やり損っちゃ、やつに済まねえ。しっかりやろうぜ」

こう口の中で呟やいて、クルリッと後ろに振りむいた。その時、今扉を出た二つの人影が、その隣りの扉の応接室へ入って行く所だった。それは田にし課長と、粋な作りの女の姿だった。

「ハハア、あれが二号さんだな。あいつも会計課長へ用事か。……それにしても、田にしの奴、わざ〳〵女を応接室へ連れ込むとは……ハアテナ……」

新吉が妙に気を廻したのは、今の女の後ろ姿のひどく媚《なま》めいた様子に、身体がピクリとする程の衝動《ショック》を彼は受けたからである。

急に悪党らしい太々《ふてぶて》しい頬笑みを唇のまわりに漂わすと、新吉は静かに廊下を歩んで、応接室の扉の前に立った。こゝでチラと前後を見廻してから、そっと音のしない様に扉の把手を廻した。

扉の内側には帽子や外套をかける衝立が立っているので、中に腰かけてる人間には見咎《みとが》められずに扉の開閉が出来る事を新吉は知っていたのである。彼は衝立の陰に身をひそめて、そっと内側の会話に聞き耳を立てた。

が、中では何の声もしない。新吉は生唾を呑み込んで、〝畜生！〟と口の中でつぶやきながら、衝立のはじにはみだしている外套の袖の下の所から、身を屈めて「テヘッ」と自分の頭をはたきながら、そっと左の眼を覗かして見た。

中では、田にし課長と粋な二号さんがテーブルを挟んで向き合っているのが、真横から見る形になった。もっと違った姿勢を想像していた新吉は、〝なあんだ〟と思い、そしてがっかりし、然しすぐに二人の間の異様な空気に気がついてハッとして目を瞠《みは》った。

課長はテーブルの上に手を伸ばして、来客用のピースを缶から一本つまみ出し、シュッとマッチをすった。然し、女の来客に進めようとはしない。

女はニヤリと頬にあざ笑いを浮かべて、鹿革のバックをパチッと開くと、透き通った粋な煙草筥《ケース》を取り出して、口付きの色の変った西洋煙草を口に咥《く》わえ、銀色のライターをピカリと光らせて、プーッと紫の煙をはいた。

〝フン、クールを吸ってやがら、畜生め！〟

新吉は煙草を吸いたい衝動に駆られ、衝立のこちら側で鼻をクンクン動かした。その鼻に、薄荷《はっか》の匂いより先きに、バイブル支配人の女用香水のあの憶えのある匂いがプーンと匂って来た。彼はエロ支配人とこの媚めいた粋な女と、どちらかの匂いがどちらかに移った瞬間を想像して、〝いやらしい！〟と顔をしかめ、然しその香水の素晴らしい匂いに、性的な興奮を刺戟されて、恍惚となりかけた。

「で、わたしに特別な用事と仰言《おっしゃ》るのは、どういう事ですかな？」

田にし課長は真面目くさった顔つきで、丁寧なしかしとりつく島もない事務的な調子で言い出した。が、内心女を恐れているらしい様子が、女の隙を見て、女の顔をチラッと眺める課長の目の色にはっきり現われている。

「とぼけないでよ。お上品な話じゃありませんのさ……」

女の声がひどく低音《バス》で太いのに、新吉はびくっとした。然し、その低い太い濁声《だみごえ》は妙に新吉に、異性の刺戟を感じさせた。

「……御用というのは、これなんですがね」

捨て鉢の様な調子で吐き出す様にこう言いながら、女はバッグの中から四角い部厚な小型の書物のような物を取り出して、バタンとテーブルの上に投げ出した。

「バイブル！……」

田にし課長は、魔法にかけられた人の様にポカンと目を瞠って、馬鹿の様な顔で、女の顔をまじ〳〵と眺めた。

狐と狸の化かし合い

「そんなにとぼけなさんな、っていうのに。たゞさえ間の抜けた顔が一層間が抜けてしまうからさ。……はい、これはバイブルでございます。澤村《さわむら》の……いゝえ、バイブル支配人の日頃愛用していたバイブルでございます。わたしの御用といゝますのはね……このバイブルをあなたに買って頂きたいのよ！」

こう言って女はプーッと煙を吹いて、その煙の間から田にし課長の顔を細い目で眺めている。

田にし課長は何が何だか分らない、という顔をしている。

女は自信ありげな様子を示しているが、その実、女の方でも隙を見ては課長の顔をチラッチラッと盗み視している。何か不安があるらしい。

どちらも、心の底では不安な所があって、それを隠して上べは如何にも平然ととぼけ、自信ありげに脅迫しようとしている。そして、お互いの相手の心底の不安には、お互いに気づいていない。お互いに相手に気づかれぬ様に、相手の顔色をチラッチラッと電光の様な素速さで盗み視しているだけだからである。たゞ、それが衝立の陰に隠れている新吉だけには、両方の盗み視が開けっ放しに見物出来るのだから新吉は面白くてたまらない。

〝狐と狸の化かし合いだわい！……一体、女狐は何を言い出そうとしてるのかな？〞

「ははあ、澤村君のバイブルですか？……それを私に買えと仰言るのは……？」

田にし課長はまだとぼけた顔だ。然しその陰で不安げにチラッチラッ……

「わたし、澤村が日頃あなたと特別に御昵懇《ごじっこん》に願ってる事を、聞いておりましたのよ。……で、昨日こちらへ来て、社長さんに泣きついてこのバイブルを頂いて帰ったのですが……」

女は自信たっぷりな様子で脅迫しながら、内心は自分の脅迫が相手にどれだけの効果を齎《もた》らすかと、全身の注意を傾けて、不安げに相手の顔をチラッチラッと盗み視してる。

「……では、少し面白そうな所を読んでお聞かせしましょうかね？　いゝですか？……」

女はバイブルを取り上げ、それをパラ〳〵とめくっている。何か探してるらしい。冷然と片頬に微笑を漂わしながら、頁を繰っている。課長は漸く多大の興味を感じたらしい顔で面白そうに女の様子を眺めている。然しその眼に激しい動揺がゆらめいている。

「……ヘロイン五百グラム、コカイン四百五十グラム」

それからまた少し頁をめくって、

「……モルヒネ五十瓦《グラム》、阿片三百瓦」

また頁をめくり、

「……ダイヤナ十個」

田にし課長の顔色は完全に蒼白に変っていた。それを眺めながら、女は完全に自信を得て読み続ける。

「……時計二十個」

またパラ〳〵とめくり、

「……金塊百二十五瓦」

課長は頭を掻きむしり、

「あゝ、もう止めて下さい。……そのバイブル買いましょう」

女は勝ち誇った顔色で、

「そう来なければ、嘘ですわ。……で、幾らで買って下さるの？」

課長は声を低めて、

「ソ、そちらの言い値は……？　いくらなら売ってくれるね？」

「そうね。……じゃ、掛け値なしの所言うから、一声で買ってね。渋ったら、すぐ持ち帰るわよ。いゝわね。じゃ……一千万円！」

聞いている新吉の方がギクリとした。〃何て図々しく吹ッ掛けたものだ。俺たちの方は、尤《もっと》も大した帳簿じゃねえが、百万円ゆするのでも、随分考えちゃったもんだのに……〃

田にし課長は平然として、

「ウム、宜しい。払おう……が、ちょっと見せてくれんか？」

女はバイブルを課長に渡した。課長はそれを受け取るや否や、サッと立ち上った。

女は腰かけたまゝせゝら笑って

「おふざけでないよ。子供の取り引きじゃあるまいし。奪い取って逃げ出すテはないでしょ。……その気なら、大声で喚いてやるから。いゝかね？」

腰かけたまゝの女と立ち上った田にしとは上と下から睨み合った。この勝負はすぐ付いた。課長は顔色をやわらげて照れ臭そうに笑いながら、再び腰を下ろした。

「いや、悪かった。持ち逃げなんかする気じゃなかったが、つい昂奮したもんで立ち上がっちゃったんだ。今すぐ一千万円持って来るよ」

と言いながら、それでも口惜しそうにバイブルを手に取って無意識のようにパラ〳〵と頁をめくっている。が、ふと目を瞠ってじっとその紙面に見入った。それから、またパラ〳〵とめくって他の所で、ジッと紙面を凝視《みつ》めていたが、その蒼白な顔に、微かな微笑が浮かぶと僅《わず》かながら血の気が戻って来た。

課長は遂にニヤリと笑い、

「フフフ、これじゃ脅迫の種にゃならんね。たゞ紙の余白に「ヘロイン六百五十瓦、阿片四百瓦」と書いてあるだけじゃないか。日付けも何も分りゃしない。……いや、私はちょっと心当りがあったんで、これを買い取って私が利用してやろう、と思った訳なのさ。だが、これじゃ脅迫の種にもならん。まあ、お返ししよう」

バタンとバイブルはテーブルの上に抛り出された。

女はギクッとして、ブル〳〵慄え出した。

「でも、まあ五十万円ぐらいなら、香奠料《こうでんりょう》に買ってあげてもいゝからおいて行き給え」

「いらないわよ、そんな端《は》した金！　このバイブル、持って帰るわ。後で欲しくなっても、もうやらないよ。これは〝殺人〟に関係のあるネタなんだからね。いゝかい？　あとでは一億円ビタ一文かけても売ってやらないよ」

女はバイブルをバッグに納めると、席を蹴って立ち上った。然し、こちらを向いた顔には、課長が呼び止めはしないかと、一縷《いちる》の望みに縋《すが》りつく、哀れな表情が溢れているのが、新吉には真ッ正面に見えた。

課長は声高にせゝら笑って、

「五十万円なら、いつで買ってやるよ」

と女の背中へ言った。

女がもう衝立の所まで来てしまったので、新吉は衝立の奥の方へピッタリへばりついて呼吸《いき》を殺した。ちょいとその方へ女が目を向ければ、新吉の姿はまる見えなのだが、昂奮した女は見向きもせず、荒々しく扉を開けて出て行ってしまった。

後に残った田にし課長は、ジーッと眉毛をよせて考え耽った。その表情には、非常な不安の色がむき出しに溢れていた。

新吉はそうっと音のしない様に扉を開けて廊下へ飛び出した。

狙われたバッグ

エレベーターは今下りてったばかりだ。新吉はいらいら〳〵して金網の前で胸を慄《ふる》わしながら、やけにベルを押した。

〝課長が今にも廊下へ出て来て、俺の姿を見付けたら！……〟

が、いゝ按配に課長はなか〳〵応接室から出て来ず、エレベーターはグン〳〵上って来た。

「あなただと思ったわ。信号《ブザー》のせっかちな鳴り方で……どうだった？　うまく行った？」

「ウン、いや、あれは後まわしだ。もっと面白い事が見付かったんだ。急いで下へ下ろせ。今の二号を追っ掛けるんだ！」

「あら……」

市子の顔にサッと暗い翳《かげ》りが表われた。

「……たった今、二号さんが下りてったと思ったら……もう何かあなたは相談をしたのね？……そうね、あなたの好きそうなタイプだわ。あゝいう色っぽいしな〳〵したのが、あなたは好きなのね？」

「バ、馬鹿！　話はあとでする。とに角、急ぐんだ。早くやってくれ」

「あたしは厭だわ。女を追っ掛けるお手伝いなんか……」

　そうは言うものの、市子は
　――バッバー、バーッ……

と信号が鳴って、三階と二階の表示器の灯りがついてるのを無視して、新吉のために一階まで一気に吹ッ飛ばしてくれた。

「済んだら〝宝珠〟へ来てくれ。待ってるぞ」

　新吉は素速く市子の顔を両手でかゝえて唇を重ねた。市子が扉を開けると、彼は風の様に外へ飛び出した。

　道路へ出た。が、女の姿は既にどこにも見えない。

〝畜生ッ、逃がしたか、残念！……〟

　口惜しまぎれに大またで闇雲に銀座通りの方へ出る道路を歩いて行く。電車道へ出た所で、何気なく覗いた角の喫茶店の硝子戸の中に、あの女が座っていた。臙《えん》脂《じ》色《いろ》のコートの襟から、白い絹の襟巻《マフラー》が覗いていて、まるで洋服を着てる様なハイカラな感じだ。

　新吉は女の背後の椅子に斜めに腰掛けて、女の方へ身体を向けて座った。鹿革のバッグはテーブルの下に入れず上にのせてあった。用心堅固だ。彼女はコーヒーを啜《すす》りながら、しきりに何事か考え耽っていた。然し、その目は一瞬も、テーブルの上のバッグを離れなかった。とてもバッグを掻《か》っ掠《さら》って行く隙はなかった。あべこべに、例の女用の香水の匂いが悩ましく漂って来て、新吉の官能を刺戟し、彼は我にもあらず変な気持になって来て当惑した。

女はそれから銀座通りをぶら〳〵歩いて行き、橋のたもとの映画館の前を通る時、その看板の密林《ジャングル》の中で暴れている毛むくじゃらの半裸体の男の姿に目を細めた。急に女は映画館に入って行った。新吉もすぐ後から入って行った。

暗い中に立っている女の左側へより添う様に新吉は立った。バッグは女の左の手首に掛けられていたからである。女は画面の半獣の男にうっとりしてホーッと溜息をついている。完全に注意を奪われている。

〝今だ！……〟

新吉は闇の中でそっと手を動かして、バッグを引ッ張って見たが、女の腕がバッグの紐に通っているのでは、これを抜き取る事は素人の新吉にはとても望みがなかった。彼はバッグの蓋を開けて、バイブルだけ抜き取ってやろうと、そっと指尖《ゆびさ》きを口金の方へ滑らして行った。すると、いきなり柔かい、温かいものにぶつかった。素人掏摸《すり》の指尖は、媚めいた女のしめった指尖に触れたのだった。彼はビクッとして手を引ッ込めた。女は右手でバッグの口金を押さえていたのである。

彼は女の用心深さにほと〳〵感心し、だが心の底から、これではバイブルを盗み取るのは不可能かも知れんと失望した。

画面では、獣人を追う二人の白人同志が相争って、一人が相手を拳銃《ピストル》で射殺してしまった。これは獣人に同情を持つ観客には、むしろ歓迎すべき出来事である筈だったが、女は何事かを連想したと見えて、突然肩を慄わすと激しくこみあげて咽《むせ》び泣き始めた。

彼女自身も狼狽てたと見えて、懐ろに手を突っ込んでハンケチを取り出したが、それが赤青のインキのしみだらけの碁盤縞のバイブル支配人愛用のハンケチだったので、プーンと新吉の鼻へまた例の匂いが強く匂って来た。女は狼狽てゝそのハンケチを懐ろへ押し込み、白いハンケチを取り出そうとしてバッグの蓋をパチンと開いた。

いつの間にか、もう電灯のまばゆい夜の銀座になっていた。映画館を出て来た新吉は、唇をゆがめてニヤリと悪党らしい苦笑いを洩らすと、急いで新橋の方へ歩き始めた。その外套のポケットはむっくりと膨れていた。

智慧を貸そうか

新橋駅に近いパチンコホール〝宝珠〟の前に、市子は心配げな顔で新吉を待ちかねていた。

「遅かったわね」

「また「遅かったわね」か。今日は同じ言葉を二度聞いたぜ」

「あたし心配で堪まらなかったのよ。でもよく早く帰って来てくれたわ。あの女はもう別れて家へ帰ったの？」

「なに言ってんだ。それ所じゃねえや。こっちは大変な金儲けのタネを摑んで来たんだ。まあ、ゆっくり話そう。そうして又、君の智慧を貸して貰わなくちゃならねえんだ」

市子は嬉しそうに、

「まあ、そう？……じゃ、今夜もはずんで昨日のとこへ行きましょうか？」

「温泉マークか？……そう君にばかり金を費《つか》わしても、気の毒だからなあ」

「何言ってんのよ。水臭い事言わないでよ。たんとはないけど、やっとあすこへ行ける位あんのよ」

「まあ、今日はよそう……それに俺、まだ腰が痛くて駄目なんだよ」

「まあ！……そんな気で言ったんじゃないのよ。憎らしいわ」

「イテテッ。抓《つね》らないでくれよ。腰へ響くんだ」

「あら、御免なさい」

「あやまらなくたって、いゝさ。時に、これからどうするかな。腹も減ってるんだが、パチンコ屋の前で待ち合わせて、素通りも義理が悪かろう。一丁やってこう」

「好きねえ……」

二人が〝宝珠〟の店内へ入った途端、電灯がパッと消えた。外の街もまっ暗になった。店内ではすぐに玉台の女達が顔を出して、シュッシュッとマッチをすって用意の蠟燭に火をつけ始めた。が、新吉はもう外へ飛び出していた。

「どうしたの？　やらないの？」

「入った途端に、パッと出鼻を挫かれたんじゃ、とても駄目だよ。うまく行く筈がねえや。後で出直しだ。いつも停電となると行く様だが今夜も例のとこで中華そばでも食いながら、君と相談しよう。チンジャラ、チンジャラと毎日パチンコでうつつを抜かし、女の子と話しばかりしてんのも、馬鹿みたいなもんで、詰まらねえ話だが……」

「あら、そんな事言うもんじゃないわ。それで生きて行かれりゃ、ありがたい見たいなもんじゃないの?……」

「ほんとにそうだ。どうして俺はこうひねくれた考えばかし起きるのか……意気地がねえんだなあ、俺は」

「また始まった。だから、ホテルへ行こう、って言うのよ。さっきは大金儲けだなんて、景気のいゝ話ししてたじゃないの? あの話どうしたの?」

「ウン、それで相談したいんだ」

橋を渡ると、お馴染みの中華料理店だ。薄暗い蓄電池の電灯の下でまた市子は中華そばを食べ、そして新吉はビールをのみながら今日の出来事を話し合った。

「あたしの方は、昨日は千客万来だったけど、今日は門前ジャクラ……もっともジャクラって何の事か知らないけど。あなたと二号さんが来た外は、……そう〳〵、その後から魔法使いがやって来たっけ。又五階よ。その外は商用以外の変った人は一人も来なかったわ」

「俺の方は、二号さんを追ってビルを出てからの話だ……」

市子はフンフン頷いて眼を輝かして新吉の話を聞いていたが、

「それで、これがあなたが映画館で掏摸《す》って来た、バイブル支配人のバイブルなのね?……その変な魔薬や何かの事、どこにあるのよ? ありゃしないわ」

「なに、ない?」

新吉は顔色を変えて、バイブルを引ッたくって、パラ〳〵とやけにめくって行ったが、

「あ、あった、あった。おどかすない。……綴じ目の所の余白に小っぽけな字で書いてやがるから、な

かく分りゃしねえ。ホラ、コカイン二百瓦、ヘロイン五百瓦。次は、と……」

「あら、あったの？　ドラ、拝見」

　市子はバイブルの頁を繰りつゝ、ジイッと瞳をこらして、書き込みの文字を見詰め、しきりに考え込んでいたが、

「怪しいわね。然し、怪しい事は確かだけど、これじゃ出鱈目《でたらめ》の悪戯書と区別の仕様がないわ。田にし課長の言葉じゃないけど、日付も何もないんじゃ、脅迫の材料にもならないわね」

「やっぱりそうかなあ。俺あ、君に見せれば、いゝ智慧が出るだろうと思って、大骨を折ってこいつを盗み出して来たんだが……」

　二人が悄沈して顔を見合わせた時、不意に、

「智慧を貸そうかね？」

　と無気味な声がして、薄暗い光の中へくたびれたソフトを被った男の顔が、眼鏡をキラリと光らしてノソーッと二人の顔のま近かへ現われたので、市子は危うくキャーッと叫びそうになった。新吉もゾーッと全身に寒けを感じた。

〝畜生ッ、また魔法使いが現われやがった！……〟


開けて見給え！


　新吉と市子が蒼白になってブルく慄え出したのを見て、男は突き出した顔を引っ込めた。そして、茶色の大柄な外套をゆすって、クククと口の中で小さな笑い声を立てた。

「君等には色々話したい事があるんだが、まあその前に、今言った通り、君等の行き詰まってる問題を解決する智慧を貸してやろう。いゝかね。君等は今そのバイブルに魔薬その他の密貿易らしい記事の書き込みを発見したが……いや発見したのは、君らじゃなくて、バイブル支配人の二号さんなんだが、そんな事はまあいゝ……日付がなくて脅迫の材料にもならないと歎いていた様だが、そんな事は訳なく分るよ。

　新吉君、ちょっとそのバイブルを持って僕のいう頁をあけて見給え！」

　新吉は、昨日自分を殺そうとした男が目の前に現われたので、すっかり胆を潰してしまい、手足の慄

えが止まらないが、催眠術にかけられた様に男の言うまゝに、バイブルを取り上げた。

男はチョッキのポケットから、よごれた色ハンケチを取り出した。と、プーンと漂って来る香水の匂い！……それはあのバイブル支配人の女用香水の甘ったるい匂いではないか！

男はそのハンケチを拡げた。赤や青のインキでよごれた、基盤縞の色ハンケチだった。エロ支配人の持ち物で、二号さんが昨日机の引き出しから探し出して持って帰ったという、あのハンケチに違いない！

男はそれをちょっと鼻の所に持って行って、小鼻をうごめかしてから、

「いや、失礼……じゃ、いゝかね、先ず四百十五頁。……どうだね、そこには書き込みがあるだろう？読んで見給え！」

途端に……まるで魔法のようにパッと電灯がついた。新吉は全く忘我の人の様に、言われる通り慄えを帯びた声で読み上げた。

「南京虫二十五個。ダイヤ二十個」

「ウム、よし。その取引きのあった日付は、四月十五日だ。……次は五百二十八頁。そこにも書き込みがある筈だ。読んで見給え」

「コカイン百瓦。ヘロイン三百瓦」

「ね？その取り引きの日付けは……」

市子が我を忘れて口を挟んだ。

「五月二十八日！」

魔法使いはニヤリと笑い、

「そうだ。もう分ったな。次は六月三日。いや、六百三頁だ……」

新吉は、六百三頁を開くと、そこにもちゃんと書き込みがしてある。カーッと新吉の頭に血が上った。途端に彼は男の右腕にしがみついた。

「こいつだ！　こいつが犯人だ。だから、こんなに日付を暗記していやがるんだ。市子、逃がさない様に用心しろ！」

市子も万事を悟って、パッと立ち上ると、男の左側に立って逃げ口を塞いだ。

「貴様、昨日はよくも俺を殺そうとしたな。もう摑まえたら、逃がさんぞ。市子、支配人を殺したのも

こいつに違いないんだ！」

が、たけり立つ二人の剣幕に、魔法使いは驚きもせず、ニヤリと笑って、

「まあ、静かにし給え。ゆっくり話をしよう。僕はこうして自分からわざ〳〵顔を出した位だ。逃げも隠れもするんじゃない。手を離して座り給え。店の人が気がつくとうるさい。エレベーターのお嬢さんも、まあお座んなさい」

男の態度が余り静かなので、二人はそれに圧倒されて、口も利けぬ怒りと恐怖に心を打ち慄わせつゝ、市子も言われるまゝに木偶《でく》の様に椅子に腰を落とした。

「今、君は一昨夜の支配人殺しを僕だ、と言ったが、その理由を言って見給え」

「言うとも！　君は新橋駅付近で澤村支配人が殺された時、あの現場の付近にいた。殺人が起きるや俺の背後《うしろ》から「すぐ逃げろ」と耳うちした。俺は狼狽てゝ逃げ出した。が、俺は何も逃げる必要はなかったんだ。君は俺を逃げ出さして俺に警察の目を向けさせ、俺に殺人の罪を被せる積りだったんだ。それから、昨夜はビルの屋上から俺を突き落として殺そうとした。俺はビルの屋上が真ッ暗だったんで、顔は見えなかったが、君がビルの出入口から逃げ出す所を、この市子が目撃している。これでも、君は白《しら》を切る積りか？」

碁盤縞の秘密

男は落ちつき払って、

「宜しい。先ず、君の最初の疑問から順々にお答えしよう。第一に、君は僕が取り引きの日付を暗記してるから犯人だと言ったが、僕は暗記してやしないよ。こゝに書いてあるのさ」

こう言って魔法使いは、エロ支配人のよごれた色ハンケチをテーブルの上に押し拡げた。二人が覗くと、細かい碁盤縞の洒落れたハンケチだが、赤や青のインキで雲の様な斑《まだ》ら模様の汚染《しみ》がある上に、ポツポツと赤や青のインキをはねた様な汚点がついている。

「先ず、このハンケチをどうして僕が持ってるかという事から話さなければならんが、僕は昨夜一晩考

えて、二号さんが昨日会社からバイブルとハンケチを貰ってったという事がどうも臭いと考えた。

そこで、色々考えて見たが分らんので、今日昼から二号さんの家へ行って見たんだ。すると、会社へ行ったという。会社へ行って見ると丁度ビルの横町を二号さんが帰って来るのと行き違った。その顔色ではあ、何か女の話は不調に終ったらしいな、と悟った。

女が角の喫茶店へ入るのを見届けてから、もう一度会社へ行って、そっと受付けで訊いて見ると、今二号さんが応接室で会計課長と二人っきりで話をして帰った所だ、という。僕はそのまゝまたエレベーターで下りて、ビルを出た。

喫茶店へ行って見ると、女の背後に君が陣取って、女のバッグを虎視眈々《こしたんたん》と狙っている。それから二人の後をつけてると、とう〳〵君が映画館の中で女のバッグからバイブルを抜き取った。

そこで、僕は今度は女の後をつけて行き、このハンケチを手に入れた、という訳さ」

「あッ、では君も……?」

「馬鹿言い給え。君じゃあるまいし、掏摸り取りやしないよ。女の後からそっと尾行《つ》けてって、女が家に帰った所で、堂々と玄関から女を訪問し、会社の人事課の者だが、死者の関係者を調査して見舞金を贈りたいと思ってお訪ねしたと言って信用させ、奥へ上げて貰い、女とすっかり打ち解けて話し込んだ結果、納得ずくでこのハンケチを貰って来たのだ。

それで、女はエロ支配人の二号さんだったが、支配人はふだんから「俺は人の秘密を握ってるから、いつか俺は不意に殺されるかも知れない。そんな事が万一起ったら、お前は会社へ行って、俺の机の中から俺のバイブルと、この女用の香水の匂いのする品物を貰って来い。そして警察へ訴え出て呉れ」と言ってた、というのだ。

で、支配人が予言通り殺されたので、二号さんは早速遺言通り、会社へ行ってバイブルと、香水の匂いのするハンケチを貰って来た。が、こゝで女は、一体秘密って何だろう、と考え、バイブルを繰っていると、魔薬の名や時計・ダイヤなど、どうも密貿易臭い品物の名が沢山出て来るので、血のめぐりの速い女で、早くも〝犯罪〟を嗅ぎつけた。そこで、支配人の日頃の言動を思い浮かべて見ると、どうも会社の会計課長が怪しく思われて来た。支配人は何か会計課長の弱点を握っていたらしかったのだな。

そこで、女は考えた。これは警察へ訴えて犯人を摑まえて貰っても一文にもならない。自分がその犯人を脅迫して、うんと絞ってやる方が徳だ、と考えた。

そこで、昨日早速乗り込んで、会計課長を呼び出して当って見ると思ったより手応えがあって、課長は一千万円でバイブルを買い取ろうと言い出した。が、バイブルの内容《なかみ》を一読してから、日付がないから何にもならぬと言い出して、大金を出す事を拒絶した。

がっかりして、銀座通りをトボ〳〵歩いてる中に、ふら〳〵と映画館に入り、それを見てる中に、運悪く掏摸にバイブルを盗《と》られてしまった。

帰りによく〳〵考えて見ると、支配人はバイブルのほかに、日付を記載したものを別に持っていて、それにあの香水の匂いをしめしておいたに違いない。が、自分はうっかりこんなハンケチを持って来てしまったので、飛んだ失敗をしたのだ、と気がついた。が、もうバイブルがなくなっちゃった今、気がついても間に合わない。残念で口惜しくて仕方がない、というのだ。

そこで、僕がそのハンケチを見せて貰うと、この赤と青の汚点が何だか意味ありげに思われたのだ。そこで、じいっと凝視めて考えてる中に、この赤青の汚点が日付を示してるものだという事に気づいたのだ。つまりバイブル支配人は、人がまさかと思って覗いて見る心配のないバイブルへ、自分の目に触れた〝犯罪事実〟を詳しく書き止め、その日付はさっき言った様な工合にバイブルの頁数で示し、なおその日付の表をこのハンケチに書込んで一目瞭然たらしめておいたのだ。

つまり、二号さんをも本心からは信用してない支配人としては、このバイブルとハンケチを二号さんに警察へ届けさせて、専門の警察官にその秘密を訳なく解いて貰う事を期待していた訳だな」

「でも……でも、どうして、このハンケチの汚点で日付が示されるのですか」

新吉が思わずこう訊くと、男はまたニヤリとして、

「分らないかね？　まあ、よく見給え。僕はこの赤青の汚点をじっと凝視めてる中に、その汚点がみんな碁盤の交叉点の上にあり、かつその分布の範囲に制限がある事に気がついたんだ。それで試みに碁盤の線で数えて見ると、縦は十二本、横は三十一本、この中に全部の汚点が納まっているんだ。

こうなれば、誰だって気がつく。殊に今、日付のことが問題になっているのであって見ればね。即ち、縦が月の数、横が日の数を示してる、という事に気がつく訳だ」

「この赤と青の点はどういうのですか？」

市子が昂奮に顔を輝かして訊ねた。

「それはね、青の方をよく見ると、二段まで……つまり二月までしかない。そこで、青が今年の日付だという事が分る。すると、赤の方は先ず去年だろうと見当がつく訳だ」

魔法使いの正体

新吉も市子も魔法使いの美事な推論に、うっとり感心して聞き惚れていたが、新吉はハッと我に返ると、

「フフフ、……で、君はその立派な推論を俺たちに教えようと思ってこゝへやって来たのかね？」

「まさか！……」

男は吐き出す様に、

「そんなお道楽気《どうらくげ》はないよ。僕は、僕の推論が合ってるかどうか、バイブルに当って検《しら》べて見たかったので、お邪魔をしたのだ」

「君はそれで、どうしようというのだ？」

「僕の目的は犯人を摑まえる事だよ。それで、君に協力して貰いたいのだ。つまり、そのバイブルを僕に渡して貰いたいのだ」

新吉はあざ笑った。

「いやなこった。フッフッフ、犯人を摑まえる、だって？……自分で自分を摑まえようってのかね？」

「君は誤解してる」

「誤解してるもんか。君は現に昨夜も、俺をビルの屋上から突き落とそうとした」

「違う。僕は君が背後から羽交締めにされて、突き落とされそうになったので、引き戻してやったんだ。それから、君を突き落とそうとしてた奴を、摑まえようとしたら、君とそいつが僕に向って来るし、三人が三人訳も分らずに互いに闘い合ってたので、とう〳〵奴を取り逃がしちゃったのだ。僕は狼狽てて、ビルを駆け下りて外へ飛び出したが、どこにも見当らなかった。後から考えると、奴は途中で何階かへ身を隠したらしい。屋上は真ッ暗だったから、奴の顔を見る事も出来なかったのだ」

「うまく言い抜けたな。では一昨日の晩、澤村支配人が殺された時、俺の耳もとで「逃げろ」と言って俺を逃げ出させ、俺に嫌疑を掛けさせようと企らんだのは誰だ？」

「君が間抜けだから、犯罪に捲き込まれそうな気がしたからだ。君を本当に逃げさせたかったんだ。というのは、俺はまだ君に用があったのでな……」

「とう〳〵言ったな。貴様は何で俺の後ばかり跟《つ》け廻ったのだ！　どうしてあんなにしつこく俺のパチンコの邪魔をして廻ったんだ？」

「ハハハ、いよ〳〵本当の事を言わなくちゃならなくなった。もう僕が君をつけ狙った目的も果せたから、言ってしまうが、僕は実は、あの会社が密貿易臭いというので、それを探りに行ったんだが、どうにも尻尾が摑めない。窮余の一策、一番怠け者で、一番意志の弱そうなその癖一ぱしの悪党ぶって得意になってる君に目をつけて……まあ、勘弁し給え、正直に言うんだから、仕方がない……その君の後をしつこく追い廻して厭がらせを行い、いら〳〵してやり切れなくなった所で何とか搦め捕って、会社の内情を探ろうと図ったのだ」

「すると、君は……いや、あなたは、一体どういう人なんですか？」

「俺か、俺はこういう者だよ」

魔法使いは名刺を出してテーブルの上においた。

二人が覗き込むと

警視庁刑事　大島《おおしま》鯱男《しやちお》

とあった。

「あッ、あなたが有名な名探偵の大島さん!……」

「まあ、……」新吉と市子とは開いた口が塞がらなかった。

「ソ、それで、犯人は……?」

「ウム、僕が君を追い廻してる中《うち》に、うす〱警察の動きを感知した犯人は、危ないと知ったので、自分の犯罪を看破して知っている澤村支配人を一昨夜永久に沈黙せしめたのだ。

　昨日、この支配人殺害で刑事が調査に来るという事を知って、会計課長は、自己の二重帳簿が発れる事を恐れて、午前中に屋上の雪の吹き溜りの中へ帳簿を隠しに上ったのだ。これを市子さんが発見した訳だが、僕はその市子さんのエレベーター操縦の挙動を怪しんで屋上に上り、足跡を辿って行って雪溜まりを掘り返し、帳簿を発見したが、そのまゝ、又雪の中へ埋めて戻って来たのだ。

　そして、五階まで歩いて下りて、丸金商事の様子をこっそり覗いて見た。会計課長が妙にそわ〱と落ちつかない顔をしていた。それから、給仕どもの話を聞いて見ると、刑事が来たのは会社の方から呼んだので、外交員浅井新吉の使い込みを調べるためだった、という。が、これは、新吉の使い込みを知っていた会計課長が社内のものにそう言い触らしたものだと分った。

　この時は、会計課長にしても、たゞ刑事の来たのを社員が気を廻さない様に、お体裁を図っただけだったろうが、……その晩、屋上に上って帳簿の始末をしに来た彼は……これは、僕は顔は見られなかったが、昼間帳簿を隠した会計課長のほかの者である訳はあるまい。……その彼は、一足さきに新吉君が来てるのを見て、〝失敗《しま》った〟と思うと同時に〝占《し》め、占め〟と思ったに違いない。〝支配人殺害の犯人〟をこゝに仕立てる事が出来るからだ。そこで、背後から押してってビルの屋根から突き落とし〝追いつめられた犯人の自殺〟という事で、自分の身の安全を確保しようとしたのだ。

　逆に彼がこういう真似をした事によって、彼が支配人殺害者であると推論出来るのだ。だから、こゝで犯人を取り逃がしたのは、実に残念だった。

　そこで、今日は昼から二号さんを追って、会社へ行き、君のバイブル掏摸の実習を拝見し、それから二号さんの家へ行ってハンケチを貰ってその謎を解き、こゝへ来てそれを確認し得た……とまあ、こういう順序だ。初めは密輸入の調査だったのが、とんだ殺人事件に発展してしまった、という訳なんだよ」

それから田にし会計課長の自宅へ行くという大島鯱男刑事に無理にせがんで、新吉と市子は同行さして貰った。然し、田にしは自宅にいなかった。顔色を変えた大島刑事は、二人を連れて直ちに二号さんの所へ自動車を飛ばして見ると、課長がバイブルを寄越《よこ》せと言って二号さんを拳銃で脅迫してる所だった。

刑事は危うく射殺されようとしている二号さんの命を救う為に猛然と会計課長に躍りかゝって拳銃を捥ぎ取った。この拳銃によって、刑事は会計課長の支配人殺害の動かぬ証拠を握ったことになった。

〈合作探偵小説〉

薔薇と注射針

木々高太郎
渡辺啓助
村上信彦

前篇　薔薇と五月祭

木々高太郎

白堊荘

なだらかな丘の上に近いところに、五月終りの陽《ひ》光をあびて、小さな白堊の洋館が立っている。終戦後に建てられた新らしい住宅で、前庭も広くとってあり、金網の高い塀からはすっかりなかゞのぞかれる。

いっぱいの薔薇の花、網垣にもまつわりついて満開で、その花から花に、わたる蜂の羽音が耳をすますと聞こえてくるだろう静けさ。朝夕をのぞいて、このあたりいったいに人通りの少ないところだが、いま正午に近い心よい日和に、誰も通るものはない。たゞ一人、R大学の制服を着た二十二三歳の青年が、うつけたような歩き方でやって来た。そして白堊荘《はくあそう》(彼等の間だけでその家をそう名付けていた)にのぼる、表玄関の把手《ノッブ》をつと引いた。まるでこの青年の訪問をその家の人々が待っているところに来たように、当然ベルもならさずに引いたといった様子である。

把手が動かないので、意外という表情でその青年ははじめて立ちどまって白堊荘を見あげた。そして、ベルをおした。何の応答もないので、二三度ベルを押したあと、はじめてその青年は首をかしげた。そして、ポケットからハガキを一枚とり出して、それに書いてある文章をゆっくり読み、表をかえして自分の宛名になっているのをたしかめ、また首をかしげてベルに手をやった。

依然として応答がない。

この時、もう一人の人物が、登場して来た。その人物は女性で、年齢は二十歳を少し越した位に見えるが、そう言えばどことなく学生風のツーピースからも、先刻の青年と同じような目的らしくみえる。陽光に手をかざして、遠くから白堊荘を見上げたが、その表玄関に先客があると見て、これもちょっと首をかしげた。そして、そっとハンドバックをあけてとり出して見ていたのが、やはり一枚のハガキで、そのあて名をみ、うらをかえして、文言《ぶんげん》をも一読するらしく、やがて立ちどまり、先客に知られぬように、その近所の生垣の繁みの方へすりよるように身をひそめて、じっと前方をのぞいていた。

するとまた一人、今度は少しそゝっかしい青年が、これは新調らしくみえる鮮やかな背広服で、うす鼠色の手袋をし、細身のステッキといういで立ちである。服装にそぐわないのは靴だったが、それをかくすように短靴ゲートルの、これも鼠色のフェルトをのぞかせている。その青年は一直線に白堊荘の前迄ゆき、いきなりベルを押して、今にもおし入ろうとした姿勢で待っていたが、応答のないのは、第一の青年の場合と同じであった。

第一の青年はどこに消えていたか、それは入念に応答のないのを確かめていたのを、次の女性の訪客に見られたのは気付かず、やゝあって第二の青年の足音を聞くや否や、白堊の玄関を下りて、何気ない顔をして、その道を向うの方へゆき過ぎて了ったが、背広の青年が玄関に上りかけた時は、はるかさきの道傍《みちばた》に立ちどまり、じっと白堊荘の玄関を伺っていたのである。

無言劇は尚つゞいた。第四の訪客もまた二十四五歳の青年で、これは背丈も大きくスポーツマンらしくジャケツにズボンのいで立ち、変っているところは、この五月に派手なマフラをひらめかしているところだが、手には軽々ともてあそぶように、円盤投げの円盤をもっていた。ゆっくり歩いて、白堊荘に近づくと、先刻の背広の青年が、いまや応答のない玄関で、ポケットよりハガキを出して、何かを確めているところであった。

「やあ、君か。四宮《しのみや》君」

声をかけたのは円盤の選手で、声をかけられた青年は「うん?」と言いながらふりむいたが、バツが悪るそうに右手をポケットにつっ込んだのは、今出して読んだものをかくしたのであった。

「高瀬《たかせ》君か——びっくりした」

「びっくりしたって、マイさん留守なのか? ジョージもいないのか」

「らしい。——」

「僕がやってみよう」

円盤選手は自分で確かめてみなければ信じられないというように、背広の青年を退《しりぞ》けて、自分で玄関に立った。

この青年はベルを鳴らした上に、応答がないとみて、二本の指を口に入れ、ヒューと口笛をならしたり、円盤を右手に高くさしあげて、玄関傍《わき》にある円柱の上部をかるく叩いた。中空円筒の金属は、まるで音楽的なキュンキュンいう音を立てたが、それがこの青年のこの家を訪問する合図でもあるか、運動選手がタイムをとるような科学的なやり方でためしたあと、「いないか、睡ってるか、或いは、――コソともしないようだな」と呟《つぶや》いた。

この時、第五の訪問客が、ゆっくりだらだら坂をあがって来た。見るからに痩せて眼が光って、これはあい着のオーバアに身をつゝんで、この晴れやかな五月の終りの、やゝ汗ばむ気温を、然しこの青年にはおかしくない感じ、医師だったら直ちに、君は喘息《ぜんそく》の発作がおこっている季節だね、と言うであろう。

然し、病気を気で克服しているという型《タイプ》と見え、ぐんぐん白堊荘に近づき、いつもならひと休みするところを、二人の青年が今や応答のないのを決定的の事実とみて、ぼんやりこちらをむいて立っているのに面と向っては、弱みを見せまいとするかの如く、二人を退《の》けて、黙っていきなり玄関に上った。

「留守なんだよ。駄目だよ」

スポーツ青年が、声をかけたが、第五の訪客は黙ってベルをおした。勿論、応答がある筈もなかった。

この様子を、じっとみていて、それまで誰にも気がつかれずに、身をひそめていた唯一人の女性の訪問客は、留守であろうと察したのか、または、訪客の数が多いことに対して反発したのか、身をひそめていた生垣をツイと出て、そのまゝ道を引きかえすらしく、坂をそっと下りる方へと歩を出しかけた時に、下から勢いよくかけあがった、第六の人物にバッたり顔をあわせて了った。

「やあ升田《ますだ》さんか。――池田《いけだ》君のところに行ったの？　え？」

「えゝ、ゆこうとしたのだわ」

「じゃあ、ゆこうよ。僕少しおくれたのさ」

「おくれたって、あんた、約束でもあったの？」

「そうさ。きっかりではない、十二時頃というんですが」

「あら」

「何があらです。ゆこうよ」

女性の訪客は、顔をあからめたが、「そうね」と言って、その青年について、白堊荘の方へ歩き出した。

青年は、やはり同じ位の年齢で、これはまた鼻下《びか》にひげを刈り込んで、アメリカの映画俳優のように、もみあげを長くあご上まで引いていた。エキゾチックな顔で黒い背広服にチョッキなしの派手なネクタイをつけて、フランネルのズボンであったが、そのフランネルにはインキのしみがついたり、何しろ乱雑に着ているとみえて、膝の折目などはまったく筋なしである。

この静かなだらだら坂の丘の上の屋敷町の、この日の正午の通行人は、この六名の人物だけだった。

升田という女性の外《ほか》はみな男で、白堊荘の主人は池田という姓であろう。最後の二人が玄関先きに到着した時は、最初の青年も引きかえして来て、六名の人物がそこに揃って立った。

「君もか？」

「うん。この通り、ハガキを貰ってるんだ」

「どれ、みせろ――わざわざ呼んでおいて、留守だとはけしからん。どちらかゞいるのでなくては……」

「二人で昨夜《ゆうべ》から帰らんのじゃあないのか」

「まさか。昨夜は――いや昨日《きのう》はマイさんの方は帰ったよ」

「池田君の方は？」

「さあ、それも午後ははやくいなくなったぞ」

六人はまるくなって、然し、ハガキをくれて約束した位だから、やがて何かのサインが家の中からか、外からか与えられるであろうと、いずれも思っていたので、立っているのだった。

「マイさんが、御馳走の準備に買物に出ていて、少しおそくなって、あの人のことだから、息せきかけ上ってでもくるんじゃあない？」

升田さんがそう言って、急に何かをうなずくように、「私へのハガキはマイさんではなくて、ジョージですよ——皆さんの方は、みんなマイさんでしょう？」と叫んだ。

　そこで一同はみんなポケットからハガキを出してみせ合ったが、五人の青年には、池田マイ子——即ち妹の方から、一人の女性だけは池田譲次《じようじ》——即ち兄の方からの招きだった。

五月祭

　白堊荘という名がついているわけでもなかったが、友人達が誰いうとなく、そうよんだこの家《や》の主人は、池田兄妹《きようだい》で、こゝにより集められた六人共に、いま同級のR大学芸術科の学生だった。

　終戦後にR大学は多年の企劃をいよいよ実現すると宣言して、芸術科というのを置くことになったが、新制大学の一学科だから、高等学校から入学して全コースが四年間、うちはじめの二年間が一般教養学科で、あとの二年間が、専門の大学課程で、今年の四月に、やっと最高学年の四年生が一クラス出来たばかりである。

　その最初のクラスは生徒の数が二十二人で、外《ほか》に聴講者が一名——何しろ新設の学科の第一回卒業生となる可《べ》きクラスだったから、何の歴史も背負わず、何の伝統も持たず、科長の伊村光恵《いむらこうけい》先生は、成る可《べ》く自治を許すというので、何でもこのクラス二十三名が相談の上、新しい歴史をつくってゆくというわけであった。

　どういうわけで、それが五月二十六日になったのであったか、はっきりした理由は思い出せないが、一昨年の五月二十六日に、当芸術科の科祭ともいう可き「五月祭」が行われた。

　芸術科にあてられた部屋のうち、四つは勿論教室で講義のあるところ、教壇があって黒板があり、約四十ばかりの机と椅子とがならんでいる。もう一つは画室写真室兼舞踊室で、採光がよく、床は堅牢に出来ているから片づけて了えば室内運動が出来る。バレーの練習には、隣の音楽室をあけ放てば全員が一緒に練習が出来るようになっている。

　音楽室は、一段高くなっていて、あけ放して隣りの画室に対してはステージとなるような位置にあり、その地下室は写真を現像する暗室とマイク操作室とになっている。この内三つの部屋に、学生達が飾りつけを行い、他の学科の教授や学生それから父兄や一般入場者に見せる五月祭は、二日間行われて一日を休みに貰う仕組みで、昨年その第一回の催しをやって、この新設学科が、一つの伝統をつくった次第であったが、今年も、つい前日の五月二十六日と七日とに五月祭を行い、今日二十八日は公然と芸術科の休日、明《みよう》二十九日は日曜日というわけであった。

　芸術科創設の第一回生はＲ大学附属の高等学校から入学して来た学生ばかりではなく、いろいろの高等学校より来ている。その中でも変り種が、池田譲次で、父が外交官であったという。従って、小学校は日本で終り、その後ロンドンでも巴里《パリー》でも教育をうけたといっているが、それはあわたゞしい父の赴任の間のことで、従ってどこでも完了していず、こんどの大戦がはじまってから引揚げ外交団として帰っているので、戦争中に改めて日本の中学校に入り直して、Ｍ中学から同じくＭ高等学校を卒業して、当科に入って来たので、年齢はこの学生だけが三十歳になっていた。

　その妹が池田米子《マイこ》で、これは二十五歳、父母は長男を一緒につれ歩いたが、この妹として生れた米子は、戦争前の欧米の雲行を顧慮してはじめから日本へ置いて祖母の手で育てて貰い、従って日本での教育をうけたばかりであるという。兄の譲次がＲ大学芸術科に入ったのを機会に、同じ大学へ妹が入るつもりであったが、妹の教育が新制高等学校卒業の履歴を持っていなかったので、聴講生を志願して同級に入り、これより兄妹は机をならべて四年間を勉強していくことになった。

　この妹、然し、兄の影響をうけたのか、英語も仏蘭西《フランス》語も外の同級の女学生達と比較すると垢ぬけがしていて、生意気とも見られる快活な娘で、自分の名の米子《よねこ》をわざわざマイ子と呼ばせ、外国人と交際する時はマイ・イケダとやっている。書かせるとMye Ikeda だという次第であった。

　さて、そのクラスのうちに、一人図抜けて年齢も高く、外国生活の経歴も持ち、鼻眼鏡をかけたすらりとした青年紳士、はじめから鮮やかな厚ラシャの背広で、大学へ通っている学生がいるのだから、同じクラスの自治的生活も、自《おの》ずとこの学生を中心として運転せざるを得ない。

教授のうちには文壇人として有名な人をも雇ってあるが、そういう先生方は怠けて休み時間が多いし、出てくると有名なのに似合わず、垢ぬけた池田兄妹の英語やフランス語の発音には一目をおいているのみならず、科長伊東光恵先生が比較文学史を専門としながら、英独はいけるが、仏伊は甚だあぶなかしく、学生の池田君の手をかりて文献を探させるような信頼というか敬意をみせるものだから、クラスの学生達は或る者はいまいましくも思いながら、五月祭の計画などになると、例えば素人演劇の一幕をうって出そう、いっそのことせりふは英語で、ものはシェクスピアを、つまり英語劇にしようというようなことになると、勢い池田兄妹を手頼《たよ》りにするといった始末——特に、創立第一回生ともなれば、そのクラスは全科に君臨し、下級生達にも自ずと学風をなすといったわけで、今年の五月祭は言わば池田兄妹を主役としてこの二日をあばれまわったとも言えよう。

昨日一昨日《さくじついっさくじつ》の五月祭では、かくて最高学年はハムレット劇一幕の英語劇を出した。そのいきさつは、とに角、各クラスで劇を出そう、一と幕以上はいけないということで、三年生も一幕を、二年生一年生は合同で一幕を、それから四年生も一幕を、これは外国語でということがきまったのだ。さて四年生のグループは出しものについて、いろいろの議論をとげた。

二つの案が出たが、その一つはマイエル・フェルステルの「アルト・ハイデルベルヒ」の一場面を出そうかというのと、もう一つはジョージの案で、シェクスピアであった。

学生達には「思い出のハイデルベルヒ」はあこがれのまとであった。歴史をくると、この劇は日本の翻訳劇の最初の運動、それがやがては日本の新劇運動にも糸を引いて来たのであったが、島村抱月《しまむらほうげつ》の演出で松井須磨子《まついすまこ》の、やったもので、恐らく日本の民衆には、大学の学生生活というものが、日本と違って外国ではあんなに楽しい生活であろうかということを最初に教えたものであったろう。

　わが芸術科の学生生活がいかに楽しいかが、この劇のケティは、わがクラスでは言うまでもなく池田マイの役柄だと、一同はり切ったが、結局、それなら独逸語《ドイツ》でやることになる――と池田ジョージの主張で、ダアーッとなった。やれないことはない――俺達は独逸語もやるんだから、それは伊村科長にみて貰えばいゝという意見も出て、ジョージもその気勢を示したが、然し何と言っても英語の方がやりよいよ――といい出す学生が多く、結局シェクスピアをとったのだった。

　シェクスピアとなると、ハムレットときまり、さて、そうなると亡霊もハムレットもオフィリヤも出し度《た》いというので、これはジョージが、二三幕を一緒に編輯してかきかえて、一幕劇「ハムレット抄」という表題となった。

　勿論、ハムレットは池田の兄が、オフィリヤはマイがやったし、その他ホレーショや亡霊や、ケルトルードや王は、何カ月も猛練習という次第、――さて、五月祭の楽しい二日が過ぎて、今日、そのうち六名の同級生が、池田兄妹の招待で、二人が父の遺産で終戦後に建てた白堊の小館に、正午に集ったというわけである。

「いったい、君達はいつハガキを受取《うけと》ったのだね」

「君はいつだ？」

「俺はね、五月祭の前。そうだな、四五日も前に受けとってる」

「僕は、五月祭の二日目の朝だった」

「あたしは、そうね、五月祭の前日でしたわ」

　成程、してみると、この招待はいっせいに出されたものではない。特に注目す可《べ》きは、そのうち五人の青年に出されたものは池田マイさんからで、一人の女性に出されたものは、池田ジョージからのものであるという点であった。

「おかしいぜ。僕達男の連中にはマイさんからの名で、君、升田君、つまり、女への招待は、ジョージ、つまり男から出されている、而《しか》も、時刻はすっかり同じなのさ。してみるとこの二人の兄と妹だな、つまり、この家の主人は全くうち合せのない招待か――そのうち五人の男の方はマイさんが独立に招き、一人の女性はジョージが独立に招き、而も偶然一致したのか——或いは共謀で、二人で六人を招こうという手段かね」

不審そうに言ったのは、喘息《ぜんそく》さんで、一同は同じ不審でガヤガヤやっているところへ、電報配達夫の赤い輪の自転車がやって来た。

その配達夫は、六人の人物には見向きもせずに、ベルを鳴らした。そして応答がないとみるや、六人の学生達をジロリとみたが、口角《こうかく》に明かに優越感の表情を浮べながら、馴れたもののゝように表玄関から裏門の方へまわった。

その裏門というのは、同じく道に面して、玄関より更に向うの方、少し小上りになっているところに、白く塗られた枝折戸《しおりど》があり、それが家の傍《わき》づたいに勝手口につゞいている。御用聞きでもくれば、そこから入るのであろう。

電報配達夫が、その枝折戸をおした。然しそれは南京錠らしい鍵がかゝっていて、動かない。そこで、暫らくいじっていたが、こちらの表玄関にまるくなって輪をつくっている青年達の方をみて、一寸相談し度《た》いような顔をしていたが、やがて再び、優越感らしい表情をうかべると、その枝折戸に手をかけて、ひょいと内庭の方へ入って了った。

あっけにとられている六人の方には見向きもしないで、そのまゝ白堊荘の勝手口の方へゆくと見えたが、すぐにまた引きかえして出て来た。そして低い塀を再びひょいととび越えて出て来た。

そして歩をかえして、表玄関の方へ来て、そこにおいてある赤輪の自転車にとびのりざま、坂を下の方へかけゆきながら、

「勝手口はあいていますよ。電報はそこにおいときましたよ——さよなら」

と言いのこして、ちょいと劣等感を感じている学生達の方へ笑顔をみせたまゝすっと走り去ったのであった。

おびたゞしい薔薇とそのうちに包まれた死

学生達は顔を見合わせた。

スポーツ青年は「君、入ってみようよ。とてもおかしいぜ！　君達！」と叫びながら、枝折戸の方へ

かけてゆくと、あとの五人も、或いは勢いよく、或いはいやいやという風に、それでもぞろぞろとついて行ったのだった。

円盤選手は身軽るに柵をのり越えて、あとも入れというように手をふりながら勝手口の方へ行った。

一同は、電報配達夫だって入ったではないか、それに俺達は友人でもあるし、それから今日は特に招かれているのでもある、入ろう入ろうという気持であった。

「入った奴、誰か南京錠を外してくれ」

外のものがそう叫んだが、然し、円盤選手につゞいて入った男の学生達は、みな好奇心にあふれているのであろう、誰も南京錠のことなど気にかけないで、それからそれへと柵をのり越えた。

男のうちでは一番あとで入った喘息《ぜんそく》学生が、あとに残った女性の友達のことを思ったのであろう、南京錠をいじっていたが、鍵がないとあかないと見えて、「君は一寸の間《あいだ》外にいてくれ」と言いおいて、これも勝手口の方へ入った。

外にいた升田は、自分は女だてらに、マイででもなければ昼日中《ひるひなか》柵をのりこえるわけにもゆかないと考えもしたし、また、誰か一人外に番しているのもよかろう、酒でものんで主人兄妹が寝てでもいることならば、恐らく表玄関をあけてよんでくれるでもあろうと、そこにたゝずんで待つことにした。

然し、その間の時間はもの丶二分とはかゝらなかったであろう、異様な叫びが屋内で起ったと思うと、勝手口からひょいと頭を出したのが蒼白な喘息学生で、いつもより一層青白くなった顔は、やがてこちらにいそぎ歩いてくる。

「君！　大変なんだ。入って来てくれよ」

「だって、あたし、のりこえるの？」

「うん。とに角《かく》、南京錠の鍵も見当らぬのだ。それに、君、困ったことになったのだ。みんなで相談しないとならぬ」

「何が？」

「だから、入れば判る」

升田もとに角若い学生だったたから、のり越えようと思えばのり越えられる——と自分で考えた瞬間に、思ったよりやさしく、もういつの間にか柵をのり越えて中に入って了っていた。

あとで聞くと、この時既に升田も瞬間的に蒼白となって了い、何かいやな異様なことのあるのは察していたろうという。勝手口に入ってみると、奥から、早く来いよ、という合図に、二人は黙って入った。洋館で一階はすべて靴のまゝ上れるので、一寸習慣的の遠慮があっただけで、そのまゝのぼると食堂があり、その向うに応接室、その左の方が寝室にもなる部屋で、曾《か》つて聞いているところでは、そこが妹の方のマイの寝台《ベッド》がおいてあった筈で、兄のジョージの方は二階に寝ると聞いていたことが思い出される。

二人は、みんながそこにいるので、そのやゝ広いマイの寝室に入った。

すると、升田の眼を捉えたのが、おびたゞしい薔薇の花である。殆ど室《へや》一杯に薔薇の花をまき散らしたとも見えるし、特にもり上ったように、その寝台が薔薇の花！

そのもりあがった薔薇の花の中から、眠ったようなマイの端麗な顔がのぞいている。

マイは死んでいるのだった。

「まあ――こわいわ」

「手をつけてはいけない。死んでるらしい。自殺なのか？」誰かゞそう言った。

升田は、恐る恐る近づいて、マイの顔の近くに自分の顔をそっと近よせてみた。するとローズの匂いが高く自分の鼻をうった。そして、寝息はたしかにないとみられる。

升田が思わず自分のハンドバックをあけて、手鏡を出した。そして、それをそっとマイの鼻と口のところにかざしてみた。それは曾つて祖母の死んだ時に、母親が泣きながら祖母の鼻と口のところに、鏡をさし出したのを思い出したからのことだが、その鏡がしばらくしても少しもくもらないのを見届けるや、升田はハンドバックにそれを入れながら、「まあ、マイさん、どうして死んだのよ」と話すように言ったかと思うと、急に手で顔を蔽《おお》って、ワッと泣き出した。

一同は、死骸を前にしてじっと立っていた。寝室のカーテンは大《たい》そう厚い布で出来ていたが、五月の正午をすぎた陽光《ひ》は、そのすき間より入って来て、異様なすじを引いている。そして誰も無言であるからには、静寂そのもので、たゞ一人の女性の訪客であるマイの女友達の泣き声が、絶えてはつゞいているのみであった。

「おい。これはどうしたらよいか」

「とに角、我々が手をつけてはよくない。電話で警察へ知らす可きだろう――いったい、自殺なぞしそうもないのになあ」

「遺書があるのか」

「いや、そいつは調べてみなくては判らぬ。然しとに角、我々を今日招待してるのだものなあ」

「ジョージはいないのか」

その声にハッと驚いて、誰か一人が他の部屋をみてまわり、そのうちに二階へもおし上って調べてみた。

「二階にも、どこにもいない。ジョージはいないぜ」

「先刻の電報！　電報は何だ」

おゝ、そうだというので誰か一人が勝手口の方へかけてゆき、すぐに持って来た。

「開いてみよう、電報だけは――おい、読んでみろ」

「うん」

ヨウジスコシクノビル」キヨウマスダヲヒルメシニヨンデアツタ」キタラヨロシクタノム」アトフミ」ジョージ
「発信局はどこだ」

「京都だ。朝の九時頃にウナ電としてうってある。あて名はマイになっている。してみると、ジョージは京都にいっているのだ」

「いつ行ったんだ」

「だって九時に向うを発信してる位だから、昨夜《ゆうべ》のうちに出たにきまっている」

「そうだ。すると、ジョージに相談するひまもあるまい。我々で届出よう」

そこで一同は、まず警察にとゞけた。電話がそのうちに引けるといっていたのに、まだ白堊荘には電話がなかったので、スポーツ青年が近所の酒屋にかけつけて、警視庁に電話をかけたわけだったが、さて、警察に訴え出てから、警察官のくるまでの間にはずいぶん時間のあるものである。

その間に、一同はマイの死因について、というより死の理由について、絶えてははじまる議論を繰りかえしたばかりではなく、一人一人が、白堊荘の中を調べてみた。

盗人《ぬすびと》の入った形跡はない。勿論、強盗だの盗人が入って来てマイを殺したとすれば、あとをあのように薔薇の花で包むことはあるまい。

「いったい、あんなに沢山のバラの花、どこから持って来たのだ。東京中の花店屋をまわったってあんなには集るまい」

「いや、五月祭で、かなりつかったので、それを自分で持って来たのでは……」

そんな話をしている間に、「南京錠あったぞ」という叫声《さけびごえ》がした。それは玄関で発見され、玄関のタタキにおちていたという。

「死体に触らなければよかろう――」

「何を？　どうする？」

「いや、少し薔薇の花を調べ度《た》い」

そういったのは喘息学生で、何か口のうちで小声で呟《つぶや》きながら、しばらく周辺の薔薇の花をいじっていたが、やがて「古いのも新らしいのもある」など と独り言を言った。

そして「や」と叫んで一つの大輪の花をとりあげ一同にそれを示した。

その大輪の花には黒いような点があり、それを引き出してみると、点と見えたのは注射針の頭のところのふくらみで、さっと抜けてとれたのは、キラリと光る注射針一本だった。

中篇　七人目の訪客

渡辺啓助

七人目の訪客はアドニス

「警察はまだかい――おそいンだな」

「このへんは住むには快適だが――それだけ都心から遠い――警察だって、郊外だから、そうテキパキとことは運ばないよ」

六人の訪客たちは、米子の死因やら譲次の不在の理由やらについて、がやがや論議してみたものの、結局は警察の到着を待つよりほかなかった。みんなひどく待ち遠しかった。

「帰っちゃいけないかしら」

男の学生仲間から少し離れて応接間の長椅子に、ポツンと腰かけていた升田冴子《さえこ》が、足を組み直して、誰にともなく訊いた。

「むろん、いけないよ――僕だって、喘息《ぜんそく》の発作が起りそうだし、一刻も早く帰りたいんだが――警察がくるまでは帰えれないよ、帰ったりするとよけい怪しまれるからな」

喘息青年の野島《のじま》は、額に浮いた脂汗を拭きながら云った。

「怪しまれる？――いったい、僕たちは何を怪しまれるンだ――たゞ招待された、と云うだけのことじゃないか」

学生服の山岸《やまぎし》が、落着いて云うつもりが、かなり詰問的な苛立《いらだ》たしい調子にひゞいた。

「そうだよ、怪しくない事実を当然警察官へ云っておかなきゃいけない――それを云わずに帰えっちまったら、痛くもない腹を探ぐられることになるじゃないか」

みんな黙ってしまった。

郊外住宅地の午下《ひるさが》りは、いかにも静かだ。静かすぎる。同じクラスの仲間が六人も一室に落ち合っていながら、みんな奇妙に独《ひと》りぽっちの沈黙のなかに落ちこんでしまっていた。それぞれ、俄かに、仲間を疑いだしたらしい、その意識が、みんなを、独りぽっちに切りはなしてしまったのだ。

「すこし、息苦しいわね――窓をあけましょうか」

升田冴子は、椅子から立ちあがって、応接間の硝子《ガラス》窓をあけた。

彼女は、もう泣けるだけ泣いてしまったせいか、今ではどこにも取り乱している様子は見られなかった。その顔の輪廓に、日頃の冷たい美しさがたち戻っていた。

「鬱陶しいのは、きっと薔薇の匂いのせいよ――マイ子の寝室から漂ってくる薔薇の匂い――死の匂いよ、――堪らないわ、空気の入れかえをしなくっちゃ……野島さん、あなた、薔薇の匂いに対して、過敏症《アレルギー》があるンじゃないかしら――だから、喘息の発作が起りそうなンじゃないの」

「ウン――そ、そうかもしれない」

そう云う野島の横顔をちらッと見やってから、彼女はあけた窓のむこうに視線をうつした。

「僕も、新鮮な外気に触れたほうがよさそうだ」

野島も、冴子と肩をならべて、窓際に、より添った。

「あら、誰かくるわ」

「――」

野島は、声もなく、目を据えたまゝであった。

「誰がくるンだ――警官だろう？」

と、二人の背後から、仲間の四人が窓際に目白押しにならんだ。

「それとも、級《クラス》の連中か？」

「ウ、ウン、違うわ――」

そう云ったきりだった。冴子の声はそれ以上喉から出なかった。異様な好奇心にじっと抑えつけられてしまった様子だ。

「なるほど、級の奴じゃないよ。全然知らん顔だ――」

一瞬、何やら、鬼気に似た思いが、一同の背筋をつらぬいて走った感じであった。

「第七の訪問者!?」

そうだ。警官でもなく、譲次でもなく、まさに第七番目の訪客にちがいなかった。しかも、誰ひとり見知った顔ではない、まったくのニューフェスの登場である。

この窓から見たところでは、うす汚れた恰好をした、まだ廿歳《はたち》前と思われる一少年の姿でしかなかった。

彼が、おそらくマイ子から招かれたにちがいないことは、六人の先客の誰もがしたようにベルを押して応答がないと見ると、やはり一枚のハガキを取りだして、それをもう一度確める、そっくり同じ動作をしたからである。そして、こっちの窓から鈴なりになって眺めている一同の顔に気がつくと、彼は、何やらハッとした様子で、二三歩、よろけるように後ずさりして、そのまゝくるりと踵《きびす》をまわし、玄関の石段をおりかけた。

「に、逃がすなッ」

一同は、われにもなく、異口同音に叫んでしまったのである。

しかし、そう叫んだことに、たいした根拠はなかった。マイ子から招かれた客である以上、先客同様此処《ここ》から立ち去る権利はない、と云う意味か、或はそれよりもっと深い意味を感じとってのことか、逃がすな、と叫んだ当人たちにも、どうやら判らない様であった。たゞ、その場の妙に緊迫した空気から

そう衝動的に叫ばずにいられなかったものらしい。

「逃がすな」の叫びは、当然彼の耳にも聞えたにちがいない。そのとたん、彼は、再び、降りかけた階段を取って返えし、しゃんと姿勢をたて直して、ピョコリとお辞儀をした。

いささかも悪びれない、むしろ、無邪気なあどけないお辞儀のしっぷりであったが、その鋭い眼の色には、「何をッ――逃げるもンか」と云いたげな、挑戦的な光が一瞬みなぎったように見てとれた。

「だって――誰か、玄関をあけてあげなきゃ入れないじゃないの」冴子にいわれて、まっさきに玄関の方へ駈けだしたのは、スポーツ青年の高瀬だった。

高瀬に伴われて（と云うより高瀬を従えてと云うほうがこの場にふさわしかったかも知れない）この第七の訪客が応接室に立ち現われると、いずれも、声もあげ得ず、たじろいた。

先客は、先刻、電報配達夫を見た時よりも、もっと激しい劣等感をおぼえて、まるで、どこかの王子《プリンス》でも迎い入れるように、思わず壁際に、後退《あとず》さって、道をあけずにはいられなかった。

「なんて、綺麗《ハンサム》なンだろう！」

それが、一同の喉元で、軋んだ感嘆の声だった。なにしろ、今さっき窓から折重《おりか》さねて眺めた遠見では、ちょっと目鼻立ちの整ったと云う程度にしか感じられなかったけれど、こうして、まざまざと、その美貌を見せつけられると、さすがに一同はタジタジとならざるを得なかった。

「アドニス——まさにアドニスだ」

誰やらが、伝説的な美青年の名を、囈言《うわごと》のように口走ったが、こんな場合、むしろ女のほうが、異性に対して、より冷静な、したがってより具体的な見方ができるものらしい——とは云っても、升田冴子だって、かなりのショックを受けたことは争われない。

「ほら、あの俳優に似ていない？「肉体の悪魔」の主役をやった、ほらジェラル・フィリップ、あのフィリップにちよっと似てるじゃないの？」

冴子に囁かれても、野島や、倉内《くらうち》（第六の訪問者）、それから、四宮（第三の訪問者）は、いずれも、すぐには同意しなかったが、このハンサムボーイに注がれた彼らの眸《まなざし》には、明らかに彼女の言葉を認めずにいられないような、気圧《けお》された色が、そのまゝあらわれていた。

そうして、彼の方では、自分の美貌が、それほどまでに六人の先客を圧倒してることなど、一向意識していないようであった。——むしろ、自分が、この白堊荘の来客としては、場違いな、着たきり雀の作業服をきて、入ってきたことで、みんなが、あきれはてゝいるのだと思いこんでいるふうであった。とにかく、彼は、一同を、これほど吃驚《びっくり》させたことで、いくらか、得意がっているようにも見えた。

彼は、自分が、天宮寺《てんぐうじ》乙彦《おとひこ》と云うものだと名乗り、もう一度、ぴょっこりとお辞儀した。

乙彦はこの家の水道工事に来た配管工みたいに、デニムの洗いざらしのオーバオールをきていた。片手に、マイ子からの招待のハガキを、片手には、くしゃくしゃになったハンチングベレーを握りしめて、直立した乙彦は、居並らぶ先客を、ゆっくりひとわたり見渡した。

一同は、そのきらきらと黒曜石のように煌《きらめ》く瞳に、すっかり射すくめられてしまった態《てい》であった。

あまりに美貌であると云うことは、天使に近い感じよりは、むしろ、悪魔に似通った感じを抱《いだ》かせることがある——つまり、天宮寺乙彦は、そう云う種類の美貌の持主であったのかも知れない。

こゝに一歩踏み入れて、乙彦は、むしろ居直ったように糞度胸を据えた感じであった。瞬きもせずに息をのんでいる一同の驚駭《きょうがく》ぶりなど一向お構いなしに、乙彦は、微笑をうかべたまゝ云った。

「まっさきにお伺いしますが、マイ子さんは御在宅でしょうか——僕は、彼女から御招待にあずかったもンですが」

「き、きみは」と、野島は、喘息の発作を、辛うじて、抑えながら、挑みかゝるように乙彦に云った。

「君は、——君は、ほ、ほん、ほんとうに知らないのか、彼女は、マイ子さんは、マイ子さんは——」

しかし、野島の語尾は激しい咳の音にかき消されてしまった。

「マイ子さんは御健在ですか」

もう一度、乙彦は念を押した。

「なに、なに、御健在だって——天宮寺君、君は御健在と云ったな——へんな訊き方だな——その反対を、君は、すでに予期して来たンじゃないのか」

スポーツマンの高瀬をはじめ、倉内も四宮も、乙彦を中心にして、じりじりと包囲した。

「いや、たゞオフィリヤ殿は御健在かとおうかゞいしただけです」

いくらか芝居じみていたが、いささかも動じた気配は見えなかった。初々しい片笑窪《えくぼ》(それは一沫の鬼気を感じさせた)をうかべたまゝ、このアドニスは、再び問いかえした。

「死んだよ——マイ子さんは薔薇に埋《うも》れたまゝ死んでいるンだッ」

高瀬が叩きつけるように叫んだ。

「ナニ死んだ?——オフィリヤ殿は遂に昇天されましたか」

天宮寺乙彦の透き通るような薄手の綺麗な頬が、とつぜんピリピリと痙攣した。

「オフィリヤ殿にはとうとう——」

それから乙彦は激しく哄笑した。初夏の陽ざかりの静けさを掻きむしるケッケケッケケッケッと云う疳高《かんだか》い哄笑――一同も思わずそれに釣られて笑った。自分たちまでなんのために笑うのかと気がついたとき、新しい恐怖で誰もが骨にしみ入るように戦慄をおぼえた。

大いに笑う乙彦

「あんな美しい愛らしげな顔をして、なんて厭な笑い方をするンでしょう」

みんなが圧倒されているとき、升田冴子が、まっさきに、吾《われ》に返えって、いいしんから厭らしそうに言った。

乙彦の真珠めいた綺麗な歯並み、思い切りあけた口蓋の濡れ光る桃色《ピンク》の粘膜、――それらをぐっと睨みすえる冴子であった。

「オフィリヤが死んだってことが、なぜそんなに可《お》笑《か》しいのさ」

なぜ？　なぜ？――しかし、これは、遂に、この場合は、解決されずにしまった。

と云うのは、所轄警察署員ならびに警視庁からの一隊が前後して、ドヤドヤと繰りこんできたからである。

七人の招客は、それ以後、いっしょに、喋りあったりする機会は失われた。

一応個別的に、係官の前で、訊問を受けねばならなかった。

しかし、誰もが、ひと通りアリバイを主張し、彼らとの訊問からは、その場ですぐにはたいした手掛りは得られなかった。但し、天宮寺乙彦――これは当然問題になった。実に奇怪な陳述を、而《しか》もしゃあしゃあとして、言って退《の》けたからである。

この七人の招客以外に、もうひとり、訊問を受けたのは、先刻の電報配達夫であった。

彼は、呼び出されたことに、かなり不平らしく、全く腑に落ちないと云いたげな顔つきで、やってきた。

「電報と云うものは、本来受信人乃至《ないし》はその家人《かじん》に直接手渡すべきものじゃないかね」と、刑事部長が配達夫に訊いた。

「応答もないのに、勝手口に投げこんだまゝ行ってしまうなンて、無責任きわまる話だ」ときめつけた。

「そのくらいのこと判っていますよ」と、配達夫も負けてはいなかった。「返事があったから置いてきたンです」

「えッ？　返事があった――屍体以外に人気《ひとけ》のなかった筈のこの家で、いったい誰が返事をしたンだ？」

「いや――確かに返事が聞えました。――女の声でしたよ」配達夫は決してヘコまなかった。

「なんだって、女の声が？――それは池田米子の声だったかね？」

配達夫は頭《かしら》をふった。彼は、池田家には、何回も来ているので、マイ子を知っていた。彼の聞いたのは、マイ子の声ではなかった、と云った。その声は、台所に続く浴室から聞えてきた。

「すると、その女は湯に入っていたわけだね」と部長は念を押した。

「ええ――そうですよ。湯殿の戸があいてましてね。台所の入口の敷居ぎわから、少し首を伸ばすと、湯殿の鏡の端がほんの僅かばかり見えるンです――バスタオルにくるンだ女の片足が、ちょッぴり、鏡の端に映っていましてね。どうも、ひどく艶めかしい所を見ちゃって、気がとがめたンです。今お風呂に入ってるのよ。だからそこに置いてって、と云うもンですから、台所の上り框《あがりがまち》に電報をおいて、わたしは飛びだしてきちゃったンです。――誰もいなかったなンて、そんなベラボーな話がありますかい」

電報配達夫が頑としてそう主張する顔色からしても、嘘とは思われない節があった。

しかし、七人が七人とも、そんな女は、まったく見当らなかったと云い張るのであった。

いや奇怪なのは、それればかりではない。天宮寺乙彦の供述も、これまた、係官を煙《けむ》にまかずにはいなかった。

先ず、係官一同が、そのデニムのオーバオール姿の、ひどく見すぼらしい恰好にもかゝわらず、その天成の美貌に、度胆を抜かれたことは、六人の先客同様であった。乙彦が見ようによっては、誰よりも子供っぽい学生らしい顔だちをしているくせに、学歴などもたゞ定時制高校を出たッきりで、現在、M

工務店の配管工であった。

マイ子と知りあったのは、白堊荘の単化槽工事にきたのがキッカケで、それ以来、ちょいちょい、マイ子に会っていた。マイ子はこの事を彼女の友達には、ひた隠しに隠し続けてきた。彼女は、この変り種の美少年との秘密の交友を、ひとりで楽しみながら、しかし、いずれの日にか自《みず》から進んで、これを仲間に暴露することを企んでいたらしい――その日が今日であったわけだ。

「なるほど、それで君が招待されたのか――しかしだな」と刑事部長は、乙彦の訊問を続けた。

「僕らが入ってきたとき、君はひどく笑っていたな――玄関に着かんうちから聞えていたぜ。なぜ、あんなに馬鹿笑いをしたのかね。場合が場合だ、不謹慎すぎるじゃないか」

「場合が場合だから、笑わずにいられなかったンですよ」

乙彦は、ケロリとして答えながら、またしても笑いかけたが、強いて抑えて話を続けた。

「マイ子さんは、友達連中を担ぎたかったンですよ。彼女は昨日《きのう》と一昨日《おととい》、五月祭でオフィリヤを演《や》ったでしょう、オフィリヤの、死をここで再演したかったんですよ。茶目気のある彼女らしい企劃なンです。

一緒に落ち合うようにしておきながら誰もが自分ひとりだけ招かれたように思いこませたのも、マイ子さんらしいイタズラです。来てみると、呼鈴《ベル》の答もなく、ひッそりかんとしている。こりゃ変だと思ったあげくは、結局、好奇心に釣られて、枝折戸を飛びこして入ってみるくらいのことは当然やらずにはいない連中だ、ということはマイ子さん、ちゃんと見抜いていたンです。入ってみると、オフィリヤ姿のまゝ、夥《おびただ》しい薔薇の花に埋《うず》もれて死んでいる。連中は度胆を抜かれると云うわけなンです――この風変りな招待方法の企劃は僕ひとりだけが、前に聞かされていたンです。つまり僕が、先客が、びっくりしてる様子を、何喰わぬ顔で見届ける役割を仰せつかっていたわけです。見事に一杯喰《く》ってる連中の様子を見て、僕は可笑しくって可笑しくって、こらえきれず爆笑しちゃったンですよ――」

場数を踏んできている刑事部長だった。ちょっとやそっとでは物に動じないはずの部長も、乙彦みたいに、ほれぼれとした美貌の男にも、これほどまた、しゃしゃと空とぼけることの巧みな男にも未だかつて出ッくわしたことがなかった。部長は、われにもなく、椅子を軋らせた。乙彦のすっぺらした頬に、いきなり、平手打ちをくらわせたいくらいだったが、流石《さすが》に、じっと堪《こら》えた。

「オイッ――君は、何を白ばッくれているンだい？　――池田マイ子はただ死んだ真似をしてるンじゃないンだぜ――実際に死んでいるンだ。ぜんぜん、息の通わない死体になっているンだぜ――これが、どうして笑ってすませるンだ？」

「死ンでる？　――そ、そんな」

「そんなもこんなも無い――確実に死んでるんだ。そうすると、君はまだ、マイ子の寝室へ入って、ベッドの上を見なかったのかね」

「むろん、まだですよ――第一寝室なんか覗いてみるヒマもなかった――やってくるなり僕は応接間に引ッ張りこまれちゃったンですからね」

「疑うなら、いってみることだね」

乙彦は、居合せた刑事につき添われて、マイ子の死体を見にいった。

「どうだね――もう、あんな馬鹿笑いはできやしないだろうが……」

刑事部長は、蠟色に凍結したような顔色で戻ってきた乙彦を見据えた。

細身《タイト》のぴっちりしたデニムのズボンは、小刻みに慄えているようだった。亡霊にでも、とり憑かれているような眼の色だった。彼に、ハムレット役を演らせたら、それこそ、打ってつけだろうと思わせるような一種の凄愴感《せいそうかん》があった。

今の乙彦は、泣きも笑いもしなかった。宙に眼をすえたまゝ、部屋のまんなかに棒立ちになっていた。が、

「ロマンチックな死？　――ちぇッ、何がロマンチックな死なもンか――みごとに、演出の裏をかゝれちゃッたんだ」

と、なかば、独り言のように呟《つぶや》いた。

薔薇に埋れたマイ子の屍体を、よっぽど近々と跼《かが》みこんで見詰めたにちがいない。乙彦の蠟色の美し

い頬には、薔薇の花粉がうっすらと附いていた。

死の誘惑

こうして、こゝに招かれた大学生たちと、異分子の乙彦に対する一応の取り調べはすんだものの、まだ帰宅は許されなかった。彼らは、軟禁のかたちで、白堊荘内に留めおかれた。マイ子は自殺ではなく、毒物注射による他殺死と推定され、詳細は更に監察医の報告を待つ順になるのだろうが、その監察医務院の係りもまだ現場には見えていなかった。

「まったく悪夢だわ――譲次さんが帰って来さえすれば、もっと事件の性質が、はっきりするような気がするわ――早く帰ってこないかな……」

升田冴子は、自分を招いた当の主人公たる譲次の不在の為に、妙に、独りぼっちな姿であった。以前は、冴子をとり巻く男友達もすくなからず居たが、此頃《このごろ》では、譲次と急速に親しくなってしまい、それが目立ち過ぎて、他の連中は、遠慮している形だった。

女同志のことだから、親しさの点からは、冴子は、譲次以上にマイ子とは仲よしだった。

こんなに親しい兄妹の一人が、自分をすっぽかして不在、もう一人が殺されているので、さすがに冴子は取りつく島もない、ションボリした姿にならざるを得なかった。

「ジョージは怪《け》しからンね――恋人を、すっぽかして、京都へすッ飛んでしまうなンて――なんとなく臭《くさ》いじゃないか」

四宮が、うしろから歩みよって、冴子の肩に手をおいた。彼は、五月祭に、毒剣をかざしてハムレットを刺そうと大立廻りをやる敵役《かたき》レーヤーチーズに扮した学生だった。そして前に一度、冴子に求愛してきたことがあった。

冴子は、さりげなく肩を外しながら、

「でも、彼の京都行きは、きっとよんどころない突発的な急用のせいよ――そして、私を彼の恋人扱いにするのは少々お門違いだわ――私はジョージさんに語学を見て頂いているだけなのよ」

「へエ、――そうですかね――とすれば、失言取消します。――それはそれとして、この事件には、情痴的臭味が強烈だな」

「よく鼻が利きますこと――わたくしには、一切が五里霧中だわ――マイ子さんが飛び抜けて綺麗で、ボーイフレンドが沢山いすぎるから、そんなふうにとられるのよ」

「飛び抜けて綺麗だと云えば、あの天宮寺乙彦とか称するチンピラさ――これも確かに新鮮なオドロキだ。あいつが入ってくると、僕らは、妙に気圧《けお》されちゃうンだ。まったく悪魔の密使って感じだね――どんな結びつき《コネクション》で、彼がマイ子さんから招待されたのかな」

「私だって、ぜんぜん見当がつかないわ。ほかのことは開け放しなくせに、男友だちに関するかぎり、マイ子さんってひとは、完全な秘密主義なンですもの……そして、飛ンでもない時に、いきなり、御当人を満座のなかに、紛れこませて、私たちの意表を衝く紹介の仕方をするのが、マイ子の趣味なンだから……」

「冴子さんの聡明をもってしても、なお見当がつかんのかな」

「秘中の秘よ――私なんか窺い知れるもンですか――それにしても、いつまで、こうしていればいいの――不安と退屈とで、私、ほんとに死にそうよ」

冴子は、なおも話し続けていたいらしい四宮を尻目にかけて、露《あらわ》に伸びをすると、ひとりで、テラスのほうに出ていった。

無論、テラスに出るくらいの自由は許されていたのである。応接間の西口に階段がついていて、其処《そこ》に出られるようになっていた。

すでにテラスの片隅には、人影があった。天宮寺乙彦だった。R大学生たちとは、まるッきり馴染のない異分子の彼は、ずっと前から此処《ここ》にいた様子であった。

冴子は、人目を気にしながらも、磁力にでもひかれるように、忍びやかに乙彦の方へ、歩みよった。

「乙彦さん――何を、ボンヤリしていらっしゃるの？　――私、あなたとは初対面じゃないのよ」

冴子は、奇襲戦法のつもりか、のっけからこんな高飛車な挨拶の仕方だった。

乙彦は、ぴくりと肩をふるわして振りかえった。

「初対面じゃない？――僕のほうじゃ、全然知りませんね」

　卒直すぎて、にべもない応答だった。

「じゃ、気がつかなかったのね――私のほうは、三度目か四度目よ」

「――」

「あなたは、いつもマイ子さんと一緒だったわ。一度はスケート場で、その次ぎは、ＪＡＴＰの会場で――そのつぎは」

「いやに正確なンですね――でも僕としちゃ、人違いと云うよりほか無いでしょう」

　乙彦の冷淡ぶりなど、冴子は一切構わず、これでもか、これでもか、と云わぬばかりに肉迫した。

「ふつうのひとじゃ気がつきっこないわ――あなたは、マイ子さんといっしょにでかける際は、いつも女装していたンですからね――しかも、私そっくりの姿で――すくなくとも着ているものは、殆んどそっくり私のと同じだったわ。まるで私とマイ子さんとが一緒にいるみたいだったわ――つまり私以外に、もうひとり私がいるのと同じよ、ちょいと見たぐらいじゃ、そんな錯覚しちゃうのよ――それと気がつくとすれば私自身じゃありませんか――マイ子さんと云うひとは、そうした奇想天外の思いつきに夢中になって溺れこむような異常な性格の持主なのよ――私、永い間つきあっているンで、ちゃんと知り抜いてるのよ」

「それも結局、あなたの独断的な思い過しじゃないンですかね」

　乙彦は、いかなる鋭鋒も、しごく冷然と聞き流す態度を変えなかった。しょんぼりと孤立している彼の姿には、一種冷酷な美しい輪廓が、折からの落日の逆光線の中で、鮮かに縁どられて見えた。

「それなら、それでいゝわ」

　そうは云っても、冴子の意外に執拗な攻勢ぶりは、決して中絶するわけではなかった。

「あなたは、薔薇がお好きなンでしょう」

　薄気味悪いほど、なごやかに、彼女は話題を変えてしまった。

「その点だけは否定しませんね」乙彦の方でも素直に応答した。

「あの深紅色のクリムソン・グロリーは？」

「あれも確《たしか》に名花の一つですよ。――好きですね」

「フウベルネ・デュシュは？」

「それも好き」

「純白のカレドニヤは？」

「それも嫌いじゃありません」

「卵色のヘレン・トラウベルは？」

「好き」

「なんだか、お座なりの面倒くさそうな御返事ね――あなたの一番お好きのを云わないからでしょう、きっと」

乙彦は、いささか、たじろいたような気配をちらりと覗かせた。が、すぐたち直って、

「僕の一番好きなの？――知ってるンですか、おそらく、当らないだろうな」

相変らず、たかをくくったような乙彦の返事だった。

「知ってるなんて段《い》じゃないわ」

そう云う冴子の目顔には、級友たちにもめった見せることのない、一刀必殺とでも形容したいような異常な気合がみなぎっていた。

「じゃ、云いましょうか――、英国の一流薔薇師の手によった名花「誘惑《テンプテエション》」を、日本に移植してつくったと云う、血紅色《けつこうしょく》の薔薇よ。似た色といってもクリムソン・グロリーの比じゃないわ。濃すぎて、ちょっとみると黒びろうどのように見えるテンプテエション――ほら、これよ」

彼女は、いきなり、ぱちんと、ハンドバックをあけて、中から一輪の薔薇の花冠《はなかんむり》をとりあげ、そのまゝ胸にかざして、ニコリと微笑んだ。花の形は、だいぶ崩れていたけれど、冴子の云う通り、黒天鵞絨《びろうど》めいた血紅色の妖麗なアクセサリーだった。

「この「誘惑」どこで見つけたと思う？　お湯殿の洗面台の上よ。まだ誰もが、気がつかないうちに、私がひとりで、まっさきに見つけちゃったのよ。そして、すぐに、ハンドバックのなかに、隠してしまったの、――あなたの一番好きな「誘惑」を、あなた以外の誰が浴室の洗面台になんかに落しておくでしょう。オフィリヤの寝台を飾った薔薇は、大部分は平凡な種類ばかりなのに、幾輪《いくりん》か「誘惑」がまじ

っているのは、あなたが持ってきたからに違いないわ——飾る前に、その薔薇を湯殿の洗面台の上に、あなたは置いたのね。そして、寝室に運んでいく際に、一輪だけ、こぼれ落ちたのを知らずにいたンでしょう——探偵めいた云い草だけど、その点から推して、あなたは、誰よりも先廻りして、白堊荘のなかに潜んでいたと疑ってもよさそうな気がするわ。そして、後で、反対側の裏通りに脱けだして、そ知らぬ顔で表門から入ってくることだってできるンですもの。いゝえ、密告するつもりなら、何もわざわざ、あなたに、この花を持って来たりしないわ。よけいなお節介だったかしら。——

そ、そんな恐い顔をなさらないで——何も、あなたが、マイ子殺しの真犯人だなンて、私、決めてかゝっているわけじゃないの。私は、あなたがその点潔白な方だと信じたいわ。でも、何か私の窺い知れない深い悪企みの中に、あなたが引き込まれかけているンじゃないか、と、それが心配で心配でたまらないの。それから、まだあるわ」

彼女は、こゝで、息を入れかえて、またすぐ続けた。

「ほら——電報配達夫は、女の声を聞いた、と云うことで、それが大変問題になっているでしょう。その女のひとが浴室に居たのを、ちらりと見かけたとも云ってたわ。もちろん軀《からだ》の一部分だけだと——その女のひとってのが、ひょっとしたら、あなたじゃないかしら、と私は私なりに当推量をしているのよ。あなたの声は、まだいくらかボーイソプラノの気《け》が残っているわ——だから、それほど声帯模写《にせ》の名人でなかったにしても、あなたなら、女の声に似るくらいのこと、たいして、むずかしいとも思えないの。こういろいろと考え合せると、あなたに不利なことだらけでしょう——いったい、あなたは、こう云う点を、どうやって云い開きするつもりなの——あなたは、マイ子さんと今日のオフィリヤの死の演出について、何かしめし合わせたようなことがなかったの——とにかく、私は、あなたの立場が気になって気になって仕方がないもンだから、つい差出がましい云い方をしてしまって……ねえ、乙彦さん、あなた、敵の術策に陥る前に、ひと先ず此処を脱けだして、どこかへ、身を隠しちゃったらいかゞ？　妙な忠告《アドバイス》をするようだけれど……あら、四宮さんたちが、こっちへくるらしいわ、じゃ、さよなら」

彼女は、「誘惑」を、あわたゞしくハンドバックの中にしまいこむと、くるりと踵《きびす》をかえして、四宮たちのグループの方へ歩みよった。

それから、ほどなくして、監察医務院からの係官たちが繰りこんで来た。

マイ子の変死が、自殺にあらず他殺だ、と云うことも、監察医によって、一層確定的に認められることになるのだから、R大学生たちの間にも、また一段と緊張の度が増して一せいに色めき渡った。いずれもマイ子の寝室のほうを見やりながら、ひそひそと私語《ささやき》を交して落着けない様子であった。みんなの関心が、そっちの方にばかり惹きつけられていたので、天宮寺乙彦の姿が、いつとはなしに消えてしまっていたことには、誰もが気づかずにいた。

マイ子の屍体を一瞥して、監察医は、まずその死顔の端麗なのに、瞳《め》を奪われた面持ちであった。生けるがごとし、と云っても、そうした類の死顔は、そうざらにあるものではない。

「こんな別嬪みたことない、とか、なんとか、おっしゃって！」

老練で気さくな監察医の口から、ふとこんな流行歌の一節が無造作に洩れたのは、この場の物々しい緊迫感に対する手馴れた緩和策であったかも知れないが、実際、これほどの死美人には接したことが無かったからでもあろう——生前は、いかほど美人でも、死顔となれば、醜く面変《おもがわ》りをするのが普通だからである。

「こりゃ、なんだね——単なる毒物注射じゃないな。空っぽの注射器で、空気の静脈注射を犯人がやったンじゃないかな——それによる心臓麻痺らしいぜ——これだと、生けるがごとき死顔を、暫く持ちこたえることができるからね——解剖してみりゃ、すぐわかることだが……」

老監察医は、しかし、こう綺麗じゃちょっと解剖刀《メス》を使う気にもなれない、と云いたげな面持で、マイ子の死顔に、なおも見惚《みと》れているふうであった。

夢想家で、わがままで、茶目気のお嬢さん気質——

その片鱗がマイ子の死顔に微かながらも漂っていて、その裏に、どんな途方もない秘密がかくされているのか、とても臆測の許されない、清潔な美しさがあった。

そのときだった——この死美人、若々しい胸もとのふくらみのあたりに、実にとつぜん、ぽッと血潮が噴きだした——それが、みるみるオフィリヤの衣裳の薄光りする襞に沿ってひろがった。

「あッ——天井からだ！」

まだ一センチもメスを加えていないのだから、マイ子の軀から、血のにじみだすわけはない。当然、天井から滴々《てきてき》と落ちてくる生血のしたたりだった。

「二階だ——二階からだッ」

マイ子の寝室の真上は、兄譲次の部屋になっているはずだ。

R大学生たちも、一せいに二階へ馳け上ろうとしたが、階段を二三段上りかけたところを、刑事たちによって押し返えされてしまった。

無論、冴子も、押しかえされた一人だが、応接間の方に戻りかけながら、扉が開け放しになっているマイ子の寝室を覗いてみた。

そこの水性ペイントを塗った卵白色《らんぱくしょく》の天井に、浸《し》みひろがってる血のあとを見あげながら、

「まるで、「誘惑」だわ——テンプテエションの花びらが貼りついているみたい」

それが、悪魔の中の囁きのように聞えた。

そして、血汐はなおも無心に滴り落ちていた。

後篇　ヴィナス誕生

村上信彦

ヴィナス誕生

升田冴子はなにげなく廊下をふりかえった。学生たちは階段の上り口でなおも刑事とはげしい押問答をしていた。じぶんたちも二階に上らせてくれと掛合っているらしい。「さわいじゃいかん。応接間に待っていたまえ」という刑事たちの声がきこえる。

彼女はそっと寝台《ベッド》に近づいた。なんという異様な、妖しい絵画だろう！　白、ピンク、赤、臙脂《えんじ》の薔薇の花に埋《うず》まったマイ子の死顔は、カーテンを洩れる午後の冬の日をあびて、明るく、しずかに、永遠の静寂のなかに沈んでいる。その胸の上には、天井からしたたった血潮が真紅の花びらのようにひろがりつつある。これがオフェリヤの最後だ。冴子の脚はふるえた。

「死顔にきれもかけずに、野辺の送りよ。墓には降る、降る、涙の雨が……」

口のなかでつぶやいてみた。それはたった一日前に、マイ子のうたったせりふだった。すると、突然あらたな涙がわいてきた。

「われわれは、だれもかれもが大の悪党だ。われわれなどを信じちゃいけない。さ、さっさと尼寺へ行きたまえ……」

「どうしたんだ升田君、ハムレットなんか思い出して！」という声がひびいた。いつのまにか高瀬が、あけはなしたドアを背に立っている。スポーツマンらしい盛り上った胸に両手を組んで、まじまじとその場の光景をみつめていた。

「そうなのよ、高瀬さん」と、たまりかねて冴子はわッと哭《な》きだした。抑えに抑えていた激情が、はじめて堰《せき》を切ってあふれでた。

「まるで芝居の筋書どおりじゃないの。かわいそうなオフェリヤ！　もう二度と生き返りやしないんだわ」

「興奮しちゃだめだ。さ、こっちへ来て休むんだ」

そういう高瀬の声も上《うわ》ずっていた。彼は、急に狂ったように死体に抱きつこうとする冴子の両腕をうしろからかかえて、部屋のそとにつれだした。

応接間にあつまった連中も、立てつづけの異常な出来事のために打ちのめされてしまった。マイ子の死（もはやだれひとり他殺を疑うものはなかった）が与えたショックは大きなものだったが、発見してからかなり時がたっていることと、群衆心理で絶えずしゃべり、歩きまわり、お互いを眺めあい、孤立感とたたかうことによって、かれらはいちおう冷静さを取り戻したかのごとくだった。ところが第二の殺人事件は、いとも簡単に、このみせかけの平衡をかきみだした。もはや冗談の言えるものはなかった。野島はいまにも喘息《ぜんそく》が起りそうに、からだを二つ折りにしてソファにうずくまっていたし、四宮も倉内も青い顔をして頬の筋肉をこわばらせていた。たしかにこんな奇怪な出来事は、探偵小説の世界ならいざしらず、現実の社会に起るとは思えない。だが、事実、起ってしまったのである。

「あの血の垂れているのは、正《まさ》しくジョージの寝室からだぜ」と、山岸はこれ以上沈黙に耐えられないように、あたりをみまわして口を切った。

「だとすると、どういうことになるんだ？　主のいない寝室でだれかが殺されたというわけか」

「まさか、ジョージじゃあるまいね」と四宮がいんうつな声でたずねた。

「君は電報をみたろう。そんなことはありえないじゃないか」

「しかし、他人がひとの家の寝室にはいるかい？」

「僕に訊いたってしかたないよ。しかし、殺されたと仮定すると、加害者もその部屋にいたわけだね」

「ああ、よして！」と、升田冴子がヒステリックにさけんだ。「上と下で、同時にこんなことが起きるなんて、もう、たくさんだわ！」

そのとき、荒々しい足音が近づいて、伊丹《いたみ》刑事部長が応接間の入口にあらわれた。一同は激しいショックをかんじて、一斉に立ち上った。それほど彼の眼には狼狽と、怒りと、奇妙な緊張の色が燃えていた。

「君らはなぜ僕の言うことをきかなかったんだ？」と叩きつけるように、激しく言った。

「あれほど、勝手に自由行動をとっちゃいかんと念を押しといたんじゃないか。六人もうろうろしていて、なぜ二階へ上ってゆくのに気がつかなかったのだ？」

「だれが……」

「ボンヤリしちゃ困るよ。もうひとりいたろうが」

「あッ、アドーニス！」

四宮は大声でさけんだ。

じぶんたちのグループでないせいもあった。だが何よりも冷静を失っていた証拠だ。今の今まで、だれひとり彼が姿を消したことに気がついたものがなかった。

「じゃあ、もしかしたら……部長さん！」

「そのとおり。頸動脈を鋭利なナイフで切られていたよ」

「天宮寺乙彦が殺されたあ？」

倉内が茫然としてつぶやくのを、刑事部長は冷やかに眺めた。それから、歯の間から押し出すように言った。

「なにが乙彦だい、どこの馬の骨だかわかるもんか。……ありゃあ君、女だよ。そして、ズボンのポケットに注射針まで持ってやがった」

薔薇のお雪

死体鑑定の結果、米子の死因は空気の静脈注射による他殺と判明した。天宮寺が他殺されたことは言うまでもない。捜査方針は二つの線にのった。天宮寺の身元を調査することと、池田譲次の手配である。

六人のR大学生はひとまず帰宅を許され、翌日あらためて個々に喚問することになったが、ハガキの招待状、白堊荘の玄関に前後して集まったときの相互の証言が一致していること、それを目撃した電報配達夫の証言などで、はじめから疑う余地は少なかった。訊問は犯罪そのものよりも、主として池田兄妹との交友関係、恋愛や怨恨の有無、かれらの私生活や生活について洗うのが目的といってよかった。

当日の招待客のただひとりの女性、升田冴子が譲次から語学をみてもらうためにときどき白堊荘をたずねたことは当然伊丹刑事部長の注目するところとなったが、彼女はその点、ハッキリ割り切っていた。

「それ四宮さんの証言ね。あのひとは私に求婚したことがあるから臆測するのかもしれないけど、私は語学を教わりに三、四回、お伺いしただけです。譲次さんが私に好意をもっていたことは、正直のところ感じました。でも、私には結婚するなんて気持は毛頭ないのです。だから私、いつだってマイ子さんの部屋でお会いしてた位ですわ」

死んだマイ子は語らない。だが、それが事実であることはすぐわかった。野島の証言によれば、あるときマイ子は彼にむかって、

「あのひとったら、ドイツ語を見てもらうのにも私の部屋でなくちゃ厭だって言うのよ。兄さんの悲観した顔ったらないわ」とさもおかしそうに語ったからだ。

伊丹刑事部長がこれらの調査から学んだことは、現代の大学生気質だったと言えるかもしれない。いや、もしかしたらR大学芸術科特有の学生気質なのであろう。そこには強いられる伝統がなく、じぶんたちの手で、伝統をつくりだすのだという意識が鮮烈に燃えている。その明るい無邪気な自由さは、芸術大学に昇格する以前の美術学校の空気にどこか共通するものがあった。つまり、バカげたことは平気でするが放埒ではない。それをもっともよく示しているのが奇想天外なオフェリヤの再現だった。五月祭に三つの教室を飾った薔薇をかきあつめて寝室を飾り、個別的にハガキを出して「ハムレット」出演者を一堂に会させようとしたことなどは、常識からみれば気狂いじみたことだけれども、芸術科の学生らしい空想にそういない。それをさらに裏づけるものは、かれらの恵まれた生活環境だ。池田兄妹はもちろんだが、面接調査したところによれば、すくなくともあの日に招待された六人の学生はほとんどアルバイトらしいものをもっていなかった。

「なあに、ホシはすぐあがるだろうさ」

伊丹刑事部長は「光」をくわえながら、自信ありげにつぶやいた。兇行そのものは猟奇的だが、底は浅い。これは多年の経験からくるかれの「勘」だった。そして、彼の予想は適中した。

まず、天宮寺という美少女の身元があがった。工務店につとめている配管工などというのは真赤な嘘

で、彼女は新宿のヨタ者仲間でも有名なズベ公だった。もとはかなりいい家庭に育ったらしいが、戦災で両親を失ってから一時は千葉の親戚に引き取られていたのを脱け出して、ふたたび東京に舞いもどった。年は若いが天成の美貌と男勝りの度胸でたちまち人気を博し、いまでは相当の姉御気取りだという。薔薇が好きで、よく胸に真紅の花をさしているところから「薔薇のお雪」などと呼ばれていたが、本名は出口雪子《でぐちゆきこ》、二十一歳とのことだった。

「なにしろ、あれだけの面《めん》をもった女はめったにいませんからね。写真をみせたら、いっぺんでさ。あ、お雪！　なんて言いやがって」と、盛り場から戻ってきた刑事は笑った。

「その、千葉の親戚ってのは、わからないかな」

「さあね。だれもくわしく聞いたものはなさそうだが、薔薇農園だというから、丹念に調べれば分らんこともないだろうが」

「ははあ！」と伊丹刑事部長は舌打ちした。

「俺もヤキがまわったかもしれないな」

「なぜですか？」

「五月祭のバラをあの部屋に運んだとばかり信じていたからさ」

「だって、それは調査ずみの事実じゃありませんか。伊村科長は、二十七日の夕刻に、池田米子に使用済みのバラを譲り渡したと証言していますよ」

「その数量を確かめたかい？　あの部屋のバラはたいへんな量だよ。君、むだかもしれんが、その農園をひとつ洗い出してみてくれないか」

池田譲次の陳述

兇行から四日後の六月一日朝、こっそり白堊荘に立ち戻った池田譲次は、ただちに張り込みの刑事に連行され、伊丹刑事部長の取調べをうけた。

紺の背広に派手なネクタイを結び、鼻眼鏡をかけた譲次は、ひどく興奮していたが、はじめは容易に口を割らなかった。だが、峻烈な部長の追求に会うと、ひとたまりもなくボロを出してしまった。

「君がなんのために京都に行ったかは問わなくてもいいよ。用事なんてどうでもデッチ上げられるからね。しかし、君の足取りはそうはいかない。今日までどこの宿屋に泊ったかは、調べればすぐわかることだ。どうだ、君はあの日、すぐに東京に引っ返したんだろう？」

「いや、それは……」

「うん、これかい？」と刑事部長はポケットからすでに折目の傷んだ電報を取り出し、開いた。「アリバイにしてはよく出来ている。朝九時に京都でこの電報を打ってから、いちばん早く東京に着く列車をさがしても九時二十七分発の霧島《きりしま》しかない。それでも夜の十一時九分着だからね。……ところが十時三分の汽車で十時四十六分に大阪で降りる手がある。これだと十一時五分発の旅客機に悠々と間に合うよ。東京へ着くのが一時前だ。羽田空港から現場までは自動車で四十分とかからない。われわれが階下で騒いでいるとき、裏口からテラスへ忍び込んで、二階に上ることは容易だね。

　仮定はまだあるのさ。ターミナルで、当日十一時五分の飛行機の切符を買ったものを調べてみたところが、住所氏名の該当しないものがたった一人あった。つまりこの男は仮空の住所と偽名をつかったわけだ。ところが君もごぞんじのとおり、航空機という奴は乗客が少ないのでね、スチュワーデスが覚えやすいとみえるんだな。それも普通の人ならそんなことがないんだが、とりわけ印象に残った男が一人いた。そいつはいまどきめったにお目にかからない鼻眼鏡をしていたというんだがね」

「うッ」

　と呻いて、譲次は思わず右手を鼻にあてた。それをしずかに指した刑事部長の指は、徐々にさがって彼の足元にとまった。

「こんどは足とゆこう。犯人がテラスをよじのぼったというのは、もちろん僕の推測なんだが、それはあの時、部屋から発見されない唯一の自然な径路だからだ。ところで、もしそうだとすれば、おなじ状況で逃げ出すのもそのコースの筈だと考えるのは自然だろう。そこであの附近の地面を調べてみたよ。するとね、爪先が外に向った靴痕がたった一つ、テラスのすぐ下にみつかった。これは飛びおりたときの重みで出来たのさ。さっそく型をとっておいたが、これも参考になるだろう」

譲次の顔からは苦しげな汗が吹き出た。そのうなだれた頸《くび》の上で、やさしい声がひびいた。

「つまらない意地はやめるんだね。それとも、あくまで仮定を突き合わせてみるかね。京都で泊った架空の宿屋の名、スチュワーデスの面通し、それから、靴の測定……」

「言ってしまいます。部長さん！」と彼は叫んだ。

「僕が、僕が天宮寺を殺したんです」

「そして君の妹は？」と部長は間髪を入れず、急に口早《くちばや》にたたみかけた。

「天宮寺です」

「罪はおなじだぜ」

「いや、僕じゃない。天宮寺です。だから……だから僕は彼を殺したんです」

伊丹刑事部長は穴のあくほどその顔をみつめていた。それから、ふいに訊ねた。

「君はいま天宮寺と言ったが、あれは男だと思っているのか？」

「新聞で知るまではそう思っていました」

「どうして気がつかなかったんだ？」

「僕は、直接には一回しか会いませんが、幾度も会っている妹でさえ気がつかなかったのです。ふしぎな位です。だが、オーバーオールが女の胸をかくすのにいちばん便利な服装だということを、このごろやっと気づきました。髪はオールバックだし、腰は男のように細いし……」

「よし、わかった。では事情を話してみたまえ」

伊丹刑事部長は腹立たしげにさえぎった。あの日の光景が眼にうかんだのだ。じぶんも、刑事も、監察医もいた。学生も六人いた。そのすべてが異様な美しさを怪しみながらも、女であることが見抜けなかった！

「天宮寺は本名でないそうですが、使い馴れたのでそう呼ぶことにします。あいつが妹と親しくしているのを知ったのは四月のはじめごろでした」と、池田譲次は低い声で話しだした。「私たち兄妹は一緒に暮してこそいますが、むかしからお互いに自由を認めあう習慣なので、天宮寺との交際についても、はじめは干渉する気持はなかったのです。ところがそのうちに妹の金費《かねづか》いが急に荒くなったことに気がつきました。それどころか、ときどき家具までがなくなるのです。あるとき僕は、父がフランスで買ってくれた大型の金側懐中時計がなくなっているのを発見して、妹を呼びつけ、きびしく責め立てました。これは機械としては古いのですが、愛情のしみついた、いちばん大切な品なのです。最初マイ子は白《しら》を切っていましたが、とうとう泣きだして、じぶんが持ち出したと白状しました。そのとき、こうした品や金が妹の手をへて天宮寺に捲き上げられていることがわかりました。つまり、あいつはダニのように妹にまつわりついて、恐カツしていたのです。

僕は憤激しました。そして手を切るように、妹に迫りました。だが、いかに私が怒ったり嘆願したりしても、ただ泣くばかりで承諾しないのです。そしてしまいには、僕の失った品物を弁償するから、二人の交際は認めてくれとまで言うのです。だが、そのときの僕の心配はもう品物じゃありませんでした。たった一人の妹の人生でした。いま考えるとバカな話ですが、絶対に肉体関係はないと言い張る彼女の言葉に一沫の不安を抱きながらも、手を切らせるのはいまのうちだ、さもなければあの天使のようなツラをした悪魔は、妹の将来を滅茶々々にしてしまうだろうと思いました。

だが、すでに狂った彼女を思い停《とど》まらせる方法はないのです。そこで僕は、直接かれに会おうと決心しました。ただそれには条件が一つある。妹が留守で、しかも彼が訪ねてきたときでなければいけないのです。

待ちに待った日はついに来ました。五月二十七日、科祭がすんで僕がさきに家へ帰ると、ほとんど同時に天宮寺が玄関に現われました」

「待ちたまえ。そのとき米子は学校に残って、薔薇の花を譲り受ける交渉をしていたのだね？」

「それは知りません。なぜなら、その時以来僕は妹を見ずに終ってしまったからです。とにかく天宮寺は大きな包みに薔薇の花をたくさん持っていました」

「なに天宮寺がだって？」と伊丹刑事部長は大きな声を出した。が、相手はほとんど気附かぬように話しつづけた。

「そうです。彼はそれをマイ子の依頼で届けに来たと言いました。僕は絶好のチャンスだと思いました。そこで二階の部屋――僕の書斎兼寝室です――にひっぱりあげて、直談判《じかだんぱん》しました。ところが彼はうす気味わるいほど冷静で、少しも動ぜず、おどろいたことには逆に僕を脅迫しました。十万円だすならだまって手を引く。二度と姿を見せない。さもなければどんな手段を使ってもマイ子を自分のものにしてみせる。――こう言って、ズボンのポケットから、麻薬の包みと注射針を出してみせました。僕はぞッとしました。そのときの天宮寺の顔はこの世のものと思われぬすさまじい美しさでした」

「なぜ警察に訴えなかったのだ？」

「そんなことをすればマイ子はどうなると思います？」

「で、脅迫に負けたのだね」

「十万円という金は手元にありません。それで調達のため一カ月待ってくれと言いました。だが天宮寺は、あなたの言うように、警察問題になるのを恐れたのでしょう。急に焦り出して、どうしても二十四時間以内に作れと迫るのです。僕は絶体絶命になりました。そのとき京都に父の親友がいることを思い出しました。K……という貿易会社の社長で、パリで父と一緒に会ったことがあります。僕はこの人にたのむ以外に方法がなかったのです。僕は、明日《あす》午後二時に再び会う約束をしました。飛行機で戻る予定はそのとき立っていたのです。ただ問題は場所です。絶対にマイ子に知られてはいけないのです。ところが天宮寺は、この二階の寝室を主張しました。というのは、彼の口からはじめてわかったのですが、マイ子は五月祭でじぶんの演じたオフェリヤの死を再演して男の学生をあッと言わせるつもりでした。その助手に、彼を呼んでいたのです。そこで彼の言うには、予定の十二時までにマイ子の演出の準備をすませ、一度脱け出して、何食わぬ顔でその演出効果を見届けにくる。学生たちの騒ぎや昼餐会《ちゆうさんかい》はその後《あと》につづくだろうから、その間に二階の寝室に上って取引をすます。僕は京都から電報を打つから、だれも二階に注意するものはない。むしろ安全で確実だというのです」

「しかし、君は升田冴子にもその日来るようにハガキを出している筈だが」

「それは五月祭の前日、つまり二十五日で、天宮寺との会見と関係ありません。マイ子のオフェリヤ演出とも関係ないのです。僕はただ彼女を招いて、三人で昼食を食べようと思ったのですが、こうなればもちろん彼女をすっぽかす外はない。それで、電報によろしくたのむと書いたのです」

「その後の状況は?」

「事は迅速を要しました。僕は午后三時四十分に東京を発って、九時に京都に着きました。そのときとった宿は日野屋《ひのや》旅館です。たった一晩にはちがいありませんが、その旅館に泊ったことだけは調べて下されればわかります。さっそくK……に電話をかけました。ところが、なんということでしょう、K……はとっくにその邸《やしき》を人手に渡し、どこへ行ったのか分らないのです!

万策尽きてその夜は一睡もできませんでした。だが出来ぬものはしかたない。天宮寺に会って事情を話し、手元の金をかきあつめて三万円だけ渡そう。そして東京で金策しよう。それでもダメなら、その時はその時だと思いました」

「殺すつもりだったのか?」

「そんなハッキリした気持はありません。しかし、天宮寺の従来の手口から、事情を話せば三万円は受け取るだろうと漠然と感じていました」

「殺すまでのいきさつは?」

「あなたの推測どおりです。……ただ時間はすこしちがいます。家から一丁ほど手前で車を降りたときはすでに二時十五分でした。こっそり近づくと、家の中はざわめき立っています。だが、オフェリヤの芝居は予期していたことだから、すこしも意外には思いませんでした。裏庭から忍びこみ、テラスをのぼって二階の部屋にじっとひそんでいました。天宮寺が足音をしのばせて上ってきたのはそれから十分後です。僕は約束の時刻がおくれたことを手早く詫び、事情を話し、内金で待ってくれるようにたのみました。その時、彼の頬にはなんともいえぬ冷たい笑いが流れました。そしてこう言ったのです、「おそかったよ、もう間に合わない」僕は一瞬、なんのことかわからず、茫然としていました。すると彼は重ねて「マイ子は死んだよ」と言いました。「オフェリヤは芝居じゃなかったのさ。注射針の殺人なんだ」――とたんに僕はとびかかり、彼をベッドにねじ倒しました。机の上の鋭利なナイフを取って幾度か頸《くび》に突き立てました。一切が夢中でした。しかし、愛する妹を誘惑し、ゆすり、遂にはその兄をも脅迫して、わずかな遅刻を待たずに惨殺するような悪魔を、これ以上生かしてはおけなかったのです……」

死人に口なし

伊丹刑事部長が池田譲次の陳述から発見した点は、この青年が天宮寺の言葉を錯覚したことだった。突《とっ》嗟《さ》の独断から往々にして生れる悲劇である。彼は階下の事件も、警察の到着も知らなかった。ただマイ子の奇矯な思いつきと、天宮寺がそれを手伝うことしか知らなかった。不幸にして彼は約束の二時におくれた。一切が、瞬時にかれの脳裡に結びついたのだ。

だが、言葉の錯覚はあっても、事実の錯覚はないかもしれない。彼はじっと考えこんだ。

浴場に女の足がみえたという電報配達夫の証言からも、天宮寺が白堊荘にいたことは肯けるようだ。その足がバスタオルで包まれていた点から、入浴中でなく拭き終って上るところだったという推測も成り立つ。だとすれば、学生たちが入ってくるまでにワイシャツにオーバーオールをつけて裏口から出ることも不可能ではない。

マイ子が催眠剤をのんでいたことは監察医の証言で明らかになったが、それは絶対に致死量ではない。おそらく彼女はバラの花束に掩《おお》われて美しい死を夢みるロマンティシズムに酔ったのであろう。その無抵抗状態に殺害できるのは出口雪子こと天宮寺以外にない。だが、かりにそうだとしても、死人に口なしで、殺害の動機は訊ねるに由《よし》ない。

まもなく千葉県の薔薇農園が探し出された。近藤《こんどう》農園主は五十前後の弱々しい男だったが、彼の陳述によると、戦災で孤児になった姪の雪子をひきとったときはまだ十三歳だった。彼女はそこで土地の学校に通い、傍らバラの栽培を手伝っていたが、なみすぐれた美貌が災いして十七歳のころには学校の教師との間に風評が立ち、とうとう居堪《いたた》まれなくなって東京に出奔してしまった。それ以後ときどき訪ねてくるが、家に居ついたことはない。先月二十七日来たときも、友人にたのまれたと言って大量の薔薇を買いつけ、すぐに帰っていった。

「ははあ、すると、あの部屋の薔薇は二ヵ所から集めたんだな」

部屋いっぱいに撒きちらされた薔薇の出所は判明した。だが、それだけだった。

「生きかえらして死刑にしたって始まらないんだが、どうもすっきりしない」と伊丹刑事部長は首をふった。

ところが、それから三日めに、突然、升田冴子がガス自殺をとげた。小綺麗なアパートの室内はきちんと整頓され、机の上には一通の封筒がのっていた。宛名は、伊丹刑事部長殿と記されていた。

升田冴子の遺書

私は法律を免れるため、或は良心の苛責に耐え得ずして死ぬのではありません。愛する人間のあとを追いたい、それだけです。

マイ子を殺したのは私です。あなたにとっては問題の盲点さえ立証されればいいのでしょうから、遺書の形で簡単に報告いたします。

マイ子と私とは相愛の仲でした。こう申し上げれば私たちが通常の女とはややちがった、アブノーマルな性格の人間だったことがおわかりと思います。

幸か不幸か、私のような女を愛して下さる方は二人もありました。四宮さんと、譲次さんです。だが私はどちらにも心を動かされず、全熱情をマイ子ひとりにささげたのです。

ところが、この春ごろからマイ子の態度は眼にみえて冷やかになってきました。約束の日をはぐらかしたり、時間をわざと間違えたりして、会うのを避けるのです。恋するものの本能と申しますが、私はマイ子にてっきり新らしい対象ができたに相違ないと感じました。そしてまもなく、天宮寺乙彦というかくれた恋人がいるのを嗅ぎつけました。この男装の美少女には私ばかりでなく皆さんが欺かれたわけですが、マイ子だけはもちろん例外です。いま私はハッキリわかるのですが、マイ子は私の眼をくらまそうとして男装させていたのです。この心理、おわかりになりますか？　私のような女は、異性よりも同性の親友に嫉妬するのです。それにマイ子には、天宮寺が男だから恋人ではないと言い張る口実になりました。事実、Ｒ大学にはハンサム・ボーイが沢山いますけれども、私もマイ子も無関心でつきあっていたのですから。

だが、いかに彼女が私を言いくるめても、天宮寺に会うために私をすっぽかすことが度重なるにつれて、やはり嫉妬は燃え上りました。その上、彼女は私が尾行したとはしらないで、二人きりのときには女装させたりしています。たとえ美少年だと信じていても、その女装姿は私よりも美しい（当然の話ですが）。私は憂欝と幻滅におそわれ、自殺しようと計ったことさえあります。だが結局、その前に是非一度マイ子に会って、最后の話をつけようと決心しました。

五月祭の前日、私は譲次さんから招待のハガキを受けとりました。マイ子と気まずくなってから白堊荘へゆくのも後《うしろ》めたく、無理に遠去かっていた私ですが、これは絶好の口実になります。しかも譲次さんは外国育ちの習慣があって、約束の時刻はきわめて正確《パンクチュアル》であり、それよりも早くてもおそくても会えなかったのを思い出しました。もし予定より早く行ったらマイ子だけに会えるかもしれない。そこであの日、私は約束の時間より一時間早く出かけたのです。

すると、おどろいたことには私より一足さきに、憎むべき天宮寺が白堊荘の玄関に立っているではありませんか。そしてベルを押したかと思うと待ち構えたようにドアがあいて、彼の姿は吸い込まれたのです。私は遠くからこの様子をながめて、血が逆流する思いでした。

そのまま帰ろうかとかなり永い間、私は思い悩みました。が、嫉妬はさらに強く私を駆り立てました。裏にまわって木戸を押すと南京錠が掛っています。思いきって垣根をのりこしました。すると、だれが落したのか、カギが足元に光っています。私は無意識にそれを拾い、奥にすすみました。

勝手口からのぞきこむと、浴室で水の流れる音がしています。それが誰かはわかりません。私は急に大胆になって、応接間を通りぬけ、寝室の前で立ちどまりました。すると、半開きのドアから、薔薇の花で掩われた部屋と、ベッドに横たわっているマイ子の姿が映りました。

浴室をのぞけば二階も階下《した》もひっそりとして物音一つしません。突嗟に私は、浴室にいるのが天宮寺だと悟りました。それで、思いきって寝室に入ったのです。マイ、マイ、と声をかけたが返事がありません。マイ、マイと声をかけて揺《ゆす》ぶると、枕元から小さなベロナールの瓶がころがりおちました。

おびただしいバラの花と催眠剤、天宮寺の入浴。――とっさにうかんだのは、情死という想像です。ところが、いそいで薬瓶を拾い上げてみると、私は啞然としました。自殺を決意したことのある私には、マイ子の飲んだ量が、ホンの数時間もすれば醒める程度だということがすぐわかったのです。

恐怖は反射的にはげしい怒りに変りました。寝室とバラと入浴との連鎖は全くべつの快楽図に転化したのです。そのとき、私の胸に殺意が生じました。――マイを殺すことによって、私は永遠にマイを所有するのだ。もはやマイはあの美少年のものとならない。私は自己の死のために持ち歩いていた注射針をハンドバックから取り出し、静脈に空気を注射すると、わざとその針をバラの花弁の間に残しました。これで、嫌疑を天宮寺にかけられる。

夢遊病者のように立ち上った私は、ふらふらと玄関まで出ましたが急に思いかえし、ふたたび裏口に取って返しました。そのとき手にカギを握っているのに気附いて、玄関のタタキに投げ出しました。

なぜ十二時に玄関に出直したか？　マイ子の死顔にもう一度別れを告げたかったのと、天宮寺の周章《あわて》ぶりをみたかったからです。ところが肝心の天宮寺が私と同様に出直してくるのを見たときのおどろきはどんなだったでしょう！　きっと深いたくらみがある。私はいよいよ彼と対決する気持になりました。

そこで、かれをみつけて皆が窓にかけよった隙に、「誘惑《テンプテエシヨン》」の一輪を拾ってハンドバックにかくしました。それは彼が女装しているとき、かならず胸に飾っているのを思い出して、なにか役に立つと思ったからです。

　その後、私はテラスに彼ひとりがいるのをみつけて、その花をつきつけ、浴場で拾ったとおどかしました。また彼がマイ子と女装して歩いたことや、その服装が私とそっくりだということを告げました。実を言えば、私がマイ子の心を惹《ひ》こうとして無意識のうちに模倣するようになったのを、逆用したのです。嫉妬と復讐に憑かれた私は、どんな思いつきでもトリックでも利用するつもりでした。そして彼の心をかきみだし、不安を掻き立て、あの混乱の最中《さなか》に逃亡させることができれば、いよいよ嫌疑は深まるだろうという肚でした。

　だが彼が譲次さんの手にかかって亡くなった今、もうそれも無意味になりました。私はマイを奪い返すために、マイを殺したのです。マイを永遠に確保するためには、私自身を殺さねばなりません。

　最後に私は、譲次さんの罪をかなしみます。あわれなジョージ、あなたは何も知らないのだ！　あなたが手を下さなくても、天宮寺はきっと逮捕され、死にまさる苦しみをなめたでありましょうに。

狂う円盤

白堊荘事件はR大学芸術科の学生に絶大なショックをあたえた。事件は升田冴子の自殺で落着したが、あまりにも身近かな青春の悲劇はかれらの生活に、いつまでも暗い影の尾を曳《ひ》いていた。

　六月も終りにちかい黄昏だった。授業はとっくに終ったが、四宮と高瀬はグラウンドの草にねそべっていた。升田冴子が亡くなってから、四宮はただひとりの親友にへばりつき、閑《ひま》さえあれば当時の思い出に耽りたがった。

「そりゃあ、ジョージは派手で、キザなところもあった。がやっぱりいい男だったよ」

「もうよせ、そんな話」

「だが、君はあいつに同情しないからさ」

「しないよ」

「妹のために殺人を犯したんだぜ。たとえ誤解だとしてもだ」

「まあいい。……四宮君、俺、一足さきに失敬するぜ」

会話を打ち切るように高瀬は立ち上って、二三歩あるきかけた。四宮も起き上ったが、ふと円盤が転がっているのに気づいて、拾い上げた。

「忘れものだぞ。あれッ、軽いなあ！」

「なに？」と振り返って高瀬が声をかけたとき、四宮は笑いながら、もう円盤投げのポーズをとっていた。

「まるでプラクシテレスの彫刻みたいだろう」

「おい、よせっ！　投げちゃいかん！」

「大丈夫だよ、こわれものじゃあるまいし。いっぺん位やらせてみろよ」

「おいっ！」

かまわず四宮は二三回ぐるぐるッと廻って力まかせに投げた。すると、ふしぎな現象が起きた。それは水平に飛ぶかと思いの外、くるッと宙返りを打ちながら、十五メートルばかり左に舞い落ちた。

「あれッ、どうしたんだ？」

顔を見合せたとき、高瀬の頬は真青だった。


それから同時に走り出した。四宮のほうがわずかに早かった。友人が拾おうとして屈んだとき、かれは足で円盤をおさえた。すると、バリッという音がした。

高瀬はもう争わなかった。地面に腰をおろして、友人がするままに任していた。四宮がこわれた円盤を手にとってみると、薄い木片を継ぎ合せた円の一端が破れて、中は三分の一ほど空洞になっている。倒《さか》さにすると、綿にくるまった小さな瓶がころがりでた。

「君、……これは？」

「わかったらしかたない。ごらんのとおりだ」

「というと？」

「麻薬だよ」

「えッ」

ながい沈黙がおちた。高瀬は引き吊った笑いをうかべて、白色《はくしょく》の粉の詰った瓶を手にとり、弄んだ。

「これで四千円はする。ちょっといい商売だろう。これを教えてくれたのはジョージだよ」

四宮はおどろきのあまり、声が詰まった。

高瀬は両膝を組み、じっと大地をみつめていたが、自嘲するかのように低い声でしゃべりだした。

「こうなれば何もかも打ち明けよう。俺はもう一年以上も前からこれをアルバイトにしている。入手先はジョージだ。あいつは外国を渡り歩いた関係から入手ルートを知っている。ただ自分で直接危険を冒さず、俺や天宮寺のような人間をつかって売らせているんだ。

どうして俺が円盤なんか持ち歩くのか、疑いそうなものじゃないか。白堊荘で競技するわけじゃないしね。それを君らも警察の連中も気にしないのだ。世の中は甘いよ。

天宮寺は俺の仲間だからよく知っている。もちろん女だということもね。それどころか、ジョージは彼女と肉体関係まで結んでいた。これは麻薬売買に欠くべからざる条件だよ。もし升田冴子が同性愛者でなかったら、きっと彼女もジョージにしてやられて麻薬の手先にされていたにそういない。

あの日のことを少し話そうか。俺はマイの招待に参上したわけだが、事件が起きてオジャンになった。だが、そもそもオフェリヤ再現を企劃したのはジョージだよ。ジョージがマイにすすめて、あッと言わせてやれということになったんだ。序《ついで》に言っておくがね。千葉の近藤というバラ園の主人は大した伯父だよ。あいつは天宮寺の麻薬売買をうすうす嗅ぎつけて、なにかといえば脅していたんだ。そのために彼女はいくどか金を絞られている。それはジョージにとっても無関係じゃない。だから学校のバラのほかに、要らないバラまで買ってやったりしたのさ。いくら酔狂だって、部屋じゅうバラで埋めるなんてあり得ざることだよ。

さて、なぜジョージがオフェリヤ再現をマイにすすめたかだ。それは天宮寺と取引するだけじゃなく、あいびきするためだったんだ。邪魔者がすっかり名女優気取りで眠ってくれれば、どんな奇怪な愛欲絵巻だって繰りひろげられるからね。ところが、京都の取引先の外人から至急くるように言ってきたので、すっかり予定が狂ってしまった。これは推定だがまちがいない。ジョージは取引先の名は警戒して言わないが、神戸が危険で京都にルートが移ったことは話していたし、それ以外に彼が行く理由はないからだ。

じゃあ、なぜ飛行機で飛んでかえったかって？きまってるじゃないか。販売ルートは僕と天宮寺の二人きりだよ。それも天宮寺の額は僕と比較にならぬほど大きいから、飛行機の料金なんか問題じゃない。それをものものしく考えるのは貧しい人間の悲哀だよ。

ジョージが人目をさけて、テラスから二階に上るとき、おそらく天宮寺をみつけて呼んだのだろう。殺害の理由はわからない。そこだけはジョージの陳述どおり、天宮寺の言葉を錯覚したのかもしれないし、取引上のもつれだったかもしれない。ジョージはおそろしく勘定高い男だからね。或いは、……いや、もうよそう。どうせ過ぎ去ったことだ」

「………」

「眠れるものは安らかに眠らしめよだ、ねえ」

また沈黙がおちた。あたりは暗くなりはじめた。

「で、君はどうする？」と、しばらくして四宮はたずねた。

「自首するしかないだろうな」と友人は彼を見上げて呟《つぶや》いた。

四宮は腕をのばして瓶を奪い取り、地面に投げつけ靴で踏みくだいた。夕闇のなかに、白い粉は雪のように飛び散った。

「どうせ過ぎたことだよ」と言いながら、彼は深く息を吸って、ハムレットの一節を口ずさんだ。

――〝ともすれば、あり勝ちのことこそ起りける〟――

〈合作探偵小説〉

火星の男

水谷準
永瀬三吾
夢座海二

前篇　二匹の野獣

水谷　準

不思議な紳士

黄昏《たそがれ》が水の涸れた多摩川《たまがわ》の河原《かわら》から這いあがって来た。三月はじめだが、まだ春の気配は感じられない。自動車は舗装してない凸凹《でこぼこ》道にひどく揺れた。それが馬鹿にのろのろしているように思われた。

「少し急いでくれないか」

云われて運転手は返事をするかわりに、スピードを増した。車は一層はげしく上下動した。客席の一人の男は吊り紐に手をやったが、二人とも自分の側の硝子《ガラス》越しに茫漠とした外の景色を見やっていた。

この時であった。思いもかけないことが起った。道が四つ辻にさしかかっていたが、こんなところで警笛を鳴らす必要もないままに、全速力で突切《つっき》ろうとした途端に、横合いから突然真黒《まっくろ》なものがとびだして来て、もろに体当りをくれた。それは誰かが目撃していたら、二匹の野獣が出会いがしらに本能的な果し合いでもやったかのように見えただろう。轟然たる音と一緒に、乗用車は斜《ななめ》に飛びあがって、腹を見せながら、それでも引繰《ひっく》り返りはせずに道路から低くなっている荒地《あれち》の斜面にぐしゃりとへたばった。横合いから突っかけたのはトラックだったが、ハンドルをきり損なって道傍《みちばた》の電柱にもろにヘッドを打ちつけ、それきり動かなくなった。

一瞬の出来事で、その際の音響はすさまじかったが、すぐにしーんとなった。エンジンの音も人の声もしなかった。まるで無人の車が二台触れ合ったかのようだった。それに、この椿事《ちんじ》を誰も見たものがなかった。

五分ほどそのままだった。その間に、夕暮がひしひしと道路を暗く包み込んで行った。

だが、乗用車の中では、この時もぞもぞと動きだしたものが一人あった。彼は先刻、運転手に急ぐように命じた男で、ぶざまな姿勢から起きあがると、しきり頭を振っていたが、やがて大きく欠伸《あくび》をした。

運転台には運転手がハンドルの下の方へ頭を突込

んだまま動かなかった。彼の隣りには連れの男が、これも窮屈な姿勢で熟睡でもしてるように手足を投げだしていた。

　彼はのろのろした手つきで、扉《ドア》を押しあけようとした。扉はすぐは開《ひら》かなかったが、やがてぎしぎし云いながら開いた。彼は外をうかがっていたが、思いついたように煙草をとり出して一服つけた。が、ひどくまずかったと見えて、すぐそれを捨てた。

　もう一度傍らに寝ころがっている男を見返ったが、何を思ったか彼はその男の内懐に手を伸ばした。引《ひっ》張《ぱ》りだしたのはドル入れだった。相当にふくれている。それを当然のことででもあるような様子で自分のポケットに押しこむと、自動車の外へ出た。

　寒さを感じて外套の襟を立てた。それから帽子をかぶっていないことに気づき、床にころがっているソフトを頭にのせると、バタンと扉を閉じて、あとをも見ずにすたすたと歩きだした。

　彼はその田舎道を知り抜いているような足取りだった。何やら口の中でぶつぶつ呟いているが、よく聞くとそれは、今の子供たちの知らない旧《ふる》い童謡の節廻しだった。

　土手っぷちの道に出ると、彼は川の流れに沿うてどこまでも歩きつづけた。自動車の事故で、頭や肩や腰のあたりに痛みを感じながらも、その足取りは軽かった。彼は若くはない。もう四十を過ぎた年配だった。

　半時間余りも歩きつづけただろうか。街道筋へ出た。前灯《ヘッドライト》をつけた自動車が左右にとびちがっていた。道ばたに佇んで、彼は行きすぎる自動車を物色した。このへんを空のタクシーが通ることは稀なことだが、彼は辛抱強く待った。そしてとうとうその目的を達した。まだ型の新しいシボレーだった。

　座席に落着くと、彼は一言いった。

「銀座《ぎんざ》」

　運転手は年配の男だった。

「旦那は運がようがすぜ。こんなところで戻り車をつかまえるなんて。……新宿《しんじゅく》でお婆さんが急病になりやしてね、いま有馬《ありま》っていう村まで送りつけて来た帰りでさあ。なアに急病っても、急に賑かな新宿へ出たもんだから、眼を廻して脳貧血を起したただけなんで」

渋谷《しぶや》方面に向けて車を飛ばしながら、運転手はそれまでの口淋しさを一気に取返《とりかえ》そうとでもするように喋りだしたが、客は返事をしなかった。座席にのけぞるようにして眼を空間に投げている。

東京の街《まち》はすっかり夜になっていた。ネオン・ライトが夜気を吸いこんで輝きはじめている。それをぼんやり眺めていた彼の頰に、急にいきいきしたものがみなぎって来た。

「おい、ちょっと……煙草が買いたいんだ」

運転手は車のスピードをゆるめて、

「ピースでよかったら、私のがありますぜ」

「いや、急に葉巻が吸いたくなったんだ」

「へえ、葉巻をね。このへんの煙草屋に売ってるかな」

「すまんが、これで買って来てくれ。一本でいい。釣りは車代の一部にとっといて貰おう」

彼は千円札を運転手に渡した。運転手は気がすゝまぬ様子だったが、思い直して左右の店舗をうかゞい、煙草屋を見つけた時に車をとめた。

運転手が煙草を買いにとびだして行くのを見送った客は、矢庭に座席から運転台に乗越《のりこ》えて行き、ハンドルの前に坐った。

彼は今にも運転手に代って自動車をスタートさせるような手つきをしたが、車は動かなかった。彼は運転を知らなかったのだ。

「おかしいな」

呟いて、煙草屋の方をすかし見た。運転手はもうこっちへ戻りかけていたので、彼は助手席へいそいで身をずらした。

運転手は僅かの間に客が助手席に移っているのを見て、自分の眼を疑うように驚いた。

「ど、どうしたんです?」

「いや、こゝの方がいゝんだ。……葉巻はあったか?」

「ありませんよ」

まだ客の様子が、解《げ》せないのか、運転手は外に立ったまゝで、じろじろ見ていた。しかし客はけろりとした顔つきで、

「いゝよ、もう。銀座へ行けば売ってるだろう。金

はそのまゝ預けておく。それくらいのメートルだろう。やってくれ」

「へえ」

　運転手は気味悪そうに席へ乗りこんで来て、そっけない表情のまゝで再び車を動かしはじめた。運転手は勿論彼が車を運転しかけたことに気づいてはいなかった。だが彼がひょっとしたら、金を盗む気で助手席へ乗移《のりうつ》って来たのではないかと邪推していた。それにしては、千円の金を自分に預けた態度がおかしかった。割切《わりき》れない気持で、何だか妖怪じみた気分に襲われ、自分の隣りにじッと動かずにいる客のために、こっちの身体が硬《こわ》ばって来るのを制しきれなかった。

　しかし自動車は都心に近づいて来ていた。客は有《ゆう》楽町《らくちょう》のガードの手前で降りた。チップを二百円置いて行った。

「えい、チップは満更《まんざら》じゃねえが、何だか死神でも乗っけたような気がする」

　運転手は彼の後ろ姿を見送って呟いた。

死神の火星人

　その死神は人波にまぎれて、ぶらりぶらりと数寄《すき》屋橋《やばし》を渡りかけ、振返《ふりかえ》って電光ニュースに見とれた。

　——汚職事件いよいよ発展松原《まつばら》氏検挙か
　そういうニュースも彼の眼に映じた。彼のまわりの何人かの通行人は口々に政治家を呪う言葉を吐き散らした。彼はその一人々々の顔をじっと見つめていたが、また歩きだして交叉点をよぎった。尾張町《おわりちょう》の角へ来た時、彼は立ちどまった。時計店の大きな飾り窓の前に、レモン色の外套を着た一人の若い女が佇んでいた。痩せているが羚羊《かもしか》のような弾力があって、眼尻《めじり》を釣上《つりあ》げたような化粧をしている。

「やあ、ミッチー、こんばんは」

　その女の前へ歩み寄って、死神は気軽く声をかけた。

　女は彼を見守ったが、まばたき一つせぬ眼で、

「こんばんは。……でも、あなた、だれ？」

「だれでもいゝじゃないか。……ぼくを待ってゝく

れたんじゃなかったのかな」

「まあ」

女はトンとヒールで敷石をたゝいた。

「きみは日本人とは遊ばないんだっけな。実はぼくも日本人じゃないんだ。火星人さ」

「カセイジン？　支那の人ね」

「そんなところだよ。どうだね、約束がなければ、そのへんを散歩しないか。こんなところに長居をしてると、冷えて風邪を引くよ」

「カクテル奢ってくれるというの？」

「カクテルでも何でもお望み次第だよ」

「そう、それじゃ少し附合《つきあ》ってもいゝわ、カさん」

ミッチーはその死神をほんとうに中国人と思ったようであった。しかし彼はそんなことを一向気にもしてなかった。女をうしろからかゝえるようにして、銀座の雑沓を歩きだした。

「あなたとは何処《どこ》で会ったんだろう？　あたし、ちっとも覚えてないのよ」

「そうだろうね。女が男を覚えてるようじゃ駄目だよ。男はすばらしい女を決して忘れるもんじゃないんだからね」

「まあ、カさん、あなた、映画の科白みたいなこと云うのね。あたし、嬉しくなっちまってもいゝの？」

「いゝともさ、ふッふッふ」

死神から火星人に変身したその男は、含み笑いをしてから、

「さて、どこでカクテルを飲もうかな。……きみはアメちゃんとの附合いが広いから、うまいカクテルを飲ませる穴を知ってるだろう」

「あゝ、あなたを少し思いだせそうになったわ。その話しッ振《ぶ》り、一度どッかでお目にかゝったことがあってよ」

「そうかね。しかし、思いだしたところで、どうッてことはないじゃないか。ぼくはきみとカクテルをくみかわすことをとても幸福に思ってる男なんだ。……そうだ、こゝの地下室に酒落た酒場があったっけな。こゝにしよう」

そこは有名な洋服屋だったが、店はもうしまっていて、横手の地下室におりる階段口に緑色の小さな

ネオンの看板が出ていた。

酒場は、ほんの狭い、鰻の寝床じみた場所だった。しかし、棚に並んでいる洋酒の壜の数は見事なものだった。男は辛口のジン台《ベース》のものを命じ、女には甘いのを出させた。

大洋通いの大きな船客の酒場を切廻《きりまわ》していたらしい風貌のバーテンダーは鮮かな手捌きでカクテルを作った。火星人は殆んど一息に最初のグラスを空け、もう一つ同じものを命じた。

「葉巻あるかね?」

「はい、ございます。何がよろしいでしょう?」

「何でもいゝ、軽いのがいゝな」

「マリエルがございますが……」

木箱ごと差しだした中から一本とって、火星人は鼻へ持って行った。そして、ふッふッふと、また含み笑いをした。

「どうしたの?」

グラスを半分ほど甜めたミッチーは、もうポーッと眼のふちを染めながら訊いた。

「うん、さっき滑稽なことがあったよ。タクシーに乗ってるうちに、葉巻が吸いたくなってね。運転手に買わせにやったんだが、その間に自分で自動車を運転したくなって、やって見たんだが、運転を忘れているんだ。おかしなこともあればあるもんだ」

「まあ、あなた、酔ってたのね」

「酔ってやしない。酒は今はじめて口に入れたんだ」

「何だか変な話ね。そいで、葉巻はどうしたの?」

「勿論、場末の煙草屋に葉巻なんぞありッこないさ」

「じゃ、運転手をぺてんにかけて、自動車を盗もうとしたのね、あなたは?」

「いや、そんな気はない。葉巻は吸いたかったんだ。だからこうして現に吸ってるじゃないか」

火星人は眼を細めて香りの高い煙を吐いた。バーテンダーはにやにやして聞いている。客が本当に自動車を盗んだ方が面白いと云った顔つきだった。

「あっ、あたし、何だか気がうきうきして来たわ」

カクテルを飲み終ったミッチーは両手の掌で、ほっぺたを軽く叩きながら云った。

「何とも云えない美しい頬の色だよ。そしてその手も美しいな」

「あたし、春の手袋が欲しいのよ」

「うん、それを見つけに行こうか」

「えゝ、行きましょう。あたしにプレゼントしてね、カさん」

「よかろう」

二人はその酒場を出た。

すぐその先に洋品店があった。そこで、女はあれこれと手袋を物色して、とうとう気に入ったのを選びだした。火星人はその間に薄手の小豆色のマフラーを買った。水玉模様になっていて、ちょっと小粋な品だった。それをすぐ自分の首に巻いた。

「とても似合ってよ」

と、女はお世辞を云った。男はその時、ひどく生真面目な顔をして、何かしきりに思いつめているような表情をしていた。

「どうしたの？」

「待ってくれ。今、何か重大なことを思いだそうとしてるんだ」

「いやねえ、マフラー買ったら、里心ついたんじゃない？」

「マフラー。そうだ、ミッチー、きみは「琥珀《こはく》」というバーを知ってるだろう」

「知ってるどころか、よく行くわよ。あすこのマダムお静《しず》さんとは大の仲よし」

「そのお静さんだ。ぼくはどうしても会わねばならん」

「わけないわ。じゃ、これから「琥珀」に案内したげましょうか」

「うむ、そうしてくれ。いやに親切なんだな、きみは」

「だって手袋買って貰ったお礼ぐらいしなくちゃね、はッはッは」

二人はその洋品店を出て、銀座の裏通りへ入りかけたが、そこで火星人は立ちどまった。

「お待ち。どうだろう、ミッチー、そのお静さんを引張《ひっぱ》りだすわけに行かないか」

「引張りだすッて、どんな風に」

「きみだって、ちょいとした料理ならつまんで見たいだろう。七丁目に「メーゾン・ドール」といううまい物屋があるんだ。そこで待ってるから、一緒に来てくれないか。お静さんにはとても大事な話をぼくが持合《もちあわ》していているんだが、そう云ったって信じないかも知れないから、そこでぼくが偶然居合したことにして、それから近附きになる形でいゝんだ。一つやって見てくれ。お礼はするよ」

「まあ、何だかお安くないみたいね。だからあたしへのお礼だって、安くッちゃいやよ。明日の夕方から、一晩中あたしのお供をしてくださる？　正六時、屋張町角で待ってるわ」

「よかろう。じゃ頼む。「メーゾン・ドール」だぜ。何とでもして引張りだして来るんだ」

「まあ、随分強引ね。いゝわ。じゃ又、あとで」

気のいゝミッチーは引受《ひきう》けておいてから、不安そうに立止《たちどま》ったが、火星人はもうすたすたと七丁目の方に向けて歩きだしていた。

「琥珀」のお静

客席のテーブルだけを明るくするような照明になっている「メーゾン・ドール」の片隅で、火星人は酒場備えつけのトランプを借りて一人占いをしていた。

カードを一枚一枚めくりながら、彼は口の中で何やらぶつぶつ云っていた。わきから見ると真剣にその一人占いと取組《とりく》んでいるように見えるほどだった。

しかし、一人占いはひどく不手際に終った。全部割り切れてしまう筈のカードが、まだ沢山手に残った。

「お気の毒な運勢ですのね」

突然そういう言葉が彼の耳もとで聞えた。火星人は驚いて傍らを見た。そこには、何時《いつ》やって来たのか、一人の女が自分の方に屈みこんで笑っていた。紫と黄色とを大胆に組合《くみあわ》せた模様の和服を着た大柄な女性だった。

「あなたは？」

「「琥珀」のお静ですわ」

「あゝ、きみだったね。一人？」

「えゝ、ミッチーも一緒に来る筈だったんですけど、お客にとっつかまって来られなくなったんです。あなたがあたしに御用と仰有るから、あたし一人でやって来ましたわ。お邪魔?」

「それはすまなかった。さあ、向うのテーブルに行こう。何かたべるのを附合ってくれますかね?」

「えゝ、こゝのビフテキおいしいことは知ってますわ」

「うむ、それじゃ仲よくビフテキを攻撃しよう。お酒は?」

「何でも頂きますわ」

「素敵だ。今日は何て運がいゝんだろう」

「まあ、トランプの占いはあまりよくはなかったのに」

「あれはぼくの運勢じゃないんだ。ある人のを見てやっていたんだ」

「誰、それは?」

「さあ、そいつはちょっと云えないな」

二人は改めてテーブルを囲んだ。火星人は酒場「琥珀」のマダムと初対面である筈だのに、旧知のような態度で自然な話し振りをしていた。相手のお静さんも客扱いにかけては剛《ごう》のものであるから、さりげなくそれに応待していたけれど、その眼差《まなざ》しの奥には相手の心の底を見抜こうとする油断のない光がちらついていた。

「あたしに御用があるッて、何ですの?」

「うむ、そのことなんだがね」

「ミッチーの話では、どうしてもあたしに会わなくちゃならないように云ってましたよ」

「そうだった。ところが、きみが来て見たらその大事な用が思い出せなくなっているんだよ。あんまりきみが美しいせいかな」

「まあ冗談ばっかし。よござんすわ、今に思いだしてくださるわね。……このビフテキ、ほんとにおいしい」

「そうだ、本当はきみにビフテキをたべて貰うのが用事だったのかも知れんな」

男はまじめな顔つきでそう云ったが、女はそれをとても素晴しい洒落だと思いこんだように高笑いで受けて、部屋の隅に佇んでいるボーイをびっくりさせた。女は男が用事を切りだそうとしないのは、単にまだチャンスが熟しないからだと解したらしく、別にその催促もせずに、とりとめのない話題をあれこれと取りあげて行った。それは無論、この得体の知れない男の正体を探りだす手掛りにするつもりだったが、言葉少い男の応答からは大して収穫もなかったようであった。

「ビフテキはうまかったが、酒はあまりよくなかった。近頃は植民地あたりの安酒を密輸して来るのを使ってるから、当り外れがあっていけないんだね」

と男は手にした盃《グラス》をすかし見ながら云った。彼が洋酒について相当の味覚を持っていることは嘘ではないらしい。

「あなたに飲んで頂きたい、とっときのお酒があるんだけどな」

と、お静は急になれなれしい調子で云った。

「それは何、ブランデイ？」

「えゝ、それもナポレオンよ」

「「琥珀」においてあるのかね？」

「いゝえ、あんな酒場なぞに置いといたら、忽ち見つけられて、一晩も持ちやしないわ。あたしの家《うち》、アパートに置いてあるんです。どう、これから飲みにいらッしゃる？」

「きみの家へね、素敵だ。是非案内してくれたまえ」

「じゃ、善は急げね」

お静は笑いながら立ちあがった。火星人も浮き浮きした調子でボーイを呼び、勘定を払った。

二人は「メーゾン・ドール」を出ると、すぐにタクシーをつかまえた。お静は赤坂見附《あかさかみつけ》へ行くように命じた。

タクシーは一息のうちに目的地に着いた。そこは洒落たアパートだった。まだ建てられて間もないらしく、新しい壁の匂いがした。女の部屋は二階のはずれにあって、そこへ行くのに誰にも見咎められずにあがって行けた。

扉を開けると、そこが八畳間ほどの客間になり、その奥に寝室がある模様だった。

「いゝな。素晴しい生活だ。それに、静かなのが何よりだ」

火星人はお世辞でなく、心からそう思ってるように呟いて、椅子の一つに腰をおろした。

「えゝ、こゝへはいるのには、いろいろやかましい約束があるんですよ。動物を飼わないこと、放歌高《ほうかこう》吟《ぎん》しないこと、ラジオ蓄音機で人の邪魔をしないこと、夜中に歩き廻らないこと」

「面白いね。まるで外国へ行ったようだ」

「さあ一つ、あたしのお約束から果《はた》しましょうか」

お静は部屋の隅棚に近寄ると、そこから首の細い壜をとりだした。グラスを二つ、テーブルの上に置いて、それへ波々と酒をついだ。

「どうぞ」

「頂戴しよう」

二人はグラスをカチリと合せてから、お互いの眼の中をのぞきこむようにして酒を咽喉《のど》に送った。

「なるほど、これは逸品だね」

火星人は舌を鳴らした。お静は黙って、再びそのグラスに酒をつぎ足した。そして、その分も男が乾したのを見てから、にっこりして、

「よかったら、どうぞ御自分でおつぎなさいな。でも、このへんで、あなたの大事なお話というのを聞かして頂く番よ」

「そうだ。……だが、マダム、まだ思いだせないんだ」

火星人はもう一杯自分でグラスを満《み》たした。その様子を見ながら、マダムお静の表情がだんだんに変って行った。それまでの柔らかな顔の線が消えて、別な陰影が現われだした。

彼女は男の前へ向き合せに坐ると、改まった声音《こわね》で喋りだした。

「ミッチーがあなたのことを中国人のカさんだなんて云ってたけれど、あたしは話を聞いた時、すぐにあなたの正体を気づいたんですよ。でも、あなたは自分の名を云おうとしないから、中国人のカさんでよござんす。あなたは自分で用事を切りだそうとしないので、あたしはしびれを切らしたんだ。あたしの方から云ったげましょうか」

「え、何だ、それは?」

「ほゝほゝほ、白《しら》ばっくれているのね。あなたはあたしから、秘密を探りだしに来たんでしょう。あたしは松原大吉《だいきち》の情婦ですからね。松原に贈賄の嫌疑がかゝって、いよいよ取調《とりしら》べを受けるかも知れない

ことは、あたしの耳に入っていますよ」

お静は相手の顔色を読みながら、新しい話題をきりだしたが、おかしなことに男の方はお面のような表情をしたまゝで、グラスを甜めるだけで、じっと女の視線をたぐりこんでいるばかりだった。女は続けて云った。

「あなたはあたしに用事があるって、本当はこのアパートに来たかったんでしょう。だからあたしは連れて来たんですよ。一体あたしから、何が欲しいというんです。松原があたしに何か預けてあるとでもいうの？　そしてそれを買い取りたいとでも云うの？」

「いや」

一言そう云って、男はゆっくりと立ちあがった。そして、さっき銀座で買ったマフラーを静かに首からはずした。それがきわめてのろのろした動作で、何をしようとするのか分らなかったので、お静は坐ったまゝ眼で追っていたのだが、男は彼女のそばに立つと、矢庭に手にしていたマフラーをお静の首にまきつけ、力まかせにそれを引き絞った。


それが前の動作にくらべてあまりにも素早かったので、お静は声を立てる隙もなかった。彼女は椅子の背にのけぞったまゝ悶絶し、やがて椅子からずり落ちて床に長まった。それはとかげのようだった。

火星人は動かなくなったお静の姿を見届けると、一度うなずいて、傍らの小机におかれた女のハンドバッグの中から鍵を探しだした。部屋の隅に小型の金庫が置いてあるが、それを彼はその鍵で開けた。金庫の中に、大型の封筒に入っている書類のあるのを探しだした。ざっと眼を通すと、彼はそれを四つに引裂《ひきさ》いて、紙屑籠の中へ放りこんだ。

「これでいゝ」

たった一言の言葉を残して、火星人はお静の部屋から悠然と引きとって行った。

奇妙な椿事

このあと、火星人にとっては思いも設けない災難が待ち受けていた。

彼はマダムお静のアパートを出てから、麴町《こうじまち》の高台の方へ、暗い夜道を辿って行ったのだが、さすがに立てつゞけに飲んだブランデイの酔いが、この時一時《いっとき》に出たようだった。だから、よろめいた揚句に、つい本通りをはずれて、とある屋敷の崖のところに出たのに気づかず、あっという間にその崖から転落してしまった。

火星人の身体は二三度もんどり打ち、最後に鈍い音をさせて、どこかにとまった。このへんはこの時刻になると殆んど人通りがないので、誰も見ているものはなかった。それは数時間前に、多摩川べりでの自動車の椿事と全く同じような出来事であった。つまりこの男は、一日のうち二度までも奇妙な事故の中に捲きこまれたのであった。

中篇　地上の渦巻

永瀬三吾

証拠品

「内閣が変るのかしら」

「誰か、大臣になるような人が住んでたのね」

赤坂見附から青山《あおやま》よりの高台にあるGアパートは、高級で地方代議士の東京の住居《すまい》などにも借りられて、来訪者の自動車が、玄関に横着けされることも珍しくはない。

だが、今日みたいに、幾台も幾台も、しかもそれぞれが新聞社の旗をひらめかして、並んだことはない。カメラを持った人達が、警戒の巡査に喰いとめられて、右往左往している。

近所の人々は時ならぬ騒ぎに、好奇の瞳《め》を向けている。

「それにしちゃア陰気ね」

「もっと何か変った事件らしいわ。警視庁の車があるし……」

「じゃ共産党が捕まったのかしら」

「捕まえたら、もう出てくるわ……あら、家《うち》の屋根に登る人が……何するんですよ」

一人のお内儀《かみ》さんが、今出て来た自分の家の、屋根を見仰《みあ》げて呶鳴《どな》った。

登ったのは、新聞社の写真班だった。

「すぐ降りるから、一寸頼む。これだ、これだ」

胸から提げている写真機を見せて、報道の任務に理解を求めた。

そこはアパートの二階の窓に一番近い場所だった。二階への階段を喰止《くいと》められた写真班の一人は、そこから、窓の開《ひら》いた瞬間を狙って中を撮そうという計画で、いつ窓が開くか、気永に機会を待っているので、すぐ降りるからなンて嘘だった。

なかなか窓は開かない……

中では、この室《へや》の女主人、銀座の酒場「琥珀」のマダムお静の、無残な絞殺死体が横たわっている。隣室の細君が発見者だが、朝からずっと扉《ドア》が開けッ放しになっているのを不審に思って、声をかけてみたのは最早正午近かった。その細君は前夜十一時頃来客らしい音を聞いたといゝ、その他の周囲の情況からも、また後での検死の結果からも兇行は前夜十二時迄ぐらいであったらしい。

新聞社も最初は、数ある銀座の酒場の内の一つの女主人の死というので、たいした事件とも思っていなかったが、それが、目下社会の注目を浴びている造船疑獄の大立物、松原大吉の情婦と判ったので慌《あわ》てた。起《た》ちおくれだった。

それだけに、現場は、誰にも荒されずにすんだ。捜査課も鑑識課も、邪魔者なしに、悠《ゆ》っくりと仕事が出来た。

この日、本庁の綾目川《あやめがわ》検事は、頭痛がするといって、いつもより遅れて出勤した。元気がない。眉宇《びう》にいつもの聡明さがない。机に向っても、書類を開かず、

「わからない……」

とひとりで呟いた。何を考えているのか、本当に難しいことらしく、しかもその呟きは小声ではあったが、二度や三度ではなかった。

変に思った書記は、なにがわからないのですか、と訊こうとしたが、検事があまり物憂げに考え込んでいるので、声をかけるのが不安なぐらいで、黙っていた。妙な静寂さである。

しかし、このいびつな静けさは破られた。

卓上電話が鳴って、殺人現場――Gアパートへ急行出張しなければならなかった。

同時に、綾目川検事は、眼もとから、身体全体に、いつもの敏腕さが、溢れてきていた。

「加害者は慇懃な者らしい。あまり抵抗した様子がない。……首を締めたマフラーは、まだ新しいが、男物で、加害者の物らしい。水玉模様の小粋さ、若い奴だな……」

検事は、これはよほど大胆というか、兇悪な常習犯か、突嗟《とっさ》の犯行で、後の証拠なんか考えずに、狼狽して逃走したか、どっちにしても、とにかくこの犯人は直ぐ判るなと思った。

痴情ではなさそうだ。ベッドは少しも乱れていない……

小さな金庫が、鍵がさゝったまゝ、開けッ放しになっている。

中に指輪のケースが、三つ四つと、紙幣束《さつ》がきちんと入っている。書類は掻き廻されたようだ……

金品目あての強盗ではなさそうだ。何か書類を強奪したのだ。

「女は誰かに、たぶん加害者だろうな、酒をすゝめている。ブランデイ……ナポレオンとは商売柄とはいえ、贅沢なものを持っているな。他に和製のウイスキー瓶もあるのに、ナポレオンが棚から降ろされていることは考えるべきことだ……」

その時、鑑識課員が嬉しそうに言った。

「コップからもはっきり指紋がとれました。二種類……一つはたしかに犯人のらしいです」

金庫の鍵からも指紋は採れていた。

「そうか、いよいよ簡単だな」

検事は安心して言った。

アパートの管理人や、隣室の細君を調べた捜査主任は、

「松原という旦那が来る以外、男の客が来たのを見たことはないというのですが……」

「しかしまさか、松原大吉に殺《や》れる筈はない」

綾目川検事は初めて笑い顔を見せた。

松原大吉は六十近い老人だ。こんな若いマフラーをしてはいまい。女に金を絞り取られても、女の首を締める方ではない。

「松原は第一、いま小菅《こすげ》に拘置されているんだぜ」

捜査主任は一寸頭を掻いて、

「なにも、松原が直接やったとは……」

「誰かに頼んで証拠湮滅か。だったら自分の女だ。女に命じればすむんで、女が殺されても拒む理由はない」

「その反対側の者だったら」

「いま松原の身辺から何か証拠品を挙げたいのは当局、検事局だけだ」

検事局が殺人までして証拠品を押収した例はない。

と、室の隅の紙屑籠の中から、揉みくちゃになった封筒と、四つに割いた手紙が発見された。

「春千代丸《はるちよまる》進水式の御礼《おんれい》に諸実費を含めて三十万円を同封届けるが、トラシロに秘密なことは今後ともくれぐれも頼みます……」


これを読んだ綾目川検事の手が急に震えたようだ……

捜査主任は、窺《のぞ》き込んで、

「痴情じゃなかった。こいつはやっぱり（船）だ……」

造船に絡《まつ》わる贈賄の証拠書類湮滅と見た。

しかし検事は首を横に振った。

「そんなら、持って逃げるはずで、こんな破りかたで、捨てゝゆく筈はない」

たしかにそうだ。

窓は鍵がかゝっていた。犯人は悠々と扉から廊下へ出ていったらしかった。

しかし、検事は念のために、そして室の中の空気もひどく浊《にご》っていたので、その硝子窓を開いた。

途端に、向うの家の屋根で狙っていた写真班のシャッターを切る音がした。

「何が写したいのだ。慌てゝ俺を撮したって、俺は犯人じゃあるまいし、なんの役にたつんだ……」

綾目川検事は苦笑しながら、でも急いで窓を閉めた。

春千代丸の正体

「うちのマダムにかぎって、お客とどうのこうのって話は絶対にありません」

「琥珀」の女給達は、一斉に店へ調べに来た刑事に答えた。

「自分はそうでも、お客の方で執拗《しつこ》く言い寄ったりしている者はなかったか」

「ありません」

「色恋でなく、なにか恨みを買ったような、様子はなかったか」

「ありません」

女給達にはお静が何故殺されたか、まったく見当がつかないというのだ。

「昨夜、何時頃出かけたのかね」

刑事は、お静が殺された日の足取りを追おうとして訊いた。

「七時頃」

「そして、それっきり戻らない——とすると、夜が商売なのに、宵のうちから店を抛《ほう》りだしてしまったわけだね。——どこへ行くといって出かけたかな」

すると一人の女給が、思いだしたように、

「ミッチーが来て、何かしきりに頼んでたようだったわね。そして「メーゾン・ドール」のビフテキがどうのこうのって」

刑事は七丁目の「メーゾン・ドール」へ行った。

「琥珀のマダムというのは存じませんが」

「昨夜七時過ぎに、かなり大柄な女で、たぶん和服だったろう。紫と黄色とを大胆に組合わせた模様の柄で……」

「それじゃ多分、あの人でしょう、見えました。ビフテキを召しあがりに」

「連れは？」

「男の方が一人さきに見えて、トランプの一人占いなんかして待っていました」

「二人はもちろん懇意らしかったろうね」

「らしく？」

刑事は内心もうしめたぞと思った。

「どんな男だったかな」

「三十越した紳士で、普通の背広でした」

「顔の特徴は？」

「さあ」

「痩せ型か太ってる方か」

「さあ……大勢のお客様のことで、あとからではどうも……はい、こういう顔を見たかといって写真でも見せられたんですと、そりゃすぐ思いだせますが……」

「その男はマフラーをして、いなかったかな。水玉の模様になっている、小粋な、今言う、三十越した紳士がするには少し派手過ぎると思うもんだが」

「それで思いだしました。たしかにそんなマフラーをしていました」

「その男だ」刑事は内心に叫んだ。

「そして帰りは一緒に出ていったのだね」

お静はこゝで一緒に食事をしてから、何用があって、アパートまで連れていったか？

こゝへ来た男が犯人であることはほゞ想像がついたが、さて、何者であろう？　案外正体が浮びあがってこない……

綾目川検事は捜査陣を督励した……


足取りと一緒に、一方紙屑籠にあった手紙に就《つい》ての調査も進めた。ところが、こっちはすぐに疑問にぶつかった。第一が、松原の関係している造船会社では春千代丸という船は造ったことがないというのだった。その造船会社へ問い合わせても判らない。

そこで、改めて、船籍簿を調べたら、船主は東北のA県で、北海漁業に使っていた五十頓《トン》程度の小船で、竣工進水は大正十何年とか、古い記録である。その頃だったら総建造費が三十万円ぐらいだったかもしれない……

しかし、手紙は新しい物である。

で、検事は、松原大吉を贈賄関係で取調べ中のS検事に渡した。

拘置中の松原大吉は、大立物《おおだてもの》だけに、なかなか剛腹《ごうふく》だったが、お静が殺されたと聞いた時にはさすがに愕然として、

「誰だ、誰にだ？」と叫んだ。

「その心当りはありませんか」

「ない。でっちあげの証拠をつくるためにお静を拷問して、やりそこなったのと違うか」

肚立《はらだ》ちまぎれのように言った。

「飛んでもない……では尋ねますが、春千代丸の進水というのは、いつ、どこの造船所で？」

「知らん」

「現場に証拠の手紙がありました。たしかにあなたの筆跡で」

「えっ？」

「トラシロには秘密に頼む云云と……」

「あんな手紙、破ってしまうべきものが、どうしてお静のところなんかに……」

「トラシロとは誰ですか」

するとと、松原はこの時、急に、ハハ……と大声で笑いだした。もう、いつもの剛腹さにかえっていた。

「会社や政府にも何も関係のないことですたい」

お国言葉が出だしたのは心に余裕が出た証拠であろう。

「進水が会社に関係がないとは」

「その進水というのが、いやはや、ハハ……」

また一人で大声に笑った。

「わしもお静には恐妻家ですたい。ハハ……だが、もう死んでしまっては秘密でもなんでもありませんたい。春千代丸とは、ハハ……新橋《しんばし》の芸妓だ、芸妓の進水式、ハハ……」

「トラシロとは」

「お静が妬《や》くんで、内緒にしたんで、琥珀という字から王篇を取れば、ですたい」

S検事も、これにはがっかりしたが、

「その手紙を、貴方は誰にやったのでしたか」

「春千代を抱えている春廼家《はるのや》という家のお内儀《かみ》だ」

「なのに春廼家が、あなたを裏切って、静にやったことになりますね。どうした経路からでしょうか」

「こんなところにいては判らん。いつ釈放するか？」

犯人の印象

話は、時間的に逆になるが、さっきの足取りを追った方の刑事——

「琥珀」から「メーゾン・ドール」と歩いたあと、ミッチーという街の女に会って手がゝりを得るよりほかはなかった。しかしミッチーの家を知っている者はない。

「琥珀」のミッチーの顔を知っている女給を頼んで、一緒にいつも現れるという尾張町の大時計の附近へ張り込んだ。

六時過ぎ。もう電車通りの雑踏は静まって、裏通りの、交錯したネオンの下の方に人足が繁《しげ》かった。

ミッチーはどこからか、その渦の中に現れた。

「ミッチー」頼まれた女給が声をかけた。

「うちのマダムのこと知ってる?」

「なに?」

「殺されたのよ」

「マダムが殺された? 誰に?」

ミッチーは、まったく意外な事を聞いたというふうで、釣りあがったようなまみえをいっそう立てにして、頓狂な声をだした。

だが、すぐそばにぬうッと近寄ってきた男を見ると、いきなり顔を横に向けた。そして、ちょうど、追い越すように歩いてくる二人連れの通行人の向う側へ、自動車でも避けるように跳ねた。

男――刑事が呼びとめようとした時には、彼女は、敏捷にすうッと横路《よこみち》へ外《そ》れていた。

「逃げるな」

刑事は追った。

しかし、ハイヒールは舗道に小きざみな音をたて、止まらなかった。幾つかの横町を曲ると、もう店を閉じている或る洋服屋の横手にある地下室への階段を駆け降りた。

狭い、鰻の寝床のような酒場だったが、バーテンは愛想よくミッチーを迎えた。昨夜《ゆうべ》も、良い客を連れて来てくれたからだ。すぐあとから入って来た刑事を今日の連れと思って、どこか隠れ場所がないかと思って間誤々々しているミッチーの心も知らず、すぐ隣りの椅子をすゝめた。

ミッチーは覚悟してしまった。スタンドに倒れるように凭《もた》れながら、息を喘ぎ喘ぎして水を求めた。

「何故逃げるんだ」

「…………」

ミッチー達、街の女は挙げられると、一切の弁解は通らないが、たいして侮辱とも感じない。反抗を感じてもしかたがないと思っている。たゞ、稼ぎの時間を失なうことは辛い。だから、それだけの理由で、逃げるのだ。

「今日は挙げるんじゃない。たゞ、教えてくれないか。琥珀のマダムが昨夜《さくや》誰とメーゾン・ドールで逢ったか」

ミッチーにとっては意外な質問だった。そんなことだったのかと思った。

「あたし一緒に行かなかったわ」

「それはわかっているが、誰だったのだ」

「その人がマダムを殺したの？」

ミッチーはお静が殺されたと聞いたのを思いだしたのだった。

「そんなこと言ってやしない」

ミッチーは暫く眼をつぶった。言おうか、言うまいか……人殺しでもしそうな無気味なところがあった人だが、自分には手袋を買って呉れたりして親切だった。今日は緩《ゆ》っくり奢ったり、遊んだりしてくれる約束になっている。……自分が挙げられて、約束をフイにすると思ったのは助かったが、今度はあの人が訊問とかなんとか、警察へ連行されていってしまっても、儲けそこなう……

といって、あんまり何も言わないで、こゝで愚図々々していて、時間が過ぎれば、これはアブ蜂取らずになる……

「お前も懇意にしていた人か」

「いゝえ、あたし中国人もアメさんも外国人は殆んど相手にしないわ」

「中国人か？」

「えゝ、カセイジンとか言ったわ」

「どこで知りあった？」

「どこでって……」

ミッチーは苦笑してみせた。

刑事も、なアンだ、道で拾った男だったのか、つまらぬことを訊いたものだと苦笑した。

「でも……そうだわ。バーテンさん、昨日の人本当は中国人じゃないわね」

彼女は、これから逢って遊ぼうという相手を中国人にしてしまいたくはなかったのかもしれない。

「こゝへも来たのか」

刑事は一歩進んだと思った。

「さあ……葉巻の咥《くわ》え方なんか、いたについていて、なかなか紳士でした」

バーテンはあたりさわりのない返事をした。

「若いくせに、葉巻きをね——水玉模様のマフラーをしていたろう」

「それは気づきませんでした」

ミッチーは一人でくすっと笑った。

そのマフラーは昨日この店を出てから買ったのだ。しかしこの刑事さんは、あの人にいつ会ってそれを見たのだろう？　あたしに何も訊くことはない、御本人の方がよほど詳しく知ってるではないか……

刑事はバーテンに向って、その男の顔や恰好を訊きだしたが、バーテンは、この人かと聞かれゝば、思いだすが、どんな顔と説明は出来ないと、これはミッチーも同じ返事だった。

「強《し》いて言えば、中国人というより、顔に日本人らしいおうとつある紳士でしたが、どこか、死神を想わせるようなところがありました……」

刑事は、死神ではない、凶悪な殺人魔なんだが、と思ったが、さて、足取りが二箇所までわかったのに、何者かは依然としてはっきりしないのに当惑した。人の記憶というものはそんなものかもしれないが、お面さえ——モンタージュ写真をつくる助けにもならない……

ミッチーは漸やく解放された。時間が約束より少しおくれた。彼女は大時計の下へ走っていったが、カセイジンの姿は見えなかった。彼女は踵で舗道を幾度も蹴った。しかし、すぐ、けろりとして通りすがりの男に色目をつかい始めた……

時間のずれ

「グラスにあった二種類の指紋、一つは静のですが、あとの一つ……金庫の鍵のもたしかにそれなんですが、前科者のカードにはどうも見当りません」

翌日、綾目川検事は昨日と同じ、また、物憂い顔をして、「わからない」を繰返していたが、鑑識課からの指紋の報告が、前科者カードからは出て来ないとわかると、いっそう憂鬱そうな顔になった。そして滅多に、上衣《うわぎ》のポケットに手を突っ込んだまゝ歩いたりしないのに、幾度か、そんな恰好で狭い室《へや》

の中を往《い》ったり来たりしていたが、突然、

「僕も昨日、その死神という印象しかないという、不思議な男カセイジンに会っているのかもしれん」

と書記に言った。

「？」

書記には何のことかわからなかった。

「ハハ……いや、事件に関係はないんだが、そんな変な錯覚を起したんだ」

ポケットから蟇口を一つ出して、それをぽんと書記の机の上へ抛り出した。

書記は、検事が昨日から何のことか「わからない、わからない……」と呟いていた理由が、ようやく訊けると思って、すぐ乗り出した。

「どうしたんです？　これ」

「スリじゃない、スリの反対なんだ。カセイジンだか誰だかむろんわからんが、変なんだ。僕にいきなりこの蟇口ごと金を呉れた者があったんだ」

「贈賄のつもりですか」

「いや、名前を言わなくちゃ贈賄にならん……」

「どこでゞすか」

「さア、それでも判ってるとね。どこでポケットに入れられたのかわからない。だもんで、反対の結果だが、スリに遭ったような気がするし……」

「スリが刑事に現場を睨まれて、慌《あわ》てゝ自分の身から離そうとしたんですかな」

「そんな混んだ電車に乗った覚えはない……」

「いつですか」

「一昨日だ——考えついてからと思ったが、日が経っちゃ面白くない。これ、どう処置すべきかね」

「収得物として届けますか」

「僕が収得したわけじゃない。そんな意思も認識もなかった」

「でも、風に吹かれて、家の中へ舞い込んできた紙幣、これの届出は拾得物でしょう」

「…………」

そんな話をしているところへ捜査主任から電話がかゝってきた。

春千代丸進水の手紙に関する方面を洗っていた刑事から得た報告だった。

「あの手紙はたしかに松原大吉が春千代の抱え主で

ある春廼家のお内儀《かみ》に出したもので、それを、大吉と親分子分のような関係にある猪狩時蔵《いがりときぞう》という男が、残しておくべきではないとかなんとか、親分思いのような顔して巧く捲きあげてしまった。ところが実は、その手紙を大吉の情婦である静に売りつけようとしたのではあるまいか。静が、大吉をとッちめる材料に買うと思ったらしいのです。もっとも、その猪狩という男は、春廼家のお内儀の言葉によると、大前から静に横恋慕……まあそう言えるわけです。大吉一人を固く守る静に、売りつけるのでなく、大吉を愛想づかしさせようとするためだったかもしれないというのです。色か慾か、理由はとにかくいずれにしても、猪狩から静の手に渡ったか、渡ろうとして破られたか、そこに間違いはないようです」

「それが、どうして（殺し）になるかな」

「なりますとも。その手紙を見せられた静が問題にしなかったらどうなります？　静から大吉にいゝつけられたら、親分を売ったことになって、立場がなくなります。謝まって、問題を撤回しなければなりません。それで、承知してくれゝばいゝけれど、さもなければ、口封じ――永遠に口封じしたくなったかもしれません」

「わかった。で、猪狩の調べの方は？」

「ところが、一筋縄の男ではないらしいんで、ズラかる危険もあるし、思いきって、いきなり捕えてしまった方がよいと思いますが」

「逮捕状――いゝとも」

検事は、念のために、そっと指紋をとってみてからの方がいゝと思ったが、逃亡されてはと思って、承知した。

捜査主任は、綾目川検事との連絡が終ると、すぐ、猪狩の家がある台東《たいとう》区の警察署へ電話した。

すると、即座に意外な返事だった。

「猪狩時蔵へ逮捕状とは？……猪狩は死んでしまっている」

「えっ？　いつ？」

「詳しいことは、多摩川署へ聞いて下さい。あっちで、自動車事故で運転手諸共、惨死――細君と子供は昨日からそっちへ行っています……」

主任はまた検事に電話をかけなければならなかっ

た。

「検事——逮捕状は取消《とりけ》して下さい。猪狩は死んでしまってます」

「む——やっぱり、静を殺して、急いで逃亡しようとして天罰を受けたかな」

「それが……」

主任はなさけなさそうな声で答えた。

「静は、宵の内「琥珀」ともう一軒の酒場に現われているので、殺されたのは、どう計算しても午後七時前ということはありませんのに……自動車事故はたしかに日没前でした」

「そうか……時間にズレがある……これはどうにもならんからな……」

検事はまた憂鬱な顔になった。わからん……

こんな最中《さなか》に、昨日、ミッチーを調べた刑事はもう一度同じ足取りを歩いてみていた。そしてミッチーに逢って訊いた。

「昨日あれからどうした？　大時計の下で随分長い間間誤々していたじゃないか」

「知ってたの？」

「知らなくって、泳がせてみたんだ」

「誰を？　あたしを？」

「うん」

「本当は、刑事さんが探している人と、あれから逢う約束があったのよ」

「からかうと、承知しないぞ」

「からかいなんか……でも、逢やしなかったわ。あたし担がれたのよ。ドジね。約束したって来やしない。カセイジンだなんて名前を嘘つくような人は駄目……顔の輪廓は思いだしたわ」

彼女はそういって、ショルダーバックの中から一枚の新聞を出した。

赤坂Gアパートの殺人事件現場——現場といっても、外から開いている二階の窓を撮っただけで、中は人物一人しか見えない。

「こんな顔つきの人だったわ」

「バカ、写真の説明を見ないのか。それは犯人じゃない。うちのおっかない検事さんだぞ」

「あら、そう……ごめんなさい」

ミッチーは惶てゝ自分の口をおさえた。

銀座の夜の人通りは昨日も今日も、同じ人がいるかもしれない。別の人かもしれない。とにかく、賑わしく、ネオンの明滅に錯覚もおこさずに……

後篇　虜われ星

夢座海二

帽子の疑点

造船疑獄の大物と目されていた松原大吉は、遂にキメ手がなく、拘留期間も過ぎたので、小菅から釈放された。すると直ぐその足で警視庁を訪れ、お静殺しの捜査主任佐伯《さえき》警部に逢って、さんざん嫌味を述べ立てたあと、三階の記者クラブに顔を出して、そこで、お静殺し犯人の逮捕に懸賞金五十万円を付ける、と発表し、しかしこの金を私は支払うことがあるまい、と皮肉ったものだ。

捜査主任初め、係刑事たちは地団駄踏んで口惜しがったが、事実単純な殺人《コロシ》と思われたのが、危く迷宮に入りかけて、すっかり憂色にとざされていたのだ――。

綾目川検事も同じことで、退庁後に、夕刊の発表を読んで霞《かすみ》ガ関《せき》から警視庁の捜査本部を訪れた――。

「何ネ、つい忘れていた拾得物の届けをしに来た序《つい》でに寄って見たのだがネ……」

検事は札入れのことを云って、佐伯警部を刺激しないように心使いをしたが、警部には、検事の目的が督励にあることは、よく判っていた……。

電灯の真下で、警部はいとも悲惨な表情をした。

「ねえ、佐伯君、僕は子供じみたことを云うようだが、自動車事故で死んだ猪狩時蔵のことだがネ……あれは間違いなく殺しとは結び付かんのだろうかね」

検事は、暫くモジ〳〵していたが、遂《つい》にそんなことを云い出した。

「いや、間違いなく、お静以前に死んでおります。これは御報告しませんでしたが、猪狩には詐欺の前科があって、指紋台帳もあったことが判りました。つまり、死体の指紋を多摩川署に取らして、お静殺しの方と照合して見たのですが、合いません。今の、前科の件は、猪狩の行動が怪しいので、チョイと思い付いて台帳に照らし合せて見たので、発見したのです……」

警部は、憂鬱な表情はその儘《まま》に、しかし、黙っておると、この場の空気が堪えられないものになると思ってか、機械的に口を動かし続けた——

「怪しい点と申しますのは、この殺しとは直接の関係もないことでしょうが、死亡した前日に、相当多額の金を預金通帳から出していると、彼の細君が云っているのですが、死んだ時にはズボンのポケットに、皺くちゃになった数枚の札と貨幣を持っていただけで、札入れもなかった……これだけでしたら、誰か事故現場に通り合せた者が、不心得にも抜いて行ったとも考えられます。しかし、それにしても、猪狩のを抜くようでしたら、運転手の売上げ金も抜きそうなのに、これは抜かれていません。序に申しますと、この運転手の最後の走行記録は、溜池《ためいけ》——稲田登戸《いなだのぼりと》となって、その次に「待合せ」と云う書込みがありますが、代金はまだ記入してありません——。事故の車のメーターは千三百五十円になった処で止まっていましたので、するとこれは猪狩の乗った足取りを現わしているものかと思われます……。偶然に処が、ここに不思議なことがあるんです。

わかったことなのですが、彼の帽子とおぼしいものが、赤坂見附のお静のアパートに近い崖下で発見されているのです」

「えッ？　じゃそれは僕の云うように……」

検事が思わず口を挿挟《はさ》みかけたが、警部は坦々と言葉を続けるのであった――

「いえネ、先刻も申しましたように、殺しとは結び付ける訳にはゆかないのですよ。それはどうしても不可能です。しかし、猪狩はひょいとしたら、Gアパートに現われているのかも知れません。するとそれは昼間か？……と申しますのは、彼は溜池から乗車しておりますからね。それに、事故が日没――、稲田登戸で何か所用を果す間、どれだけ車を待たせたかは知れないが、ざッとメーター運賃を逆算して見ますと、小一時間待たせたことでしょう。これに車が走っていた時間を合算すると、午后の三時頃溜池から乗ったことになるんですが、多摩川べりで事故があり、それが発見せられたまでの時間が何時間かありますね――、これが不明です。処がですネ、これが、あとで判ったことがあるんですが、それは二十分から三十分の間に違いないと思われるんですよ。すると、猪狩が車を拾った時間は、午後二時半から三時の間――するとですね、帽子の落ちていた地点に彼が居たとおぼしい時間は、当然それ以前でなくてはならなくなりますね。

処がですよ。その崖下ではですよ。その頃は附近の子供が野球をしていて、そんな帽子の落ちていたのは見かけなかったと云っているんです。尚、日没近くまで、遊んでいたと云うんです。――云いわすれましたが、帽子の発見せられたのは、翌日の――殺人の翌日になるんですがネ」

と云って、意味有り気に口を噤んだ。

「じゃ、猪狩は、当夜アパートを訪ねた訳になるじゃないか！　矢張り、僕の云うように……」

検事がせき込んで云い出すのを、警部は元気のない微苦笑でポツリと答えた――

「即死のあとで、ですか？」

検事は少々腹を立てたように、むっとして云った――

「じゃ、その帽子は他人のものだったのさ――」

「いえ、処が、猪狩の細君はそれを認めたのです。又、科学的に、内側の汗とりの皮を検出して、間違いはあるまい、ということにもなっているのです」

検事は益々不快な表情になった――

「いや、それにしても他人のものとも云えないことはあるまい？　同じ血液型や同じポマードの使用はあるのだからね。そうだ、それで何が、猪狩の行動が怪しいというのだね――」

警部は、ハッとしたようにたじろぎを見せた――

「ハア、いえ、それは私の云い方がいけなかったのです。不思議だということを、前科者であることに結んで、つい誇張したのです」

「では、その他に何かまだ不思議なことがあるのかね？」

「えゝ、まあ、妙なことがあるのですが……、しかし、これは余り信がおけないのですが……実は、猪狩の車にブツかったトラックの助手の方が、助かっているのです。そして、これを調べた交通係のものが、円タクには、確か二人ほど乗客がいたのを見たように思うと云っていることです――」

「何？　ふーん、しかし瞬間のことだったろうから、そう判然《はっきり》見える訳はあるまい？――」

「処が――」警部は云いかけて、ちょいと目礼のようなことをした。「どうも私の話には、処が――、というのが多くて相済みません……」

「いや、なアに……それで？」

「その助手は衝突のあとで朦朧とした眼で、円タクの落ちた土手から、一人の男が這い上って来るのを見ているのです。あゝ、一人は助かっているのだな……じゃおれも助かる……そう思って、それから気が遠くなったと云っておるのですがネ――」

「え？　ほオ！　すると……」

綾目川検事が、何処か遠い処を見るような眼で、こう云った時であった。

例の、ミッチーを追いかけて、火星人の身元を洗っていた刑事が、駈込《かけこ》むように部屋の中に這入って来たのだった――

「主任、主任！　どうやら「カさん」の足どりが摑めたようですッ！……」

佐伯警部はハッとして、眼の色を変え、刑事の語り出すのを膝を正す風で聞き出したが、この場面を述べる前に、それより以前の刑事のことを次に書き改めて見よう――。

犯人の設定

お静殺し犯人捜索の懸賞金の記事が載った夕刊が出て間もなく――、刑事はげっそりした表情を隠さずに、地下室へ降りて行くと、例の鰻の寝床のような酒場の、スタンド前のストールに、やっこらサと、腰を落した。

開店したばかりで、外に客はない。

バアテンは、読んでいた夕刊を下におくと、刑事の処へやって来て、無言の儘、磨き立てのコップを刑事の前に置いて、トム・ジンの栓を抜きにかかった――。

「いや、呑みに寄ったんじゃないよ――」

だが、バアテンは、ちょいと首を振って、気前のいい注《つ》ぎ方をした――

「お疲れなんでしょ？　まア元気を付けて下さい……まだ例の件で？」

「それなンだよ。かいもく、ミッチーの対手《あいて》というあの男が掴めないんだ……」

「何ですってね。今夕刊を見ていたら、お静殺しに懸賞金が出たっていうじゃありませんか？」

「え？　どうしてミッチーの客がそれに関係のあることを知ったんだい？　その事はまだ新聞には発表していないよ」

刑事は、眉をつり上げて訊いた。

すると、バアテンは唇を歪めて、

「へへへ……、そりゃミッチーから聞かされたんでさア。そして、その時話合ったもンですがね。どうでしょう旦那、あっし共じゃ犯人を掴まえることは出来ませんが、そのオ、あっし共が思い出したことで、旦那方が犯人を掴まえる、そのオ、タン……端緒てエ奴を喋ったてエことになると、そりゃ何とかなるもんですかネエ」

「え？　じゃ、じゃ何か思い出したのかッ？」刑事は見る見る瞳《め》を輝かして、腰を浮かしかけたが、

「いえネ、例えて云えばなンでさア。でもこりゃ、旦那方の良心てものが要ることでさアね。そんなこ

と聞いたのは知らんよ、ッて猫婆されたンじゃア……」と、バアテンは妙に口ごもる——。

「おい〳〵、頼む！　僕アそんな男じゃないよ。重大なヒントを与えて呉れたって、懸賞金の何割かは必ず出るようにするよ。しかし、そりゃ無論——」

「無論、重大な、そのヒントて奴かどうかは判りませんがネ。モノになるヒントの場合は、割前の件は約束しましたぜ……」

と妙にダメを押してから語り出したのは、あの夜、火星人がミッチーと語合《かたりあ》っていた会話の内容であった。

刑事は熱心にバアテンの話に聞入っていたが、

「じゃ、そいつは、渋谷近くで自動車泥棒を仕損なったんだな？」と思わず声を挙げた。

「いえ、そうじゃなかろうかと、その時思ったてエことですよ。勿論、そんな人品骨柄じゃねえんで。でもネ、運ちゃんに葉巻を買いにやらせた留守に運転しようとしたが、スッカリ運転方法を忘れているんで驚いたなンて云うんでしょう。而もそれが白面《しらふ》だったと云うんですから、全く変った男でさア……」

刑事は目前《めのまえ》のジンをグッと一気にあおってから、トンとコップを音立てておいた——

「御馳走になっておくよ。割前の件の誓《ちかい》としてネ。その話から運ちゃんが発見《みつ》かれば、その男が何処から乗ったかも判る。そうすりゃ、素性も次第に判って来るかも知れないな。いや、有難う！　懸賞金の一部は君の手に渡るかも知れないよ！……」

云い置いて刑事は、地下室の酒場を駈け出るように去って行った——。

「まア、ざっと、そんな風な次第なんです——」

と、刑事は、酒場での経緯《いきさつ》を物語ったあとを、尚も立て続けに、意気込みも凄ましく語り継ぐのだった——

「それで私は、直ぐにこちらへ引上げようとしたのですが、まてよ、これはミッチー——あのパンパンですが、あれにも確かめて見ることだと考えて、尾張町まで行って見たのです。丁度都合よく、逢えましてネ。それで、そのことを問いただしたら、そんなことが確かにあったと云うんで、それからミッチーの奴、今まで秘《かく》していたことも話して呉れました。秘していたというのは、上玉の客だしするので……と云う簡単な理由だったというんですが、二人はバアを出てから近くの洋品店で、一緒に例の水玉のマフラーを買っているのですよ。――それでその足で、私はその洋品店へ行って見ました。間違いありません。売子は、事件のことは知っていて、兇器のマフラーのことも新聞で読んでいましたが、犯人は三十台の紳士――ということで、まさか、自分の処で売ったマフラーがそうだったのだ、とは気附かなかった……あのマフラーは非常によく売れたものだったので……と云っていました」

「と云うことは？　――そりゃ何か感違いすることがあったのかい？」

「そこなんです。売子は、その買った紳士は、あきらかに紳士ではあったが、そんなに若くはなかった――と云うんです。四十近く或《あるい》は四十を越していたと思うと云うんですよ。そんな年輩で派手好みだなア……と感心したと云っているんですがね」

「ふーん、そりゃ、新しい証言だねえ。どっちを信じたらいいかなア……」

佐伯警部が、小首をかしげるようにすると、それまで、興味深く聴くだけでいた綾目川検事が、思い付いたように口を利いた――

「おい君、その時、犯人は帽、帽子を被っていたか、訊いたか？」

「え？　あゝ、帽子ですか。何でも、グレイのステッドソンを見た――とか、得々と喋っていました。それなンかもえらく派手だそうで……それなのに外套は黒無地だったとか云ってましたがネ……」

「佐伯君、崖下の帽子は？　あれはどんな帽子だった？」

警部は、こう云われると、ハッとして、検事を振返って睨むような眼の色をしたが、次の瞬間、ガバと立上っていた。同時にトンと拳で机を叩いていた――

「そうかッ！　判った！　犯人は猪狩と一緒の車に乗っていたのですよ！　彼は猪狩の友達か何かだったんだ！　そいつがのこ〳〵と起き出して、お静を殺しに行ったんだ――、いや、そうです。同じ帽子です！　そうだったンだ！　だが、どうして、一緒だった猪狩を放ったらかして、のんきたらしく銀座なぞをブラついて、まわりくどく、お静を呼び出したりしてから、アパートへ行ったのだろう――。いや、何気なくじゃなくて、それは深遠な計画だったのかな？　だが、こいつは一体、猪狩の何だろう⁉　何者だろう⁉……」

「それを追求するんだよ！」

　検事は眼を輝かせて、まるで司令官のように云った――。

「アッ、そうだ。いい忘れましたが、例のミッチーは猪狩を知っていましたよ。ずっと以前にたしか、猪狩とか云う日本人を客にしたことがある。なぜか、そのカセイジンを見た時に、その猪狩を連想したのに、判然《はっきり》その時は思い出せずにいたんだ――、というんです」

「帽子だ！　よし！　それに違いない！……」と佐伯警部は叫ぶように云った……。

火星人の性格

　犯人《ホシ》が猪狩と連立っていた男であることは、二日の後《のち》に殆ど確定的なものになった。

　それは自称カセイジンを乗せた自動車が発見され、その運転手が幸《さいわい》によく記憶しておったことであった。それ程強い印象を残しておったのだ――。ただ、人相の点に就いては、ここでも判然《はっきり》していない。外套や帽子、このことは聞き込みのものと同一であった。よし、それでは、猪狩のその日の行動を詳細にすることだ――となったが、運転手は即死であるし、これは事新しい発見には到らなかった。

　猪狩は五反田《ごたんだ》の奥に住居《すまい》を持っていた。二軒続きの汚い小さな住居で、元女給でもしていたと見える若い細君が、三つ程の女の子と住んでいた。猪狩は最近は親分の松原大吉から見離された形で、生活も従って苦しいようであったが、それにも拘らず、銀行から有り金を残らず引出していた。金高は五万程であった――。

　猪狩が死亡した現在、松原は親分らしく、遺された母子の面倒を見ていると云う話ではあったが……。

全然当日の猪狩の行動に就いては、この細君は聞かされていなかった。いや、この日ばかりでなく、彼女は良人《おっと》の日常の屋外の生活に就いては、何も知らされなかったし、又聞いて見たこともないと云った生活態度であったのだ――。ただ猪狩が最近に到って、何か欝々としたことがあったらしいとは感じていたが、彼女はその理由すら訊きただして見ることをしなかったと云う――。

親分の松原大吉も、猪狩のその日の行動に就いては、何等思い当る処がない……と、恐る〳〵お伺いに出た刑事に対して、面会もせず、用人を介してこう答えている……。

光明が見えたかと思われた唯一のスジも、遂にここに到って、パッタリと、デッド・ロックに乗上げて了ったのだ。こうして数週間が無為に過ぎて了った……。

全く、この事件は、あとで、解決された後《のち》にも、聞く者をして狐につままれたような、呆然自失するテイの内容であったが、それだけ正攻法では、永久に解結《〔ママ〕》されないであろう種類の事件であった――。

第一、これは火星人と自称した犯人の性格――その犯行の性格が、殆ど非常識に近かったことで類を見なかった。何処《どこ》か、これには、スジの通らない断層がある。一貫した犯行の性格を組立《くみたて》るには、あまりにもバラ〳〵なのだ。犯人は、ワザと全身をさらけ出して、行動した処があるし、では、単純な激情的犯行かと云うと、そうでもない。自分の影は大胆にさらけ出しているが、彼の真の姿は、要心深く手がかりを遺していないのだ。猪狩とのつながりは判ったが、肝腎の被害者お静とのつながりは、皆目不明だ――。では、一体全体、犯行の動機は何処にあるのか？……

第二の、転期が、こうした八方塞がりの中で、突然の光明を齎《もた》らして来たのは、皮肉にも、警察を嘲笑した松原大吉の懸賞金の賜物であった……。

それは一通の問合せ文の形で齎らされた――。

「……自分は稲田登戸に住んでいるものであるが、事件当日午後四時頃に自動車で二人の人物の訪問を受け、自分は乞われるままにある施術をしたが、どうもその二人が気になってならない。その中《うち》の一人が、犯人ではないか、と自分には思い合わされる節がある。自分は目下病身で伏せているが、一度話を聞きに来て見る気はないか……

さて序で乍らまだあの懸賞金は、有効でありましょうや。幸《さいわい》にして、小生の治療費の一部にでもならば幸甚と存ずる次第にて、右問合せ旁々《かたがた》。匆々頓首《そうそうとんしゅ》。

日本心霊学術協会々長綿貫瑞象《わたぬきずいしょう》」

と、こんな風に結んであった。

どうせ金目当《めあて》の、取るに足らぬ情報であるが、ともかくと、刑事が派遣された。処が、刑事は直ぐに飛ぶようにして返って来ると、こんどは佐伯警部自ら、夜中にも拘らず、瑞象師宅を訪れたのであった。

日本心霊学術協会と名称は厳めしく、看板も堂々たるものであるが、その脇に「施術、神経病一般特に夜尿症……」なぞと書かれた古い平家建てで、瑞象師と云うのは、そこのたった一人の会員で会長でもある催眠術師であった——。

警部と刑事は、施術室と呼ぶ奇妙な飾り付けの一室に通された。十畳程の日本間を、四壁を黒幕で上から下まで蔽《おお》えるように出来、隅に、宝くじの的に使う廻転円盤のようなものが、据えてあった。その盤面には、無論数字はない。一面にうず潮のような七彩《なないろ》の線が描かれていた。

警部たちが居心地悪く、固い椅子に腰掛けていると、そこへ瑞象師が現われた。

恐ろしく背の高い、六十は越していると見えるコチ〱に痩せた老人である。着物の上から奇妙な黒い上《うわ》っ張《ぱ》りを羽織っていた。

警部が挨拶すると、老人は落ち窪んだ鋭い眼差《まなざし》をこちらへ、真正面に向けたが、すると警部は思わずタジ〱となって、思わず口籠って了った……。

「わしはこちらの刑事さんにひと通りはお話しましたが、もう一度お話しなければならんわけですな？　でも、わしは喘息持ちでネ、すっかりお話し出来るかどうか……」

こう前置きして瑞象師は語り出したが、結局その間には発作は起らなかった。——

「お二人共、わしのとこには初めての方《かた》でしてな。その二人の中《うち》の若い方が、何処からかわしの施術の上手《うま》さを聞いて来たとか云って、不眠症を治して呉れと仰云《おっしゃ》るのじゃ。そこで施術を始めたが一向に睡りに落ちない……いや、その一方の方がですじゃ。お連れの方は、施術を見物に見えたと云う……どうせ素見客《ひやかし》に違いないと睨んでいたが……するとこれが、急に術に落ちましてな。いや、わしも本当の処、屹驚《びっくり》するやら慌てるやらで……処が、当の患者がニヤ〳〵しましてな、これは面白い！　実はあとで、この男を秘かに睡らせて貰おうと思っていた処だ。こいつ、インテリ振《ぶ》っていて、催眠術など馬鹿にし切っていて、今日も、カラカイ半分に附いて来たのだから……と、こう云って、わしに施術の切り換えを申込まれたんじゃ……。

一体、神経が鋭く見え、教育も高く、こちらを馬鹿にしたがる人が、却ってこの術にかかり易いものでな。それは、実は神経は鋭いのではなく、脆弱だと云うことだな。この術は、脳を平素の抑圧から開放してやって、その間に暗示を与えて、症状を除去するという、まアこう云った施術なんじゃが、中には、平素謹厳そのもののように取りつくろい……自分に抑制をかけていた人が、施術中に、急に、猥褻な身振りをしようとしたりし出すものでな。これは、あゝしたい、こうしたいと云う深底の慾望が仮睡中に現われ、平素の覚醒中には、教養と云うものによって、心の奥底に閉込《とじこ》めていると云う訳なんじゃろうな。だから、悪者を捕えるあンた方にしてからが、施術をしっ放《ぱな》しにしておくと、却って逆に、どんな極悪人とならんとも限りませんのじゃぞ――」

瑞象翁はとんだ脱線をして、ジロリと警察官を見上げたものだ――。処がこの言葉にハッとして、遂に瞳《め》を輝かしたのは佐伯警部であった。

「じゃ貴方は、その男を眠らせた儘にしたのとは違いますか？」

「う？　うん――。いや、わしは術をかけっ放しにしておくと、自然に醒める時に、非常に不快な気分になるからいかんと思って、断って見たんだが……」

「そうですか！　いや、どうやら事情が呑み込めて来そうです。それで貴方はどんな暗示をかけましたか？　まさか、人殺しをしろとは……？」

「飛んでもない！　わしは客の注文に断わり切れなくて、一時間後に醒めること、を暗示しただけです。するとその山田《やまだ》という御人が……」

「え？　山田？　どちらが山田と云うのですか？」

「術にかからなかった方です」

「すると術にかかった方は？」

「知らん。聞きもしなかったが……それが自動車で死んだ方じゃないのですかな？」

「いえ、……いや、いいです、いいです。猪狩は変名を使っていたのでしょう……」

「え？　しかし、お連れの方も若い方を、山田君とか呼んでいたようですよ」

　警部はちょいと眉をよせたが、

「いや、それで、その山田がどうしたのですか？」

と、話の先を促した。

「山田さんが云うには、こいつを、こいつの家に一日居たことにさせて、ここに来たことも、自分に会ったことも忘れさせて呉れ。こいつは頭が鋭くて、記憶力のいいことを自慢にしているのだから、あとで、サンザンに嬲《なぶ》った上で、催眠術にかけたことを知らせてやろう……そう云うのでな」

「そうしたのですな？」

「そうですじゃ。そうして山田さんは充分に施術代を払った上で、仮睡中の連れの男を、待たせてあった自動車へ乗せて東京方面へ帰って行ったのじゃ……」

　佐伯警部は大きく、何度も首肯《うなず》いた。

　やっと、犯人の性格が摑めた！　恐らく、猪狩によって更に、重大な暗示がかけられていたのだ——、これが犯人の不思議な性格となったのだ！　この催眠術にかけられた男……しかし、それだけで、尚依然として、犯人の誰人《だれびと》なるやは不明なのだ！……

意外な正体

　綾目川検事は、犯人に接した証人は可成りの人数になるのに、確たる面《メン》が取れないのは、極めて印象が淡いのか、逆に、極めて複雑であるかするのだろう、これは証人たちを一堂に会して、額、眉、眼元、鼻、口、輪郭と、一つ一つ合議して行って、それによってモンタージュ写真を作って見てはどうか——、と佐伯警部に申入《もうしい》れた。これが最後に残された手段だ……。

証人達が呼び集められた日——、ミッチー、運転手、バアテン、メーゾン・ドールのボーイ、洋品店の売子、瑞象師、これに念の為に猪狩の細君が呼ばれ……これらの人々が一室に控えさせられた時、綾目川検事は佐伯警部の室《へや》へ現れていた。

「じゃ、参りましょうか？——」

警部は腰を上げ、用意の出来た小広間へ検事を案内した。刑事が続いた。

正面にスクリーンが張られ、証人たちの腰掛けた後方に、写真投映機がおかれ、そこから眉、口、眼など各種の部分図がスクリーンに投映されて、証人たちが満足するまで色々に変え、そして一つ一つの印象から犯人の容貌を創り出して行こうという試みなのである。

警部達が這入《はい》って行くと、一同は緊張した表情で一斉にそちらを見た。それは、こう云う処としては当然のことであるが、次に起きたことは、些か異例なことであった。

若い女の声であったから、それはパンパンのミッチーであったろう——。

「ハアア！」というような、息を呑むような、奇妙な声が挙がった。

ギョクンと、弾かれたように跳上《とびあが》ったのを見れば、矢張りミッチーである。

刑事が窘《たしな》めるようにその方を睨んだ時、

「あ、あ、あの人だワ！……」

ミッチーは急に、興奮を隠し得ずに、列《なら》んでいたバアテンの腕を摑み、烈《はげ》しく揺《ゆす》るようにした——

「ね、ねえ！　あの人だワネ！　あの人がカさんだったワネ！……」

そのバアテンは、初めはミッチーの手を振り払ったが、その内、急にハッとした様子で、外《ほか》ならぬ綾目川検事の顔を穴のあくほど瞶《みつ》め出したことだ。

「うーむ！……」

と、歯の間で呻る声が他の人からも起った。瑞象師のヒョロ長い上体がゆら〱と立ち上った。

「警部さん——、犯人はもう捕えてあるのじゃね？確かにその人が拙宅に見えた御人じゃ——。成程、わしの証言がものを云った訳じゃね。これで懸賞金はわしのものになるのじゃね！」

「バ、バカを云ってはいけねえ！　わ、わたしだって懸賞金の割前は——」

バアテンがわめき出した。

「皆さん、皆さん！……」

佐伯警部は入口を這入った処で、呆然と棒立ちになった儘《まま》でいたが、やっと声を張上《はりあ》げて一同を制した——

「皆さんは一体、何を云っているのですか？　ここには犯人と目される者はいませんよ。犯人の顔も判らないのに……」

「そこにいるじゃないか！　警部さんの脇に、それそこに立っているじゃないか！」

バアテンは吠え立てた——。

「え？　この人は、この事件の係り検事ですよ。検事をとらえて暴言を吐いちゃいかん！」

「でも、火星人と妾《あたし》に云ったのは、その人よ。その人でなくてだれなもんですか！　ねえ、こちらの刑事《デカ》さんに、妾、もう先《せん》、そう云ったんだわ！　新聞に出ていた写真を見た時に。ねえ、そうでしょう？　刑事さん？……」

この時、「メーゾン・ドール」のボーイがゆら〳〵と立ち上って、

「そうです。すっかり思い出しました。その方に違いありません」と、低い声で云って、何人《だれ》と云うことなしに、お点頭《じぎ》をした。

警部は証人達の強引な主張に、言葉を差挟《さしはさ》むことも出来ず、啞然とした表情で検事を顧みた。

綾目川検事は、自分が犯人に指定されたことに、瞬間憤りを感じたが、今は苦笑する以外になかった。彼は一歩前へ出て、皆を制するように手を挙げた——

「私がそんなにも似ていることは、どうにも我慢にならないことだが、無論私は無実であることを主張します。私と被害者お静とは何等のつながりがない。又、猪狩ともつながりがない。松原大吉ともつながりはない。只……」

そこまで云って、ちょいと云い難そうに口ごもったが……

「実は、造船疑獄のもみ消し運動として、私のような処にも、友人を介して、いろ〳〵と云って来ます。事実そのようなこともありましたが、私はいくら友人の願いであっても、てんから話を聞くこともしなかったのです。これだけでも、つまり、何等つながりがないと云うことからしても、事件とは関係を持ち得ないことがおわかりと思いますが、次に、容疑者に目された以上は、事件当日の私のアリバイを申上げれば、何よりも手っとり早いかと思います。

事件当日は丁度日曜日でもあり、私は溜池の自宅に殆ど終日おりまして、それで非常に頭痛がするので床《とこ》に入って……」

ここまではよどみなく喋って来たが、急に喋る言葉を忘れたかのように、眉をひそめて黙って了った。

「フーン、すっかり忘れているのじゃな。こんなにもわしは施術が上手いとは思わなかったわい……」

瑞象師が思わずブツ〳〵と呟いた。

「検事、どうかされましたか？」

「いや佐伯君、そう云えば私はあの夜はどこか夜道をフラフラと歩いていたような気もするのだ。それにあのガマ口が気になって来たんだ……」

と苦しそうに警部の耳元に囁く。

「だって、そんな！……でも、まさか貴方には山田と云う猪狩の変名の友人はありますまい？」

「山田？　猪狩が山田と云っていたのかい？……」

検事はギョッとした風であった。

「しかしあの八室田《はちむろだ》がまさか……」と、それは口の中で、

「君、猪狩の写真はなかったのかね？　あったら見せて呉れ！　そう、それからあのガマ口を遺失物係りから取寄《とりよ》せて、猪狩の未亡人に見せて確かめて呉れ！　いや、それより私の指紋を！」

綾目川検事はワナ〳〵と唇を顫《ふる》わせ、どかりと、そこにあった椅子に腰を落した。

警部はこれを痛ましそうに見下《みお》ろしていたが、意を決したように刑事の方へ目合図をした。

刑事はそっと、検事の目にふれない素早さで、部屋を出て行った。

証人たちは総立ちであったが、今はシーンと静まりかえって、検事を見入るばかりであった。

「どうも、あいつはもっと死神じみていたがなア……」

運転手が呟いた。

それっきりである。暫時《しばらく》がすぎると、二人三人と椅子に腰を戻した。

と、そこへ、出て行った刑事が戻って来た。警部をチラリと見て、肯き合うと、手にしたものを持って、若い未亡人の処へ行った。

未亡人はその札入れをひねくり返していたが、肯いた。刑事が何か云うと、続け様に肯き、そっと眼頭を指先で押えた。

刑事はひどく深刻な表情をこわばらして、警部の処へ帰って来た。

今まで、項垂《うなだ》れて見向きもしなかった検事が、ピョクンと立上って、訊いた。

「どうだった？　それは？――」

「猪狩の持物だそうです――」仕方なく警部が答えた。

「指紋は？　国警に、公務員の指紋台帳があるだろう？　今、ここで取っていいか……？」

「は、電話で今――」

無情に音高く電話のベルが鳴った。

刑事は直ぐに受話器を外し、低声《こごえ》で何か云って、それから、向うの云うことを聞いていたが、黙って静かにフックに戻した。

「今の電話がそうなのだね？　おい君、黙っていないで早く、早く云って呉れよ！」

刑事は検事を見、視線を落した。

「そうだったのか？　おれのだったのか？」

刑事はうつ向いた儘に首肯《うなず》いた――。

「あゝ！……」

それは悲劇の主人公の声ではない。一座のものの中の誰かが発した声だ。同時に、ガタ〳〵と一斉に席を立つ音がしたので、検事が失神して、倒れしなに自分の椅子に脚をとられ、警部の伸《のば》した手も支えることが出来ずに、モロに床に頭を叩きつけた音は聞えなかった。

検事は頭部を打った。失神から返えるのは遅いだろう。返った時、それはあの火星の男に変っていることを、筆者は望みたい。三度目の奇蹟――、これだけが、綾目川検事の良心を救えるものであるからだ……。

〈合作探偵小説〉

狂人館

大下宇陀児
水谷 準
島田一男

上

密談

大下宇陀児

疋田《ひきた》食料品会社の事務員三船紀子《みふねのりこ》は、とんだやりぞこないをしてしまった。

土曜日だったが会社は四時ひけで、その四時になるのを待ちかねていたせいもある。

彼女は、会社を出るとすぐバスに乗った。

それから打合せをしておいたとおり、銀座《ぎんざ》の喫茶店で戸沢信一《とざわしんいち》に会うことができた。

「なんだい。人を待たせて。七分も遅れたぞ」

「あらア、そんなはずないわ。あたしの方が先《さ》きじゃないかと思ったんですもの」

いっしょに腕時計を出してみると、信一のが十分近く進んでいて、どうやら紀子の時計の方が正しいらしい。

「いやだわ、信一さんたら。新聞記者のくせにして、狂った腕時計持ってたんじゃだめじゃないの」

「まいった。こないだも、こいつで部長に大目玉だった。記事の時間が違ってた。ひでえもんさ。読者にゃ気のつかないことだけれど、部長はやけに気がつきやがるから、やりきれねえ」

信一は、頭をかいて見せたが、それからあとは楽しい。

大好きなグラタンでお腹をこしらえ、映画を見た。

ギャング映画だったが、ギャングのボスと富豪の令嬢とが、はげしくおいしそうなキスをする。紀子は、頭がぐらぐらした。そっと信一の横顔を見たが、信一は、知らぬ顔をしていて憎らしくなった。

休憩になり廊下へ出て、

「だらしがないな、アメリカのサツなんてもの。ホシを生かしてつかまえるなんてこと、考えやしねえ。しょてっぺんから機関銃持ってって、殺すつもりでいやがる。そこへ行くと、日本の警察の方が……」

と信一は、ひとくさり感想をぶってから、

「ところでどうする？　今夜は、何時《いつ》までに帰ればいいんだい」

と聞いたから、

「ううん、いつでも平気よ。十二時までに帰れば叱《しか》られないはずだわ」

会社の居残りがあったことにすればいいと、すばやく考えて答えたのが、今夜はもう信一と、どうなってもいい、そう決心していたからのことである。

だしぬけに、気がついた。

売店があり、ジュースやパンやチョコレートを売っている。

明日は弟の良吉《りようきち》が遠足で、写真機を借りて行ってやる約束になっている。それは、社の友だちから借りてあった。しかし、テーブルのひきだしへ入れておいた。信一のことばかりに気をとられ、それを置きっぱなしにしてきたのである。

「あらア、困ったわ」

「どうしたんだい」

「忘れたのよ。良ちゃんが、がっかりしてしまうわ」

弟がベソをかき、また腹を立てる顔が目の前に見える気持だった。父親がいなくて、可哀そうな弟だった。あれだけは、なんとしてでも持って行って、もう眠っているであろう弟の枕もとへ、置いてやらなければ気がすまない。

事情を話した。

「なんだ、わけないじゃないか。これから取りに行けばいい。銀行の金庫へ入れてきたのとは違うだろう」

「ええ、そりゃそう。だけど……信一さん、いっしょに行ってくださる？」

「もち、行くさ。タクシーで十分だな」

まったくそのとおりだった。

じきに神田《かんだ》の裏通りにある会社へついた。

会社とはいっても、バラック作りも同様な粗末な建物で、今は表の戸がしめてあり、端っこの小さなくぐりの隙間から、中の電灯の光が洩れている。

「ええと、おれ、そとで待ってるぜ」

「いいわ。すぐだから、どこへも行かないでね」

「行けったって、行くとこなんか、ありゃしねえや」

そうして紀子は、くぐりの戸の前へ立ち、

「小母さん！　あけてちょうだい、小母さん！」

と小声で呼んだが、中ではちょっと手間取ってから、会社の留守番で下働らきの小母さんが、ぬれた手を前掛けでふきながら、そこをあけてくれた。

「おや——」

「忘れものしちゃったのよ。とりにきたわ」

「そうですか。なんだったら、私がとってきてあげますよ」

「いいえ、いいの。自分で行くわ」

「じゃ、そうしなさい。——だけど、社長さんがきていますよ」

「あら、そう。こんな夜になって、どうしたんでしょ」

「わけは、私も知りませんがね。時々、くるんですよ。今夜は、何か相談でもあるんでしょう。お客さまが三人ほどきているし、お店のチーズ持ち出して、ウイスキーなんか飲んでるようですよ。ま、行ってらっしゃい。——私にゃね、用があれば呼ぶから呼ぶまでは来るなって社長さんがいうんですよ。何か秘密な話かも知れないと思うの。お気に入りの三船さんじゃ、べつに叱られもしまいけれど、そっと行って、そっと帰ってきた方がいいでしょね」

社長というのは、名前は疋田文平《ぶんぺい》といって、軍人上りの酒好きな人物。その社長がきているというのは意外だった。それに、社長の秘密な相談というのも気にかかる。会社は、階下が店になっていて、和洋食品が雑然として並べてあり、二階が畳敷きの部屋が一つと、靴のまま行ける部屋が二つだが、その大きな方の室が、中央に仕切りがしてあって、一方が社長のいるところ、一方が、事務員三人のいる部屋になっている。紀子は、うまく、社長には気づかれず、写真機を取ってこようと考えた。

「お願い、小母さん。靴をあずかっといてよ」

「オーケイ。そうね。靴下の方が、音がしなくっていいでしょ。ハバ、ハバ……」

小母さんは、ふざけて聞覚えの英語を使ったが、それにつられてこっちも、多少はふざけた気持になっている。

彼女は、お尻をつき出し、芝居などで見る、ぬき足さし足の恰好になった。

いつもは、靴のまま上《あが》り下《お》りする階段が、ざらざらで気持が悪かったが、ともかく、二階の廊下へ出た。

すると、すぐ耳にはいったのは、

「……だめですよ、それじゃ。そんなことって、ありゃしない……」

という女の声に、つづけてまた、何とかかんとかで、同じその声が、

「……ねえ、そうでしょう、疋田さん……」

と社長に話しかけるのが聞えたが、音調の工合から判断すると、どうやらそれは若いとはいえない、階下《した》の小母さんほどではないにしても、ある程度年輩の女らしく思えた。

そのくらいの年の女が、紀子には最も苦手である。若い娘をつかまえ、お説教したり叱ったりするのが大好きで、しょっちゅうこっちを目の敵にしているる。

「危険だわ。表じゃ信一さんが待ってるし、用心しようッと……」

まだ多少、のんきにふざける気持が残っていた。

見れば、事務室は暗くなっていて、社長室だけが明るく、誰かの頭が、廊下との仕切りの曇りガラスに影をおとしている。ちょっと困ったのは、もう陽気が暖かくなっているせいだろう、その曇りガラスのところが、五寸ほどあいたままになっていて、たばこの煙が白く廊下へ流れ出していることだった。

そこを通りこさないと、紀子の机がある事務室へははいれない。

曇りガラスは、縦三尺ほどの窓仕切りで、その下がやはり三尺ほど、ベニヤ板の壁になっている。

しかたがない。

自分で、吹き出しそうになったが、彼女は四つん這いになり、壁の根にかくれて、事務室の口へ行くことにした。

なかなかうまくいった。

全然見つけられずに、あいた窓の下を通り越したが、その時に、誰だか知らない男の声で、

「よしきた。それで分担は、きまったことにしとこうじゃないか。あとは、肝腎《かんじん》のそのビルディングのことだよ。こいつは、川添《かわぞえ》君が詳しかったね。川添

君の説明を聞こう」

というのが聞え、それから名を指された川添という男らしいのが、次のように、ひどく下品な調子でしゃべった。

「まアね、実に恰好な売物なんだぜ。古いにゃ古いが、鉄筋コンクリートだ。最近まで、泌尿科の医者がそこで開業していたっていうんだが、医者が自殺しちまって、それからがらんどうの空屋になっている。——おれは、今日見てきたんだ。悪いことに、ほかに買手が出てきていやがる。手金《てきん》打つなら、早くしてもらいたい。明日の朝、九時にはもうその買手が来るってやがって、おれもブローカーやったことがないじゃない。そのブローカーの顔もつぶすわけにゃいかねえし、でえじょうぶ、気に入りゃ、明日の朝までに手金ぶつからといって、ともかく見せてもらったわけだよ。

——そうさなア、一口にいや、めっぽう面白いビルだっていってもいいね。おかしいのは、前にはエレベーターがあったってんだよ。ところが、そのエレベーターをとっちまった。だから、下から上まで、大きな柱をひっこぬいたような、細長いほら穴のようなものがありやがって、上から首出してのぞくと、あんまりいい気持じゃねえね。が、こいつは、改めてエレベーターを作りつけてもいいし、各階ごとに床張って、物置きとか湯沸し部屋とか、そういうものにしたっていいだろう。惚れこんだのは値段だよ。地下まで加えりゃ五階建てにならアね。こいつが、延坪《のべつぼ》で、やけに細長えけれど、二百坪だぜ。あそこら、借地権だけでも、坪二十万や三十万は動かねえ。ところが、それでいて借地権ぐるみ八百五十万円で手を打つっていやがる。ただみてえなものだと思うね。つまりさ、借地権だけの金で、ビルは、景品だよ。

ウフフフ、むろん、景品にろくなものなし。普通の使い道だったら、どうにも始末に困りものだろうて。行って見りゃわかるが、第一に道がせまい。自動車を横づけにするってわけにゃとてもいかねえ。大川のはただから湿気がくる。それから、それだけのビルのくせに、一階の窓がひどく少ねえ。中は、昼のうちでも、サツの豚箱より暗くてじめじめしている。おまけにその一階の入口がたった一ヵ所、それも、幅三尺の鉄の扉のついたやつだ。――あんなビル、おれは見たことがねえね。設計がまるでなっちゃいねえよ。だからよ、売りたいという所有者の腹じゃ、壊すにゃ金もかかることで、といっても借手はつかねえし、結局手放ちまえとなったんだろうよ。ま早いとこいや、気ちげえの作ったビルみてえもんさ。狂人館《きょうじんかん》とでもいったら、いちばん解りが早いかもしれねえ……」

紀子は、事務所の入口に達していた。

レールのない引戸で、建てつけが悪くなっているから、へたをすると、音を立てる心配がある。

息を詰めた。

手をかけ、二寸ほど引いたが、そのあと、つかえて動かない。

その時、社長のいうのが聞えた。

「だいたいわかったよ。八百五十万なら、どうにかなるさ。どうだね、田之村《たのむら》のオカミさん？」

「あたし？」

といったのは、さっきの女にちがいない。

「あたしは、異議なしですよ。とってもいいじゃないの。八百五十万なら、一千万でおつりがくるわよ。それっぽっち、あたしが一人で買っちゃってもいいわよ」

「ごじょうだん！　女社長さんでも、そうお気ままにはなりませんな」

口を出したのが、ひどく社長の声に似ていて、しかし、別人の声だった。

「いけませんよ、それではね。お互いに共同事業だという、はじめからの誓約がある。だから、私にしても、それだけの安いビルだったら、私一人で買ってもいいが、まア、一同の平均出資としておきましょうよ。が、川添さんの設明は、不肖大滝《おおたき》にも、大いに気に入りましたね。狂人館というのは面白い。そういう、へんてこな建物こそ、私達の仕事にゃ、もってこいですからな。窓が足りなかったら、壁をぶちぬけばよろしい。入口がせまかったら、ひろげることができます。――しかし、川添さんの話じゃ、話を早いとこ、きめてしまわないと、まずいようですな。明朝手金をうつとすると、こりゃ、今夜のうちに行って、ビルを我々で見分《けんぶん》する必要があるわけだ。夜だが、どうです、これから行って、ビルの様子を見られるでしょうか」

どうやらこれで、集まっている四人の人物の名前だけはわかった。

社長の疋田文平、川添と大滝という二人の男。そしてもう一人、女社長ともオカミさんとも呼ばれる田之村という女である。

大滝の問いに答えて、川添の声がいった。

「うん、そこはね大滝さん、ちゃんと心得ているってもんだよ。ビルの入口の鍵は、私が今夜だけということにして、預ってきてある。中は、さっき話した病院のあとで、各階に一つか二つぐらいしきゃないけれど、電灯もまア残っている。これからすぐ行けば、下見をすることができるわけさ」

そうして、その言葉が終ったとたん、紀子の方では、つかえてあかなかった戸に、思い切って力を入れたから、ガタンと大きな音がして、

「おや、なんだ！」

疋田文平が、第一に廊下へ飛び出してきてしまった。

仲間入り

「いいえ、立聞きなんかいたしません」

「しかし、それだったら、なぜ逃げようとしたんだね」

「それは……叱られると思いましたから……」

「やましいことがなかったら、叱られる心配はないじゃないか。第一、靴下だけになってるね。足音を忍ばせてきたということは、つまり、はじめから立聞きをするつもりだったのだろう」

「ちがいます！　小母さんと相談して……」

「誰だ、小母さんというのは……」

「お炊事場の小母さんです。呼ぶまで来るなといわれているくらいだから、見つからないように、そうっと行った方がいいというので、だから靴をぬいできたんです」

「じゃ、来てはいけない、と知っていて来たわけだ。つまり、何を話しているか、様子を見るつもりで……」

腕をつかまえ、室内へ引きずりこむようにしてから、川添という男が、すっかり腹を立てていて、紀子にひどく意地の悪いことをいった。

疋田が、自分の会社の事務員だから、大いに当惑して紀子を庇《かば》って、ともかく置き忘れた写真機を取りにきたのだという弁解だけは成立ったものの、

「ねえ、疋田さん」

と、女社長の田之村夫人が口を出した。豪奢《ごうしゃ》な毛皮のオーバーに身を包んでいて、顔立ちは砥ぎすましたように美しく、しかし、怪我でもしたことがあるのか、椅子を立って歩くと、ハイヒールの片足が少しびっこを引いている女である。眼鏡をかけていて、その眼鏡をキラキラ光らせ、とらえられた小鳩のような三船紀子を、頭から爪の先きまで、仔細に観察するという風が見えた。

「この子、名前はなんていうの?」

ときいたから、紀子は、

「わたくし、三船紀子です」

と自分で答えたが、

「そう。紀子さん……いいお名前ね」

冷たく微笑して見せたきり、あとは紀子を相手にせず、疋田にいった。

「この子ね、写真機を取りに来たっていったでしょ。それは私、そのとおりに信じてもいいと思うの。だけど、この子を、このままで帰らせるっていうわけにも行かないんじゃない?」

「というと?……」

「血のめぐりが悪いわね。考えてもちょうだいよ。なるほど、立聞きをするつもりじゃなかったんでしょう。けれども、いつからきいていたのかわからないわ。私たちの話を、ある程度まで、聞くつもりじゃなかったにしても、聞いてしまったことは否定できないわ。どう思う、あなたは?」

「そ、そりゃ、まア、そうだが、しかし……」

「しかも何もありゃしないわ。よけいなことのようだけれど、さっきから私は見ていたの。この子が川添さんにいじめられている。それを、やきもき心配しているあなたの顔色は面白かったわ。社長さんが自分とこの事務員を庇い立てしている。それだけのことにしては、少し熱心すぎるくらいよ。あなた、

この子を、とても可愛がっているわね。無理ないわ。きれいで、食べてしまいたいような女の子ですもの。私でも、男だったら、こんなよい子、指をくわえてほったらかしにしとくもんですか。どう？　いっそ白状してしまったら。これは、疋田食料品会社々長の、特別秘書っていうんじゃない」

「じょ、じょうだん！　そりゃ、オカミさんの誤解だよ。誤解でなけりゃ、やきもちだ。やきもち焼くんだったら、私でなくて、弁護士の先生だよ。大滝さんを相手にしてもらいたいね」

「おや、おや、とんだところへ、我が愛人が引合いに出されてしまったわよ。どうする？……先生。貸元疋田の親分が、先生と私とのこと、愛人同志にしてしまってるのよ」

ふりむいて、これは身なりが、まことにきちんと整っていて、いかにも弁護士らしい風格の、大滝と呼ばれる紳士の方へ笑いかけたが、

「アハハハ、疋田君は、そう思いこんでいるのだから、仕方がないよ。オイチョで敗けると、いつもそれを言うんだ。オカミさんと私とが、ぐるになっているんだってね。アハハハ……まったく、ひがみの強い貸元だな」

大滝は、ポケットからたばこのケースを引っぱり出しながら、おちついた口調で答えている。

「ええと……それでね……」

と田之村夫人は、ちょっと思案する顔になって、

「そうだ、川添さん、耳を貸してよ」

手招きして川添を、室の隅へつれて行き、ひそひそと何か相談を始める。

オイチョ、という言葉が出たし、ふざけてではあろうが、疋田社長を、貸元と呼んでいる。してみると、この四人の人物は、しょっちゅう仲間になって、博奕《ばくち》でも打っているというところだろう。博奕だとすると、相当額の賭金を張った、大博奕であろうということも想像される。

紀子は、表で待っているはずの信一のことが気になった。

「ねえ、社長さん。お願いですわ。わたくし、悪い気があったのじゃありません。だから、早く帰らせて下さいません」

小声でいうと、この四人のうちでは、わりに好人物と見える疋田が、いかにも閉口したように、

「うむ。そうしてやりたいが、弱ったたな。少し君もやりそくなったたよ。聞いちゃいけない話を聞いたんだ。自分で来ずに、小母さんに頼めばよかったじゃないか。チョッ！　めんどうなことになっちまったぞ」

舌打ちをし、おとがいを、手のひらでしきりに撫でている。

「さア、話がきまったわよ」

田之村夫人は、川添と肩を並べて元の位置に戻り、例の眼鏡をまたキラリとさせて、はじめに紀子を、そして次に疋田を、冷笑して睨《にら》んだ。

「疋田の親分さん。この可愛らしいお嬢さんは、今夜私たちがお借りすることにきめたわよ」

「そうかね。借りるって、どうするんだい」

「古いせりふだけど、焼いて食おうっていうんじゃないのよ。口止めして、帰してやってもいいようなものの、それじゃ不安だからって川添さんがいうのよ。大体は、わたしもその意見に賛成――」

「というと？」

「これから皆んなで、古ビルを見に行くことになっていたわね。紀子さんも、いっしょに行ってもらうわ」

「しかし、それじゃ、この子が困るだろう。我々は、そう早くは帰れないぜ。この子は、遅くなると、家へ行って叱られるからね」

「たいそう、思いやりがあって親切なのね。だけど、その親切は、あとでして見せることにしてちょうだい。その古ビル……狂人館ね。狂人館へは、どうしてもつれて行くわ。それに、こうなった以上は、この子も私たちの仲間になってもらいたいわ」

「ばかなこと言ってる。これは、単に私のところの女事務員だよ。仲間にしたって、べつに役に立つというもんじゃあるまいし」

「ところが、役に立つかも知れないのよ。ほんとに、美しい子だわ。美しい子がいた方がいいのよ。きっと使い道があると思うの。それに、悪いようにはしませんよ。この子にとっても、サラリーがいくらだか知らないけれど、そのサラリーの二年分も三年分

も、いちどに手に入るっていうチャンスだと思うわ。この子を、煮て食うか焼いて食うか、そのあとであなたは、腕次第で勝手になさいな。——さア、もう四の五の言いっこなし。いっしょに、狂人館へ行ってもらいますからね、紀子ちゃん、あなたも、決心してちょうだいね。私のこと、信頼してた方が、得だと思うわ。怖がることないのよ。ほんのちょっぴり、冒険よ。でも、冒険は魅力があるでしょ。私もあなたも、近代女性ですものね」

紀子には、前に較べて、言葉も態度も、ずっと優しくなっている。

大滝弁護士が、椅子をゴトリと鳴らせてこちらへ身をねじ向け、我意を得たりという眼で、うなずいて見せた。川添は、

「用心にしくなし、蟻の一穴だよ。行くのがいやなら、そんなこたやりたかねえが、古風に猿ぐつわはめて、押入れの中へでも監禁しとかなくちゃ、おれは安心できねえからね」

疋田と紀子の二人に聞かせる、下司《げす》で皮肉な調子でいったが、この時紀子が気がついたのは、川添という男の左の眼が、いつもパクリとあいたままになっていて瞼《まぶた》が動かず、視線も右の眼と無関係で、どこか遠くを、一直線に見ていることだった。眼球が瀬戸物と同じ光沢で、義眼である。紀子は、襟首のへんがゾクリとした。

もう、どうにもならない。

実感としては、はじめのうちそれほどのことと思えず、ぬき足さし足で二階へ上ってきた時と同じで、何かのじょうだんかふざけ合いではないかという気持があったが、その気持の隅から覗いていたかすかな不安が、大きく黒く、むくむくとふくれてきてしまった。

弁解しても謝まっても、許してはもらえぬらしい。とすれば、隙を見て、逃げ出すよりほかはないのだが、

「ねえ、紀子さん。あなた、私たちを甘く見くびったら、だめよ。大滝先生は、今夜ピストルを持ってきていらっしゃるわ。川添さんは、いつも晒木綿《さらしもめん》の腹巻きをしていて那さんだけれど、いつも晒木綿の腹巻きをしていてドス呑んでるのよ。ついでにいうと、私は逆さくら

げのホテルのマダムで、ほかに、缶詰の工場とハムやソーセージの工場を持っているわ。ハムとかソーセージってのは、牛や豚だけだと思ったら間違いね。犬の肉も猫の肉も、もち、兎の肉だって混ぜるわよ。……おや、おや、気味の悪そうな顔してること、だいじょうぶ。あなたを、ソーセージにするなんて、言やしない。だけど、わかったわね、よくって。私たちをなめないで、おとなしくしているのが、今のあなたとしては、いちばんのおりこうさんですからね」

田之村夫人は、最後に念を押すようにして、そういった。

× × ×

表には、さっきは気がつかなかったが、大型の自家用車が一台おいてあった。

それへ、無理矢理に乗せられた三船紀子は、とっさの間にも、信一がいるはずなのを心の頼みとして急《いそ》がわしく視線をあたりに配ったが、どうしたのか信一の姿はない。ずっとあとでわかったが、信一がそこに待っていなかったのは、それだけの理由があったことで、しかし紀子としては、時間がかかりすぎたから、腹を立てて帰ったのだろう、とでも思うよりほかはない。

「ずいぶんだわ。ひとがこんな目にあっているのに……」

胸で呟きつつ、それを口に出していうこともできなかった。

車は、大滝弁護士が運転した。

助手台へ、疋田が乗り、うしろの座席へは、紀子を間にはさんで、川添と田之村夫人が乗ったが、車が走り出すとすぐ、

「油断大敵だからね。性根を見極めるまでは安心できねえ。窮屈だろうが、がまんしてもらうぜ」

川添は、ちゃんと用意したらしい。手拭いで紀子に、目かくしをさせてしまった。行先きを、ハッキリさせまいとしている。さっきの話のうちに、大川のはたにその古ビルがあるのだ、という言葉があった。だから、全然見当がつかなくもないが、その大川のはたが、浜町河岸《はまちょうがし》か築地《つきじ》河岸か、それとも本《ほん》所《じょ》か深川《ふかがわ》か月島《つきしま》あたりか、その点はどうもわからな

い。乗っている時間は、そう長くなかった。途中で、ゴー・ストップが三回ほどあり、一度は気短からしい川添が、

「くそ！　何してやがんだ。ねえ、大滝先生。信号なんか蹴とばしてやったらどうですかい？」

といったが、ともかく神田から、二十分とはかからない場所のようである。

車を降りた時、まだ目かくしをされている。左腕を疋田が、右手を田之村夫人がつかんで、十間ほども歩いたと思うと、

「見てくれよ。外からでも、へんな建物だってことがわかるだろう。だいたいが、ひん曲っていやがるんだ。壁に銃眼みてえな穴が明いている。そこんとこにゃ、望遠鏡がすえつけてあったんだってね。わきっちょから、コンクリートの煙突みてえなものがつき出ているだろう。ところが、その煙突の根もとにゃ、ボイラーはおろか、ストーヴもついてやしねえ。壁は、厚みが、二尺もあるぜ。まア、はいってから、わかるだろう。いま、戸をあけるよ」

川添が、自慢そうにいってから、鍵の音を立て、ガタガタ言わせて鉄扉をあけたが、さて中へはいってから、はじめて紀子の眼かくしは、はずされた。

実に暗かった。

疋田が手掲電灯を用意してきていて、その光が、おぼつかなげに、足もとを照らしてくれたが、

「電灯は、あるこたあゝるぜ。だんだんに、おれが、つけていかあ」

川添は、一人ではしゃいで、しゃべった。

「いいかい。手始めに、廊下と階段の恰好を御覧《ごろう》じろだ。階段は、ビルだったら、一階から二階へ上って、踊り場というものがあらアな。その踊り場で身体の向きを変えると、すぐつづいて三階への階段というのが当りまえだろ。ところがここはそういかねえ。二階への階段を上ったところが、いきなり部屋になってやがる。その部屋をぬけて向う側の廊下へ出て、そいから三階への階段が、ビルの端っこについているといった寸法だ。三階は上ったところが廊下だが、そこから一つ部屋があって、部屋の押入れみてえなところに、四階への階段がついているんだ。廊下が、せまかったりふくらがつていたり、いやに

曲りくねっているというのが、部屋の形が四角じゃねえ。三角だったり丸かったり、用もねえ場所が出っこばっているかと思うと、ガラスがはいっていて、窓みてえに見えるところが、押してもついてもあきやしねえし、壁としか思えねえ場所が、押しボタンでガタリとあいて、そこから首だけ出して、廊下を覗くことができるようになっている。たしかにこいつは狂人館だよ。まだこまかいところは、おれもよく見ていねえ。まア、これから君たちといっしょで見るわけだが、こいつは、狂人館でいけなけりゃ幽霊屋敷さ。アハ、アハ、アハハハ……」

その笑い声が、複雑な形の廊下の天井に響き渡って、何かの呪詛《じゅそ》が聞えるようである。

さすがの田之村夫人が、

「なるほどね。とってもたいへんなビルだわ。これだと、私でも一人じゃ、来る気がしないわ」

ためいきをついたが川添は、

「おっとっと、女社長さんが、弱音ふいちゃ困るじゃねえかよ。まア、ひとつ、とっつきの階段を上ってもらおう。電灯は、二階へ行きゃつくからね」

そういってもう歩き出している。

田之村夫人が、

「あたし、上るのはごめんこうむるわ。ハイヒールで、そんな危険な階段はまっぴらよ」といってそこに残ったのは、ハイヒールよりも、足が不自由なせいであろう。

「私も、怖いんです。ここに残っていてはいけないでしょうか」紀子が、泣き出しそうな声でいうと、

「そうだな。君は女のことだし……」

言いかけた疋田をさえぎって、

「いや、だめだね。我々といっしょに行ってもらおう。なに、怖いことはありゃしない」

そばへきて、ぐいと紀子の肘をつかみよせたのが、大滝弁護士だった。

「オイ、何してるんだい。ほら、明るくなったろう。上ってきたまえ」川添は、二階の電灯をつけ、下へ向って面白そうに叫んでいた。

中

赤い外套の女

水谷　準

「おや」

五人は一斉に足をとめた。

二階と三階とを一通り見終って、四階への階段――それは隠し階段みたいに、押入れの仕切戸を開けると螺旋形になって上方へうねっていて、何か汽船にでも乗りこんだような感じを持たせるのだが、それへさしかかった時、どこかで二声三声、妙な啼き声がしたからだった。

「なんだ、猫じゃねエか」

と、先に立っていた川添が吐き捨てるように言った。

なるほど、それは猫の啼《な》き声にちがいなかったが、聞《き》き澄《すま》していると、ちょっと異様な啼き方だった。ニャーオン、ニャーオン、と言ってから、ニャオ、ニャオ、と短く刻んで、それから咽喉の奥で笑いでも抑えているように、オホン、オホンと続けている。

「おい、猫は四階にいるようだぜ」

と、今度は大滝弁護士が言った。

「迷児の猫でさアね。それとも、恋猫かも知れねえ。逢引にはもってこいの場所だからね。畜生、まだ啼いてやがる」

「待て、じッと耳をすましてごらん。猫の啼き声ばかりじゃないぞ。……ほら、足音だ。人間の……」

人間の……と言われた時には、残りの四人もギョッとしないわけには行かなかった。大滝が冗談言ってからかったのじゃないかと思ったが、息をひそめ、上を眺めていると、確かにそれらしい物音が微かに暗闇を通して流れて来る。コツ……コツ、というゆっくりした靴音である。その音と、猫の啼き声とが、ちゃんと拍子がとれているように聞えるのだった。

「やだわねエ、靴を穿《は》いた猫だなんて。子供の時そんなお伽噺を読んだ覚えがあるけれど。ねえ、紀子さん」

マダム田之村は、自分の腕へすがりついて来る紀子の指を意識しながら、できるだけ平静を装おうとつとめていた。紀子は返事ができなかった。「長靴を穿いた猫」という物語のことはよく知っていたが。

「なるほど、いよいよ幽霊屋敷の本領を発揮したな」

ここへ来てから割に無口でいた疋田が一番うしろから言った。

「いや、疋田さん。こいつは唯事じゃありませんよ。このビルは、猫はともかく、人間がのこのこ入りこんで歩き廻れる筈がないんですからね。川添君が鍵を借りて来たのはそのためなんだ。どうもおかしい。確かにあれは靴音だ。この上の階を歩いてる」

「お待ちなさい、大滝さん。こんな話もある。あるビルの何階かで、夜な夜な廊下を歩き廻る足音を、宿直人が何人か聞いて、幽霊だって騒ぎだしたことがある。よく調べて見ると、それは地下室の番人が歩き廻る音が、音響の屈折でずっと上の階へ反射するということが分ったそうです。今のも、道路の音の屈折じゃないですかね」

「うむ、そう言えば、いつぞや新聞にそんなことがでていましたっけね。でも、あれは……。おーい、上にいるのは誰だ？」

大滝弁護士は突然声を張りあげると、上に向って呼びかけた。

すると、おかしなことには、その呼び声で靴音がぴたりとやんでしまった。

「聞えたんだ。……すると、道路の靴音の反射じゃない。確かに、上には人がいる」

「大滝さん。ともかく行って見よう。おれとあンたが行きゃ、お化けでも幽霊でもちょいと大きな顔はできませんぜ。いいですね。昇りますぜ」

「脳天を気をつけなよ」

そこで再び五人が階段をのぼりはじめた。

四階は階段をのぼりきると狭い廊下になっていて、入口のない壁が大手を拡げている。その壁に沿うて右に進むより他はない。ほの暗い電灯を頼りに進んで行くと、左に曲ったところに、やっと戸口があった。それを開ける前に、五人はじッと耳をすました。何の物音も聞えて来ない。

入口のそばにある電灯のスイッチに手をのばした

川添は、ぎょッとしたように手を引いた。

「おや、スイッチが入っている」

「気をつけるんだ。誰かいるかも知れない」

うしろから声を殺して大滝が注意した。

「中にいるのは誰だ。いるなら、出て来い」

川添が身構えて、ドスの利いた口調で、戸の外から呼びかけた。しかし、依然として部屋の中は物音一つしない。階下で聞いた猫の啼声は勿論のこと、靴音すら夜気の中に吸い込まれたようだった。

「戸を開けたまえ」

大滝の声に、川添は扉を押し開いた。残りの四人は彼の肩越しに、その部屋を覗きこんだ。

裸電球が寒々と照らしているその部屋は、五坪ばかりの卵型をしていたが、十個の瞳は（いや、正確にいうと川添は片方義眼を入れているので、九つでなければならないのだろうが）その床の中央に注がれないわけには行かなかった。

何故なら、床の上には赤い外套《がいとう》を着た女が大の字なりに天井を睨んで倒れていたからである。

「や、女だ。これが靴音の主か」

と川添が叫んだ。すると大滝がすぐに、

「いや、あれは、どうやら息が通っていないらしいぞ」

「え、死んでる？」

「あの手の色をごらん」

まさにその手は蠟色《ろういろ》をしていた。

五人のものはその赤い外套の女の周りに集った。

それほど若くはないが、まだ二十代に間違いあるまい。そつのない化粧をしているので、顔も美しく、手足もすっきりしていて、服装も相当なものだった。

まずこの恰好で銀座を歩いていても、そう場違いの感じを抱かせぬだけの女である。

「死んでる。マフラーが首に食いこんでいるところを見ると、首を締められたんだね」

と、大滝弁護士が手早く調べて、みんなを見上げた。

「まあ、殺されたのね」

田之村夫人はハイヒールをかちかちと床の上で鳴らしながら呟いた。それは恐怖のためか、不自由な片足のせいか分らなかったが、みんなの背筋に不気味なものを這いあがらせる効果が十分にあった。

紀子はもう立っていられなかった。この狂人館の中を歩き廻るということだけでも、どんなに勇気のいる仕事だったか分らないのだ。しかもその上、思いもかけぬ死体を眼の前に突きつけられたのでは、気を失わないのが不思議なくらいである。彼女はどうしていいか分らなくなり、田之村夫人に抱きすがるようにして、ぶるぶる顫《ふる》えていた。

「重いわね、この子。あたし、足が不自由なんだから、そんなに寄っかからないでよ」

夫人は邪慳《じゃけん》に肱《ひじ》で紀子をこづいた。

「すみません」

紀子は詫びると同時に、ここにいる四人の者どもはみんな自分の敵と考えていいのだということを再認識せねばならなかった。ああ信一さんは一体どうしてるんだろう。あたしをこんな怖ろしい目に逢わせたのも、あの人が約束通りに待っていてくれなかったからなんだ。そういう怨みとも憤りとも知れない気持が、やっと紀子を人心地に還して、今度は少しはしゃんと自分で立っていられるようになった。

「おかしいな。この女は、一体、どこからどうしてこんなところへやって来やがったんだろう。様子で見ると、こいつは死んでからまだ間がねえようだが……」

川添が首をひねるのへ、疋田社長が、

「だけど、その顔色じゃ死んでから二時間や三時間は経ってるよ」

「とすると、今のあの靴音は一体何だろう。おれはてっきりあいつが手にかけたものとばかり思いこんでいたんだが。それにしても、あの靴音の主は、どこから入ってどこに消えたというんだね。このビルの鍵はおれが預かっているんだ」

「鍵のことは、そうこだわることはないだろう。他に二つや三つ用意してあるかも知れんじゃないか」

そのへんをきょろきょろしながら、大滝弁護士が川添をたしなめた。

「大滝さん、あンた、何を探していなさるんだね？」

「いや、つい今しゃがんだ時に、ライターを落したような気がするんだ。それがいくら探しても見えないんだよ」

「へ、へ、へ。そのへんになきゃ、気のせいでしょうよ。死人が取って隠すわけもない。大方疋田さんの事務所へでも忘れて来たんでさア」

「そうかも知れんな。いや、別に惜しいほどのライターでもないがね」

大滝弁護士はライターの捜索を諦めたらしかった。

この時、のけものみたいに扱われていた紀子が、

「あら、へんだわ」

と、突然大きな声をだした。

「どうしたの？」

すぐに田之村夫人がきいた。

「この人、靴を片方しか穿いてませんのね」

紀子は死骸を指さして言った。

「おや、そう言えば、そうね。左の靴がないわね。身体の下に敷かれてるんじゃない？」

「どれどれ」

川添がしゃがんで、女の死体を一廻転させた。しかし、そこには靴がなかった。勿論、大滝が落したというライターらしいものもなかった。川添は両手を大きく拡げ、首を横に振り振り、

「こいつはいよいよお化け屋敷だ。何が何だか、分らねえ。全く腐るね。どうだね、御三方、こうケチがついちゃ、このビル買うのは見合した方がよかねえか」

と、疋田と田之村夫人と弁護士とを、代る代るに眺めた。

田之村夫人はすぐに答えた。

「そうねえ、あたしもあんまり物怖《ものお》じする質《たち》じゃないんだけど、こんな仏様にめぐり会うようじゃ、ゲンが悪いような気がして、ちょいと考えるわよ。どう、疋田さん」

「安かろう、悪かろうか。よく言ったもンだ」

と、疋田はそう合槌を打ったばかりである。

「待ちなさい」と言ったのは大滝弁護士で、ゆっくり一同を見渡し、「われわれはどうせこの狂人館がまともものでないことを承知で乗りこんで来たんだ。今更、死骸の一つや二つに驚いていたんじゃ明日のおてんとう様に笑われようと言うものさ」

「だって大滝さん、ここにこんな死人が転がされて

りゃ、おそくも明日の朝に管理人に見つかって、大騒ぎになりますぜ。今晩、あッし達がここを下見に来たことは、明日の手附けの時にはどうしたって隠しとくわけには行かねえ。とすると、今晩にもその筋へ、恐れながらと届け出なくちゃならないわけだ。そうなると、われわれがどういうつもりでこのビルを買おうというのか、物が物だけに何とかお尋ねがあらアね。へッ、おれはそんな痛くもねえ腹を探られるのは、真平御免《まつぴらごめん》だ。ほじくられりゃ、臍《へそ》からだって垢が出らアね。なあ、マダム」

川添は田之村夫人に同意を求めた。夫人は臍の比喩がおかしかったのか、声のない笑いを洩して、眼だけで川添にうなずいた。紀子は川添もこの夫人も相当に暗い何かを背負っていることを直感した。

大滝弁護士は二人の様子をじろりと横眼で眺め、それから疋田に眼を移してから、フッフッフッと笑って、

「どうも、智恵のないのは手間どって敵わんよ。このビルに一番御執心だったのは、川添君、お前さんだぜ。それが妙な足音を聞いたり、死人にお目にかかったりすると、もう厭気《いやけ》がさす。それじゃ金儲けはできんよ」

「そいじゃ先生、あンたの智恵のほどを拝見したいもんですね」

「ナニ、わけはないさ。どこの馬の骨とも知れぬ死体なんぞは、体よく始末してしまえばいいんだ。幸いこのビルの裏手はすぐ大川が流れてる。ちょいとした手間ですむじゃないか」

「へええ、なるほどね。こいつを裏の川へ放りこむ。それで仏様はこのビルと縁切れか。そいつは名案、と言いたいが、そんなことをして大丈夫かナ」

「大丈夫かも何にも、そうでもしなけりゃこのビルは簡単にわれわれの手に入らんじゃないか。……ねえ、疋田さん、田之村の奥さん。少々手荒《てあら》かも知れんが、警察が間に入ってうろうろされるのは、いかにも邪魔っけだ。私の考えが手取り早くはないですかナ？」

疋田社長はあまり気乗りもしなかったようだが、弁護士以上の名案も浮ばないらしく、弱々しくうなずいた。

「仕方がないわ。あたしも大滝さんの説に賛成よ。おや、もう一人ここに一票投じて貰いたい人がいたわね。紀子さんあなたもウンと言わなきゃダメ」

田之村夫人は紀子の肩を叩いた。紀子はびっくりして跳びあがった。彼女は真蒼な顔色だった。

「あたし、そんな……怖いわ。ああ」

「はははは」

大滝弁護士は喜劇でも見たかのような高笑いして、

「一票投ずるも何もありゃしないさ。御令嬢がこれからわれわれのやることを、黙って見ているだけで、立派な共犯さ。死体遺棄罪のね。……それともお嬢さん、ここで汽笛のように大きな悲鳴でもお聞かせなさいますかね？」

じっと紀子の眼の中を覗きこんだ大滝の瞳は、それこそ蛇のようだった。紀子は喘ぐだけで、声さえも出なかった。

「それじゃ、善は急げだ。お葬《とむら》いと行くか。小寒《こさむ》い時に、水葬とはお気の毒だが、姐さん、かんべんしなさいよ」

川添はおどけた軽口を叩きながら、死人の上にかがみこんで上半身を起した。

「背中の方はおれ一人で沢山だ。両脚は片方ずつ、疋田さんに大滝先生、しっかり頼みますぜ。ウッ、勿体ねえ。いいおっぱい持ってるじゃねえか。そんなお前さんの首を絞め殺したのは、一体どこのどいつだ」

べらべら喋るのは、内心の恐怖を抑えるための手段だったかも知れない。川添の額にはうっすらと汗がにじんでいた。

女の怪死体は三人の男によって抱きあげられた。それだけのことで、遺留品は一つもなかった。それを確かめると、田之村夫人は紀子の腕に自分のをからませ、三人の男のあとから無言でついて行った。

電灯が次から次へ消された。不思議な葬列は、歩一歩と緩慢な速度で奈落の底へ降りて行った。

紀子はこれらの人々が、女の死体を探しにこの狂人館へやって来たのではないかとさえ疑《うたぐ》って見た。それほど彼等は死体に対して平静を装っているのだ。しかも、死体を発見する前に聞いたあの猫の啼き声や靴音、それに死体の靴が片方しかなかったことなどに対して、たいして疑問を抱かぬ無関心さ。疑惑と恐怖とが自分だけを取巻いているように思えて、紀子は何だか今にも気が狂いそうな気がした。

「寒いのかい、紀子さん。ふ、ふ、あんたもいいおっぱいしてるじゃないか」

田之村夫人が耳許で笑った。女の手だが、紀子はそれを感ずると、ぞっと総毛立った。信一以外には触って貰いたくない自分の肉体だったのに。ああ、これからどんな目に逢わされるのだろう。

やっと一行は一階へ辿《たど》りついた。

「地下室へ降りなきゃ、裏口には出られないよ。このままもう一息」

川添はそう言って、ふうふう言いながら、もう一階くだだった。

空箱やがらくたがまだ雑然と残っている間を抜けて、低い裏口への扉をくぐると、そこが一寸した空地になっていて、すぐに石垣になり、下を大川の水が黒く流れていた。

あとからついて行った紀子は、正面の空を見た時、あ、火事！　と思ったほど赤かったが、よく見るとそれは東京の中心地を彩るネオンライトが反映しているのだと知った。この狂人館はつまり隅田川を越したすぐの岸辺に建てられていたのだった。

「いいかね、音をさせちゃまずいぜ。ずるずると流しこまなきゃ」

川添が音頭をとりながら、石垣の突端《とっぱな》で水葬の手筈をととのえていた。やがて、ざぶりと音がした。

「なまみだぶ。……やれやれふッふッふ」

川添だけが笑い声を洩らしたが、あとの二人は無言だった。

救助信号

一行は再び狂人館の一階へ戻って来た。誰もが心身に空虚を感じていると見え、妙な沈黙に圧されたまま、煙草に火をつけたり、壁の剥がし忘れた「受付は二階」という貼紙をぼんやり眺めたりしていた。その貼紙は自殺したという前住者泌尿科医のものだったに違いない。

川添が半分も吸わない煙草を、厭な臭いでもするようにぽいと捨てて、靴で踏みにじりながら、

「とんだお景物《けいぶつ》に出会《でつくわ》したンで、四階を隈なく見損ったが、あすこにはもう一つ部屋があるきりで、今更見るこたアない。どうだね、これで明日の朝、早いとこ手を打つことにするかね」

「そうだとも。そのつもりでなくっちゃ、今やってのけた仕事は何のことだか分らなくなる」

大滝弁護士が不機嫌な顔つきで言った。

「じゃア、これで引揚げだが、四階には何か残しては来なかったろうな」

「それは大丈夫」と、田之村夫人が引取って、「あたしが抜かりなく検《あらた》めておきましたよ。まあせいぜい、残して来たものと言ったら……」

「何だ、マダム」

「あたしたちの足跡ぐらいのものさ」

「脅かしちゃいけねえ。ああ、何だかくさくさするね。時に、今、何時頃だろう。……十時半か。思いがけなく時間が経ったもんだね。これから、どうするね？」

「あたしもすっかりくたびれちまいましたよ。どこかで少し陽気になりたいもンだわ」

田之村夫人が言うのを待構えていたように、疋田社長が言いだした。

「そいつは私も賛成だ。どうだね、これから銀座でちょいと騒いで行こうじゃないか。『エデン』がいいだろう。そろそろ面白い裸か踊りが見られる時間だ」

「うん、それがいい。生きてる奴の裸か踊りでなくちゃ、やっぱりピンと来ねえや」

川添は下司っぽく、はぐきを見せてにたにた笑った。紀子は彼等の相談を聞いて、いよいよ自分が解放される時が来たのかも知れないと淡い希望を抱いた。

しかし、その望みはすぐに田之村夫人に反射したのか、折返すように彼女は紀子の方を振向いて、

「もちろんあンたも一緒よ。だって、あンたは今晩からあたし達の仲間になったんですからね。そのお祝いに、古風な言い方をすれば、盃をみんなから貰わなくちゃ」

「あら、あたし……」

「厭だっていうの、今更……？」

田之村夫人の眼鏡の奥の瞳は急にきらきらした異様な輝きに燃えた。紀子はハッとして、その瞬間覚悟をきめた。そうだ、もうどうしたってすぐにはこの連中の手から逃れることはできない。焦るとますます不利になるだろう。こんな時は敵に安心をさせて、ゆっくり最善の道を探すことだ。

「いいえ。ただあたし、母と弟が心配しやしないかと思ったものですから」

「ああそのことなら、大して心配はいらないことよ。今夜は何しろお宅の社長さんと一緒じゃないの。少しぐらい帰りが遅れたって、社長さんがじきじきあンたを送り届けてくれますよ。ねえ、疋田さん」

「うん、まあね」

疋田社長は不得要領《ふとくようりよう》な返事しかしなかった。

「おいマダム、そのお嬢さんをお守り申上げるのは、この川添さんの役目だった筈だぜ。間違えちゃいけねえ」

と横合いから川添がひったくるような調子で割込んだ。田之村夫人はそれを無表情で聞流して、

「さあ紀子さん、行きましょう」

と、まるで花嫁の手を引く媒酌人といった恰好で歩きだした。

狂人館から大分離れたところに乗捨ててあった自動車に戻って、五人のものは来た時と同じ順序で座席へおさまり、赤くネオン・ライトの映える夜空の方に向って出発した。しばらくして自動車は橋を渡ったが、それが両国橋であることは紀子にも分った。

前と後ろに坐り合せた疋田と川添が、何気ない調子で話をかわしていた。聞くともなしにそれを聞いていると、カレー粉の青缶だとか赤缶だとかが高いの安いのと言っている。紀子は食品会社の事務員だから、おのずとその会話に興味を抱いたのだが、カレー粉に青い缶や赤い缶があることは初耳だった。紅茶にならそういう種別がある。この人たちは何を勘違いしてるんだろうと、少し可笑しくなったが、しきりに合槌打ってるのが他ならぬ食品会社の社長さんだし、それにカレー粉の新発売品が市場に現われだしたのかも知れなかったし、余計な疑問を抱くのはやめにした。

『エデン』はM百貨店の裏通りにあった。入口をネ

オン・ライトで幹や葉を緑に、実を赤に、林檎の木にしてある。こういう華かな入口をくぐったことのない紀子は、何かクリスマスが急にやって来たような錯覚を感じた。

白い服のボーイが先に立って案内する『エデン』の中は、映写中の映画館の中へでも来たように薄暗かった。いや、実際にそうした劇場へ来たのではないかと紀子は眼を疑った。突当りの正面には飾り台があり、その上で桃色の光線に照らし出された中に、バンドがゆるやかな曲を奏している。飾り台の前方が土間になっていて、円形のスポット・ライトを浴びながら、一匹の蛇がくねっている。楽園《エデン》に蛇がいるのは当り前だが、しかしよく見ると、それは蛇ではなかった。青い光線にとぐろを巻いていると見えたのはしなやかな裸かの女体だった。

「恰度よいところへおいでで。ジョリー花田《はなだ》が踊っております」

ボーイは一行を空いてるボックスへ誘いながら愛想を振りまいた。疋田社長が物慣れた調子で飲物を言いつけると、ボーイは影のように消えた。五人は黙ったままでジョリー花田の踊りを眺めていた。それは一種のアクロバティックで、両肢《りようあし》の間から首がのぞいたり、軽く音もさせずにトンボ返りを打ったりする。むきだしに乳房が大きく揺れ、弾力のありそうな股《もも》の肉が微妙に動く。紀子はそれを見つめる連れの男達が固唾《かたず》を飲んでいるのをチラと横眼で眺めた。

踊りが終って、拍手が湧き、場内が少し明るくなった。改めて見廻すと、どこの席にもいっぱいのお客だった。もちろん何処にも知った顔は見えず、紀子は全くの別世界へ来たのだということを知った。

「ヒーさん、いらッしゃーい」

どかどかと二人の女がやって来て、紀子たちの席へ割りこんだ。二人とも背中を丸だしにしたイヴニングを着込んでいる。

「やあ、光枝《みつえ》にアケミか。暫らくだったね」

疋田社長が相恰《そうごう》を崩すと、

「本当に暫らくよ。一昨日《おとつい》会ったきりですもの、オッホッホ」

と、光枝というらしい女が大口開けて笑った。笑うと金歯がひどく目立つ女だった。

「ヒーさん。こちら、お嬢さまね？」

と、もう一人の方のアケミが固くなってる紀子をちらと見て、からかうように訊いた。

「うん、いや、うちの店で働いて貰ってる人だよ。お嬢さんには違いないがね」

「ああ、特別秘書、分りました。ねえあなた、ヒーさんて呼び方傑作でしょう？　英語でいう『彼氏』のことなんだから、オッホッホ」

また光枝が金歯をだして笑った。そこへ飲物が来た。カクテルだった。グラスは五つあったから、当然紀子も飲まなくてはならなかった。しかし、カクテルなぞはまだ味わったこのない紀子は手をだす気にはなれなかった。

「三船君、カクテル、嫌いかね？　これは咽喉の乾きをとめるための、ほんの弱い奴なんだから、心配しないでやってごらん。甘口で、口あたりも悪くないんだ」

疋田社長が見咎《みとが》めて勧めた。アケミがすばやくグラスをとって、空いた手でそれを紀子の手に握らせた。

「本当よ、一杯飲むと、スーッとするわ。ビールぐらいの強さ」

ビールなら飲める。いつか信一とハイキングに行って一本のビールを半分ずつ飲んだことがあったが、その時は平気だった。

そうだ。できるだけこの連中に安心させてやらなきゃいけない。それはさっき心の中で決めたことだ。

「えっ、いただきますわ」

グラスを持ちあげて、できるだけ平然と、口につけた。甘い香水のようなものが口の中へ流れこみ、少し咽喉につかえたようだが、やがて食道をくだって行くのが分った。

「やあ、見事、見事」

川添が嬉しそうに拍手した。田之村夫人も大きくうなずいて見せて、

「はい、それで盃がすんだわけね」

と念を押すようにした。新しい音楽が始まり、今度は客達が思い思いに踊りはじめた。大滝弁護士とアケミ、疋田と光枝とがどちらからともなく立上り、

手を組んで踊り場へ出て行った。学校時代にダンスを教わったことのある紀子は、大滝が柄に似合わずなかなかうまく、ここの常連らしい疋田社長が案外下手なことがすぐに分った。その二人を眼で追っているうちに、紀子は何だか眼が廻るような気がした。

「紀子さん、どうですね、踊って貰えませんかい？」

意外にも川添がプロポーズして来た。川添が踊れることなんか考えてもいなかった紀子はびっくりした。

「あら、あたし、踊れないのよ、碌《ろく》すっぽ」

自分でも意外と思われるほどのはしゃいだ調子が唇から流れ出た。

「なアに、歩けりゃ、それがダンスさ。あッしもその口だ」

もう川添は立って来て、紀子の手を取った。ボックスに一人残された田之村夫人が、意味のとれない微かな笑みを唇の隅に泛《う》かべていた。

紀子は引きずり出されるように踊り場へ出て、川添と向き合せになった。

「なンだい、いやだなア。あンたは立派に踊れるじゃないですか。こっちが顔負けだア」

大きな声で川添が言ったので、紀子は顔から火が出るような思いをした。あたしは一体何をやろうとしてるのだろう。こんなにまでして、敵を安心させねばならないのだろうか。そして、何時《いつ》救いを求める機会が来るのだろう？

飲んだカクテルが身体じゅうを駆け廻りはじめたことが、はっきりと分って来た。何か思考を妨げる毒のようなものが頭に浸み込んで行くのが感じられる。

「ねえ、紀子さん。今晩は少しぐらい遅くなったっていいんだろ？　おれが自動車で送って行ってあげるよ。なアに、何処へ行くってわけじゃない。田之村のオバさんとこに、面白い映画があるんだ。そいつを見せてあげようと思うのさ。町ン中じゃ見られない映画さ。それも外国物でね。……」

川添は踊りながら、しきりに喋っている。紀子の手を握っている彼の大きな掌《てのひら》から、汗がにじみでている。ああ、その手はつい先刻《さつき》死人の背を抱いたのだ。紀子はくらくらと眼まいがした。音楽が折よくその時終った。

「おや、どこへ行くね？」

ボックスの方向でない方へ紀子が歩きだしたので、急に硬ばった顔つきをして川添が訊いた。

「あの、トイレへ」

「ああ、そうか。それじゃ入口までついてッてあげよう」

それは無論護衛の意味ではなく、看視のつもりであることが紀子にもよく分った。もとより覚悟の前であった。

「すみません」

わざとそう言って、紀子はレディスの扉を開けた。そこにある鏡に向って、紀子は自分の顔をのぞきこんだ。

「しっかりおし、紀子」

と、その顔に向って囁《ささや》いた。この時、用を足したらしい女が囲いの中から出て来て、紀子と並んで立ち、鏡をのぞきこんだ。見ると、やはりイヴニングを着込んでいる。とっさに紀子はその女に寄り沿うた。

「あなた、ここの方ですのね」

「ええ、そうよ。何か御用？」

女は紀子を爪先から頭の方へ検めながら答えた。

「すみません。お願いがあるんです。一寸困っているので……」

紀子は急いでポケットにあった名刺を出した。それは戸沢信一のものだった。新聞社の電話の局番が変ったからと言って、今日渡されたのを思いだしたのだ。それへ、折よく持っていた鉛筆で、紀子は走り書きした。

銀座裏『エデン』へ至急。佐野、太田、佐々木さんが待ってます。ノリ子。

「この人のところへ、この文句で電話して頂けませんかしら。あたしが掛けちゃまずいんです。……あの、これ失礼ですけど……」

紀子は持合せていた五百円の紙幣を名刺の上に重ねた。金を見ると、女の鋭い視線が優しくなった。

「ただお伝えすれば宜しいのね。お安い御用ですわ」

「お願いします」

紀子は口に一本指をあてがって、出口の方を見やった。女は何やら悟ったらしかった。うなずいて、あとは余計なことを言わずに、さっさとトイレを出て行った。

紀子は頃合いを見計って、扉を開けた。川添が馬鹿面をして待っていた。

「お待ちどうさま」

紀子は晴ればれした顔つきを見せてやった。しかし、信一は来てくれるだろうか？　新聞社に彼がいなかったら……紀子のプランはまんまと失敗だ。ボックスに戻って、気もそぞろだったが、暫らくしてその前を何気なく通りかかる女がいた。トイレで会った女だった。女は紀子を見ると、片眼をつぶってうなずいて見せた。あゝ、電話は通じたのだ。

「おや、紀子さん、何をニタニタしてるの？　気味の悪いこと」

と、流石《さすが》に眼の早い田之村夫人が斬りこんで来た。

「あら、あたし、そうでしょうかしら？」

「カクテルが利いたのね。今度はビールいかが？」

「いいえ、もう沢山」

二度目の裸かショウが始まっていた。今度のはひどく卑猥《ひわい》なものだった。紀子はまともに見ていられず、眼をつぶった。こんなところへ信一がやって来たら、それこそ恥しさのために気絶するかも知れないと思った。

その信一が、恰度《ちょうど》ショウの終ったところへとびこんで来た。

「やあ、紀子ちゃん。こんなところにいたのか？　探したぜエ」

と、信一はボックスの人々に油断のない視線を送りながら声をかけて来た。

「あら、信ちゃん。……あたし、社長さんのお供でここへ来たんですけど。……社長、これあたしの従兄《いとこ》で、戸沢と言うんです」

紀子は疋田に向って言った。疋田は眼をパチパチさせて、

「やあ、やあ」

と、うなずくばかりだった。

「紀子ちゃん、お母さんがね、胃痙攣《いけいれん》を起したんだ

よ。君の店に電話をかけたら、社長さんのお供らしいという話。社長さんはよくこのキャバレーへおいでになるという店の小母さんの返事だったから、念のためにのぞいて見たって訳さ。さ、早く行こう。もっとも、お母さんの胃痙攣はもう大分おさまったけどね」

早口に述べ立てて、信一は紀子を引ッ立てるようにした。この機を逃してはならない。紀子は立上って、

「社長さん、それじゃ、あの、これで」

有無を言わさぬ早業だった。紀子の背中へ、田之村夫人の声が矢のように突立てられた。

「紀子さん、約束を忘れないでね」

走るようにして『エデン』をとびだした紀子と信一は、人目もはばからず固く抱き合った。紀子の眼から急にぽたぽた涙がこぼれ落ちた。

「佐野、太田、佐々木、三人の名前がチンプンカンプンだったから、ぼくも考えたよ。やっとS・O・Sの信号だと気がついて、ともかく君を引張りだすことにしたんだ。社長も一緒だというのに、どうしたんだい、一体?」

「それは、あとでゆっくり話すわ。信一さんこそどうしたの。あたしを待ってないで、雲隠れするなンて」

「うーん、生理的要求でね。ほんの二三分、君の店の前を離れたんだ。その間に君は社長と駈落ちしたと聞いて、ぼくこそカンカンだったんだぜ」

「ふ、ふ、ふ」

「何がおかしい?」

紀子はやっと落着いて笑うことができた。トイレのことで、自分が危地に落ち、しかも同じことでその危地から脱したことを思うと、とてもおかしくなって来たのである。

猫の狂人

そのあくる日、紀子は何時もと変らない顔つきで疋田食料品会社へ出社した。

すぐに社長室から呼びだしがあった。

「やあ、出て来たね。今日は休むのじゃないかと思って、気にかけていたところだ。お母さんの胃痙攣

はどうだね？」

　疋田は眠り足りないはれぼったい眼蓋《まぶた》の底から、紀子をしげしげと見守った。

「はア、お蔭さまで、母の病気は殆んどおさまりました。昨夜は、本当にお世話をかけまして……」

「は、は、は。それはこっちでいうことかも知れんね、三船君」

　そこで疋田は廻転椅子から身を乗りだすように、

「君は何と思ってるか知らんが、君が腹を決めていてくれれば、これから君の運命がどんどん拓けて来るというもんだよ。この会社以外に、私はいろいろな事業を計画しているのだが、そういう仕事を君に手伝って貰うようになれば大変好都合なんだ。辛抱して見る気はあるかね？」

「そりゃ、もう、あたしに出来ることなら、何でもやらして頂きますわ。……でも、あんまり怖い目や、厭らしい目にだけは……」

「あッはッは、君はあの川添のことを言っているんだね。いや、そんなこと心配しないでいいよ。あの男はああ見えて気の小さいところがあるものだから、君が心変りして、われわれの仕事の邪魔をしやしないかと思ったのさ。それで、そんなことのできないように、君に……そうさせない何と言うか、実質的な猿ぐつわをはめようと試みたんだ。なアに、その必要はない。私から川添にはよウく言っとくから」

「お願いいたします」

「そのかわり、三船君、この私には改めて全幅の信頼をかけてくれねばいかんよ。ねえ、どうだ、約束の印に、ひとつ握手をして貰おうか」

　疋田はぬけぬけと手をさしだした。その手を紀子はひっぱたいてやりたかったが、待て待てと我慢した。昨夜、信一と相談をして、暫らくはこの疋田一味の腹中にはいりこみ、マタ・ハリの役目をすることを誓ったからである。

　紀子は社長の毛の生えている手を、おそるおそる握った。そのゴリラのような手は、彼女の手をぎゅッと握って、意味ありげに遊んでいる小指で紀子の掌をくすぐった。

「それじゃ仕事をしてくれたまえ。用があったら、また呼ぶから」

やっと許しが出て、紀子は自分の机へ戻ることができた。仕事はいろいろあった。伝票の整理だけでも大変だった。しかし、昨夜の今日では、何だか頭が仕事一辺倒にはなりきれなかった。あの狂人館の中での奇妙な出来事や、キャバレーの裸か女の姿が眼に浮んで来るのである。

正午《ひる》近く、信一から電話があった。

「誰も聞いてる人はいないね。……今朝の六時半頃、築地河岸《がし》で女の変死体が発見された。赤い外套を着ているが、身許全く不明。君は時間的に、もっと下流へ流される筈だと思うだろうけど、汐の関係でそうなるんだよ。君の物語が嘘でなかったことは、これで分った」

「まあ、あたし、嘘なんか言いッこないわ」

「僕は早いとこ、あの狂人館というのも一通り調べて見た」

「あら、中へはいれて?」

「うん、管理人にちょいと摑ませりゃ、訳のない話さ。なるほど、面白い建物だね。あんな構造のビルは、まともな事務所になんぞなりっこないが、それでもとうとう今朝、片方義眼《いれめ》の男が手金を打ちに来たそうだ。川添という男だったね」

「ええ、考えただけで、ゲロの出そうな奴」

「ふッふ、汚いこと言うね。僕はあの狂人館を建てた人物を探り当てたよ。まだ生きてるんだが、勿論気が変になってるのさ。それが狂人館からそんなに遠くない錦糸町《きんしちょう》に住んでいる。これからその気狂いさんに逢って見ようと思うんだ。出来れば君を連れてくと面白いんだがね」「いやだわ」

「おやおや、昨夜で大分度胸ができた筈じゃないのか?」

「冷かしッこなし。あンただって、気をつけなきゃ、あぶないわよ」

「へん、パリパリの記者に向って、大きなお世話。……でね、その報告もあるし、今後の作戦も練らなきゃならないし、夕方是非会いたいのさ」「ええ、いいわ」

「ひょッとしたら、また君を籠絡《ろうらく》しようと思って、一味が呼びだしをかけるかも知れないがね。お母さんの病気がまだ心配だからッて、うまくかわすんだよ」

「はい、承知いたしました」社長の姿がちらッと見えたので、紀子はわざと丁寧な言葉を使った。

「じゃ、四時半、いつもの喫茶店で」信一の電話は切れた。

その四時半が待たれてならなかった。いつもだっていたことが、信一とランデヴーする時は、会社の退ける時間が待遠しくてならないのだが、今日は何かに追われているみたいだった。そうだ、あたしは狙われているのだ。信一という心の支えがあればこそ、割に安閑とした気持でいられるのだが、若し一人ぼっちでこんな立場に置かれたら、どうなるだろう。それを思って、紀子はぞっとした。

待ちこがれていた四時の退け刻がやって来た。疋田社長から別に呼びだしも足どめも食わなかった。紀子はいそいで会社をとびだした。今日は紀子の方が先だった。約束より十五分もおくれて、信一がやって来た。

「やあ、すまん、すまん。ちょいと部長と激論を戦わして来たもんだからね」それほどでもない顔つきで、信一は紀子の前に腰をおろした。「何の激論？」

「赤い外套の怪死体事件さ。それと、狂人館とが関係がありそうだということを部長に洩《もら》したら、是非記事にしろというんだよ。ところが、ぼくとしちゃ、君のことを表に出すわけには行かないからね。もう少し突込んでからと胡魔化《ごまか》したんだ。気の短い部長はすっかりお冠《かんむ》りでね。いやはや、世話の焼ける爺さんだて」

「まあ、いやな信一さん。自分で狂人館のことなんか口走らなきゃいいのに」

「うん、どうも知ってる事を腹に蔵《しま》っておけないタチでね」

「それで、キ印さんに会えて？」

「うん、会った。門前払いを食わされる覚悟でいたんだけど、当って見たら、わけないんだ。黒田金之助《くろだきんのすけ》という立派な名前を持った、まだ三十そこそこの先生さ。金持の一人息子で、お袋と一緒に暮しているんだ」

「どうして気狂いなんかになったの？」

「さあ、そこまではハッキリ分らなかった。お袋の口振りでは、大学を出るまでは何ともなかったが、それからおかしくなって来たんだそうだ。彼女の顔つきから考えると、どうも遺伝でもあるのじゃないかね。ともかく大学時代は秀才だったそうだ」「あんな変なビルを建てた理由が分って？」

「うん、ぼくはね、あの建築に非常に興味を持ったので、是非御高説を拝聴したいという触れこみで、まずお袋を陥落させ、それで易々と本人にも会えたんだ。本人はあまり人には逢いたがらず、部屋に引籠っているんだそうだが……」

「その部屋、座敷牢じゃないの？」

「いや、極《ご》く当り前の部屋だ。別に乱暴を働くわけじゃないので、野放しにしてあるんだ。それで、昨夜も、どうやら自分の建てた狂人館へのこのこ出掛けて行ったものさ」

「えッ、それ、本当？」

紀子の声は喫茶店の中の客を振返らすほど大きかった。

「本当だ」信一は声を低めて、「だから、キ印訪問は非常な収穫だったんだよ。随分いろんなことが分った」

「どうしてその黒田君が狂人館に現われたことが分ったの」

「黒田君がね、赤い外套の女の靴を片方と、女の持物だったらしいハンドバッグを持っていたんだよ」

「まあ、じゃ、黒田君が犯人じゃありませんか。信一さん、何をぐずぐずしてンの？」

「待て待て、そう慌てちゃいけない。昨夜、君たちが狂人館を訪ねた時に、猫の啼声と靴音を聞いたと言ったね。それはどうやら黒田君らしいのだ。彼は猫を飼っているんだが、それを呼ぶ時に、猫の啼き声を真似て呼ぶんだ。だから、君の聞いたのは黒田君の声だったんだぜ」

「まあ、いやらしい。それでも、犯人は……」

「それがさ、赤い外套の女は、時間的にもっと前に殺されていなくちゃならないだろう。そこに疑問があるわけなんだ。なアに、相手はキ印なんだから、慌てるには及ばない。逃げも隠れもしないよ」

「でも彼は何だって靴やハンドバッグを取ったりしたの？」

「さあ、一種の蒐集狂とでもいうのかな。それに変態性慾が混ってるかも知れない。女の持物を集めて喜んでいる」

「キ印の上に、そんな厄介な病気があるのね」

「うん、みんな綜合されたキ印なんだよ。怪建築のことなんかも、そういう蒐集狂的な源から発しているのかも知れない。……それはともかくね、ぼくはハンドバッグを見せて貰って、その中にあったマッチのレッテルから、ひょッとしたら赤い外套の女の身許が分るかも知れないと思うんだ」

「どこのマッチ？」

「築地……明《あか》石町《しちょう》にある酒場のマッチさ。これから、行って見ようかと思うんだが、君、一緒に行く気はあるかい。たまにはそういう散歩も面白いかも知れないぜ」

「そうね」紀子は楽しかるべきランデヴーが何やら本格的な仕事の方へ移行しそうになって、一寸不服だった。

下

此処に女在りき

島田一男

〝――なんと陰気なところだろう……〟

紀子は無意識に肩をすくめ、息を殺すようにして腰をおろした。

「なんだい、寒いのかい？」

信一がたずねたが、紀子は小きざみにせわしく首を横に振っただけだった。

この酒場で一番明るいのは、入口のドアの上のネオンだったかもしれない。BENG KALIS……、白の勝った青で、そんな横文字が光っていた。

薄暗いと言うより、薄明いと言うべきだろう。つき当りに白い上衣のバーテンが頬杖をついていて、背後《うしろ》に世界中の酒瓶がボーリングの標的のように並べてある。暗いおかげで、バーテンの上衣の汚れも、酒瓶の中味が空であるのも眼立たなかった。

紀子達の他にも二タ組か三組客がいたが、話声は殆んど聞えなかった。みんなお通夜のように声をひそめているし、スリー・バンドの素晴らしいラジオが、ガンガンわけのわからぬ歌と音楽を吐き出していたからである。

音楽がポツンと切れると、かすれ声のアナウンサーが喋った——

「——なんとか、かんとかで、パキスタン、カラチ……」

単語としてわかったのは、パキスタンとカラチだけだった。

音楽がまた始まった。前よりは幾らか静かだったが、ひどく悲しげな曲だった。それがこの暗い酒場の雰囲気と重って、いよいよ物わびしさが加わって来る。

紀子は溜め息といっしょに、右と左を眺めた。

——こんな場所には、生れてからまだ二度しか来ていない。一度は昨夜の銀座裏のキャバレー・エデン、そして二度目がこの築地明石町の酒場なのである。

エデンも明るくはなかった。だが、その暗さには華やかさがあった。ここには、パンのひからびたかけら程の華やかさもなく、重苦しさがあるだけだった。

「御註文は……？」

まだ日が暮れたばかりだと言うのに、ひどく酔っぱらった女が、信一の横へやって来た。

「ホット・ウイスキーと……、紅茶できるかい？」

「お生憎《あいにく》よ……。一体飲めないのどちら？」

「勿論お嬢さまの方だよ。飲めねエんじゃないけどね、お母さまに叱られますから……」

「あら、話せないお母さまね……。じゃ、坊っちゃまのお父さまはお叱りにならないの？」

「親父はビキニの実験で吹ッ飛んじゃったよ」

「ウフフッ、じゃ、彼女はジュースにしときなさいよ……」

女は勝手に決めて、バーテンの方へよろめいて行った。

「悪い人！　昨夜はうちのお母さんを胃痙攣にして、今夜はご自分のお父さまを吹ッ飛ばしちゃった」

「そのお父上の十三年忌が去年だったってね……」

またラジオが、パキスタン・カラチと喚《わめ》いた。

「外国の放送が入ってるのね」

「短波で受けてるんだ。……ここはマラッカで、カラチはインドの向うだ、ちょいと場違いだね」

「……ここ、マラッカ？」

「この店の名は、ベンカーリス……。スマトラ島のちっぽけな町の名だよ。僕は戦争中に従軍で行ったことがあるんだ。カサブランカやレスベガスみたいな白ッちゃけた町さ。違うのは、前がマラッカ海峡の青い海で、その向うにマレー半島が見えるというだけ。カラチまでは船で三日もかかるよ」

酔っぱらい女が戻って来て、ホット・ウイスキーのカップと、ジュースの瓶を置いた。

「おい、ちょいと話してけよ」

「いや……。お嬢さまのお母さまに叱られるから」

そう言ってから女は大声で笑った。上の前歯は継ぎ歯らしい。白く、よく揃っているが、一本だけ瀬戸の義歯《いれば》が落ちて、止め金が黄色く光っていた。

それでも女は信一に並んで腰を降すと、紀子のカップにジュースを注いだ。

「紅茶ぐらい出せるようにしろよ。女連れの客は困るぜ」

「あんた、銀座裏と間違えていない？　こんなところへアベックが現れるなんて、月に一度か三月に二度ぐらいのものよ」

「じゃ俺達は今月始めての二人連れかい？」

「先月から始めてよ。足かけ二タ月振り」

信一が紀子へ、ちょいと片眼をつむった。——極めて重要なことが一つわかったのである。狂人館で絞め殺された女のハンドバッグに入っていたのは、真新らしいベンカーリスのマッチだった。ところがこの店には、二カ月近く女の客はないという……。

——あの女は、この店の客ではない。店のものか、或は、ここで飲んだ男からマッチを貰ったのだ。が、いまは戦争中のようなマッチの配給時代ではない。その積りで銀座をひと廻りすれば、両方のポケットはマッチで一ぱいになる。赤い外套の女が、男からマッチを貰うとは考えられない。とすると……。

信一は次ぎの引き出しにかかった——

「どうだい、景気は？」

「つまんない話、よしてよ。折角忘れてるのに、酔いが醒めちゃうじゃないの」

「醒めたら、これを飲むさ」

信一は、まだ口をつけていないカップを女の方へ押した。

「ウフッ、こわい、こわい……。お嬢さまのお母さまから——」

「よせよ。……君ひとりかい、……ここで働いてるの？」

「三人……。でも今夜は二人よ」

紀子が、ギョッとしたように顔をあげた。が、すぐガッカリした。女が、……こうつけ加えたからである——

「マキのやつ、昨夜終業《カンバン》といっしょに消えちまやがった。青煙突《ブルー・ファンネル》の水夫長《ボースン》だってアメ公とね、どっかへシケ込んじゃったんだよ。あら、こんなこと言うんじゃなかった」

「水夫長を横取りされて、口惜しいんだろう」

「ひっぱたくわよ。こう見えてもあたしは愛国心があるんだから……。大和撫子さ」

「降るアメリカに袖は濡さじか」

「そうよ。外国人オフリミット、日本人専門——、おッと、お嬢さま、ごめん……。だけど、ねェ彼女、あたしの気持、わかるでしょ？」

紀子がうなずくと、女はのび上って握手を求めた。

その間に、信一は計算をしている。——狂人館で女の屍体が発見されたのは十時過ぎであった。殺されたのは、更にそれより二時間余り前である。とすると、終業近くまで店で働いていたマキと言う女は無関係だ。マキは昨夜から引き続いて、青煙突《ブルー・ファンネル》汽船の水夫長と腕を組んでいるんだろう……。

「マスターは、マキのようなことさしても黙ってるのかい？」

「マスターなんていないよ」

「じゃ、マダム……」

何気なく言ったが、信一の眼は光っていた。

「ママはね、なんにも言わないさ。民主主義だからッてね……。それに、昨夜のマキのことは知らないもの、昨日からいないんだから」

「あ、そうか……、赤いオーバーを着て出かけたッけ」

女が、ふッと、信一の顔をのぞきこんだ。紀子はゴクッと生唾を呑みこんだ。

「あんた、ママを知ってるの?」

「うン、ちょいとね」

「嘘ッ……。あんた、刑事だろ? そして、婦人警官を彼女に仕立てて……」

「そう見えるかい? なんなら、彼女をキッスして見せてもいいぜ」

紀子が、真ッ赤な顔をした。

「お芝居はやめたらどう……。あんたと同じ商売のひとが、ひと足お先きに来ているよ」

「え?」

信一は腰を浮かして、女がしゃくった顎の先きを見た。——暗がりにゴムの木の鉢があって、その先きに、ガッシリした肩がぼんやり見えた。その肩の上にのっている横顔は、見覚えがあった。警視庁の田代刑事だ。別の女をひきつけて、ヒソヒソと話し続けている。

「あの男、マダムのことを聞いてるのかい?」

「あんたは後手だよ。もう帰ったらどう」

信一は、ジッと女の顔を見つめていたが、千円紙幣を三枚とり出すと、ソッと、カップの下に敷いた。

「君、歯をなおしたらどうだい。きっと、五六倍美しくなるぜ」

今度は女が信一を見つめる番だった。やがて、嗄《しわ》がれた声でつぶやいた——

「なにを言やいいの?」

「マダムの名前と年齢は?」

「本田初江……。二十九……。だけど、本名だか本当の年齢《とし》だかしらないわ」

「亭主か、パトロンか、情夫か、男はあるのかい?」

「みんなあるわ。でも、あたしは会ったことがない」

「なぜ?」

「だって、御亭主は、三年越し松沢《まつざわ》病院に入ってるもの」

信一は大きく息を吸い込んだ。松沢病院は言うまでもなく精神病だけを扱っている病院である。

「ちょいと狂ってるのかい、頭の調子が？」

「大分狂ってるらしいわね、それも、女を見ると、とてもいやらしいんだってさ」

「色気違いか……。それで、マダムは亭主を病院に入れ、パトロンを持った」

「だけど、パトロンは一度もお店に現れない。——違う……来てるんだよ。でも、あたし達にはわからなかったと言った方が確だろうね。男は、自分の女を監視しない筈はないものね」

「女だってそうさ……。で、情夫は？」

「ママはちょいと変ってるの。どう変ってるのか、よくわからないけど、普通じゃ満足出来ないのさ。松沢へ行ってる御亭主から教え込まれたらしいのよ。パトロンとはお金だけの間だから、普通におねんねしてさ、ママは好みに合った男をさがしたッてわけ……。そんなお相手をする男を、あたし達の前へ連れて来る筈ないじゃないの。第一、パトロンの眼がどっかから光ってるだろうしさ」

この話の間中、紀子はジュースのカップをいじっていた。耳をふさぎたいのを、ジッと我慢していたのだ。

「結局マダムの男を一人も知らない」

「知りたくもなかったからねエ……。ひとさまの色事どころじゃないわ。あたしだって、かなりいそがしいから……」

「外国人オフリミットでねエ」

「そうよ、愛国心が強いんだから……」

信一は苦笑いをして煙草を咥《くわ》えた。

「それだけでいいの？」

女が、カップの下の紙幣を横目で見た。

「もう一つ……。昨日出かけた時のマダムの服装と持ち物を知ってるかい？」

「あら、あんた、赤いオーバーを知ってたじゃないの」

「その下のものを聞いてるんだよ」

「黒のアフタヌーン……。胸ンところが、ギャザーでふくらみ、スカートは左につまみあげてあるのよ。ママ御自慢のオーバーラップスタイル……」

紀子が信一に眼顔でうなずいた。——狂人館で死んでいたのは、酒場ベンカーリスのマダム初江に違いない。

「持ち物は?」

「鰐革《わにがわ》のハンドバッグだけよ。だけど、本物の鰐じゃない。ナイロン製よ。三千五百円のナイロン鰐で、パトロンから五万円ふんだくったんだって、ママ、威張っていたッけ」

「ひでエことしやがる」

「そんなことで驚くようじゃ、あんた女のパトロンにはなれないね。ママのしているダイヤの指環は模造品《イミテーション》さ。真珠のネックレスも、御同様……。彼氏、定価の十倍は、間違いなしに献金をされてるわ。万事この調子。つまりパトロンとは、女に金を搾《しぼ》られて、浮気をされるものなのよ」

信一は別に千円紙幣を置いて立ち上った。

「前のやつは君のもんだ。あとので勘定をして呉れ。残ったらガラス玉の指環でも買うさ」

「ウフフ、パトロン一年生ね。……でもあんた、ちょっとの間に、向うのひとが二時間かかって、聞き出せなかったことを聞いたんだよ。お金は使うんだねエ」

紀子も立った。

すると、女は紀子の肩に手を廻した――

「もし、あんたが婦警さんじゃなくって、本当にあのひとの彼女なら、お祝いを言うわよ、安心するといいわ、あのひと、女のパトロンにはなれそうにないから……」

黒き水の流れ

酒場ベンカーリスを出ると、すぐ目の前が佃《つくだ》の渡《と》船場《せんば》だった。

春で、月がかすんでいたが、川風はまだ冷たい……。が、それが却って、信一と紀子には気持ちよかった。ベンカーリスの異様な空気が、二人の頭をのぼせ上らせたのだ。暗くて、静かで、その癖奇妙な熱気を持っている。火葬場の窯のような酒場である。

二人は、黙って川岸のデコボコ道を歩いた。

――ボーッ……、ボーッ……と、短い汽笛が聞えた。トットトットトットッ……と、焼け玉エンジンの音が近づいてくる。ポンポン蒸汽――いまは水上バスと呼ばれている——上り終航船だった。

「乗ろうか？」

「ええ……」

二人は、渡船場へ駆け込んだ。

乗客は二人だけだった。——この季節のこんな時間に、川船に乗る酔狂者はあまりいないらしい。

船尾のベンチは風が当らなかった。

「どこまで行くの？」

「そう、……両国《りょうごく》で降りよう。狂人館に一番近いから」

「まア、あすこへ行く積り？」

「こわいかい？」

「だって……、鍵がないと入れないわ」

「どっかから入れるさ。頭の変な黒田金之助君だって出入りしている」

「鍵を持っているのよ」

「いや、お袋さんの話では、あのビルの鍵は全部管理人に渡してあるそうだ」

水上バスは、永代橋《えいたいばし》をくぐり、清洲橋《きよすばし》をくぐった。左岸は暗いが、右岸は急に明るくなった。いわゆる浜町河岸《はまちょうがし》だった。ずらりと並んだ料亭の大広間に、無数の電灯が輝いているのだ。しかし、どの座敷にも、客や妓《おんな》の姿は見えなかった。

「ねエ、さっきの酒場で、なにか収穫があった？」

「あったさ。赤い外套の身許がわかったじゃないか……。さすがは警視庁だ。どこから手繰ったか、ちゃんと眼《がん》をつけてやがる」

「その他の収穫は？」

「ウンとあった。まず、狂人《きちがい》の女房が狂人館で絞殺された。しかも、その女の靴の片ッ方と、ハンドバッグを持って行ったのも狂人だ。どこまでも狂人がつきまとっている」

「じゃ、酒場のマダムを殺したのは、金之助と言うひとかしら？」

「そこまではわからない……。が、そんな単純なことだろうか？　も一つ質問をするがね、もしキ印の金之助君が犯人だとして、マダム初江は、なぜ狂人館で殺されたのだろう？　金之助にひきずり込まれたのか？　それとも、マダムの方から入って行ったのだろうか？」

「金之助というひと、狂暴性じゃないんでしょ？」

「大変お静かな気違いだよ。猫が好きで、奇妙な建築が好きだ。その他には、人嫌いで夜中にウソウソ歩き廻るぐらいのもの……。だから野放しにしてある」

「じゃ、マダムの方から狂人館に行ったのだわ」

「なんのために？」

「見当もつかないわ」

「僕には見当がついている。マダムは、秘密の恋人に会いに行ったのだよ。あの狂人館は、マダムの火遊びの隠れ家だったのだ」

　水上バスが浜町公園の乗り場に停った。が……、誰も乗らなかった。運転手は馴れ切った表情で終航の汽笛を鳴らすと、船を川岸から離した。

「じゃ、マダムやその恋人は、狂人館の鍵を持っていたわけね？」

「或は管理人を買収していたかもしれないし、金之助君の出入口を利用したのかもしれない。なんかの理由で、秘密の通路を発見したと仮定しての話だがね……。そこで、昨夜の状況をこう考える。マダムは恋人に会いに行った。そのあとをパトロンがツケていたかもしれない……とね」

「信さんの言うことを聞いてると、マダムのパトロンが犯人みたいね」

「――みたい……じゃない。確信だよ。パトロンを見つけ出しゃ、この事件は解決するね」

「じゃ、パトロンがマダムを殺した理由はなに？　マダムが、他に愛人を持ったから？　マダムが、あの手この手と騙《だ》ましてお金を搾りとったから？」

「両方かもしれないな」

「でも、酒場のマダムをお金で自由にしてるんだもの、浮気するなんて承知の上じゃないかしら……。お金のことだって、鰐革の本物かナイロンか、見りゃわかるわよ。ダイヤかガラス玉か、わからない筈ないわ。万事承知でお金を出す粋なパトロンじゃないかしら」

「そこだよ……。ハンドバッグと指環とネックレス、それだけでも本物を買えば二十万円近い金額だろう。酔っぱらい女の話じゃ、それだけではない。全てがその調子だと言う。相当な金だぜ。それだけ金を使う積りなら、あんな穴倉みてエな酒場の年増女でなくても、汚職代議士がやったように、ピチピチしてる若くて綺麗な女の子を抱っこできる」

「下品な表現ねエ！」

「ごめんなさい……。僕は新聞記者で、詩人じゃないからね。とにかく、知ってて金を出していたとすると、よッぽどお人好しの大金持ちか、マダムが金を搾るだけの理由があったかだよ」

「どんな理由でしょう？　想像がつく？」

「うン……、僕はあの酒場の名前と、オールウェーブの豪華なラジオが気に入らないんだ。——ベンカーリス……さっきも言ったように、マラッカ海峡に臨んだちッぽけな町さ。住んでいるのは、農園労働者と石油人夫と淫売婦と密輸業者だけ……。勿論、町の有力者や金持ちは、殆んど密輸業者さ。わかったかい。密輸の町ベンカーリス、そしてオールウェーブのラジオ受信機……」

「まア！　あのラジオで、スマトラからの無電を受信していたと言うの？」

「無電なんか入るものか……。でも普通放送を聞いただけでも、少くともニュースや天候はわかるからね、密輸船を動かす大がかりな密輸業者にとっては大へんな参考になる。放送を密輸船と日本にいる仲間との連絡に利用することだって出来るんだぜ。たとえば、パキスタン・カラチ放送が、——スマトラのベンカーリスで、原因不明の大爆発がありました……と放送する。その日に密輸船がベンカーリスを出航しているんだ」

「どうして？」

「密輸のボスが、大爆発の計画者なのさ。これぐらいのことは、鼻歌まじりでやってのける凄いのがザラにいるんだよ」

紀子が、ふッと、立ち上った。

「だって……」

「危いよ、停るまで、腰かけてる方がいいぜ」

紀子は左側の暗い岸を指さした。

「あれ、狂人館じゃない？」

巨大なコンクリートの壁が、闇の中に黒々とわだかまっていた。川の方から眺めると、大きな倉庫のように見える。隅田川の川口近くには、これによく

似た倉庫が幾つも並んでいる。そう言えば、

「そう……、マダム初江の死の家だ。

馬鹿デカイ墓石のようだ」

「いま、チカッと、光が見えたのよ」

「狂人館でかい？　窓なんかないようだが……」

「ううン、川岸で……。ちょうど、狂人館の裏口あたりでよ」

水上バスは両国橋をくぐって、もう狂人館は見えなかった。

「行って見る勇気があるかい？」

船からあがると、信一がたずねた。

「いやなら、……ここで別れよう。今まではランデブー、これから僕は新聞記者に戻る」

「とても愉快なランデブーだったわね、酔っぱらいの女給さんにからかわれたり、冷たい川風に晒《さら》されたり……、いい思い出になるわ」

「なんだか、僕が誘ったみたいだなア……。本当は君が、奇妙なSOSの招待状で、僕をこの事件に引きずり込んだんだぜ」

「あたし、別に信さんを恨んでやしないわよ。それどころか……」

紀子は信一の腕に手をからませた——

「もう少し、ランデブーを続けてもいいと思ってるのよ。狂人館で、お茶でものみましょうか……」

「よかろう！　素晴らしいソファーで、素敵なオーケストラでも聞きながらね……」

二人は肩を打ちつけながら両国橋の方へ歩いて行った。

——その頃、狂人館でなにが行なわれているかも知らずに……。

死と火の戯れ

田之村夫人は、川添から借りて来た鍵で裏口をあけると、まず地下室へ入った。

ひとりでいる時には、遠慮なくビッコをひく。小児麻痺だった。二度手術したが、結局どうにもならない頑固な脚だ。人前では爪先きに力をこめて、片足の歪みを補おうと努めている。それは大変な努力だった。だから、田之村夫人はいつも不機嫌で、皮肉屋で、意地悪くなっている。一番機嫌のいいのは、

大ッぴらでピッコのひける独りの時である。

が……、今夜の田之村夫人は、余り上機嫌ではなかった。眉を寄せ、下唇を突き出して、マクベス物語の妖婆《ウイッチ》のように鼻の頭に皺を寄せている。

懐中電灯で足許を照らし、ヒョッコン、ヒョッコンと歩いているのは、昨夜、赤い外套の女――マダム初江のささやかな葬列が通ったところだった。

夫人は、首を右左にゆっくり動かして、乱れた足あとの上に眼を光らせていた。なにかを、さがしているのだ。

地下室から、一階へあがった。電灯のスイッチのあるところはわかっていたが、夫人は懐中電灯に頼っていた。電灯は、点けたくなかったのかもしれない……。

一階では体をかがめ、地下室より一増《いっそう》熱心に、床の上へ眼を配った。

突然、ギクンと腰をのばした夫人は、とっさに懐中電灯を消して、ジッと、闇の中で息を呑んだ。なにか、足音に似たもの音が聞えたような気がしたのだ。

が……、足音のかわりに、猫の鳴き声が聞えた。

――ニャーゴ……、ニャーゴ……、異姓を求める恋猫のようである。それが、狂人館の中ではなく、外から聞えて来たので、夫人はホッと、溜め息を吐き出して懐中電灯を点けた。

一階から二階へ……、二階から三階へ……。だが、目的のものは、見つからなかった。

「――どうしよう……？」

田之村夫人は、四階めの隠し階段の下で、ふッと、つぶやいた。昨夜、四階の部屋で、赤い外套の女の屍体を発見した時の驚きを思い出したのだ。

「平《へ》ッちゃらさ……。こんなことでビクビクしちゃ、二百人からの荒らくれ男共は使えないやね」

夫人は自分で自分を励《は》げました。――二百人の男、それは夫人の工場で犬の肉をソーセージにぶち込んでいるやくざ職工達のことである。

夫人は、ひと足、ひと足を踏みしめるように、階段をあがって行った。

静かだった。もう猫の声も聞えなかった。

長い廊下だ。ノッペラボウの、窓のない壁が続いている。このビルをつくった狂人の金之助は、この廊下に地底の道の幻想を描いていたのかもしれない。事実、これが地上二十余メートルの高いところとは、とても考えられないぐらいジメジメとして、重苦しい空気が詰まっていた。

「——ちッ、ど気違いめッ……」

夫人は、女らしくない言葉を吐き出しながら、廊下を左へ向って、昨夜の部屋のドアの前に立った。

「——やっぱり、ここじゃなかったのかしら……」

夫人は、また溜め息をついた。とうとう、この四階まで探しものは見つからなかったのだ。あとは、一部屋残っているだけである。

ドアを押しあけた夫人は、無意識に、女の屍体が横たわっていた場所へ懐中電灯を向けた。——が、なにもなかった。

「あたりまえじゃないか……。そんなに毎晩死骸があって、たまるもンかね……」

夫人は部屋へ入って、床の上を歩きまわった。懐中電灯の丸い光の環が、舐めるように埃ッぽい床を照らして行く……

「ないわねエ……。そんな筈ないんだけどなア……」

夫人は、部屋の中央に立って、首をかしげた。と……、スーッと、かすかな風が、襟筋《えりすじ》を撫でた。

「あら……?」

振り返ろうとしたが、首が動かなかった。大きな手が背後から、ガッ……と、夫人の咽喉《のど》を絞めつけていたのだ。

「うッ……」

夫人の手から、カタン……と、懐中電灯が落ちた。が、光は消えなかった。

「たッ、たすけ——」

あとを言うまえに、咽喉笛が押しつぶされていた。落ちた懐中電灯が、うまく、夫人の足と、別の人間の足を照らしていた。夫人の足は、片ッぽが踝《くるぶし》のところで歪んでいたし、もうひとりの足は、黒の短靴をはいた、大きな男の足だった。

× × ×

その頃、紀子と信一が狂人館へ近づいていた。

「裏口で、なにか光ったと言ったね」

「ええ……、でもはっきりしない……。チラッと光ったように思っただけなのよ」

「とにかく地下室の入口へ行って見よう。もしかすると、キ印金之助氏が狂人館を御訪問遊ばされてるかもしれない。もし、ドアが開《あ》かなかったら、他の入り口をさがす」

「こんどはゴソゴソと穴さがしランデブーね。ネズミみたい……」

「冗談じゃない。ネズミや猫のランデブーは派手だよ。堂々とやる。但し、こども産む時は静かだがね。モソモソとランデブーをやって、出産となると大ッぴらで騒ぎ立てるのは人間だけだ」

「えげつないわねエ。確かに信さんは詩人じゃないわ」

その時、両国の電車通りを消防自動車が走った。向島方面から駈けつける車のサイレンも聞えてくる。

真夜中のような静かな川岸の町だが、それでもどこからか大勢の人間が飛び出して来て騒がしくなった。

「近いらしいね……」

信一と紀子は暗い夜空を見廻した。が、火の手らしいものは見えなかった。

「火事は、どの辺ですか？」

傍らを駈け抜けて行く男に、信一がたずねた。

「錦糸町ですよッ……」

そう答えた男は、四五間前を走っていた。

火事場の方向から、自転車で走ってくる男があった。赤い筋の入った消防の袢天《はんてん》をひっかけている。町内の若い衆だ。

「おい、頭《かしら》ッ、火事は大きいかい？」

「ボヤだよ。気違げエの火遊びだ……」

自転車は、もう暗がりへ消えていた。

「いけねエ、僕ちょっと行って見る。金之助君、こんどは火を点けたかもしれない」

「あたしは？」

「火事場はごったがえしているから……。君、家へ帰った方がいいよ」

「狂人館はどうするの？」

「あとで、僕だけ引き返して、調べて見る」

「じゃ、あたし、ここで待ってる」

「よせよ、こんなところで……」

「大丈夫よ。幸い火事騒ぎで人通りも多いし……。淋しくなったら、両国橋のたもとへ行ってるわ……。でも、なるべく早く帰ってきてね」

狂人館から錦糸町まで、急いで十分とはかからなかった。

黒田金之助の家の前は、道が泥ンこになり、その水びたしの中を消防手と弥次馬がハネをあげて歩き廻っていた。

家は焼けていなかったが、信一が金之助に会ったはずれの部屋の方は、殆んど叩きこわされていた。

消防手は、家の中にもいた。事件現場で刑事がそうであるように、火事場では消防手が、自分の家ででもあるかのように勝手に歩き廻り、荷物を動かしている。

家の持ち主であり、女主人である金之助の母は、玄関の壁に凭《もた》れて、顔をハンカチで押さえていた。

「昼間は失礼しました。御災難でしたねエ」

老母は信一の声に涙の眼をあげた。

「あ、新聞社の方でしたねエ」

「おっと……、仕事で来たんじゃありませんよ。近くにいると、お宅が火事だと聞いたもンですから御見舞いに……」

「有難うございます、御親切に……。おかげさまで、大したことにならずに済ましたけどねエ……」

「どうして火が出たんです？　金之助さんの部屋がこわれているようですが……」

「それなんでございますよ。あたしはね、もう口惜しくってね、胸が張り裂けるほどなんですけどね、なにしろあの子があれだもンですからねエ……」

老母はまたハンカチを顔に押しあてた。

「どうしたんです。金之助さんがなにか……」

「消防署のかたや、御近所のかたは、金之助が火をつけたと仰有《おつしや》るんですよ。飛んでもない、あたしはね、金之助に病気があるんですから、刃物と火のもとになるものだけは、決して近づけませんよ。えー、え、冬だって、あの子には、おこたもいれませんし、火鉢も置いてやりません。湯たんぽと、電気布団だけでございますよ。それなのに、どうして火つけなんか出来ます。漏電ですよ。決っておりますとも。

それをみんな寄ってたかって、金之助が火をつけたなんて、あんまりでございますよ」

「しかし……」

信一は老母の耳へ口を近かづけた。

「金之助さんは、マッチを持っていましたよ」

「えッ！」

老母が、眼を見張った。

「あなたは、どうしてそんなことを……」

「心配しないで下さい。僕は、誰にも言やアしません。しかし、金之助さんがマッチを持っていたのは事実なんです。ただし、僕の眼にとまったマッチは、僕が持って行きましたがね……」

信一は、ポケットからベンカーリスのマッチを出して見せた。

「それから、このマッチが、どうして金之助さんの手に入ったか、それも知っています。奥さん、金之助さんは、どこにおいでです？」

「それが、火事騒ぎが始まるまではいたんですけど……」

「正直に申上げると、今日昼間僕がおたずねしたのは、川岸のビルに興味を持ったからじゃないんです。実は、あのビルの四階で……」

信一は、更に声を小さくした。——あわただしく動き廻っている人達は、信一と老母の様子に眼を向けようともしなかった。

「——女がひとり、絞め殺されて——」

「もしッ！　あなたは……、あなたは……」

老母が喘いだ。歯がガチガチと鳴っている。

「僕は、金之助さんがしたとは言っていませんよ。寧《むし》ろ僕は犯人は金之助さんではない……と確信しています。だが、困ったことに、金之助さんは殺された女のハンドバッグと靴の片方を持って帰っています。このマッチは、ハンドバッグの中にあったのですよ」

老母は、みみずくのような眼で、信一の顔を見詰めていたが、やがて、汗ばんだ小さな手で、信一の手首を握り締めた。

「本当に、金之助がしたんではないでしょうね？」

「ええ、僕は真犯人の見当をつけています。ただ残念ながらそいつの名も身許もまだわかっていません。

その手掛りを見つけに、川岸のビルへ行こうとしている時、お宅の火事を知ったのです」

「あなた……、ちょっとこちらへ……」

老母は信一の手を握ったまま玄関を出ると、人気のない方へ引っぱって行きながら、こうささやいた――

「お話しすることがございますよ……。お見せするものがございますよ……」

怖ろしき手

紀子は、ハッと、暗い軒下へ体を隠した。――若い男がひとり、踊るような足どりでやってくるのだ。しかも……

「――ニャーオ、ニャーオ、ウフフ……」

その男の口から出る声は、昨夜、狂人館の四階で聞いた猫の鳴き声と含み笑いだった。――狂人黒田金之助であることが、紀子にもすぐわかった。

空のトラックが一台、金之助とすれ違って走り去った。その強いヘッドライトを浴びせかけられた金之助の姿には、一見常人《じょうにん》と変ったところは感じられない。

それどころか、どちらかと言えば白皙《はくせき》の好男子である。細面で鼻筋が通り、切れの長い眼と薄い唇は、曾《か》つては秀才であったと言う信一の言葉を思い出させた程である。ヘッドライトに、ちょっと眉を寄せてはいたが、それが却って、現代女性好みの〝憂鬱な彼〟と言ったふうにさえ見える……。ただし、紀子はこんな表情は好きではなかった。

とにかく、こんな男が狂人であるとは不思議だった。こんな男が、ニャーゴ、ニャーゴと猫の鳴き声を真似して、子供のようにひとり遊ぶとは、矢張り薄気味が悪いことだった。

金之助は、紀子に気がつかなかった。暗がりへ、気を配る意識さえなかったのであろう。飄々《ひょうひょう》と紀子のかくれている前を通り、狂人館の角を曲って、裏口の方へ行くようだ。

〝――なにをする気かしら？　自分の家へ火をつけて、ここへ逃げて来たのだろうか……〟

紀子は、ソッと、金之助のあとを追った。猫の声帯模写を聞き、踊るような姿を見た時から、紀子の胸に好奇心が噴水のように飛沫をあげていたのである。

ところが、裏手へ廻った紀子は、思わず足を止めてしまった。金之助の姿が見えないのだ。

〃——地下室の入口から中へ入ったのだわ……〃

たった一度連れて来られただけだが、紀子は狂人館の様子をすっかり呑み込んでいた。それほどこの狂人館は薄気味悪く、忘れられない建物だったのである。

紀子は、地下室のドアを引いて見た。幸い——いや、不幸だったかもしれない……、とにかく、キーッと、いやな音を立てて、ドアは動いたのだ。

地下室へ滑りこんだ紀子は、体中の神経を耳に集めた。——コツコツ、コツコツ……と、硬い石段を登るような足音が聞えた。更に時々、ニャーゴ、ニャーゴと、猫のもの真似も聞えてくる。思ったとおり、金之助は狂人館の中にいたのだ。

〃——だけど……〃

紀子が思わず声を出してつぶやいた。——不思議な足音である。断え間《たま》なく、上へ上へと登り続ける足音だった。そんな長い階段は紀子の記憶に残っていない……。昨夜は、十七八段登っては、長い廊下を歩いた筈である。階段を踏む足音と、廊下を歩く足音には、自ら《おのずか》違いがあるのだが、金之助の足音は、終始同じ調子で、登り続けている……。

紀子は一階へ出ると、廊下の電灯をつけた。金之助が降りてくるようだったら、すぐ消す積りだったのである。

もう、足音は聞えない。金之助は四階へ行ってしまったのであろう。

紀子は二階へあがった。——猫の鳴き声が聞える……。大丈夫だ、金之助はまだ二階上にいる……。安心して廊下の電灯を点け、更に三階へあがった。耳を澄ましたが、今度はなにも聞えない。

〃——なにをしているんだろう……〃

紀子は、自分の足が、ガクガクと小さく動くのを押えることが出来なかった。ここまで来ると、好奇心より恐怖の方が大きくなっていたのだ。——来なきゃよかった……と、後悔している。

だが、まだちょッぴり残っている好奇心が、紀子の震える足を隠し階段の方へ近づけて行った。

――ここでしばらく様子をうかがって、四階へは行かずに引き返そう……、そんなことを考え、電灯を点けなかった。

が……、隠し階段の下に立った途端に、紀子はギクン……と、うしろを振り返った。なにかしら、ふッと、人の気配を感じたのだ。

格別変ったこともなかった。静かで、隙間のない闇が部屋から廊下へ続いているだけである。

しかし、紀子は夢中で階段を駈け上っていった。ただ、危険から身を護ろうとする本能だけが、紀子の運動神経を支配していたのだ。

「――金之助さん！　金之助さん！」

走りながら喚めいていた。狂人でも白痴でもいい。とにかく、生きた人間の姿が見たかった。自分一人でいるのが怖ろしい。一度おおいかぶさった恐怖は、払いのけようとしても、どうにもならなかったのだ。

階段を駈け上ると、長い廊下を一ッ気に走った。幾度も壁に肩をぶっつけたが、痛みを少しも感じなかった。

廊下を左へ廻る。ドアがある。その中へ飛び込んだ……。

「あーッ！」

紀子は、つんのめるようにして、倒れている女を飛び越えた。

部屋には電灯が点いていた。これが真ッ暗だったら、完全に女を踏ンずけていたであろう……。

「あッ、田之村夫人！」

紀子は、頭から血潮が砂時計の砂のように下って行くのを覚えた。

田之村夫人は白眼をむき出している。嚙みしめた唇が破れて、スーッと、血潮が糸を引いていた。そして、両手の指がカニの足のように曲り、ニューッと、首が伸びていた。その咽喉のまん中が、赤紫に変色している。

「はーッ！」

紀子は、もう一度、息を吸い込んだ。田之村夫人のむき出した足は、両方とも靴をはいていなかったからである……。

――マダム初江が殺された同じ場所で、田之村夫人が同じように殺された！

もう、意地も外聞もなかった。

「助けてーッ！　信一さーん！」

と——、その叫びが終らぬうちに、スッ……と、電灯が消えた。

「キャーッ！」

紀子は夢中で、暗闇の中を、ドアへぶっつかって行った。

が、紀子の細い体を受け止めたのは、ドアでも、壁でもなかった。——太い男の腕が、ガッシと、胴を抱え込んだのだ。

「——ム……、ククク……」

男は、含み笑いとも、呻《う》めきともつかない声を吐き出しながら、ズングリした左手の指を、紀子の背中から首筋へ逼《は》い上らせた。

右腕で胴を抱え、左手で首を絞めようとするのだ。

紀子は必死で顎を引き、男の指を防ぎながら叫び続けた。

「助けてーッ！　誰か来てーッ！」

男の指が、紀子の耳の下から顎を撫で廻した。紀子は、その手に爪を立てて掻きむしった。

するとこの時——

「——おいッ、誰かいるんかいッ！」

三階から、出し抜けに男の声が聞えて来た。

ハッ……と、紀子を抱いた男の手が止まった。

「——返事をしろッ。誰だッ！　田之村の奥さんかいッ」

また三階から声が響いた。

途端に、紀子の体が、ズーン……と、突き飛ばされていた。

ダダダッ……と、部屋を横切る足音が聞えた。

——が、その足音が、プツン……と、切れてしまった。

そのかわり、階段を駈け上って来る足音が聞え、やがて、パッと部屋の電灯が点いた。

「おやーッ……」

入口に、川添が立っていた。右の眼球が、クルクルッと、部屋の中をひと舐めした。左の眼は動かない。義眼《ぎがん》だ……。

川添は田之村夫人の屍体に近づくと、ジーッと、醜い死顔を見おろした。

「――あたし……、あたしじゃありません……。あたしが来た時には、もう……」

「わかってるよ……」

川添は、片眼でジロリと紀子を睨んだ。

「女のおめエに、咽喉仏をおッぺし折る程の力があるとは思わねエ。昨夜の女を殺した野郎が、田之村夫人を眠らしたのさ……。ところで、いま、もうひとりいたようだな。誰だ？　おめエをエデンに迎いに来た若《わ》けエお友達かい？」

「違います……。あたしも、もう少しで、殺されるところだったんです」

「ふーン……、ま、一応信じようよ。それで、その野郎はどこへ行ったんだ？」

「あなたの声を聞くと、あたしを突き飛ばして逃げて行きました」

「そいつア変《へ》ンだぜ。俺は誰にも出会わなかった」

「でも……、嘘じゃありません」

「ま、いいや。ここは狂人館だ。昨夜も、この部屋で足音が聞えたが、俺ッちが来た時にゃ誰もいねエで、赤《あ》けエ外套を着た女の仏さんが転がっていたッけ……。なにかカラクリがあって、やつアそこから逃げたに違《ち》げエねエ……。可哀そうに、生きてる時にゃ鼻ッ柱の強い女だったが、こうなっちゃ、おしめエだな」

川添は屍体の横にしゃがむと、田之村夫人の見開いた瞼《まぶた》を静かに撫でた。――眼を閉じると、案外おだやかな顔になる。これが仏相《ほとけそう》と言うものなのだろう。

「時にお前《め》エ、いま時、なんだってこんなところへ来たんだ？」

川添が、突然紀子へ質問を浴びせかけた。

「なぜッて……」

紀子は、とっさにどう答えてよいのか、言葉に詰った。

「わけはねエと言うのかい？」

「ええ……、いいえ、わけと言うほどじゃありませんけど、理由はあるんです。あたし、とても心配だったのです。昨夜のことがすっかり警察にわかって、刑務所へ入れられやしないかと……」

「ふン、警察《さつ》なんかに、わかるもんけエ……。新聞にだって身許不明の美人屍体……なんて書いてあった。女の屍体はみんな美人にされるようだな。首なし美人だの、バラバラ美人なんてのまであらアね」

「でも……、あたしは心配で、昨夜は眠れなかったんです。だから、今日も、ついフラフラと、この近くまで様子を見に来てしまいました。すると、男のひとがひとり……」

それからは本当のことを、詳しく川添に物語った。

「その男に見覚えはねエのか？」

「ええ、始めてです。いままでに会ったことはありません」

そう答えたが、それが狂人の金之助であることは説明しなかった。

「糞ッ、惜《おし》いことをしたなア。俺がもうちっと早く来ていたら、野郎の横ッ腹へドスをぶち込んでいたのに……」

川添は、ポンと、腹の辺りを叩いた。そこに短刀を呑んでいると言うゼスチュアーであろう。そして、ニヤリと、右の眼だけで笑った——


「さてと、お前エ、わかってるだろうな。お前エが殺されかけてるのを助けたのは、この俺だぜ」

「ええ、お礼の申し上げようもございません」

「礼なんか言って貰《もれ》エたくねエ。いや、古い言いぐさだが、礼をする気があるなら、そのやわらけエ体でしてもれエてエ」

「えッ！」

「驚くこたアねエだろう。俺がお前エをどう思ってるか、昨夜からわかってた筈じゃねエか……。どうでお前エは、もう俺達の仲間から抜けられやしねエ。下手ア悪あがきして俺ッちを裏切ろうとでもして見ねエ、この狂人館で殺される三番目の女は誰でしょうってなことになっちまうぜ……」

川添は紀子の肩へ手を置いた。——これが二度目だ。昨夜はマダム初江の屍体を大川へ運んだ手だった。今夜は、田之村夫人の瞼を撫でたばかりの手である。

紀子は思わず肩をすくめた。

「おい、なんでエ、俺がそんなに嫌なのかい？ よーし、俺は疋田や大滝にこう言うぜ、——三船紀子は太《ふ》てエアマだ。田之村夫人を絞め殺しやがった、俺はその現場を見たんだぞッ……てね」

「そ、そんな……」

「疋田も大滝も信用するぜ、昨夜、いやがるお前エを、無理矢理ここへひっぱって来《きた》のア田之村夫人だからなア……。が、これは話だ。俺だって、お前エをいじめたかアねエやな。それより俺の言うことを聞いて、東京一の阿片窟《あへんくつ》のマダムに納まりな」

「阿片窟？」

川添は、しまったと言うように苦が笑いをした。

「いよいよいけねエ。どうしてもお前エを手離すわけにゃ行かなくなったよ。つい口を滑らしちまったからなア……。こうなったからにゃ、何もかもぶちまけるぜ。俺達はこの狂人館を、日本中で一番楽しい大人の遊び場にする計画なんだ。阿片、モルヒネ、ヘイロン、なんでもござれだ。エデンへ行く自動車の中で、疋田が赤缶だの青缶だのと言ってたのを覚えてるだろう。赤はモルヒネ、青はヘイロンさ。他に黒缶と言うやつもある。それは阿片だよ。麻薬はシンガポールで集め、スマトラでセーロン紅茶の缶に詰める」

「スマトラ……」

紀子は、酒場ベンカーリスを思い出した。が、川添は、スマトラと言う遠い国の地名に紀子が驚いたのだと感違いして得意そうに大きくうなずいた。

「へへへ……、大掛りなもんだよ。黒《ブラック》レベル、赤《レッド》レベルの紅茶缶が、外国の密輸船でどんどん東京へ送り込まれる。都合のいいことにゃ、この裏の大川《おおかわ》の水は、マラッカ海峡まで続いてるんでね、スマトラの密輸ボスと狂人館阿片窟は直取引きッてわけ……。その他に狂人館には博奕場もつくるし、女も抱ける。最初《はな》の計画じゃ疋田と大滝は黒幕で、田之村夫人がマダム役、俺がマネージャーてことになっていたんだが、夫人が冷たくなっちゃった今となっちゃ、料簡次第でお前エが狂人館の女王さまになれるッてもんだ。おい、悪かアねエ話だぜ。さ、俺の手を握ンな。握手しよう。それとも、地獄行きの片道切符を買う積りかい……」

絶対絶命だ。ここまで秘密を打ち明けたからには、川添もただでは引きさがるまい。その言葉のとおり、握手か、地獄行きだ。——それにしても、今にして紀子は、全てが一つの糸に繋がれていることを知った。マラッカ海峡、スマトラのベンカーリス、築地明石町の酒場ベンカーリス、大川端の狂人館、これをつなぐものは、麻薬を紅茶の缶に詰めて運ぶ密輸船だ。ただ一つわからないことがあった。それは、この狂人館阿片窟一味と、マダム初江のつながりだった。

川添が、ちッ……と、舌打ちをした。返答を迫っているのだ。

「あ、あたし……」

とこの時、紀子に救命具を投げるように、また三階から男の声が聞えて来た——

「——川添君……、川添君……、君ひとりかね……」

大滝弁護士の声だった……。

三人の仲間

「——けッ、飛んだところへ北村大膳《きたむらだいぜん》……。黙ってろよ。俺との相談は喋るんじゃねエぞ」

川添が早《は》や口にそう言ったところへ、大滝弁護士が姿を現わした。右手をオーバーの合せ目に突っ込み、左手はポケットへ……。ナポレオンのように気取った登場振りだった。

大滝は、しばらく田之村夫人の屍体を見詰めていたが、やがて、屍体を廻って正面の壁に凭れかかると、川添と紀子をかわるがわる眺め廻した。

「君達が殺したのかね?」

「俺達が?」

「ではないと言うのか? じゃ、誰が殺したんだ?」

「あんたは、昨夜の赤い外套の女を殺した野郎を知ってますかね」

「勿論知らないね」

「じゃ、俺達も田之村夫人を殺したのが誰だか知らねエよ。なにもかも昨夜のままなんだ。違ってるのは、赤い外套の女の役所を、田之村夫人が受持ったッてことだけなんだからね」

「それは、君達が夫人殺しに無関係だッて理由にはならないようだね。一体君達は——田之村夫人もひっくるめてだが、なぜここへ来ているのだね？」

「わけは簡単さ。女社長が夕方俺ンとこへやって来て、どうしても狂人館をもう一度見たいから鍵を貸して呉れと言うんだ。そのわけを聞いたが言わねエ。ただこう言った。俺達の仲間にとって、どえらいことがわかるかもしれねエ、それは、調べてから話す……とね。ところが、さっき、向う両国で火事だッと聞いた。いけねッ、狂人館じゃねエかな……。俺はそう思って素ッ飛んで来たんだ」

「三船君もかね？」

紀子は川添の顔を見た。すると川添が、大滝へ大きくうなずいた――

「このひとは、俺ンとこへ遊びに来てたんだ。別に不思議はねエだろう。俺達は昨夜ッから、すっかり仲よしになってるんだからなア。そいで、いっしょに来ただけさ。ところが来て見て驚いた。女社長が冷たくなっている。しかもだよ、靴が両方ともねエ」

「えッ！　両方共ッ……」

大滝は慌てて屍体の足を見詰めた。

「御覧の通りだよ。昨夜は片ッ方、今夜は両方。こりゃ何ンのまじないだ？　俺にゃわからねエ。先生にもわかるめエ。だけどこれだけははっきり言えるね、女二人は、同じ野郎に殺されたとねエ」

「なる程……」

「そこで先生に聞きてエが、あんたは、なんの用があってここへ来たんだ？」

「君と同じ理由だよ。両国橋の近くが火事だと聞いたのでね……。で、ここへ来て、三階まであがると、ボソボソと話声が聞えた。それだけのことだよ。お互いに、資本《もとで》をおろしたこの狂人館だからね、焼けちゃっちゃたまらない。様子を見に来るのに不思議はあるまい」

「うン、わかる。当り前エの話だ。逆に、疋田社長が現れねエのが不思議なくらいだ」

すると、ソーッとドアを開けて、ショボンボリ疋田社長が入って来た。

「まア、社長さん……」

紀子の声に、疋田は弱々しい微笑を浮かべた。

「なんでエ、来ていたんか」

「僕も、火事を聞いたものだからね……。さっきから、君達の話はドアの外で聞いていたよ。田之村のおかみさんは、飛んだことだったなア」

「よしゃよかったんだ。どんなわけがあったか知らねエが、ひとりやって来たから人殺し野郎にとッつかまったんだ……俺や疋田さんにとっちゃ、資本家が一人減っただけだが、大滝先生にゃお気の毒だなア」

大滝が、いやアな顔をした。

「それは皮肉かね？」

「いや、シンからお悔みを言ってるんだよ。先生と田之村夫人とは――」

「僕達はなんでもないぜ。事業の共同経営者と言うだけのことだ。それは君や疋田君だって同じじゃないか。詰らない当て推量《ずいりよう》はやめてもらいたいね」

「へエー、当て推量かねエ。そいつアどうも、御無礼しやしたねエ」

川添の言葉には、明らかに棘《とげ》があった。それを大滝は、相変らずのナポレオン・スタイルで、冷然と見返えしている。屍体を間に挟んで、気まずい空気が流れた。

この感情の不連続線を打ち破るように、疋田がカサカサと両手をこすり合せた。

「どうも、滑り出しがよくない……。今度の計画は、やっぱり昨夜限り打切るべきだった……。そこで君達に相談だが、この際、一応中止しようじゃないか」

「しかし疋田の貸元……」

「おい、貸元はよしてくれんか」

「あんたね、もうこのビルにゃ半金入れッちまったんですぜ」

「うン、だがそれで済みゃ、大難が小難だよ。とにかく僕は、田之村のおかみさんの紹介で君達と知り合った。計画に参加したのもおかみさんからすすめられたからだ。そのおかみさんが死んだからには、僕としてはこれ以上君達に協力する筋合いでもなし、この辺で手を切らしてもらいたいんだよ」

すると、大滝がゆっくり前に出た。

「疋田さん、あんたが事業から手を引くのは自由だ。しかし出資金を返すわけには行きませんぜ」

「うン、止むを得ない」

「それから、われわれと手を切ることも出来ない」

「なぜ?」

「死体遺棄の共犯じゃァありませんか。あんたも、川添君も、紀子君も、法廷に立つ時はいっしょですからな。事業から手を引いても——」

「わかってる。絶対に秘密を漏らすようなことはしない」

大滝は、突然川添へ顔を向けた——

「信用出来るかい、疋田さんの言葉を?」

「そいつアなんとも言えねエが……」

「じゃどうする?」

疋田が顔色を変えた。

「君ッ、大滝君! 僕を、信用出来ないというのかッ。信用出来なければ、ど、どうする積りだ。僕を、僕を……」

「疋田さん、それはいま川添君と相談中ですよ。あなたと、紀子君をどうすればいいか」

紀子が、ガタリッと、靴音をたてた。棒のようになっていた膝から、ガックリ、力が抜けたのだ。川添が、ハッと紀子の肩を押えた。

「大滝先生、このひとは大丈夫だ。信用してもいいぜ。さっきも、俺と約束したんだ」

「古人曰く、女子と小児は養い難し……。だが川添君……」

大滝がニヤリと口許を崩した。

「ま、僕は君達を信用しよう。疋田さんも信用する」

「大滝君、じゃ……、僕はこれで……」

「おっと、疋田さん……。その前に、あなたと紀子君とで、田之村夫人の体を始末して行ってもらいたいね」

「えッ、僕と三船でッ!」

「死体遺棄の罪を、あなた達二人でもう一つしょってもらう。僕と川添君は無関係だ」

「そ、そりゃひどい」

「もし、心から僕に信用させたいなら……。しかしいやなら、他の方法を考えるだけだが、その方があなたの為じゃありませんかね?」

「し、死体を、ど、どうすればいいんだ?」

「助言はしないよ。僕は共犯じゃありませんからね。しかし、昨夜《さくや》赤い外套の女の屍体はどうしたかね？」

疋田はカサカサに乾いた眼で大滝を見詰めていたが、諦めたようにノロノロと田之村夫人の屍体へ近づいた。

「三船君……、おかみさんを、背おわせてくれんかね。ひとりじゃどうにもならない」

「でも、社長さん…」

「川岸までは、僕がはこんで行くよ。君は運が悪かった。僕もだがね……」

紀子は、顔を押えた。——張りつめた感情が、ふッと崩れかけた間隙の涙があふれそうになったのである。

「三船君……」

疋田が、屍体を抱き起しながら、もう一度紀子を呼んだ。

その声にひかれるように、よろよろッと、紀子が前へ出た。

と……、コッツン……、キラッと、光が部屋を斜めに横切って床に跳ね返った。

「あッ！」

大滝が飛びあがった。——銀色のライターが、屍体の足の横に転っていたのだ……。

恋路の果て

「——誰だッ。入って来いッ……」

ドアへ向って大滝が喚いた。——と、それに答える声が聞えた——

「ハハハ……、名刺がわりのライターがお気にいったようですな。では失礼して、入れて貰いますよ」

静かにドアが開かれた。

「信さん！」

紀子が喘いだ。

「糞ッ！」

川添が、紀子を押し除けて信一に迫った。右手を、バンドの下へ押し込んでいる。

「待てよ……。君は、人殺しの片棒をかつぐ積りかい？」

「片棒じゃねエッ。俺一人でてめエぐらい片づけちまわア」

「田之村夫人を殺し、本田初江を殺し、僕を殺す」

「なにおッ、なんでエ初江てなア?」

「昨夜の赤い外套の女さ。築地明石町の酒場ベンカーリスのマダムさ」

「知らねッ。俺アてめエのどてッ腹へ……」

「そんなことはよした方がいいよ。女二人を絞め殺した犯人の相棒になるだけだからね」

信一は川添を尻眼に紀子に近づくと、震えている手を握ってやった。

「飛んだ目にあったね」

「あたし、もう少しで殺されるところだった」

「知ってるよ」

「えッ!」

「僕は川添君と殆んど同時にこのビルへ忍び込んでいたんだ。だから、話は殆んど聞いている」

「まア、意地悪ッ! もっと早く出て来てくれたら……」

「ごめんよ。だがね、お役者衆の集るのを待っていたんだ。どうやら、お芝居は終ったようだ。俺達は退場しようか…」

信一は紀子を引き寄せたが、ふッと思い出したように——

「疋田さん、あなたもお帰りになった方がいいですよ。殺人犯人の共犯になりたくなかったら、長居は御無用……」

「やいッ!」

川添が眼を吊り上げた。

「俺達が、田之村の婆さんや、昨夜の女を殺したと言うのかッ」

「はっきり聞いて貰いたいね。君達とは言ってないよ。犯人は一人さ。ずるいやつだよ。自分の殺人を隠すばかりか、阿片窟経営の仲間を死体遺棄の共犯に引きずり込んだ。万一、赤い外套の女の身許がわかり、警察の手が伸びて来ても、仲間達と口を合せて、比較的軽い死体遺棄罪だけで逃げる積りだったのさ。ところが、上手の手から水が漏れるで、仲間のひとり、田之村夫人に感づかれた。そのため、第二の殺人となり、更に、赤い外套の女——マダム初江だがね、その場合と同様に、これも死体遺棄だけで逃げようと計画した」

「俺ア、そんなことをした覚えはねエッ」

「わからん人だな。君だとは言っていない」

「じゃ、誰だ。誰がやったんだッ？」

「君達よりは、ちーッと法律に明るい人」

「じゃ……、大滝……」

突然大滝が大きな声で笑った。

「川添君、騙されるな……。随分矛盾した話じゃないか。この狂人の建てたビルに眼をつけたのは田之村夫人だ。そして、買取りの交渉をしたのは君だぜ。僕と疋田さんは、昨夜始めてやって来たんだ。女は、僕達が来る前に殺されていた。僕が犯人であり得る筈がない。寧ろ、犯人は、その男自身かもしれない。その証拠に、その男は、僕達が知らぬ女の名前や職業まで知っている」

川添が口を開く前に、信一が笑った。

「これは僕が受持つ役割りじゃないんだが、一応いまの話に反駁《はんばく》しますかね……。大滝さん、あんたは、この狂人館に来たことはないと言いましたね。大嘘だ。あんたは、狂人黒田金之助の母親に頼まれて、黒田家の資産整理をしたことがある。また、金之助が松沢病院に収容されていたのを、自宅療養が出来るように世話をしたこともある。従って、あんたはこのビルのことは、ずっと前から知っていたのだ。寧ろ、狂人館を阿片窟にしようと考えた張本人はあんただ。それを、肉体関係のあった田之村夫人に吹き込み、彼女の発案のように、川添君や疋田さんに思わせたただけだ」

「出鱈目《でたらめ》を言うなッ」

「出鱈目でも、嘘でもない。僕は金之助の母親から、一切の事情を聞いている。更に、あんたはベンカーリスのマダム、本田初江を知らないと言った。冗談じゃない。初江のことは金之助の母親だって覚えてるよ。金之助の母親は、松沢病院で初江に会った。初江は亭主が入院しているので、屢々《しばしば》松沢病院を訪れていたんだ。狂人の子と亭主を持つ女二人は、互に同情し合い、金之助の母は初江をあんたに引きあわせて、力になってやってくれと頼んだ。覚えがないとは言わさないぜ。そのあとは僕の想像だが、恐らく間違ってはいまい……その頃初江は経済的に困っていた。あんたは、初江のパトロンになった。初江は美人だったが、あんたは他にも目的があった。つまり、初江の酒場ベンカーリス……、当時はそんな名前じゃなかったそうだが、その酒場を麻薬密輪の連絡場所にしたんだ。色と欲の二タ筋パトロン！」

「ふン、君は想像だと言ったね。大変面白いお伽話的想像だよ」

「そんなに面白けりゃ、話を続けよう。あんたは初江にかなり多額の金をやっている。まがいものの鰐革やダイヤなどの代金としてね。ところがこれは、バーテンや店の女達をごまかす手段だったのさ。うちのママさんのパトロンは甘い男と思わせといて、実は密輪の分け前をやっていたのだ」

「それも想像だね」

「左様……。更に想像は飛躍するねェ。そのうちにあんたは、初江に対して、愛憎二途《ふたみち》に苦しみ出した。一つは、初江が狂人の金之助を相手に、この狂人館で情痴遊戯に耽溺していることを知ったからだ。初江の性愛は異常だった。狂った亭主の変態的な愛撫に馴らされていたからだよ。あんたに抱かれても、初江は満足出来なかった。で、狂った亭主の愛撫と同じものを、松沢病院以来知っている狂った金之助に求めた。金之助は、悪いけどあんたより好男子だよ。教え込んだ愛撫の技巧も忠実に実行してくれる。金之助は、初江の靴まで舐めているんだぜ。初江は大いに満足だった……。が、それを知ったあんたは、じだんだ踏んで口惜しがったことだろう……。第二に、初江はあんたから、搾れるだけ金を搾ろうとした。狂人の亭主と狂人の情夫を抱えた初江は、金にしかたよれなかったのさ。しかしこれはあんたにとって悩みの種だった。結局、色と欲から出発したあんたは、初江の色と欲に苦しめられたのさ」

「まだ続ける積りかね？」

「続けよう。こうして、昨夜とうとう破極が来た。狂人館買い取りの相談が具体化した昨夜以外に機会はなかったわけだ。あんたは、いつも金之助がやるように、猫の鳴声をまねしながら、この部屋へやって来た。先きに来ていた初江は、金之助だと思って安心していたのだ。あんたを見て、初江は驚いただろう。しかし、初江はあんたの弱点を握っている。寧ろ、あんたに喰ってかかった。糞ッ……、あんたの頭の中から初江に対する愛情はふッ飛んで、憎しみだけが残った。がッ……と、初江の首に両手の指を喰い込ませた」

「それも想像だろうね」

「いや、今度は証拠がある。あんたはその時ライターを落した。僕が部屋の外から投げ、いまそこに転っているのが、君のライターだ。それはね、あんたが逃げ出したあとへ、金之助が忍び込んで拾って行ったのだよ。そのライターで火遊びをして、とうとう自分の部屋へ火をつけちゃった。それがさっきの火事騒ぎさ。おかげで僕は、金之助が火事になる火ダネ……、つまりライターを持っていることを知ったわけだよ」

この時には紀子を始め、疋田も川添までも茫然と信一の口許を見つめていた。——昨夜大滝がライターをさがしたことは、三人とも、よく覚えていたからである。しかし、大滝は飽《あ》く迄《まで》不敵さを失なわなかった。

「僕が落したライターを狂人が拾っていたからと言って、女殺しの証拠にはならないねエ」

「どっこい、このライターは、初江が君に贈ったものだ。あんたと初江が知り合ったばかりの頃にね。銀座で買ったんだよ。買う時には、金之助の母親が品さだめをした。それを火事騒ぎの金之助の部屋で見つけた母親は、飛びあがって驚いたそうだ。だが、ライターのことには、われわれよりも先きに、田之村夫人が疑いを抱いたんだ。それで、今夜ひとりで、狂人館へライターをさがしに来た。それを知ったあんたが、コッソリあとをつけて、これまたギューッ……と」

「よせッ、馬鹿々々しいッ」

「ふふふッ、あんた、屍体の靴が両方ともなくなっているので驚いたろ?　一つはあんたが脱がせた。万一の場合、狂人の金之助に夫人殺しの罪をおっかぶせるためにね……。ところが、あとからやって来た金之助が、残っている靴を持って行っちゃった……。アハハ、天の意志だな、これは……。あんたが、地下室のガラクタの中に隠した靴は、いま頃警視庁の鑑識課で科学検査をうけている。あのツルツルの革からは、誰の指紋が発見されるかな」

「畜生ッ！」

始めて大滝の顔から不敵さが消えた。ナポレオン・スタイルが崩れて、両手を突き出し、ジリジリッと、信一に近づいて来た。

「あッ、あの手ッ！」

叫んだのは紀子だ。大滝の左手の甲に、幾本かのみみずッばれが走っている。中には、血を噴き出しているものもあった。――暗闇の中で、紀子が必死で掻きむしった爪の跡なのである。

「わかったかい、紀子さん……。君がこの部屋へやって来るすぐあとから、大滝先生が追いかけていたのさ。ほれ、あの恰好。両手を突き出して、君の細い首を狙って……。よしたまえ、大滝君……。無駄だよ。君のお相手は、別の人にお願いする予定なんだ」

その言葉と同時に、ヒラリッと、部屋へ飛び込んだ男……

「大滝君、紹介しよう。警視庁の田代刑事だよ」


大滝が、奇妙な叫び声をあげて、うしろへ飛びのいた。ダッ……と、壁へ体をぶッつける。クルリッと、壁の一部が廻って、大滝の姿が消えた。「あッ、信さん！」

「大丈夫だよ……。あれはね、昔、エレベーターがあった時の隠し戸なんだ。エレベーターの穴は地下室まで直通だがね、面白いことには、穴の壁にね、螺旋階段がつくってある。狂人館らしい設計だよ。それが、金之助君とマダム初江の恋の通路でもあったわけだ。勿論、大滝も知っていた」

「そう……、あたし、どこまでもどこまでも登り続ける金之助さんの足音を聞いたわ」その時、壁の向う、エレベーターの穴で、幾人かの喚めき声が、ガンガンと反響した。

「警官がね、穴の底で待ち受けていたのさ」

信一がそう言った時――

「――わア――ッ……」なんとも言えない凄まじい絶叫が、スーッと、地底の方へ消えて行った。

「まずいッ。飛んだなッ……」

田代刑事が、部屋から飛び出して行った。

信一は、隠し戸を押して、しばらく下を見降していたが、やがて、紀子の傍へ戻ってそっと肩へ手を廻した――

「――われ等のランデブーは終れり。さ、帰ろう。僕は記事を書かなきゃならない……」

〈合作探偵小説〉

密室の妖光

大谷羊太郎
鮎川哲也

密室の妖光

大谷羊太郎

1

二月のなかばすぎにしては、気温の高い夜であった。

大学受験のため、予備校に通っている浪人中の杉《すぎ》本健二《もとけんじ》は、自室の窓辺に寄せた坐り机に向い、英語の勉強に没入していた。

〈あしたのテストで、今日の失敗を取返さなけりゃ〉

時刻はもう午前三時に近いのだが、そう考えると、眠気などは吹っとんでしまうのである。

入試直前のテストだというのに、今日は惨敗の成績に終ってしまった。これでは、自信をもって本番に臨めない。その原因は、前日の日曜日、友人たちとスケートリンクで、遊び呆けたことにあるようだった。

家人の寝静まった深更《しんこう》、二階の四畳半にこもった健二の頭脳の中には、雑念の入る余地はなかった。

だが瞬間、健二はギョッとして、軀《からだ》を硬直させた。

オギャアー、オ、ギャアーオ

突然、そんな声を聞いたのである。

〈赤んぼうの泣き声だな〉

あまり大きな泣き声ではないが、とっさに健二はそう思った。

夜の静寂《しじま》を破ったのは、その一《ひと》泣きばかりで、あとは耳を澄ませても何も聞こえない。

泣き方も異様だが、声のした方向を考えて、健二は無気味さにとらわれた。

このあたりは、都内にしては樹木の多い住宅地である。木造二階建ての健二の家は、道一つへだてて、モルタル造りのアパートと向き合っている。健二の部屋は道路に面していたが、幅の狭い道なので、昼間でもそれほど車は入ってこない。

今、泣き声は、健二の坐っている位置からいうと、ちょうど真正面から響いてきた。

つまり向いのアパートの、二階に並んでいる五つの部屋のうち、中央の部屋からの声だと考えられるのだ。

〈彼女に、赤んぼうなんかいるはずはない〉

部屋の住人である白井啓子《しらいけいこ》の白い顔を思い起こして、健二は、奇妙な気分を味わうことになったのである。

啓子は、独身のOLだ。その部屋にひとりで住み、新宿にある商事会社に通勤している。

小柄なので、二十三歳という年齢よりは、二つ三つ若く見える。

こうした知識は、健二が親しくしているアパートの管理人中村から、雑談のうちにそれとなく仕入れたものだった。

彼女の部屋の窓には、いつもカーテンがおりているのだが、時おりタイミングよく、道路ごしにこちらの部屋の健二と、顔を合わせてしまうことがある。すると啓子は、まるで弟を見るような目で、ほほえみかけてくる。

健二は、その度ごとに、軀の軽くなるような爽快さと、密《ひそ》かな胸のときめきを覚えた。

啓子の部屋で、赤んぼうが泣くわけはないが、ひょっとして子連れの客を泊めたのかもしれない。

健二は、手を伸ばして、そっとカーテンをめくり、窓を少し開けて、その隙間から、啓子の部屋をのぞいてみた。

内部の明りは消され、薄いブルーのカーテン地が、街灯の光を鈍くはね返している。

その時である。ぼんやり光るものが、部屋の左手から右手に向い、ふわっと移動したのだ。

それは、直径十五センチぐらいの円形の光で、蛍火のような色を持っていた。

健二の背筋を、悪寒《おかん》が走った。人の死体から離れて空中を浮遊するという人魂《ひとだま》を、健二は連想したのである。

あわてて健二は、カーテンを閉じた。窓もピタリとしめ、しっかり鍵をかけた。だが、胸の動悸はまだおさまらない。

もう、勉強を続ける気はしなかった。薄気味の悪い赤んぼうの泣き声に続いて、部屋の中で飛んだ妖《あや》しい光。

〈午前三時といえば、昔のうしみつ時だ〉

さまざまな妖異の起こる魔の時刻に、起きているのは自分だけではないか。

健二は、机の上に散らかした本やノートをそのままにして、家族たちの寝ている階下へ、足音も荒く駆けおりていった。

2

「嘘じゃないよ、おじさん。ぼくは、はっきりそう言えるんだ」

翌日の午後三時ごろ、月雪荘アパートの管理室で、杉本健二は熱心にまくし立てていた。

「きっと勉強のし過ぎで、神経が疲れてるんだな」

管理人の中村《なかむら》は、デコラの食卓に片肘をつき、ハイライトをくゆらしながら、ゆっくりと言った。年齢は六十のなかばで、短く刈った頭の髪はゴマ塩だが、血色がよい。

「本当なんだ。錯覚なんかじゃない」

健二は諦めなかった。この部屋にはよく遊びに来て、中村を話相手に時間をつぶす健二である。予備校の帰り道、家に入る前にここに寄って、昨夜の体験を語って聞かせていたのだった。

だが中村は、健二の話など、まるっきり信じないようであった。健二には、それが腹立たしくて仕方ない。

「健二さん。このアパートにはね、赤んぼうなんか一人もいないんだ。もし子供が出来たら、部屋をあけ渡さなけりゃならない。ほかの人の迷惑になるんで、持主がそう決めたんだ。アパート住いには、いろいろ規約があるんでね」

中村は、住宅難の世相を、嘆いているような口ぶりだった。健二が伝えようと焦っている恐怖感は、肩すかしされてしまった。

〈考えてみれば、信じないのが当たり前かもしれないな〉

健二は思い直してみた。健二の方も、啓子の部屋の出来事だったから、こんなに夢中になっているようだ。啓子の身辺に、何かよくないことが起りそうな予感がして、中村にしゃべる気になったのだろう。

コツコツと、ドアをノックする音が聞こえた。中村が返事をすると、ドアの間から姿を見せたのは、二十七、八の女性であった。ベージュのスーツを着《き》て、手には包装紙にくるまれた菓子折らしい箱を提《さ》げている。

「ご無沙汰しています」

女は、中村に会釈した。中村も笑顔を返した。だが彼は、小声で健二の耳に囁いたのだった。

「噂をすれば影だね。令子《れいこ》さんといってね、白井啓子さんの姉さんだよ」

令子はドアを半開きにしたままで、用件を言った。昨日、啓子から千葉《ちば》にある令子の家に電話があって、今日のこの時間、アパートに来て欲しいという。

「重要な話だから、会社も休むといった人が、どうやら外出中らしいんです。相変らず呑気だわ。済みませんが、ドアを開けて下さいませんか」

「鍵がかかっているんですね」

中村が訊くと、令子はうなずいた。

「ええ、そうです。妹が帰ってくるまで、私、部屋の中で待たして頂きますわ。約束の時間を知ってるんですから、すぐ戻ってくるでしょうが」

「承知しました」

中村は畳の上に立上ると、部屋の隅に行った。そこには鍵ダイヤルのついたスチールケースがある。中村はケースを開けて、木札のついた合鍵を取出した。

「では、ご一緒しましょう」

三和土《たたき》のゾーリをつっかけながら、中村は令子に言った。令子の姿は、廊下に消えた。

健二は、中村の背に向かって声をかけた。

「ねえ、おじさん。ぼくも行ってみるよ」

彼も、じっとしてはいられなかったのである。

三人は階段をのぼり、二階に上った。まっすぐ廊下が伸び、片側にドアが並んでいる。木造にしては、しっかりした構造で、足音が響かない。

啓子の部屋の前に着くと、中村は合鍵を鍵穴に差込み、一回転した。カチリという金属音がした。

「さあ、どうぞ」

ドアの前に立塞がっていた中村は、軀をわきに移動させて、令子の顔を見た。

「お手数をおかけしました」

令子は、ドアの把手《ノブ》に手を触れた。

健二の胸は昂まった。この瞬間を狙っていたのだ。

昨夜、外部から妖異を見たり聞いたりした部屋である。ぜひとも今日は、その内部をのぞきたかった。案外、手品の種明しが判って、なんだ、ということになる場合もある。

いずれにしても、他人の部屋だ。今を除けば、機会を失う。

「あら、変だわ。あきませんわ」

ノブをガチャガチャさせた令子は、不審そうに首をかしげた。

「そんなはずはありませんよ」

令子に代わって中村がノブを握った。だが結果は同じだった。念のため、合鍵をもう一度操作してみたが、やはりドアは開かない。

「内鍵がおりてるんです。これは、外からははずせません」

中村はやや蒼ざめた顔で言った。

啓子は、外出なんかしてないのだ。内鍵をおろせるのは、内部にいる人間だけである。つまり、啓子は部屋の中にいなければならない。

令子にもその意味は、すぐに通じたようだった。

「啓子さん。あたしよ、令子よ」

令子は、激しくドアを叩き出した。中村も大声で名を連呼した。だが、相変わらず、中からは何の応《こた》えもない。

〈やっぱりあれは、不吉の知らせだったんだ〉

健二は足がすくんだ。まさか今時分まで、啓子が寝ているはずはないし、たとえどんなに熟睡していたって、これだけ騒げば起きるだろう。

一度管理室に引返した中村は、金槌と先の曲った針金を用意してきた。そして、ドアについている明りとりの小窓を叩いて、はめてあったガラスを破った。次にそこから針金を差入れて、ようやく内鍵をほどいた。

ドアが開いた。三人は、先を争うように、室内に侵入した。

六畳一間の部屋である。正面に、道路を見下す窓。その右側にステレオ。左側にテレビ。そして、部屋の中央に置かれたデコラの茶卓に、白井啓子はうつぶせていたのである。

令子が、後から啓子を抱き起こした。啓子は、白のセーターに紺のスカートという服装だ。

ひえーっ、と、すさまじい絶叫が令子の喉から洩れた。啓子の死を確認したのだ。

茶卓の上には、紅茶のカップが転がっていて、飲み残した中身は、あたりにこぼれ出ている。時間が経っているらしく、大部分は白く乾いていた。

「毒を飲んだんですね」

死体情況を判断して、健二は言った。語尾が震えた。

「自殺されたんでしょうか」

中村が令子に言った。その目は、鋭く室内の様子に配られている。

「そうかもしれませんわ」

令子は気性のしっかりした女性のようだ。最初の驚愕からはすぐ立直って、冷静に返事をした。

中村は窓辺にゆき、そこも施錠されているのを確かめると、

「部屋の中は、割合きちんとしていますね。それに、窓もドアも、内部から鍵がおろしてある。やっぱり、ご自分で毒を飲まれたんですよ」

「妹には、何か悩みごとがあるようでした」

令子は、湿った声で言った。

「人には言えない深刻な問題で、ひとり苦しんでいた節があるんです。今日、私を呼んだのは、それを打明けて相談するつもりだったのでしょう」

「でも、やっぱり最後には、誰にも話さずに死んでしまったわけですね」

中村は、憮然《ぶぜん》たる表情で言った。

「どんな秘密にしろ、死ぬほどの悩みがあったのなら、姉の私にだけは相談して欲しかったわ」

令子の胸に、感情の高波が押寄せて来たようであった。令子は急いでハンドバッグから白いハンカチを取出すと、目に当てたのだった。

〈ぼくの見た青白い光は、霊魂だったんじゃないんだろうか〉

呆然としてその場につっ立った健二は、もう一度あの体験を思い出した。胸騒ぎは、啓子の死となっ

て、現実に現われたのだ。

〈すると、赤んぼうの泣き声は、何だったのだろう?〉

そう思った健二は、ふと視線を部屋の隅に向けて、激しいショックを受けた。健二はそれを指さして、思わず叫んだ。

「あれは、赤んぼうのおしゃぶりじゃないか」

健二の声に、中村はハッとしたようだった。

「そうだね。しかし、何だってこの部屋に、そんなものが転がっているのだろう」

中村は、まじまじとゴムで作られた乳児用品を眺めたが、その目には、明らかに大きな愕《おど》きがこめられていた。先刻の健二の話に、真実性を認めたのだろう。

「おしゃぶりですって」

令子も、その方に目をやったが、不思議そうに呟《つぶや》いた。

「啓子と赤ちゃんとは、関係がありませんよ。まだ独身ですからね」

令子がそう言った時には、健二は更にもう一つの発見をしていたのだった。

もえぎ色の布切れが、やはり目立たない部屋の隅に投出されているのだ。

健二は、身をかがめて拾いあげると、両手で布の端をつまみ、ぱらりと振った。

「ほら見てごらんなさい。これは、よだれかけだ」

布切れの形を、二人に示しながら健二は言った。

「なるほど、赤ちゃん以外には使い道のない品だな」

中村が、感心したような声を出した。

「昨日の夜中、この部屋に赤ちゃんがいたんです。ぼくは泣き声を聞いたんだから」

健二は、断定的な口調で言った。

「まさか、そんなはずは」

令子が反発した。

「まるで、啓子に隠し子でもいるみたい」

妹の死に直面して、気持が昂ぶっているのだろう。令子の声には、アイロニカルな響きがあった。

「待って、ちょっと待って」

突然、何を思いついたのか、令子はわけの判らないことを口走った。そして、啓子の軀を、もう一度抱き起こした。

「どうしたんです」

中村が訊いた。

「ひょっとしたら、この子、妊娠してるんじゃないかしら」

令子は、啓子の死顔を見つめ、それから視線を少しずつ腹部の方に移していった。

〈この人の死には、やっぱり赤ちゃんが絡《から》んでいたんだ〉

健二は、頭から冷水を浴びせられたような気になった。啓子の死の瞬間、腹の中にいた胎児が泣き声をあげ、そしてその霊魂が、青白い光を放って、死体の周りを飛び交《か》う光景を、彼は想像してみたのである。

3

通報により、所轄N署から係官が到着した。

白井啓子の死は、当初、おおむね自殺と推定された。昨夜、紅茶に毒物を混ぜて飲んだものだろう。姉の令子に、自殺の原因となる悩みごとを話すつもりだったのが、考え直して、一切を自分の死と共に、闇に葬ってしまったわけである。

管理人の中村も、啓子の勤め先の同僚も、啓子が近頃、どことなく翳《かげ》りを身につけていたと証言した。

啓子は、姉の令子が気付いた通り、妊娠三カ月の身重だった。自殺の原因が、この事実と結びつけて考えられた。しかし、相手の男の名は、はっきりとは判らなかった。

関係者の話や、死体発見時の情況を総合した結果、啓子の死について、次のような推定がなされた。

啓子は、ある男と交際の末、妊娠した。しかし、彼とはどうしても結婚出来ない事情がある。その悩みを姉に打明けようと考えて、電話でアパートに呼び寄せた。

だが、秘密を明らかにすると、相手の男に迷惑が及ぶ。そこで考え直した啓子は、前夜のうちに、ひっそりと自殺を決行したのだ——。

白井啓子の死は、こうして自殺説が有力だったのだが、予備校生杉本健二の証言によって、警察の見方に変化が生じてきたのである。

　当局は、健二の話を検討してみることになった。むろん、健二の怯《おび》えの根になっている赤んぼうの亡霊説は信じないが、理屈では割り切れない不可解さは拭えないのだ。

　毒物は青酸カリで、それを包んであったと思われる薬用紙は、屑箱の中に丸めてあった。啓子の死亡推定時は、午前一時から二時半までと出ている。

　健二の証言による音と光の発生は、午前三時少し前であった。この時刻、部屋の主である啓子は、すでに死体になっていたのである。死体が動けるはずはないから、誰かほかの人間が室内にいたと考えられる。

　ところが、翌日の午後、三人の男女が死体を発見した時、ドアには内鍵がおりていた。これは、部屋の内側からでなければ操作が出来ない。そうなると、深夜、音と光を発生させた人間は、いったいどんな方法で部屋から脱出したのだろう。

　この謎さえ解決がつけば、啓子の死後、部屋にいた人物には、殺人の疑いが生じてくる。つまり事件

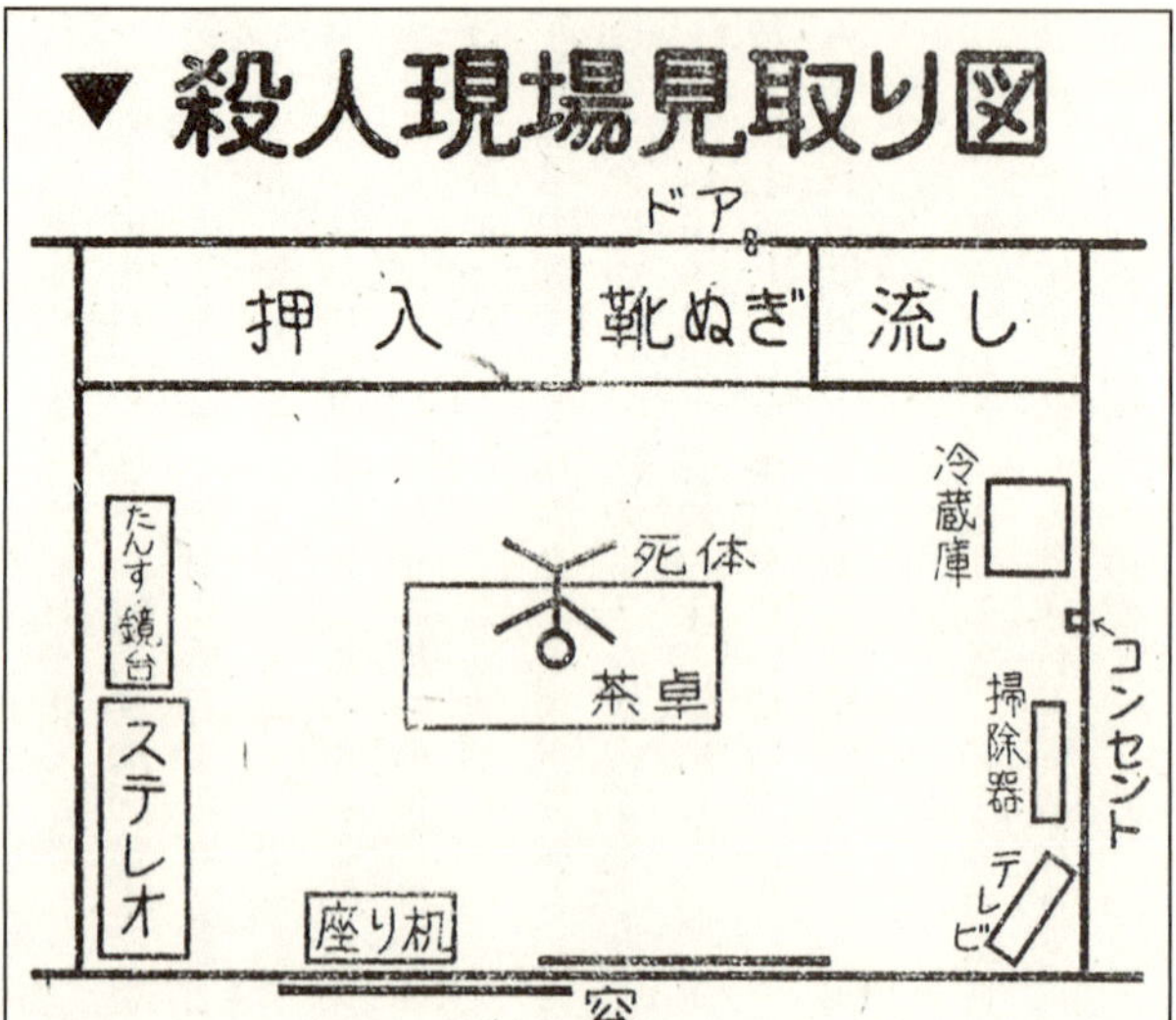

は、密室殺人の様相を呈しはじめた。

新しい視点から眺めると、啓子が遺書を残さなかったのも妙である。姉を呼んでおきながら、その前夜に死ぬのも、腑に落ちない。

これは、姉に秘密を告げられるのを恐れた犯人が、その直前に啓子を毒殺して、彼女の口を永久に封じてしまったのではないか。

当局は、他殺の場合も充分あり得ると想定して、事件の背後を徹底的に洗う方針を決めた。

現場に転がっていた赤んぼうのおしゃぶりについては、捜査員が聞き込みに廻る手間が省けた。啓子の死を知って、すぐ名乗り出た証人がいたのである。

証人の名は、早坂道子《はやさかみちこ》といった。啓子の高校時代のクラスメートである。道子は三年前に結婚して、二歳になる男の子がある。

たまたま、啓子のアパートの近くまで、ほかの用事でやって来た道子は、事件のあった日の夕刻、啓子の部屋に顔出しをした。

「一時間ぐらいお邪魔したかしら。久しぶりに会ったものですから、夢中でおしゃべりしましたわ。話題は、今はやりの脱結婚、つまり結婚しないで子供を産む、ということについてでした。啓子さんが、話をその方向に引っぱっていったんです」

啓子は妊娠中だったのに、姉の令子さえ、相手の名前を知らない。啓子も、脱結婚を実行する気でいたのだろうか、と聞き手の係官は思った。

「話が面白くて、私はもっと長いこと、啓子さんのお部屋にいるつもりでした。ところが、連れてゆきました子供が、あんまり悪戯《いたずら》しましてね、これ以上迷惑をかけては悪いと思って、六時前に失礼したんです。夕食もすすめられましたが」

「仲々元気なお子さんなんですね」

「ええ。新聞紙は二つに破るし、ステレオはいじるし、冷蔵庫は開けて中身は出す。仕舞には、坐り机の上にあった花瓶を倒して、机一面に水をこぼしてしまう。全く手に負えないほど、やんちゃな子でして、ちょっと目を離すと、何をするか判りません」

「で、おしゃぶりも、その時、紛失されたわけですね」

「そうなんです。おしゃぶりは、あの子のマスコットでして、いつでも持って歩くことにしています。帰宅してから、なくなっているのを知ったんですが、啓子さんのお部屋に置いてきてしまったんですわ」

これで、おしゃぶりの出所が判明したのだが、よだれかけの布については、全く知らないと道子は言った。

しかし、押入れから裁断された残り布などが発見され、こちらの方は、啓子が自分で縫ったものと判った。生れてくる愛児のためだろう。啓子は、明らかに出産の意志を持っていたのだ。

そうなると、事件の裏面が想像つく。

まず、啓子には、陰の恋人がいたと考えられる。恐らく男の方からの指示に従ったのだろうが、二人の関係は、第三者に知られるのを、極度に警戒したらしい。

啓子に恋人がいたことは、妊娠の事実ばかりではなく、友人たちの証言からでも明らかだった。贈物を買ってきたり、電話でデートの約束などをしている。

だが相手の名前は、絶対に誰にも告げなかった。

「正式に結婚するまで、交際は内緒にしてくれって、彼に頼まれているの」

恋人を信じ切っているらしく、そう言って啓子は、彼の正体を明かさなかった。

しかし今思うと、そこに男の打算が動いていたように推量される。結婚の意志はなく、見せかけの愛情で、啓子を操っていたのではないか。将来の別れの日に備えて、秘匿関係を維持して来たとも考えられるのだ。

やがて男は、啓子に別れ話を切り出した。ある程度のトラブルは予想していたに違いない。男はそれを、金と口先で丸め込むつもりだったのだろう。

だが意外にも、啓子は予想以上の強い抵抗を示してきた。男は狼狽し、必死になって説得に努める。

しかし啓子の態度は、ゆるぎもしない。

男の側には、どうしても啓子と手を切らねばならない事情があった。啓子は、今までは秘密を守ってきたが、姉に打明けて相談する、と男に宣言する。

啓子の示した毅然《きぜん》たる姿勢の根は、出産を決意したことにあるのだった。そして、切羽《せっぱ》詰まった男は、啓子に殺意を抱き、遂にあの夜、それを実行に移したのである。

警察が、以上のような推理を展開させた根拠には、聞き込み捜査によって得られた男関係の資料があった。

白井啓子の男友達のうち、ごく親しく交際していた人物を絞ってゆくと、三人が残った。

この三人のうち、誰が啓子を妊《はら》ませたのかは判らない。殺人の疑いが生じたため、死体は解剖に付されたが、偶然にも三人の血液型が一致していたので、医学的な判定は不可能だった。

だが、彼ら三人の中に啓子の恋人がいるとなると、どの一人を択《えら》んでみても、警察の推理したような動機を持っているのである。

啓子の周辺を洗った末、容疑者は生前の啓子と親しかったこの三人の外にはない、と結論が出た。

こうして警察は、捜査の最終段階へと歩を進めた。

真犯人は、明らかに三人中の一人なのである。

4

第一の容疑者の名は、平野直司《ひらのなおし》といった。家庭用電気器具の販売店に勤める二十七歳の男だった。

セールス活動にはかなりの実績があり、二十名ほどの従業員を擁するその店では、販売係長として遇せられている。

「一年ばかり前、白井さんには冷蔵庫を買って頂きましてね、それが彼女と交際の始まるきっかけになったんです」

店の応接室で、高田刑事と向き合った平野は、質問に答えて語り出した。背が高く色白で、目許が柔らかい。

〈女性を相手にするセールスマンには、うってつけのタイプだ〉

年齢は同じくらいなのに、目付きが鋭く顴骨《かんこつ》の張った自分に較べて、えらい違いだな、と高田は、幾分の羨望をこめて相手を見た。

「アパートの部屋へ、行ったことがありますか」

「ええ。何回も。最初のうちは集金やら納品のアフターサービスなどに伺いましたが、その後、近くまで行ったついでにお邪魔して、お茶をごちそうして貰うようになりました」

それだけかね、と出かかった言葉を呑み込んで、高田は次の質問に移った。

「あの部屋には、新型の電気掃除機が置いてありましたけど、それもお宅の納品ですか」

平野の表情に、思いがけなく動揺が走った。微妙な動きだが、高田は見逃さなかった。

「ええ、そう、そうなんです。今、大々的に宣伝している最新式でしてね、三つの特長を備えています。まず、吸塵力《きゅうじんりょく》が抜群。第二にモーター音が小さい」

「じゃ、深夜でも、あまり音は気になりませんね。座布団ででもくるみ込んで使えば、隣室にまで響かないでしょう」

高田は、探るような目で平野を見た。

「まあ、そうでしょうね。さて三番目の特長は、完全なコードリール機構です。使用後、ボタンをポンと押すと、あとは自動的にコードが掃除機の内部に巻き込まれ、巻き終るとボタンは元の状態に戻るという仕掛けです」

「なるほど、便利なものですね。でも価格も高いでしょう。そうなると、六畳一間しかないアパートでは、少々もったいないような気もしますが。そこを売りつけるのが、あなたの腕なのかな」

「いえ、そんなことは……」

高田の皮肉に、平野はドギマギしたようだった。しかし、すぐ構えを立直すと、別な話題へと転換をはかったのだった。

「警察では、白井さんの死を他殺とみて、恋人を捜しているそうですね。彼女は恋人に殺されたのかもしれない。でも、私とはそんな関係じゃありませんよ。最後にあの部屋へ行ったのは、事件のあった日の三日前、午後六時ごろです。十五分ばかり世間話をして、すぐ引揚げて来ましたよ。それにしても、彼女に彼氏がいたとは、全く知らなかったな」

高田に見せるためのジェスチャーだったのかどうか、平野は大きな溜息をついて言葉を結んだ。

高田は平野を解放したあと、密かに店の帳簿を調べてみた。平野が啓子に売ったという掃除機について、調査を試みたわけだが、平野の供述した形では記帳されてなかった。

一旦、平野が、店員の特権を利用して格安値で入手した上で、啓子に渡したもののようだ。もしこの際、啓子から金を受取ってなければ、いわば掃除機は、平野が啓子に贈ったプレゼントということになる。


単なる愛情の表現かもしれない。だが高田は、掃除機の持つ物理的な特性に興味を惹かれた。密室トリックのメカニカルと結びつけて、推理をめぐらせてみたのである。

平野は、勤め先の店主から、その手腕を認められて、婿養子になる話が進められている。順調に発展している店であり、婿になるのは店の後継者を意味している。

もし平野と啓子との間に、断ち難い過去の関係があるなら、平野は殺人を犯してでも、古い絆《きずな》を切って経営者への道を択ぶのではないか、と高田は想定した。


第二の容疑者は、関口誠《せきぐちまこと》というレコード会社の録音課主任だった。年齢は三十一歳で、妻子もある。

高田は、昼休みを狙って、彼の勤め先から近くの喫茶店に、そっと呼び出した。

男らしい引締った顔付きをしている。だが高田の前に席を占めた彼は、そわそわと落着かなかった。

「近々、ご栄転だそうですね」

高田は、コーヒーカップを口に運びながら、じっと関口の反応を観察した。

「あの、白井啓子の件でしたら、何分会社には内密に願います」

高田の問いかけには答えず、関口は怯えた目を向けてきた。

その気持はよく判るのである。関口のいるレコード会社は、カセットテープを扱う別会社を、間もなく発足させる。彼はその新会社に、課長として抜擢された。

白井啓子と彼とが交際していたことは、すでに捜査側は調査済みだった。しかし、そうした事実を会社に知られては、せっかくの栄転も取消されてしまうかもしれない。

「判ってますよ、秘密は守ります。ところで当夜のアリバイですが」

高田が言いかけると、関口は眉をしかめた。

「前に警察で申しあげた通りですよ。その時間、私は自宅の書斎で、テープの試聴をしていたんです。同じ曲を何度となく聴き返していたわけですが、寝室で就寝中の妻も、夢うつつで、その音楽を耳にしたそうですよ」

「家族の方の証言には、信憑《しんぴょう》性が薄いし、それにテープのトリックということも考えられますね」

高田の声は冷ややかだった。長時間テープやエンドレステープを使えば、簡単にアリバイが作れそうだ。

「彼女の部屋に行ったこともあります。事件の四日前、レコードをプレゼントするためにね。三十分ほどいて、ステレオでその曲を彼女と一緒に聴いたんです。ただそれだけの仲ですよ」

関口の顔は、真剣そのものであった。無実をうったえようとする熱意が、表情いっぱいに溢れている。

〈しかし、あっさりとは信じないぞ〉

高田は、胸のうちで呟いた。高田には、杉本健二が深夜聞いた赤んぼうの泣き声と、目の前で自己弁護に躍起になっている関口とが、無関連とは思えないのだ。

〈何しろ、音の専門家だからな。無人の部屋で奇妙な音を響かせるぐらいの芸当は、お手のものじゃないか。あの時間、犯人がまだ現場にいると思わせ、犯行アリバイを作る。と、そんな企みでも考えたのじゃないかな〉

「妙な目つきで見ないで下さいよ。本当に私は、犯人じゃないんですから」

しきりに哀願する関口の瞳の奥を、高田は改めてのぞき込んでみるのだった。

第三の容疑者は、宮下公一《みやしたこういち》、二十八歳である。

一流大学から、一流の貿易会社に就職し、いわゆるエリートコースに乗った優秀社員であった。貴公子然とした彼の風貌は、社内の女子社員たちの憧れを集めていたが、一方、プレイボーイという噂も囁かれていた。

数多くの女性を相手にしても、後腐れを残さないのが、彼の信条でもあり自慢でもあるらしかった。

しかし、その辺が高田の気に入らなかった。あまりもてた経験のない高田だから、宮下のような男には、潜在的に反感を抱いているのかもしれない。だが恋にしろ何にしろ、駆け引きの上手な人間には、誠実味が感じられないのである。

それと気になるのは、宮下の実家が、薬品関係の商売をしていることだった。業務範囲の中に、白井啓子を死に到らしめた青酸カリも含まれている。宮下の立場なら、兇器の毒物を、容易に入手出来るのだ。

表向き社内では、有能なマジメ人間で通している宮下である。情事の報酬として、相手の女性から出産宣言を受けたら、非常手段をとる場合が、充分に考えられる。さもないと、彼のエリートコースは挫折してしまう。社員の私生活についても、厳しい目を向けている会社なのである。

丸の内のオフィス街にある喫茶店の片隅で、高田は宮下と会った。

薄いオレンジのカラーシャツに、淡いグリーンを主調としたワイドタイ。背広《スーツ》は明るいブルーのダブル三ツボタン。カラフルな服装が、上品な顔立ちによく映《は》えている。

「さすがは警察ですね。ぼくが白井啓子とつき合っていたのが、よく判りましたね」

宮下は脚を組み、シガレットホルダーを指の間に挟んだ気楽な姿勢で、高田に対した。

事実、彼の名を探り出すのが、三人の容疑者の中でも一番厄介だった。ひょっとしたきっかけで、宮下が捜査の網にかかったのだ。

「あなたは、彼女の部屋を訪問したことがありますね」

高田は、じっと返事を待った。現場からは、彼の指紋が検出されている。もし否定すれば、彼の容疑はとたんに色濃いものとなる。

「ああ、ありますよ。死体発見の前々日だったな。彼女に誘われて部屋に寄ってみた。でも彼女とは、決して深い間柄じゃない。単なる友達です。念のために言っておきますが」

宮下は、屈託のない笑顔で言った。

「それは、何時頃でしたが」

「さあね、夜の十時ごろじゃなかったかな。お茶一ぱい飲んで、そばにあった夕刊を眺めて、それで失礼してきただけです。話もあまりしなかったな」

「では、全然、場を立たずにじっとしていたわけですか」

「いや、女の部屋が珍しいものだから、家具なんかには触れてみた」

さりげない高田の質問だったが、ある意図が匿されていたのだ。宮下の指紋は、現場にあった整理だんす、鏡台、坐り机の上、冷蔵庫の側面など、広範囲に拡がって検出された。嘘の答をすれば、矛盾が生ずるところであった。

「ところで宮下さん。あなたにはレコードの趣味はありませんか」

高田が訊くと、宮下は薄く笑った。

「レコードですか。音楽は好きですね」

宮下の態度からは、容疑者らしい怯えなどは、微《み》塵《じん》も感じ取れなかった。だが高田の目には、それがかえって、犯人のふてぶてしさに通ずるようにも思えた。

5

白井啓子の部屋である。死体だけは運び出されているが、あとは事件発生時と全く同じ情況だった。

今、そこには、四名の捜査員がいた。高田刑事が部屋の中ほどに立ち、あとの三人は彼を取囲むような位置にいる。

この事件には、奇妙な謎が三つ付帯した。密室。赤んぼうの泣き声。そして、ふんわり飛んだ妖しい光。

けさ、高田は、捜査員たちの前で、その謎を三つとも解いた、と公言した。

「とにかく、私と一緒に現場に来て下さい。そこで説明するのが、何よりも理解し易いと思います」

そんな勿体《もったい》ぶった言い方をして、彼は同僚や上司を三人ばかり、この場所に引っぱってきたのだった。

「まず、密室トリックですが」

高田の声で、一同の目がドアの内鍵に向けられた。鍵の構造は、壁に回転軸を埋め込んだ落とし金具を、ドアについている受け金具にはめる式のものである。

「犯人は犯行後、落とし金具を一時的に何かで支えてドアの外に出た。そのあと、金具の支えは自動的にはずれ、金具は自分の重みで受け金具に納まったのだと思います。さてこのトリックに、犯人は掃除機を使ったのではないでしょうか」

「ははあ、掃除機の吸塵力を利用したのかな」

平山という、高田の後輩刑事が即座に答えた。彼の頭の中では、たちまちトリックの解明が組立てられたようだ。高田に代わって説明を始めた。

「軽くて長い、例えば紙の紐みたいなものを用意する。片方の端を丸めて小さなダンゴを作る。これを斜めに立てた落とし金具と、壁との間に差込んで、一時的なクサビにします。紐にはゆったりとたるみを持たせる。そして、もう一方の端を握ったまま、掃除機のスイッチを入れる」

「うん、それで」

高田は、先をうながした。

「しばらくモーターを回転させたあと、握っていた紐の端を、掃除機の吸入口に差込み、手を離すと同時にスイッチを切る。そして犯人は、素早く室外に出てドアを閉める。掃除機は電源が切れたあとも、しばらくは余力で廻りますからね。紐を吸込み、そして支えのクサビをはずしますよ」

「残念だが、それは無理なんだ。掃除機には、長い紐をすっかり呑み込んでしまうほどの余力はない。犯人の使ったのは、コードリールのオートメーションさ」

高田は、白い手袋をはめると掃除機に近づいた。そして、後部上方についている押ボタンを押した。長く伸びていたコードは、見る見る掃除機内に巻き取られ、すっかり納まった瞬間、ボタンはポンとはね上って、前の状態に戻った。

「犯人は、コードの尖端にある電源プラグの先を、落とし金具と壁との隙間に、ほんのちょっと差込んで、クサビの役をさせたのでしょう」

高田は、三人の方を向いて言った。

「コードをいっぱいに伸ばしておき、ボタンを押してから外に出れば、自動的に内鍵が落ちます。落とし金具を支える力は、ごく弱いものでいいのですから、コードリールの巻き取りを使えば、充分過ぎるほどです。実はもう、実験済みなんですよ」

三人が黙ってうなずくのを確かめた高田は、話を次に進めた。

「では、泣き声の種明しをしてみましょう。音源は、あそこにあるステレオです」

高田は、ゆっくりとステレオの方に近寄った。あとの三人も、軀を移動させた。

「そうじゃないかと思ったがね」

部長刑事の根岸が、呟くように言った。高田より十歳年上の先輩である。

「でも犯人は、何だってそんなトリックを使ったんでしょう」

高田とは同年齢の同僚刑事、岩村が根岸に訊いた。

「密室トリックは、被害者を自殺に見せるために有効だとしても、音とか光とかは、犯罪の隠蔽《いんぺい》には無用だと思うよ」

「まさか、前の家の受験生を怯えさす目的とも思えません。アパートの両隣の住人が、ぐっすり寝込んでいたから、犯人にはよかったものの、起きていたら大変です。たちまち騒ぎ立てられてしまいます」

「全く、おかしな話だよ。あの証言がなければ、自殺説が強かったろうに」

二人の会話を背後に聞きながら、高田はステレオの蓋を開けた。内部は、レコードプレイヤーになっている。

「レコードはかかってないね」

根岸部長刑事が、のぞき込んで言った。

「犯人がはずしたのでしょう」

高田はそう答えると、プレイヤーの右隅についている速度切替レバーを指さした。

「ごらんなさい。このレバーにはLP用、EP用、そして0と、三つのポジションがついています。そして今、レバーはEPの位置にありますね」

「それに、何か意味があるのかね」

根岸は、レバーと高田の顔とを見較べた。

「被害者のレコードコレクションを、一通り当たってみたのですが、ＥＰレコードは一枚もありません。だから速度が、ＬＰ用になっているのなら判りますが、これは妙です」

「犯人が、トリック用に使ったんじゃないか」

岩村が、わきから声をかけた。

「犯人なら、なるべくトリックの痕跡を、消してから立去るよ。そうじゃない、０かＬＰ用になっていた回転速度を、ＥＰに切換えた人間は別にいる。彼の行動は、今度の事件に重要な役割を果したようだ」

「誰だね、そいつは」

「坊やだよ」

「え、何だって、ぼうや？」

岩村は、頓狂な声で訊き返した。

「そう、ヨチヨチ歩きの坊やだ。被害者が殺される日の夕方、たしか高校時代の友達が、子供を連れて遊びに来たんだったな。その子供のことさ」

「へえ、その子がプレイヤーをいじったのか」

「ママが被害者としゃべっている間中、だいぶ室内を荒らしたらしい。この速度レバーも、その子の仕業さ。もし指紋が出てないとすれば、指先ではなく、拳《こぶし》の背ででも触れたのかな」

「すると、君」

根岸が、岩村との話に割り込んできた。

「音のトリックなら、プレイヤーにはレコードが乗っていたわけだろう。赤んぼうの泣き声を入れたレコードなんてあるのかね」

「ちょっと待って下さい」

高田は一歩身を退くと、プレイヤーやアンプの下部に設《しつら》えてあるステレオキャビネットの板戸を引いた。

そして彼は、ぽっかり口を開いたキャビネットの中に手を入れ、一枚のＬＰレコードを引出した。

ターンテーブルの上にそれを載せ、ピックアップを動かして、針を置く。次にステレオ前面に並んだ丸いつまみのうち、ボリューム兼用のスイッチつまみを廻してから、平山に命じた。

「ステレオの電源を入れてくれ。コンセントは向う側の壁だ。差込みプラグも、コンセントのそばにある」

平山は大股で命じられた場所に行った。プラグを入れると、ステレオ前面にはめ込まれたラジオのダイヤル盤に、みどりの灯がつき、レコードは廻り出した。

平山と根岸が、あっと叫んで顔を見合わせたのはその時だった。

オギャアー、オ、ギャアーオ

ステレオから流れる音はいまぎれもなく杉本健二が聞いたという無気味な声だ。

「お判りですか。まるっきり赤んぼうの泣き声ですよ。証人に聞かせれば、これと同じものだったかどうか、はっきりしますが、まず間違いないでしょう」

高田は、自信を持って言った。それからピックアップをあげた。針がレコードを離れ、音が止まる。次に切替レバーをLPにして回転速度を遅くした。

こうしておいて、もう一度、針をレコード盤におろす。

今度流れ出て来たのは、無伴奏の男性コーラスだった。

「このレコードは、ブルービーチ・トリオというハワイアンヨーデルのコーラスグループなんです。普通の回転速度ですと、この通りまともな音楽ですが、EP用の早回転にすると、声が上ずって高くなり、まるっきり赤んぼうの泣き声です。もし伴奏音楽が入っていた場合は、ベースの低音が浮き上ってきて、レコードの早回転だと判ったでしょう。ところが、LPの一曲目に入った『カルアの休日』は無伴奏のイントロから始まっていますので、すっかり騙《だま》されたというわけですよ」

「そうか、レコードの早回転ねえ」

根岸部長刑事は、感じ入ったように呟いたが、口調を改めて高田に訊いた。

「それにしても、犯人は何を企んで、レコードトリックを使ったんだろう」

「企みなんかは、なかったんです」

高田は答えた。

「犯人の当夜の行動について、私なりの推理があります。まあひとつ、聞いてみて下さい」

三人の捜査員たちに、なごやかな微笑を送りながら、高田刑事は語り始めた。

——その夜、この部屋で啓子と深刻な話を交していた犯人は、隙をみて用意してあった毒物を、相手の紅茶カップの中に落とし込んだ。

啓子はそれとも知らず、カップの中身を口に入れて、あっけなく息絶えた。

殺人の目的を達した犯人は、すぐこの場から逃走しようとした。だが、部屋にある掃除機を見て、密室トリックを思いついた。

室内を整理して訪問者の痕跡を消し、内鍵をかけておけば、自殺と見せかけることが出来よう。犯人は、そう考えたのだ。

掃除機を使う密室トリックについては、その思考過程が平山の場合と全く同じだった。吸塵力を利用しようとしたのである。テストをしてみるにしても、まず電源を入れなければならない。

この部屋のコンセントは、ステレオと向い合った壁の隅にある。そばに掃除機が置いてあり、犯人は畳の上にあった差込みプラグを、コンセントの空いている方の口に差した。

二つ並んだ差込み口のうち、一つはテレビ及び冷蔵庫用に使用中だったのだ。

だがここで、犯人はとんでもないヘマを犯してしまった。掃除機のプラグと思って差したものは、実はステレオの電源プラグだったのである。

それだけなら、まだ救われたのだが、夕方部屋の内部を荒し廻った坊やが、ステレオプレイヤーにも、いたずらの手を加えていたのだ。

回転速度のレバーを、ＥＰ盤の位置に動かした。ターンテーブルの上に乗っていたＬＰレコードの端に、ピックアップの針を落とす。ステレオのスイッチつまみを廻してしまう。

こうしたスタンバイ態勢が整っていたところへ、電流が流れたのである。レコードは回転し、ステレオのスピーカーからは、薄気味の悪い声が流れ出た。

声に仰天したのは、受験生の健二よりも、むしろ犯人の方だったろう。

胆をつぶして振返ると、ステレオのダイヤル盤にグリーンのライトが点《とも》っている。座を蹴ってステレオに飛びつき、ボリュームつきのスイッチをねじった。もしこの時、電源プラグを抜いていれば、レコード回転の減速状態が音として流れ、健二も泣き声の正体を見破ったはずである。

冷汗を納めてから、犯人は電源プラグの差し違えに気づいた。ステレオのレコードは、誰かに今の音を聞かれた場合の用心に、キャビネットの中へと納めた。

少し落着いた犯人は、掃除機のコードリールを利用すれば、電源を使わずに密室のメカニズムが作れると思いついた。

犯人はその思いつきを、直ちに実行に移し、現場から夜の闇に逃走したのである——。

「どうでしょう、私の推理は」

「よく考えたね。君の想像通りかもしれない」

根岸は、素直に讃辞を口にした。ほかの二人にも、異論はなさそうだった。

「しかし、妖しい光の方はどう説明するね」

岩村に訊かれて、高田は答えた。

「犯人はこの部屋が人の目につくのを恐れて、電灯を消した上で行動した。明りは、懐中電灯を使ったね。それでも気になって、部屋にあったもえぎ色の布、つまりよだれかけの布で、先をくるみ込んだのさ。これを持って、ステレオの位置から掃除機のある場所に戻った時、ライト面をカーテンに向けてしまったんだ。もえぎ色の光を、薄ブルーのカーテン地に濾《こ》して見れば、蛍光みたいに見えると思うがね」

高田の説明で、謎は解けた。しかし、犯人が誰かは、まだ判らない。

平野の指紋は、掃除機、冷蔵庫、テレビから、関口の指紋は、ステレオ、流し台、鏡台から、それぞれ検出されている。

だが犯人が、肝心の場所に指紋をつけなかったり、或いはつけても消してから逃走したとすれば、指紋に関する資料など、何の役にも立たないのだ。

密室の妖光　解決編—熱情の犯罪—

鮎川哲也

1

交叉点の少し手前まできたところで信号灯が赤になり、前田《まえだ》運転手は速度をおとしながらそっと舌打ちをした。客を、七時半東京駅発の急行に間に合わせるという約束で乗せたのであった。ぐずぐずしていると、列車が先にでてしまう。

「ここは何処だね？」

「神保町《じんぼうちょう》です」

客は、地方から上京した五十男だった。粗野な人相にもかかわらず金のかかった上等の服を着ている。

「農協さんだな」と前田運転手は踏んでいた。タクシーを走らせて三十年になる彼の勘は、めったにはずれることがない。

「これが神保町か。わし等が大学生だった頃に比べて、そう変っちゃいないな。きみ、あそこに並んでいる菓子屋とレストランは、戦前からあったんだよ」

停った車の窓をすかし眺めながら、この客は懐しそうに話しかけた。

前田運転手がそれに答えようとしたときに、前に停車しているスポーツカーの扉があくと、一人の男が降り立って、運転席にむかって片手を上げた。

「ありがとう。じゃ、またね」

黒っぽいソフトをかぶり茶系統のオーバーを着ている。長身ではないがどことなくバタ臭いにおいがし、仕草がスマートだった。運転席で返事をする声は聞えなかったが、男はもう一つ手をふってみせると、口笛でも吹くような悠揚《ゆうよう》せまらぬ足取りで十字路を左手へ、駿河台《するがだい》下の方角へむかって歩きだした。

前田運転手の関心がそこで打ち切られてしまったのは、信号灯が青になったからだった。停止していた車はふたたび流れはじめ、彼の周囲の車もつぎつぎに走りだしていった。だが、前田運転手のブルーバードだけは発車することができなかった。スポーツカーは一向に動こうとしないからである。

腹をたてた運転手はつづけざまにクラクションを鳴らした。彼の後ろにつづいた車も、連鎖反応をおこしたようにそれぞれのクラクションを響かせた。が、スポーツカーはその場に居坐ったみたいに、走る気配をみせない。

「仕様がねえな」

おおっぴらに舌打ちした。

「女のドライヴァーはこれだから嫌になっちまうんだ。図々しくて、そのくせ運動神経がにぶいときてるんだから」

運転手はしびれを切らせて外にでると、前の車に近づいて運転台を覗き込んだ。外車だからハンドルは左側にある。二度声をかけ、それでも返事をしないことに業を煮やして扉をあけた。すると女はその反動で急にバランスを失ったように上体をぐらりとさせ、ハンドルの上に覆いかぶさる恰好になった。女のラクダ色のセーターの左側面に刃物がつき立てられ、傷口から不気味な赤い液体がしたたり落ちていることに気づいたのは、女の肩に手をかけようとした瞬間であった。

前田運転手はぶざまな悲鳴をあげて身をひいた。橙《だいだい》色になっていた信号灯は、そのとき再度赤にかわった。月雪荘で白井啓子が殺されてから数日目の、二月二十六日午後七時五分の出来事である。

死体の身許は、所持していた免許証からすぐに割れた。大湊妙子《おおみなとたえこ》、二十七才。高校をでると女優にあこがれて出京したが、広島訛《ひろしまなまり》がぬけきれず役者になることを断念すると、ファッションモデルに転身した。その後、二本か三本のコマーシャル映画に出演してチャンスを摑んだようにみえたものの、マリファナ中毒にかかり、ここ半年ばかり仕事にもあぶれていた。月雪荘を訪れた刑事は、わずかの間にこれだけのことを訊きだすことに成功した。

大湊妙子には五つ年上の津村英吉《つむらえいきち》という情夫がいて、その夜は事件の現場へとんでいったため刑事も面会することはできなかった。が、この津村がマリファナの売人で、ブツが手に入らぬときは細君の稼ぎをあてにして無為徒食の生活を送っていると聞いた当局は、まず亭主の身辺から捜査の網をしぼっていくことにした。麻薬売買のもつれから生じた悲劇ではないのか、と判断したからである。

「そうじゃねえんだ、旦那。おれはとうに足を洗っている、ヤクには関係がないんだよ」

妻を失ったばかりのこの男は、そうした場合でも、平素とおなじように油断のない物腰とするどい目つきをしていた。

「誰が妙子を殺したかってことはちゃんと解っているんだ」

「誰だ？」

「名前は知っちゃいねえけどさ、刑事さんならすぐにつきとめることが出来る」

と、津村はもって廻ったような言い方をした。ファッションモデルを職業としたからには大湊妙子も美人であったのだろうが、その妙子がなぜこんな間抜けづらの男を亭主にしたのだろう。高田刑事が小首をかしげたくなるような顔を、この男は持っていた。とりたてて醜男というのではないけれども、目つきがハイエナのように卑屈で落着きに欠け、まるきり品位がない。

「うちのアパートでコロシがあったことを知ってるでしょう？」

知ってるの段じゃない、自分が担当している事件だ。だが高田はそうしたことには触れず、ただ頷《うなず》いてみせた。

「コロシがあったのはこの部屋の真上だ。おれはぐっすり眠ってたから何も知っちゃいないんだが、妙子は目ざといからね。すぐに目をさましてひとりで廊下にでていったんだ」

「真夜中に、かね？」

「ああ。勝気なたちだから世の中にこわいってものはない。それに、人一倍もの好きときている。布団のなかでじっと寝ていることが出来ないたちなんだ」

高田は顴骨《かんこつ》のとびだした顔にさりげない表情をうかべ、内心では一語も聞きのがすまいとして緊張していた。

「階段の下までいくと、上から降りてくるやつがいた。その様子がただごとではないので壁際にかくれてやり過ごしておいて、二階に上ってみたんだな。ところが啓子の部屋は不気味なほど静まり返っている。そっと把手を廻してみたが錠がおりているとみえて開かない。そこで部屋に戻ろうとして歩きかけたとき、廊下に小さな手帖がおちていることに気がついたってわけなんだ」

彼は急にタバコが吸いたくなったとみえ、刑事にねだって一本くわえると、目を細め、いかにも旨《うま》そうにたてつづけにふかした。妙子に対して愛情をいだいていなかったのだろうか、妻の死をいたむ様子はまるきりない。口調も、世間話をしているようであった。

「手帖には勤め先も本人の名前もかいてある。だから簡単にそいつの正体が判っちまったんだな。そこで妙子はその手帖を一千万円で売りつけようと企んだってわけだ。金が欲しいのは無理もねえことだがね、阿漕《あこぎ》な真似はよしたほうがいいぜって注意したんだよ。何度となく」

「ふむ」

すでに高田は無関心の体《てい》をよそおいつづけることが出来なくなっていた。密室の謎は解明したものの、犯人が三人のうちの誰であるかはいまもって明かではないのだ。

「で、その手帖は誰のものだったのかね？」

「それがさ、妙子もあれで強情な女でしたからね、いくら訊いても口を割ろうとはしやがらねえんで……。ま、こんなことになるんだったら引っぱたいても言わせとくんだったけどね」

亭主には内証で犯人と交渉をすすめ、金曜日の夜、どこかで会って一千万円と手帖とを交換する約束ができたらしく、夕食の仕度もせずにフィアットを駆って出掛けていったというのであった。おそらく津村にとっては手帖の持主が何者であるか、白井啓子殺しの犯人が誰であるのかはどうでもいいことだったのだろう。問題は、妙子が一千万の現ナマを抱えて帰ることだけにあったのだ。

「どんな色の手帖だった？」

「知りませんや、そんなこと」

「その男の正体について、なにか参考になることを漏らさなかったかね？」

「へ？」

「見当はつかないのか」

「つかねえですね。ついたら唯じゃおかねえぶっ殺して妙子の仇をうってやりまさあ」

彼はうそぶくように言い、そこでふっと声をしぼると、卑屈な笑みを唇の端にうかべて高田の顔をみた。

「法律のことはちっとも解らねえんですがね、犯人を逮捕したら、その一千万円はどうなるんだろうね。手帖を取っていったのはホシに違いねえんだから」

「馬鹿っ、今夜ぐらいは銭勘定のことを忘れて細君の死を悲しんだらどうだ！」

一喝された津村は頸をすくめた。頭を洗ったことがないとみえ、長い髪にはフケが一面に浮いていた。

2

兇器のナイフは妙子の心臓を側面から突いており、まず即死したものとみられた。兇行がきわめて短時間になされたことは、事件が赤信号から青信号にかわるあいだに発生した事実によって、容易に想像できるのであった。この場合、犯人は絶息したことを確認する間もなしに、足早に現場から遠ざからなくてはならない。切先が心臓に達せず、したがって妙子が即死しなかったならば、救助に駆けつけた警官に相手の名をつげる危険性は充分にあるのである。犯人は、それほど楽天的な男なのだろうか。

この疑問も、ナイフの刃一面にシアン化物が塗られていることが判った途端に氷解した。同時に捜査本部では、犯人の周到な犯行に舌を巻き、容易ならぬ相手であることを知ったのだった。

とはいっても、本部を支配する空気は初めから楽観的なものであった。容疑者はわずか三人しかいない。電気器具店のセールスマン平野直司か、レコード会社の録音技師をしている関口誠か、貿易会社のエリート社員宮下公一の誰かに決っているのである。前回の白井啓子殺害事件が未解決だからあまり大口は叩けないけれども、妙子殺しのほうは短期間にかたがつきそうな予感がしていた。

啓子事件が進展をみない理由の一つは、事件が深夜に発生したことであった。こうした場合にほとんどの者が自宅の寝室で眠っていたと主張する。当然のことながら、それを証言するのは家族ばかりであり、そしてこれも当然のことだがその証言に信憑性をみとめるわけにはいかないのである。今度の事件でも、関口誠が夜どおしテープを試聴していたというのを除けば、セールスマンも貿易商社員もそれぞれベッドのなかにいたと主張し、そしてそれを確認すべきすべはないのだった。

　だが、妙子殺しはそうではない。事件の発生は宵の口のことであり、それも午後の七時ということまでがはっきりしている。したがってこの事件では、もっぱら三人のアリバイを追及することになった。そしてこの篩《ふるい》にかけて残った一人の男が、啓子殺しの犯人にもなるのであった。

　高田と平山は、その翌朝はやくも外神田《そとかんだ》の昌平《しょうへい》橋《ばし》にほど近い電気器具会社ミノル商会に平野直司をたずねている。セールスに出られてしまっては、夕方帰社するまで待たねばならない。その時間のロスを避けるための朝駆けであったが、捜査本部の全員が昨晩は徹夜みたいなものだった。高田刑事のほそい目も、平山刑事のくぼんだ目も、ともに寝不足で充血していた。

　先日とおされた応接室に、二人の刑事は案内された。東に面した窓から赤っぽい朝日がさしこみ、それが卓上の白いシクラメンの花を鮭色にそめていた。色白のこのセールスマンの片頬もバラ色に染ってみえた。

「手帖をみせて貰えませんか」

「手帖……ですか」

　気のせいか彼は嫌な表情をちらと泛《うか》べたが、そこは如才のないセールスマンだけに、すぐに胸のポケットから取りだして机においた。小型、ダークブルーの革表紙のついたもので、金文字で『ミノル商会・電気器具販売』と打ってある。記入されているのは意味のとれない数字と英字のいりまじったものだった。

「お顧客《とくい》さんの住所氏名や電話番号です。落して他のセールスマンに拾われても、役に立たないようにしてあります」

　白い歯をみせ、気持のいい笑顔でいった。女性を相手にするセールスマンには、うってつけのタイプだな……。先日とおなじ印象を、このときも高田は受けた。

「朝刊は読みましたか。昨夜、神保町の交叉点で起った殺人事件のことがでているんだが……」

「読みました。走り読みした程度です。それが……？」

「白井啓子さんを殺した犯人は手帖を落していったんです。それを拾ったのが殺された大湊妙子という被害者でね。手帖を一千万円で売りつけようとして、逆に殺されたわけです。ところで平野さん、昨夜の午後七時五分にどこにいたか思い出してくれませんか」

話の途中からセールスマンは落着きを欠いたそぶりを見せはじめ、答える前に舌をだして、かさかさに乾いて白くなった唇をなめた。

「午後の七時五分……？」

「そうです、午後の七時五分」

「困ったな、ぼくにはアリバイなんてないんです。会社を六時にでて代々木のアパートへ帰ったんですが、それを証明してくれるものはいません。だがぼくは殺さない」

語尾がかすれて消えてしまった。白い顔が頸筋まで赤くなり、鼻の頭に汗がにじみでている。

「あなたがやったとは思っていませんよ。アリバイのないことがですね、あなたの立場を不利にさせるのは事実です」

高田は慰めとも脅しともつかぬ言葉をのこすと、平山をうながして立ち上った。

建物の外にでた二人の刑事は笑顔で冗談をいいながら歩きだしたが、昌平橋の袂《たもと》まで来かかると、ぴたりと足を止めた。

「ちょっとゆすぶりをかけておいたからな、セールスに出ると見せかけてトンズラするかもしれない。頼むぜ」

監視と尾行をまかせると、目のくぼんだ刑事を後にのこして高田はバスで日本橋《にほんばし》へむかった。関口が勤務するユニオンレコード会社は、日本橋と八重洲《やえす》橋《ばし》の中間にあるビルの一階から四階までを占めていた。

刑事は会社の近くの電話ボックスから呼びだしをかけ、隣りのブロックの喫茶店で会うことにした。

彼がシロだかクロだかは解らないが、シロであった場合、刑事が再三にわたって身辺にうろつくことは何かと迷惑であるに違いない。高田はそうしたことを考慮して、少し離れた店を指定したのである。

受話器をかけると、その足で会社の前のビルに隠れて、正面の入口を見守っていた。ホシが彼であった場合、喫茶店に赴くふりをして逃亡をはかることもあり得るからだ。

二分もたたぬうちに録音技師は姿をみせた。例によって男性的な引きしまったマスクをしているが、胸中冷静でないことは、すれ違った同僚らしい男に声をかけられたものの耳に入らぬらしく、うつ向き気味で歩きだした様子をみても解るのだった。刑事は五十メートルばかりの間隔をおいて後を追い、彼が喫茶店のドアを押すのを見届けると、一分あまりその辺を歩き廻ってから、その店に入っていった。

時間がはやいせいか店内には客の姿はなく、レコード技師はいちばん奥まったボックスに坐り、ウエートレスに珈琲《コーヒー》を注文しているところだった。

「ぼくも珈琲だ。顔色がわるいがどうかしましたか」

向き合って坐りながら、高田は持ち前の図図しさで、まるで十年の知己のようななれなれしい口ぶりで声をかけ、関口は関口で心中の不快さを無理に押し殺したような、つくり笑いをしてみせた。

「胃がわるいのです。なにしろ仕事が神経の緊張を要求するものですからね」

「しかしそれももう少しの辛抱ではないですか。カセットの課長さんになれば機械をいじる必要はなくなるのでしょう?」

この録音課の主任は曖昧な微笑をうかべたきり、黙って運ばれた飲み物をかきまぜていた。

「早速ですが、昨夜の七時頃のアリバイをお訊きしたいのです」

「夜の七時ですか……。多分、東京タワーにいた頃だと思いますね。しかし、なぜわたしのアリバイが――」

急に早口で問い返してきた。男性的な彫りの深いマスクをしているくせに、彼の態度がどことなく落着を欠き、おどおどしているのは前回とおなじことであった。この男は、と刑事は胸のなかで疑ってみる。白井啓子との情事が上司の耳に入ることを恐れているのは解るが、ただ単にそれだけなのだろうか。

大湊妙子殺しの説明を、彼は珈琲をかきまぜながらじっと聞いていた。身嗜《みだしなみ》のいい男というのが関口誠の第一印象であったのに、今日の彼はうす汚れたカラーをしめている。つい先程までは平野直司がホシだと信じて疑わなかった高田刑事の自信は、この録音技師を前にして坐っているうちに、急速にうすれていった。

「もう一度答えていただきたいのですが、七時にはどこにいましたか。正確にいえば七時五分です」

「東京タワーです」

「妙なとこへ行かれたものですな」

刑事のほそい目が皮肉っぽく笑った。東京タワーはお上りさんが昇るものなのだ。一般の東京人は見向きもしないところである。

「説明しなくては信じて貰えないでしょうが、白井君との一件が家内の耳に入りまして、そんな夫は不潔だというんで出ていってしまったのです。わたしだって日本男児だ、女房のひとりやふたりが飛びだしたからってどうってことはありませんが、子供をつれていかれたのには参りました。これでもわたしは子煩悩ですから、一日顔をみないと禁断症状がおこるくらいです。地方に出張しているときでも、長距離電話をかけてルミ子の声を聞かないと眠れません。家内はそれを承知の上で、ルミ子を連れて実家に帰ってしまったのです」

それが東京タワーとどういう関係があるのか。刑事は目つきで話の先をうながした。

「家内の実家は市谷《いちがや》の高台にあるのですよ」

「だって、いくらあなたの視力が優秀であるとしても、東京タワーから市谷の家を識別することはできないでしょう」

「ですから望遠鏡で覗いたのですよ。小銭を入れると一分間だけレンズの口が開くという仕掛けの望遠鏡です。家内の実家がみえることは前々から知っていました。だから昨晩もあそこに昇って、実家にピントを合わせたのです。ちょうど夕食時でしたが、ルミ子は義父《ちち》の膝にのって小さな茶碗でごはんを喰べているのが見えました。三十枚ばかり用意していった小銭が全部なくなるまで眺めていたのです。その時間が、いまから考えると六時五十分頃から七時二十分頃にかけての三十分間に当っているんですよ」

「塔の展望台で知ったひとに遭《あ》いませんでしたか」

刑事は、否定的な返答を予期するような口調で訊ねた。

「誰とも」

録音技師は首をふり、光の失せた眸《ひとみ》で高田をみた。

「まわりにいたのは観光客ばかりでしたから」

気づいてみると、彼はずっと珈琲をかき廻しつづけ、まだひとくちも飲んでいないのだった。そして、そういう高田自身もカップには口をつけていなかった。ぬるくなった液体を味わいながら、高田刑事は、とがった顴骨のあたりに苦い表情をうかべていた。二人の容疑者がともにアリバイがないということになると、どうやって篩《ふるい》にかければいいのだろう。

「刑事さん、十一時から会議が始まりますので……」

考え込んでいる高田に、技師は遠慮がちに声をかけた。

3

駆け引きの巧みな人間には誠実味が欠けている。これは、刑事生活十年におよぶ高田が、そのキャリアから得た結論であった。すべてをそれで律するつもりはないけれど、まず大半の場合がそう考えて間違いではなかった。そして二十八才になるエリート社員の宮下公一は、典型的な例であるように思えるのである。

その日の宮下はパリの服飾雑誌からぬけでたような、一分の隙もない洒落《しゃれ》た服装をしていた。ほっそりとした指先にはマニキュアまでほどこしているのだった。ますます嫌なやつだな、と刑事は思った。

二人はビルの屋上の陽溜りに並んで立っていた。はるか彼方に先程あの録音技師との話にでてきた東京タワーが、おぼろに、うす黒くかすんで見える。

「七時五分に何処にいたかと訊かれても、ハイ何処におりましたなんて答えられるわけがないじゃありませんか。そんなことで犯人扱いされたんじゃたまらない」

エリートコースに乗った男にふさわしく、彼は慌てたり狼狽したりすることを知らぬようだった。平野直司や関口誠とは反対に、にくらしいほど落着きはらっている。

「会社をでてから真直に帰宅したのですか」

帰宅といっても三田《みた》の薬品問屋の実家に帰るのではない。赤坂のマンションの豪華な部屋にひとりで住っているのだ。

「つまり、こういうわけですよ。ここ半年ばかり前から耳が肥えてきたとでもいうのでしょうかね、ステレオの音がもの足りなくなってきた。で、さらに高級な品と買い替えたいと思っていたんです。サラリーも出たばかりだし、そいつを全額注ぎ込んで欲しい機械を買ってやろうというわけで、秋葉原へいきました」

秋葉原は神田と隣り合った町である。一帯にはバッタ屋と称する電気器具の安売り店が軒をならべ、豆電球から高価な輸入製品にいたるまで、ないものはないと言われている。

「三、四軒ひやかした後、ようやく『クロカワ』という店で気に入った品物を見つけて、店員にあれこれテストして貰い、手金を打ちました。その後で神田駅の近くにある『いづみ』というバーに顔を出したのです。だから、七時に何処でなにをしているかと訊かれると返事に困るんですが、その点をはっきりさせたいと思うなら、刑事さんがオーディオ屋とバーを調べてみたらいいではないですか」

磨き上げた指の先を、このエリート社員は美術品でも鑑賞するような目つきをして、うっとりと眺めていた。

刑事はオーディオ店とバーの所在を手帖にひかえてから、宮下公一をかえりみた。

「そのバーにはしばしば寄るのですか」

「そう。客といくときは銀座ですが、自腹を切って呑む場合は『いづみ』に決めています」

「常連ならばホステスたちも名前や顔は知っているでしょうな？」

「勿論」

「秋葉原のステレオ屋はどうですか」

「これも覚えている筈ですよ。前に買った機械もこの店だし、壊れたときに修理を頼むのもこの店ですからね。応対した店員の名は知りませんが、互いに顔見知りなんです」

「正確を期するために写真が欲しいですな。なければ団体写真でもいいんだが、どうです、何かありませんか」

強引に言い、宮下は明かに迷惑そうな表情をうかべたものの、結局はオフィスに降りてこの冬に職場のグループで赤倉《あかくら》へスキーにいったときのスナップだと称するブローニー判を持ってきた。ロッジの建物をバックにして宮下を真中に、三人のわかい女性が写っている。いずれもスキーをかつぎ、派手なアノラックを着込んで愉快そうに白い歯をのぞかせているカラー写真だった。

「ぼくんじゃないのです。同僚の女の子から借りたんですから汚さないように、用がすんだら責任をもって返却して下さい」

「解ってます」

と、刑事はいささか乱暴にいった。いちいち指図されなくともそんなことは心得ている。だが高田が不機嫌だった理由は、自分でも気づいてはいなかったけれど、この映画俳優みたいな美男子がどこへいってもで異性にもてているからだった。写真の女達にしてもそうだ。三人が三人とも、しびれたような顔をして立っていやがる。まるで飢えた雌みたいじゃないか。

「しかし刑事さん、バーは五時にならなければ店をあけませんよ。手っ取りばやくかたをつけるんだったら、ホステスのアパートを訪ねたらどうですか」

「それもそうですな」

「朱実《あけみ》という女から名刺をもらったことがあるんです。たしか電話番号をかいてくれた筈だが……」

上衣の内ポケットから名刺容れをとりだして細い指で一枚一枚をみていたが、やがて朱実の小型名刺を見つけたとみえ、裏をひっくり返して、そこにしるされた番号をよみ上げた。

「旗《はた》の台《だい》あたりの小さなアパートだそうです。ホステスといってもピンからキリまでありましてね、豪奢なマンションに住んでいるやつがいるかと思うと、一方には朱実みたいなものもいるんですよ。鼻が五ミリ高いか低いかが莫大な収入の差となってあらわれる。おかしなことです」

いやに悟ったような口吻《くちぶり》だった。高田は決してひがみっぽい男ではないけれど、美男を鼻にかけたような宮下から聞かされると、反発を感じないわけにはいかない。

写真を手帖にはさんで胸のポケットにおさめ、刑事はこの嫌味な男との会見を打ち切った。そしてひとりでエレベーターのせまい函《はこ》に乗ったとき、妙なことに心からの解放感を味わったのである。

4

アリバイのないセールスマンの平野と録音技師の関口が怪しいことは言うまでもなかった。しかし、だからといって高田刑事はすなおに宮下がシロだとは思いたくない。あの自信にみちた秀才づらを心に泛べると、自己保身のために平然としてふたりの女性を殺すことは、宮下ならば容易にやりそうなことのように思われてくるのだった。宮下には、あとの両名が持ち合わせていないふてぶてしさがある。とするならば、彼がオーディオ店にいたのバーに顔をだしたのと称するのは、根も葉もないでたらめに違いないぞ。丸ノ内のオフィス街を歩きながら、彼の主張するアリバイを徹底的にしらべてやろうと考えていた。

東京駅から秋葉原まで、国電を利用すれば十分とはかからない。降車駅の改札口をぬけると、バッタ屋は鼻の先に店をならべていた。テープ屋がある、テレビ屋がある、ラジオの部品屋もある。しかし宮下が立ち寄ったというオーディオ店はこうした小さな店ではなく、もと都電通りに面した大きな商店のなかの一つであった。

『クロカワ』というその店は一階が電気掃除機や洗濯機などの売り場で、二階がオーディオ製品の売り場と試聴室、さらに三階がハムセンターとなっている。高田はエスカレーターで二階に昇り、ぎっしりと並べられたテープデッキやアンプ、スピーカーのあいだを通りぬけて、伝票の整理をしている店員に声をかけた。

「覚えてますとも。応対したのはわたしで、それも昨晩のことですから」

深堀《ふかぼり》という名札を胸につけたわかい店員は歯切れのいい言葉で応じた。頭の回転もよさそうだが、目尻のさがった顔には愛嬌があった。

「スピーカーはアルテックの上物をお持ちなんですが、アンプをグレードアップしたいと言われて、試聴室で三種類の機械からFM放送の音を聞きくらべられたのです」

「時間はいつ頃?」

「昨夜の、あれは……」

小首をかしげてしまった。刑事のいままでの経験からすると、こうした場合、時間の記憶が曖昧なのはほとんどすべての人に共通したことであった。それをかたわらから助言し、思い出すことができるように援助するのが刑事の仕事であった。

アドバイスの効果は、そのときどんな内容の放送をしていたか、と訊いたときにあらわれた。

「そうだ、思い出しました。FM局がベートーヴェンの《熱情》をやっていましたよ。関西を中心に活躍中の女流ピアニストの独奏です。第一楽章のほとんど全部を試聴されていましたね」

「ベートーヴェンねえ」

悵然《ちょうぜん》とした表情になって顎をなでている。高田は西洋音楽と限ったものでなく、邦楽をひっくるめて音楽と名のつくすべてに関心がなかった。好きなスポーツのことになると、人見絹枝《ひとみきぬえ》やヌルミ選手の記録まで暗記しているほどだが、ベートーヴェンという名を聞いただけでアレルギー症状をおこしかねない。彼はいそがしく記憶の整理箱をひっくり返して、そのむかし高校の音楽の時間にいやいやながら教え込まれた話を思いだした。

「その《熱情》というのはたしかピアノソナタでしたね?」

「ええ」

「間違いなく《熱情》でしたか」

「それは断言できます。少しでも音楽に興味を持つものなら、誰でも知っている曲ですから。どちらかというとぼく自身はオーケストラ曲が好きですけど、でも、あれが《熱情》であることぐらいは知ってます」

店のなかはかなりの客が入っており、オーディオ人口の意外に大きいことに高田は先程からびっくりしているのだが、そばをとおり過ぎる客は一様に興味のある目つきで刑事たちを眺めるのだった。

「第一楽章……でしたね？」

「ええ。始ったばかりのところです」

「間違いありませんか」

《熱情ソナタ》のどの辺が放送されていたかが明らかになれば、宮下が試聴室にいた時間もおのずと限定されてくる筈である。そう考えて高田は質問をつづけた。

「刑事さんも音楽好きならご承知のことですけども、ベートーヴェンは交響曲の五番と《熱情》とを前後して作曲しているんですね。作品番号をみても、十番と違っていないと思うんです。そんなわけで、第五の最初のところにでてくるテーマによく似た音型が、《熱情》の第一楽章にも聞えるんです。二度三度とくり返して……。だからそれを聞いただけで《熱情》の第一楽章だなってことは解ります」

具体的にはよく呑み込めないが、それだけの根拠があれば深堀青年の説明は信じてもよさそうに思えた。

「あの放送はぼくも聞いたですよ。ピアニストは伊《い》那和子《なかずこ》さんというひとでした」

話の途中から、ターンテーブルの前に立って品定めをしていた大学生らしい若者が、口をはさんでくれた。さすがにオーディオマニアともなるとよく知っているもんだ、と刑事は思い、かるく会釈を返した。

「結局、どのアンプを買ったのですか」

「その右端にあるのと同じ型で、日曜日にマンションのほうにお届けすることになっています」

刑事が念のために写真を示すと、彼は一瞥《いちべつ》しただけで大きく頷いた。

「存じております、おなじみ様ですから」

高田はこころみに宮下が買うことになったアンプに目を近づけると、カードにしるされた値段を読み、目をみはった。それは刑事の三カ月分の給料に相当するもので、高田にはこうした高価なアンプに大金を払う男の気が知れなかった。彼が兄から譲られた旧式のラジオでも、結構いい音で鳴るのである。

この調査で判明したのは、宮下本人が間違いなく昨夜あらわれたこと、ちょうどそのときに《熱情ソナタ》の第一楽章が放送されていたことの二つで、それが何時頃であったかという肝心のポイントは曖昧なままになっている。時刻の問題をはっきりさせるために、朱実のアパートを尋ねることが必要になってきた。

五反田《ごたんだ》で池上線《いけがみせん》に乗りかえ、長原《ながはら》駅で地下のフォームから地上にでると、駅前通りのすぐ裏側に朱実の住むアパートがあった。四部屋ほどのちっぽけな二階建てだが、それなりにきちっとしたまとまりを見せていて、宮下が語ったような貧相な建物を想像していた高田は当てがはずれた思いをした。

赤いセーターを着た朱実は、商売用のドレスのしみ抜きをしているところだった。髪をみじかく刈った大柄の、ちょっと知性的な美人である。本箱には柳田国男《やなぎたくにお》全集が揃っていた。

「よく覚えてますわよ、あのひとから一万円を捲《ま》き上げてやったんだもの」

ベンジンの瓶に固く栓をすると、朱実はドレスを皺にならぬように気をくばりながら片隅によせて、真赤な座布団をすすめた。

「ほう、一万円をですか」

「そうなの。お店に入ってくると、『いま、すごいアンプを買ったんだ』って自慢するじゃない？　こういうときはお世辞に『わあ、いいわねえ。聞かせてよ』って答えるのが挨拶みたいなもんでしょ。だから誰かがそう言ったら、『流行歌のレコードなんて一枚もないんだぜ、きみ等にクラシックが解るのかい？』って言うの。ふん、クラシックがなによ」

腹立たしげに鼻の先でせせら笑った。

「みんなが怒ったら『それじゃ、テストしてやろう、いまFM局でピアノ音楽をやっている筈だから、音をだしてくれないか。曲名をあてたものに一万円やるがどうかね？』って挑戦するの。それをあたしが、言い当てたわけ。前々からあのお客さん嫌いなのよ、心のなかでホステスを軽蔑しているのがよく解るんだもの。ひとをテストするって根性が癪《しゃく》だわ」

「どんな曲です？」

「ピアノソナタよ、ベートーヴェンの」

「もっとくわしく……」

「《熱情ソナタ》ってのがあるでしょ、《アパッショナータ》ともいうけど。あれの終楽章だったのよ」

終楽章というと、第一、第二の楽章につづく締めくくりの章になる筈だ。オーディオ店を出た頃に第一楽章が終り、神田駅にくる途中で第二楽章の演奏がすみ、バーに到着したときに終楽章に入っている。秋葉原から神田まではわずか一駅だから、時間的にみても理解できた。

「何時頃でした？」

「いちいち時計なんか見てやしないわよ。でもね、アナウンサーが曲の終りのところで独奏者は女流ピアニストだと言ってたから、放送局に問い合わせればすぐ判るんじゃないの？」

「訊いてみます。で、《熱情》の終楽章であったことは確かですか」

「勿論よ。こうみえても、あたしだって《熱情》ぐらい弾くのよ。といってもお嬢さん芸だけど。でも、音楽って大して好きじゃなかったな。お稽古がすむと母が洋ナマくれるもんだから、それに釣られて練習したようなわけよ。あたしのピアノはシュトラウスだったの。一度だけステージでシュタインウェイを弾いたことがあったわ。あの《アパッショナータ》を。ピアノが変ったせいか音がきれいだって褒められたものよ」

朱実は過去を懐しむといったふうでなく、淡々とした調子で語った。彼女が水商売に身を落すにいたった背後には、それなりのいきさつがあるのだろう。そしてそれは、彼女にとって決して愉快な思い出ではない筈である。

「今夜はお店を休もうかな」

唐突に、けだるそうに朱実は呟いた。そしてちょっと間をおくと、ガストーヴにちらっと目をやってから他愛のない雑談でもするように欠伸《あくび》まじりに言った。

「刑事さん、生きるってことしんどいね。そう思わない？」

5

高田刑事は駅へむかう途中でFM局に電話をして、当夜のピアノは午後七時から「FMリサイタル」のタイトルのもとで放送され、ピアニストは伊那和子女史、《熱情》の第一楽章が始まったのは七時三分頃からだったという確答を得た。深堀青年と朱実、さらに放送局員との三つの証言を合わせれば、神保町で事件があったときに宮下公一が三キロもはなれた秋葉原にいたことは疑問の余地がないことになる。気障《きざ》な手つきでパイプホルダーを持ち、人を見くだしたようなうす笑いをうかべているあのエリート社員を思い出すと、アリバイの確立したことがかえて癪のタネであるような、さっぱりしない気持に陥るのであった。

高田はその足で東京タワーに昇り、あらためて関口誠の主張の裏をとろうとしたが、当夜の彼の姿を見かけたものもなく、この努力は無為に終った。

「冬はスモッグの日が多いからねえ、望遠鏡を覗いたって見えないこともあるのよ」

売店の女の子にそう言われてみると、関口の主張はなにやら怪しく思われてくる。

当夜の捜査会議で高田は以上のことを報告し、それが終ると、平野を尾行した平山刑事がその情況を語った。電気店のセールスマンは平素と変ることなく勤勉にセールスをつづけ、二十戸余りの顧客先を訪問してまわったというのである。

「よろしい。ご苦労さん。明日からは平野や関口は除外して、もっぱら宮下公一のアリバイを検討して貰いたい」

「なぜです?」

「本命はあの貿易会社の社員だからさ」

「すると、わたしが調べわたしが確認したアリバイは偽物だといわれるのですか」

課長の意外な発言に、高田は色をなした。

「偽物だとはいわないが、偽物でなくてはならないのだよ。つい一時間ばかり前のことだが、白井啓子殺しの際のあの男の主張を読みなおしていたら、そこに致命的なミスを発見したんだ。啓子さん殺しの犯人が彼であるならば、それを目撃されて強請《ゆす》られたのもまた彼でなくてはならない。となると、大湊妙子が神保町で殺されたときに秋葉原にいたという宮下のアリバイは、一見本物らしくつくられた偽物でなくてはならんのだよ」

高田はいうまでもなく、平山も岩村もデカ長の根岸も、一様に呆気にとられた面持で課長を見詰めていた。

「……その、致命的なミスというのは何でしょうか」

「そうだな、それは諸君がめいめいの頭で考えてみることだ。さし当って明日は高田刑事にもう一度あの男のアリバイを洗いなおして貰おう。音楽好きな岩村刑事が同道してくれ」

刑事だって人の子だから驚くほうがどうかしているのだが、世間のものは岩村がクリスチャンだと聞くと一様にど胆をぬかれたようにぎくりとする。だからもし彼等が、この青年刑事の趣味がもっぱらバッハ音楽にあり、教会の聖歌隊でバスを唱っていると知ったら卒倒するに相違なかった。去年の暮には素人衆ながらバッハの《マグニフィカート・ニ長調》を歌いとおし、聖歌隊は教会員の熱狂的な拍手をあびたのである。

「岩村君じゃ役にたちそうにないですな。このアリバイはバッハじゃなくてベートーヴェンなのですから」

と高田は異議をとなえた。

「いいかね、宮下の主張したアリバイのなかで不自然なところはなかったか。拵《こしら》え物のアリバイである以上は、必ずどこかに歪《ひず》みがあるものなんだ。それが攻略のポイントになるのだがね」

「……そう言われてみれば」

しばらく考えたあとで、高田が自信なさそうな口調で意見をのべた。密室トリックを解いたときとは違い、こうした現実的な事件は得手でないのだ。空想を飛躍させる余地がないからである。

「バーのホステス相手に一万円の賞金つきで曲名あてを挑んだということが、ちょっと引っかかりますね。高慢ちきで嫌味たっぷりの男だから、いかにもあいつのやりそうなことなのですが、こうやって考えなおしてみると、やっぱり不自然な感じがします。

言うなれば、曲名をホステスやバーテンに印象づけるのが真の狙いだったんじゃないのかなあ」

「わたしにも引っかかる点が一つあるがね」

デカ長の根岸がバットの灰を指先で叩きおとしながら言った。バット党の彼は、一度に二本のバットをくわえ、火をつけるのである。このタバコは中身が少ないので、こうして吸わないとじっくり味わうことができないのだそうだ。ナマコと専売公社が大嫌い。

「宮下のアリバイが成立したのは、その熱情とかいう曲の第一楽章が放送されていたときに電気店にいたことなんだが、それが何時何分だったかという肝心のポイントがはっきりしない。つまり、バーに顔をだしたときに第三楽章をやっていたことから逆算して、秋葉原にいたのは第一楽章が演奏されていた頃であったわなと推測されたに過ぎないのだ」

「しかし長さん――」

「まあ黙って聞け。言いかえると宮下の犯行時刻のアリバイは、電気店の店員によってでなく、バーのホステスによって証明され、成立しているんだな。そこで課長が指摘されたように宮下が犯人だということになると、第一楽章が放送されていた時点で秋葉原の電気店に出現できるわけがない。べつの言い方をするならば、電機店にいたとき第一楽章が鳴っていたのは事実かもしれないが、それは当日の午後七時から放送されていた『リサイタル』とやらの演奏ではなかったことになる。どうかね、この考え方は？」

「なかなかいい線をいってるな」

と、課長が脂切った顔をうなずかせた。

「すると宮下はあらかじめ《熱情》の録音テープでも用意していってだね、オーバーの下に忍ばせておいた小型のテープレコーダーから音をだしたのじゃないかな」

「まさか」

と、高田は一蹴した。そんな愚にもつかぬ手段で玄人の店員の耳を瞞着《まんちゃく》できるわけがない。宮下が試聴したチューナーはいずれも高性能な製品ばかりである。小型テープレコーダーに内蔵された小口径のスピーカーから出る音とは段違いにいい音なのだ。

「しかし念のために深堀君に訊いてみます」

ダイアルを廻してみじかい通話をした彼は、受話器をおくと大きく首をふった。

「否定されましたよ。チューナーのダイアルは深堀君がいじったのです。つまり、針をFM局に合わせたのは深堀君であって、宮下はタッチしていないというのですよ」

「どうも解らん」

と課長が嘆息し、それに合わせたように根岸部長刑事が絶望的なうめき声をあげた。せっかくスムースな展開をみていたのに、一瞬にしてあらゆる可能性が否定されてしまったのだ。高田刑事は、自分では完璧な調査をしたつもりでいただけに、それを批判されることは必ずしも愉快ではなく、そのくせ推理がゆきづまってしまうと不機嫌な顔になり、メモ用紙に無意味な落書をしていた。

「こう考えたらどうでしょうか」

だしぬけに発言したのはバッハの好きな岩村刑事だった。童顔をにこにこさせている。

「なんだね？」

「第一楽章は七時三分頃から始まったわけですが、七時五分に神保町で犯行していた宮下にはそれを聞ける筈がない。とするならばです、電気店で聞いたのは別のピアニストが演奏する《熱情》の第一楽章ではないですか」

「信じられないね。同じ晩におんなじ曲が二度も放送されていたというのかい？」

「ええ、だってそう考えるほかはないでしょう。たとい常識では想像できなくても……」

たしかに岩村の言うとおりだった。これ以外に残された可能性がないことに気づくと、人々はこの若い刑事の説に同調せざるを得なくなった。

「想像するだけでは埒《らち》があかん。放送局に電話してみることだ」

早口で課長がいった。

6

参考人の名目で本部に呼び出されたエリート社員は、例によってふてぶてしく構えていたが、課長が二つの《熱情》に言及した途端に、それまでの自信にあふれた態度が目にみえて動揺した。

「放送局に訊ねてはじめて知ったんだが、午後七時の『FMリサイタル』のあと、ニュースの時間をはさんで八時十分から『ステレオコンサート』としてベートーヴェンの室内楽がまとめて放送された。その最初の曲がやはり《熱情》だったわけだ。七時からのは伊那和子さんの演奏だが、八時十分からのほうはブレンデルという外国のピアニストが録音したレコードだ」

俄仕込《にわかじこ》みの丸暗記ではあるけれど、課長はいかにも音楽にくわしそうにぺらぺらと言った。

「音楽マニア相手に、二週間分のプログラムを載せた雑誌がでている。多分きみはそれを読んで、二月二十五日の夜に二つの《熱情》が放送されることを知っていたのだろう。だからこれをアリバイ造りに利用することを考えたのだ。尤も、こうした偶然はしばしばあるわけではないが、必ずしも珍しいことではない。一週間前の二月十九日にも、グリュミオーの弾いたベートーヴェンの《ヴァイオリン協奏曲》と、江藤俊哉《えとうしゅんや》氏のおなじ曲がダブっていたからね」

まったくよく覚えたものだ。かたわらに坐っている高田は、課長の記憶力のよさに舌をまいた。

「きみは七時五分に神保町で大湊妙子を殺すと、神田駅の近所のバーに急行した。それが伊那和子さんが演奏した《熱情》の終楽章にあたる頃だった。このときさみは素敵なアンプを買ったと言っているが、これはアリバイを偽造する上で必要な計画的な嘘だ。なぜなら、きみが秋葉原の電気店にあらわれたのは、バーを出た後のことなんだからね」

「…………」

「ブレンデルの《熱情》が始ったばかりの頃だから、八時十五分を少し過ぎていたんじゃないかね？　とにかく、演奏者の名をアナウンスされてしまってはブレンデルが弾いてることがばれるから、曲が若干進行した頃を見計って店員に声をかけたのだが、ポケットラジオかなにかでこっそり聞いていれば、失敗する怖れもなかったわけだ」

「出鱈目《でためじょうとう》だ。でっち上げは警察の常套《じょうとう》手段だ。ぼくは大湊なんて女は知らないし、脅かされたり金をせびられたりしたこともない。白井君を殺したのはぼくじゃないんだから、恐喝されるわけがない」

顔を醜くひん曲げて、エリート社員は金切り声をあげた。

「白井啓子さんを殺したのはおれじゃないと言っているが」

課長は鼻のわきにしわを寄せ、くすりと笑った。

「犯人はきみ以外にはあり得ないね」

「はったりだ！」

「きみが白井啓子さんを最後に訪ねたのは事件の二日前だと称している。整理箪笥や坐り机の上や、冷蔵庫の側面、鏡台の上にきみの指紋が検出されたが、それは以前に訪問したとき付着したものだと主張しているね？」

妙に念を押すような課長の言い方に、宮下は一段と不安そうになり、かたくなに唇を結んで返事をしなかった。高田もまた、課長の異様な口調に気づいていたが、彼がどのような結論にもっていく作戦なのかは一向に解らなかった。課長はひと呼吸おいて、相手が理解しやすいように、ゆっくりと言った。

「事件のあった日の夕方、やんちゃな坊主をつれた高校時代のクラスメートが啓子さんを訪ねたんだが、その子供が机の上の花瓶をひっくり返して、あたりを水だらけにしてしまったんだ。こうした場合に、客のクラスメートは恐縮して自分のハンカチを取りだして水を拭きとろうとするだろう。あるいは啓子さんがそれを制止して、雑巾を持ってきたかもしれない。いずれにしても、どちらかが後始末をしたことは言うまでもない」

「………？」

「ここまで説明してもまだ解らないのか。最後に訪問したのが前々日だったとするならば、少くとも机の上についていたきみの指紋はこのときにすっかり拭きとられてしまった筈ではないか！」

なるほど、そこまではおれも気づかなかった。高田が心のなかでそう叫んだとき、宮下もまた動物的な叫び声をあげると、テーブルに顔を伏せてしまった。

〈合作探偵小説〉

悪魔の賭

斎藤　栄
山村美紗
小林久三

問題編①

斎藤　栄

月は血の色

1

月が日影山《ひかげやま》の端《は》にかかった。なんという色だろう。丁度、血の色をした卵黄のようだ。昔の人なら、その色の凄まじさに、何か特別の意味をみつけるところだろう。

ここは横須賀市《よこすかし》と葉山町《はやままち》の行政境に当る。長く黒いシルエットになって、相模湾《さがみわん》に突き出しているのが長者ケ崎《ちょうじゃがさき》である。

それを見おろす位置に、俗称〈日影《ひかげ》別荘〉と呼ばれる宏大な邸の敷地が広がっている。建物は昭和十五年に建築されたものだが、当時は洋風の木造住宅というので、話題にもなった。冷暖房の設備もある。

所有者は、小泉《こいずみ》男爵だったが、戦後、この建物は駐留軍に接収され、ペンキを塗られてしまい、見るかげもない有様になった。

現在は、東京《とうきょう》のK産業の子会社、T物産の所有になっているけれども、荒れるにまかせてあった。

周囲は、堅固なコンクリートの塀で囲まれ、出入口は、正面と裏門の二カ所しかない。

神奈川《かながわ》県警公安第一課の神井正司《かみいしょうじ》巡査部長は、正面の入口近くに、ぴたっと身を寄せて、内部の様子を窺っていた。

内部には、今日まで追って来た〈新しい日本のジャガー・グループ〉という名の、爆弾製造屋とその仕掛人達五人がいることが分かっている。

しかし、このまますぐに、捜査本部に連絡して、応援を頼むには、もうひとつハッキリした確証が欲しかった。これまでなん度も、大包囲網を布《し》いては、相手に逃げられている。

「もうそろそろ、あの二人は、裏門に着いた頃かな」

と、低い声で神井は、そばで待機している婦警の九重明美《ここのえあけみ》に言った。

「ええ、多分……」

九重婦警は応《こた》えた。

　ＪＧ《ジャガー・グループ》を追うための苦肉の策として、捜査一課と公安第一課の県警合同特捜班は、アベック作戦を樹てた。カップルだと、どこで張込んでいても、そんなに不自然ではないのである。

　今夜は、神井巡査部長に九重、小野寺伸也《おのでらしんや》警部補に草柳《くさやなぎ》ひろみという組合わせだった。小野寺と草柳が裏門側に廻ったのは、敵の主力がその方に集中している可能性が高かったせいもある。

「五分後に、同時に踏み込んで様子を探《さぐ》ることになっているんだから、タイミングを間違えないようにしないと……」

「はい」

　九重は、緊張した声で言ったが、月明かりに浮びあがった顔は、可憐なＯＬのそれであった。

　ＪＧのメンバーの中には、拳銃や空手の使い手がいる。だからこそ、その方面では腕の立つ小野寺と神井が、専従となって彼等を、ここまで追い詰めてきたのである。


　一週間ほど前。ＪＧは名古屋《なごや》にいた。そして、新東西医大の理事長室から、三億円の現金を強奪して逃走した。彼等の狙いは成功したが、類似事件の発生に、警戒を怠らなかった学校当局は、犯人達の秘密写真撮影に成功した。

　それによって、人相、服装などが明らかになり、犯行がＪＧの手によることもハッキリしたのだ。目撃者の証言もあって、神奈川県下に潜入したＪＧ包囲の網は、刻々と縮まっていった。そして今夜。いよいよ、最終的な確認の時間が切迫したのだった。

　神井の頭の中には、〈日影別荘〉の見取図が描かれていた。

　玄関ポーチ。応接間。左右の客間。二階の洋式フロア。一体どこにＪＧのグループが隠れているのだろう。

　彼等は、全員で五名いるはずだ。

　近頃の過激派は、小グループに分かれている。一人一党的な行動派もいるほどだから、五人がまとまって、規律ある動きをみせるＪＧは、比較的大きな集団だともいえる。

リーダーは、園部三津生《そのべみつお》。年齢二十五才。都南大学文学部を中退して、一時は国外に行った経験もある。南アフリカ北部の某所でトレーニングを積み、帰国してから〈新しい日本のジャガー・グループ〉を創設した。

これまでの調べでは、非常に頭がよくて、しかも、一見、俳優のような優男《やさおとこ》である。それだけに、コマンド達から信頼される要素を多く持っている。

のみならず、空手二段、拳銃は狙ったら百発百中だという。

要するに、知能体力いずれにも優《すぐ》れており、サラリーマン社会にいても、必ずリーダーシップを握れる人物だった。

園部が、もっとも信頼しているコマンドが貝田忠則《かいたただのり》で、いわば同グループのナンバー2に当る。

貝田は二十三才。この男も、空手、柔道、射撃に長じている。頭もいい。キャリアとしては、聡英大学在学中に、すでに爆弾闘争に参加し、単独でも財界首脳を狙った実績がある。

園部との違いは、貝田の冷酷さにあるといっていい。この男は、人を殺傷するのに、ほとんど良心の呵責《かしやく》を感じることがないとさえいわれた。

第二のコマンドは、小沢園江《おざわそのえ》という女である。いわば紅一点。二十才ぐらいらしいが、年齢、素性ともに未詳だった。

拳銃は撃てないが、空手初段で過激派きっての美人という評判がある。JGの中でも、木村《きむら》とか佐伯《さえき》などは、いや園部でさえ、園江の美しさに魅かれているというのだから、これはもう相当なものだ。

次に木村学《まなぶ》という男も一味にいる。木村の場合は、A担当。Aはアームで、つまり武器である。大変な変人で拳銃には詳しいが、それで人を殺傷するのを好まず、いざとなると、少林寺拳法を使うという。

ただ一人の未成年者だが、忠実なコマンドとして、園部に忠誠を誓っている。そのために、武器の調達、保管を命じられているのだろう。

背が高くて、ひょろっとしてはいるが、意志も強い方だった。

さて、五人のグループの中で、最年長が佐伯であった。といっても、園部より二つ年齢《とし》上の二十七才でしかないが、佐伯茂《しげる》は、M担当——資金を専門に受け持っている。

当然、名古屋の新東西医大から奪った三億円は、この佐伯が持っているに違いないのだ。

以上が、神井の手許に集まっているJG関係の情報である。かなり詳細だともいえるし、これだけでは物足りない点もある。が、とにかく、隠しカメラの威力のお陰で、五名の顔や躰つきだけは、ハッキリとおさえることができた。

五人のうちで、佐伯は、いわば知恵で参加しているといっていい。

とにかく、園江も含めて、大変な闘士なのだから、捜査側としては、警戒の上にも一層、心を引きしめざるをえなかった。

「あと二分だ……」

と、夜光塗料を塗った旧式な時計の針を、神井は見詰めた。

九重も、じっと、自分のデジタルクロックを見た。

正門脇のくぐりは、鍵が腐っていて、ひと押しすれば開くのを確かめてある。

JGの連中は、未だ、捜査の手がここまで及ぶとは思っていないだろうから、油断しているはずだ。

「あと一分か……」

「五十秒、四十秒、三十五秒……」

九重が、自分の心を鎮めるかのように、秒を読んだ。

おそらく裏門の方では、警察犬を連れた小野寺警部補と、草柳ひろみ婦警の二人が、息を殺して、突入のチャンスを窺っているに違いない。

血の色をした月は、ゆっくりと、日影山の稜線を離れた。

「五秒……四、三、二、一……」

九重の声と共に、神井は静かに脇戸を押し開いて、敵地へはいり込んだ。

今夜の目的は、当面、五名の存在を、この目で確認することにあった。それ以上、踏みこむのは危険だし、五名の相手に、四人で立ち向かうのは、失敗の元《もと》なのを、神井は知っていた。

邸内は暗かった。

こちらとしては、懐中電灯の使用はできない。灯許《もと》にいるJGの連中を発見し、その数を瞼《まぶた》に焼きつけておくだけである。

「二手《ふた》に分かれて進もう。あくまで無理は避けて……」

神井は九重の耳許で囁《ささや》いた。

廃墟のように鎮まりかえっている〈日影別荘〉は、建物の入口が四カ所あった。作戦通り、四人がそれぞれ受け持った入口から、内部に侵入していった。

2

建物の内部は、月明かりさえ射《さ》し込まないので、まったく真の闇になっていた。

が、なんメートルか進むと、ボーッと明るい灯が洩れてくる部屋があった。客室のひとつらしい。

〈お。いたぞ……〉

神井巡査部長は、獲物の存在に気がついた猟犬のように、身構えた。

すると、このときである。灯の洩れる部屋より奥で、ズーンと肚《はら》に響くような拳銃の音がした。

〈しまった！　発見されたな……〉

一瞬、神井はそう思ったが、その拳銃の発射音に、奇妙な不調和を感じた。普通、警察官が扱っているものより軽い感じだ。

次に、意味の分からない叫びが続き、バタバタと走り出す跫音《あしおと》がした。

敵か味方か……どちらに死傷者が出たのか不明だった。

〈仕方がない。踏み込もう……〉

遂に決心した。踏み込みたくはないが、相手にこちらの行動を悟られた気配なので、もはや、やむをえなかった。

右手に拳銃を構え、左手に懐中電灯をかざし、ドアは足で蹴あけた。

「動くな！」

と叫んで突入してみると、部屋の一隅にいた黒い影が逆にライトを、こちらに向けた。

「あ」

と、女の声で驚く気配だった。

神井が見ると、草柳ひろみ婦警である。

「なんだ……JGはどうしたんだろう？」

思わず、口を尖《とが》らせて言った。

「ここへはいって来たときには、誰もいませんでしたわ。もうひとつ、向こうの部屋の方へ逃げて行った様子です」

草柳が言う。彼女も、小野寺警部補と、別別の行動をとったのである。

「よし……」

と、神井は、草柳を従えて、懐中電灯をかざしつつ、次の部屋へとびこんだ。

その部屋は、テーブルの下に、携帯用のランプが点き放しになっていた。しかも、小野寺と九重の顔があった。

二人は、それぞれ別の入口から突入し、ここまで辿り着いたのだ。

「しまった。奴等は仲間を殺して逃げてしまった！……」

口惜しそうに、小野寺が言った。

神井はその言葉で、部屋の入口近くに倒れている黒い人影に気がついた。

「それでは、さっきの銃声はこの男を……」

「その通り……。撃った拳銃はここにある。改造拳銃らしい」

小野寺が顎《あご》で、床の上にころがっている拳銃を示した。

「誰ですか？　やられたのは？」

「見てみよう」

四人の捜査員は、周囲に気を配りつつ、倒れている男の枕頭に集まった。そして、小野寺がライトで顔を照らした。

「佐伯だ。資金担当の……」

「すると、三億円入りのカバンはどうしたんだろう？」

「仲間を殺して、持ち逃げしたんだろうな。分け前は多いほどいいから」

「どこへ？」

「この邸は、どこかに抜け道があるんじゃないか。奴等は、外へ飛び出さずに、地下の方へ行ったぞ」

小野寺は、こんな場合でも、ハッキリと彼等の行動を見ている。

このとき、死んだとばかり思っていた佐伯が、かすかに目をあけ、苦しそうに呻《うめ》いた。銃弾は、腹部を貫いている。出血多量で死はまぬがれないだろうが、動かしたショックで気がついたに違いない。

「おい。しっかりしろ！」

神井は、右手で、佐伯の左の頰をビタビタと叩いた。こうすると、気がつくことがあるのだ。

「そ……その……」

佐伯の白茶けた唇が動いて、何事かを告げようとした。一瞬、佐伯は目を剝《む》いたが、すぐに、がっくりと首を伏せた。

「何を言おうとしたんでしょうか？　そのだけでは分からない」

と、神井は小野寺の意見を求めた。

「その……というのは、園部かもしれない。何か仲間割れの挙句に、佐伯が粛清されたとすれば、リーダーの園部が撃ったことも考えられる」

「そうですね」

神井も頷《うなず》いた。

そばで、この会話を聞いていた九重は、

《小沢園江の園かも知れないのに――》

と、不満になったが、今、それを話題にしているヒマはなかった。

「いずれにしても、JGの連中が行った跡を、全員で追ってみよう。一人は、この死体のところに残しておきたいが、かえって危険かもしれないから……」

小野寺の判断で、四人は一団となって廊下へ出た。四つの懐中電灯が手許で輝いた。長い廊下の突き当りに、地下へおりる階段がある。そこは地下室へ続く通路だから、未だ四人の男女が潜んでいる可能性があった。

プーンと黴臭《かびくさ》い匂いがした。

戦前の建物なので、昔は物置として使い、戦争中は室内防空壕の役割を果したに違いなかった。

現在は、蜘蛛の巣がはりめぐらされた洞窟そのままである。しかし、その一角には、最近、人がはいり込んだ気配があった。

「ハハア……。ここだ、こんなところに逃走口があった」

小野寺の懐中電灯は、地下室の一隅に、小さな木製のドアが半開きになっているのを、アリアリと照らし出した。

戦前、政財界の大物の邸には、こうした抜け穴を用意することが流行したのである。これも、そのひとつなのだろう。

「どうしますか？」

神井が訊いた。

「ライトで照らしてみよう」

と、小野寺は、ドアの内側にレンズを向けた。

吸い込まれた光が、穴の奥で、屈折している壁面を、闇の中に浮びあがらせた。

「大丈夫なようですよ」

神井はもう、一足、穴の中へ踏み込んでいた。

ひとつの直感で、ＪＧの連中は、いち早くこの間《かん》道《どう》伝いに逃走してしまったらしい。

先頭を神井が、そして、次に小野寺、二人の婦警は、その後ろから、恐る恐るついていった。

穴の天井には、打ち放しのコンクリートにゲジゲジが這っており、だいぶ崩れかけていることも分かった。

穴の長さは、およそ三十メートルだろうか。突然、行き止まりになると、頭の上から冷たい風が吹きおりて来た。

「古井戸の底に出ました。いかにも昔風のセンスですね」

と、神井は、多少、気がゆるんで、小野寺に話しかけた。

「こんな場所に、登り用の足場ができている」

小野寺の指摘は正しかった。苔の間に、錆《さ》びた金具が覗いていた。

「……」

気合いと共に神井は、ゆっくりと足場を登って、古井戸の上に顔を出した。

そこは、〈日影別荘〉の塀の外側になっている。崖の下の、人目につかない場所だった。

「おりません」

神井は、井戸の外へ出て、下の警部補に状況を知らせた。

赤味を失った月が、随分、中天に近づいて輝きを増しているのが見えた。

「よし。それではひとつ、その足で通報してもらおうか。とにかく、今夜中に、この邸内を捜査してしまおう」

と、小野寺が命令した。

「はい」

すでに、JGは逃走した後だが、それでも綿密な捜査をしなくてはならない。そのためには、捜査員の人手がもっと欲しいのだ。

神井と九重の二人が、その古井戸から出て伝令の役を務めることになった。

JG達も、不意の襲撃に、虚をつかれた形だったのだろう。しかし、それにしても、こんなときに、仲間を殺すとは、余程、血迷っていたのだ。

神井は、九重婦警と一緒に、急ぎ足で〈日影別荘〉を離れた。

その途中、フト、ひとつの疑念を胸に抱いた。

〈殺した奴は、園部よりも、貝田じゃないのか。あの男なら、やりかねないが……。それにしても、あのモデル銃の改造ガンは、なぜ現場に残していったのか？　あまり役に立たないとみたのかもしれないが、それにしても証拠を残すとは、彼等らしくない……〉

歩きながら、神井は、その疑問を、婦警の九重に喋《しゃべ》ってみた。

すると、九重も大きく頷いて、

「ええ、武器は武器ですものね。とくに殺し屋なら、殺《や》った後、捨て去るようなことはないと思いますわ。ただ……」

「ただ……どうした？」

「武器の担当は、木村学でしょう、ですから木村が、あの拳銃を、いらないと判断したのなら別ですわ」

「あ、そうか。佐伯を殺《や》ったのは、木村だというわけだね？」

「断定じゃありませんけど……」

月明かりの中で、九重の頬は、心持ち赤らんだようであった。

3

神井と九重の通報によって、まずパトカー五台、三十分後に、機動隊百名が、人員輸送車で〈日影別荘〉に到着した。

到着と同時に、分隊は、散開した。散開には、縦散開と横散開の二種があるが、闇に吸い込まれていった四人の過激派のために、横散開をしたのである。

横散開は、二列横隊で、右から左へ隊員が三歩幅で並び、この間隙に当る部分に、三歩さがって、二列目の隊員がくる。そして、分隊長は、右から二番目に位置するのが、操典上の定めであった。

「目標は、邸外全域、横に散れ！」

こうした散開には、警棒を構えないのが原則だが、今夜は、全員で完全武装していた。

「前へ！」

という号令が出て、人間の壁のような隊形が四方に散った。

古井戸の位置から考えて、JG達が日影山方面に脱出したのは、容易に想像できた。これまで、彼等には痛い目にあわされているだけに、捜査陣の緊張は、特別であった。

小野寺の連れてきた警察犬は、すでに現場にいなかったが、月明かりでもあるし、この際、四人とも一網打尽にしてしまおうという勢いだった。しかし、意外に捜査の範囲が広いために、JGの行方はつかめなかった。

一方、佐伯は、機動隊員が到着した頃には、もう完全に息が絶えていた。

検死官のほかに、小野寺以下四名の特別捜査員が立ち会って、佐伯の検死をおこなった。

佐伯は、右腹部の貫通銃創を負っており、銃弾は室内の壁を傷つけて、床に落ちていた。

「これは至近距離から撃《う》ったものですよ。おそらく、不意に狙ったんですな」

と、検死官が言った。

「やはりそうでしょう。一緒に脱出すると見せておいて、不意打ちをしたに違いない……」

小野寺が頷くと、年配の検死官が首を左右へ振った。

「いや、同じ不意打ちでも、これは後ろからですよ。だから、右腹部に当ったんじゃないですか」

「後ろから？」

神井は、その指摘に少し慌てた。

「ええ、この拳銃射創をよく見て下さい。ご覧のように貫通射創です。その上、今、お話したように、これは近射です、近射というのは、至近射と違って、硝煙や、爆発ガスの影響がない場所からの射撃です。そして、射入口と射出口を比べると、ご承知のように、後者の方が大きいわけです。よろしいですか。その点から調べると、前部の傷が大きい。つまり背後から撃ったことになります。至近射でないから、そっと近寄っての行為でしょうね」

「そうすると、この佐伯《ひと》を撃った目的は、初めから、三億円の現金を狙って、計算的にやったことになりますか？」

と、九重は、あらためて犯人の残虐な狙いを嚙みしめながら訊いた。

「どうも、そうらしいですね」

「この男は、JGの中では、一番、頭脳がすぐれていただけに、武闘の方は何もできなかったから……」

神井は、佐伯の立場を理解できた。

「息をひきとる前に、『その……』とだけ、ハッキリ言ったのを覚えていますわ。きっと、園部とか、園江とか、犯人の名を言うつもりだったのでしょうけど。完全に喋ってくれなかったのは残念です」

と、九重は正直な感想を言った。

「それにしても、逃げ足が早い奴等だ。きっと、われわれが踏み込んだとき、仲間割れがクライマックスに達していて、この男が殺されたのと、四人が侵入したのが、同時だったかも分からない……」

小野寺が言った。

「なにしろ、あの暗さですし、四人のうち誰が喋ったのか、見ることができませんでしたわ。射創管の方向からは、どんなことがわかりますか？」

草柳が訊いた。

検死官は頷いて、

「それが変なのです。射創管の方向は上に向いているんですよ」

と応えた。

「では、背の低い奴というわけですか」

「かもしれないし、あるいは、姿勢を低くして撃ったことも考えられますよ」

それが何を意味するのか、草柳ひろみ婦警には分からなかった。

一応の検死は、これで終った。

JGの中にいる犯人の捜査のためにも、死体は司法解剖しなければならない。すぐに、その手続がとられた。

あとは、邸内の詳細な捜索が残されていた。

JGの五名が、なぜ、この〈日影別荘〉へはいり込んで来たか、その動機は不明である。三億円の資金を元にして、何か次の爆弾計画をする予定だったことは想像される。

どこかに、それを示すスケジュール表がないか、ということで、邸内は、それこそゴミ籠の中まで丁寧に調べられた。

その結果、五人の生活を示す多くの痕跡が入手できた。

奥の八畳間が生活の本拠になっていたらしく、灰皿がわりの空かんの中には、たばこの吸殻が、山のように積み重なっていた。

インスタントラーメンもある。そうした生活痕のことから考えると、いかにJGの連中が急いで立ち去っていったか、よく分かるのだった。

「どんなにつまらないものでも、彼等が書き残した品は、拾いあげなくては……」

と、小野寺は、精悍《せいかん》な顔付を緊張させて言った。

小野寺伸也警部補三十九才、叩きあげの刑事である。背は高く、やりてなので、捜査をいつもリードする。早く結婚したので、今年高校三年生になる息子を持つ父親だった。

「はい。分かっていますわ。何かあったとしても、この部屋よりほかには、隠さないと思うんです」

と、草柳婦警は、しっかりした口調で応えた。

二十八才という年齢は、すでにオールドミスの仲間入りだったが、上司には忠実で、男まさりの噂さえあった。そのために、婚期を逸したのは事実には違いないが、心の優しい女性でもあった。

「そうだと思う。大切なものは、常に肌身離さずに持っている。だから、ボロを出すようなことはないかもしれない……」

神井巡査部長は、どちらかというと、悲観主義めいた考えだった。いつも、悪い方、悪い方へと物事を考えてしまい、最悪の事態からスタートして、それを改善する。

「けど、だいぶ慌てていましたわ。いくら用心深くても、案外、どこかぬけているものじゃありませんか？　まして、一人を射殺しているんですから……」

九重明美は、そう言った。

瞳《め》が美しい上に、特捜員の中で、一番若く、一見するとOLとしか見えない可憐ささえあった。

「その意見は大切だと思うが……」

神井は呟いた。

「この机で字を書いたんでしょうか？」

九重が手袋をはめた手で、一脚の文机《ふづくえ》を指さした。

満足な家具もなく、ガランとした室内に、使い古した木製の漆塗りの机があった。

「そうだろうね」

JGの者は、その机を、食卓代りにしたり、作戦机にしたり、ここ数日の間、利用して来たらしい。

「ちょっと待って下さい」

と、九重は、机に近寄った。

過激派の五人は、この〈日影別荘〉を利用している間、外部に灯《ひ》の洩れるのを恐れて、使える電灯も使っていなかった様子だ。

おそらく、携帯用の懐中電灯などを、充分に利用したのではないか。

九重は、警官の一人が電球をつけて、明るくなった部屋の中で、問題の机を調べ始めた。

「何が見える？」

机の横から、覗き込むようにしている九重に向かって、神井は訊いた。

「ええ、この机の表面は、傷つきやすい漆《うるし》でしょう。それなのに、誰か、ごく最近、この上で、字を書いていますわ」

「字を？」

「はい」

「それは連中のした仕事にきまっている。うまいところに気がついたね」

「なにかしら？……この凹《へこ》みは……」

と、九重は、横から透かすようにして見た。

誰かが、紙の上に、力を入れてボールペンを使ったのだろう。それが古びた漆塗りの机の表面を凹ませ、文字を浮びあがらせているのだ。

「よし。それを鑑識に、ハッキリと採取させよう」

神井は九重に言った。

すぐに、鑑識が指紋採取に似た手法を用いて、その窪みの文字を、白紙に写《うつ》し取った。

満足な文字は少なく、あまりハッキリした意味はとれないものの、手がかりとしては、貴重な収穫となった。

……次の集結場所は斑……のひまわりＰとする。

たった一行だが、文意のとれる文章があった。

〈ひまわりＰとはなんだろう?〉

神井は、考えてみた。

Ｐは、公園《パーク》、駐車《パーキング》など、いろいろとある。

しかし、〈ひまわり〉というのは、何を意味するか。

〈斑〉というのも珍しい文字だった。

すると、それを見ていた小野寺警部補は、

「あ、そうか。分かった」

と、喜びの声をあげた。

「どういうことですか?」

神井は、ベテランの意見を求めた。

「もしかすると、これは最近はやりのペンション……ペンションのＰじゃないかな」

「え?」

神井はハッと思い当った。

ペンションというのは、民宿の一種である。しかし、民宿よりも洋風で、経営的な面で洗練されているという。

「ひまわりペンション……これはありそうな名称じゃないか」

「では、斑というのは?」

「斑は、まだらと読むのだと思う。ペンションというのは、福島《ふくしま》県、長野《ながの》県などにしか、まとまったものはないし、ＪＧの連中が巣《アジト》にするとしたら、まず長野だろう……」

「長野で、斑といえば……斑尾《まだらお》高原でしょうか?」

神井にも、ペンションについて、多少の知識があった。

「それはいい線だと思うね。連中は、ここを立ち去って、次は、斑尾高原のひまわりペンションへ移動を考えていたに違いない」

「そんな山岳《やま》の中で……」

「決まっているさ。M作戦に成功したから、それで材料を買い、斑尾のペンションで、爆弾づくりに励むつもりだろうな。いや、拳銃も製造するかもしれない。とにかく、コトは急を要する」

小野寺の推理は、実に鮮《あざや》かであった。

「そうですね。今度こそ、逃がさないようにやりましょう」

と、神井は勢い込んだ。

しかし、このとき、九重は、別のことを考えていた。

銃声が聞こえ、彼女は比較的早く、あの部屋にとびこんでいったのだ。そして、小野寺警部補に会い、二人して息を殺しながら、佐伯のそばに近寄った。

だが、そのときは、とっくに四人のJGの連中は消えていた。あまりに手際がよすぎた。

そのことが、九重には、何か割切れない感じを、いつまでも与えていたのである。

4

斑尾高原は、北信《ほくしん》にある。長野から千曲川《ちくまがわ》沿いに、飯山線《いいやません》で飯山に行く。そこから高原へのルートが拓けている。

ペンションブームの口火は、この高原から燃え始めたといわれるくらい、多くのペンションが、ここには存在する。

それまでは、水芭蕉と山菜しかなかったこの土地に、長野県地域開発公団が、別荘を分譲すると同時に、周囲のムードが、ガラッと変った。

飯山を起点とする斑尾高原ルートに、東京のナンバーをつけた車が行き交《か》うようになったのだ。

それらの車の目的は、斑尾の高原ホテルもあるが、数多いペンションが客を誘引していることも事実である。

ペンションは、経営者が自分の家に、客を呼ぶというマン・ツー・マンのサービスがあって、しかも、近代的なセンスが溢れている点に特徴があるのだ。

斑尾高原のひまわりペンションも、そうしたもののひとつには違いなかった。

四人の特捜員は、ひとまず、ＪＧの一行が本当に、ひまわりペンションに直行したかどうか、その点を確かめることになった。

最初に、神井は、

——ひまわりペンションの経営者は何者なのか？

という疑問を解く必要があると思った。

ペンションの管理主体には、ＰＳＤとかＰＰＧとか、さまざまの形態がある。ひまわりＰは、後者のＰＰＧに属していると分かったので、電話照会をしてみた。

その回答は——

「……ひまわりペンションの名義人は、大里敏行《おおさととしゆき》という人です。城北《じょうほく》大学経済学部の助教授だと聞いています」

大里敏行、という名は、神井にひとつのショックを与えた。大里助教授は、ウルトラ行動左翼のシンパとして、マークしている人物だった。しかも、昨年、「アフリカへ行く」と称して出国したきり、日本へ戻って来ていないはずであった。

おそらく、園部達は、大里の留守宅を利用して、そこで何かをしようというのだろう。ひまわりペンションは、目下、休業中という情報がそれを裏づけた。

小野寺達四名は、再び、山岳を愛する二組のカップルを装って、斑尾高原へ出発した。

四人とも、サブザックを背負っていたが、内部《なか》には、手錠や拳銃やロープなどの七つ道具が納められ、いざという場合の準備はできていた。

特に今回は、神井が、警備部が愛用している赤外線カメラを用意し、それを望遠と組合わせて、夜の夜中でも、遠方から資料《データ》の収集ができるように考えていた。

斑尾高原に着いた日は夜遅かった。四人の泊ったペンションは、〈竹中《たけなか》ペンション〉といい、会社を定年退職した老夫婦の経営で、あまり人を疑う習癖のないことを見越していた。

ペンションの部屋は、二人一組で、ひと部屋をとったが、夜、実際に寝たのは、草柳、九重と、小野寺、神井の組合わせだった。いかに職務とはいえ、ベッドを共にするのは、互いに遠慮もあったのである。

翌早朝。

目を醒ました小野寺は、真っ先に、窓をあけて外を見た。このペンションと、ひまわりペンションの距離は約五十メートルしか離れていない。

ところが、どうしたことだろう。物凄く濃い霧が発生して、目と鼻の先の、ひまわりペンションがまったく見えないのである。

「こいつはひどい。しかし、これを逆用して接近できそうだ」

小野寺は神井に呼びかけた。

ぐっすり眠り込んでいた神井巡査部長も、スーッと涼しくなった気配に目を醒ました。

「そうですね。こんなにひどい霧は、生まれて初めて見ました。まるでミルクを空中にふり撒いたみたいだ……」と、神井も驚いた。

「チャンスだろうな。相手は、こちらが、こんなに早く、このアジトへ手をのばすとは思っていないだろうし、きっと油断している。偵察行為には、一番向いている……」

小野寺はそう言った。

「その通りです。例の赤外線カメラが生きますよ。かえってありがたい。この霧がはれる前に、ひと仕事しましょう」

神井は、絶好のチャンスが近づいたのを感じた。

前回は闇の中だった。そして、赤外線カメラの用意がなかったばかりに、確固たる証拠を手許に残すことができなかったのだ。

今回は濃霧の中。形は変っても、似たような条件である。二度もチャンスを逃してはならない。

「さ。出かけるぞ」

小野寺は、二人の婦警に声をかけた。

ペンション経営者の老夫婦に、疑いを持たれることのないように、四人はこっそり裏口から出発した。

とにかく、ひどい霧である。足許だけを見詰めながら、一歩一歩前進しなければ、目標物がまったく見えない。

当面は、ひまわりペンションの中に、四人のＪＧ

が潜んでいるかどうかである。昨夜、竹中老人に訊くと、

「あのペンションは、長いこと空《あ》いたままになっていますよ。今は、誰も使っていないようです」という。

本当に無人なのか。あるいは、内部でJGが息を殺しつつ、凶悪なプランを実行しつつあるのか。まず、その辺を探るのが第一の目的になる。

昨夜のうちに、地形とペンションの位置関係を、四人とも頭に叩き込んでおいたのが役に立った。

小野寺と草柳の二人は、正面玄関のアプローチから、ペンションへ接近していった。

一方の神井、九重組は、赤外線カメラによる撮影の重大責任を持っているだけに、裏口に廻り、できれば連続撮影によって、内部の実態を把えたいと考えていた。

神井のカメラは、解像力も抜群だし、最大の倍率を使用すれば、十メートル離れたところで、新聞の文字でも読める程度の写真は得られるはずだった。

「もし、見咎《みとが》められたら、霧で道に迷って、ペンションに迷い込んだくらいのことは言おう」と、神井は、万一の場合の口実を、あらかじめ九重に相談していた。

「はい」と、九重は言葉少なに答えた。

彼女の役割は、神井を助けて、無事に、写真撮影をすませるところにあった。だから、一種の見張り役である。

「この濃霧なら、油断しているよ。いつも、室内に閉じ籠っている連中だから、こんなときは、窓をあけているかもしれない。それだと、室内の撮影も可能なんだが……」

神井は、希望的観測を、一人で呟いていた。

5

同じ時刻。

ひまわりペンションの中には、〈新しい日本のジャガー・グループ〉の生き残りの四人がいた。

彼等は、〈日影別荘〉から、予定通り、このペンションへ逃れて来たのだった。一応危険は脱出したと思っていたし、今朝の濃霧の中では、人の目を気

にせずに、ゆっくり行動できると、四人は計算をしていた。

しかし、園部三津生は、用心深い男で、リーダーらしい警告を発していた。

「みんな、必ず、拳銃は手許から離すんじゃないぞ。武器だけが頼りだということを忘れるな」

「分かったよ。しかし、髭《ひげ》くらい、ゆっくり剃らせてくれよ。朝だからな」

貝田は、若いくせに、冷たい蛇のような目を光らせて言った。

「私、霧は好きよ……」

小沢園江は、やはり女らしいロマンチックな科白《せりふ》を吐いた。

「おれは嫌いなんだ。不透明なものは、ミルクも好かないってものさ」

と、木村はベッドの上で言った。

その枕頭の窓が、大きく開かれ、乳白色の濃霧がハッキリ目に見える流れとなって、室内に押し入ってくる。

「とにかく、甘い考えは捨てるんだ。日影別荘のときも、まさかと思ったら急襲された。どさくさに紛れて三千万円をなくすという失策《へま》をした。あれは普通の刑事《デカ》のやり方じゃない。特別に訓練された連中が、極秘におれたちのグループをマークしているとみなけりゃ……。だから、このペンションへも、どんなことで手が廻るか分からない」

優男の園部にしては、厳しい語調である。

「でも……この霧の中じゃ、向こうだって、身動きはできないでしょ。第一、このペンションに来ていることは、未だ知られていないはずだわ」

園江は、半信半疑の様子だった。

「優秀なコマンドにしては、随分と楽観的なんだな」

と、ベッドの上で木村が、皮肉な調子で言った。

「とにかく、佐伯のことはあるし、これ以上、戦力を失うのはまずい。まあ、せいぜい用心しよう」

と、貝田は、シェイバーを持って、壁の飾り鏡を覗いた。

彼は髭が濃い、一日に二回は、シェイバーを使って、髭を剃らないと、顎から頬にかけて、ひどく生えてくるのだった。

ブーンと、かすかな機械音が、室内の静寂を破った。

その間にも、濃い霧が、まるで気化したドライアイスのように、室内にはいりこんでくる。

「もう窓を閉《し》めろよ。躰によくないことを知らないのか」と、木村が文句を言った。

「自分で閉めろ」

と、園部が言ったとき、突然、貝田がシェイバーのスイッチを切った。

「あれ、なんだ……」

貝田は、しばらく鏡の中を覗いていた。そこには、開け放された窓が映《うつ》っている。そして、白い濃霧の流れが……。

しかし、このとき、貝田の眼に、白い流れにフト浮んで、消えた黒い人影のようなものが見えたのだ。それはすぐに、ガスの奥に吸い込まれていった。

「どうしたの？」

と、園江が訊いた。

貝田は、くるっと振り向いて、窓の方に顔を向けた。

「閉めろ。おかしい」

「何か見えたのか？」

リーダーの園部が緊張した声音で言った。

「あれは人間だ。こんな濃い霧の中で行動しているのは、絶対に素人じゃない。やっぱり狙われているとみていい」

「おい、早く窓を……」

その声に、園江が窓を閉めた。部屋の片隅にある黒板には、これからの転戦場所と作戦プロットが書き込んであった。園部はそのそばへ行き、すべてを黒板拭きで消した。

「いよいよ正面からの対決か……」

血生臭い匂いを感じて、木村は、むっくりと起きあがった。

「いや、ここで対決しても、こっちにはなんの得もない。だから、必要最低限の応戦をして、最悪の場合は、このペンションも撤退しなくてはならないと思う。いいな、そのためにはバラバラにならず、四人が一団となって行動する。ただし、射撃は自由だ。

いずれにしても、向こうは偵察《スカウト》のためだろうから、小人数にきまっている。慌てるな」

園部は、早口で、今後の作戦を説明した。

6

神井は、赤外線カメラを構えて、極力、前進した。

これほどの濃霧も珍しい。鼻先数メートルのところで、霧が渦を巻いている。下手《へた》をすれば、敵味方がバッタリ正面で顔を合わせ、どちらもひっこみがつかなくなるという危険さえ感じた。

「よく見張りを頼む」

神井は、そばに従っている九重婦警に、小声で囁いた。彼女は、白のセーターを着ているから保護色になるが、神井巡査部長は、紺シャツだったので、安心ができない。

「はい。分かりました」

素直な九重は、じっと瞳を凝らして前方を見詰めている。

「そろそろ、ペンションの構内だ。うん……そこに柵が見えるカメラを構えるのに絶好だ……」

神井達は、ついにペンションの外周に到達した。

その瞬間に、霧の流れが早くなり、ほんのわずかな時間だが、ひまわりペンションの窓が覗けた。

「うまい。窓がこの方向にあって、開放状態になっているぞ。今のうちだ……」

九重に言うより早く、窓の方向に狙いをつけて、連続撮影に踏み切った。

「調子はどうですか？」

九重がそばに来て訊いた。

「うまい。大丈夫、JGの連中は、絶対に内部にいる。きっと、カメラに撮《と》れているだろう……」

肉眼では見えなくても、赤外線カメラは、確実に、映像をつかんでいるに違いないのだ。望遠レンズを使用しているから、室内においてある資料などがあれば、必ず、文字までハッキリ撮影できたはずだ。

「そのくらいで引き揚げないと、いけませんわ。霧が流れ始めました」

九重明美は、心配して、少し強く叫ぶように言った。

事実、朝の上昇気流が動きだし、二分……三分と経つうちに、濃い霧は移動し始めていた。

しかし、そんなことで、簡単に引きさがる神井ではなかった。

「まだまだ……。この柵の上に立って、シャッターを切れば、もっとよく内部が覗《のぞ》けるはずだ……」

と、とうとう、柵の上に立ち、シャッターを押し続けた。

が、やはり、この行為は無理だったらしい。霧の向こうで、手早くガラス窓が閉められる気配がした。

「あ。気がついた様子ですよ」

と、九重が注意した。

神井は、木製の柵から飛びおりた。

「うむ。やり過ぎだったか。しかし、百パーセント、ここにJGのいるのが確かめられたよ」

こうなれば、ひとまず、竹中ペンションへ引き揚げることになるが、小野寺と草柳の組はどうなっただろうか。

霧はなおも、トロッとした乳白色で、ひまわりペンションを押し包んでいる。敵も味方もハッキリとは見えない。その中で、徐々に、強い殺意が醸成されていた。

突然、この白い霧を震わせて、轟音《ごうおん》一発、拳銃の発射音がした。

「……」

誰かの悲鳴が聞こえたと思うと、応戦するような銃声がそれに応えた。

それからは、ペンションの内と外で、数発の銃声が聞こえた。

「始まったか……」

思わず神井は呟いてしまった。霧の中へ姿を消していた九重が戻って来た。

「来て下さい。様子が変です！」

と、彼女は息を切らしていた。

この頃、霧ははれかかっていた。

ひまわりペンションが、幻のように、白い霧の中に浮びあがった。

「どうしたんだ？」

「内部の者は、逸走したらしいのです」

「そうか。すぐに追おう」

「でも、草柳さんが……」

「やられたのか？」

「はい」

「どこだ？」

「裏手です……」

せわしない会話を交わしながら、もう神井は走り出していた。左手に、赤外線カメラ、右手に拳銃を構えて。

二人が、問題の現場に到着してみると、そこは、ペンションの正面だった。JGの連中は、一団となって、この方面から脱出していったらしい。しかし霧のために、三、四メートル離れたら、人影は見えないという悪条件だった。

7

小野寺警部補が、草柳を抱き起こしていた。勇敢な婦警は、頭から顔にかけて、鮮血がとめどなく流れている。

すでに顔面は蒼白で、目は閉じていた。

「どうですか？」

神井は駈け寄って訊いた。

「分からない。弾丸《たま》が頭部に当っている。ただ、内側《なか》にはいらず、かすめた感じで、飛び去っているから、助かる可能性もあると思うが……」

小野寺は首をひねっている、神井は脈をとってみた。比較的しっかりしていた。頭部の怪我は、それほどでなくても、出血は多いものだ。

「助かってくれるといいですね。すぐに病院へ運びましょう。相手に悟られたのは大失敗だった」

「いや、これはやむをえないよ。向こうは、危険を感じて、闇雲に、霧の中へ撃って来たんだから。その一発が偶然、当ってしまったわけだ。逃げるための血路を拓《ひら》こうというので、強引なやり方をして来たのだと思う。君の責任じゃない」

小野寺は慰めてくれたが、神井は恐縮した。九重の制止をきかずに、柵の上に立ったのが、相手に悟られる直接の原因だったのは、間違いないのである。

瀕死の草柳婦警を、九重に頼み、ひまわりペンションの室内に踏み込んだが、思った通り、誰一人として残留者はなかった。見事な撤退作戦であった。

すぐに、ペンション内の電話を使って、四人組の手配を依頼すると同時に、救急車の来援を頼んだ。

公務執行中に、凶悪犯に撃たれたのだから、なんとかして生命を取りとめたいものと、関係者一同は、必死の努力をして、大至急、負傷した草柳を最寄りの救急指定病院「北信総合病院」へ入院させた。

草柳ひろみは、まったく意識を失ったままであった。が、仮に、意識があったところでどれだけ、当時の状況を証言できるかは疑わしい。そのくらいの濃霧の中での出来事であった。

出血は多かったが、意外に脈はしっかりしていた。応急の止血処置をして、レントゲン検査の後、すぐに手術室へ運び込まれた。

レントゲンで調べた結果は、弾丸は頭蓋骨すれすれにとび、一部に骨折《フラクチャー》の状態を起こしていたが、それ以上の作用をしていないことがわかった。

結局、銃弾による損傷でありながら、一種の挫創に近い形が発生したことになる。またそのために、脳震盪をおこし、内部には脳挫傷のおそれもあった。

早速、脳外科の専門家が、執刀して損傷部を含め、全般的な治療に当った。


「……今回は、ＪＧもすっかり凶暴な本性をあらわしたということのようだ」

手術中、別室で待機しながら、小野寺警部補は、たばこに火をつけて言った。

神井も沈痛な表情を隠しもせず、

「あの濃霧の中で、狂ったみたいに撃つというのはどういうことですか。呆れました」

と怒りを籠めて応じた。

「こちらの接近に気がついたのだろうな」

「その点は、申しわけありません。つい、カメラを充分に働かせたいと思いまして」

「それは構わないんだ、写真の現像はどうしたかね？」

「依頼済みです」

「それはいい。それができれば、草柳さんの弔《とむら》い合戦も、有利に展開するかもしれない」

「まだ、あのひとは亡くなったわけじゃありません」

九重が強く言った。

「おお、そうだった。しかし、とにかく、このままでは、腹の虫がおさまらないぞ。必ず報復してやる。あのとき、こっちも、二発は撃ったんだが、残念なことに当らなかった……」

小野寺は口惜しそうだった。

九重も思い詰めた目付をして、

「確かに、ペンションの中からは、最低四発の射撃音がしましたわ。けど、誰がひろみさんを撃ったのかしら……」

と興奮して喋った。

「それは分からないな。奴等を逮捕して、訊問するよりないだろう」

これは小野寺だ。

「そうとも限りません。やはりキメ手は、例の赤外線カメラの現像の状況によるでしょう。奴等の配置の具合や、手にもった武器の様子が分かれば、案外、犯人を特定できるはずですよ」

神井は、自分のカメラの腕に賭けていた。

「しかし、弾丸が発見されなくては、証拠不充分になる」

小野寺の見解は、むしろ常識的であった。

「せめて、ひろみさんが元気になるといいですわ。きっと何か、新しい事実が分かりますよ」

九重は、同僚の安否に、胸をいためていたのだった。

四人四様の心配をしながら、手術の結果をまった。手術は四時間後に終った。手術そのものは成功した。が、数日経って、ハッキリしたことは、草柳ひろみは、脳へのショックが原因で、記憶喪失症になったという事実だった。

8

二度にわたって、JGは、四人の捜査員を翻弄した。

最初は、彼等の仲間一人に犠牲者が出たものの、二度目は警察官を傷つけ、これを記憶喪失という状態に追いやった。

小野寺伸也、神井正司、九重明美の三人は意地でも、名誉挽回のために、逃走を続ける四名の男女を追わなければならなかった。

そのための手がかりは、神井が濃霧の中で撮影した赤外線カメラの写真が、最大のものになりそうだった。

三人の手許に、十枚の引伸写真が届いたとき、彼等は一斉に印画紙を覗き込んだ。

一枚目と二枚目には、ハッキリとひまわりペンションが写《うつ》っているものの、どちらも白い壁面だけである。これは闇雲にシャッターをおしたからだ。

三枚目と四枚目は、正面に全開された窓が見えた。ガラスを開き、霧が流入するのも構わずに開放したのは、やはり油断であろう。

五枚目と六枚目には、その窓の中で、ちらっと男女各一名の姿が撮れている。どちらもカメラの方を見ているにもかかわらず、驚きの色がないのは、霧のために、神井の姿が見えないせいであろう。

「男は園部で、女は小沢園江だ。二人のそのか……」

小野寺が呟いたのは、佐伯が死ぬとき、謎めいた〈その〉という言葉を遺《のこ》したのを思い出したからだろう。

「これをご覧下さい。黒板に書いた文字がキャッチできていますよ」

神井が嬉しさ溢れる声を挙げた。

「なんだって？……なんとかの〈法鏡寺《ほうきょうじ》における……は、特に……〉か。畜生！　残念だが、ちゃんと読めるのは、法鏡寺という固有名詞だけだ。一体、何が書いてあったんだ？……」

小野寺は、八枚目の写真にも目を移したが黒板のスケジュール表らしいものは、撮影の位置が悪くて、確かに、法鏡寺という珍しい寺の名だけしか、読みとることができない。

「九枚目、十枚目には、鏡の前に立っている……これは貝田忠則でしょう、彼の姿が、違った角度から写っています。つまり、こっちに気がついたのは、この男ですね」

と、神井は感慨深く、貝田の冷酷そのものの顔を見詰めた。

「となると、最初に手を出したのは、こいつかもしれない」

小野寺は頷いた。

「でも、カメラの作戦は成功したことになるわ。法鏡寺という寺の名が分かっただけでも大成功。きっと、そのお寺が次の結集地だと思うわ」

九重は美しい瞳を輝かせた。その光の中には、同僚を傷つけた者への、限りない憎しみの色が籠っていた。

「しかし、法鏡寺がどこにあるのか、今度はそのヒントもない」

神井は慎重な発言をした。ひまわりペンションの場合には、〈斑〉の一字がヒントになったのである。

「それは、全国に照会すれば、すぐに分かることだわ」

「法鏡寺というのが、いくつもあったらどうする?」

小野寺警部補が迷ったような声を出した。

「片っ端から当って行きましょう。いくらあったとしても、十や二十もあるとは思えないですもの」

三人の中では、九重が一番、張り切っていた。やはり同性への同情が強いからであろう。

「奴等は、荒れ狂ったとしか思えないが、とにかく、この次は、一人の犠牲者も出さずにコトを運びたいな。それには、草柳さんがうまく回復してくれるといいんだけれど……」

神井はしんみりと言った。

「その通りだ。だから、主治医には念を入れて確かめたが、九〇パーセントの確率で、回復しない可能性の方が高いそうだ。可哀そうだが……」

と、小野寺は、他の二人に申し渡すように、医者の言葉を伝えた。

「やっぱりそうか。佐伯を撃ち、草柳さんを傷つけた奴は、同じ人物じゃないかな。これは直感なんだが……」

「確かなことは、あとの四人を逮捕してからだわ。とにかく、法鏡寺というお寺が、どこにあるのか、それを調べてみます……」

キッパリ言うと、九重婦警は椅子から立ちあがった。もはや負けられない戦いが、彼等とJGの間に熱っぽく開始されていたのである。

問題編②

山村美紗

1

「法鏡寺というのは、一体どこにあるんだろう？」小野寺警部補が、神井巡査部長と、九重婦警の顔を交互に眺めながらいった。

　三人は、長野県の斑尾高原で新しい日本のジャガー・グループ（ＪＧ）派四人をとり逃がしたあと、三人の集会場所になっている東京のマンションの一室に、帰ってきたのだ。

「全国の警察に、照会してもらっているが、今のところ、該当する寺があるといってきた府県はまだないな。法鏡寺というのは、よくあるような名前なんだが、意外にないらしい」

「寺といえば、すぐ、京都を思い出すくらいなんですけど、京都じゃないでしょうか？」九重婦警が京都市の地図を持ってきて広げた。

「京都には、人形寺として有名な宝鏡寺《ほうきょうじ》というのがあるんだよ。法の字が宝になっているけどね」

「ああ、ここにありましたわ、北の方ですね」

「ひょっとして、この寺の書きまちがいじゃないかと思って、さっき京都府警の大橋《おおはし》警部補と、電話でしゃべったんだが、やはり、違うようなんだ。ここは、上品な尼さんが、庵主で、寺のすみずみまで掃除もゆきとどき、観光客などとも、きめのこまかい応対をしているような寺で、とても、赤軍のアジトなんかには、ならないだろうという話だったよ」

「法がつく寺は、法界寺《ほうかいじ》、法観寺《ほうかんじ》、法性寺《ほうしょうじ》、法泉《ほうせん》寺《じ》、法蔵院《ほうぞういん》、それに法輪院《ほうりんいん》というのが、ありますね」

「でも、法鏡寺というのはないなあ」

「過激派のアジトになるような寺だから、荒れはてた無人の寺か、小さな寺で、地図にはのっていないんだろうな」三人が、そう言っているところへ、警視庁の露木《つゆき》から電話がかかってきた。

「逃げている四人のＪＧの一人、木村学が、新幹線で、京都駅に降りたのを、動き出した新幹線の窓から、偶然、うちの警部がみつけました。折本《おりもと》といって、もと公安の仕事をしていた警部で、木村を知っていたのです。すぐに新幹線の中から京都府警に電話をしたが、間に合わなかったといっています」

「それ以外の三人は？」

「今のところ、見つかりません。多分目立たないように、一人ずつ移動しているんだと思います。それで、京都市内で、彼を探す一方、すぐに京都、大阪《おおさか》、名古屋、東京など、新幹線の各駅に張り込んで、他のメンバーがあらわれるのを待っています。そちらも、いつでも、出動出来るように準備していて下さい。また、連絡します」

「了解」電話を切ったあと、三人は、いつでも出発できるように、用意をしてから、再び、腰を下し、事件の分析をはじめた。

「やっぱり、彼等は、京都に集結するんだよ、だから、法鏡寺というのは、京都市内にある可能性が大きいな」と、小野寺。

「ところで、問題は、佐伯を殺したのは、誰かということと、三億円は、今、どこにあるかということだ」

神井は、腕を組んで考えこんだ。

「佐伯は、拳銃で殺されたでしょう。JGのメンバーは、リーダーの園部三津生、ナンバー2の貝田忠則、紅一点の小沢園江、それから、木村学の四人で、そのうち、拳銃の撃てないのは、女の小沢園江だけですね？」九重婦警が、紙に四人の名前を書いて消去していった。

「そうだ。しかし、木村学は、拳銃には詳しいが、それで、人を殺傷するのを好まず、いざとなると、少林寺拳法を使うときいているから、除外していいんじゃないかな」

「残るのは、リーダーの園部と、ナンバー2の貝田ということになりますね」

と神井がいった。

「どちらが犯人だとしても、佐伯を殺した理由は何でしょうか？」

「三億円を独占するためか、政治的に意見が対立したので粛清したか、または、小沢園江という女のとりあいで、仲間もめしたかのどれかだろうな」

小野寺が、考えながらいった。

「それにしても、三億円の金は、一体どこにあるんでしょうね？」

神井は、佐伯の殺された理由よりは三億円の行方が一番気になるようだった。

「三億円といえば、大きな海外旅行用トランクに三個、普通のトランクなら、三人が、両手にさげなければならないくらいのかさがあるから、彼等が、いつも持ち歩いているとは考えられないな」

「三億円のうちの一部、たとえば、二千万とか三千万は、運動費として持ち歩いているにしても、残りは、そっとどこかにかくしてあるんでしょうね」

「じゃ、一番はじめにこもっていた別荘に隠してあるのでしょうか？」

九重婦警も、三億円の行方が気になってきたようだった。

「それだったら、あのとき彼等が、あんなにあっさりと、金を見すてて逃げるはずがないし、あのあと、別荘や地下道は、我々はじめ、警察の専門家が、隈なく探したがみつからなかったよ」

「じゃ、次のひまわりペンションでしょうか？」

「ここも、詳しく調べたし、同じように彼等が、あっさり見捨てて逃げたことを思うと、違うだろう」

「じゃ、やっぱり京都でしょうか？」

「そんな気がするな。ひまわりペンションなどは、すぐみつかったのに、今度の法鏡寺が、なかなかみつからないことからも、京都が、彼等の本当の根拠地という気がするよ」

「名古屋で、三億円奪ったあと、彼等は、密かに、京都に金を隠し、わざと、関東の方へ集結して、我々の注意をそらしていたんじゃないでしょうか」

そこまで、話したとき、再び警視庁の露木から、電話が入った。

「今、ナンバー2の貝田忠則が、東京駅に姿をあらわし、十五時二十四分発、京都行きのひかりの券を買い求めたという情報が入りました」

「わかりました。すぐに出動します」

神井巡査部長の声は、興奮でふるえていた
「貝田は、何号車に乗ったか教えて下さい」

「9号車の7Eです。隣りの7Dの席を確保しました。あとの二人の券は、各自買って下さい」

「了解」

二十分後、三人は、東京駅に到着した。

結局、貝田の隣席には、九重婦警が座ることにきまり、男二人は、適当な席に座って、彼等を見守ることになっった。

2

十五時二十四分、東京を発車したひかり139号の9号車には、仲良く並んで座っている貝田忠則と、九重明美婦警の姿があった。

九重明美は、東京のOLで、妻子ある上司との恋に破れて、京都への旅に出たところだという設定になっている。それで、はじめの数十分は、もの思いにふけっている感じで、窓の外をみたり、ハンドバッグから手紙を出して眺めて、ため息をついたりして、全く、隣席の貝田を無視していた。

しかし、列車が、新横浜《しんよこはま》を過ぎるころになって、通路にやってきた売子を呼びとめ、みかんを買うと、ふと気がついたような顔をして、みかんの一つを、隣席の貝田にすすめた。

「よろしかったら、おあがりになりませんか?」

「えっ、僕にですか?」

貝田は、驚いたような顔をしてみかんを眺めていたが、

「どうも有難う」といって、左手でみかんを受けとった。彼は左ききらしくみかんを左手でむいた。

「どちらまで行かれるんですか」

「京都ですの、もう東京は嫌になりましたから」

「はあ?」

「いえ、会社がつまらなくなって……。あなたはどちらへ?」

「……京都です」

貝田は、用心深く、あたりを見廻してから、小声でこたえた。

「あら、同じですね」

九重は、貝田の顔をみて、はじめてにっこり笑った。それから、京都へ着くまでの三時間、貝田に接近するため、必死の話術で、話を続けた。

自分は、英文科を出たのだけれど、会社では、会

計の方をやっていたこと、失恋したので、しばらく東京を離れ、京都で、仕事をみつけて住みたいことなどを、内心とはうらはらに、淡々とした様子で喋った。

はじめは、あまり話すのを好まなかった貝田も、次第に、話に乗ってきて、京都に着く前には、日を改めて会おうということにまでなった。

九重婦警の作戦はあたったわけである。

彼等JGは、仲間の佐伯を失い、戦力がへっているはずである、もし、信頼出来るものがいれば、仲間に入れたいと思うだろうし、女ならば、一層いいに違いない。

佐伯は、グループ内で会計を担当していたし、JGたちには、英会話も必要だろうという狙いだった。

二人は、翌日の午後、上京区《かみぎょうく》にある法輪寺《ほうりんじ》、通称だるま寺で会うことを約束して別れた。

3

翌日の午後二時、九重婦警は、表門に、提灯の代りに、だるまを掲げ、だるまをかたどった太縄をめぐらせただるま寺に到着した。

境内に入ると、植えられた竹の間に、石造り、すやきなど、さまざまなだるまがあふれ、まず、目を奪われた。上にあがると、本堂には、ありとあらゆるだるま、約八千個が並べられ、再び、九重をおどろかした。

見わたしたところ、貝田忠則は、まだ来ていないようだった。用心深い相手だから、ああはいったものの、本当にくるかどうかは、わからなかった。

九重明美は、一つ一つのだるまをみながら、相手を待った。半分ほどのだるまを見終ったとき、肩をかるくたたかれ、ふりかえった彼女の前に、貝田が立っていた。

二人は、短い挨拶を交わし、静かに歩き出した。

貝田は、ひかり号の中で話したときよりぎごちなく、時々、遠くの方へ視線を泳がせている。きっと仲間が、この寺にきて、それとなく、九重の品さだめをしているのだろう。

仲間が、この寺に来ていることは、九重の方も同じだった。小野寺と神井の二人が、観光客に化けて、この寺のどこかで見張っているはずだった。

「仕事はみつかりましたか？」

しばらく歩いてから、貝田がきいた。

「いいえ。知りあいもないものですから、明日あたり、職安にいってみようかと思っていますの。それにホテル住いも高くつくので、そのうち、アパートかなにか探さなければと思います。あなたは、お友達に会えました？」

貝田は、京都の友人の家に行くといっていたので、九重は、探りを入れてみた。

「ええ。まあ」

「この近くですか？」

「そうです。……よかったら、あなたもきませんか？」貝田は、九重の眼をまっすぐにみて言った。

「行ってもいいんですか？」

いよいよ話が、核心に触れてきたと思ったとき、庭の方で、銃声がおこった。

貝田は、はっとして身構えると、驚くような早さで、九重の前から走り去っていった。

庭へ出た九重の目に、撃たれた右手をおさえてうずくまっている神井巡査部長の姿がみえた。おさえている手に、べっとりと血がついている。

大丈夫ですかと駈け寄りたいのをこらえて、九重は、JG派たちの手前そしらぬ顔で、外に出た。

逃げていくスクーターを追いかけていく小野寺の車がみえた。

一時間後、九重は、ホテルの自室で、小野寺警部補と電話で話していた。

「ところで、どうして発砲さわぎがおこったのですか？」

「最初、神井巡査部長と、僕と、別々に、観光客にまじって歩いていたんだよ。すると、あなたたちの方をじっと見張っている小沢園江の姿をみつけたので、だるまを写すようなふりをして、望遠で、彼女の写真をとったんだよ。すると、いつのまにきたのか、リーダーの園部が、うしろから飛びかかってきて、私の首を絞めて、写真機を奪いとろうとしたんだ」

「まあ、じゃ、彼等は、小野寺さんの顔を知っていたんでしょうか？」

「そうだと思うな、それで、僕が、大声を出したら、神井君がとんできて、『やめろ！　でないと撃つぞ！』といって、拳銃をむけたんだ。すると、彼は、いきなり、神井君を撃って逃げたんだよ」

「じゃスクーターで逃げたのは、リーダーだったんですね？」

「そうです。貝田と小沢も、それぞれ別々に逃げたのだと思うな。私はリーダーの乗ったスクーターを車で追いかけたんだが、あのあたりは、車が入りそうもない細く入りくんだ道が多く、見失ってしまったのです」

「それはそうと、神井さんは、大丈夫でしたか？　私は、貝田たちの手前、そばへ寄ることが出来ませんでしたが……」

「右手をやられたので病院へ入って弾を抜きとりました。散弾でなくて、拳銃なんですよ。リヴォルヴァー38口径」

「えっ、じゃ、日本の警官がもっているのと同じじゃありませんか？」

「そうなんだ。多分、以前、警官を襲ってとったあの拳銃じゃないかと思われるんだが」

「なぜ、小野寺さんは、彼を撃たなかったのですか？」

「リーダーの園部だけ撃って殺しても、仕方がないでしょう。他のメンバーもいるし、三億円のありかもわからなくなるからね。まかれてしまったのは失敗だが、撃たなかったのはよかったと思うな」

「私が、警官だということ、彼等にバレたかしら？」

「今のところは、半信半疑だろうね、もし、はじめから疑っていたら、彼等は、慎重だから、今日出てきてませんよ」

「そうですね。それにしても、彼等のアジトは、どこなんでしょうか？」

「さあ、わからない。すぐに、警備体制を敷いてもらったんだが、彼等がみつからないのは、あの近くにいるんだと思うんだがね」

4

翌日、九重明美は、ホテルを抜け出て、一人で、人形寺で知られる宝鏡寺へ行った。

　彼等の書き残したのは、法鏡寺で、宝鏡寺とは字が違うとはいえ、なにか関係があるのではないかという思いが去らなかったからである。それに、だるま寺である法輪寺と、ここは同じ上京区でさほど離れていないのもなにか気にかかった。

　宝鏡寺は、寺田《てらだ》通りの堀川《ほりかわ》を少し東に入ったところにある。白壁にかこまれた大きな寺だった。庭には、一面に雪がつもり、庭一杯に枝を広げた紅葉の葉に、白い雪が、点々と載っていて、版画をみているような美しさだった。

　門を入ったところに、童《わらべ》人形をきざんだ石の人形塚があり、そこには、

　　人形よ誰がつくりしか誰に愛されしか知らね
　　ども、愛された事実こそ汝が成仏の誠なれ

という、武者小路実篤《むしゃのこうじさねあつ》の文章がある。

　その横に立てられた木札に、この塚は、私たちが、幼い頃一緒に遊んだ人形が、毀《こわ》れたままに、葬り去られることの哀れさに、関係者が、人形を弔い供養しようとして建立されたものだという説明と共に、この人形塚では、京人形はもとより、青い目をしたアメリカ人形も、フランス、ソ聯［連］の人形も、みんな仲良く、手をつないで遊んでいることでしょうという言葉があって、九重婦警を苦笑させた。

　過激派の彼等が、これを読んだとしたら、どんな顔をしただろうかと思ったからである
　案内を乞うて、出て来た尼さんにきいてわかったことは、この寺は、春と秋の二回しか一般公開せず、あとは、あらかじめ予約してたずねてきた人だけ、寺に入れて、参観させているということだった。

　九重も、身分を明らかにして、中を見せて貰うことにした。

　背を丸めた小柄な尼僧に案内されて、折れまがった廊下を歩いていくと、廊下の端や、板間のそここから、年代のついた人形が、じっとこちらをみつめている。

　本堂に入ると、ずらりと並んだガラスケースの中に、文楽人形、雛まつりの人形。青い眼の人形など、大小さまざまの人形が、ところせましと飾られていた。

一番多いのは、黒いオカッパの市松人形である。

九重は、しばらく、寺の内外をみて歩いていたが、どこにも、彼等の隠れられそうな所もなく、異常は発見されなかった。尼寺だけに、用心もよく、いつも、夕方になると、しっかりとカギをかけてしまうということで、JGのアジトとなるには、一番不適当な寺という感じだった。

礼を言って、寺の外へ出た九重は、さて、どこへ行こうかと、京都の地図を広げた。

この宝鏡寺から、昨日の法輪寺までの間は、特に寺の多い地帯で、三十から四十近い寺が密集している。

九重婦警は、宝鏡寺から法輪寺まで直線を引き、丁度その中間あたりを指でぽんとおさえた。指であたったところの寺に行ってみようと思ったのである。

そこは、教豊寺《きょうほうじ》という寺だった。

「教豊寺……。じゃ、ここへいってみようかしら」

顔をあげたとたんに、鼻先をとおりかかったタクシーを止め、九重は、車にのった。

「運転手さん。教豊寺へ行って頂戴」

「キョウホージ？　知らんなあ。ホウキョウジの間違いちがいますか？」

「なに言ってるのよ。宝鏡寺はここじゃないの。ここと、だるま寺の法輪寺の中間の教豊寺よ」

「さあ、知りまへんなあ、大きな寺やないんでっしゃろ。まあ、そばまで行って探しまっさ」

車が走り出してから、九重は、自分が、今運転手に言った言葉を考え、これは、意味のあることではないかと気がついた。

彼等は、法輪寺と宝鏡寺の間の寺ということで、彼等のアジトの寺を、法鏡寺とよんでいたのではないかと思ったからである。

それに、教豊寺《きょうほうじ》をひっくり返せば、音《おん》が法鏡寺《ほうきょうじ》になる。

九重は、途中でおりて、このことを、小野寺たちに知らそうかと思ったが、とにかく、一人で行ってみることにした。自分の考えがあたっているかどうか、自信がなかったのだ。

寺の少し手前でおり、九重は、そろそろと寺に近づいた。

なるほど、運転手も言っていた通り、小さく、土塀もはげ落ちて荒れた感じの寺である。

山門にかかっている木札に書かれた教豊寺の名前も、殆ど読みとれぬくらいに、風化している。

九重は、境内から、庫裡《くり》の方へ忍びこんだ。内部は、ひっそりとして、人の気配がない。やっと、本堂までたどりつき、なにげなく中庭の方をみて、彼女は、思わず、ぎくっとして足をとめた。

庭では、庭木の手入れや掃除をしている男が三人、何やら話し合っているのがみえ、その中の一人がJG派の貝田に似ていたからである。

九重は、ひらりと身をひるがえすと、本堂の大きな金仏の後に身をかくし、わずかな隙間から、庭をうかがった。

しばらくして、廊下づたいに、茶を入れて持ってきた女が、みんなを呼ぶと、三人の男は、縁側に上ってきた。

男たちの顔が近くなったとき、九重は、胸の動悸が高くなるのがわかった。

植木職人の姿はしているが、やはり彼等たちだったからだ。女も、黒っぽい和服にエプロンがけで、地味につくっているが、小沢園江だった。

彼等は、本堂へ上ってくると、まわりの障子と雨戸をぴたりとしめ、ロウソクだけのうす暗い中で、茶をすすり、菓子をたべて、話をはじめた。

九重は、緊張で、体がふるえるのを必死でおさえながら彼等の声をききとろうとした。

はじめは、政治の話や革命の話などしていたが、やがて、きき覚えのある貝田の声で、「ポリたちも、我々が、この寺にいることはかんづいていないらしいな」というのがきこえた。答えているのは、木村学らしい。

「でも、昨日みたいに、このあたりの寺をしらみつぶしにまわってこられたら、しまいには、わかるんじゃないかな。幸い昨日は、ここの坊主がうまくやってくれたからいいようなものの、いつもうまくいくとは限らない」

「そろそろ、第二か第四の法鏡寺にかわるべきね」

小沢園江が言った。

「日影別荘で、三千万なくして行動しにくくて困るな。佐伯がやられるし、第三の法鏡寺に隠してある金は、いつとりに行くんだ？」

再び、貝田の声がした。

「二、三日先だ。それから、我々は、次の攻撃にかかることになる」

落着いた低い声は、リーダーの園部らしい。

「金は、大丈夫かな。あんな衆人環視の中にかくして」

「ああ、大丈夫だろう。まさか、あんなところに隠しているとは気がつかないだろうから」

「寺を移るとしたら、住職夫婦はどうするんだ」

「土蔵に閉じ込めたままにしとくか、それとも……」

そこで、彼等の声は低くなって、しばらく、住職の処置について、意見をかわしているようだった。

そっとみると、貝田が器用に、左手で茶をついでのんでいる。

どうやら、この寺には、住職夫婦がいて、土蔵に監禁されているらしい。そして、昨日のように、寺を調べにくると、女の方を人質にして、住職をおどし、異常はないといわせているようだ。

〈それにしても、第二、第三、第四の法鏡寺とはなんのことだろう。三億円は、ここにはなくて、第三の法鏡寺に隠してあるというが、それは、どこなのだろうか〉

九重が、仏像のかげで考えているうちに、彼等は、小沢園江の運んできたインスタントラーメンに、湯をかけて食べはじめた。

「それはそうと、だるま寺で会った女は、やはりイヌだったよ」と、貝田の声がした。

「なにかわかったのか」

「東京の仲間に問い合わしたら、調べてくれたんだが、彼女の勤めていたという丸の内の会社すべてにききあわしたところ、彼女のいっていた名前の女がつとめていたことはないし、住所もデタラメだったよ」

「なるほど、じゃ、奴らの仲間だな。可愛い顔をして、よくも人をだましやがったな。今度会ったら、連れてきて思いきり、痛めつけてやろう」

九重は、顔から血の気がひいていくのがわかった。

〈みつかったら大変なことになる！〉

まさか九重がかくれているとは気がつかず、彼等はゆっくりとラーメンをたべつづけていた。やがて、

「蔵の中へラーメン持っていってやれ」

というリーダーの声に、小沢と木村の二人が、立ち上って出ていった。

あとの二人は、ごろりと横になり、オーバーをかぶって眠ってしまったらしい。

九重は、足音をしのばせてそっと抜け出し、寺をあとにした。

5

一時間後、九重は、ホテルを引きはらい、神井や小野寺と連絡場所でむかいあっていた。

神井は、右手をホウタイでつっているが、体は元気なようだった。

九重の話をきき終った二人は、彼女の冒険に驚きながらも、彼等のアジトが摑めたことに興奮していた。

「すぐに機動隊を出しますか？」

と、神井は、休んだ分をとり返そうというように、せっかちに言った。

「いや、第二、第三、第四のアジトがあるのなら、それを突きとめないといかんだろう。そうでないと、三億円もわからずじまいになる。彼等は、捕まっても、絶対に吐かんだろうからな。

それに、住職夫婦も人質になっている。

今、彼等を捕まえるよりも、金をとりにいった時に、一網打尽にして、金もおさえるのが一番いいことはいいですね」

みんな、それに賛成だった。

「それまで、どうやって彼等を見張りましょうか？」

「大勢で見張ると彼等にかんづかれるだろうし、九重婦警みたいに、中へ忍びこむのは、なかなかむつかしいだろう。結局、我々だけで、密かに外で見張るより仕方がないだろうな」

「しかし、彼等が、移動する時、尾《つ》けて行って、第二とか第三のアジトをみつけるのは困難でしょうね？」

九重は心配そうにいった。

「彼等は四人いるし、一緒に行くようなことはせず、一人ずつ出発すると思います。それも、まっすぐには、アジトに行かず、バレーの時間差攻撃のように、我々を眩惑するでしょうから」

「まあ、彼等が、移動する前に、その第二とか第三のアジトを突きとめられれば、一番いいんだが……」

「第二、第三、第四のアジトというのは、京都市内なんでしょうか？　彼等は、これで三つもアジトを変っていて、今までは、神奈川県、長野県、京都と、その度に、他府県に行ってますが」神井が首をかしげながらいった。

「それは、わからない。しかし、私のカンでは、京都市内だと思うな、他府県だったら、第二、第三、第四の法鏡寺などと言わずに、全く別の名前をつけると思うんだ」

「それに、今さら、列車や飛行機で、移動することはしないと思いますよ、発見される率が高いですからね」

神井巡査部長もうなずいた。

「じゃ、京都市内だとして、第二、第三、第四の法鏡寺は、どこにあるんでしょうか？」

九重婦警が、また、京都の地図を広げた。

三人は、それをのぞきこむ。

「今回は、宝鏡寺と法輪寺の丁度中間の寺というので、法鏡寺とつけたようですが、いつも、そういう風に都合のいいところに荒れ寺があるとは限らないので、単に、京都市内にある、第二のアジトの寺というくらいの意味で、第二の法鏡寺とか、第三の法鏡等とつけたんでしょうか、それとも、やはり、ちゃんとした意味があるんでしょうか」

「私は、第二の法鏡寺《アジト》というくらいのいみで、寺の名前にはあまり関係ないという説をとりますね。その方が自然ですから」

神井が、まず意見を述べた。

「いや、僕は、やはり、寺の名前は、寺の場所を示す、簡単な彼等の暗号になっているんだと思うな。彼等は、革命だとかなんとか、えらそうなことを言っているが、意外と子供っぽいからね。暗号なんか好きなんだよ。ハイジャック機に乗っていた人の話では、犯人たちは、仲間のことを、501とか60 2とか呼んでいたらしいし、作戦名なども、劇画的な発想でつけているよ。それに、我々だって、ただ、第二、第三、第四のアジトが京都市内にあるというだけでは、探しようがないから、これを、彼等なりの暗号と考えて、解いていこうじゃないか」

「それもそうですね」

小野寺警部補の意見に従って、三人は、しばらく、京都地図を睨んだ。

「鏡という字がつく寺は、この地図に出てる限りでは、宝鏡寺一つですね。法のつく寺は、たくさんありますが……」

神井がそう言った途端、小野寺が叫んだ。

「それだっ、その幾つもある法の字のつく寺と、宝鏡寺を、それぞれ結ぶんだ！」

「えっ、あ、そうか、なるほど。そして、その中間にある寺を探せばいいんですね？」

神井は、急いで、マジックを取り上げ、法のつく寺に、丸印をつけた。

「法のつく寺は、法蔵寺、法界寺、法観寺、法性寺、法泉寺などが、主な寺ですね。まず、法蔵寺ですが、これは、右京区《うきょうく》の鳴滝《なるたき》にあります。宝鏡寺と結んで、その中間の寺というと……」

「竜安寺《りょうあんじ》になるな」

「でも、竜安寺附近に、地図では、小さなお寺はみつかりませんわ」

九重がいうと、神井も首をかしげた。

「まさか、あの有名な竜安寺自身が、アジトになっているんじゃないでしょうねえ？」

「さあ、わからない。それは、あとで調べることにして、一応竜安寺に丸をつけて、次の寺へいこう。次は、法界寺だったな」

「法界寺は、京都の中心地より、相当離れていますね。伏見の醍醐《だいご》や六地蔵《ろくじぞう》の近くです。これと、宝鏡寺を線で結んで、その中間というと、三十三間堂《さんじゅうさんげんどう》のあたりになりますが」

神井は、右手が使えないので、左手で、ぎごちなく、三十三間堂のところに、丸をつけた。

「あっ、すぐそばに、法住寺《ほうじゅうじ》跡というのがあります。法がつく寺です。これは面白いですわね」九重婦警が、喜んで大声をたてた。

「よし、それもマークしよう。次は、なんだ？」

「法観寺です」

「法観寺というのは、遠くからでも見えてる五重塔のあの寺ですね。清水《きよみず》の二年坂《にねんざか》の近くにある……」

「そうだ。俗に、八坂《やさか》の塔といわれているあれだ。宝鏡等と結ぶと、真中は、何という寺になるかな」

「たくさんの寺がありますが、ちょうど真中というと、御所《ごしょ》の南庭になります」

「御所か……、ま、いい、そこに丸をつけよう。その他に、法のつく寺は？」

しばらく、地図をのぞき込んでいた九重婦警が、

「法泉寺というのがあるんですが、これは、近鉄京都線の田辺《たなべ》市で、少し遠すぎて、地図には入っていません。郊外で、直線を引くことも出来ませんので、一応、除外してはと思いますが」

「そうだな。除外するというよりは、他の寺をあたって、駄目なら、もう一度考えてみるということにして、後まわしにしよう」

「その外には、法性寺という寺があります。東山区本町の東福寺《とうふくじ》の近くです。しかし、これは、宝鏡寺と結ぶと、法界寺と結んだ三十三間堂の線とかさなってしまうんです。それに、宝鏡寺との中心は、少し上にあがって、三条《さんじょう》通りになるんですが、このあたりは、ビルが多く、有名な寺はみあたりません」

「じゃ、それも、後まわしということにしよう。そこで、可能性のありそうな寺を書いてみるとこうなるな」

小野寺は、紙に、寺の名前を書き出した。

「それでは、とにかく、竜安寺、三十三間堂、御所の三つの寺と、その附近に荒れ寺などがないか当ってみよう。三人で、一つずつ分担するといいんだが、神井君、怪我の方大丈夫か？」

小野寺は、神井のホウタイをみながらいった。神井は、にっこり笑って左手をあげた。

「大丈夫です。こちらの手が、二倍の働きをしますから。それより、小野寺さんこそ、東京の家の方大丈夫なんですか？　お子さん、手術なさるんでしょう？　なんだったら、寺を調べることは、二人でやりますよ」

九重も、うなずきながら、気づかわしげに、小野寺の顔をみた。

早く結婚したので、小野寺警部補には、二人の子供がいる。高校三年の上の子は元気なのだが、七才になる下の子は、生まれつきの難病で入院中なのである。

しかし、小野寺はきっぱりといった。

「ありがとう。家族は、僕が、この仕事にかけているることは、わかっているから、大丈夫だ。……ところで、三つの寺を三人でどう分担するかだが……御所を神井君に、竜安寺を九重君にやって貰おうか。僕は、三十三間堂をやろう」

6

小野寺警部補は、二人と別れると、その足で、東山区にある、三十三間堂に出かけた。

七条通りをはさんで、京都博物館とだきあった広大な寺である。

この一帯は、後白河《ごしらかわ》法皇の壮大な離宮、法住《じゅう》寺殿《じどの》のあったところで、その法住寺殿の一角に、法皇が、平清盛《たいらのきよもり》に勅命し、長寛二年に創建した。しかし、その後、二度の震災ですべて失い、文永三年復興したものの、現在残っているのは、本堂だけであるという。

小野寺警部補は、拝観料を払い、パンフレットを貰って、それをみながら、順路に従って、本堂へ入って行った。

三十三間堂の名前の由来は、内陣の柱間が三十三あることからついたといわれるが、教えを説く場所や相手によって、三十三の姿を変えるという観音菩薩の変身にも符合しているという説明があった。

堂の中へ入った小野寺は、思わず「うむ」とうなって、その場に立ちつくした。

約千体の等身大の金色の仏像がずらりと並んでいる壮観に打たれたのである。

説明によると、中央の高さ、約三、四メートルの大きな本尊千手観音菩薩は、一代の彫刻師、湛慶《たんけい》が、精魂こめて作ったということで、その両側に、五百体ずつ並んだ千手観音は、いずれも、一六六センチ前後の高さで、顔立ちや、衣文《えもん》は、一つ一つ異なっているということだった。

更にこれら約千体の仏像の体の中には、空洞があって、胎内仏（三、四十センチくらいの小さな仏像や、紙に刷った刷仏《すりぼとけ》）が入っているということや、千一体のうちの三体は、京都、東京、奈良の国立博物館に出陳中だとの説明もあった。

仏像は、それ以外にも、両端に、風神、雷神があり、西側の廊下には、二十八部衆立像などがあり、まさに、仏像にみちあふれた寺であった。

小野寺は、一通り見終ると、庭へ出た。

この寺では、昔からのしきたりに従って、毎年一月十五日に、本堂の背面で、通し矢の行事が行われることになっているが、その矢の傷跡が、堂の柱に残っている。

小野寺は、観光客ではないので、一応、見終っても、すぐ帰りはせず、寺の中を、ぐるぐると歩いて、本堂の仏像を眺めたり、庭をまわって一日を過した。

観光客や、寺の仕事をしている人たちを、それとなくあらためてみたが、JGらしい人物は目につかなかった。

三億円の隠し場所も、これだけ広い寺内では、一人で探すのは困難だった。

×　　×　　×

神井巡査部長は、京都御所へ行った。

京都御所のある京都御苑は、東は寺町《てらまち》通りから、西は烏丸《からすま》通りまで、北は、今出川《いまでがわ》通りから、南は丸《まる》太町《たまち》通りまでの、東西約七百メートル、南北約千三百メートル、面積、約六十五万平方メートルという広大な緑地である。

京都人は、この緑の御苑のことも総称して御所といっている。

神井は、烏丸通りの蛤《はまぐりご》御門《もん》のところから、中へ入っていった。

この蛤御門のいわれもおもしろい。

もとは、新在家門《しんざいけもん》といったが、天明八年の大火で開門したので「焼けて口をあける蛤」にたとえて蛤御門と呼ぶようになったのである。神井は車を蛤御門のそばの駐車場におき、もう一度、地図を開いてみた。この御苑の中やまわりには、実に多くの名所旧蹟や、学校が集っている。

主なところを拾ってみても、紫式部《むらさきしきぶ》の邸跡である盧山寺《ろざんじ》、新島襄《にいじまじょう》の旧邸、梨木《なしのき》神社、冷泉院《れいぜいいん》家屋敷、猿が辻、厳島《いつくしま》神社、宗像《むなかた》神社、そして、御所、大宮御所《おおみやごしょ》、仙洞《せんとう》御所などである。学校の方は、同志社大学、立命館大学、府立医科大学、鴨沂《おうき》高校がある。

これだけたくさんあっては、どこから調べていいかわからない。

神井巡査部長は、突っ立ったまま、じっと地図を眺め続けた。

そして、突然「あっ」というと、急ぎ足で歩き出した。


神井が行ったのは、御所の東側にある梨木《なしのき》神社だった。この神社は、このあいだ、過激派が、焼き打ちをした神社だったのに気がついたからである。

過激派は、梨木神社を、日帝のシンボルだとして攻撃したのだろうといわれている。

〈やはり、JGはここらあたりに目をつけているにちがいない〉

神井は、勢いこんで、神社の中を調べまわった。幸い、神社は、全焼はしておらず、平常通りの社務が行われていた。

ここは、三条実美《さんじょうさねとみ》の業績をたたえて建てられた神社で、三条家の旧宅があった梨木町の地名をとって名づけられたのだが、境内には上田秋成《うえだあきなり》の歌碑や、京都三名水の一つ、染井の水などがある。

一通り見てまわったが、これという異常も見つからず、神井は失望した。

そのあと、一日がかりで、御所内外の名所旧蹟や、附近の学校を調べてまわったが、何の収穫もなく、神井の得たものは、疲れと、負傷した腕の痛みだけだった。

帰る前に、もう一度だけと、御所のまわりを廻った神井巡査部長は、梨木神社の南側で、トラックに荷物を積み込んで引越しをしている一家に出くわした。

道を塞がれているので、仕方なく、突っ立って眺めていると、その家の人と、近所の主婦が挨拶を交わしているのが、耳に入ってきた。

「ところで、三田さん、次に入ってきはる人は、どんなお方ですねん？」

「なんや、学生みたいな若い夫婦の人どしたわ。東京弁やったし、東京の人かもわかりまへん。そやのに、ぽんと五百万円、手付金を払わはったんで、びっくりしましてん。きっと、金持の親御さんがいてはりますのやろなあ。それに比べて、うちなんかは、子供やおばあちゃんで、七人もの家族やのに、小さいところへ行かんならんの辛いわア」

東京弁の学生みたいな夫婦が、ぽんと金を出したというところを、きき咎めて、神井は、そのあと、その家のことを調べてみた。

その家は、三十坪ほどの白いモルタルの家だった。庭はあまりないが、ネギや菊などが植えられていて、住みよさそうな家だった。

近所の人の話では、家を売って出て行ったのは、三田という家族で、ここに長年住んでいた親子七人の家族だという、主人が、ここ半年程前に、交通事故で、足を折って失業して、家でぶらぶらしていたうえに、主人の両親が同居していて生活が苦しくなったので、家を売って小さなアパートに移り、その差額で、しばらく生活していくのだということだった。

家を売ったのは、近所の不動産屋を通じてで、東京弁の若い夫婦は、家をざっとみると、すぐ、手付金を払い、話をきめたという。

あと金は、数日中に、登記所で受けわたしすることになっているという話だった。

神井は、考え込んだ。彼等は、ここを大学から奪った金で、アジトとして買ったのではないかと思ったからだ。

×　×　×

小説「雁《がん》の寺」の舞台になった等持院《とうじいん》から、北西に約十分、足利義満《あしかがよしみつ》が、真夏に雪見をするために絹《けん》布《ぷ》を全山にかけ、それを雪に見たてたという衣笠山《きぬがさやま》を背後に控えて、有名な竜安寺が、静かなたたずまいをみせている。

九重婦警はさきほどからその竜安寺の石庭とむかいあって、じっと、すわっていた。

さびた油土塀を背景に、長方形の庭一面に白砂を敷き、十五個の石を配し、わずかに、石組みのまわりに、苔を敷いただけの簡素な庭だ。

その石と白砂だけの枯山水《かれさんすい》の庭が、無言の重みをもって、九重の心に語りかけてくる。

「この庭の遅日の石のいつまでも」と、高浜虚子《たかはまきょし》が詠んだ石庭である。

〈この庭のどこかに、三億円が隠されているのだろうか〉

九重は、瞑想からさめると、そう思いながら、石の一つ一つを眺めていった。

この寺は、それほど大きくもなく、寺の内外が、きちんとしすぎて、JGのアジトには、なりそうもなく、もし、何かあるとすれば、三億円の隠し場所として使われることしか考えられなかった。

過激派が、前に、あさま山荘にこもっていたことを考えると、もし、アジトなら、近くの衣笠山の方ではないかという気がした。

〈ひょっとして、十五個ある、あの石の下に、金が埋めてあるのではないか……〉

九重は、そう思って、白砂の真中に、ぽつん、ぽつんと置かれている、大きな庭石を眺めた。石を除け、穴を掘って、ビニールに入れた金を埋め、土をかけて、上から元どおり石をのせる——。

しかし、すぐに、九重は、その考えを打ち消した。そんなことをしたら、石の下に何百年もかかって生え茂った苔が、すっかり駄目になってしまう。

〈では、あの庭石が、三億円の金を入れた、紙のはりぼての石と、すりかえられているとしたらどうだろう〉

よく、芝居などで、舞台におかれた、小道具のはりぼての岩が、本物そっくりに見えることがある。

廊下から見ると、遠くにある庭石が、ある日、はりぼての庭石に、かわっていても、しばらくは、わからないのではないか。

しかし、これも、すぐに、九重自身によって、打ち消されてしまった。

はりぼての石を、運び込んで据えつけるにしても、不用になった本当の石を、運び出して捨てるにしても、庭一面に敷かれた白砂の上を通らなければならないからだ。白砂は、専門の係員によって、芸術的なともいえるほどの美しい箒《ほうき》の目がつけられている が、素人が、その上を踏んで、めちゃめちゃにしたあと、元と寸分違わぬ箒の目をつけることは、不可能だからだ。

念のため、九重婦警は、寺務所にいって、そのことをきいてみた。思った通り、箒の目は、竜安寺だけを何十年もやっている専門の人が一人いて、その人以外の者では、同じような、流麗な渦巻状の箒の目をつけることは不可能だといった。

九重は、本堂も、一通り見せてもらったが、庭以外は、他の寺とたいして違ったところもなく、異常もみつからなかった。

衣笠山の方は、一人では手に負えないので、京都府警に、捜査をたのむことにして、九重は、収穫のないまま、竜安寺をあとにした。

7

それぞれの捜査結果を報告するため、小野寺警部補、神井巡査部長、九重明美婦警の三人は、秘密の連絡場所である、京都府警近くのアパートの一室に集まった。

三人が、席について、お茶を一口、啜《すす》ったとき、タイミングを合わせたように、京都府警から連絡が入った。小野寺が、急いで、電話口に出た。相手は、大橋警部補だった。

「京都府警の大橋ですが、こちらに依頼されました件について、報告します」

「どうも、色々お世話になりまして」

「法輪寺《だるまでら》と宝鏡寺《にんぎょうでら》の中間にあります教豊寺を見張っておりますが、今、現在、たいしたかわりはありません。小沢園江と、貝田忠則が、時々、買物に出る程度です、二人は、仲が良く、恋人か夫婦のようなムードです。買物は、インスタントラーメン、風邪楽、パン、牛乳、かんづめ等です」

「住職夫婦は、無事でしょうか？」

小野寺が、心配そうにきいた。

「こちらも、住職夫婦の安否が気がかりだったので、私自身が寺を調べに行きました。過激派関係の事件がおこったのでこの近くの寺を順番に見てあるいているといって、寺の中を一通り見てきましたが、彼等はいませんでした。土蔵の中を見たいと言いましたが、住職が、今、カギがないからといって、必死で断るのでやめました。多分、私が行ったので、彼等は、住職夫人と一緒に、土蔵に入ったのだと思われます。住職は、風邪をひいていて、熱もあるらしく、ひょろひょろしていました」

「土蔵の中は、火の気もなくて寒いんだろうと思われます、年寄りだし、早く助け出さないと危いですね」

「住職には、さりげなく紙を見せました。『私は、京都府警のものです、JG派が、いることはわかっていいます。大丈夫ですから、もう少し頑張って下さい』と書いた紙です。住職は、それを、ちらっと見ましたが、何も言いませんでした。帰りぎわに、『ご覧のように、風邪を引いて、熱っぽいので、寝込むだろうと思います、三日ほど来ないで下さい』と二回くり返していわれました」

「三日すれば、彼等が出ていくので、それまで、放っておいてくれと言っているのか、彼等から、そう言えといわれているのかわかりませんね」

「そうです。もし、三日して出ていくとしても、そのとき、住職夫婦を、生かしたまま、おいていくか、殺すかは、わからないと思います。次のアジトへ連れて行くかも知れません。とにかく、二人が、人質になっているので、今は、うかつに手を出せませんね」

「もし、彼等が、住職夫婦を、次のアジトへ連れて行くとなったら、厄介《やっかい》なことになりますね」

「京都府警《うち》では、三億円は、みつからず終《しま》いになってもいいから、彼等をつかまえろという意見が多いです。もし、住職をそのままにして、次に移るようだったら、その時が、チャンスだと言うわけです」

「いや、彼等は、アジトを出る前に、必ず、三億円のある場所へ行くと思うのです。ですから、そこへ行ったときが、チャンスだと、我々は考えるんですが……」

　小野寺警部補が、一生懸命、説得している。

「まあ、そのへんは、その場その場で、対応しましょう。ところで、衣笠山の方ですが、まだ、充分には、調べておりません。しかし、山の上の方とか、中腹に、山荘がないことだけは確かです。この山は、ご承知かと思いますが、大文字焼きのときの、左大文字が点火される山ですから、左の字の形に、木が伐《き》られ、塹壕《ざんごう》のように、土が掘られています。そのあたりを、念入りに見てきましたが、不審な点はありません。ただ山のふもとには、マンションやアパート、住宅などが、たくさんありますので、今、一つ一つ調べております。住宅も、画家の堂本印象《どうもといんしょう》の邸とか、大きい家が多いので、念を入れるつもりです」

「彼等が、そのあたりにアジトを持つとしたら、マンションかアパートを買ったり、借りたりするような気がしますね」

「買う場合は、今までは、金がなかったので、今回、買うかも知れませんが、借りる場合は、平凡な一市民として、ずっと以前から、借りていたかも知れず、捜査は困難です。ただ、彼等、言葉が、京都弁でなく、東京弁だと思いますので、その点を、考慮に入れて調べてみます」

「どうかよろしく。ただ貝田の父親は、京都出身で、貝田も、小さい時は、京都にいたようですから、彼は、京都弁が、喋れるかも知れません。その点、含んでおいて下さい」

「了解しました。また、連絡します」

　電話のあと、小野寺は、今の話を、神井と九重に伝え、そのあと、自分たちの調べたことの報告に入った。

8

　まず御所を調べに行った神井が、あのあたりの名所旧蹟や、学校を調べた話をしたあと、梨木神社の南側に、引越し中の家をみつけたことを話した。

「それで、三田という人の引越し先、またはそれを世話した不動産屋を訪ねて、どんな人物が、買ったのか、詳しくきこうと思いましたが、そうすると、もし彼等だったら、カンづいて、金の受け渡しにあらわれないと困ると思ったものですからやめました。その代り、登記所と代書を、ここ二、三日見張ろうと思います。もし、登記所にやってきたのが、彼等の一人だったら、あそこは、新しいアジトにするんだと思います。そのために、金も、隠し場所にとりに行くのではないかと思います」

「アジトにしたとしたら、そこで、爆薬つくりをするのかも知れんな」

「または、御所まで、トンネルでも掘るのかも知れませんわ」

九重が、笑いもせずに言った。

「しかし、アジトにするにしても、私は、三億円の隠し場所にはしてないと思います」

神井が、話を続けた。

「あの家は、今日まで、大家族が住んでいて、いつも誰か家にいるような状態だったようですし、ぶらぶらしている主人もいて、家の中に、三億円を隠すのは無理だと思います」

「なるほど」

小野寺が、うなずいた。

「隠すとすれば、庭ですが、狭い庭には、ネギや菊の花などが、ところ狭しと植えられていて、しょっちゅう手入れされているような様子ですから、これも無理だと思われます」

「隠すとしたら、そんなところでなく、きっと彼等は、御所の紫宸殿《ししんでん》の中とか、そういう、象徴的なところに隠すような気がしますわ」

九重が、口をはさんだ。

「彼等は、人の目の前にありながら人が気がつかず、あっというような場所に隠してあるというような口ぶりだったし、また、彼等の顕示欲の強さからいっても、そうだと思うんです。だから、私の場合も、竜安寺の本堂などではなく、石庭をじっくりとみてきたんです。三億円の隠し場所は、竜安寺なら、石庭、三十三間堂なら、仏像のある本堂、御所なら、紫宸殿の、天皇が座られる場所あたりだと思うんですが、どうでしょうか?」

「私も、それには賛成だ。アジトには、アパートや、普通の家を使うかも知れないが、三億円のかくし場所は、九重君の言った三つの場所のどれかだと思うね。ところで、神井君、紫宸殿はどうだったかね？」

「大宮御所には、今でも、天皇が泊まられることもあるし、紫宸殿もどこも、とにかく、他の寺より、ずっと、警備がきびしく、三億円をかくすどころか、なかなか中に入れないと思います。御所の建物の中へは、一般の者は普段は入れないし、一般公開されるときも、いろいろと身元を調べられ、予約させられますから、無理でしょうね、そんなところへたとえ隠しても、今度は出すことが出来ませんから、私は、三億円は、御所じゃないと思います」

うなずきながらきいていた小野寺は、今度は、九重の方へむいてきいた。

「石庭の方はどうですか？」

九重婦警は、石庭を見て考えたことを、すべて話し、

「石も、ちゃんと十五個、写真にあるのと同じ場所にあったし、床下ものぞいたけど、異常はみつかりませんでした。三億円をダイヤにして、白砂の中に混ぜてあるのだったらとにかく、そうでなければ見当がつきません。三十三間堂の方はどうですか？」

ときいた。

「こちらも同じだ。本堂の中も、何度も調べてみたし、最後に仏像の数までかぞえたが、中央の大きな観音像の両側に、五百体ずつの千手観音が立っていて、異常はなかったよ。ただ、あの寺は広くて、廊下や庫裡《くり》など、全部、見つくせたかというと、自信はない。明日の午後からは、それぞれ持ち場を交代して、違う場所を探すようにしたらどうだろう？」

小野寺の提案に、みんな賛成し、明日の午後は、小野寺が御所を、九重が三十三間堂を、神井が石庭を調べることになった。

9

ところが、皮肉なことに、翌日の午前中に、事件が起ってしまった。

三人が、あれほどマークした場所の一つで、ＪＧ

のリーダー園部三津生が殺されたのだ。

園部は、その場所の前の道路に、あおむけになって倒れ、顔の左半面は、正面からなぐられたらしく、青黒くはれていた。致命傷は、心臓に命中した拳銃の弾だった。

「二人は、最初、とっくみあっていたんだと思いますね。そのうち、犯人が、園部の顔に、強烈なパンチをくらわせたんでしょう。園部の左耳のあたりから、唇にかけて、ななめに青くはれ上っています。そして、園部がひるんだすきに、犯人は、拳銃をとり出し、まっすぐに撃ったんですな」

「なるほど。それから、園部のなぐられた顔には、なぜか、金色の粉がついているな」

死体を調べた京都府警の捜査一課長と検死官が、話しあっているところへ、小野寺、神井、九重の三人がかけつけてきた。

三人は、顔を見合わせると、異口同音に、

「じゃ、三億円は？」

というなり、中へかけこんで行った。

しかし三億円があったと思われる場所から、三億円は、すでに消えていた。そしてその場所に、隠してあったことが間違いない証拠に、一万円の札束が一つ、乱れた現場にころがっていた。

解答編

1

小林久三

病室の窓に、雨滴が白く貼りついて斜めに流れた。流れる速度には勢いがあった。

朝から降り出した雨は、昼過ぎになってさらに激しくなったようである。白いレースのカーテン越しにみえる窓の向う側に、もう一枚、部厚いカーテンを垂らしたような具合だった。

雨がつくる灰色の幕。

ベッドの脇に立った九重婦警は、ぼんやり窓の外を眺めた。視界は暗く閉ざされていた。いつも眼下に鮮かにひろがる港の風景が、ひどくかすんでぼやけてみえた。なにか荒涼とした砂漠かなにかのように映る。

〈ひろみさんの頭のなかにも、これとよく似た風景がひろがっているのだろうか〉

九重明美は、ふっと、そうおもった。

記憶喪失だというが、記憶の回路が一部切断されたということは、一体、どんな状態なのだろうか。頭の奥に、もやもやした不透明な部分があり、その底に記憶のある部分が閉じこめられてしまっているのかしら。

草柳ひろみは、おそらくそんな状態にあるのだろうと、九重婦警は想像した。

斑尾高原のひまわりペンションを包囲し、三億円を強奪した、〈新しい日本のジャガー・グループ（JG）〉の犯人を逮捕しようとしたやさき、草柳婦警は狙撃された。霧のなかの狙撃であった。

弾丸は、草柳婦警の頭蓋骨すれすれにとび、脳の一部に一種の挫傷を作り、それが記憶喪失の引き金になった。

小野寺警部補に抱き起された草柳婦警の蒼白な顔を、九重明美ははっきり覚えている。

蒼白な顔を塗りつぶすかのように、とめどもなく流れていた鮮血。

草柳婦警は、もよりの「北信総合病院」に収容されて手術を受けた。

術後の経過はよく、回復を待って横浜の警察病院に移された。もはやひとりで寝起きできるほどに元気になっている。だが、狙撃された以前の記憶は、すべて失われていた。

なにか熱い火掻き棒のようなものがズブリと頭に差し込まれたように感じたというが、それ以前の記憶はいっさい闇のなかに封じ込められている。

〈もし犯人を逮捕したと報告したら――〉

ひろみさんの記憶は甦るのだろうかと、九重明美はおもった。同じ職場に働く同性として、なんとか彼女の失われた記憶をとりもどしてやりたい。

〈でも、いまだに犯人は捕まらない〉

九重婦警は唇をきゅっと噛んだ。

京都に潜入したJGのアジトらしいものをつきとめながら、取り逃した。三億円の隠し場所も捜し当てられなかった。しかも、その過程で、リーダーの園部三津生が射殺されるという事件さえ起った。犯人は、おそらく、グループのナンバー2ともいうべき、拳銃の名手の貝田忠則だろうと推定された。にもかかわらず、貝田の行方を見失った。

結果的に、なんの収穫もないまま九重婦警は、小野寺や神井とともに虚《むな》しく京都から横浜に引きあげてきた。逃走した犯人の行方をつかみ切れぬまま、捜査は空転しつづけている。その合間をぬって、彼女は小野寺警部補とともに、港を見降す病院七階の一室に、草柳婦警の見舞いにやってきたのだった。

〈それにしても――〉

と、彼女はおもった。JGの連中は、どこに潜伏しているのか。三億円の資金をなにに使おうとしているのか。そして、彼らの狙いは？

頭のなかで、そう呟いたときだった。

背後でカチリと音がした。

反射的に、九重婦警はふり返った。

ベッドの横の椅子に腰を降ろした小野寺が、ライターを弾《はじ》いたのだった。口にくわえた煙草から煙が白く流れた。

二人の目が合った。

「よく眠っている……」

と、小野寺がだれにともなく呟いた。「長い間、ぼくらの相手をしたので疲れたのかもしれないね」

後の言葉は、九重明美に向けられていた。

「かもしれませんわ」

九重婦警はうなずいた。確かに、小野寺警部補がいうとおりなのだ。見舞いにきた二人を迎えて、草柳婦警はベッドのうえではしゃいでみせた。けれど、草柳婦警自身、なぜ自分が頭部を負傷し、いまベッドにいるのかまるで分っていないのだった。その理由を知らずにはしゃいでみせる同僚の姿に、彼女はあるいたましさを感じた。

「そろそろ引きあげましょうか」

と、九重婦警がいった。

「うむ」

小野寺が重くうなずいた。

「早く記憶がもどるといいですね」

答えずに小野寺は、椅子を鳴らして立ちあがった。

「医師《せんせい》は、どういっているんですか」

「難しいそうだ」

「一生、甦らないんですか、記憶が」

「それはなんともいえん」

小野寺が強い調子でいった。どこか吐き捨てるような語調だった。語気に押されて、九重婦警は黙り込んで、小野寺をみつめた。見返した彼の目に、黒い閃光のようなものが閃いた。

二人の間に沈黙が落ちた。

九重婦警は息苦しさを覚えて、視線をベッドのほうに移した。草柳ひろみは、昏々と眠りつづけている。蛍光灯のあかりのせいか、顔が変に白っぽくみえた。元気だったときよりも、いくぶん痩せて、頬が尖ったようにおもえる。

顔の左の頬のあたりが、薄化粧でもしたようにほんのり赤く染まっていた。頭上のサイドテーブルにおかれたガーベラの花影を淡く映しているのだった。

病院にくる途中、花屋で小野寺警部補が買いもとめた鉢植えの花だった。小野寺は、時折り、ひとりで見舞いにきているらしい。日頃は、無骨な捜査刑事にしかみえないのである。そんな小野寺に、見舞いの品に花を選ぶ繊細さと、ひそかに見舞いをするやさしさがあるというのは、九重婦警にとっては、意外な発見だった。

〈小野寺警部補は、多分――〉

九重婦警は、草柳ひろみの寝顔と鉢植えの花を等分にみつめながら、頭のなかで呟いた。

一緒に行動しながら、草柳ひろみが犯人に狙撃されるのを阻止できなかったことに、自責の念を感じているのだわ。記憶が甦ることを、小野寺警部補は、だれよりも念じているにちがいない。

「出ましょうか」

と、九重婦警が腕時計をみた。時計の針は、午後一時をさしている。

「ああ」

小野寺が応じた。重い感じの声だった。

応じながら、しかし、小野寺はその場を動こうとしなかった。暗い目を、ベッドの草柳婦警に据えている。じっとなにかに祈っているような様子だった。

「小野寺さん」

遠慮がちに、九重婦警が声をかけた。

「え?」

小野寺がわれに返ったように、彼女をみた。顔に短い狼狽の色が走った。

「すみません」

小野寺が小声でいい、唇を歪めた。

そのとき、扉にノックの音があった。

「どうぞ」

九重婦警が答えた。

扉がほそめに開いて、看護婦が顔をのぞかせた。

「県警の方ですか。県警の神井さんから電話が入っています」

2

東名高速の川崎IC《インターチエンジ》近く。

神井巡査部長は手にした傘を持ちかえながら、視線の先の小型トラックをみつめた。

小型トラックのバンパーは、醜くつぶれている。フロントガラスは跡かたもなく飛び散っていた。ぽっかりと穴が開いたフロントガラスから、雨が容赦なく運転席に吹き込んでいる。

吹き込んだ雨は、運転席と助手席に飛散した血を押し流していく。押し流された血は運転台の扉から舗道にしたたり落ち、路肩のほうに淡赤色の帯を作って流れていく。篠《しの》つく雨が、血の色を薄め、やがて透明な雨水のなかに溶かしこんでくれるのが、救いだった。

「二人とも即死だったわけだね」

すぐそばで、小野寺がいった。しわがれた声だった。

「そのようですね」

神井は、小野寺の方をみて答えた。

傘に隠れて、小野寺の顔はみえない。神井が続けた。

「かなりのスピードで東京に入ろうとしていたようです。ところが雨でスリップして、側壁に正面衝突してしまった」

「助手席にいたのが、木村学だったわけだね」

「ええ。事故を調べにきた多摩《たま》署の者が、手配の写真の顔を覚えていてくれたことが幸運でした。助手席で死んでいた男が、手配中の男と似ているうえに、小型トラックが京都ナンバーになっている。ピンときて、県警に連絡してくれたので助りました」

「運転をしていた男は?」

「いま京都府警に照会中ですが、おそらくJGの一味ないしシンパでしょうね。死体をみましたが、長髪の若い男でした」

「新顔か?」

「ええ」

「しかし——」

と、小野寺がわずかにいい澱《よど》み、

「荷台に乗った三体の仏像はなんでしょうかね」

「シートで厳重にくるまれているんだがね」

「なにか大事なものでしょう、彼らにとって」

「だろうな」

「おそらく」

と、神井巡査部長はいいかけて、口をつぐんだ。

先走った推理を、しゃべるのはよそうと、考えたのだった。現場検証が終り、多摩署で仏像を調べれば、いずれはっきりすることだ。

「JGの連中は、東京に向かっていたんだね」と、小野寺がいった。

「貝田忠則や小沢園江は、すでに東京に潜入したとみていいでしょうね。トラックも、二人のアジトに向うところだったのでしょう」

「なにを画策しているんだ、彼らは」

「多分、要人誘拐……もしくは国外に逃亡して、海外にいるほかの過激派の連中と合流して、新たな行動を起す。そのいずれかでしょう」

神井は慎重に答えた。それは、公安担当の刑事としての、確信に似た直感だった。

「しつこいね」

小野寺が呟くようにいった。「内ゲバで、リーダーの園部や資金担当の佐伯を殺しても、あくまで計画を捨てようとしない」

「木村学が死んで、残ったのは、貝田忠則と小沢園江の二人だけです」

「すると、最初に射殺された佐伯茂が、死ぬ間際に呟いた、『その……』という言葉は、小沢園江を指すことになるね」

「しかし、彼女は拳銃は撃てませんよ」

「だとすれば、佐伯は、『園江の罠にはまった』とか、『園江に金を奪われた』といおうとしたのかもしれん」

「なるほど」

神井はうなずいて、胸に引っかかるものを覚えた。

JG五人のグループは、長者ケ崎の「日影別荘」から斑尾高原の「ひまわりペンション」、そして京都と追いつめられていく過程のなかで、五人のうち二人までが射殺された。いずれも、一発の弾丸で射殺している。撃ち損じはない。だが、草柳婦警の場合のみ失敗した。いずれも貝田が引き金を引いたと推定されるが、草柳婦警の場合にのみ、なぜ撃ち損ねたのか。霧のなかでの狙撃という、ハンディ・キャップがあるにしても。

そのことを考えると、靄《もや》がかかる。靄に似た疑惑は、時間の経過とともに、少しずつ厚みを増して、内部に堆積してきているらしかった。

それがなにかを、神井ははっきり見究めることができないでいた。園部と佐伯を射殺したのは、ほんとうに貝田なのか？　射殺の理由は、政治的意見の対立のためなのか？　あるいは、小沢園江の取り合いなのか？　そして、三億円の行方は？

いずれにしても、事件の謎は依然として解けない。

どころか、逆に増幅してきたともいえる。

〈佐伯と園部を射殺した犯人は、だれなのか？〉

神井は深い溜息をつくと、視線を遠くに投げた。

雨はさらに激しくなったようだった。灰色の雨に塗りこめられて、なにもかも無色にしか映らなかった。

ただ一つ色らしいものは、目の前にとまった黄色い牽引車だけだった。牽引車《けんいんしゃ》は、現場検証がすみしだい大破した小型トラックを多摩署まで引っぱっていくことになっている。

「現場検証が終りました」

黒い防水服に身を固めた多摩署の山下警部が、神井と小野寺の前にきていった。

「単なるスリップ事故ですね」

と、神井はたずねた。「車に作為のあとはありませんね」

「そのようです」

山下警部が答えた。「百パーセント、運転ミスとみて差支えありません」

「この事故を知ったら、貝田と園江はあわてるでしょうな」

と、小野寺が口をはさんだ。「彼らの計画は、すべてご破算になる」

「まったく予想外の出来事でしょうからね」

「今後、犯人の貝田がどう出てくるかみものですね」

小野寺が断定するようにいって、低く笑った。断定的なその口調に違和感を覚えて、神井はおもわず小野寺を見返した。

相変らず傘の陰に隠れて、小野寺の顔はみえない。神井は廻りこむようにして、傘のなかをのぞきこんだ。なぜか、そうしたい衝動に駆られたのだ。

目の中に、小野寺の顔が飛び込んできた。

小野寺は光る目を、小型トラックの荷台のうえにあてている。

〈小野寺さんもまた、シートにくるまれた三体の仏像に、おれと同じような推理を働かせているのだろうか〉

そのとき、近くに停車したパトカーの警官が叫んだ。

「神井さん、特捜から無線連絡が入っています」

〈分った〉

というふうに片手をあげると、神井はパトカーのほうに急いだ。そのとき、背後から自分にそそがれている鋭い視線を感じた。ふり返ると、視野の隅に、小野寺の姿が映った。気のせいか、その目は異様に暗く光っているようにおもわれた。

〈小野寺警部補はなにを考えているのだろう?〉

そんな疑問が、ちらと頭をかすめた。その瞬間、雨をたっぷり吸い込んだ傘が、掌のなかでやけに重たく感じられた。

パトカーのなかに入った。

神井は無線のマイクを取った。

「神井部長ですか」

女の声が流れてきた。九重婦警の声だった。東名高速の川崎IC近くで、JGらしい男が事故を起したという報告を受けたとき、神井は、草柳婦警の見舞いにいっていた小野寺と九重明美に連絡し、警察の車を病院に差し向けるよう手配した後に、事故現場に急いだ。小野寺は十分ほど遅れて、現場に到着したが、九重婦警は県警にもどった。京都府警との連絡に、事情をよく知ったものを県警に残す必要があったからである。その彼女が無線で連絡してきたのだ。

「京都府警からの連絡だと——」

と、九重婦警がややうわずった声でいった。「木村学と一緒に小型トラックを運転していたのは、薩《さつ》本和夫《もとかずお》という、JGシンパの関西芸大の学生じゃないかというんです」

「関西芸大の学生?」

「死体をみていないのではっきり断定できないけれど、人相や服装からみて、薩本和夫にまず間違いなかろうと、京都府警の公安担当はいっています。薩本和夫は、関西芸大の彫像科の四年生だそうです」

「彫像科か」

おうむ返しにいって、神井は自分の推定がほぼ間違いなかったと確信した。頭の仄暗い部分に、京都の三十三間堂にずらりと並んでいた千一体の金色の仏像が浮んだ。その仏像に、金粉をつけた園部の死に顔が二重映しになり、やがてひとつに溶けた。

〈彼らは、三億円の現金の隠し場所として三十三間

堂を選んだのだ〉

神井は低く唸った。京都の東山区にある三十三間堂。後白河法皇の離宮として創建されたという三十三間堂の堂内には千一体の仏像ばかりではなく、それ以外に、風神、雷神、さらに二十八部衆立像などがあるという。まさに仏像が密集した寺であり、そのなかに三億円の現金をつめた仏像を紛れこませていたとしても、素人目には判別できないだろう。三十三間堂につとめているものでさえも。

千一体のうちの三体は、東京、京都、奈良の国立博物館に出陳中だと語った、小野寺警部補の言葉がおもい出された。JGグループは、その機会を狙った。おそらく、関西芸大彫像科の学生の薩本は、仏像の模造品《イミテーション》を三体つくったにちがいない。模造品の仏像の体内を大きくくり抜いて、その空洞のなかに約一億円ずつつめ込んで、深夜ひそかにこれら三体の模造品を堂内に運び込んだのだ。

神井は無線機のマイクを握ったまま、頭のなかに、さらにくわしく三十三間堂の堂内の光景をおもい描いた。中央に、巨大な本尊千手観音像が据えられている。その両側に、本尊の約半分の高さの千手観音が五百体ずつ並んでいる。これら仏像の顔や、衣文はひとつひとつ異なっており、内部に空洞があって、胎内仏が入っているというが、JGの連中は、それにヒントを得て、同型の模造品の空洞に巨額の札束を隠すことをおもいついたのであろう。

三体の模造品をつくるには、かなり時間がかかったに相違ない。ということは、JGは周到な計画のもとに、名古屋の新東西医大の理事長室から三億円の現金を強奪し、京都の三十三間堂の仏像群のなかに、模造品の仏像をまぎれこませてしまったのだ。したがって、長者ケ崎の「日影別荘」に彼らが持ってきた現金は、その一部だとみていい。

同時にまた、彼らは長期にわたって、着々と計画をすすめてきたのだ。資金作戦、いわゆるM作戦が成功したとたんに、仲間割れを生じて、貝田が佐伯と園部を次々に射殺していったとは考えられない。

〈貝田は、急に三億円の金をひとり占めしたくなったのだろうか〉

さらに小沢園江をも独占しようと図って、木村学を自分の仲間に引き込んだのではないか、と神井は考えた。だとすれば、薩本和夫の役割はなにか。木村と薩本は、雨の東名高速を東上してきて、事故死した。この事故は、あくまで偶然の結果であって、貝田の作為による死ではない。

神井は一瞬、混乱した。

「どうかしたの、神井さん？」

無線機の奥から、九重婦警の声がきこえてきた。

「いや」

その声で神井は現実に引きもどされた。

「荷台のうえに三体の仏像が積んであったというのも、謎めいていますね。もしかすると、その仏像のなかには」

と、九重婦警がいった。彼女もまた、神井や小野寺と同じ推定をしているらしい。

「結果はすぐに報告する」

神井が答えた。「三十三間堂の仏像を調べてくれるよう、折り返し京都府警に連絡してもらえないか」

「了解」

九重婦警は弾んだ声で応じて、無線を切った。

無線が切れた後、神井は煙草をくわえた。

マッチで火を点けたとき、車窓にこちらに近づいてくる黒い人影がみえた。黒いコートを着た小野寺だった。

灰色の視界からぽっかり現われたような小野寺の姿をみつめながら、神井はいまの九重婦警からの連絡を伝えなければと考えて、唇を舌で湿した。

多摩署に牽引された小型トラックから降ろされた三体の仏像は、徹底的に〝解剖〟された。

予想していたように、三体の仏像は千手観音の精巧な模造品であった。一見したところ、とても新しく彫られたものにはみえない。金粉もやや黒ずんで、鎌倉時代につくられたかのように映る。高さも一六六センチ前後あって、そのまま三十三間堂の仏像のなかにおかれれば、そのまま鎌倉時代の作品として、充分、通用しそうだった。顔自体にも、気品すら漂っている。

決定的に異なる一点があった。左腕の付け根の裏側に小さな凹みの部分があり、その凹みが一種の鍵のような役割を果していて、凹みに指をかけて手前に引くと、背中がぱくりと開き、体内にぎっしりと一万円札がつめこまれていたことだ。

三体の体内につめこまれた一万円札が引き出され、捜査課の床に積みあげられたとき、神井と小野寺は、おもわず顔を見合せた。

捜査員の手によって、慎重に札束がかぞえられた。金額は二億七千万円だった。新東西医大理事長室から奪われた額よりも、三千万円ほど足りなかった。

〈JGの連中は、三千万円を持って「日影別荘」に潜伏していたのだ〉

神井巡査部長は、積みあげられた札束をみつめた。二億七千万円。一介の公安担当の巡査部長には無縁の金だった。一生、身を粉にして働いたところで、その金額の十分の一も手にすることは不可能に近い。百分の一ほどが、ようやく現実感のもてる金額であった。その金額にしても、このように目の前に山積みされるような機会は、まずありえない。

そんな目でみると、二億七千万円の札束は、神井には大量の四角い紙クズのようにしか映らなかった。

小野寺もまた、同じ感慨に耽《ふけ》っているらしく、無機的な目を札束の山にあてていた。

「どうも玩具の紙幣のようにしかみえませんね」

と、神井は小野寺にいった。

「目の保養だな、一種の……」

またたかない目で神井をみて、小野寺が答えた。感情を消した、乾いた声だった。小野寺がつづけた。

「保養というより、目の毒かな」

3

「なんだって？」

神井は声のオクターブをあげて、目の前の九重明美をみた。

「千体のうち、三体が出陣中だって」

「ええ」

九重婦警がうなずいた。神井がつづけた。

「いつからか？」

「一月前からだそうです」

「一月前？」

「東京、京都、奈良の国立博物館に貸し出していたそうですわ」

「ほう」

神井は眉をひそめて、コーヒーをすすって店内を見廻した。店内は、若いサラリーマンで一杯だった。会社の引けどきとあって、県警近くにある喫茶店に、サラリーマンがたちよったのだろう。ＯＬ風の女性を連れたアベックの姿が目立つ。

「そのことを、小野寺警部補は当然、三十三間堂できいたはずだ」

神井はコーヒーを胃のなかに流し込むと、独り言のように呟いた。

「京都府警からの連絡では、寺側でも小野寺さんに説明したと答えているそうよ」

「おかしいな」

「なにが？」

「覚えていないか、小野寺警部補が三十三間堂の捜査を担当し、君が竜安寺を調べ、おれが京都御所にいった日のことだ。それぞれの捜査結果を報告するために、京都府警近くのアパートに集ったことがあったな」

「ああ、あの日のことですね」

九重婦警が記憶をたどる目つきになった。

短い沈黙が漂った。

テープを巻きもどすように、神井の耳に、小野寺の言葉が再生されてきた。

小野寺はこう報告したはずである。

「……最後に仏像の数までかぞえたが、中央の大きな観音像の両側に、五百体ずつの千手観音が立っていて、異常はなかったよ」

だが、そのときすでに三体の観音像は、東京をはじめ三カ所の国立博物館に貸し出されていたのだ。

小野寺は、そのことを知っている。知っていたとすれば、千一体の仏像があることに、小野寺はある疑問を感じていいはずである。仏像が三個多い、と。

一般の観光客とはちがうのである。刑事なのだ。仏像の数の異常に気づき、それを手がかりに追究していけば、仏像のなかにまぎれ込んだ模造品《イミテーション》をいちはやく発見できたにちがいない。

〈小野寺警部補は、ほんとうにそのことに気づかな

かったのだろうか〉

神井はコーヒーをすすりながら、頭のなかに突如、芽ばえた疑問を追った。小野寺が気づかなかったわけはない。気づいていたとすれば、意識的にその事実を伏せていたことになる。

なぜ？　なんのために？

〈それに——〉

と、神井はさらに推理の糸をたぐりよせた。佐伯にしろ、園部にせよ、こちらがJGグループを追いつめた、いわばどさくさのなかで射殺されている。どさくさの現場には、貝田忠則がいたことは確かだが、逆に小野寺警部補もいたのだ。そして、草柳婦警が撃たれたとき、小野寺は彼女と共同行動をとっていた！

そのおもいが閃《ひらめ》いた瞬間、強烈な衝撃が神井の内部を走り抜けた。

「まさか……！」

と、神井巡査部長は低く呻《うめ》いた。信じられない。妄想に耽るのもいい加減にしろ。

「そういえば、佐伯が殺されたときの様子も変だったわ」

不意に、九重婦警がいった。ひどく真剣な口調だった。

「え？」

神井はコーヒー・カップを唇のところでとめて、彼女をみつめた。迷いの出た彼女の視線が神井の面上をさまっていたが、やがて、

「佐伯が射殺されたとき、銃声がきこえてまもなくわたしは部屋に飛び込んだわ。そのとき、小野寺警部補に会ったわ」

「貝田とは？」

「とうに地下道から逃げていたわ」

「草柳婦警が撃たれたときもそうだったな」

と、神井が唇をこじあけるようにしていった。

「あたしたちがかけつけたとき、小野寺さんがひろみさんを抱き起していたわ」

「貝田が拳銃の名手なら、霧のなかでやみくもに撃つようなことはしない。まして貝田は冷酷な性格だ。血迷ったあげくに、めくら撃ちするとは考えられない」

「園部が射殺された日、小野寺さんはどこにいた……」

「単独行動をしていたわ」

「われわれに内緒で、園部を追っていたのかもしれん」

「なぜ園部を殺したの？」

「園部はリーダーだ。頭がいい。『日影別荘』で、佐伯が射殺されたことや三千万円の現金が奪われたことを推理して、犯人に目星をつけたのかもしれない。犯人は、園部が逆攻勢に出てくることを恐れた」

「逆攻勢？」

「警官によって、仲間が殺されたとわれわれに訴えようとしていた」

「でも、ひろみさんが撃たれたのは……」

「草柳婦警は、佐伯が呟いた犯人告発の『その……』という言葉の意味に気づいたのじゃないかな」

「つまり、『その……』は、園部のそのでもなく、小沢園江のそのでもなく……たとえば、『その男だ、おれを撃ったのは』と、目の前にいる刑事のひとりを指さそうとしたわけ……」

「ああ」

うなずいて、神井はカップの底に残った冷えたコーヒーを一気に飲んだ。どろっとした茶褐色の液体は、うまく胃のなかに落ちていかず、膠《にかわ》のように喉の奥に貼りついたような気がした。

「信じられないわ」

九重婦警は、突然、悪寒を催したかのように両腕で胸を抱きしめると、低い声でいった。「でも、草柳ひろみさんは、ひそかに小野寺さんを疑っていたのかもしれないわ」

「しかも、彼女は、『その男……』の意味に気づいていても、おれにも打ち明けられずに苦しんでいた……そんな彼女に、小野寺警部補は気づいた。だから警部補は……」

「やめて……」

九重婦警が小さく叫んだ。

「……」

神井は唇を曲げると、喉のところにあふれてきた言葉を嚙み殺した。

気分を鎮めようとして、煙草をくわえた。

「シルバー・スター」と書かれた店のマッチを取って、火をつけたが、うまく火がつかなかった。手が震えているのか、口にくわえた煙草の先端がこきざみに揺れているのか、自分でもよく分らなかった。

分っているのはただ一つ、いま白分が九重婦警を相手に、とんでもない言葉を次々に吐き出していったということ、ただそれだけだった。

頭の奥に小野寺警部補の顔が浮んだ。浅黒く、精悍な顔をしている。捜査の腕は群を抜いているという。「日影別荘」から斑尾高原、そして京都と、JGを追いつめていった、読みの鋭さ、粘り強さは、驚嘆に価する。

〈その警部補がなぜ?〉

神井は、頭のなかの小野寺に問いかけた。

〈………〉小野寺はなにも答えなかった。ただ、その目が、ちらっとまたたいた。ひどく哀しそうな目つきだった。少なくとも、神井にはそうおもえた。

「そういえば――」

と、九重婦警がすくいあげるように神井をみていった。「小野寺さんは、たったひとりの妹さんを、四、五年前に過激派の爆弾テロで亡くしたそうね。ひろみさんから、そんな話をちらっときいたような気がするわ」

「爆弾テロで?」

「そう」

九重婦警はうなずいて、コーヒー・カップの腹を指で撫でながら、

「妹さんは赤坂の商事会社につとめていたらしいわ。昼休みに、同僚と食事に出かけて会社にもどる途中、爆弾事件に巻き込まれたそうよ。ほら、赤坂の東菱物産の玄関近くで、過激派が仕掛けた時限爆弾が爆発して、死傷者が十二、三人出た事件があったでしょう」

「五年前の夏のことだな。あの事件の犠牲者だったのか、警部補の妹さんは」

「小野寺さんは、早く両親を亡くしているでしょう。妹さんと一緒に叔父さんに引きとられて育てられたらしいけど、高校を卒業すると、小野寺さんは妹さ

んと二人で上京したそうよ。その後、小野寺さんがずっと妹さんの面倒をみてきたらしいわ。十歳くらい年が離れていたらしいけど。妹さんの結婚がきまりかけていたやさきに、爆弾テロで亡くなったって話よ。そのとき、小野寺さんは男泣きに泣いたっていうわ」

「なるほど」

「妹さんを亡くした後、小野寺さんはなにもいわないそうだけど、心のなかでは激しく過激派を憎んでいたかもしれないわね」

「あの爆弾テロは、JGの前身の『若き獅子たち解放戦線』の引き起した事件だ。首謀者連中は、海外に逃げたが、そのときの参加者に園部三津生がいたのかもしれない」

「そうだすると……」

九重婦警は光る目で神井をみた。

「うむ」

神井は瞬時にうなずいて、もう一度、頭の奥に喰い込んだ小野寺のイメージを凝視した。小野寺の顔には、さっきよりも哀しみの色が深くなっているようにおもえた。頬の筋肉がこまかく震えている。

〈小野寺さんは慟哭《どうこく》を押えているのかもしれない〉

神井はそうおもった。

「小野寺警部補はどうしてるのかしら？」

「食事に出かけた」

「ひとりで？」

「ああ。帰りには、息子さんを病院に見舞いにいっているらしい」

「息子さんは入院しているそうね」

「原因不明の高熱がつづいているらしい。それも、一、二年おきに高熱が出て、一月間くらいつづく、一種の難病のようだ」

「捜査中には、一言も、そんなことを洩らさなかったわ」

「責任感の強いひとだからな、警部補は」

「でも、人一倍、子煩悩だわ。小さいときから、不幸な育ち方をしてきただけに」

「……」

神井は黙り込んで煙草をくわえ、火を点けた。煙を深く吸い込んで息をとめると、苦いものが胃のほうからこみあげてきた。胸がかすかに痛んだ。その痛みは、煙草の吸い過ぎからくるだけのものではないようだった。

二人は、長い間、沈黙したまま、対《む》い合《か》っていた。店内の音楽が、テンポの速いジャズから、哀愁にみちた静かなバラード風の曲に変わったことに、二人とも気づかずにいた。

4

破局は、急激にやってきた。

その夜、県警の本都に意外な男から電話がかかってきた。

その電話を受けたのは、神井だった。

受話器を取ると、電話の男は、いきなり、

「汚ない手口を使うじゃないか」

と、いった。「園部と佐伯を殺したのは、おれじゃない」

「だれだ、君は?」

神井は弾かれたようにたずねた。

つかのま男は答えなかった。

「貝田か」

と、神井巡査部長はいって、息をつめた。

「知ってるのか、おれの名前を」

「ああ」

「おれたちを追いまわしていた刑事だな、あんたは」

「さあ」

神井は返事を留保した。貝田は、なんのためにわざわざ電話をしてきたのか。

「おれたちの計画は、ご破算になった」

「木村学と薩本和夫が事故死したのは、計算外の出来事だったろう?」

「仕組んだんじゃないのか、あの事故も」

「冗談をいってはいけない。天が味方しただけだ」

「ふざけたことをいうな!」

貝田は怒気を含んだ声で吐き捨てるようにいい、

「あの小型トラックに、リーダーが乗ってさえいれば、あんな馬鹿なことにならずにすんだはずだ」

「園部を殺したのは、君だろう?」

と、神井は挑発するようにいった。

「冗談じゃない！　園部を殺したのは、あんたたちだ」

「なにを根拠にそういうんだ？」

「殺されたとき、園部は三十三間堂にいくはずだった」

「三億円を隠した仏像の確認にか」

「そうだ。そのとき、おれと園江は京都駅にいた」

「新幹線で上京して、都内に新たなアジトをみつけるためか」

「木村と薩本は、京都の別の場所にいた」

「三億円を運ぶ小型トラックを盗むためだろう？　あのトラックが、西陣《にしじん》で盗難にあったことははっきりしている」

「それだけ分っていれば、話は簡単だ。おれたちのだれも、園部を殺せない」

「そうかな」

「そうに決まっている」

貝田が高飛車にいった。「リーダーは『日影別荘』で佐伯が殺されて、三千万円が奪われた事件から、あんたたちの動きに疑問を持っていた。佐伯が射殺されたとき、暗い部屋にだれかが躍り込んで、『逃げろ！』と叫んだ。その声で、抜け穴のほうに逃げたが、そのとき三千万円の入った黒い鞄を持った佐伯が、暗闇のなかで、なにかにつまずいて倒れるのを、おれはみた。後で考えてみると、だれかに引き倒されたんだ。翌日、新聞をみると、おれたちが佐伯を殺したと出ている。資金を持った佐伯を、おれたちが殺すわけがないじゃないか」

「それで？」

「その後、リーダーが殺された。しかも、その犯人としておれの名前があがっている。おれが拳銃を使うということでな。しかし、おれは拳銃を一発も撃っていない」

「ほう」

「リーダーは、あんたたちの仲間が佐伯を殺して、三千万円を奪ったとみて、あんたたちに電話をしている」

「県警に？」

「知らないのか、あんたは」

「…………」

神井は答えずに、貝田の次の言葉を待った。貝田がつづけた。

「電話に出たのは、オノデラとかいう刑事だったそうだ。電話を切った後、リーダーは、佐伯を射殺したのは、オノデラじゃないかと疑っていた。だから、リーダーも殺された」

「信じられんな、そんな話」

神井は頭にあるものと逆のことをいった。

「折角の三億円が、あんたたちの手にもどってしまった。計画は改めて練り直すが、園部と佐伯を殺したのは、おれじゃない。オノデラとかいう刑事を調べてみろ」

「血迷ったのか、君も」

「仲間たちに、おれが三億円をひとり占めしようとして、リーダーや佐伯を殺したとおもわれちゃ、仲間に顔が立たない。今後の計画にも支障をきたす。いいか、オノデラという男を調べてくれ」

電話は、それで切れた。

「もしもし！」

神井は沈黙した受話器をしばらくみつめてから、ゆっくりとフックにもどした。そのとたん、窓を叩く雨の音がにわかに高まったような気がした。

〈どうするか、これから〉

口のなかで呟いて、神井は視線を窓のほうに投げた。窓は暗幕を引いたように、暗く閉ざされている。

〈貝田と園江のアジトをつきとめるのが先決なのか〉

それとも、

〈小野寺警部補の身辺を洗うべきなのか〉

判断が大きく揺れて定まらず、迷いの渦に巻かれたまま、神井は窓の外をみつめて立ちつくした。

「シルバー・スター」で浮んだ疑惑は、うかつに口外できぬ性質のものだ。重い心を抱いたまま、九重婦警とともに本部に引きあげ、いたずらに時間をつぶした。

そのとき、不意討ちといった形で、貝田から電話がかかってきたのだった。貝田は三億円の到着を待って、木村たちとともに要人誘拐といった計画を実行に移そうとしていたのだろう。それが、トラックの事故とともに、すべてついえ去った。その事故を知った貝田は、おそらく自暴自棄になったのだろう。仲間たちが次々に死に、小沢園江とともに三億円強奪以外に、殺人容疑で追われることに恐怖を感じたにちがいない。それで、小野寺警部補を名ざしで〝挑発〟する電話をかけてきたのだ。

〈九重婦警は、いま頃、どうしているのだろうか〉

ふと、そうおもった。改めて彼女に、今後のことを相談してみたい。

〈そしてまた小野寺警部補は、いま……〉

5

先を走るタクシーは、「日影別荘」の門の近くでとまった。

「車をとめて!」

九重婦警は、運転手に低い声でいった。

「ヘッドライトを消して頂戴」

車は急停車した。急停車すると同時に、ヘッドライトが消えた。

上体が前につんのめりそうになるのも構わずに、九重婦警はフロントガラスの前方を喰い入るようにみつめた。間断なく動くワイパーが切りとる扇形状の視界の奥に、前方のタクシーからひとりの長身の男が降りるのが、ぼんやりみえた。

長身の男は素早くあたりを見廻すと、雨のなかをコンクリートの塀ぞいに歩きはじめ、彼を乗せたタクシーが走り去るのを待ちかねたように門の前に立った。

九重明美は、フロントガラスに額を押しあてるようにして、男の影を凝視した。

長身の男はやがて門に手をかけると、地を蹴るように跳躍し、闇に溶けた。

男の影は、彼女の視界から消えた。

〈「日影別荘」に入ったわ〉

九重婦警は、口のなかで低く叫んで、下唇を噛んだ。

〈やはり予想どおりだったわ〉

そう呟いたとき、頭の記憶板《スクリーン》に、これまでの経緯《プロセス》がフィルムが逆回転するように次々に映し出されてきた。

神井とともに喫茶店を出て県警の本部にもどった。

小野寺警部補はすでに部屋に帰っていた。彼女をみて、小野寺は、

「今日の事故で、ＪＧもいよいよ断末魔だな。これで貝田と小沢園江を殺人罪で逮捕すれば、過激派のひとつが消滅するね」

と、いった。優しい声音だが、目は爛々《らんらん》と光っていた。鋭い眼光に射竦《いすく》められるような気がして、九重婦警はおもわず目を伏せた。なにか、胸に膨れあがった疑惑をも透視されるような恐怖感さえ感じた。

九重婦警はあわてて、

「息子さんのほうはいかがですか？」

と、たずねた。

「手術すればなんとかなるそうだ。ただし、手術代が馬鹿にならなくて……」

小野寺はさりげなく答えたが、そのとき彼の目から鋭い光が消えて、哀しみで暗く翳るのを、彼女は見逃さなかった。

その目をみたとき、九重婦警はさらに胸が重く塞がれるのを意識した。塞がれた胸を、小野寺のそれとは異なった哀しみが蓋をしていた。

その後、小野寺は、

「貝田の東京のアジトを探ってみよう」

といい残して、県警を出ていった。やや遅れて九重婦警は本部を出た。なぜか彼の後を追ってみたい、そんな得体の知れぬ衝動に駆られたのである。それがなんであるか、彼女自身にもよく分らなかった。

県警を出た小野寺は、電車に乗り大船駅に向かった。大船駅から横須賀線に乗り換え、逗子で降りた。その間、彼女はずっと小野寺を尾行していた。車中で、彼は放心したように虚ろな表情をしており、周囲の乗客にほとんど注意を払わなかった。その意味で、尾行は楽だった。

小野寺は逗子の駅前でタクシーに乗った。

タクシーは葉山を抜け、長者ケ崎に向かった。九重婦警もまた、後からタクシーで追尾した……。

〈小野寺さんは、なんの目的で「日影別荘」に忍び込んだのだろう？〉

九重明美は、人影の消えた別荘の門のあたりを眺めながら思念を凝らした。考えられることは、ひとつしかなかった。ＪＧグループが別荘内に持ち込ん

だらしい、強奪した三億円の一部の三千万円。小野寺警部補は、佐伯を殺して奪ったその金を、別荘のどこかに隠したのだ。隠したその金を、いまひそかに持ち出そうとしている。そうとしか考えられない。

〈あの小野寺警部補が、なぜ連続殺人を犯していったのかしら〉

　精悍な表情の底に、深い人間的な哀しみを秘めた小野寺の顔をおもい浮べたとき、九重婦警は、漠然とその理由がつかめたような気がした。最愛の妹を無惨に殺された怒り。そして、息子の手術費用の捻出。

　けれど、彼女はいまだに小野寺警部補が、園部と佐伯殺害の犯人であるとは信じられなかった。いや、信じたくなかったのだ。

「どうしますか？」

　運転手がそうたずねたとき、九重婦警ははっとした。職業意識が目覚めた。

〈とにかく事実を確かめなければならない〉

　その仕事は自分ひとりでは無理だと判断したとき、彼女は反射的に神井の顔をおもい描いた。

「このへんに赤電話はないかしら？」

　九重婦警は運転手にいった。

　赤電話のあり場所は、じきに分った。

　車を降りた九重婦警は、雨に打たれながら、煙草屋の店先の赤電話から神井巡査部長にダイヤルを廻した。ダイヤルを廻す指先が、妙に硬張って、うまく動かないのを感じながら。

6

　闇のなかに、ひとが蠢《うごめ》く気配がした。

　神井は足をとめて、息を殺した。斜め後ろで、九重婦警が息をつめるのが、背中を通じて感じ取れた。

　墓場の静けさが、あたりにたちこめた。物音ひとつきこえない。

　神井は闇の奥を探るようにみつめながら、しきりに唇を舌で湿した。喉が渇いた。額に汗が滲みはじめた。

　ひとの気配は消えた。だが、本能は、小野寺がこの近くにいることを教える。

〈小野寺は、まだ別荘内から逃げ出していないはず

だ〉

神井は、頭のなかで別荘内の見取り図をおもい描いた。一度、この邸内にJGを追って踏み込んだことがある。

頭のなかの見取り図の中心には、佐伯が射殺された部屋が据っていた。あのとき拳銃の発射音をきいて、部屋に飛び込んだとき、入口近くに佐伯が倒れていた。背後から右腹部を撃たれていた。近射であった。小野寺は、闇にまぎれて忍び込み、彼らと逃げるとみせかけて、佐伯に近より、拳銃の引き金を引いたのであったろう。混乱のなかで、彼らが置き去りにした改造拳銃を素早く拾いあげ、背丈をごまかすために姿勢を低くして。

〈犯行を、JGのひとりにみせかけるために故意に改造拳銃を現場に落したのだ〉

とっさの場合にしては、いかにも冷静で俊敏な行動だった。おそらく小野寺は、あらかじめ慎重に行動計画を練っていたにちがいない。小野寺は、別荘に躍り込む瞬間に、すべてを賭けていたとみて差支えない。いわば悪魔の賭に。

〈悪魔の賭……〉

神井巡査部長が、口のなかでそう呟いた、そのときだった。

闇の奥に、再び、わずかにひとの動く気配がした。

神井は全神経を目に集めた。

手にした懐中電灯のスイッチを押そうとして、途中で、おもいとどまった。相手は拳銃を持っている。懐中電灯を点ければ、絶好の標的になってしまう。

〈小野寺は死に物狂いのはずだ〉

明敏な捜査刑事だ。小野寺はとうに、こちらが別荘内に入ってきたことを察しているに相違ない。そして、こちらの意図もまた……

闇のなかで、切迫した呼吸音がきこえてきた。小野寺は、じりじりっと後退し、逃げる機会を窺っているのだろう。

〈小野寺さん……！〉

闇の奥にひそんだ相手に、神井は呼びかけようとした。だが、声にならなかった。声が出ないままに、彼は少しずつ闇の奥の相手ににじりよった。

床が不気味な軋《きし》みをあげたのは、そのときだった。

神井はその場に凍りついた。

その瞬間、強烈なライトが顔面に浴びせられた。目つぶしをくらって、神井は瞬時、視力を失った。

とっさに、光の輪の外に逃れようとした。だが、駄目だった、光の輪は、実に正確に彼の動きを捕捉していた。

わずかに視力が回復した。

眩しさに顔をしかめながら、光源をみた。

そこに小野寺警部補がいた。懐中電灯を左手に持ち、右手に拳銃を擬して。

闇を背負って仁王立ちした小野寺の姿は、神井の目に、なにか幽鬼のように映った。背後で、九重婦警が短い叫び声をあげた。

「足許に鞄が……！」

彼女の声で、神井は小野寺の足許をみた。

足許には黒い鞄がおかれていた。鞄は膨《ふく》らんでいた。

〈なかには三千万の現金がつめこまれているはずだ〉

これで、有無をいわさぬ証拠が出てきた、と神井はおもった。やはり小野寺は、佐伯を射殺して強奪資金の一部を奪い、さらにそのことに気づいた園部をも葬り去った。しかも、コンビを組んだ草柳婦警さえも、撃った。

〈まさに狂気に冒されたとしかおもえない〉

下手な同情などすべきではない、と神井は考えた。感傷や憐憫《れんびん》など無用だ。非情に徹して、逮捕すべきだ。

そうおもったとき、これまでの迷いがふっ切れた。神井は兇悪犯をみつめるような目で、小野寺を見据えた。

自衛のために、神井も拳銃を構えた。

「小野寺さん」

と、神井は言った。「なぜ二人を射殺した？」

答えずに、小野寺は神井をみつめた。

「答えろ。金欲しさからか」

ややあって、小野寺の唇が動いて、ひび割れた声が洩れた。

「おれの妹は死んだ。ＪＧのルーツにあたる連中の爆弾テロでな」

「しかし――」

　神井は喘ぐようにいった。小野寺は、彼の言葉を無視してつづけた。

「あの日の夕方、おれは女房と一緒に、妹をホテルに招待して、ご馳走してやるつもりだった。妹は、結婚を決意していたんだ。暖かい家庭の味を知らずに育った妹が、やっと愛する男をみつけることができた。女の幸せをつかみかけたとたんに、妹は殺された。たったひとりの肉親として、そんな妹が可哀そうでならなかった。妹のことをおもうと、おれは気が狂いそうになる」

「だからといって……」

　九重婦警が、小さく叫ぶように言葉をはさんだ。

小野寺の顔が、苦しげに歪んだ。神井はそれをみていた。

「たしかにおれは狂っていたかもしれない」

　と、小野寺がいった。語調は、むしろ淡々としていた。「どこか狂ったおれの神経は、悪魔のささやきをきいてしまった。新東西医大から三億円を奪ったＪＧの連中が、この別荘に潜伏したことを知ったとき……」

「金を奪おうとしたわけだ」

「そういうことだ……佐伯を射殺して鞄を部屋の床板をはずして、床下に隠した。危険な綱渡りだったが、隠し終えたとき、君たちがきた。金は、園部たちが持って逃げたとみられたため、おれは助かった」

「草柳婦警を撃ったのは？」

「草柳婦警が佐伯の射殺された角度に疑問を持ったからだ……彼女がしだいにおれに疑問を向けはじめたとき……だが、できなかった……後のことは、すでに君たちで調べがついているんだろう。君たちが推測した通りだ」

「最後にきくが、奪った金は病気で苦しむ息子さんのために……」

　と、神井がきいた。

「……」

　小野寺は答えなかった。それは肯定を意味すると、神井は解釈した。

「本部へもどろう」

神井がいった。「悪いようにしない」

　そのとき、小野寺の目が異様な暗さを帯びて光った。見返して彼はとっさに身構えた。

　小野寺は銃口を神井に向けた。

〈おれたちを射殺して、逃げる気だ〉

　と、神井は判断した。〈おれと九重婦警を射殺し、その罪を貝田にかぶせるつもりなのだろうか〉

　怒りが亀裂のように神井の体内を走った。

　応戦の構えを取った。

　小野寺は無言のまま、銃口を神井の胸に向けて静かに接近してきた。神井は、九重婦警の前に立ちはだかった。

〈近づくな！〉

　と、神井は声にならない叫びをあげた。

〈近づくと撃つぞ〉

　小野寺は、しかし、ぐんぐん接近してきた。その指が引き金にかかるのを、神井はみた。やむを得ず神井は、引き金を引いた。

　鈍い衝撃が右手にきた。

　その瞬間、小野寺の体はガクッと前にのめった。胸をかかえるようにして、床に崩れ落ちた。

　二人は走りよった。

　神井は小野寺を抱き起した。

「小野寺……」

「小野寺さん！」

　二人は狂ったように、名前を呼んだ。

　小野寺が薄く目をあけた。ひどく静かな表情をしていた。小野寺の唇がわなないて、かすれた声で呟いた。その呟きをききとろうとして、神井は耳を小野寺の唇に近づけた。

「ＪＧは、大物政治家の誘拐を計画している……貝田と小沢園江は……大森山王口《おおもりさんのうぐち》の『光マンション』に潜伏している……そこまでつきとめた……」

　それだけいうと、小野寺は目を閉じた。唇の動きがとまった。体の重味が、神井の腕にズシリときた。

〈小野寺は死んだ〉

　と、神井は闇の虚空に向かってうつろに呟いた。

　小野寺はおれに近づいて、拳銃を撃つ真似をした。おれを撃つ気はなかった。むしろ自分から、おれの弾丸に当ろうとした。

〈自殺！〉

神井の頭の仄暗い部分で、その文字がネオンのように色鮮やかに明滅した。

近くですすり泣きの声がした。九重婦警が泣いているのだった。雨の音がきこえてきた。単調で、抑揚のない雨の音は、彼の耳になにか鎮魂曲のように響いた。

7

「パパは殉職だったの？」

ベッドのうえで、その少年はいった。

「そうよ」

九重婦警は深くうなずいた。「あなたのお父さんのおかげで、ＪＧの事件は解決することができたのよ」

「よかった……」

九重は、おもわずベッドのそばに立った、もう一人の少年をみた。小野寺警部補の長男だった。高校三年で、背丈はすでに父親を追い越している。

長男は、学校の帰りに弟を見舞いにきたのだろう。

彼のほうは、さすがに父親の死の真相を知っているらしく、整った顔に、わずかに憂いの色があった。

少年は白い歯をみせて微笑んだ。ひどく清潔な感じの顔立ちだった。顔の輪郭は、どこか父親に似ている。七才で、面輪はまだ稚《おさな》いが、父親ゆずりの浅黒い、精悍な顔。

九重婦警は、ふと二人の少年の顔に小野寺の顔がダブってみえてくるような気がして、視線をそらした。

「君も早く元気になって、お母さんの力になってやらないといかんな」

神井巡査部長が、励ますように少年にいった。

「ええ。医師《せんせい》の話だと、手術に成功さえすれば、きっとよくなるんだってさ。早くよくなって兄ちゃんと、パパの分まで頑張らないと」

「生意気いって」と、長男のほうがいった。

「でも、弟の手術費を県警の皆さんたちが募金してくれたそうですね。すみません、迷惑をかけちゃって」

「そんなこと気にすることはないんだ、君が」

神井と少年のやりとりをききながら、九重婦警は窓のほうを眺めた。

空は明るく晴れ渡っていた。眼下の港の風景も澄んでみえる。

〈貝田忠則も小沢園江も逮捕された……〉

強奪資金の三億円の大部分も無事にもどされたのだわ、と彼女はおもった。草柳婦警の記憶もいつか甦るだろう。残された二人の少年は、やがて未亡人となった小野寺の奥さんの力になっていくに違いない。

瞼の裏に、ふっと哀しみにみちた男の顔が浮んだ。九重明美は、いつまでもその顔をみつづけていた。

〈合作探偵小説〉

京都旅行殺人事件

西村京太郎
山村美紗

問題編①

西村京太郎

第一章　六人の作家

1

やっぱり、一番先に、東京《とうきよう》駅の十七番線ホームに着いたのは、中西徹《なかにしとおる》だった。

でっぷりと太っているが、気は小さい方である。だから、旅行で、待ち合せということになると、いつも、約束の時間よりも、二十分、三十分と、早く来てしまう。

いつだったか、一時間以上も早く来てしまって、その時は、「十時なのに、九時だと勘違いしてしまってねえ」と、いったが、これは、嘘である。約束の時間を間違えたことなど、一回もない男だった。

こんなだから、神経のゆきとどいた、繊細なストーリイの小説を書くかというと、そうではない。一頁《ページ》に、二人も三人も死ぬような荒っぽいハードボイルドを書くのだから、人間は、わからないものである。

推理作家の仲間五人で、京都《きようと》へ行くことになっていた。

午前十一時発の「ひかり7号」のグリーン車の切符は、三日前にまとめて買ってあった。

中西は、仕方がないので、週刊誌を買い、ホームの椅子に腰を下して、読み始めた。

「やっぱり、君が、一番早く来ていたね」

急に、頭の上に声がしたので、顔をあげると、岡《おか》田《だ》祐一郎《ゆういちろう》が、痩せた長身を折り曲げるようにして、中西を見ていた。

岡田は、ひょいと、隣りの椅子に腰を下すと、手帳を広げて、

「今日、どんな順番に、来るだろうかと考えてみたんだ」

「順番？」

「ああ、君が、一番早く来るというのはわかった。いつだって、君は、一番早く来てるからね。それと、

一番おそく、ぎりぎりに来る人もわかっている」

岡田は、手帳に、1から5までの数字を書き、1のところに、中西徹と書いた。

「一番おそいというと、戸村《とむら》女史かな」

中西がいうと、岡田は、ニヤッと笑って、

「ご名答。彼女は、男たちを待たせるのは、美人の特権と思っているからねえ」

といい、5のところに、戸村雅子《まさこ》と書きつけた。

「今日、二番目は、君だったね」

中西がいうと、岡田は、照れたような顔になって、

「僕も、時間が気になる方だからね」

と、いった。

岡田は、几帳面な男だった。普通、作家というのは、ずぼらが多く、事務的才能に乏しいのだが、彼は、珍しく、その方面の才能があった。だから、今度のような旅行のときは、彼が、一人で、切符の手配などをしてくれる。

几帳面さは、彼の小説にもよく出ている。

作品そのものも、細部にまで気を配った、きっちりしたもので、その代り、奔放な面白さに欠けるともいわれている。

しかし、何よりも、彼の几帳面さを示すのは、必ず、下書きを作り、清書して、出版社に渡すということだろう。

「その下書きがさ。いつか見せて貰ったら、おれが、編集部に渡すやつより、何倍もきれいなんだ。あれには、参ったね」

といったのは、青山淳《あおやまじゅん》である。

その青山は、三番目に来たが、何を間違えたか、隣りのホームを、うろうろしている。

「おーい！」

と、中西が、大声で呼んだが、青山は、いっこうに、こちらに、気がつかない。

「駄目だよ。彼は、左の耳が聞こえないんだ」

と、岡田がいった。

「本当かい？」

「ああ、だから、横を向いてるときに、いくら呼んでも、わからない場合があるんだよ。僕も、最近、気がついたんだがね」

「困ったな」

と、いっているうちに、青山が、ひょいと、こちらを見た。二人が、手まねきすると、青山は、頭をかく仕草をしてから、あわてて、階段の方へ走って行った。

「やれやれ」

と、中西は、溜息をついてから、岡田に、

「これで、四番目は、自動的に、阪東英介《ばんどうえいすけ》と決ったね」

というと、岡田は、3、4に、青山淳、阪東英介と書き込んでから、急に、声をひそめて、

「会合に、一番早く来るのは誰か教えようか」

「僕より早く来る奴がいるのかい？」

「本当は、阪東なんだ」

「しかし、彼は、七時集合というと、七時かっきりに来るじゃないか」

「ところが、本当は、早く来ていて、わざと、時間きっかりに、ひょいと顔を出すのが、阪東なんだ」

「へえ」

「だから、彼は、もう来ていると思うね。このホームのどこかで、時間が来るのを待っていて、タイミングよく、われわれの前に顔を出そうと、時間をはかっているんじゃないかな」

「なぜ、そんな面倒くさいことをするのかな？」

「それが、彼の美学なんじゃないかな」

「美学ねえ」

と、中西が、感心しているところへ、隣りのホームから、青山が、息せき切って、駈けて来た。

2

五分前になって、いつものように、きちんと三つ揃いの背広を着て、阪東が現われた。

「おそくなって失敬。もっと早く来るつもりだったんだが、連載を書いて、徹夜しちまったもんだからねえ」

と、阪東は、眼鏡の奥の眼を、しばたたいて見せた。

「これが、彼の美学かい？」

と、中西が、岡田に、小声で、ささやいた。

岡田は、ニヤニヤ笑っている。

戸村雅子は、やはり、四人を心配させて、ぎりぎ

りに駆けつけて、発車間際の「ひかり7号」に飛びのった。

「うわッ。間に合った！」

と、戸村雅子は、はしゃいだ声でいい、白いミンクのコートを脱いでから、座席に腰を下した。

五人は、十二号車の真ん中あたりに集った。

グリーン車は、片側二座席だから、一人がはみ出した恰好になる。

「僕を、ひとりにしてくれ」

と、阪東がいった。

「どうして？」

「実は、今日中に、随筆を三枚書いて、送らなきゃならないんだ。京都へ着くまでに書いて、向うで、投函しようと思ってね」

阪東は、ひとりだけ、離れた座席に腰を下すと、スーツケースを膝の上に置き、その上に、原稿用紙を広げた。

「書けるかい？」

中西がいうと、

「少し揺れるけど、何とか書けるよ」

と、阪東は、万年筆を取り出して、書き始めた。

それを見ていて、中西は、「あれ！」と、声をあげた。

「君は、左で書くのかい？」

「ああ、右でも書けないことはないけど、早く書くときは、どうしても、左になっちゃうね」

「君が、左利きとは知らなかったな」

中西が、感心するようにいうと、戸村雅子が、笑って、

「あら、私も、左利きよ」

「本当？」

「ええ。本当」

「意外に、左利きって多いんだねえ」

「この五人の中で、左利きは、戸村さんと、阪東の二人だけだろう。とすると、二対三だ。まだ、右利きの方が多いさ」

と、安心したようにいったのは、青山だった。

左の耳が聞こえないせいか、青山の声は、やたらに大きい。

今度の京都行は、最初は、京都に本部のある「ア

リバイクラブ」の招待から始まった。

「アリバイクラブ」は、二十年の伝統を持つアマチュアの推理小説愛好者の団体で、毎月、「アリバイ」という機関誌を出している。

その機関誌にのる作品批評が、なかなか辛らつだった。

その「アリバイクラブ」が、二十周年を迎えるというので、中西たち五人と、京都に住む女流作家の伊馬夏子《いまなつこ》のところに、招待状が届いたのである。

三月十四日の日曜日の午後三時からということだったが、この際、二日前の十二日に京都に行き、古都の旅情を楽しもうということになった。案内役は、伊馬夏子である。

関ケ原付近が、雪が降っていて、そのために、十二分ほどおくれて、中西たちの乗った列車は、京都に着いた。

京都は、よく晴れていたが、ホームにおりると、さすがに、風は、まだ冷たかった。

3

ホームには、伊馬夏子が、迎えに来ていた。

「いらっしゃい」

と、夏子は、笑顔で迎え、雅子に向っては、女同士の親しみをこめて、

「久しぶりねえ」

「相変らず、おきれいねえ」

「あなたこそ」

そんな会話を交しながら、二人が先に立って、階段をおりて行った。

伊馬夏子と、戸村雅子は、よく似ていると人がいう。

同じ三十代で、背恰好も同じくらい、二人とも、なかなかの美人である。

誰かが、「推理界のピンク・レディー」と、二人のことを呼んだことがある。本物のピンク・レディーが解散してしまった今、どう呼ぶつもりだろうか。パーティなどで、出会うと、二人で、肩を抱くようにして、親しそうに話をしているが、本当は、お互

のライバル意識の激しさは、大変なものだった。

男の作家同士よりも、激しいかも知れない。

ある雑誌で、片方を「日本のクリスティ」と呼んだところ、もう一人から、強硬な抗議が出て、その雑誌では、次の号で、もう一人も「日本のクリスティ」と、書いたことがあった。

今日は、仲がよさそうに、ぺちゃくちゃ喋《しゃべ》りながら、出口に向って、並んで歩いて行く。

四人の男たちは、彼女たちの後に続く形になった。

「ほう、二人とも、ミンクのコートじゃないの」

青山が、感心したようにいった、
なるほど、戸村雅子は、白のミンク、迎えに来た伊馬夏子の方は、黒のミンクを着ている。

「背恰好が同じだから、白と黒のコートを取りかえたら、間違えるねえ」

中西がいうと、阪東が、

「確か、コートを取り違えて着ていたために、間違えられて殺されるという小説が、アメリカにあったねえ」と、いった。

岡田が、ちらりと、阪東を見て、

「今から、そういう小説を書いちゃ駄目だね。どんなに上手《うま》く書いても、ストーリーを盗んだことになるんだから」

「――」

阪東は、むっとした顔になって、そっぽを向いてしまった。

阪東が、二カ月前に出した長編「誘拐方程式」のストーリーと、トリックが、岡田が昔書いた短編「三重誘拐」によく似ていると、評論家の近田千治《ちかだせんじ》が、指摘したことがあったからである。

阪東は、それを思い出して、嫌な顔をしたのだろうし、岡田の方も、チクリと刺したつもりだろう。

急に、重苦しい空気になってしまった。

それを、助けるように、青山が、

「今日は、京都に遊びに来たんだ。仕事の話は、やめようじゃないか」

と、口をはさんだ。しかし、その顔が、笑っていた。彼も、心の中では、阪東がやっつけられるのが、楽しいのだろう。一見、仲よくやっているが、お互のライバル意識は、激しいものがあった。

「おい、おい。早くしないと、置いてきぼりを食っちまうよ」

と、中西がいった。

二人の女流作家は、もう、改札口を出てしまっていた。

4

伊馬夏子が、ロイヤルホテルを予約しておいたので、五人は、夏子も一緒に、二台のタクシーで、八条口《はちじょうぐち》から、三条河原町《さんじょうかわらまち》に向った。

まだ、春の観光季節《シーズン》には間があるのだが、それでも、さすがに、観光都市、京都である。

若い女性たちの姿が、あちこちに見受けられる。

河原町は、京都で、もっとも賑やかな通りである。特に、四条から三条にかけては、東京でいえば、銀座《ぎんざ》通りにあたる。

ロイヤルホテルは、その三条河原町にあった。

京都らしいホテルとはいえないが、街の真ん中にあるので、観光の足場としては、絶好である。

十四日の「アリバイクラブ」の二十周年記念も、このロイヤルホテルの一室を借りて、開かれることになっていた。

ロイヤルホテルのロビーの横に、喫茶室がある。

そこで、一休みしてから、夏子が、

「皆さん、お昼はまだでしょう？　六盛《ろくせ》に席を予約してありますから、行きましょう」

と、いった。

午後二時を少し過ぎていた。

六人は、二台のタクシーで、平安神宮《へいあんじんぐう》に近く、疏《そ》水《すい》の傍にある京料理の店、「六盛」へ出かけた。

京都には、「吉兆《きっちょう》」とか、「千花《ちはな》」といった高い店が多いが、六盛は、値段も手頃で、安心して、京料理を食べられるので、外人観光客も、よく来るところである。

六人が行ったときも、客の半分は、外人の観光客だった。

窓際に腰を下すと、道路をへだてて、疏水の水面が見える。

「二カ月前だったかしら、あの疏水で、若い女性が飛び込んで死んだのよ」

と、夏子がいった。

「あの疎水は、深いのかしら？」

雅子が、きいた。

「かなり深いし、よく見ると、流れも早いわ」

と、夏子は、いってから、急に、いたずらっぽい顔になって、

「実は、この事件には、続きがあるの」

「どんなこと？」

岡田が、煙草をくわえて、火をつけながらきいた。

「実は、この女性ね、中西さんの本を持っていたの」

「へえ」

と、誰かが、声を出した。

夏子は、中西に向って、

「『古都の流れに死の影がさす』という本を、出したでしょう？」

「去年の四月だったかな。かなり売れたんだ」

「その女性は、中西さんのその本を持って、疎水に飛び込んだの。確か、あの小説の中に、この疎水で、美少女が死ぬ場面があったと思うんだけど」

「正直にいうとね。あれは、この疎水を見ずに書いたんだ。もっときれいに澄んでいると思って、ヒロインが、男を殺してから、水面に顔を映すところを書いたんだけど、今日、実際に見たら、緑色に濁っているんで、しまったと思ったんだ」

と、中西は、頭をかいた。

ビールが運ばれてきて、まず、乾杯ということになったが、中西の話が、あとを引いて、現地に取材せずに書いたときの失敗談などが、ひとしきり話題になった。

そんな中で、岡田は、ひとりだけ自分は今まで、嘘は書いたことはないと主張した。

「気が小さいのかも知れないけど、実際に、その町に行ってからでないと、僕は、書けないね。よくいえば、完全主義なんだ。だから、どんな辺ぴな町にだって、自分で車を運転して出かけて行く。読者からの手紙を貰うけど、細かいことでも、誤りを指摘されたことは、一度もないよ」

「だから、面白くないんじゃないの？」

阪東が、ぼそっと、いった。さっきのお返しのつ

もりだったのかも知れない。

「まあ、まあ」

と、青山は、六人の中では、一番の年輩らしく、手をひらひらさせて、二人をなだめてから、京都での世話役の伊馬夏子に向って、

「どうです、伊馬さん。今更、清水寺《きよみずでら》とか金閣寺《きんかくじ》とかを見て廻っても仕方がないから、どこか、もっと、面白い所へ案内してくれませんか？」

「最初から、名所、旧蹟なんか、ご案内するつもりはありませんわ」

夏子は、微笑した。

「そいつは有難いな。どこへ案内して下さるんですか？」

青山は、相変らず、大きな声を出した。

「京都といえば、何といっても、舞妓さんでしょう、だから、今夜は、お茶屋さんに、皆さんを、ご招待しますわ」

「素敵だわ」

と、まっ先にいったのは、戸村雅子である。

「しかし、お茶屋というのは、一見《げん》の客は、駄目なんじゃないの？」

中西が、いった。

夏子は、笑って、

「これでも、私は、祇園《ぎおん》では、ちょっとした顔なんですよ、安心して、私に委せて下さいな。ただ、こんな明るいうちからは、無理ですから、夜の九時になったら、ロイヤルホテルに、迎えに行きますから、それまで、適当に時間をつぶして下さいね」

5

六盛での食事が終ったのは、三時半頃である。

そのあと、九時まで、どう過ごすのか。

ホテルに帰らず、店の前からタクシーを拾って、名所見物に行ってしまった者もいるし、戸村雅子は、三年ぶりに、お友だちに会って来るわといって、他の者と別れ、阪東は、ホテルに帰って、随筆を書きあげるといった。やはり、新幹線の中では、うまく原稿が書けなかったのかも知れない。

東京から来た五人は、思い思いに、時間をつぶしたようだが、それでも、夏子が迎えに来たときには、

ホテルのロビーに、全員が集っていた。

六人は、二台のタクシーで、祇園に向った。

四条通りを、京阪電車の四条駅を越えて進むと、両側は、京都で一番の盛り場である。

と、いっても、京都には、他に、これといった盛り場はないから、一番であり、同時に、唯一のといってもいいかも知れない。

突き当りは、八坂神社《やさかじんじゃ》である。

その四条通りの、八坂神社に向って左手にある路地を入ると、そこは、東京の銀座や新宿《しんじゅく》と同じで、クラブやスナックのネオンが、文字どおり、ひしめき合っている。カウンターの向うに、ママがひとりだけという小さな店もあるし、豪華なシャンデリアが輝く、大きなクラブもある。関西で有名なゲイのクラブがあるのも、この辺りである。

逆に、右手の路地を入ると、正反対に、暗く、ひっそりとしていて、初めて来る観光客は、びっくりする。

この一角には、有名な「一力《いちりき》」を始めとして、お茶屋が、ずらりと並んでいるからである。

お茶屋は、どこも、昔風の造りで、門灯をポツンとつけただけで、ネオン一つないから、まるで、店を閉めているように見える。耳をすましても、中からは、物音も、話し声も聞こえて来ないが、これは、京都の昔の家が、やたらに奥行きが広く造られているからである。

一力の前で、タクシーを降りて、五、六メートル歩いた「飯田《いいだ》」というお茶屋に、夏子を先頭に入って行った。

がらがらと、格子戸《こうしど》をあけて中に入り、夏子は、奥に向って、「今晩は」と、声をかけた。

他の五人は、玄関のたたきに立って、何となく、周囲《まわり》を見廻している。

奥から、五十七、八に見える、小太りの女が、地味な着物姿で出て来て、

「あッ、伊馬先生、お久しぶりやわ」

と、ニコニコ笑いながらいった。

「こちらが、ここのおかみさん」と、夏子は、五人にいってから、

「こちらは、東京からいらっしゃった偉い作家の先

生方」

と、五人を、相手に紹介した。

「そうどすか。どうぞ、あがって、おくれやす」

おかみは、五人に向って、ニッコリと笑いかけた。

間口が、七、八メートルしかない店だが、あがってみると、長い廊下があり、いくつも部屋がある。小さいが、中庭があったりもする。

六人は、奥の八畳の部屋に案内された。

テーブルが出ていて、六人が、座ると、おかみが、あらためて、

「よく、来ておくれやしたなあ」

と、あいさつした。

ビールや、酒を、これも、着物姿の四十二、三の女が運んで来た。

おかみが「わたしの妹分の君枝《きみえ》です」と紹介した。

昔は、祇園で、舞妓をしていたのだという。そういわれれば、どこなく、色気があった。

6

七、八分待って、三人の舞妓が、揃って、やって来た。初めて、舞妓を間近に見ると、異様な感じがする。
白塗りの顔のせいだろう。それに、子供っぽい顔をしていることにも、驚く。三人のうち最年少が十七才で、一番年上の娘《こ》でも、十九才というから、無理もないかも知れない。

「小糸《こいと》ちゃん、小菊《こぎく》ちゃん、それに、小豆《こまめ》ちゃんです」

と、おかみが、ひとりひとりの名前を紹介するたびに、舞妓たちは部屋の入口のところで、六人の客に向って、丁寧に頭を下げて「今晩は、小糸どす」と、あいさつしてから、おかみに向って、

「今日は、呼んでくれはって、おおきに」

と、やわらかいアクセントでいう。

そんな、儀式のようなやりとりを聞いているうちに、自然に、京都のお茶屋の、舞妓の世界に入っていく感じだった。

十七才の小糸は、どちらかと言うと、きつい感じの顔で、お人形のように、きちんと座ったままである。

中西たちが、あれこれ質問すると、「そうどす」とか、「違います」と、短く答えるだけで、あとは、ニコリともしない。

一番にぎやかなのは、十八才の小菊で、六人が、推理作家だというと、

「それじゃ、今度は、舞妓殺人事件を書いておくれやす」と、いったり、

「先生がたに、殺して欲しい人がいるんやわ」

と、ふざけて、いったりした。はきはきしているし、頭もいい感じだった。

一番年長の小豆は、舞妓にしては大柄で、十九才というだけに、他の二人が持っている可愛らしさが、なくなっている。

舞妓たちの白塗りの顔が、気にならなくなった頃、三人で、踊りを見せるという段取りになった。

用意をするために、舞妓たちが出て行くと、おかみの妹分の君枝が、三味線を持ち出して、つまびき始めた。

「あの襖《ふすま》の向うが、舞台になってるの」

と、伊馬夏子が説明し、みんなは、そちらに、眼をやった。

仕度に手間どるとみえて、なかなか、正面の襖は、開かない。

「ちょっと、トイレに行ってくる」

と、席を立つ者もあった。

十五、六分もたったろうか。

襖の向うに、人の気配がした。

「手を叩いてあげてね」

と、夏子が、いったときである。

突然、襖の向うから、「きゃあッ」という舞妓たちの悲鳴が聞こえた。

7

一瞬、部屋にいた人たちは、凍りついたように動かなくなってしまった。

だが、次の瞬間、岡田が、立ち上って、襖を開けた。

三畳ほどの狭い部屋に、金びょうぶが立ててあって、そこが、踊りの舞台になっているのだが、小糸は、がたがたふるえながら、声にならない声を出し

ているし、勝気な小菊も、びょうぶの向う側を見て、ふるえている。

一番年上の小豆が、これも、ふるえながらだが、

「人が死んではる!」

と、叫んだ。

みんなが、立ち上って、びょうぶの反対側を、のぞき込んだ。

その狭い空間に、ワイシャツ姿になった阪東英介が、身体をエビのように曲げ、口から血を流して、倒れていた。

小説の中では、何人もの人間を殺している作家たちも、眼の前に、実際に死んでいるように見える人間を見ると、どうしていいかわからないといった様子で、顔を見合せた。

「とにかく、警察に連絡するか、救急車を呼ぶか、しなきゃ駄目だよ」

岡田が、蒼い顔でいった。

「死んでるから、警察だろう」

と、中西がいった。

「本当に死んでるのかしら?」

と、意外に冷静な口調でいったのは、女流作家の戸村雅子である。

彼女は、かがみ込むと、阪東の右手首を、指でおさえた。

「脈が消えてるわ」

と、雅子が、いった。

おかみが、一一〇番すると、警察のパトカーと、消防署の救急車が、同時にやってきた。

担架を持って、入って来た二人の救急隊員は、阪東の身体を診てから、刑事に向って、

「もう死んでいますよ」

と、いった。

「死因は、何です?」

と、刑事が、きく。

「毒死ですが、どんな毒かは、まだわかりませんね」

と、救急隊員がいった。

他殺の可能性があるとなって、静かだった部屋には、たちまち検死官や鑑識課員や、捜査一課の刑事たちが、あふれるようになった。

実際の殺人事件だから、推理作家も、大人しく、見守っているより仕方がない。
二十七、八才の刑事が、
「京都府警の田川《たがわ》警部です」

と、名乗ってから、中西たち五人を、隣りの部屋に連れて行った。

田川は、長身で、色白な警部だった。整った顔が、どことなく、昔の公卿を思わせた。

田川は、五人が、推理作家と知ると、びっくりした顔で、

「これは、驚きました。すると、亡くなられた方も、ご同業ですか？」

「阪東英介さんですわ」

と、夏子がいった。

「ああ、そのお名前は、聞いたことがありますよ。確か、『殺人プラス殺人』というのは、阪東さんの作品でしたねえ」

田川警部は、ニッコリしていった。が、あいにく、その作品は、青山の作品だった。

当の青山は、ちょうどその時、横を向いていたので、聞こえなかったらしく、黙っていた。

「阪東さんが、部屋を出るのを見た人は？」

と、田川が、五人の推理作家を見廻した。

「ちょうど、舞妓さんの踊りが始まるというので、みんな、襖の方を見ていましたわ」

夏子が、いった。

「僕は、阪東さんが出て行くのを見ましたよ」

と、いったのは、中西だった。

「その時のことを説明して下さい」

「舞妓の踊りが始まるというので、トイレに行きましてね。戻って来たら、彼が、青い顔で、苦しそうに、廊下へ出て行ったんです。それで、腹でもこわしたのかなと思ったんですが――」

「その時、阪東さんは、何かいいましたか？」

「いや、何にも。今いったように、苦しそうにしていたのは覚えていますが」

「トイレで、吐いたのは、あなたですか？」

「とんでもない。僕は、吐いたりしませんよ」

「すると、トイレで吐いたのは、阪東さんですね。黒縁で、角型の眼鏡が、落ちていましたが、あれは、

阪東さんのですか?」

「ええ。彼の眼鏡です」

と、岡田が、いった。

「それで、眼の前がよく見えず、皆さんに助けを求めるつもりが、向うの部屋に入ってしまったんでしょう」と、田川は、いった。

「警察は、殺人と考えているんですか?」

岡田が、きいた。

「その可能性が強いとは、思っています」

「じゃあ、私たちは、全員容疑者ということになるのかしら?」

戸村雅子が、不安と、好奇心の入りまじったような眼で、田川警部を見た。

田川は、一瞬、困ったような顔をして、

「まあ、みなさん、現場においでになったわけですから、一応は、容疑者ということになりますが」と、いったとき、検死官が来て、何か小声で、ささやいた。

「やはり、青酸カリが、使われたようです」

と、田川は、五人の作家にいった。

第二章　6－1＝5

1

「さて、皆さんは、ここで、何を飲まれたんですか?」

と、田川は、五人にきき、テーブルの上を見廻した。

「ビールと、お酒ですわ。それに、和菓子とお茶も、出して頂きましたわ」

夏子が、代表する恰好でいった。

田川は、夏子に、「阪東さんの席は、どこですか?」と、きき、その場所に、かがみ込んだ。

阪東英介の座っていたところには、背広の上衣がポツンと残され、舞妓を写したカメラも、置かれていた。

テーブルの上には、まだビールの残っているコップと、和菓子の皿と、茶碗があった。和菓子は、二つ出たのだが、片方だけ食べている。

「阪東さんは、お酒は、飲まなかったんですか?」

と、田川がきいた。

「阪東さんは、日本酒は嫌いでしたよ」

岡田が、答えた。

「すると、お茶と、ここへ来て、お腹へ入れたのは、ビールと、お茶と、和菓子ということですか」

田川は、メモをとりながら、ひとりごとのようにいった。

鑑識が、テーブルの上にあるコップ、ビールびん、お皿、茶碗などを、きれいに包んでは、どんどん、運び去って行った。

だが、五人の作家は、まだ、帰して貰えなかった。

明らかに、警察は、五人の中の一人が、阪東英介を、毒殺したと考えているようだった。

「皆さんは、なぜ、京都へいらっしゃったんですか？」と、田川がきいた。

「伊馬さんは、京都の方ですが――」

「明後日の日曜日に、京都の推理小説愛好会から、招待されましてね。『アリバイクラブ』という会です。それで、どうせ京都へ行くのなら、二日ばかり早く行って、いろいろと、見物しようと考えたわけです」

世話役の岡田が、田川に説明した。

「なるほど。このお茶屋へ来たのは、どなたの発案ですか？」

「私ですわ」と、伊馬夏子がいった。

「私が、ここのおかみと親しくしていたので、舞妓さんを、呼んで貰うことが出来たんです」

「皆さんは」

と、田川は、四人の東京の作家を見廻して、

「お茶屋へ来たのは、初めてですか？」

「ええ」

と、肯いたのは、戸村雅子だった。

「死んだ阪東さんは、どうだったでしょうね？」

田川がきくと、雅子は、首をかしげて、

「そんなことが、事件解決の手掛りになりますの？」

と、きいた。

田川警部は、雅子の反撃にぶつかって、いささか、あわてた顔になった。

「役立つかどうかは、わかりませんが、警察として

は、すべてを知っておきたいですからね」

「犯人割り出しには、役に立たないと思うけど……」

雅子は、まだ、首をかしげていた。

田川は、苦笑した。やりにくいと思ったのかも知れない。

「それで、どうなんですか？　阪東さんも、お茶屋に来たのは、初めてでしたか？」

田川の方も、しつこく、同じ質問をくり返した。お公卿のような顔をしているが、これが京都人らしい、したたかさなのだろう。

五人は、顔を見合せていたが、中西が、代表する形で、

「彼も、初めてだったと思いますね」

「なぜ、そういえますか？」

「珍しそうに、きょろきょろしていたし、写真を写していいかどうかと、いちいち、ここのおかみさんに、きいていましたからね」

「そうですか。ところで、阪東さんが、自殺したと、お考えの方はいませんか？」

田川は、改めて、五人の作家を見廻した。

間髪をおかず、岡田が、

「それは考えられませんよ」

「なぜですか？」

「なぜって、阪東さんぐらい自己顕示欲の強い人間は、いませんでしたよ。普通、作家というのは、小説を書くことが、楽しみであると同時に、苦痛でもあるわけです。僕なんかは、どちらかといえば、苦痛の方が、強いですよ。ところが、阪東さんは、違いましたね。彼は、楽しさだけだったんじゃないかな。本が出版されて、雑誌に、名前がのっていれば、ご機嫌でしたよ。だから、仕事の上の悩みはなかったんじゃないかな。随筆を書く仕事を、今度の旅行に持ち込んでいたくらいだから。自殺を考える人間が、そんなことをしますか？」

岡田が、明らかに、皮肉をこめていった。

「旅行に、仕事を持ち込んでいたというのは本当ですか？」

「新幹線の中で書いていましたよ」と、中西がいった。

「さすがに、ゆれて、思うように書けなくて、京都へ着いてから、ロイヤルホテルで、書くといっていましたが」

「随筆ですか？」

「あれ、どんなことを書いてたのかな？」

中西は、他の四人にきいた。

「H誌の注文で、『殺人と想像力』という題の随筆だといっていたわ」

戸村雅子が、いった。

「その随筆なら、僕も頼まれたことがあったよ」

岡田が、思い出したようにいった。

田川は、手帳に、雑誌の名前と、随筆の題名を書きつけてから、

「阪東さんが、どんなことを書いたのか、その随筆を読んでみたいですね」

「もし、まだ、郵送してなければ、ホテルの彼の部屋にありますよ。すでに郵送してしまっていたら、雑誌社に問い合せるより仕方がないが――」

中西がいった。彼も、雅子と同じように、そんなことを調べても、犯人を見つけ出す役には、立つまいという顔をしている。

それまで、黙っていたに青山が、突然、大きな声で、

「阪東英介は、自殺なんかするタマじゃないよ」と、いった。

田川は、びっくりして、青山を見た。他の四人の作家も、驚いた顔で、青山を見つめた。青山のいい方には、明らかに、死んだ阪東に対する憎しみの気持が、現われていたからである。

田川は、興味津々という眼で、青山を見た。

「なぜ、自殺するはずがないと思うんですか？」

と、田川は、青山にきいた。が、彼が知りたいのは、明らかに、その答よりも、なぜ、青山が、死んだ阪東英介を憎んでいるのかというその答だろう。

青山は、角ばった顔で、「うーん」と、唸《うな》ってから、

「死んだ人間を悪くいいたくないんだが、彼は、他人《ひと》を突き落とすことがあっても、自分で死ぬような男じゃなかったですよ。岡田君だって、勝手に、ストーリーや、トリックを真似られて、怒っていたんで

すよ。阪東英介の方は、平気でしたがね」

と、いった。

岡田は、突然、自分の名前を出されて、眉をひそめて、青山を睨《にら》んだ。

何も、こんなところで、おれの名前を出さなくっていいだろうという表情だった。

「青山さん」

と、岡田は、怒りを籠めて呼んだが、青山は、聞こえない様子で、

「岡田さんだけじゃないね。戸村女史だって、阪東英介には、ずいぶん、ひどい目にあったといっていたじゃないか」

と、今度は、戸村雅子の名前を口にした。

雅子は、「え？」という顔で、青山を見て、

「なぜ、私の名前が出て来るの？」

「彼が、向うを向いてたんじゃ、何をいっても無駄ですよ」

岡田が、首をすくめた。

田川警部は、青山の話に興味を持ったようだった。

「今の話は、本当ですか？」

田川は、青山にきいた。

「え？」

と、青山が、きき返した。

「聞こえないんですか？」

「左の耳が聞こえないんだ。だから、もう少し、大きい声で話してくれませんか」

「今、あなたのいったことは、本当ですか？」

田川は、相手に負けないくらい、大きな声を出した。

「本当ですよ。正直にいえば、この五人の中に、死んだ阪東英介を、本当に好きだった人間なんか、一人もいなかったんじゃないですか。大人しい中西さんだって、いつだったか、阪東英介のことで、私に、こぼしてたじゃないですか。このところ、評論家のKが、中西さんの作品を、眼の敵にして、けなしまくる。なぜなんだろうと調べてみたら、阪東が、大学の友人のKに頼み込んで、ライバルである中西さんを叩かしていたとわかった。そう、私にいったじゃないですか。腹が立ってならないから、いつか、阪東に思い知らせてやるって」

「他にもありますか？」

「伊馬夏子さんだって、そうですよ。あなたも、阪東英介には、腹を立てていたんでしょう？」

「そんなことはないわ」

夏子は、あわてて、手を振ったが、青山は、いさいかまわずに、

「一年前だったか、阪東英介が、週刊Gに、連載を書いたことがあった。しかし、よく聞いてみると、あれは、週刊Gの編集部は、伊馬夏子さんに、頼むつもりだったんだ。ところが、阪東が、勝手に、週刊Gの編集部に、彼女は、今忙しいから無理だといった。そのために、週刊Gは、彼女を諦めて、阪東に、頼んだんですよ。それを後で知って、彼女は、憤然としたと聞いていますがね」

「それは、事実なんですか？」

田川警部は、じっと、伊馬夏子を見た。

夏子は、当惑した顔で、「ねえ、警部さん」と、いった。

「私たち作家の世界だって、競争の社会ですから、いつも、和気あいあいというわけにはいきませんわ。意見の相違で、猛烈な喧嘩をすることだってありますわ。でも、作家というのは、作品が勝負なんです。私たちは、作品の上では、勝負しますけど、相手を、殺したりはしませんわ。何といっても、活字という武器を持っているんですもの。私が、たとえば、阪東さんに腹を立てたとしますわね。そうしたら、私は、阪東さんらしき人物を犯人にした小説を書いて、その人物を死刑台に送ってやりますわ。それで、気がすむんですよ。何も、人殺しをしなくたって」

「伊馬さんは、実際にも、そんなことをされたことがあるんですか？」

田川がきくと、夏子は、クスッと、思い出し笑いをして、

「これは、作家仲間ではないんですけど、あるデパートの部長さんと喧嘩しましてね。しゃくにさわったから、その部長さんと、同じ名前の人物を犯人にした小説を書いてやりましたわ。小説の中の犯人は、禿頭の中年男で、暴行犯人で警察に追われて、最後は、土砂降りの雨の中で、刑事さんに射たれて死ぬんです」

「それで、すっとするわけですか？」

「ええ。その部長さんとも、仲直りしましたわ」

「青山さんは、大げさにいい過ぎるんですよ」

と、いったのは、中西だった。

「いつか、思い知らせてやるといったのは、本当なんですか？」

田川が、きく。

中西は、小さく咳払いをした。どう答えたらいいか、迷っているのかも知れない。

「いったかも知れませんが、僕自身、もう忘れていましたね。そのうち、傑作を書いて、評論家を、驚かせてやろうとは思っていましたが、殺すなんてことは、一度も考えたことはありませんよ。伊馬さんもいいましたが、作家は、あくまでも、作品が勝負ですからね」

「それに、君自身は、阪東英介をどう思っていたのかききたいね」

と、岡田が、吉山を見た。

「そうね。あなたの気持を、ぜひ、お聞きしたいわ」

と、戸村雅子が、続いていった。

「私も、あなたが、阪東さんを、どう思っていたか、聞きたいですね」

2

田川警部も、そういって、青山を見た。

青山は、怒ったような顔で、

「私だって、阪東英介という男は、嫌いでしたよ」

「なぜですか？」

「みんなと同じ理由ですよ。私と、彼とは、取りあげる題材もよく似ていたし、作風も似ていたんです。多分、そのためでしょうね。阪東は、私のことを煙ったがり、表面上は、いつも、いい作品を書くので尊敬しているといいながら、かげに廻ると、めちゃくちゃに悪口をいっていることを、知っていましたからね。一発殴ってやろうかと思ったことが、一度や二度じゃありません」

「あなたは、阪東さんの作品を、どう思っているんですか？」

「ああ、乱作しちゃあ、駄目ですよ。それを忠告したかったんだが、大人しく、聞くような男じゃありませんでしたからね」

青山は、そっけなくいった。

他の四人は、相変らず、当惑した顔で、青山を見ている。

「皆さんには、しばらく、京都にいて頂くことになりますね」

と、田川がいった。

「つまり、私たち全員が、容疑者というわけね？」

戸村稚子が、田川を見た。

「残念ながら、そうなります」

「僕たちは、明後日《あさって》の『アリバイクラブ』の会に出なきゃならない、出席の返事を出してしまっていますからね。だから、それまで、いやでも、京都にいますよ」

「ロイヤルホテルにお泊りでしたね？」

「ええ」

「それでは、ホテルの外に出るときは、行先を、私に断ってからにして下さい。それから、私と一緒に、阪東英介さんの部屋へ行ってくれませんか。立会人になって貰いたいのですよ」

と、田川はいった。

中西たち五人は、ホテルに戻り、立会人ということで、田川と一緒に、阪東英介の泊る部屋に入った。シングルルームである。

田川と、五人の男女が入ると、いっぱいだった。

田川は、そんな中で、スーツケースを開け、そこに、細長い茶封筒に入った三枚の原稿を見つけ出した。

「まだ、出してなかったようですね」

と、田川は、いってから、原稿を広げた。

五人の作家が、一斉にのぞき込んだ。阪東英介が死んでみると、この随筆が、絶筆になるわけである。

〈殺人と想像力〉

私は、毎日十枚から二十枚の原稿を書く。

そのほとんどが、推理小説だから、毎日、人殺しを書いているようなものである。

人が殺される場面を書いても、別に、心は痛まない。作家が、いちいち、心を痛めていたら、小説が書けなくなってしまうが、かといって、ただ、だらだらと、人殺しの場面を書いていては、マンネリになってしまう。

それを防ぐのが、作家の想像力である。想像力さえ豊かなら、毎日、原稿用紙の上で人殺しをしても、マンネリにはならないはずだ。憎しみで殺すのと、愛するあまり殺すのとでは、当然、殺し方も違ってくる。それが、同じにしか書けない作家は、駄目な作家である。

こんな文章が続いたあと、最後に、次のように結んであった。

――私は、ふっと、もし、自分が殺されるようなことがあったら、どんな理由で、どんな人間が私を殺すだろうかと、考えることがある。しかし、この答は、まだ見つかっていない。想像力が不足しているからではなく、答を見つけるのが、怖いからである。

3

「妙な暗合ですね」

田川は、顔をあげて、五人の作家を見廻した。確かに、殺された人間が、殺される直前、自分が殺されたらという原稿を書いていたのは、うす気味悪い。

「これは、彼自身、作家仲間に、白い眼で見られているのを、知っていたことを意味しているんじゃないですか」

青山が、大きな声で、いった。

他の四人は、またかと、渋面を作って、黙っている。

田川は、原稿を封筒におさめてから、五人に向って、

「阪東さんの家族のことを教えて下さい。宿泊カードの住所には、奥さんがいらっしゃるわけですか？」

「彼は、独身でしたよ」

と、岡田がいった。

「独身？　なかなかの美男子なのに、なぜ、独身だ

ったんですか？　阪東さんぐらいになれば、収入だって豊かだったでしょうに」

田川警部が、不思議そうにきいた。

「三年前に、前の奥さんと離婚したんですよ。そのあとは、独身を楽しんでいたようですがね」

と、岡田がいった。

「そうですか。すると、亡くなったことを誰に報告したらいいのかな？　どなたか、ご存知の方は、ありませんか？」

田川がきくと、五人は、黙っていたが、その中から、青山が、また、例の大きな声で、

「戸村さん、どうなの？」

と、ふいに、戸村雅子を見た。

「なぜ、私が？」

雅子は、明らさまに、不快そうな顔をしたが、青山は、構わずに、

「一時期、あなたが、阪東英介といい仲だったってことは、みんな知ってるんだ。今更、かくしたって、仕方がないんじゃないかな」

「それは、本当ですか？」

田川は、眼を光らせて、戸付雅子を見た。

雅子は、じろりと青山を睨んでから、田川に向って、

「親しくしていたのは、間違いありませんけど、だからといって、阪東さんのことを、何もかも知ってるわけじゃないし、最近の阪東さんとは、全然、つき合っていませんでしたから」

と、怒ったような声でいった。

「しかし、一時期、親しくしていたことは、間違いないんでしょう？」

田川は、念を押した。

「ええ、家が近かったもんですからね」

「それが、疎遠になったのは、どういうわけですか？　お二人の間に、何かあったんですか？」

「そりゃあ、男と女ですもの、いろいろありますわ。でも、半年も前に、別れたんですよ。今度の彼が死んだことと、何の関係もないと思いますけど」

雅子は、キッとした顔になっている。性格の強さがそのまま、現われた感じだった。

「その判断は、われわれがしますよ」

と、田川も、負けずに、いった。

「阪東さんは、自殺したかも知れないんでしょう？　警部さんは、まるで、私たちの一人が殺したように、いってらっしゃるけど」

雅子が、抗議するようにいうと、田川は、小さく笑って、

「阪東さんが、自殺するはずがないといったのは、皆さんですよ。それに、自殺とすると、なぜ、あんな場所で死んだのか、わからないんじゃないかな。お茶屋の金びょうぶの裏で死ぬなんていうことはです」

「でも、阪東さんは、他人《ひと》を驚かせるのが好きだったから、あんな死に方をしたのかも知れませんわ」

「と、いいますと？」

「何か、悩みごとがあって、彼、自殺を考えていたのかも知れませんわ。彼って、今もいったように、他人を驚かすのが好きだから、そのチャンスを狙ってたんじゃないかしら？　そのチャンスが、やって来たんだわ。お茶屋さんで、襖をぱっと開けると、金びょうぶの前に、舞妓さんがいる代りに、自分が毒を飲んで死んでいる。みんなは、さぞ、びっくりするだろう。そう思ったんじゃないかしら？　それが、早く毒が廻ってしまって、金びょうぶの裏まで歩いて来て、そこで、息が絶えてしまったんじゃないかしら」

「どうも、そういうとっぴな考え方には、賛成できませんな」

と、田川は、いった。

4

ホテルから出ないようにと念を押して、田川警部は、帰って行った。

すでに、深夜に近く、それに、青山が、変なことをいってしまったので、お互に気まずくなって、早々に、各自の部屋に引き込んでしまった。

京都の北白川に住んでいる伊馬夏子も、タクシーを拾って、自分のマンションに帰った。

翌朝、中西たちが、一階のレストランで朝食をとっているところへ、伊馬夏子が、顔を出した。

「昨日のことで、みなさんが、喧嘩してるんじゃな

いかと、心配で、来てみたのよ」

と、夏子は、いってから、

「青山さんは？」

と、そこにいる中西、岡田、それに戸村雅子の三人にきいた。

「さすがに気まずかったのか、早々に食事をして、先に、部屋に帰ってしまったよ」

岡田が、笑いながらいった。

「でも、どうして、青山さんは、警察の人にそんなことを、ぺらぺら喋ったのかしら？　全員が、殺人の動機を持ってるみたいなことを」

夏子がきくと、中西が、

「青山さんにいわせると、警察に調べられてから、阪東英介を嫌ってたことがわかると、一層疑われるから。その前に、こちらから、いっておいた方がいいということらしいんですよ」

「でも、おかげで、私は、容疑者ナンバー・ワンになってしまったわ」

雅子が、憤懣やる方ないという顔でいった。

「青山さんというのは、一風変った人物だというのは知ってたけど、これほどとは思わなかったな」

と、岡田がいったとき、その青山が、田川警部と一緒に、レストランに入って来た。

「青山さんと、エレベーターのところで会いましてね」と、田川は、いってから、

「阪東英介さんの解剖の結果がわかりましたので、みなさんにもお知らせしておこうと思いましてね」

と、五人の顔を見廻した。

「死因は、やはり、青酸カリによる中毒死です。が、面白いことが、一つわかりました。阪東さんの上衣のポケットに、薬の小びんが入っていたのですよ。Mという肝臓の薬です。カプセルの錠剤になってて、これは、市販されています。この薬を、阪東さんが常用していたことは、ご存知ですか？」

「私は、知っていましたわ」

と、戸村雅子が、いった。

「他の人は、どうです？」

「肝臓が悪いので、薬を飲んでいることは聞いていますよ。しかし、薬の名前までは、知りませんでしたよ」

中西が、肩をすくめるようにしていった。

「岡田さんと、伊馬さんは、いかがですか？」

「今年の正月に、阪東さんから頂いた年賀状に、肝臓が悪いので、薬を飲んでいると書いてあったのを覚えていますわ。でも、それ以上のことは、知りませんわ」

と、伊馬夏子がいった。

それに続いて、岡田は、

「私も、彼が肝臓を悪くしているのは、彼自身に聞いて、知っていましたよ。とにかく、よく飲みましたからね。それで、飲むのを止めないと、命取りになるぞと、忠告したことがあるんです」

「その時、阪東さんは、どういいました？」

「作家というのは、血へどをはいて死ねれば本望だなんて、つっぱっていましたがね。肝臓の薬を飲んでいたとすると、やはり、死ぬのが怖かったんですね」

岡田は、微笑した。

「ところで、このカプセル入りの錠剤ですが、こちらで分析したところ、びんに二十一粒あったんですが、すべてのカプセルに、青酸カリが入っていることがわかりました」

「すると、誰かが、そのカプセルをすりかえたことになるんですか？」

岡田がきくと、田川は、ゆっくり肯いて、

「前もって、同じMの薬びんに、青酸カリを注入したカプセルを入れておき、それを、今日、お茶屋に来て、すりかえたんだと思いますよ」

「ずいぶん古典的な毒殺の方法ですねえ」

岡田が、感心したような、馬鹿にしたような、どっちともとれるようないい方をした。

「古典的かどうかは知りませんが、確実な方法ですよ。多分、犯人は、阪東さんが、肝臓薬のMを常用しているのを知っていて、青酸カリ入りのものを作っておき、あのお茶屋で、すりかえたんだと思いますね。阪東さんは、ワイシャツ姿で死んでいたから、お茶屋では、早くから上衣を脱いでいたんでしょう。上衣のポケットに、薬びんが入っていましたから、犯人が、すりかえるのは、楽だったと思いますね。阪東さんは、カメラを持っていて、お茶屋でも、舞妓の写真を十二枚撮っています。これが、現像焼付けしたものです」

田川は、十二枚のカラー写真を、五人の前に並べた。

舞妓が三人で並んでいる写真、他の作家たちと舞妓の一人が、肩を組むようにして、笑っている写真など。

「これらの写真を撮るためには、阪東さん自身、いろいろと動き廻っているはずです。構図から考えて、一カ所にいて撮ったものではないからです。その間、阪東さんが脱いだ上衣は、もとの場所に置かれていたわけですから、犯人が、ポケットの中の薬びんをすりかえるのは、とても簡単だったと思いますね。これは、私の推論ですが、犯人は、阪東さんが、すりかえた薬を、お茶屋さんで飲むとは思わなかったんじゃないですかね。阪東さんが、何も知らずに、ホテルに持ちかえり、そのあとで飲むことを期待していたんじゃないでしょうか」

田川は、そんなふうにいってから、ポケットを探って、薬びんを取り出し、テーブルの上に置いた。

肝臓薬「M」のびんである。中には、まだカプセル入りの薬が、二十粒ほど残っている。

五人は、怖いものでも見るように、その薬びんを見つめた。

5

青山が、疑い深そうな眼で、じっと、赤と青の二色に塗りわけられている細長いカプセル薬を、見つめていたが、

「本当に、びんの中のカプセル薬に、全部、青酸カリが入っているんですか?」

と、田川にきいた。

田川は、青山の眼を、強く見返して、

「お疑いなら、お飲みになってみますか?」

カプセル薬を二粒、掌に取り出して、青山の前に、突き出した。

これには、青山の方が、ぎょっとして、手を振った。

「他の方もいかがですか? このカプセルの中に、青酸は入っていないんじゃないかと、お疑いの人は、

試しに、飲んでみませんか？」

と、田川は、いった。

五人の作家たちは、黙って、顔を見合せてしまっている。

田川は、近くにあったコップをとると、いきなり、掌の上の二粒のカプセルを、口の中に放り込み、コップの水を、ぐいと、飲み干した。

「あッ」

と、誰かが、声をあげた。

田川は、そのままの姿勢で、五人の作家の顔を見廻した。

「青酸カリなんか、入ってなかったんだ！」

岡田が、甲高い声でいった。

「警察が、嘘をついちゃ困りますわ」

伊馬夏子が、眉を寄せて、田川を睨んだ。

田川は、急に、ニヤッと笑った。

「そのとおりです。この薬びんの中のカプセル薬は、全部、市販されているままのもので、青酸カリなど、混入されていません」

「それなら、なぜ、嘘をついたんです？」

と、中西がきいた。

「その理由をいいましょう。昨夜、お茶屋さんで出されたビール、お酒、お茶、和菓子について、びんから、徳利、お皿、茶碗と、すべて調べてみましたが、青酸カリは、検出できませんでした。しかし、阪東さんは、青酸中毒死に間違いない。なおも調べていると、彼の上衣のポケットから、この薬びんが見つかりました。てっきり、このカプセルの中に青酸カリが入っているに違いない。そう考えて、全部のカプセルを割って調べてみたんですが、当て外れでした。どれにも、青酸カリは入っていなかったんです。われわれは困惑しました。が、一つだけ、手がかりがありました。それは、この薬びんに、指紋が一つもついていなかったということなんですよ。これは、不自然です。阪東英介本人の指紋も、消えてしまっているんですからね。これをどう解釈したらいいのか？　一つしか、解釈はありません。つまり、こういうことです。犯人は、青酸カリ入りのものとすりかえた。ところが、阪東さんが死んだのを見て、もう一度、すりかえることを考えたんです。

阪東さんの上衣が、傍にあったからでしょうね。そうすれば、証拠が無くなると考えたんでしょう。しかし、自分の指紋がついていては、何にもならないので、ハンカチで、びんの指紋を消して、すりかえた。これで、すべての証拠は、犯人の希望どおり、現場から消えてしまいましたが、薬びんの指紋も消えてしまったわけです」

「警部さん。それなら、なぜ、われわれに、本当のことを話してくれなかったんです？」

岡田が抗議した。

田川は、頭をかきながら、笑った。

「実は、あなた方の反応を見たかったんですよ。あなた方の中に、阪東さんを毒殺した犯人がいます。その人物は、私が、このカプセルに青酸カリが入っていたといっても、それが嘘だということを知っているわけです。他の方は、恐らく、私の話を、そのまま、信じるはずだと。顔色を見ていたんですよ」

「それで、何かわかりましたの？」

と、夏子がきいた。

「いや、残念ながら、わかりませんでした」

と、田川は、いった。

第三章　大徳寺境内

1

田川が、帰ってしまうと、五人の作家は、自分たちが、警察に試されたことに腹を立てて、一斉に文句をいい始めた。

しかし、文句のいい方が、何となくぎごちないのは、下手ないい方をすると、自分が疑われるかも知れないという気があるからだ。

犯人なら、田川警部が、嘘をついていると、最初からわかっていたはずである。となると、あの嘘は見えすいていたなどとはいえないのである。

「面白くないな」

と、青山が、舌打ちをして、

「どこか、空気のいいところを、散歩でもしたいね。伊馬さん。どこか、いいところがありませんか」

と、夏子を見た。

「京都には、いいところは、いくらでもありますけど、このホテルを出て、歩き廻って、構わないのかしら？」

「それは、構わないでしょう」と、中西が、いった。

「この中の一人が、逃げ出せば、警察は、犯人とみて、逮捕しますよ。だから、われわれは、逃げ出せないんだ。警察が、われわれを放っておくのは、そのためだと思いますよ」

「じゃあ、大徳寺《だいとくじ》へでも、ご案内しますわ」

と、夏子は、いった。

外出の仕度をしたいという人もいて、五人は、いったん別れ、一時間後に、ロビーに集った。

夏子の案内で、大徳寺に向った。

大徳寺は、京都の洛北《らくほく》にある。正式にいうと、臨済宗大徳寺派の総本山である。

応仁の乱で焼けたものを、あの一休禅師《いっきゅうぜんし》が、堺《さかい》の豪商の援助を受けて、再興したことで有名だった。

大徳寺といっても、一つの寺だけではなく、広大な境内には、いくつもの寺があって、一つの寺町を構成している。

ここには、戦国大名の菩提寺が多く、もっとも有名なのは、細川《ほそかわ》ガラシャの墓がある高桐院《こうとういん》だろう。

五人は、大徳寺前で、タクシーをおりると、夏子の案内で、境内に入って行った。

戸村雅子は、さすがに、女流作家らしく、ガラシャの墓を見たいといった。

高桐院の門を入ると、敷石の道の両側は、深い楓のトンネルである。まるで、楓の林の中に入ったような感じである。

いつの間にか、五人は、ばらばらになっていた。

この高桐院には、細川ガラシャの墓の他に、出雲《いずも》の阿国《おくに》と、美男の誇れ高い名古屋山三郎《なごやさんざぶろう》の墓などもあって、歴史ミステリーも書く青山は、ガラシャの墓より、こちらの墓の方が見たいといったりしていたからでもある。

一時間ほどして、一人、二人と、ガラシャの墓の近くに寄ってきた。

ここには、夫の細川忠興《ただおき》の墓も並んでいる。大名の主君と夫人の墓にしては、極めて、質素である。

石囲いのまん中に、石灯籠が立っている。それが、ガラシャの墓である。

中西、岡田、戸村雅子、それに、案内役の伊馬夏子の四人は、寄ったが、青山一人は、いつまでたっても、姿を見せなかった。

「しようがないな」

と、岡田が、文句をいった。

「出雲の阿国のお墓が見たいといってたから、そっちへ行ってるんじゃないかしら?」

戸村雅子がいった。

「そうかも知れないと思って、さっき、見て来たんだけど、いなかったね」

と、いったのは、中西だった。

「あまのじゃくだから、さっさと、ホテルへ帰ったんじゃないかな」

中西がいった。

いつまでも、待っていても仕方がないので、四人は、門の方へ歩いて行った。

書院の近くまで来たとき、楓の林の一角で、五、六人の観光客が、人垣を作って、さわいでいるのが見えた。

「何かあったのかな?」

と、中西がいったとき、制服姿の警官が二人、駈けつけてくるのが見えた。

四人は、その人垣に近づいて、のぞき込んだ。

そこに、青山淳が、俯《うつぶ》せに倒れていた。

2

青山は、猪首《いくび》で、がっしりした身体つきをしている。作家というより、ラグビーか、レスリングの選手のような身体つきに見える。

その猪首の左側に、ナイフが突き刺さっている。

血は、あまり流れていなかった。が、身体は、明らかに、青山が絶命していることを示していた。

「どうなってるんだ! これは——」

岡田が、顔をゆがめて、叫んだ。

「まさか、われわれ全員を、誰かが殺そうとしているんじゃないだろうが——」

と、絶句したのは、中西だった。

「私は、ひょっとすると、阪東さんを殺したのは、青山さんじゃないかと思ってたんだけど」

と、伊馬夏子がいうと、戸村雅子も、蒼い顔で、

「私も、そうなの。でも、青山さんまで殺されたとなると、違ってたんだわ」

「実をいうと、僕も同じなんだよ」

中西は、青山の死体から、眼をそむけて、小さな声でいった。

「君もそうなのか」

岡田まで、同じことをいった。

「ああ」と、中西は、肯いた。

「青山さんは、最近、あまり、作品を発表していなかった。注文がないんじゃなくて、書けなくなってしまったという噂を聞いていたんだ。阪東さんの方は、逆に、書き過ぎる感じだった。それはそれでいいんだが、青山さんは、阪東さんのことを乱作だといい、逆に、阪東さんは、青山さんのことを、才能が枯渇してしまっていると批判していたからねえ。それが嵩じて、ひょっとすると、青山さんがと思っていたんだ」

「私も、同じだったわ」と、雅子がいった。

「阪東さんが殺されたあとで、青山さんが、やたらに、私たち全員が、阪東さんを嫌ってたみたいに、いいふらしたでしょう。あれは、てっきり、青山さんが、自分の動機をかくそうとしてるんだと思ったんだけど、その青山さんまで、こうして殺されてしまってみると、違ってたんだわね」

「これで、あの田川警部は、いよいよ、私たちの中に犯人がいると思い込むに違いないわ」

夏子が、溜息をついた。

その田川警部は、数分後に、駈けつけて来た。

一緒にやって来た刑事が、死体の周囲にロープを張って、野次馬を遠ざけ、検死官が、死体を、仰向けにした。

苦しみが、そのまま凍りついたように見える青山淳の顔が、現われた。

それと同時に、今まで、死体にかくれて見えなかったものも見えた。

地面に、ボールペンの先で描いた図のようなものだった。傍に、土によごれたボールペンが転がっている。

地面に描かれていたのは、矩形《くけい》と、その周囲に配置されたいくつかの小さな丸だった。

検死官は、青山の左の首筋に突き刺さっているナイフを、仔細に見ていたが、

「どうやら、刃先に、毒が塗ってあったようだね」

と、田川にいった。

「それに、間違いありませんか？」

「小さなナイフだし、あまり血も流れ出していない。頸動脈を切断していれば、ものすごい勢いで、血が噴出しているはずだがそれがない。ということは、致命傷になるような傷ではないのに、絶命しているということだよ。それに、青酸死のような反応が現われてもいる。だから、恐らく、刃先に、青酸液をぬりつけてあったんだと思うね」

「ナイフは、向って、首筋の右側に突き刺さっていますね」

「そうだよ。犯人が、背後から忍び寄って、刺したとすれば、犯人は、多分、左利きだろうね。右利きでは、こちら側は、刺せないよ。面と向って刺したとすると、この逆になるが」

「面と向い合って刺したとは思えませんね。抵抗の痕がありませんからね。背後から忍び寄って、いきなり、刺したんでしょう」

と、田川は、いった。

田川は、自分の方を見ている四人の作家に向き直った。

「これで、二人目ですね。青山さんも、皆さんと一緒にここへ来られたんでしょう？」

「ええ」と、伊馬夏子が、答えた。

「気分直しに、みんなで、ここへ来たんですわ。でも、高桐院の中に入ってからは、ばらばらに行動していたんです」

「最後に、生きている青山さんを見たのは、どなたですか？」

と、田川は、四人の顔を見廻した。

四人は、顔を見合せて、黙っている。

「では、質問を変えましょう。青山さんは、昨日の事件のことで、何かいっていませんでしたか？」

田川が、きくと、岡田が、当惑した顔で、

「今日は、あまり、青山さんとは話をしなかったんですよ。僕たち全員が、阪東さんを憎んでたみたいなことを、大声でいうんで、敬遠していたんです」

と、いった。

その時、「警部」と、若い刑事が、田川を呼んだ。

「ちょっと、来て下さい」

「何だい？」

と、田川が、死体のところへ戻ると、

「被害者の内ポケットに、こんなものが入っていました」

刑事が、小さく折りたたんだ白い紙を見せた。

広げてみると、ロイヤルホテルの便箋で、それに、ボールペンで、次のような図が描いてあった。

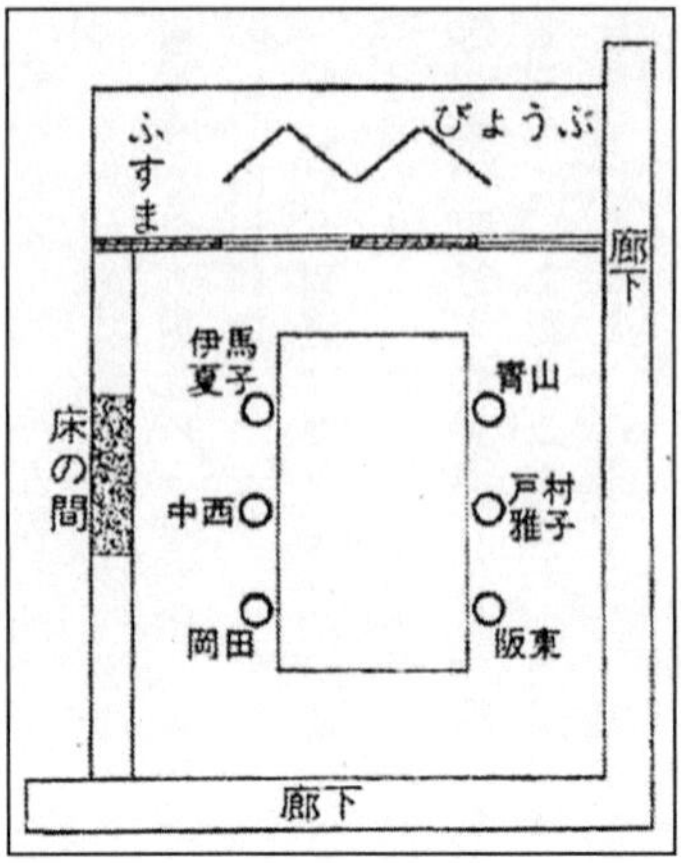

明らかに、これは、昨夜、お茶屋での六人の席を書きつけたものである。

ホテルの便箋は、たいてい、各部屋に備えつけてあるから、青山は、昨夜、ホテルに帰ったあと、この図を描いて、事件について、考えていたのだろう。

（そして、犯人が誰かわかって、それで殺されたのだろうか？）

田川は、その図を、四人の作家に見せた。

「皆さんの座った位置は、これに間違いありませんか？」

「このとおりですわ」

と、夏子がいった。

雅子は、口元をゆがめて、

「間違いはないけど、私は、疑われるわね。阪東さんの隣りにいたんだから」

と、いった。確かに、阪東が脱いでいた上衣のポケットに、青酸入りの薬びんを入れるのは、隣りに座った戸村雅子が、一番、やりやすいだろう。

（待てよ）

急に、田川は、死体の傍に引き返した。

そこの地面に、被害者の青山が描いたと思われる図は、明らかに、ホテルの便箋に描いたのと同じ、お茶屋での席順である。

（しかし――）

もし、ホテルの便箋に描いた図で、青山は、犯人が推理できたのなら、この高桐院の境内で、また、地面に、同じものを描く必要があったのだろうか？

それに、よく見ると、二つの図には、違いがあった。

テーブルや、次の部屋のびょうぶや、廊下の位置などは、全く同じだが、人間を示す丸印の数が違うのである。

ロイヤルホテルの便箋に書き込まれた丸印は、六つしかないが、地面に描かれた図には、十一もあった。

増えた五つは、恐らく、三人の舞妓と、お茶屋のおかみ、それに三味線をひいたという妹分の女性であろう。

青山が、五つの丸印を書きたしたということは、この五人の中に、犯人がいると思ったのだろうか？

しかし、この五人は、この高桐院には、来ていないだろう。

それに、京都在住の伊馬夏子は、あのお茶屋をよく知っていたようだが、他の五人は、初めて行ったところだといっていた。お茶屋のおかみも、そう証言している。三人の舞妓もである。

初めて会った東京の作家を、あの五人が、殺すとは思えない。動機がないからである。まして、肝臓の薬に、青酸を入れて、あらかじめ用意しておいて殺すような真似はである。

しかし、青山は、この五人を加えて、地面に図を描いている。

これは、どういうことだろうか？　犯人とは考えられない五人を加えたことで、青山の推理が変り、そのために、彼は、犯人に殺されたのだろうか？

問題編②

第四章　アリバイクラブ

山村美紗

1

三月十四日になった。

この日は、京都に本部のある「アリバイクラブ」という推理愛好会の二十周年の大会の日だった。

そのため、東京から五人と、京都在住の一人の、計六人の推理作家が招待され、東京の作家は、二日前に京都にやって来たのだが、着いてから、矢継早に事件がおきてしまった。

それも、殺人事件で、殺されたのは、阪東英介と青山淳という推理作家である。

ホテルで缶詰めになっていた四人は、警察に、予定された仕事だからと、了解を求め、「アリバイクラブ」の大会に出席したが、やはり、会場でも、話題は、こんどの殺人事件で持ちきりだった。

日本座敷の大広間で、会がはじまり、一人三十分の持ち時間で、四人の作家が話をしたあと、会員と、座談することになった。

アリバイクラブは、全国に約千人の会員がいるが、この日、出席したのは、百五十人ほどである。

作家四人を囲むような形で、みんなが席につくと、司会役の木下正也《きのしたまさや》という背の高い男が、立ち上った。

「今日は、お忙しい中この会に出席下さいまして、有難うございました。予定では、これから、最近の推理小説について質問やら、討論やらを交わすことになっていたのですが、皆さん御承知のように我々が御招待した作家のうち、二人までもが殺されるという事件がおこりましたので、急遽、予定を変更したいと思います。

この事件については、我々も興味をもっておりますし、是非、こんどの事件についての推理を、推理作家の方からお聞きしたいと思いますが、皆さんいかがでしょうか?」

言葉が終らないうちに、「賛成」という声が聞こえ、拍手がおこった。

「しかしねえ。君、推理といったって、今度のことは、小説でなくて、我々に直接関係のある事件だからね。軽々しく、興味本位に推理するわけにはいかないよ」

岡田祐一郎が言うと、伊馬夏子も続けた。

「早くいえば、残った私たち四人の中に、犯人がいるかも知れないのよ。それを、私たち自身で討論し合えというの？」

木下はあわてて、

「いや、僕たちは、先生方四人の中に、犯人がいるとは思っていません。だからこそ、事件のことを聞きたいのです。聞いているうちには、我々にだって気のつくことがあるかもしれません。先生方は、書くのはプロですが、今度のように実際の事件の渦中にあって、見逃されることもあると思うのです」

といった。世話係らしいもう一人の上原《うえはら》という学生も、立ち上っていった。

「それに、もし、四人の中に犯人がいたとしたら、それ以外の人は、それが早く見つかって、すっきりしたいと思われるんじゃないでしょうか？」

場内がしんとした。そのとき、戸村雅子がにこやかな顔でいった。

「そうだわ、新聞でもテレビでも報じられているのだから、別に隠すことはないと思うわ。私たちだって、あなたたちだって、今、いちばん関心のあるのは、この事件なんだから、それについて話すのは、いちばん自然だと私は思うけど」

伊馬夏子とは、全く正反対の意見だった。夏子が、鋭い目でちらっと、雅子の方を見た。

木下が、残った中西徹の方へ視線を向けると、中西は、あまり反対すると、疑われると思ったのか、

「僕は、別にかまわないけど」

と言った。

「では、岡田さん、伊馬さん、いいでしょうか？」

木下が言い、二人はあいまいにうなずいた。

「お許しがでましたので、この事件について、何か質問のある人は、手をあげて下さい」

勢いよく何人かの手があがり、

「じゃ広辻《ひろつじ》くん」

と呼ばれて若いきれいな女の子が立った。

「私は、新聞の報道でよくわからない点があるんですが、それは、祇園のお茶屋で、みなさんが座っておられた場所なんです。もう一度、そこの黒板に図を描いて説明してくれませんか？」

「チョークありますか？」

女の子が質問したので、気分を直したのか、意外なことに岡田が、立ち上って、図を描きはじめた。

卓をはさんで左側に、手前から、岡田、中西、伊馬、卓の右側に、手前から、阪東、戸村、青山である。

「上衣は、どこにあったんですか？」

さっきの女の子が言った。

「阪東くんが死んだあと、彼のいた場所にありましたよ。警察では、ポケットの中にあった肝臓薬のカプセルを、犯人が毒入りのものと替え、彼はそれを知らずに、洗面所へ行って飲んで気分が悪くなり、戻ってきて死んだ。犯人は、騒ぎの最中に、再び、阪東くんの上衣のカプセルのびんを、もとのびんと取り替えたと言っています」

「というと、上衣のいちばん近くにいたのは、戸村雅子さんですか？」

若いだけに、単刀直入に、さっきの女の子が言った。

「君、そんな……」

司会の木下は、さすがに困ってとめようとしたが、それより早く、戸村が立ち上った。

「そうよ、私よ。でも、私だって、推理作家の端くれよ。私が殺すのだったら、こんな簡単な殺し方はしないわ。あなただって、そう思うでしょう？」

と、女の子に言った。

そのときだった。

「ちょっと、説明させて頂いていいですか？」

という太い声がした。

2

みんなが、そっちを見ると、いつの間に来たのか、入口に立っていたのは、田川警部だった。警部は、事件がおこらないように、警備のため来ているのだと言ったあと、

「黙っていようと思ったのですが、事実が、ちょっ

と違うので申しあげておいた方がいいと思って……」

と言いながら、黒板のところへ進み出てきた。

アリバイクラブの会員たちは、本物の事件に、本物の推理作家、それに、本物の警部の登場ということで、興味津々《しんしん》という顔をしている。

「実は、あのあと、捜査本部に、『飯田』のおかみが、現場に残っていたコートを届けに来ましてねえ。我々もびっくりしたんですが、そのコートは、被害者の阪東さんのだったんですよ」

田川は、みんなの顔を見廻したが、みんなは、ぽかんとしている。それと事件とどんな関係があるんだというわけである。

田川は、落着いて続けた。

「ところが、聞いてみると、このコートは、部屋に入ったとき、阪東さんが、上衣と一緒に脱いで、床の間においたものだというんです。床の間というと、戸村さんの側とは反対の、岡田さん、中西さん、伊馬さんたちのうしろです。それを途中で、阪東さんが、立って行って、上衣だけ、自分の場所にとってきて、煙草を出して喫《の》み、そのあと、しばらくたって、ポケットから、薬のびんをとり出して、飲んだということらしいです。コートは、阪東さんが死んでしまったので、そのまま床の間においたままになっていたのを、おかみが保管していたというわけです」

田川は、黒板の図を指して説明したあと、

「その床の間には、事件のおこる前、他の先生方のコートや持ち物もおいてあったそうですから、誰が、そこへ行って、コートをさわっていてもおかしくなかった——つまり、誰にでも、カプセルの入った薬びんをすり替えることは出来たわけなんです。……これが、事実です。黙っていようと思ったんですが、先生方をはじめ、これだけ多くの人が、誤った事実を信じてしまって、推理をされ、それがマスコミに流れると、大変なことになると思って、ちょっと出すぎたマネをしました」

田川は、そう言って、静かにもとの場所にもどった。

「それごらんなさい。広辻さんは、まるで、私が犯人みたいに言われたけど、違ったじゃありませんか？」

戸村雅子が、勝ち誇ったように言った。

なんとなく白けた空気が流れた。

木下は、四人の作家の顔をひととおり眺めてから、

「では、お茶屋の事件では、なかなか推理もむつかしいようですので、これで打ち切って、大徳寺の事件について、先生方に、お聞かせねがいましょうか？」

と、切り換えたが、岡田が、むつかしい顔をして立ち上った。

「やっぱり、この問題は、混乱を招くようだから、やめて、違う話題にした方がいいと思うな。これ以上やっていると、我々の友情にも、ひびが入って、気まずい思いで東京へ帰らなくてはならなくなる。我々が、東京へ帰って、少し冷静になって考えてみて、真犯人がわかったら、警察に言うと同時に、君たちにも話をすることを約束するよ」

「そうだわ。それがいいわ」

伊馬夏子も言った。

木下は、困ったように、傍の上原と相談をしている。

会場は、しばらく、ざわざわとした空気に包まれた。

そのとき、会員の一人が立ち上って、

「今度の事件と違うことだったら、質問してもいいですか？」

と、言った。

「ああ、いいですよ」

岡田が、愛想よく言い、他の作家も、ほっとしたようにうなずいた。

木下も、助かったという顔になって、

「林くん、どうぞ」

と、言った。

「じゃ、お聞きしますが、去年の四月、推理大賞のパーティのとき、出席のため、地方から上京された推理作家の井上二郎《いのうえじろう》さんが、ホテルの窓から落ちて亡くなりましたね。あれは、自殺だったんですか？事故ですか？　それとも殺されたんでしょうか？」

再び、会場が、しいんとなった。外国の推理小説

のことか何か聞くのだと思っていた作家たちは、お互いに顔を見合わせていたが、

「井上さんが亡くなったのは、自殺だと聞いていますわ。ねえ、岡田さん?」

と、伊馬夏子が、岡田に同意を求めた。

岡田と、その隣りの戸村雅子は、うなずいたが、珍しく、中西が立ち上った。

「いや、僕は、あれは、自殺じゃないと思ってるんだ。推理作家は、みんなそう思ってるんじゃないかな。だけど、内部のことだし、警察が、一応、自殺ということで、処理してるので、騒ぎ立てないだけだと思うよ。僕は、あの日、会場にいちばん早く行ってね。ロビーで、人の出入りを見ていたんだ。勿論、井上くんとも喋ったが、彼には、全く、自殺するような気配はなかったよ。やっと長編の原稿も出来上ったので、と、浮き浮きしていて、会がすんだら、銀座へ飲みに行こうと言っていたくらいだ。彼は、そのあと、次次とやって来た人と、挨拶を交わしたあと、チェックインして、服を着替えてくると言って、客室へあがるエレベーターに乗って行ったんだ。ロビーで待っていたら、そのうち、出版社のO君が、僕に、ちょっと打合わせをしたいと言ってきた。今、井上君を待ってるんだと言ったら、井上先生にも用事があるから、よろしかったら御一緒にと言われたので、井上の部屋へ館内電話をしたんだ。

隣りのコーヒーショップにいるからと言って」

「そのとき、井上さんは、何と言ってましたか?」

上原が聞いた。

「彼は、気軽に、『ああ、わかった。O君には、随筆を頼まれてたんだ』と言ったが、途中で、『あ、チャイムが鳴ってる。ちょっと待ってくれ』と言って、受話器をおき、ドアの方へ行き喋っていたが、『いま、人が来たから、五分ほどしてから行くよ。コーヒーショップだね!』と言って、電話が切れた」

「それからどうなりました?」

伊馬夏子が聞いた。

「いや、それっきりだ。彼は来ず、会がはじまったんで、仕方なくO君と一緒に、会場へ行ったんだ。来客があったらしいから、話に手間どっているんだ

ろうと思って。会の途中で、ホテルの人が走って来て、中庭に、彼が落ちて死んでいると言って騒ぎになったのは、御承知のとおりだ。警察では、結局、自殺ということになったし、ホテルの方でも、それでほっとしたようだった。我々の仲間も、何の証拠もないことだから、騒ぎ立てなかった。しかし、僕は、そのとき、来た客と、彼と争いになって、突き落とされたんじゃないかと思っている。それで、阪東くんにも、その話をしたんだ。彼は、それをヒントに、この前、短編を書いていたが、あれは、小説だから、ちょっと変えて書いてあるね」

会場に、ざわめきがおこった。

「そのときの来客というのは、誰かわかってるんですか？」

岡田が聞いた。

「はっきりとわからない。しかし、このことについては、いつか確かめてみたいと思っている」

みんなが、もっと何か聞きたそうにしたとき、食事が運ばれてきた。

木下は、時計を見た。考えると、最初の講演がはじまってから、三時間以上たっている。

〈切りあげどきだ〉

と思い、木下は、話を打ち切り、食事にすることを宣言した。

食事をしながらの雑談は、やはり、この会らしく、SF論とか、トリックの話がはずみ、さっきと打って変わってにぎやかになった。

ただ、中西だけは、黙々と食事をしていた。

会が終ったあとは、飲みにも出ず、作家たちはまっすぐホテルに戻った。

いよいよ明日は、東京へ帰ることを、警察に了解を得ていた。事件は、解決していないが、それぞれに、締切りが迫っていて、これ以上は、京都にとどまれないからである。

3

翌朝、九時に、伊馬夏子、戸村雅子、岡田の三人は、ホテルの食堂に集った。バイキング形式の食事をしながら、中西を待ったが、いつまでたっても、中西は来ない。いつも、いちばん早く来る中西がである。

「昨晩、仕事をして、寝過してらっしゃるんじゃないかしら？」

戸村雅子が、言い、伊馬夏子が、みんなの前で、館内電話をかけたが、ベルが鳴りつづけるばかりで、相手は出なかった。

三人は、ぞろぞろと、中西の部屋の八一六号の前へ行きチャイムを鳴らし、ドアをノックした。しかし、応答がない。三人が、ドアの前で、かたまって相談していると、通りかかった部屋係のメイドが、

「どうしはったんですか？」

と、聞いた。

「出発まで、あと二十分しかないのに、ツレの一人が応答がないんです」

岡田が言うと、メイドは、あっさり、合鍵で、ドアを開けてくれた。

「あっ！」

のぞき込んだ三人は、異口同音に、声をあげた。

絨毯《じゅうたん》の上に、長々と横たわっている中西の姿が目に入ってきたからだった。

「お客さん、どうしはったんです？」

抱き起こそうとしたメイドが、悲鳴をあげた。

「死んではります。……もう体がかたくなって……」

みんなが、近寄って見ると、中西の口からは、少し血が流れ、すでにそれが乾いて黒くなっていた。

すぐに、フロントに連絡がとられ、パトカーがやってきた。

いちばん先に、部屋にとびこんできたのは、田川警部だった。

岡田と、伊馬と戸村の三人は、部屋の隅にかたまって呆然としていた。

中西を一目見た田川は、

「毒死だな」

と、つぶやいた。

中西の口から、血とともにコーヒーらしいものが流れ出ていた。

テーブルの上には、ルームサービスでとったらしいコーヒー茶碗が二つと、ポットが一つあった。

一つのカップには、コーヒーが半分ほど入ってい

たが、もう一つのカップは、使われてなくてきれいだった。床に空になった赤い薬包紙が一つ落ちていた。

彼が、コーヒーの中に入っていた毒で、死亡したらしいことは、明らかだった。

早速、鑑識係が、手袋をはめた手で、コーヒーカップとポットを持ち去った。

「中西さんは、一体、いつ死んだんですか？」

戸村雅子が、田川警部に近づいて、そっと聞いた。

田川は、すぐには返事はせず、部下に、てきぱきと指図をしていたが、一段落すると、三人のところへやって来た。

「中西さんは、昨夜のうちに亡くなったようです。それについて、いろいろお聞きしたいんですが、ここではなんですからみなさんの部屋へ行きましょう。お泊りになっているのは、何号室ですか？」

三人は、それぞれ、ダブルの部屋に一人ずつで泊っていた。作家というのは、個性が強いので、気兼ねをしなくてすむようにと、最初から部屋は一人ずつにしようときめていたのである。まず、岡田が、

「僕は、一つ隣りの八一八号室です」

と、言った。

「私も、昨日は、最後の夜なので、ここで泊ることにしましたの。あとでとったので、一階上の九一八号です」

伊馬夏子が言い、戸村雅子は、

「私は、和室がいいので、七階にしました」

と、七一四号のキーを見せた。

「じゃ、岡田さんの部屋へ行きましょう」

三人は、田川警部について、ぞろぞろと、岡田の部屋へ入って行った。

第五章　密室の謎

1

「さっきも、ちょっと言いましたように、中西さんは、昨夜の十時前後に亡くなった模様です」

部屋に落着くと、田川が、みんなの顔を見まわしながら言った。

「昨夜の十時頃ですか？」

三人が、顔を見合わせた。

「みんなで、麻雀をしていたときですわ」

戸村雅子が言った。

「麻雀？」

「ええ。こんなときに、麻雀なんかしてと思われるかも知れませんが、一人ずつで部屋にこもっていると、不安になってくるし、飲みに行くわけにもいかないし、というので、集って話しているうちに、なんとなく麻雀でもして気をまぎらわそうかということになったんです」

岡田が、弁解がましく言った。

「麻雀をしていたのは、何時から何時までですか？」

田川が手帖を出した。

「九時頃から、一時頃までです。七階の戸村さんの部屋の日本間に集ってしていました」

「三人でですか？」

田川が、不思議そうに聞いた。

「いいえ。アリバイクラブの上原くんと木下くんと吉田さんが、サインをした我々の本をとりがてら遊びに来ていましたので、木下くんに入って貰って、四人でしていました。上原くんと吉田さんは、麻雀は出来ないと言って、しばらく見ていましたが、九時半頃、帰りました」

岡田は、言い終ると、同意を求めるように、二人の女流作家の顔を見た。

「では、中西さんは、どうしていたんですか？」

田川が、むつかしい表情で聞いた。

「中西さんは、随筆を書くと言うてはりましたし、麻雀はしはらへんので、お部屋にずっと、いてはったと思います」

今度は、伊馬夏子が言った。

「では、みなさんは、九時から一時頃まで、七一四号室から一歩も出ないで、麻雀をやっていたというわけですか？　休憩などしなかったんですか？」

田川が、鋭く追及した。

「メンバーが、四人ですから、誰も休めないし、お手洗いは、部屋についてますから、外へは出ません。あとで、和室をごらんになったらわかりますけど、洋室とちがって、和室は、お手洗いやお風呂は、部屋の奥にあります。トイレに行くふりをして、外へは出られませんわ」

戸村雅子が、推理作家らしく、きちんとアリバイを主張した。

「中西さんの部屋は八階だし、麻雀してた和室は七階だから、中西さんの部屋へ行って帰ってくるには、随分時間がかかります。他のものが、気がつかないはずはありませんね」

岡田が補足した。

田川は、じっと、手帖を見ていたが、

「それでは、中西さんを、最後に見たのはいつですか？」

と、聞いた。

「見たのは、八時頃、アリバイグラブの人が来たとき、顔を出さはったときですけど、九時半頃、上原さんたちが帰るとき、みんなのいる部屋から電話して挨拶してはったので、そのときは、まだ生きてはったんやと思います」

「上原さんと吉田さんの住所はどこですか？」

田川が、手帖をかまえた。

「えーと、ここに、昨日もらったアリバイクラブの人の名簿があります。木下くん上原くん吉田さんみんなに聞いてみて下さい」

岡田が、プリントを田川に渡した。

「では、こういうことになりますか。中西さんは、九時半にはまだ生きていた。あとの三人の先生方は、九時から一時まで、ずっと一緒に麻雀をしていた。中西さんは、十時頃殺された——となると、犯人は、先生方以外の人ということですか？」

田川は、あまり信じてない様子だった。

「でも、九時半頃帰って行った上原さんと吉田さんが、中西先生の部屋をたずねて、先生を殺したというのは、考えられへんことですわ。あの人たちには何の動機もないと思うし……」

伊馬夏子が、首をかしげた。

「そういえば、中西さんの部屋にはコーヒーのカップが二つあったわね？」

と、戸村雅子。

「カップが三つだったら、九時半に私たちに、別れを告げたあと、上原さんと吉田さんが、中西さんの部屋をたずねて、ルームサービスでコーヒーをとって貰った。そして、中西さんのカップに毒を入れて殺したとも考えられるけど、カップが二つというのは、お客が一人ということになるでしょ。やっぱり、あの人たちとは違うわ」

戸村雅子が、推理した。

「ルームサービスは、何時にとったのかしら？」

と、伊馬夏子が、田川の顔を見た。

田川が、ルームサービスに電話をかけて、しばらく話していたが、

「八時三十分、間違いないね。あとで、そのボーイさんに来て貰いたいんだけどな」

と、言って、電話を切った。

「八時半？　おかしいわ。そのときとったコーヒーに、相手の客が毒を入れたのだったら、八時半に死亡しているはずやわ。それだのに、中西さんは、九時半まで生きていた」

伊馬夏子が、つぶやいた。あとの二人も思いは同じらしく首をかしげている。

「九時半に電話をして声を聞いたのは、上原というその学生だけですか？」

田川は、上原が、電話トリックを使ったと思ったのか、きびしく聞いた。

「いいえ。途中で、私が代わって、話をしましたわ。こちらは、夜食をとるけど、そちらにも届けるように言いましょうかって」

戸村雅子が言った。

「相手は何と言いました？」

「いらないって言われました。だから、そのとき、中西さんが生きていたのは確かですわ」

「するとおかしいな。中西さんは、八時にみんなと別れて自室にこもり、八時半にルームサービスのコーヒーを、なぜか二人分とり」

田川が言いかけると、戸村雅子が、

「二人分ということに、あんまりこだわらない方がいいと思うわ。私だって、出前のおすしをとるとき、一人前じゃ持ってきてもらいにくいから、二人前とるし、中西さんも、あとで飲もうと思ったんじゃないかしら」

と、言った。

田川は、話の腰を折られて、ちょっと不快そうに、

「とにかく、そのあと、九時半には、電話があって出た。そして、十時にコーヒーを飲んで死亡したというわけだが、毒はいつ入れられたのか？」

そのとき、ノックの音がして、岡田が開けると、制服を着た警官が立っていた。

警官は、田川の部下らしく、

「警部！　一課長が呼んでおられます。向こうへ来て下さい」

と、言った。

2

再び田川警部が、作家たちが足どめされているホテルにやって来たのは、夕暮れだった。

「すみません。もっと早く来ようと思ったんですが、解剖結果が出るのを待ってたものですから」

田川は、頭を下げると、すぐに、かばんから書類を出して広げた。

「えーと、解剖結果、やはり中西さんの死亡時刻は、十時すぎということになりました。また、その十時には、東京の出版社のAさんという編集者が、ホテルに電話を入れて、中西さんと喋っていることがわかりました。Aさんは、翌日、東京駅で、随筆の原稿を受け取ることになっていたので、何時の新幹線で帰るのか、確かめたのだと言ってました。電話で、中西は、普通に喋り、今一人で、随筆を書きはじめたところだと言っていたそうです」

「じゃ、私たちは、中西さんの死に、関係ないことがわかったでしょ？　薄情なようだけど、連載の締め切りがあるので、これから東京へ帰っていいかしら？」

戸村雅子が、ほっとしたように言った。

「いや、ちょっと待って下さい。これが、首を締めて殺したり、切りつけたというのなら、完全なアリバイ成立なんですが、コーヒーの中に毒を入れておいた――というような間接的なものなので、もう少しお聞きしたいんですよ。勿論こちらでわかってることもお知らせします。何と言っても、前二つの殺人事件に続く、今度の事件、すべて、あなた方六人のグループの中でおこっているわけですから、外部

のものの犯行とは思えないんですよ」

「私たちの中に、犯人がいると言わはりますの？」

柔らかい京都弁だが、伊馬夏子の顔には、むっとしたような表情が現われていた。

「もう少し聞いて下さい」

田川は、構わず続けた。

「で、死因は、青酸性毒物による中毒死。それから、ホテルのボーイから、コーヒーを持って行ったときのことを聞きましたが、八時半に、コーヒーを持って行ったとき、室内には、客はいず、中西さん一人だったと言っています」

「九時半に帰って行った、アリバイクラブの上原さんと吉田さんは、中西さんの部屋には、寄ってへんのですか？」

夏子が聞いた。

「勿論調べましたが、彼らは寄ってないことがわかりました。下のロビーにアリバイクラブのものが三人ほどきて喋りながら待っていて、遅いので、七一四号室に見に行こうとエレベーターで、七階へ上ったときに、二人が、七一四号室から出てきたと言っていますからね。五人が、ホテルを出たのが、九時四十分です。十時には、四条通の喫茶室で喋っていたそうです」

田川は、じっと、三人の顔を見た。

「あのう……。中西さんが死んでいた現場ですけど、薬包紙が落ちていたでしょう？　あれが、青酸の入った薬包紙だったのかしら？」

戸村雅子が、田川に聞いた。

「そうです。ポットの中や、もう一つのコーヒーカップには、青酸は、附着していませんでした。青酸が附着していたのは、中西さんが、使用したと思われる飲みかけのカップの中だけです。だから、薬包紙の中の青酸を、直接カップの中に入れたのだと考えるのが、普通でしょうねえ」

「だったら、中西さんは、自殺じゃないかしら？　犯人が、中西さんの隙を見て、薬包紙から青酸を入れ、あんなに目立つ薬包紙をおいておいたら、中西さんほどの人が、カップのコーヒーを飲むと思えないわ。中西さんは、何かの理由で、阪東さんを殺し、それを目撃した青山さんを殺してしまった。それで、東京へ帰る最後の夜、すべてを清算するため、自殺することにした。八時半にコーヒーをとって、中へ青酸を入れ、飲もうと思ったが、決行できなかった。それで、十時すぎになって、漸く、決心して、飲み干し、絶命した――こう考えるわけにはいかない？」

雅子が、小説のストーリーを話すような調子で言った。推理は、あなたたちよりうわ手よというような自負が、言葉の端々にあらわれていた。

しかし、田川は、賛成しなかった。

「我々のカンでは、やはり自殺とは思えませんなあ……多分、犯人は、あなたが、推理されたと同じような推移を、我々もたどると思って、薬包紙を置き、自殺にみせかけようとしたのだと思っています。中西さんが、死ぬ直前に、Aさんと交わした電話でも、その気配はありません。最初は、八重洲口の近くのホテルのロビーで会う約束だったのが、列車が遅れたりすると、待ち合わせがうまくいかなくなるかも知れないから、ホームで、待つように。ホームを間違えないようにとか、十二号車の前の方から降りるからと、細かく指示しています。ゲラもみたいと言っていたそうですからね。数分後に、死ぬつもりだったら、そういうことは、どうでもいいんじゃないかと思うんですが」

「じゃ、殺人としたら、こういうストーリーはどうかしら。犯人は、中西さんの隙をみて、カップにつがれたコーヒーの中に青酸を入れて、薬包紙は、自分が隠しもっている、そのコーヒーを飲んで、中西さんが死んだあと、薬包紙を、そばに置いて逃げた……」

夏子が言った。

いつも、雅子と夏子の女性二人の意見は、正反対になる。

「でも、十時に部屋に入っていた人物が、誰かわかりませんねえ」

「薬包紙に、指紋はついていたんですか？」

と、岡田が、どちらにも、あたりさわりのないことを警部に聞いた。

「あんまりそういうことを、外部の人には、言わないものですが、推理作家の方だから、特別にお知らせしましょう。薬包紙には、中西さんの指紋だけがありました」

警部の言葉が終ると、すぐに雅子が言った。

「やっぱり、自殺だわ」

「それは、言いきれへんと思うわ。薬包紙についた犯人の指紋を消して、死んだ中西さんの指で、薬包紙に、指紋をつけることは、可能やわ」

夏子も負けていない。

しばらく考えていた田川が、

「私が不思議に思うことがあるんですがね」

と、煙草を灰皿に消しながら言った。

「それは、中西さんが、八時半に、お客もないのに、なぜ、余分のコーヒーをとったかということです。おすしなら、ついでにとっておいてあとで食べるということもありますが、コーヒーだと、冷たくなってしまうでしょう？　一度に二杯飲むなら別ですが、十時にコーヒーを飲むのなら、そのとき、また、注文したらいいと思うのです。特に、ここのルームサービスのメニューには、〈一人前でも、ポットで、ルームサービスします〉って書いてありますからね」

「そうだわ。中西さんは、胃を気にしていて、一度に、二杯がぶ飲みしたりしないし、一杯飲んだら、一時間以上たってからでないと、次のコーヒーは、飲まない人だったわ」

雅子が言った。

うなずきながら、田川は続ける。

「私が、いろいろな作家や、編集者の方に電話して調べたところによると、中西さんの性格は、合理主義のところがあったそうですね。無駄なことはしないという。タクシーのお釣なども、きちんととるし、原稿用紙も、作家の方は、大部分、四百字詰めの原稿用紙を使うのに、中西さんは、書き損じたとき、用紙がもったいないし、四百字の最後の方になって書き損じたときは、書き直すのも大変だからといって、二百字詰めの原稿用紙を使っていたそうじゃありませんか？」

「そういえば、確かに、そういうところがありましたね、中西さんは」

岡田が、素直にうなずいた。

「だから、客も来ないのに、中西さんが、二人分のコーヒーをとるはずがない。八時半に、きっと、中西さんの部屋を訪れた人がいると思うんです」

「八時半ですか？　八時半頃って、私たち、何してたかしら？」

夏子が、雅子の顔を見た。

「九時に、マージャンを始めるまでは、みんな、自分の部屋でぶらぶらしていたり、アリバイクラブの人と話してたりしていたんじゃないかしら？」

「そういえば、私、八時頃、自分の部屋で、ルームサービスのコーヒーを飲んでたわ。勿論、一人分だけど」

夏子が、あっさりと言った。

「あら、私もよ。八時頃からアリバイクラブの人のお相手をしてたんだけど、彼等が、サインする本が足りないって買いに行ったあと、コーヒーをとって飲んで、ぼんやりしていたの。彼等は、九時前に、岡田さんと一緒に、部屋に戻ってきたわ」

岡田も、うなずいた。

「廊下で、彼等と会ったら、本を持っていて、戸村さんの部屋へ行くんですが、先生もサインして下さいと言うので、一緒に行ったんだよ。サインは、すぐすんで、そのあと、マージャンをすることになっていたので、伊馬さんに、電話して呼びました」

「つまり、八時半頃の皆さんの行動は、曖昧で、どなたかが、中西さんの部屋へ行ったかも知れないわけですね」

田川が、意地悪く言った。

「でも、中西さんの部屋へ、コーヒーを運んでいったボーイさんは、中西さんのところに客はいなかったと言うてはるんでしょう？　誰も行ってないのに、どうしてアリバイが必要なんですか」

夏子が、田川の顔をのぞき込んだ。

「でも、それは、こう考えられます。誰か客があったけど、その客は、ボーイが来たとき、さりげなく洗面所に入ってしまったのかもわかりません。

そういうことは、よくあるんです。有名女優さんなどが、ホテルの部屋で男と会うとき、男も、女も、一旦自分の部屋をとり、女が男の部屋にこっそり行く、ルームサービスのボーイがくるときは、女は、顔を見られるとまずいので、洗面所にかくれているというような方法です。中西さんのところへ、あなた方のうちの誰かが、話をしに行った。中西さんは、コーヒーを二つ注文した。ボーイが来たときは、そのX氏は洗面所に入り、ボーイが去ったあと、出てきてテーブルに着くというわけです」

「そこまでが、警部の推理だったとしましょう。でも、そのあと、どうしたんですか？

中西さんが、八時半に死んでいたら、そのとき隠れていたX氏が中西さんの隙を見て、カップに青酸を入れたと言えますが、中西さんは、そのあとも生きていて、十時に死んだんですよ。

まさか、折角持ってきてもらったコーヒーを飲まずに、二時間近くもおいておいたとは考えられませんよ」

戸村雅子が、滔々《とうとう》と言った。

「もし、田川さんの言わはるように、八時半に客があって、中西さんが、コーヒーをとらはったとしても、そのとき、二人はコーヒーを飲み、何ともなくて別れたとしたら、その客は、犯罪と関係ないんとちがいますの？」

今回ばかりは、夏子も協調した。


「いや、その客が、二人が飲んだあと、のこりのコーヒーに、青酸カリを入れたとしたら……」

田川が言うのをさえぎって雅子が言った。

「ポットには、青酸は入ってなかったのでしょう？かといって、中西さんが飲み終った空のカップに入れておいたとは思えませんわ。中西さんは、飲む前、必ず、カップを洗うはずですもの」

「お聞きしますけど、ポットにコーヒーは、どのくらい残っていましたか？」

と、岡田がわりこんだ。

「ちょっと待って下さい」

警部は、書類を調べてから、

「約一杯分あったそうです」

と言った。

「それじゃ、やっぱり、客はなく、中西さんは、二人分のコーヒーをとっていたんですよ。二人分なら、二杯と七分目ほど入っています。それを、持ってきて貰った八時半に、一杯分飲み、中西さんの持論どおり、一時間あまりたった十時すぎに、軽く一杯入れて飲んだのです。

もし、お客があったら、八時半に一杯ずつ飲み、十時に残りを飲んだら、ポットの中には、一滴もないはずだよ。中西さんが、十時に、残ったコーヒーを飲もうとしたとき、来合わせた誰かに毒を入れて殺された——だから、十時にアリバイのある我々は犯人ではないよ」

岡田は、激しく言った。

「うーん、どうしても解けませんなあ。この謎は」

田川は、くやしそうに、捜査本部へ引きあげた。

第六章　捜査本部

1

捜査本部では、一課長と、田川警部が、むつかしい顔で話し込んでいた。

「私は、祇園のお茶屋での第一の殺人、大徳寺境内での第二の殺人、それに、今度のホテルでの第三の殺人、すべて、同じ犯人だと思っています。そして、その犯人は、あの作家三人の中にいると思うんですが……」

「戸村雅子、伊馬夏子、岡田祐一郎の三人のうちの一人だな」

一課長も、同意見のようだった。

「動機は？」

「中西が、殺されたことで、動機が、やっと摑めたような気がします。その点は、作家たちと話をしたときには、言いませんでしたが、この間、アリバイクラブに出席したとき、中西が喋ったことが、原因じゃないかと思われるのです」

「ほう、どんなことだ？」

一課長は、椅子から身を乗り出した。

「去年の四月、推理作家のパーティがあって、そのとき、出席するためホテルに部屋をとっていた作家の井上二郎が、窓から墜死した事件がありましたね？」

田川が、探してきたばかりの、そのときの新聞記事の切りぬきを、一課長に見せた。

「なるほど。そういえば、そんなことがあったな。だが、ここにも書いてあるように、自殺だったんだろう？」

「ところが、中西の話では、殺人らしいんですよ。しかもその犯人を、中西は知っていたふしがあるんです」

田川は、アリバイクラブで、中西が喋ったことを話して聞かせた。

「ほう。では、阪東が殺されたのは、中西からその話を聞いて、小説に書いたからなんだな？」

「井上二郎を殺した犯人は、阪東の小説を読んだとき、自分が井上の部屋に入ったとき、井上に、電話がかかってきていたのを、思い出したんだと思います。小説をこれから探して読んでみようと思いますが、その中には、犯人が指名してあったんじゃないでしょうか？　犯人は、受話器を通して、自分の声が聞こえ、自分のことがわかったと思って、阪東を殺した。しかし、推理作家注視の場所で殺したものだから、中に、犯行を気づいた人がいた。それが、青山です。青山が気づいたことを知った犯人は、大徳寺で、青山に近づいて刺した。ところが、二人を殺して安心していた犯人は、意外なことを聞いた。それは、アリバイクラブでの中西のことばです。阪東でなく、中西が、自分の井上殺しのことを知っている本人だと知ったのです。しかも、中西は、あの小説では、少し変えてあると言った。犯人は、すべてを知られたと思い、中西を殺した——とこういうことではないかと思いますが」

「大体、そんなところだろうな。中西という人も、井上二郎が殺されたときには、不確かなことを言って、騒ぎを大きくしてはいけないと黙っていたが、阪東が殺され、青山が死んだあと、たまりかねて、過去の事件を喋ったんだろうな」

「彼は、ひょっとしたら、自分も殺されるのではないかと思い、身を守る意味もあって、大勢の前で、事件の動機を喋ったのかも知れません」

「で、結論として、誰が犯人だと思うかね？」

一課長の言葉に、まわりにいた刑事たちも、田川の顔を注視した。

「それが、さっぱりわかりません。女流作家二人は、なかなかしたたかだし、岡田も、何を考えているかわかりません。なんといっても推理作家ですからねえ。トリックはお手のものですし、この事件は、骨が折れます。三人の性格を観察するために、三人と、長々と話をしてきましたが、結局、わからなくなるばかりでした」

田川は、いまいましそうに言った。

2

田川警部は、出版元に頼んでとり寄せた雑誌を前に、考え込んでいた。

それには、阪東英介の短編小説がのっている。作家の世界ではなく、芸能界に変えてあるが、ストーリーは、よく似ている。また、登場人物の名も、パーティのとき、ホテルの窓から落ちて死ぬのは野上二郎という俳優で、電話をかけたのは、友人の阪《ばん》西《ざい》という俳優という具合に似ている。

井上二郎が、野上二郎、阪東が阪西というのは、明らかに例の事件をモデルにしている。

電話をかけた人物を、阪西にしたのは、阪東と中西をミックスしたのだろうが、これを読んだ人物は、阪東を少し変えたのだと思うに違いない。

この小説では、電話では、ホテルの部屋へ訪ねてきた相手が誰かわからなかったけれど、ロビーに、野上が脱いで忘れていた上衣のポケットにあった手帖から、最終的に、犯人がわかるという風になっている。

阪西は、自殺で処理されたこの事件が、殺人事件であると睨み、彼の女性関係や、ライバル関係を洗い、遂に犯人を突きとめる。

そして、手帖に書かれた暗号とも言うべき数字を解読して犯人につきつけるというストーリーである。

「犯人は、女性か？」

田川は、呟いた。

この小説では、犯人は、野上二郎と恋愛関係にあり、結婚するために、折角売れ出した新人女優の職を捨てた岡村冬子《おかむらふゆこ》という女性になっている。しかし、紆余曲折あって、野上は、別の女優に乗りかえたので、激怒した冬子が、野上の部屋を訪れ、窓から飛びおりると言って争っているうちに、野上の方が、落ちてしまったということになっている。

手帖に書かれた数字の解読がうまくできているのが、面白い以外は、動機などありふれた作品だった。

いくら阪東でも、いつもは、もう少しマシな小説を書く。

だから、阪東が、これを書いた意図は、中西から話をきき、半信半疑ながら、ひょっとしたら、殺人事件かも知れないと思い、仲間の作家が、どんな反応を示すか、面白がって書いたのではないか。

まさか、自分が殺されるとは思わずに。

ただ、さしさわりがあるといけないので、名前は、架空のものにしたのだろう。

「岡村冬子……か」

これから、ぱっと連想できるような作家はいない。

〈だが、待てよ。この名前は、今、我々が疑っている岡田祐一郎、戸村雅子、伊馬夏子の合成になっているではないか。岡田の岡、戸村の村、夏子の反対の冬子〉

一般の人が、偽名を使う場合、どうしても、本当の名前に関連ある名前を考えるものだと、長年、ラブホテルのフロントをした人物に聞いたことがある。阪東も、架空の名前を作ろうと考えながら、知らず知らずのうちに、疑っていた三人の人物の名前をつけてしまったのだろうか。それとも、普段から親しい仲間の名前を、思わず合成してしまったのだろうか。

捜査会議の席上で、田川は、雑誌をみんなに廻し、彼の考えたことを話した。

「この小説のとおり、犯人が女だということは、間違いないだろうか？　それだと岡田は除外できるな」

一課長が言った。

「多分、阪東は、犯人を知らなかったんじゃないでしょうか。中西が知っていたかどうかも疑問です。はっきりとわかっていれば、いくら仲間うちのことでも、友人が殺されたわけですから、警察に言ったと思いますし、今回、殺されることもなかったのじゃないでしょうか。何人かについて疑っていただけだと思います。ただ、中西は、自分が直接見聞きしただけに、阪東よりは、詳しく知っていた。だから、アリバイクラブの席上で、『小説だから、事実とは変えて書いてある』という発言をしています」

「その事実と変えてある部分というのが、中西が死んだ今、どこなのかわからんな。犯人が女でなくて男なのか、動機が違うのか、本当は、受話器のむこうに、何かを聞いただけで、手帖などはなかったのか……」

「それとも単に、作家の世界を、芸能界におきかえたことを言っているのか、今となっては、何もわかりません」

田川は、うなだれて、席についた。

〈折角、雑誌をとり寄せて読んだが、無駄だったのだろうか〉

田川が考え込んでいるところへ、電話がかかってきた。

それは、伊馬夏子からだった。

「私は、こちらに住んでいるので、資料もとってくることが出来て、仕事に、それほど支障はないんですけど、あとの二人は、東京へ帰らないと、仕事にならないので困ると言うてはります。心配した編集者の方も何人か、駈けつけて来てはりますので、今すぐ、ホテルへ来て頂けませんやろか、東京へ帰ってもいいと言うてくれはったらええのですけど、もし駄目なら、その事情を、みんなに話して欲しいんですけど」

「わかりました。あと一時間だけ待って下さい。必ず行きますから」

田川は、そう言って、受話器の前で頭をさげた。

3

一時間と時間を切ったものの、何も根拠があるわけではなかった。

今すぐ、ホテルへ出かけたら、事件の捜査について、質問の矢が降ってくるのはわかりきったことである。ところが、今のところ、犯人は誰かということも、中西が、三人のアリバイのある十時に、どういう風にして殺されたのかということもわかっていない。わかっているのは、去年の推理大賞パーティでおこった事件に関係があるらしいということだけだ。

三人を、このまま、ホテルにとどめておくのは、犯人以外の二人の作家に対して、申しわけないし、かといって、作家たちの缶詰めを解いてしまうと、永久に、この事件の謎は解けないような気がした。

〈一時間の間に、光明が見いだせたら！〉

と、祈るような気持で、田川は、事件の書類をひっくりかえしていた。

第一の祇園のお茶屋の事件でも、第二の大徳寺の事件でも、犯人がコップに青酸を入れるところとか、刺し殺すところを目撃しない限りは、犯人の断定は出来ない。二つの事件は、誰にでもやることが出来たからである。

〈だが、第三の事件だけは違う、この事件には、トリックが弄されていて、犯人以外にはできない仕かけになっている。だから、この事件のトリックを解けば、すべてがわかってくる〉と、田川は、考えた。

中西の死因が、コーヒーに入った青酸であることは、はっきりしている。

死亡時刻の十時には、三人にアリバイがあるとすると、青酸は、三人が麻雀を始める前、つまり、九時までにコーヒーに入れられるか、中西に、犯人から、薬包紙が手わたされたことになる。

〈しかし、ビタミン剤だとか、睡眠剤だとか言って犯人が渡したとしても、こんな事件がおこっているときに、疑い深い推理作家が、素直に飲むはずはない〉

また、中西は、阪東のように、常備薬というようなものはもってなかったから、薬包紙とすり替えたというようなこともない。

〈やはり、青酸は、コーヒーの中に入れられていたのだ〉

そうなると、気になるのは、八時半に、被害者中西のところに運ばれた二人分のコーヒーである。

三人の作家のうち、誰かは、このとき、中西の部屋をおとずれ、事件の犯人がわかったと言った。多分、あとの作家のどちらかの名前を言い、阪東さんが死んだときのと、同じ肝臓薬を持っているのを見たとでも言ったのではないだろうか。

犯人にとっては、一種のカケだったのだろうが、本当は、犯人がまだしぼれ切れずにいた中西は、のってきた。

「その肝臓薬が、青酸入りのものだったら、犯人だということがはっきりするね」

などと言い、のどがかわいたという犯人のために、コーヒーをとる、ボーイが来たとき、犯人は洗面所にかくれている。

中西も、油断はしていないから、コーヒーは、自分でうけとり、犯人にもわたして一緒に飲む、そして、飲み終って、ほっと緊張がとけた隙をみて、犯人は残りのポットに青酸を入れて立ち去る。

中西は、コーヒーを飲む間隔を、一時間以上としてたから、九時半か十時頃まで、のこりを飲まないことは、わかっていた。それで、九時からは、他の作家と一緒にいて、アリバイをつくったのだ。中西は、十時すぎたとき、ポットに残ったコーヒーをカップにあけてのみ、絶命する——。

〈しかし、これだと、矛盾が出てくるんだったな〉

田川は、ため息をついた。

コーヒーは、多分、犯人が、飲みたいと言ってとらせたのに違いないから、コーヒーが来たとき、自分はいりませんと言って、飲まないでおくわけにはいかない。また、そうすると、中西も、警戒して飲まないだろう。

だから、犯人は、中西と一緒にコーヒーを飲んだにちがいない。

それなのに、死後ポットには一杯分のコーヒーが残っていた。

もう一つは、ポットの中に毒が入ってなくカップの中に、青酸が入っていた事実である。

勿論、カップにも、ポットにも、ボーイと中西の指紋しかなかった。

顔をあげた田川は、机の横を見て、出前でとったうどんがさめているのに気がついた。

仕事に熱中していて食べるのを忘れていたのである。

田川は、やかんのお茶をくみ、うどんを食べはじめた。丁度、食べ終ったとき、出前の女の子が、はしりこんできて、田川の前に、うどんをおいた。

「すみません、遅くなって」

「えっ、このうどん何？　僕は、もう食べたよ」

田川の前におかれたうどんの鉢を見ていた女の子が、とんきょうな声をあげた。

「あら、それは、隣りの橋口さんのうどんやわ。二人とも机の上が書類で一杯やから、境のところにおいといたんです」

「そんなら、今もってきたのを、橋口のところにおいてやってくれ。その方が、暖こうてええやろ」

「駄目やわ、田川さん、自分が何を注文したのかおぼえてへんのオ、橋口さんは、かやくうどんで、田川さんは、月見でしょう？　値段がちがいますねンよ」

「かまへん。差額出しとくよって」

出前の女の子が帰っていくのと、入れちがいに、橋口が戻ってきた。

「ああ、腹へったなあ、うどん頼もうかなあ」

と、橋口は、机の上を見て、うどんがのっかっているのに気づくと、

「あ、そやった、さっき頼んどいたんやった」

と言って、どっかり腰をおろし、おいしそうに食べはじめた。

「おいおい、それは、俺の頼んだうどんや」

田川が、笑いながら言うと、橋口は、あわてて、

「あ、そうですか、すみません。そういえば、こっちは、かやくうどんを頼んだような気がしますわ。毎日、かやく、月見、カレーうどんのくり返しなんで、うっかりしてました」

と、言った。

「いや、本当は、俺が間違えたんだよ」

そこで、田川が、間違えて橋口のを食べてしまった話をすると、橋口は、

「あー、よかった。びっくりしました。警部も人が悪いなあ」

と、言いながら、うどんを食べはじめた。それを見ているうちに、ふと、田川の心に、閃いたことがあった。

コーヒーポットのことである。

うどんでなく、コーヒーなら、すり替えても、全然わからないだろうということである。

犯人は、最後に、コーヒーポットを、自分がとったコーヒーポットとすり替えたのではないか。

犯人は、八時半に、中西と一緒にコーヒーを飲み、一杯たらずポットに残ったコーヒーに青酸を入れて立ち去る、中西は、そうとは知らず、十時すぎに、

残りのコーヒーを、ポットからカップに移して飲んで絶命する、このとき、ポットは空で、青酸反応がある。

犯人は、一時に麻雀を終り、みんなと別れたあと、自分の部屋から、コーヒーの入ったポットを、中西の部屋に運んでくる。勿論、指紋がつかないように、手には、手袋をはめる。ポットをすり替えて、薬包紙をおいたあと、毒を入れてあった空のポットを自分の部屋に持って帰る、洗面所で、洗い、何くわぬ顔で、カップと一緒に廊下に出しておく。

やがて、ルームサービスのボーイが、それをさげて行く。

こうすれば、中西の部屋に残ったのは、毒の入ってなくて、しかも一杯分のコーヒーの入ったポットということになる。

〈だが、そうすると、中西の死後、どうして、中西の部屋に入れたかという問題が出てくる〉

八時半に、中西の部屋を出るとき、戸を開けておいたということは考えられない。中西は、十時まで生きていたのだから、ドアは、きちんと閉めるだろう。

〈閉められたドアを、夜の一時に、どうして開けて、ポットをすり替えることが出来たか?〉

これが、出来た人間が、犯人だということになる。

ドアの中の中西は、死んでいるから、ノックして開けさせるわけにはいかないし、ホテルのルーム係に開けてもらうわけにもいかない。

犯人は、ポットを替える以外にも、中西が、井上の手帖かなにか持っていないか調べてみる必要があったから、どうしても、中西の死後、部屋に入らなければならなかった。

田川は、腕を組んで考えこんだ。

約束の一時間が、まさに過ぎようとしたとき、田川は、「そうだ!」と手をたたいてとび上った。

一課長がとんできた。

「わかりました犯人が! 三人の作家の部屋番号がカギです。いやこれはシャレじゃありませんが」

田川は、三人の部屋番号を書いた紙を、一課長に渡した。

戸村雅子　　714
岡田祐一郎　818
伊馬夏子　　918

「うむ。そして、被害者中西の部屋は、八一六号だったな」

一課長がにっこりした。

解答編

山村美紗

1

「犯人は、伊馬夏子、そうだな？」

一課長が、田川警部に言った。

「そうです、彼女以外にありません。伊馬夏子は、去年の四月、推理大賞のパーティのとき、ホテルに泊っていた井上二郎という作家を、部屋に訪ね、ホテルの窓から、突き落した犯人でもあると思います。その動機については、これから調べてみなくてはわかりませんが、故意か、過失で、井上を突き落してしまった伊馬夏子は、そのことが、バレるのを非常に恐れていたと思います」

「ところが、親しい仲間の阪東英介が、最近書いた作品に、その事件をモデルにして書いたとしか思えない短編小説があるのに気がついた」

と、一課長。

「そうです。しかも、それは、殺人事件として書かれ、犯人は、阪西冬子となっています。夏子の反対の冬子。夏子はぎくっとしたでしょう。そして阪東が、すべてを知っていて、さりげなく自首をすすめているのだと思ったかも知れません。作家の世界を芸能界にかえてあるし、パーティ会場の様子や墜死した状況なども、すべて似ている。そして、被害者の名前も、井上二郎が、野上二郎になっている。夏子は、追いつめられた気持になったと思います」

「夏子は、なぜ、阪東が、自分を犯人だと知ったのだろうと、必死になって、考えた。その結果、小説に書いてあるのと同じように、彼女が、ホテルの井上二郎の部屋に入ったとき、彼に、電話が掛っていたのを思い出したんだな」

「最初から殺すつもりで、訪れたのではなかったので、うっかりしていたんでしょう。部屋に入ったとき、電話をかけていた彼が、自分をみとめて何かいったが、あれは『あ、伊馬君』というように名前をいったのだろうか……。

しかし、井上と夏子の間は、内密だったから、井上が言うはずもない……。

「では、なぜ、電話の相手に、自分の名前がわかったのだろうかと考えた末、それは、自分が京都の人間で、京都弁だからではないかと気がついた。電話の相手には、入口で喋っている二人の会話が入った。これが、東京弁なら、誰かということは、よほど特徴がない限りわからないが、京都弁だから、見当がついた。京都弁の女流作家といえば、自分しかないわけです」

「しかし、それだけなら、ファンの人だとか、京都に取材に行ったときに知り合った人だろうと逃げることが出来るが、問題は、小説にかかれていた手帖だな？」

「はい。小説には上衣と書いてあるが、本当は紙袋か何かを阪東にあずけていて、その中に、日記か手帖があったのではないかと考えた。それに、はっきり伊馬夏子ということが書いてあれば、警察にも提出しただろうが、推理作家らしく、暗号で書いてあったので、すぐにはわからなかったのではないか。

その暗号と受話器の奥できいた京都弁から、犯人を解いた阪東が小説を書いた——伊馬夏子は、そう考えたと思います」

一課長をみる田川の顔は緊張のためこわばっていた。

「思い悩んでいるとき、ミステリークラブに出席するため、東京から五人の推理作家が来ることになった。その中には、阪東もいる。この機会に、みんなの前で自首をすすめ、追いつめてくるのではないかとおそれた。それで、もし、阪東以外の人物が、まだ何も知らないようなら、彼を殺してしまおうと決心した。推理作家だから、研究のためとか何とかいって、青酸カリを手に入れる方法はあっただろうしな。……考えてみると、ホテルの部屋をとったのも彼女だし、お茶屋や大徳寺につれて行ったのも彼女だ。彼女は、犯行現場となったお茶屋とか大徳寺に精通していたが、彼女以外の者は、京都は不慣れで、殺人を計画することは、むつかしいわけだ。殺人をするなら、東京でやっただろうよ」

「そのとおりです。それで、彼女は、まず、阪東に、それとなく、短編小説のことを話して、腹を探った。その時点では、彼女は、井上二郎の部屋に電話をかけてきたのは、阪東だと思い込んでいたのです。阪東がどう思っていたのか今となってはわかりませんが、阪東は、冗談で、『君が犯人かも知れないな』などといったのかも知れません。また、彼女は、他の四人にも、さりげなく、短編の話をして反応をみたのでしょう。あとの四人が、阪東から何も聞いていないのを知って、お茶屋で、阪東を殺した」

一課長は、大きくうなずいた。

「彼女は、前にも推理したとおり、あらかじめ、阪東の飲んでいた肝臓薬と同じで、中身を青酸にすり替えたものを用意していた。

お茶屋に入ると、彼女は、阪東が、上衣を脱ぐところに、自分のコートを脱ぐことにきめ、疑われないため、席はなるたけ、阪東と遠くなるようにした。運のいいことに、みんなは、同じ床の間のところに、コートや上衣を脱いだので、夏子は、素早く薬をすり替えた。途中で、阪東は立っていって自分の上衣を取ってきた。やがて自分の席で煙草を喫《の》んだ後、薬のカプセルを瓶から出して洗面所に行って飲んだ。

彼が、死亡した騒ぎにまぎれ、彼女は薬瓶をもとの無害の分と取り替えた」

「これでほっとしていたのに、阪東の死因を怪しむものが出てきた。それは、青山です。彼は、阪東の短編を読んでいたので、伊馬夏子が、その小説のことを打診した態度に不審をいだいて考えたのかも知れないし、薬瓶をすり替えるところを偶然見たのかもしれません。そのことを、伊馬夏子に仄《ほの》めかしたので、大徳寺で殺された。このときは、計画外だったので、毒を飲ませることも出来ず、刃物を使ったのでしょうね」

「彼女は、右ききだが、それじゃ、正面から青山を刺したということになるな？」

一課長が、首をかしげた。

「それは、こうだと思います。青山さんは、左の耳が聞こえなかった。それで、犯人は、歩いていた青山さんの左手の林の方から近づいて行った。これだと、よほどそばまで行かなければ、気がつかないと思います。近づいて、刃物は、後手に隠して、『青山さん』と呼ぶと、青山さんは、左の方を見ます。そして、伊馬夏子をみとめます。その時点では、伊馬夏子が、はっきり阪東殺しの犯人と思っていたわけでなく、漠然と疑っていた程度でしょう。また、まさか今、自分を殺しに来たと思わないので、何だろうと立ちどまります。なんといっても、彼女は、京都の案内人ですから何か連絡に来たのだと思ったのでしょう。伊馬夏子は、小さい声で何か言う。青山さんは、聞こえないので、『えっ？』というように、顔をねじむけて、右耳を前に出し、相手の口に耳を近づけます。そのときは、二人は、完全に、向き合う形になっています。そこで、伊馬夏子は、自分も口を近づけ、青山の肩を抱くようにして、右手で、彼の左肩を刺したというわけです」

「うしろから左手で、左肩に切りつけたのなら、左ききの戸村が怪しいと思ったのだが、正面からだと、右ききのものになるな」

一課長は、田川の話どおり、自分も、体をねじまげ、右耳を突き出す動作をやってみながら言った。

「後から走って行って右肩に切りつけるのは、むつかしいと思います。青山さんだって、右耳は聞こえるのですから、振り向くでしょうし、本能的にかわすと思うのです。向かい合って、ダンスをするように、肩を抱いて刺す方が簡単で確実です。青山は、相手が何を言っているのか聞きとろうと、そちらに注意をむけていたので、体は、スキだらけです。向かい合って刺したとすると、左ききの戸村女史は、あてはまりません」

「まあ、左きき、右ききは別としても、二人の女性のうちだったら、犯人は、伊馬夏子の方だと思っていたよ」

一課長が、笑いながら言った。

「なぜですか？」

田川警部は、不思議そうに聞いた。

「二人の着ていたミンクのコートの色を考えてみたまえ」

「戸村女史は、白いコート。伊馬夏子は黒いコートでしたが……。あっ」

「そうだよ、犯人は、青山を刺している。刃物を刺したままにしておいたから、それほど血は飛び散ってないが、やはり、いくらかの血は飛んだはずだ。白いコートを着ている戸村が、そんなことをして、血がついたら、大変だよ。また、彼女のコートに血はついていなかった。伊馬夏子は、黒い毛皮だから、少少の血がついても、拭いておけば、わからなかったろう」

「なるほど。二人とも、そのあと、我々が調べたときには、コートを脱ぎましたが、下のワンピースにも、血はついていませんでした。ということは、コートを脱いで殺しをしたわけではないので、やっぱり、黒いコートの伊馬夏子か岡田ということになりますね」

そこで田川は、部下の刑事に、岡田の服にルミノール反応が出るかどうか念のために調べて来いと命じた。

「さて、二人を殺してほっとしていた伊馬夏子は、ミステリークラブで、中西の話を聞き、驚愕しただろうな」

一課長が話をつづけた。

「死ぬ前の井上二郎に、電話をしていたのは、阪東ではなく、中西だと知ったからです。しかも、彼は、小説だから、少し変えてあると言っていた。変えてあったのは、多分、中西のつもりでは、手帖がなかったことだと思うのですが、彼女は、別のことだと思った。たとえば、電話の声で、犯人がわかったことか、手帖に、自分と井上とのつきあいのことが書いてあったとか、いろいろ考えた……」

「そして、その手帖は、中西が持っていると思っただろうな。とにかく、中西を殺し手帖を奪わなければいけない。中西を殺すだけなら簡単だが、殺しっぱなしでは、我々が調べたとき、手帖が出てきてまずい。かといって、殺した瞬間にその場所に居合わせて、手帖を抜きとるとなると、アリバイがたたない。そこで、アリバイトリックを考えた。さすが、推理作家だ」

「中西が、コーヒーを飲んで死ぬように仕掛けをしておいて、自分は、麻雀をしてアリバイをたてる。そして、麻雀が終わってから、密室である中西の部屋に入って、手帖をとり、コーヒーカップのすり替えをするトリックには、苦労したと思います」

「ひょっとしたら、小説に書こうと思っていたトリックを使ったのかも知れないな」

「とにかく、中西の死後、部屋に入るトリックをつかうためには、自分もホテルに泊り、しかも、トリックに都合のいい番号の部屋をとる必要があった。ホテルの部屋番号を自由に出来たのは、あとから部屋をとった彼女だけです」

「ところで、密室だった井上二郎の部屋に入ったトリックは、これでいいのかな？」

一課長が、田川警部に、自分の考えを話したまわりの捜査員から、「なるほどそういうことだったのか」というような、「ほう」というため息が聞こえた。

田川も、大きくうなずいた。

「そういうことです。では、準備が終わったら伊馬夏子のところへ行きましょう」

2

ホテルの918号室にいた伊馬夏子は、なかなか手ごわかった。

まず、田川が、捜査のため、黒いミンクのコート

を貸して欲しいと言うと、

「ルミノール反応を調べはるんやと思いますけど、たとえ、コートから、反応が出たとしても、私が、犯人だとは言えへんと思いますわ。大徳寺で、青山さんが倒れているのがみつかったとき、私たちは、思わず駈け寄って、抱き起こそうとしましたから、そのとき、血がついたかもしれませんよってに」

と、言った。

「しかし、さっき、岡田さん、戸村さんの二人の当日着ていたコートや服を調べさせて貰いましたが、ルミノール反応は、出ませんでしたよ。少くとも、あの二人は、死体にも近づいていないし、殺してもいないということになるでしょう？」

田川が、反撃した。しかし、夏子は、落着いていた。

「もし、私が犯人やったら、黒い同じコートを二つ買っておくことも出来たわけですわ。そして、こういうことを予想して、当日着ていたコートは、隠し、新しい黒いコートを、あなた方に渡すこともできた。私だって推理作家ですからね。でも、何のやましいこともないから、私は、そういうことはしません。コートに血がついたとしたら、それは、さっきもいったとおり青山さんをみつけたとき、思わず駈け寄って抱き起こそうとしたからで、むしろ、血がついてない方がおかしいのと違いますか？」

夏子は、そう言うと、煙草を出して、ライターをつけた。居直った感じだった。

「しかしですね。大徳寺の事件が、計画的なものだったら、あなたのことですから、もう一枚、黒いコートを買ったでしょう。が、大徳寺の殺しは、急なことだった、刃物を用意するのが、精一杯だったと思います。犯行後、コートを買おうと思ったが、買うと目立つと思い買えなかったんじゃありませんか。とにかく、このコートは、借りていきますよ。血の飛び散り方で、抱き起こしたときついたものかわかりますからね」

田川が、コートに手を伸ばした。

「ああいいですよ。でも、それだったら、岡田さんの服も、もう一度調べはった方がええと思うわ。岡田さんの服は、スリーピースで、同じ布で、替えズボンとチョッキがついている四点一組のやったと思います。中西さんを殺すときは、上衣を脱いで、チョッキとズボン姿でやり、犯行後、チョッキとズボンを捨て、あなた方には、替えズボンと上衣を提出すれば、血痕は出ませんわ」

夏子が、言い終わらないうちに田川が口を開いた。

「ご心配なく。岡田さんは、ズボン二本と上衣、チョッキすべてを提出してくれましたので調べ済みです。血痕はありませんでした」

「でも、ビニールのレインコートを、そのときだけ着用して、後で、棄てたとしたら、戸村さんにも、岡田さんにも、服やコートを汚さず、中西さんを殺すことが出来たはずです」

「それも調べました。中西さんの殺された場へ駈けつけた我々は、草の根をわけるようにして、大徳寺の境内を調べましたし、皆さんの持ちものも調べさせて頂きました。ビニールのレインコート、風呂敷などはありませんでした。となると、この黒い毛皮のコートから、血痕が出れば、あなたが、一番怪しいことになりますね」

田川が言うと、一課長が、つけ加えた。

「それに、犯人は、コーヒーカップを、自分がルームサービスでとったものと、すり替えているが、岡田さんは、当夜、ルームサービスはとっていない。八時から九時の間に、ルームサービスでコーヒーをとったのは、戸村さんとあなただけだ。犯人は、麻雀を終えたあと、一時すぎに、一旦、自分の部屋に帰り、自分の飲まずにおいたコーヒーポットとカップを、中西さんのと取り替え、そのあと、自室で、中西さんのポットとカップを洗って、廊下に出している。ルームサービスのボーイの証言では、戸村さんは、九時に、すでに、自分のポットとコーヒーを廊下へ出しているが、あんたは出していない。出したのは、夜中の二時ごろだという。

やっぱり、どこから見ても、犯人は、伊馬夏子、つまり、あんただね」

一課長が、断を下すように、重々しく言った。

「じゃあ、どういうふうにして、閉めてある中西さんの部屋へ入ったと言わはるんですか？　それを言うてください。でないと、裁判じゃ負けますよ」

伊馬夏子は、喰い下がった。

「あんたの作品の犯人は、もっと、往生ぎわがよかったはずだがね、では、言ってあげよう」

そういって、一課長は、死んだ中西はじめ、岡田、戸村、そして、目の前にあった伊馬の四つの部屋のキーを、テーブルの上に並べた。キーには、細長いプラスチックの板がついていて、それには、部屋番号が、数字で書いてある。

「このキーの番号を、反対側から逆に見ると、中西さんの８１６は、９１８、つまり、あんたの部屋のキーに見えるし、あんたの９１８のキーは、８１６となって、中西さんのキーに見える。ちなみに、戸村さんの７１４は、反対側からは数字に見えず、岡田さんの８１８は、ひっくり返しても、８１８だから関係ない。キーは、番号プレートの右についていても、左についていても、いいわけだから、部屋をあけるときに使わない限り、すり替えても、わからないわけだ」

「つまり、こういうことなんですよ」

田川が、説明した。

「あなたは、八時すぎに、ルームサービスのコーヒーを自室にとって、手をつけないまま、八時半ごろ、中西さんの部屋へ行った。勿論、自分の部屋のドアは、砂をかませるか、カギ穴を蝋《ろう》で塞《ふさ》ぐかして、閉めてもカギがかからないようにしておく。そして、中西さんに、喉がかわいたと言って、ルームサービスのコーヒーをとらせ、ボーイが持って来たときには、手を洗うふりをして洗面所に隠れる。ボーイが行ってしまうと、出てきて、中西さんと一緒にコーヒーを飲み、中西さんの隙をみて、ポットに青酸を入れ、キーを、自分のとすり替えて、持って帰る、何くわぬ顔で、戸村さんの部屋へ行き、麻雀をする。中西さんは、コーヒーを飲む間隙を一時間ときめているので大体十時に次のコーヒーを飲むという確信があった。途中、九時半に、中西さんの部屋に電話をかけるようすすめたのは、多分、あなたでしょう。中西さんは、十時すぎに、残っていたポットのコーヒーを飲んで絶命する。あなたは、一時すぎに、麻雀がすんだあと、自分の部屋へ戻り、ポットとカップを持って、中西さんの部屋へ行き、すり替えておいたキーで、中へ入り、カップとポットをすり替える。そして、薬包紙をおき、手帖か何か、証拠になるものはないかと探したあと、キーを、自分のと取り替えて、自室に戻ってくる、そのカップとポットを洗い、廊下へ出したのが二時。——とこういうわけです。違いますか？」

「……」

「手帖は、みつからなかったでしょう。東京の彼の自宅にありましたよ」

田川が、はったりをかました。

「さあ、どうです、部屋番号を選べたのは、あなただけだし、コーヒーカップの操作が出来たのもあなただけです、黒いコート、京都弁はあなただけ。それに、この密室トリックが出来たのもあなただけ、これで充分でしょう、……あなたの作品だったら、このあと、犯人は、何と言うでしょうか？」

「多分、死ぬでしょう。すでに、カプセル入りの毒を飲んでいるはずです」

「えっ」

一課長と田川が同時に叫んだ。伊馬夏子は落着いていた。そして、生徒に授業をしている教師のような口調で言った。

「最後に、何か聞くことありますか？」

「中西さんの注意をそらし、ポットに毒を入れ、キーを替えるために、あなたは、どんな方法をつかったんですか？」

田川が、つられて聞いた。

「『青山さんが、死ぬ日の朝、私に、こんな紙切れを渡したけど、何の意味でしょうか？　暗号かと思って一生懸命やってみたけど解けないの。中西さんわかりますか？』といって、数字が九つほど書かれた紙切れを見せたの。中西さんは、やはり推理作家だから、興味を持ったらしく、老眼鏡をとりに行き、あかるいスタンドの光のところで、一生懸命、紙切れの数字を解読しようとしていたわ。でたらめの数字とも知らず、そのすきに……」

そのとき、突然、夏子の体は、痙攣し、激しく苦しんだ後、どさっと床にくずおれた。

田川が、近づいて脈をとり、一課長を見て黙って首をふった。

〈合作探偵小説〉

鎌倉の密室

渡辺剣次
松村喜雄

1

事件のあと、日野《ひの》かな子は警察の事情聴取から解放されると、その足で鎌倉《かまくら》駅まで急いだ。東京《とうきょう》に帰るつもりはなかった。たしかに事件はショックだったし、心に受けた傷手《いたで》も大きかったが、被害者の日頃からの風変りな性癖を聞いていたので、心のどこかに納得し得るような要素が考えられないこともなく、それがかえって、かな子の心のなかでくすぶっていた。

ひとつには、かな子が読みふけっているミステリーの読みすぎかも知れなかったが、現実に、目の前で密室殺人を経験した興奮が激しく彼女をとらえていた。異常な経験にとまどう前に、事件に対する好奇心の方が遥かに強かった。死体を目撃したにもかかわらず、恐怖感よりも、謎に対する疑惑に関心をもった自分に、むしろあきれたのだった。警察の事情聴取の間も、その気持ちは変らなかった。

駅前の赤電話でかな子はダイヤルを廻した。安土《あづち》明彦《あきひこ》は姉の益代《ますよ》の夫である。中央日報社会部の遊軍記者だった。幸いにも席にいた。

かな子は簡単に事情を説明した。

「なるほど、事件の経過は判った……」

聞き終わると、安土の緊張した声が電話機のなかで響いた。

「すぐにデスクの許可をもらって、そっちに行く。いま三時半だから、五時には鎌倉に行ける」

簡単な質問をテキパキと要領よくしたあとで、安土はそう結んだ。

「では、このまま待っているわ」

かな子は、安土に押し切られる結果になった。押し切られたが、むろん、そのつもりで掛けた電話だった。

「駅前にコーヒー・ショップの『パラナ』というのがある。そこで落ち合おう。五時までには必ず、そちらに行く……」

安土のバリトンの声はそこでとぎれた。

一時間半待たなければならない。かな子はちょっと、うんざりした。だが、考えてみれば、安土に説明した事件の概要は簡単なもので、彼が来れば詳しく話さなければならない。一時間半の時間を無為に過ごす必要はなかった。その間に事件をもう一度思い起こし、整理しておくことにした。ミステリーの名探偵のような仕事だから、楽しくないはずはなかった。かな子は、ミステリーを読んで、殆んど犯人が判らないということはなかった。読者への挑戦は、犯人への挑戦に通ずる要素があった。かな子は身体《からだ》があつくなった。

2

一月下旬の午後五時といえば、街は紫色のもやにすっぽりとつつまれ、灯はこまかい金属の破片のようにまたたいていた。

鎌倉は東京よりも遥かに暖かいと言われているが、かな子には特別暖かいとは思われず、屋外にいれば、寒さが身にしみて、肩を震わせることがあった。

だが、「パラナ」の店内は、暖房がよくきいていて、コーヒーのかおりとケーキを焼く甘い匂いがたち込めていた。

かな子は奥まったボックスをみつけ、店の入口の自動開閉ドアが見える位置に腰をかけた。ひとと待合せるとき、いつも覚える例の焦燥と期待をまじえた軽い胸苦しさを感じつつ、約束の時間が迫ると瞳をたえず開けたてするドアにそそいでいた。

一時間半の間に、事件の大要はメモにとった。彼女自身、女性月刊誌「エレガンス」の編集員であるから、メモをとることは仕事の延長みたいなもので、お手のものだった。最近は、編集員そのものがタレント化してしまっているので、美貌才媛をちらつかせないと、いい原稿も手に入り難《にく》い。かな子は二十五歳、独身で美貌だから、作家先生にも可愛いがられていた。アナウンサーやスチュワデスに近いことを意識することもあり、その点で抵抗を感じることがあったが、電車のなかで足を組むような無作法なことはしたことがなかった。

煙草のけむりの行方をじっと見守りながら、書きとめたメモに視線を追っているかな子の耳許に、隣のボックスから聞くともなく、自然と会話が耳に入って来た。

「……悪魔の洞窟に入ったまま、この地上から永遠に姿を消した話、あなたは知っていますか？」

その言葉の主格にあたる部分はよく聞きとれなかったが、どうやら外国人の名前であった。柔らかい、艶《つや》のある、よく透る声であるが、若い人の声ではない。その語り手は、聞き手の反応を楽しんでいるように、そこで言葉を切った。

かな子にはその言葉が天来の声に聞こえた。その言葉はおそらく、隣のボックスの聞き手以上に、つよい興味を自分に与えたと確信した。いや、その瞬間、義兄との待合せの約束も、コーヒー・ショップのざわめきも、いっぺんに消し飛んでしまったような驚愕であった。

なぜか……。

それは、数時間まえに、彼女が身をもって見聞した事件と共通した内容であったからである。彼女は咄嗟《とっさ》にふり返って、その声の主を確かめたかったが、あまり好奇心をあらわに現わし示すのではないかと思いとどまることにした。そして静かに立ちあがり、オーク色のオーバーをぬぐと、語り手を観察できる位置の椅子に、さり気なく坐り直した。

かな子は、激しく興奮した気持をそのまま視線にこめて、一瞬だが隣りのボックスを見たのだった。

声の主は、すでに六十歳を超えたとみられる、長めの白髪をオールバックにした、ほそい金縁の眼鏡をかけた、痩身の男である。いわゆる、鎌倉の文化人の一人でもあろうか、渋い和服を無造作に着ていた。背をみせている聞き手は、若い編集者ふうの男であった。

3

かな子の視線は相変らずさきほど書いたメモにそそがれていたが実際は見ていないで、耳だけが鋭敏に研《と》ぎすまされていた。

「アンブローズ・ビアスの最期についてはいろいろと説があるんだよ。一九一三年の秋、『私は生きていることが恥しいほど老いてしまった。余生をメキシコで過ごしたい』という言葉を残して、七十一歳の老軀《ろうく》をひっさげて旅立った。彼は二度とアメリカには帰らなかった。いや、帰らなかったのはアメリカだけではなく、ふたたび地球上に姿を現わさなかったのだ」

　話を聞いているうちに、かな子はビアスが何者か判った。

（そうね、アメリカの小説家、ビアスのことだわ）

　かな子はスプーンでコーヒーをゆっくりかきまぜながら、そっと頷いた。ビアスの短篇小説を、大学時代にリーダーで使った覚えがある。たしか、『飛ぶ騎手』という題名であった。

「ビアスの最後の消息としては、当時、革命の動乱期にあったメキシコで、反乱軍のパンチョ・ヴィラに脱走罪で射殺されたという噂……。または第一次大戦に従軍してフランダースで戦死したニュース……。かと思うと南海航路の貨物船の船員として生涯をおえたという説もある。しかし、それらはすべて『らしい』というものであって、どれもしっかりした確証がない」

　老人は、なかなかの語り手であった。聞き手の若い男は、メモでもとっているのか、無言である。

「ビアスは、子供の頃、奇妙な夢を見たことがある。その夢では怪物が現われ、お前は普通の人間のように、まっとうには死ねない、と、予言めいたことを言われた。このことが、彼の脳裏に深く刻み込まれていたらしい。自分でもいつかその気になっていた。メキシコに出発するに当って、ある友人に書いた手紙には『私が死んでも、君たちは決して私の骨を探すことは出来ないだろう』と言っている。それが、真実になってしまったのだ」

　老人は、ちょっと咳ばらいして続けた。

「ビアスの書いた小説に、それまで元気でいた人間が、忽然と視界から姿を消す話がいくつかある。人間消失、いま流の表現でいえば蒸発だね。彼自身の消失についてもいろいろ取沙汰されているが、彼の作品そのままと思われるのが、さっき話したメキシコの洞窟の話なんだ。その説によると、アンブローズ・ビアスの生前の姿が最後に確認されているのは、メキシコの北部国境の町ファレスに近い丘ということになっている。彼は反乱軍パンチョ・ヴィラの旗下に参加し、各地で勇敢に闘っていた。年齢こそ七十歳を超《せっぱく》していたが、身長六フィート余り、あから顔に雪白の頭髪と口ひげをたくわえた傲岸な風貌は、反乱軍の人気の的だった……。

……その日も、戦闘の後、彼はヴィラ将軍の好意で、二人の兵士に護衛されて宿舎への道を急いでいたのだ。その途中に一つの洞窟があった。先住のインデアンが夥《おびただ》しい黄金を埋めたという言い伝えがあるところだ。ビアスは、その話を聞くと、急にその中に入ってみたくなった。ところが、その洞窟には呪いが掛けられていると聞かされているメキシコ人の兵士は、びっくりして彼を引留めた。しかし、ビアスはそれを振り切ってズカズカと洞窟へ入って行った……」

老人はちょっと間をおいて続ける。

「迷信深い二人の兵士は、ビアスの身に間違いのないよう、洞窟の外で祈りながら待った。十分……、さらに十分……、ビアスは出て来ない。兵士らは不吉な予感に襲われだした。なにか間違いがあったのではないか。二人は穴のなかへ向って、ビアスの名を呼んだ。

……だが、なかからは何の返事もない。二人の声が無気味な木霊《こだま》となって返ってきただけだった。兵士たちは、ハッとわれに帰り、真青になった。それは、ビアスがヴィラ将軍の客分として厚く遇されている。その彼を護衛している途中、間違いをしでかしたとあっては、二人は銃殺されるに決っているからだ。二人の兵士は、インデアンの恐ろしい呪いのことも忘れて、洞窟のなかへ入って行った。岐路はなくて一本路《みち》だ。しかも、二分ほど歩くと路は行き止まりになっているんだ。二人は松明《たいまつ》をかざして、あたりを念入りに調べたが、ビアスの姿はどこにもなかった。洞窟の周囲は厚い岩石の壁だ。秘密の通路でもあるかと調べたが、それもない。ビアスは、岩の隙間にとけ込んだように美事に消えてしまったんだね」

と、老人はゆっくりと話をしめくくった。

「それでビアスは、それっきり出て来ないのですか。死体も発見されなかったのですか」

聞き手の若い男は、思わずせき込んで言った。

老人は、かすかに笑いを含んだ声で、

「これは、ビアス失踪の一つの伝説なんだよ。今世紀の初めの怪奇譚の一つさ」

「先生、その話をひとつお願いします、うちの雑誌に書いて頂けませんか。とても凄味があって面白い」

「いやいや、既にぼくは書いてしまったよ。二十年ほど前にね……」

老人は立上がって帰り支度をはじめた。らくだの襟巻を首に巻き、黒い角袖《かくそで》を着た。編集者はなだめようとして老人に喰いさがったが、無駄に終わったようである。

かな子は思わず立上って、その老人に話しかけようとした。今日の昼日中《ひるひなか》、この鎌倉で起った洞窟のなかの密室殺人事件について、老人の意見を聞きたかったからだ。しかし、それは義兄との約束の時間も迫っていたので、かろうじて思いとどまり、老人の後姿を未練げに見送った。

老人がレジスターで勘定をすませ、店を出ようとすると、慌《あわただ》しく入って来た長身の男と、あやうく突き当りそうになった。

4

その長身の男は義兄の安土明彦であった。安土は老人と顔見しりらしく、ふたことみこと、挨拶をかわして別れた。

明彦は緊張した表情にもどり、店内をゆっくり見廻わして、かな子の視線をとらえると近づいて来た。

「待たしたね」

「義兄《にい》さん、いまの方はだれ？」かな子は、立上って、明彦にすがりつくようにして訊ねた。

「ええ、だれって」と、明彦はとまどった。

「義兄さんがレジのところで挨拶した白髪の方よ」

「ああ、白滝《しらたき》先生か。風変りな旅行記を書くノン・フィクション専門の作家だよ。鎌倉に住んでいるんだ」

「白滝譲《ゆずる》っていう作家ね。思い出したわ。ねえ、義兄さん、あの方をぜひ紹介して頂けないかしら」

「かな子、どうしたんだ。さっきの電話で、ぼくは東京からすっとんで来たんだよ。警視庁の記者クラブにも、神奈川県警のクラブにも、まだ情報が入っていない。奇妙な殺人事件で、特ダネになりそうだから、写真部のひとも同行ねがって出張して来たんだ。まず、その話が聞きたいね。それとも白滝先生が、それに関係あるのかい」

なるほど、明彦のうしろには、首からカメラをぶらさげた大きいバッグをもった青年が立っている。

「いいえ、直接は関係ないんだけれど……」

「じゃあ、その件はあと廻しだ。さあ早く、事件のアウト・ラインを聞かせてくれ」

明彦とカメラマンはボックスに坐り、かな子を囲むように肩を寄せた。

コーヒーの注文が終わると、かな子は話し始めた。

「警察の係りのひとに、もう三回も同じこと話したから、すっかり覚えてしまったわ、いいこと……」

「ちょっと待った。現場の見聞記のまえに、かな子がどうしてこの事件に介入するようになったか、その辺から頼むよ。なるべく詳しくね」と、安土は注文をつけた。

かな子は大きく頷くと、一週間ほどまえ、西銀座《にしぎんざ》のギャラリー羅馬《ローマ》で、店主の赤倉一平《あかくらいっぺい》と会ったことから話し出した。

女性月刊誌「エレガンス」の編集員である日野かな子は、去年の暮から連載企画ものの「画家のアトリエ」のカラー・ページとインタビュー記事を担当していた。一月号と二月号は、日本画と油絵の人気作家を訪問して要領よくまとめた。三月号には少し目先をかえて、異色作家の風変りなアトリエをと考えて物色中であった。

正月休みが終って、銀座の画廊が新春の個展をぽつぽつ開催しはじめたとき、かな子は立寄ったギャラリー羅馬で、赤倉から二〇号の油彩の作品を示された。

「変った作家でしょう。ルネッサンス時代の宗教画の技法で、今日《こんにち》的な主題《テーマ》を描いているんです。人物でも風景でも、独特な味をつくり出していますよ。一部のコレクターには根強い人気があるんですが、なにしろ作品が少なくて商売にはなりませんが……」

それは女性の肖像であるが、一見したところマリア像ともみえたが、神秘的な美しさはなく、変になまなましい。色は数百年を経過したような褪色をことさら強調し、風化による亀裂まで書き込んでいる。

「変っているのは絵ばかりではなく、この先生の生活も常識的ではないんです。鎌倉の山のなかに住んでいるんですが、いま裏山の洞窟の壁面の、フレスコ画の大作にかかっているんです」

赤倉の話を聞いて、かな子はこれならきっと雑誌の口絵と記事になると判断した。

彼女は赤倉へ企画を打ちあけ取材したいので、その作家葛西史郎《かさいしろう》を紹介してほしいと申入れた。

「さあ、変った人だから素直に応ずるかどうか判りませんが、ともかく、下見の積もりで一度、鎌倉へご案内しましょう。カメラマンは本人と話がまとまってから、日を改めて……」

赤倉はそう言って、かな子と一月二十日の午後一時に、鎌倉駅で落合うことを承諾した。

「判った。とすると、かな子は画家の葛西とは初対面なんだね」

「もちろんよ。名前さえ知らなかったんですもの」

「赤倉という画商は？」

「ギャラリー羅馬へはこれまで四、五回よったかしら。よく知っているという程ではないけれど、ときどき話はしたわ。気さくで、人をそらさない商売人ね。店員を二人使っている小規模な画廊だけど、商売のほうはかなり手広く派手にやっているようよ。いい客筋をつかんでいるらしいわね」

「それで、今日の午後、彼と鎌倉で落合ったんだね」と明彦は念を押した。

きびしい寒波が去った翌日で、鎌倉はうすぐもりであった。横須賀《よこすか》線を下りると、駅前の広場は、白茶けたような色をしていた。

改札口を出ると、すぐに「日野さん」と声を掛けられた。四十歳は出ているだろうか、小肥りのがっちりした体格で、赫《あか》ら顔にもみあげをのばし、頭髪は薄くなっている。パリ仕込みのハーフコートを着ていた。

「私は車で来たんです。葛西先生のお宅は、北鎌倉に近くここからはちょっとあるんです。車に乗って下さい」

そう言って赤倉は、裏通りに駐車してあった車まで案内した。シルバー・グレイのボルボのピカピカの新車だった。

若宮大路《わかみやおおじ》の突き当りの八幡宮《はちまんぐう》前を左折して、巨福《こぶく》呂坂《ろざか》から北鎌倉駅に向う。浄智寺《じょうちじ》の手前を折れて、狭い小路《こうじ》に入り、山ふもとを数百メートル進むと、赤倉は馴れた様子で、道路わきに駐車して車を降りた。

「ここから少し歩いてください。ここも鎌倉独特の谷戸《やと》の一つで、これ以上は車では無理なんです」と、説明した。

そのあたりは、既に山脈《やまなみ》が迫っており、丈高い樹木がかげをつくって茂っていた。道は山裾に細長く這い込んだかたちで、変化し屈曲しながらさらに奥へ進む。両側の住宅はしだいにまばらになり、やがて舗装が途絶え、やや坂が急になるとまったく深山を歩くような気持になり、オーバーの重さを感じるほど体温が上がって来た。

小さな寺院の山門の前まで来ると、境内に美事な白梅が咲いていた。

「静かないいところですね」かな子は思わず感嘆の声をあげた。小鳥のさえずる声のほか、物音ひとつしないのである。

道は寺院の裏手の墓地にそって続き、ほのかに線香のけむりがただよって来る。

気がつくと、墓地のはずれの道路わきに、うずくまっている人影が目に入ったので、かな子は思わず足を停めた。

「あっ、奥さん、どうなさったのです」

赤倉は馳け抜けて、さけんだ。着物姿に毛糸のショールをまいた中年の女が、ゆっくりと立ち上がった。手に大きな買物袋をさげている。蒼ざめた細《ほそ》面《おもて》の美しい顔立ちである。かな子は彼女が無理にほほえんだように思えた。

「赤倉さん、いらっしゃい。主人がお待ちしてますよ。いいえ、いま、ここまで登って来たら、またちょっと心臓がおかしくなったんで、休んでいましたの。もう大丈夫よ」

「いいんですか。無理をしないでください、奥さん、それを持ちましょう」

赤倉は買物袋を奪うようにとりあげてから、かな子を紹介した。

「雑誌社の方とおっしゃったので、男性とばかり思い込んでいました。お若いのに偉いですわね」

葛西の妻涼子《りょうこ》は、二人の客に歩調をあわせて登りはじめた。そして問わず語りに、

「お医者さまにきくと、『心房細動発作』という難かしい病名なんですよ。簡単に言えば、脈が早くなって、止まらなくなるんです。ドキドキ病ですよ。すぐに治ることもあれば、一日続くことだってあるんです」

坂はなおも続いていた。買物袋は赤倉が抱えるような形で手のなかにあった。

5

赤倉と涼子のあとから歩きながら、かな子は自宅の裏山の洞窟の壁面にフレスコ画を描いている葛西史郎のことを頭に描いた。

洞窟については、赤倉から話を聞いていた。

葛西邸は裏山の崖下にある。この辺りの土質は鎌倉石として知られ、鎌倉時代からやぐらという名称で呼ばれている。むろん、天然の洞窟ではなく、人間の手で掘鑿《くっさく》がなされ、人が住めるようになっている。夏は涼しく、冬は暖かい。地下水が出ないから湿気がない。或る著名な戦前の探偵作家が好んで用いた土蔵と似ているのである。

戦乱のいとまのなかった鎌倉時代から、刺客に襲われた場合の秘密の隠れ場所として使われて来たのであろう。戦時中は防空壕として使われたが、葛西はこのやぐらが気に入って、裏山ごとこの屋敷を買ったのである。

葛西は秘密めかしいこの洞窟のなかをアトリエに改造すると、昼でも薄暗い電灯の下で、時間を忘れ、ときとして食事も忘れ、製作に没頭していた。仕事の殆んどは赤倉の手に渡り、彼が生活を保障していた。

赤倉が葛西の絵を画廊に飾ることは稀である。赤倉の説明によれば寡作なので、なかなか作品が手に

入らない。納得のゆく作品しか赤倉の手に渡さないから、作品の数も少ない。そう言われれば、専門家の評判はなかなかよかった。静物とか風景画は彼らから好意の目で評価され、葛西の名は一部に知られていた。だが、評価はなかなかのものだったが、一般的には人気がなく、買手がついたという噂はなかった。恐らく、画商赤倉としては、金銭的には重荷だったに違いない。黙々と相当な生活費を送り続けているのは、将来に対する賭だと見ている向きもある。

かな子はこの異様な洞窟のアトリエに興味をもっていた。これは絵になると、話を聞いたとき、直感でそう思った。誰にも好奇心はある。しかもそれが他人の秘事となると、なおさらかい間見たい衝動をもつ。週刊誌のあからさまな下品なスッパ抜きは嫌いだったが、芸術家の製作の秘密を覗き見する程度なら、余り抵抗は感じない。かな子の担当している雑誌は、上品な女性雑誌だった。

葛西邸は堂々たる立派な邸宅だった。売れない天才画家がこれだけの邸宅をかまえているということは、赤倉がいかに葛西に力を入れているか判るのである。

植込みのなかに日本家屋が現われた。しゃれた西洋家屋かと想像していたかな子の想像が裏切られた。そう言えば、涼子も和服姿だし、容貌も古風な日本婦人特有の美貌をもっていた。

涼子は赤倉とかな子を応接室に招じると奥に去った。涼子の話によると、葛西は芸術家特有の気難かしい性格の男であった。子のない、夫婦だけの生活ではあるが、お手伝いを置くことには賛成ではなく、しかも、同一邸内にいながら、夫婦は別々の生活を強いられ、食事のとき位しか顔を合わせないと語っていた。仕事の最中だと来訪者との面会を拒絶することが多かった。もっとも、赤倉とかな子の訪問は数日前から通じていた。

五分ほどすると涼子が戻って来た。

「どうしたのかしら、葛西はどこにも姿が見えないんです」

涼子は首をかしげた。合点がゆかないという表情で、しきりに考えている。

「洞窟は閉まっているし、家のどこにもいないのよ。散歩に出る時間ではないし……」

ソファーに坐りもしないで、当惑している。

「やはり洞窟でしょう」

赤倉は額の汗をハンケチでぬぐって言った。よく汗をかく男だった。かな子は外套をぬぐと寒い位だった。

「奥さん、御一緒にもう一度、洞窟に行ってみませんか」

涼子は同意した。それ以外に葛西を捜《さ》がす手段は見当らないらしかった。

「アトリエではないにきまっているわ。ドアは閉まっているし、ドアを随分ノックしたけれど返事がないのですから……」

涼子を先頭に赤倉とかな子がそれに続いた。応接室を出ると廊下を歩いて庭に出た。三人とも、サンダルをつっかけた。

庭もかなり広い。今は花の季節ではないからさびしいが、春になればかなりの花が咲き、花園に一変するだろう。

庭の前方の崖に向って歩いた。飛び石の上で、サンダルが音を立てた。

洞窟は崖の一部がくりぬかれていた。以前は恐らく、かがんで通れる位の小さな入口だったに違いないが、相当な部分がとり広げられていて、普通の部屋のドア位の大きさになっていて、木の扉がとりつけられていた。

元来が刺客に襲われた場合の避難場所だから、草や樹木の茂みが、入口を巧みに隠していたのだろう。かな子は時代劇の映画のシーンを思い出した。戦時中は、防空壕として見直され、内部も改造されたと聞いている。

なるほど、樫《かし》材で堅牢な扉があった。扉の上部に空気穴が開けられているだけで、完全に外部と遮断されていた。入口の扉以外、洞窟の三方は鎌倉石で取囲まれているから、出入口はこの樫材の扉しかない。洞窟内のアトリエに入れば完全な密室だし、葛西はそうした秘密めかしい雰囲気が好きなのだろう。

「外からは開けられないのですか」

赤倉は根気よくノックしたあとで、うしろを振り返って涼子に訊いた。

「室内から錠を掛けているとどうして判るんです」

「外へ出ると南京錠を掛けます。それがないのです。室内から掛けているとしか思えません」

そのときはまだ異常に気がついていなかった。

「変ですね、なかにいるのなら、開けてくれてもいいのに……」

そう言うと、赤倉はさらに扉をドンドンたたきながらさけんだ。

「葛西先生、葛西先生……」

返事はなかった。赤倉は扉に耳をくっつけて暫く聞いていた。

「奥さん、変ですよ、なかから呻《うめ》き声が聞こえる」

そう言ってから、なおも扉を赤倉は乱打した。

「駄目だ。やはり返事はない。だが先生がなかにいることは確実だ。なにか異変が起こったらしい」

赤倉の顔色が蒼白になり、眼がすわった。

涼子もおろおろしていた。

「なんとかしてください。突然、心臓発作を起こしたのかも知れない」

心臓が弱い涼子は苦しそうだった。

「奥さん、こうなったら扉をたたき破るしか仕方がない。どこかに斧がありますか」

涼子はよろよろと倒れそうになった。かな子が抱《か》かえた。

「納屋に斧が入っています。廊下のはずれの小屋です」

そう言ったのがやっとで、あとはゼイゼイあえいでいる。

「奥さんをお願いしますよ」

赤倉は納屋に走った。今まで見せたことのない敏捷な動作だった。

すぐ赤倉は戻って来た。手に斧をもっている。相当に立派な斧だった。彼はその斧を振りかぶると、樫の扉をハッシと打った。しかし、樫の扉は固く、表面をかすっただけで、斧ははねかえった。

赤倉は必死だった。力仕事などやったことのない男の筈だが、その仕事が間断なく続けられた。

涼子とかな子は、赤倉の奮戦振りを呆然と見ているしか仕方がなかった。彼は憑かれたように斧をふりおろした。手を休めることもしなかった。斧を扉に打ちつける音だけが単調に響いた。それでも十分後には、扉がバリバリ音を立てて破れた。赤倉の執念が遂に勝利をおさめたのだ。

破れた扉の隙間から人ひとり位ならどうやら内に入れそうだった。赤倉は斧を投げ棄てると、洞窟のなかに飛び込んだ。と、すぐに、けたたましい声が聞こえた。

「先生、しっかりしてください」

かな子は息を呑んだ。直感的に異変が起こったことが判った。抱くようにしていた胸のなかの涼子が身体をガタガタ震わしている。

「奥さん、しっかりして……」

かな子は涼子の耳もとで囁いた。自分まで興奮すれば、涼子の心臓が止まるのではないかと危ぶんだ。

かな子は涼子を外に残して、破れた扉のなかに入った。

洞窟のなかは意外に広く、十二畳位あるのではなかろうか。壁面に寝台がひとつ置かれている。暗い電灯の光りでは壁面はさだかに判らないが、フレスコ画が描かれているらしい。それよりも、かな子が胸をうたれたのは、カンバスが室の中央にすえられ、全身に矢をうけた殉教者サン・セバスチャンが描かれていることである。灯りはそのカンバスに当てられ、従ってそれ以外のところはかなり暗かった。

葛西はカンバスの下で仰向けに横たわり、矢で頸部を射ぬかれ、おびただしい血が流れていた。赤倉はその傍に放心したように立っている。

書くと長くなるが、それだけのことを、かな子は一瞬のうちに見てとった。

かな子は思わず葛西に近づき、手をとった。どうして、そのような動作をとったか、後になって考えても、理由は判らなかった。恐らく、葛西の死が信じられなく、本当に死んだのかどうか、確認しようとしてその動作に出たに違いない。

手は氷のように冷たかった。余りの冷たさに、かな子はびっくりした。死者の手を握った経験はない。それにしても、死んだばかりの人の手がこれほど冷たいとは信じられなかった。赤倉が扉を打ち破る前に、葛西のうめき声を聞いていたからである。

背後で、凄まじい絶叫が起こった。涼子夫人の声だった。

かな子が振り返ると、くず折れるようにして倒れた。走り寄って抱き起こすと失神していた。

赤倉は涼子夫人を抱かえて応接室に運んだ。ソファーに寝かすと、赤倉が指示した。

「かな子さん、奥のリヴィングルームに電話があるから、警察に電話して、一緒に医師を連れて来るよう頼んでください」

かな子は指示されるままに、警察に電話を掛け事情を説明した。電話は二分間で終わった。応接室に戻ると、かな子が赤倉に言った。

「間もなく警察が来るわ。現場保存をしておいてくれと言いました」

「判った、私が洞窟の前で見張りをしよう。涼子夫人の看護を頼みます」

赤倉はショックから立ち直っていた。

そう言うと、急いで応接間から出て行った。

涼子は気がついたらしかった。かな子は夫人の手をギュッと握った。

「間もなく警察が来ます。信じられない事件が起こりましたが、あとは警察にまかせるしかありませんわ」

血の気《け》のない顔で、涼子は弱々しく頷いた。眼から泪があふれた。かな子は続けて言う言葉がなく、黙っていた。

警察の車が到着したのは十五分後だった。

6

かな子の長い話を聞き終ったあと、明彦は暫くじっと考え込んでいた。

「それから後は、警察が捜査をしたのだね」

「そうよ。担当の渡辺《わたなべ》警部から事情聴取を受けたわ。内容はいま話したとおりよ」

「葛西の死体は行政解剖になったんだろう」

「結果は聞いていないけれど、首筋の矢が致命傷だったことは明らかだわね」

「よし、判った」

明彦はメモを慎重に検討していた。

「葛西邸に行ってみよう」

かな子と明彦、それにカメラマンの牧野《まきの》君の三人は、駅前でタクシーをひろい、葛西邸に向った。

車中で、かな子は白滝譲の話をした。

「ビアスの消失事件と葛西先生の殺人事件となにか似かよっているように思えるわ」

「推理小説の密室ということか」

「それもあるわ。しかし、そればかりではなく共通の要素、ミスディレクションが感じられるの。観客をゴマかすとき、右手を隠すために、左手を動かして観客の注意を集める技術よ。つまり、ビアスの事件もそうだけど、自然の成行《なりゆき》でそうなったというのではなく、シナリオ通りに演技をする人為的な匂いが感じられるのよ」

「おいおい、凄いこと考えるではないか。だが、よく考えることだな。葛西事件では殺人が起こったのだ。自殺でない限り、演技はないだろう」

「それはそうだけれど」

そう言ったが、かな子は明彦に屈したわけではなかった。長身の老人の姿が、彼女の脳裏から消えなかった。

車は寺院のなかを通れないから、迂回して遠廻りしなければならなかった。窓外《そうがい》の灯りはとぎれ勝ちだった。葛西の邸宅は山のなかにあった。

タクシーは待たせておくことにした。事態によっては引き返さねばならなかった。山のなかでは、タクシーはすぐ来なかった。

葛西邸の入口は警官が警戒していた。

「涼子夫人に会いに来たんです」

かな子は警官に説明した。

「夫人は警察署です。帰って来てはおられません」

若い警官は明彦をじろじろ無遠慮に見た。

「この方は……」

と、若い警官が訊いた。

「中央日報社会部の安土です」

明彦は自己紹介をした。

「ブン屋さんですか。随分早くニュースを知ったんですね」

警官は緊張した顔で答えた。

「ここは殺人現場で、現場保存を命令されています。夫人はまだ帰宅していませんし、お通しするわけには行きません。本署に出頭して、許可証をもらって来て頂けるなら別ですが、お帰り願わなくてはなりません」

若い警官は職務に忠実だった。

かな子たちは車に戻らなければならなかった。

カメラマンの牧野は、未練がましく、葛西邸の玄関を写すためにシャッターを切った。

「そうだな。かな子の考えは、案外、いいアイデアかも知れん」

車に乗って座席に腰をおろすと、明彦はひとりごとを言った。

「白滝譲は作家だが、頭の切れる男だ。そう言えば、カーの密室を論じた評論を読んだことがある。密室トリックの理論の大家だったな。幸いかな子は、現場に居合わせたことでもあり、事実を詳しく見聞している。運がよければ、白滝氏は謎をとくことが出来るかも知れない。警察より早く真相を看破でもすれば、これは面白いことになるぞ」

明彦は白滝譲の住所と番地を運転手に告げた。

それから二十分後、三人は白滝譲の自宅を訪問し、応接室に通された。

「やあ、安土君、こんな遅く、なんの用だ。もっとも、まだ七時だがね」

暖炉の上の時計にちらっと眼を走らせて、白滝が言った。

「メシはまだだろう」

そう言って、夫人に寿司をとるように命じた。

「おや、このお嬢さん、二時間ほど前に、『パラナ』でお会いしたな。そうか、顔は余り似ていないが、妹さんだろう」

「よく判りましたね。妻の妹です。女性雑誌『エレガンス』の編集員です」

「白滝です、どうぞよろしく」

「こちらはカメラマンの牧野君です」

白滝は目礼してから、口許に微笑が湧いた。

「うちを訪問することになったのは、このお嬢さんが言い出したのでしょう」

夫人が差し出した茶を呑みながら言った。

「『パラナ』で、ぼくの話を熱心に聞いていた。余程、ビアスの話に興味をひかれたらしい……」

「それ、それですよ」

と、明彦が答えた。

「先生に密室の謎ときをお願いしたいと思って伺ったのです。じつは今日、妹は殺人事件の現場に偶然出喰わし、その事件が密室なのです。それで、妹はビアスの洞窟消失事件に興味をもったのです。先生にひとつ、名探偵シャーロック・ホームズになって頂きたいのです」

「ピーター・ウィムジー卿と言って頂きたいですね。ピーターこそ、最大の名探偵です」

「では、ピーター卿、妹の話を聞いて頂けますね」

「ピーター卿は美人の女性依頼者から事件を持ち込まれると、断わったことがないのです。かな子さんと言われましたな、ミステリーを読まれますか」

「ええ。エラリー・クイーンのものやベッド・デテクティヴとか、論理性の豊かなものが好きで読んでいますけれど」

「それなら、私も安心して話を伺うことが出来ます。事実はありのままお話ください。ひとつ、ピーター卿もどきで、謎をといてみましょう」


かな子は、深々と深呼吸をした。それから細大もらさず、事件に関係のあることを語った。

(読者よ諒せよ。1から5に記述したことをかな子は語ったのである。このなかに、犯人、殺人動機、殺害トリック等、すべての手掛りが明示されていたのである。読者よ、諸君も謎の解明に参加してはいかがであろうか)

白滝は腕を組んで、じっとかな子の語る話を聞き入った。

「いかがですか、お判りになりましたか」

話し終ると、明彦が訊いた。

「事実を正しく見ておられるのに感心しました。大体、犯罪構成の骨組みは判りました。君たちも、推理してみたらどうですか。事件解明のデータをひとつだけお教えしましょう。挑戦されているのは、かな子さん、あなたたなのですよ」

白滝は口許に少し微笑をうかべて言った。

「二、三まだ不明なところがありますが、それが解明されれば、解決は夢ではありません。そう、そうだ、二十四時間待ってください。明日、午後七時、君たちが訪れて来た今晩と同じ時間に、もう一度訪ねてくれませんか。その折に、全部お話しましょう」

かな子は明彦の顔を見た。

明彦もかな子の顔を見詰めていた。

「では、明日を楽しみに、もう一度、御邪魔することにしましょう」

かな子は、自分の考えが間違っていないことを知った。明日、事件は解明されるだろう。それまでに、自分でもなんとか推理を組立ててみようと思った。

7

翌日は朝から快晴だった。

かな子は午後もう一度、警察から事情聴取を受けた。警察はまだ事件解決のメドがついていないらしかった。

行政解剖結果は死体発見時間とほぼ一致していたし、扉を打ち破る寸前に聞いた呻き声からも、その時間が確認された。その呻き声から、かな子、涼子、赤倉のアリバイが成立し、密室の謎をとく決め手もなく、警察は捜査が難航し苦慮しているようであった。

明彦は白滝の話を聞いた上で記事を発表する心がまえらしく、新聞にはなにも書いていなかった。

六時に「パラナ」で会う約束がしてあった。明彦は約束どおり時間に姿を現わした。牧野カメラマンも一緒だった。

七時に、三人は白滝邸に出向いた。

応接間にきちんと行儀よく坐っている白滝を見ていると、かな子は本当にこの老人が謎をといたのだろうかと、疑いをもった。

「家内の手づくりだが、ビュフェ形式にしたから遠慮なく手を出してください。喰べながら、話をしましょう」

白滝は柔和に笑った。水割で口をうるおすと話し始めた。

「かな子さんはビアスの洞窟内消失に瞠目《どうもく》し密室のシチュエーションに関心をもったが、じつは葛西殺害事件とは直接関係がない。共通点といえばミスディレクションで、それを見抜いたかな子さんの眼力《がんりき》は正しい……」

「観客は涼子夫人、赤倉さん、私の三人でしたから」

と、かな子が言った。彼女は舞台の手品を見入る三人の観客を連想したのだ。

「登場人物は被害者の葛西を入れて四人、このなかに犯人がいる。但し、被害者を抜かして、共通のアリバイがある。私は推理する条件として、かな子さん、あなたも容疑者のひとりとして考えたのですよ」

かな子は頷いた。当然のことである。探偵小説では、記述者が犯人だという極端な場合もある。

「被害者の葛西氏が頸部に矢を射込まれて死亡していた話を聞いて、すぐにディクソン・カーの『ユダの窓』を思い出した。この作品も石弓で殺された事件でした。鎌倉警察署の署長は私の友人ですから、電話でいろいろ訊いてみましたが、まさに密室で、その折私が事件を推理し解決したら知らせると約束したので、じつはあなた方がいらっしゃる前に、電話で報告しておきました。真犯人は既に逮捕されているでしょう。葛西氏の芸術傾向、どんな作品があるのか、赤倉氏のギャラリーの経営も、友人の画商に訊きました」

白滝はそこで言葉を切って、煙草に火をつけた。

「煙草をのむたびに、乱歩を思い出します。明智小五郎の乱歩です。乱歩夫人の話では、日に百六十本のんだそうです。今の余り巧くないミステリー作家は、煙草をのまないから巧いミステリーが書けないのではないでしょうか。いや、これはオフレコにしておいてください。失言でした……」

白滝はうまそうに煙草の煙をはいた。

「赤倉氏は、画商として黒い噂があることが判りました。赤倉氏の扱う印象派時代の絵は贋作ではないかと、もっぱら評判になっているというのです。赤倉氏が産をなしたのはこの印象派時代の絵が殆んどで、相当の点数がコレクターの手に渡っていると言われています。他方、葛西氏のアトリエ、例の洞窟のことではなく、本宅の方のアトリエのことですが、署長の話では、葛西氏のオリジナルの絵は殆んど見当らず、ルネッサンス時代の模写が多かったそうです。じつは署長、若い頃画家になりたくて絵の勉強をした男で、戦前匿名で探偵雑誌の『新青年』に挿絵を書いたことがあります。私は続けろと言ったが、戦後はやめてしまいました」

白滝譲が署長から聞き出したのは次のようなことだった。

洞窟の内部は警察によって徹底的に捜索されたが、抜け穴はなく、ドアに細工がなかった。ただ、検死解剖の結果判ったことは、葛西の死因は打撲による頭蓋骨骨折で、頸部の矢は、彼の死後に打ち込まれたものだった。

「これで、私が判らなかったことは全部氷解しました。あとは、もう一度、私の推理に瑕瑾《かきん》がないか再検討するだけでした。その検討には時間が掛かりませんでした。完全です、私は、あなた方の来訪を待つだけでした」

白滝はピーナツを口のなかに放り込むと、ゆっくり喰べ終わり、水割を楽しんだ。

「葛西氏の密室殺人事件には、目撃者が必要でした。目撃者は密室構成上の証人にもなるわけです。それでないと、密室は構成されなかったのです。即ち、目撃者兼証人として選ばれたのが、日野かな子さん、あなただったのですよ。あなたが、ミスディレクションと直感したのはこのことです。あなたは気がつかなかったようですが……」

「でも、私が洞窟に入ったとき、葛西先生は死んでおられました。入口の扉を破って入ったのは赤倉さんです」

「昨日は一日曇り空でしたね。崖の下だから相当に暗かったはずです」

「たしかに、その通りでした」

「洞窟のなかは、さらに暗かったでしょう。たしか、あなたのお話では、暗い電灯がカンバスを照らしていたと言っていましたね。壁面がフレスコ画で、カンバスには全身に矢をうけた殉教者サン・セバスチャンが描かれた絵があった。しかも、葛西は頸部を矢で射抜かれていた。冷静でいられるわけがないじゃありませんか。葛西は本当に死んでいたのですか」

「手を握りましたが、氷のように冷たかったのです」

「十分前に呻き声を聞いたのでしょう。僅か十分の間に手が氷のように冷たくなりますか」

かな子はアッと思った。白滝のいうことは本当だった。

「あなたが入る前に、氷を握っていたのです。これはやりすぎでした。死体だから冷たくなければと考えたのでしょう。洞窟のなかは薄暗いし、密室構成の共犯者の赤倉が一緒ですから、氷くらい隠すことはわけないことです」

「顔は死者のように血の気がありませんでした」

「絵具と筆が散乱していたでしょう。それを使えば顔の色ぐらい、いくらでも誤魔化せますし、頸部の血だって、赤い絵具がふんだんに使えます。それも時間を掛けて見ていたわけではないでしょう」

「数秒です。涼子夫人が入って来て失神しました。すぐ洞窟を出ました」

「そうです。あなたは目撃者で証人であればよかったのです。動転しているから、数秒でも印象が強烈です。いや、印象を強烈にするため、数秒で洞窟から出るように計算されていたのです」

「すると、あのとき、葛西氏は死んでいなかったのですか」

「葛西が赤倉と計画したのは死ぬことではなく失踪でした。ビアスの事件のように、密室のなかから消失することでした。そこまでは涼子夫人も共犯者です。涼子は失神し、あなたに彼女を応接間で介抱させ、警察に連絡をとらせる。赤倉が洞窟を見張っているが、警官が来ると、洞窟内の死体が消失している。これが葛西夫妻と赤倉が考えた芝居だったのです。ところが、赤倉は葛西を消失させないで、その場で謀殺したのです。このところだけが、赤倉の独断です。涼子夫人はそれを知らなかったのです」

「涼子夫人がすべて喋ったらどうなります」

「涼子夫人は亡くなりました。もともと心臓が弱いところに、夫の死亡を知りそのショックで亡くなりました。しかし、それだけではないでしょう。夫人の行政解剖をすれば判明すると思いますが、救急車に運ばれる前に呑んだ薬、心臓を刺激する薬ではなかったかと思います。そうだとすれば、あなたが警察に電話している間に赤倉が薬をすりかえたのかも知れません……」

かな子は唇を嚙んだ。見事な手品に一杯喰わされた愚かな観客だった。

「赤倉の殺害動機は、既にお判りでしょう。葛西に贋物を強いて金もうけをしていたが、最近になって身の危険を感じ、製作者の口を封じたのです。相当な生活費を保障していましたが、これ以上の出費はかなわない、保身上のことよりも、利益を独占したかったのです。恐らく、葛西夫妻殺人事件として起訴されるでしょう。警察の発表は明日の朝だそうですから、安土明彦君の特ダネということになりますね」

そう言って、白滝は、水割のコップを目の高さに上げ、片目をつぶると、一気に呑みほしたのだった。

白滝が窓を開けると、梅の香りがほのかに漂って来た。

編者解説

日下三蔵

春陽堂の〈合作探偵小説コレクション〉第8巻の本書には、昭和二十年代から五十年代にかけて発表された作品九篇を収めた。「戦後傑作集2」ということになる。
収録作品初出は、以下の通り。

鯨「探偵実話」1953（昭和28）年7月号
〔島田一男／鷲尾三郎／岡田鯱彦〕
魔法と聖書《バイブル》「探偵実話」1954（昭和29）年3月号
〔大下宇陀児／島田一男／岡田鯱彦〕
薔薇と注射針「探偵実話」1954（昭和29）年4月号
〔木々高太郎／渡辺啓助／村上信彦〕
火星の男「探偵実話」1954（昭和29）年7月号
〔水谷準／永瀬三吾／夢座海二〕
狂人館「読切小説集」1955（昭和30）年3月増刊号
〔大下宇陀児／水谷準／島田一男〕
密室の妖光「別冊小説宝石」1972（昭和47）年陽春特別号（3月）

図１　「探偵実話」1953年７月号

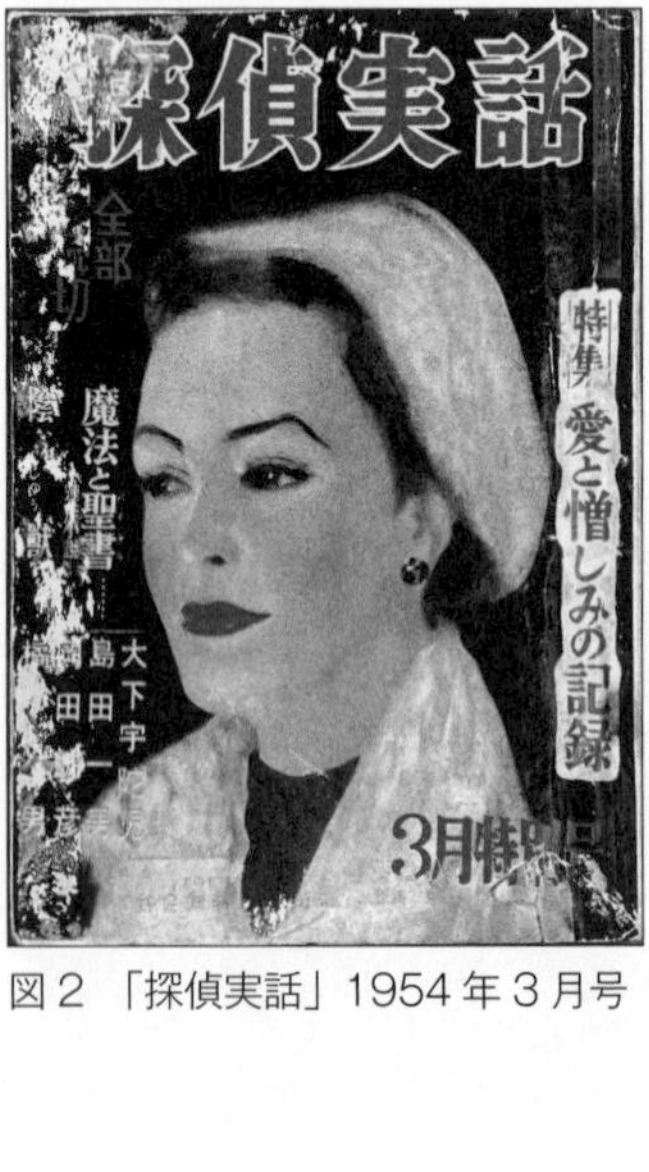

図２　「探偵実話」1954年３月号

〔大谷羊太郎／鮎川哲也〕

悪魔の賭「小説宝石」１９７８（昭和53）年２～４月号

〔問題篇１　斎藤栄／問題篇２　山村美紗／解答篇　小林久三〕

京都旅行殺人事件「小説宝石」１９８２（昭和57）年３～５月号　※「京都殺人旅行」改題

〔問題篇１　西村京太郎／問題篇２　山村美紗／解答篇　山村美紗〕

鎌倉の密室『密室探求　第二集』鮎川哲也編　講談社文庫　１９８４（昭和59）年１月

〔渡辺剣次／松村喜雄〕

一九五〇（昭和二十五）年に創刊された探偵小説誌「探偵実話」（図1～4）は版元の世界社の倒産によ

って、五三年八月号でいったん休刊した。残された社員の一部が新たに世文社を立ち上げて発行を引き継ぎ、五四年一月号から復刊されている。

二月号は休巻だったが、一月号から七月号まで六号連続で、三人のメンバーによる連作が掲載された。一月号の「女妖」は本シリーズ第2巻、五月号の「毒環」は6巻、六月号の「生きている影」は4巻に、それぞれ収録済である。なお、第2巻の解説で「同誌は一月号から六月号まで連作を掲載している」と書いたが、これは二月号が休刊していたことを見落としたために生じた間違いで、「七月号まで」が正しい。お詫びして訂正いたします。

「鯨」は巻末の掲載だが、作品の扉ページが色刷りになっていて、編集部としても力を入れた企画だったことがうかがえる。

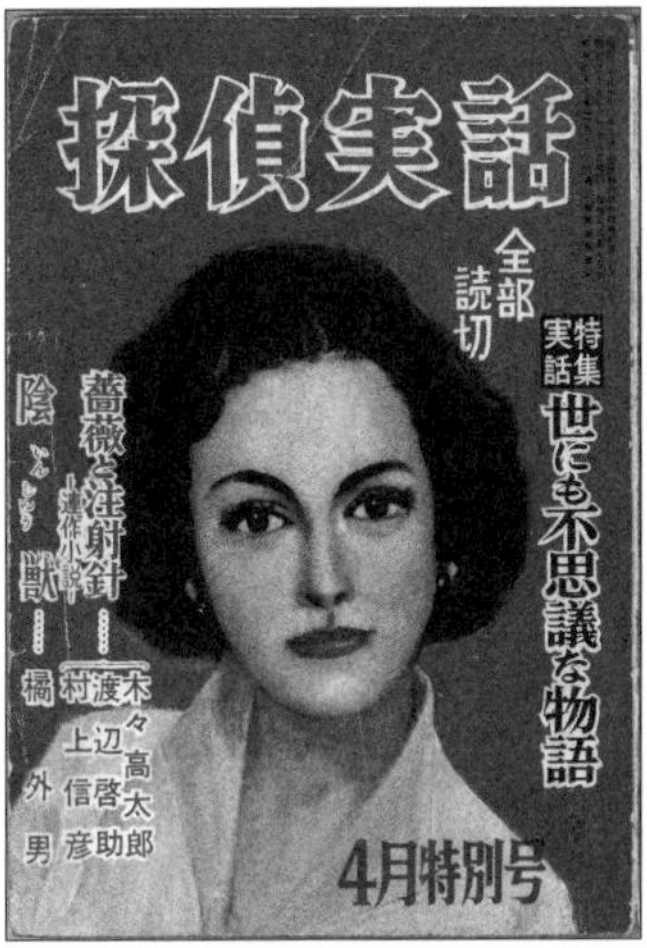

図３ 「探偵実話」1954 年４月号

図４ 「探偵実話」1954 年７月号

「火星の男」掲載号の「編集後記」には、以下の言及があった。末尾の署名に「Y生」とあるから、編集長の山田晋補の手になるものであろう。

> 復刊以来、探偵雑誌始つて以来の好企画と大当りをとつた、大御所江戸川乱歩先生を筆頭とする連作探偵は、今月の水谷、永瀬、夢座三先生の、快作「火星の男」を以て大尾を告げた。編集部としても惜しい気がするが、諸先生共引続いて大作傑作をお寄せ下さることになつているので、別に本誌で考えている新企画と共に期待を以てお待ちいただきたいと思う。

図５ 「読切小説集」1955年３月増刊号

「狂人館」が掲載された「読切小説集」（図５）は荒木書房新社の月刊誌。掲載誌の増刊は「捕物小説祭り」と銘打たれており（表紙のタイトルも、こちらの方が大きい）、「狂人館」以外の掲載作品は、ほとんどが捕物帖であった。

「狂人館」百五十枚と並ぶ二大呼びものとして、野村胡堂、城昌幸、土師清二、陣出達朗による《伝七捕物帳》の連作「異人屋敷」二百枚も掲載されている。

《伝七捕物帳》については、東京文芸社から『人肌千両』（１９５４年３月）、『刺青女難』（１９５４年７月）、『女郎蜘蛛』（１９５５年４月）と連作、合作をまとめた単行本が三冊も出ている。捕物帳もミステリには違いないから、時代小説の巻を作ろうかと考えたこともあるが、現代ものでも入り切らない作品が大量に出ると分かって、乱歩の参加した「大江戸怪物団」（第2巻所収）など一部を例外として、これは諦めざるを得なかった。

というか、そもそもそれを言うなら、《伝七捕物帳》自体が、捕物作家クラブの企画として共通の主人公を設定して会員が独自の作品を書く、というものだったから、第6巻に収めた「楠田匡介の悪党振り」や、第7巻に収めた「桂井助教授探偵日記」と同じスタイルの競作なのである。《伝七捕物帳》以外の連作長篇も、複数確認しているが、これらは別にまとめる機会を待ちたいと思っている。

昭和三十年代以前の作品のうち、「狂人館」「鯨」「魔法と聖書」の三篇は東方社の単行本『狂人館』（1956年10月／図6）、「薔薇と注射針」は浪速書房の単行本『四つの幻影』（1959年10月／図7）

図6　『狂人館』東方社

図7　『四つの幻影』浪速書房

図８　「別冊小説宝石」1972年陽春特別号

に、それぞれ収められた。「火星の男」は本書が初の単行本化である。

「密室の妖光」は、光文社「別冊小説宝石」（図８）に「覆面作家は誰か？　10万円懸賞つきリレー・ミステリー」として掲載された。よくある犯人当ての懸賞ではなく、作品自体は最後まで掲載したうえで、後篇の作者を当てさせるという風変わりな企画であった。

　解決篇の作者は、目次と作品全体の扉ページでは「覆面作家X」、解決篇の扉ページでは「覆面作家」となっていた。

　同年五月の初夏特別号で解決篇の作者が鮎川哲也だと明かされている。懸賞は応募総数一〇七三通、うち正解者一一七名。抽選により正解者のなかから十名に賞金一万円が贈られた。この時の当選者の中に作家デビュー直前の皆川博子氏がいた。

　正解発表のページに、大谷羊太郎のエッセイ「「密室の妖光」解決編を読んで」が掲載されているので、ここで紹介しておこう。手がかりのページ数は、本書に合わせてある。


　リレー・ミステリと銘うった本誌の新企画は、覆面作家の名前あてという趣向を試みた。従って問題編を書いた私は、読者を対象に犯人を匿す必要はなく、もっぱら挑戦の意欲は、解答編担当の作家に向けられたのである。

だがその作家が、鮎川哲也先生だと編集部から洩らされた時、私は無上の光栄を感じるとともに、身の絞まる思いだった。

なまじ音楽トリックの謎を提出しても、先生では相手が悪い。先生の音楽通は周知の通りだが、それも一通りや二通りの深さではないのだ。

そこで私は、トリックの謎を解決編に持ち込まず、犯人の手がかりだけを埋め込んで問題編を終結した。この種のリレー小説としては、少々異例な構成をとったのは、そのためである。

やがて私は、解決編を手にした。そして、クラシック音楽にアリバイトリックを溶解したいつもながらの先生の妙筆に堪能した。折角、苦心して匿しておいた指紋の手がかりも、あっさり見破られている。

だが待てよ――、と私は独りほくそ笑んだ。私はもう一つ、別な手がかりも埋めておいたのだ。こちらの方は、見逃されたのではないか。

物語の初めの部分を読めば、死体の発見されたのは火曜日だとわかる。ところが容疑者宮下は、その前々日、被害者の部屋で夕刊を眺めたと供述している（二七六ページ）つまり宮下は、日曜日に配達されるはずのない夕刊を見たわけで、明らかに訪問の日をごまかしているのだ。

しかし、と私は考え直した。これは犯人指名の決定的なキメ手にはならない。思い違いだったと言い抜けができる。先生はそれをご承知の上で省筆されたのだったろう。私は笑いを引っ込めて嘆息した。

極めて変則的な合作短篇であるためか、鮎川・大谷両氏の短篇集には収録されぬまま、鮎川哲也の編纂による密室アンソロジー『鮎川哲也の密室探求』（1977年10月／講談社／図9）で初めて単行本化された。その文庫版『密室探求　第一集』（1983年8月／講談社文庫／図10）に収められた後、鮎川哲也の挑戦小説を集めた出版芸術社の『二つの標的』（2006年10月／鮎川哲也コレクション挑戦篇Ⅲ）にも入っている。

「悪魔の賭」は「総額30万円懸賞つきトリプル・リレーミステリー〝犯人《ホシ》を挙げろ〟推理」として連載され、集英社文庫『京都旅行殺人事件』（1985年12月／図11）に初めて収録された。三月号の「問題編②」のページの応募要項には、こう書かれていた。

図9『鮎川哲也の密室探求』講談社

図10『密室探求 第一集』講談社文庫

■問題
①佐伯と園部を殺害し、三千万円を奪った犯人は？
②〈新しい日本のジャガー・グループ（ＪＧ）〉の三億円の隠し場所は？
解答にはそのように推理する簡単な理由も付記してください。

当選発表は五月号で行われた。応募総数三六四三通、うち正解者八二八名。抽選により正解者のなかから三十名に賞金一万円が贈られた。この時の当選者の中にミステリ研究家の浜田知明さんがいた。

「京都旅行殺人事件」は「総額30万円が当たるリレーミステリー〝犯人は誰か？〟推理」として連載された。初出タイトルは「京都殺人旅行」で、「悪魔の賭」と併せて前述の『京都旅行殺人事件』に収められた際に改題された。なお、初出誌では解答編の著者名は、西村京太郎、山村美紗両氏の連名だったが、『京都旅行殺人事件』で山村美紗単独になっているので、本書でも、これを踏襲した。

四月号の「問題編②」のページの応募要項には、こう書かれていた。

図11　『京都旅行殺人事件』集英社文庫

■問題
阪東、青山、中西を殺害した犯人は？
また、そう推理する理由も付記してください。

図12 『密室探求 第二集』講談社文庫

当選発表は六月号で行われた。応募総数二五六四通、うち正解者七八五名。抽選により正解者のなかから三十名に賞金一万円が贈られた。この時の当選者の中にミステリ研究家の山前譲さんがいた。

前述のアンソロジー『鮎川哲也の密室探求』はタイトルにあるように鮎川哲也編となっているが、実際にはミステリ作家の松村喜雄、天城一の両氏が加わった三氏の共編であった。作品選定が終わっていた第二集は、単行本としては刊行されず、第一集が文庫化された後で、『密室探求　第二集』（1984年1月／図12）として講談社文庫から刊行された。

「鎌倉の密室」は、ミステリ評論家、脚本家、アンソロジストとして活躍した渡辺剣次の遺作を松村喜雄が書き継いで完成させたもので、この初刊本で初めて活字化された。

『密室探求』巻末の作品解説は、三氏が分担して執筆しているが、「鎌倉の密室」だけは三氏がそれぞれ剣次氏との思い出を寄せており、強い友情を感じさせる。補筆を担当した松村氏の解説には、こうある。

> じつは遺作には違いないが、残っていたのは、五枚ほどの簡単なあら筋と、別な、書き出しだけの十五枚ほどの原稿とであった。
> 五枚のあら筋には簡単なトリックが記され、十五枚の書き出し（トリックを念頭においた書き込

みがなされている）との間に、若干のトリックの相違があった。この矛盾をどうするかと考えて、正直なところ私は困惑した。渡辺氏とは随分親しくつきあっていて、彼の性格なり考え方は判っている積りだったが、小説となると創意とフィクションによって作られるので、いくら親しくしても、そこまでは判らない。そんなわけで、私は渡辺氏の意思を推理し彼の日頃の考え考え《〔ママ〕》を尊重しながら、この二つの異なるトリックの、良い部分を剔出し、足りない小道具を附け足して、本篇を書き上げたのである。

　渡辺氏がこの作品を完成していたら、恐らく違う優れた作品が出来上がっていただろうと思い、惜しまれる。

　この作品を完成させる最適任者としては、もちろん令兄の氷川瓏氏で第一にお願いしたが諸般の事情で実現するに至らず、私が書くことになった。

　現在残っている十五枚の書き出しの原稿は、出来る限り本文のなかに取り入れるように工夫したけれど、そのまま書き写したわけではなく、全体の構成上、不適当と思われるものは切り棄て、書き増した部分もある。

　天城一氏が別に指摘された通り、渡辺氏は文章にこる方だが、しかし私は、全篇にわたって渡辺氏もどきの文章が書けるほど器用ではないので、私流の文章で書かざるを得なかった。この点はお断りしておきたい。

　このように中絶した遺作を他の作家が書き継いで完成される例は、他にも数多い。海外でも、ポーの「灯台」をロバート・ブロックが、クレイグ・ライスの『エイプリル・ロビン殺人事件』をエド・マクベインが、レイモンド・チャンドラーの『プードル・スプリング物語』をロバート・B・パーカーが、コーネル・ウールリッチの『夜の闇の中へ』をローレンス・ブロックが、ジョン・ル・カレ『シルバービュー荘にて』を息子のニック・コーンウェルが、それぞれ補って完結させている。

国内での作例を思いつくままに挙げてみよう。

佐左木俊郎『狼群』→奥村五十嵐（納言恭平）
牧逸馬「七時〇三分」→和田芳恵
小栗虫太郎「悪霊」→笹沢左保
海野十三『少年探偵長』→横溝正史
海野十三『未来少年』→高木彬光
海野十三『美しき鬼』→島田一男？
坂口安吾『復員殺人事件』→高木彬光『樹のごときもの歩く』
久生十蘭『いつまたあう』→二反長半
久生十蘭『肌色の月』→久生幸子
天藤真『日曜日は殺しの日』→草野唯雄
山村美紗『龍野武者行列殺人事件』→西村京太郎
山村美紗『在原業平殺人事件』→西村京太郎
笹沢左保『海賊船幽霊丸』→森村誠一
北森鴻『邪馬台　蓮丈那智フィールドファイルⅣ』→浅野里沙子

内田康夫『孤道』→和久井清水『孤道　完結編　金色の眠り』※公募入選作
江戸川乱歩「悪霊」→芦辺拓『乱歩殺人事件――「悪霊」ふたたび』

ＳＦの分野では、栗本薫の大河ヒロイック・ファンタジー《グイン・サーガ》シリーズが、著者の没後も五代ゆう、宵野ゆめらによって書き継がれているし、伊藤計劃の絶筆『屍者の帝国』は円城塔が引き継いで完成させた。

こうした作品も、合作・共作には違いないが、第５巻所収『覆面の佳人《ヴエール》』以外に長篇作品を入れている余裕はなく、短篇作品の「鎌倉の密室」を採るに留まったのは残念であった。

残念と言えば、収録するつもりで編集作業を進めていたのに、ページ数の都合で落とさざるを得なかった作品が、かなりあった。せっかくなので、ここにその十四篇の作品データを掲げておくので、興味をお持ちの方は探してみてください。

皆な国境へ行け「漫談」１９３１（昭和６）年３月～６月号
〔伊東憲／城昌幸／角田喜久雄／藤邨蠻〕
Ａ１号「ぷろふいる」１９３４（昭和９）年５～９月号
〔九鬼澹／左頭弦馬／杉並千幹／戸田巽／山本禾太郎／伊東利夫〕
謎の女「新青年」１９３２（昭和７）年１、３月号
〔平林初之輔／冬木荒之介〕
再生綺譚「ホープ」１９４６（昭和21）年２～４月号、６月号

〔乾信一郎／玉川一郎／宮崎博史／北町一郎〕
謎の十字架「ホープ」1948（昭和23）年2月号
〔乾信一郎／玉川一郎／宮崎博史／いま・はるべ〕
幽霊西へ行く「オール讀物」1951（昭和26）年11月号
〔高木彬光／島田一男〕
一人二役の死「宝石」1957（昭和32）年10月〜58年2月号
〔木々高太郎／富士前研二（辻二郎）／浜青二／竹早糸二／木々高太郎〕
闇からの招待「推理文学」6号（1971（昭和46）年4月）、7号（7月）、8号（10月）、9号（1972（昭和47）年7月）、12号（1973（昭和48）年1月）、14号（7月）
〔笹沢左保／草野唯雄／井口泰子／川辺豊三／笠原卓／石沢英太郎／中絶〕
晴天乱気流「小説宝石」1973（昭和48）年4月号
〔黒木曜之助／幾瀬勝彬〕
仮の名は君子「小説推理」1974（昭和49）年1月号
〔大谷羊太郎／藤村正太〕
旅行けば——「小説推理」1974（昭和49）年4月号
〔山村直樹　仕掛人・問題編／中町信　探偵役・解決編／山村直樹　仕掛人・解決編〕
マレーネ・ディートリッヒ・ノー・リターン「小説推理」1974（昭和49）年8月号
〔石沢英太郎　仕掛人・問題編／草野唯雄　探偵役・解決編／石沢英太郎　仕掛人・解決編〕
殺人者は帰ってくる「小説推理」1974（昭和49）年10月号

〔小泉喜美子／川村久志〕

新・むかで横丁「別冊シャレード86号」2004（平成16）年12月

〔宮原龍雄／天城一／山沢晴雄／高天原アリサ〕

とはいえ、全8巻に収めた分だけでも六十作品あり、座談会などの【資料篇】も含めれば参加作家は百名に及ぶ。収録の許諾をくださった著者、著作権者の皆さまに、厚く御礼申し上げます。

もちろん、編者一人の力では、このような大部のシリーズを作るのは不可能であった。一九九三年に春陽文庫で出た合作探偵小説シリーズを狂喜乱舞して買って以来、乱歩以外の連作もまとめた本があればいいのになあ、と思い続けていた私の夢に興味を示して、刊行に踏み切ってくれた春陽堂書店の皆さま、通常の書籍の数十倍は大変な編集作業を完璧にこなしてくれた担当編集者の金成幸恵さん、校正を担当してくださった佐藤健太さんと浜田知明さん、貴重な資料や情報を提供してくださった論創社の黒田明さん、盛林堂書房の小野純一さん、ミステリ書誌研究家の戸田和光さん、煩雑な問い合わせや資料提供のお願いに応じてくださった各版元の皆さま、本当にありがとうございました。

そして誰よりも、このシリーズを楽しんで買い続けてくださった読者の皆さまに、心から感謝いたします。〈合作探偵小説コレクション〉が末永く皆さまの書架に置かれ、折に触れて繙いてもらえるのであれば、編者としてこれにまさる喜びはありません。

執筆者プロフィール（登場順）

島田一男（しまだ・かずお）

1907（明治40）～1996（平成8）

京都市生まれ。満州で育ち、大連第一中学校卒業後、武蔵高等学校、明治大学などを転々とするが、どこも卒業せずに再び渡満。大連市役所勤務を経て満洲日報社に入社し、東京通信局で終戦を迎えた。1946年、「宝石」の第一回懸賞募集に投じた「殺人演出」が入選してデビュー。『遊軍記者』『社会部長』などの新聞記者ものを得意とし、1951年には「社会部記者」その他の作品で第四回探偵作家クラブ賞の短編賞を受賞している。「少年タイムス」編集長の津田皓三、警察医の花井先生、弁護士の南郷次郎、公安調査官の加下千里、警視庁鑑識課の近江警部、庄司三郎部長刑事、鉄道公安官の海堂次郎と、数十人に及ぶシリーズキャラクターを生み出した。原作を提供したNHKの連続ドラマ「事件記者」は絶大な人気を誇り、1958年から1966年まで放映された。「探偵小説新人会」「鬼クラブ」メンバー。

鷲尾三郎（わしお・さぶろう）

1908（明治41）～1989（平成元）

本名・岡本道夫。大阪市生まれ。同志社大学中退。1949年、江戸川乱歩に送った中篇「疑問の指輪」が「宝石増刊」に掲載されてデビュー。関西探偵作家クラブに所属したが、1951年に上京して専業作家となる。1954年、ハードボイルド・タッチの短篇「雪崩」で第七回探偵作家クラブ賞の奨励賞を受賞。トリックメーカーとして知られ、本格ものを得意としたが、それに限らず、怪奇・幻想小説、ハードボイルドからアクション・スリラーまで、多彩な作品を発表。『屍の記録』『文殊の罠』『悪魔の函』『呪縛の沼』『葬られた女』『悪魔は見ていた』など、1964年までに二十冊以上の著書があるが、筆を折り関西に戻った。1983年に久々の長篇『過去からの狙撃者』を刊行している。

岡田鯱彦（おかだ・しゃちひこ）

1907（明治40）～1993（平成5）

本名・藤吉《とうきち》。東京帝国大学国文科卒。名古屋の陸軍幼年学校の教官を経て、1949年から東京学芸大学教授、1971年に定年退職後は聖徳学園女子短期大学の教授を務めた。1949年、「宝石」の第三回懸賞募集に投じた「妖鬼の呪言《じゅごん》」が佳作となり、探偵作家としてもデビュー。同年には「ロック」の第二回懸賞募集でも「噴火口上の殺人」が一席に入選している。国文学の知識を生かした長篇『薫大将と匂の宮』（別題『源氏物語殺人事件』）を筆頭に、『幽溟荘の殺人』『裸女観音』『樹海の殺人』『地獄の追跡』『あやかしの夜』などの著書がある。

大下宇陀児（おおした・うだる）
1896（明治29）～1966（昭和41）
本名・木下龍夫。長野県生まれ。九州帝国大学工学部応用化学科を卒業後、農商務省臨時窒素研究所に勤務。同僚の甲賀三郎が探偵作家として活躍し始めたのに触発されて、自らも筆を執った。1925年、「新青年」に短篇「金口の巻煙草」を発表してデビュー。サスペンス長篇『蛭川博士』で人気作家となり、「烙印」「偽悪病患者」、長篇『奇蹟の扉』『鉄の舌』など作品多数。戦後も旺盛に活動し、『石の下の記録』で1951年の第四回探偵作家クラブ賞長編賞を受賞した。SFにも興味を示し、同人誌「宇宙塵」に載った星新一の作品を乱歩に推薦し、デビューの後押しをしている。

木々高太郎（きぎ・たかたろう）
1897（明治30）～1969（昭和44）
本名・林髞《たかし》。山梨県生まれ。慶應義塾大学医学部卒。同大学で助手、講師、助教授を務める。1932年、留学生としてソ連でパブロフに師事し、生理学、条件反射学の研究を行う。1934年、科学知識普及評議会で知り合った海野十三の勧めで探偵小説の筆を執り、「新青年」に「網膜脈視症」を発表してデビュー。その際、本名を分解してペンネームを木々高太郎とした。以後、旺盛な執筆活動を開始。また、探偵小説芸術論を提唱して、戦前は甲賀三郎、戦後は江戸川乱歩と論争を繰り広げた。1936年には『人生の阿呆』で第四回直木賞を、1948年には「新月」で第一回探偵作家クラブ賞の短編賞を、それぞれ受賞。「推理小説」という用語を提唱したり、新人だった松本清張を強く推薦するなど、文学派の重鎮としてミステリ界に果たした役割は大きい。代表作に『柳桜集』『風水渙』『詩と暗号』『わが女学生時代の罪』など多数。

渡辺啓助（わたなべ・けいすけ）
1901（明治34）～2002（平成14）
本名・圭介。秋田県生まれ。九州帝国大学（現・九州大学）法文学部史学科卒。実弟に渡辺温がいる。大学在学中、「新青年」編集部に在籍していた温の依頼で俳優・岡田時彦のゴーストライターとして「偽眼のマドンナ」を発表。卒業後は歴史教師として教鞭を執る傍ら、「新青年」に短篇を寄稿した。筆名は圭介、啓介を経て啓助に落ち着いた。35年には最初の作品集『地獄横丁』を刊行。翌年、上京して専業作家となり、第二作品集『聖悪魔』を刊行。この時期の作品は人間心理の暗黒面を抉った耽美的なサスペンスが多かった。戦時中は陸軍報道部の嘱託として大陸に従軍、この時の見聞を元にした「密林の医師」「オルドスの鷹」「西北撮影隊」が三期続けて直木賞候補となる。戦後は旺盛な執筆活動を再開、ユーモアもの、怪奇スリラー、SFから秘境小説まで、幅広い作品を手がける。六〇年代に創作の筆を擱き、鴉をモチーフにした書画の制作に没頭、画集も刊行した。文芸サークル「鴉の会」を主宰して若いファンと交流を続けた。その他の著書に短篇集『姿なき花嫁』『魔女物語』、長篇『鮮血洋燈』『悪魔の唇』、自伝エッセイ『鴉白書』などがある。

村上信彦（むらかみ・のぶひこ）
1909（明治42）〜1983（昭和58）
東京生まれ。早稲田第一高等学院中退。父は明治〜大正期に活躍した人気作家・村上浪六。出版社勤務を経て、女性史・服飾史の研究に従事。『服装の歴史』『女の風俗史』『明治女性史』『日本の婦人問題』など著書多数。1977年、『高群逸枝と柳田国男』で第三十一回毎日出版文化賞を受賞。

一方で小説も手がけ、『音高く流れぬ』『出版屋庄平』『霧』『黒助の日記』などの著作がある。探偵小説の処女作は52年に木々高太郎の推薦文を添えて「探偵実話」に発表された「青衣の画像」で、以後、同誌に「逆縁婚」「哀妻記」「完全犯罪」「テート・ベーシュ」「G線上のアリア」など十篇、「宝石」に「永遠の植物」を発表している。いずれも格調高い傑作ぞろいだったが、五年ほどで探偵小説から遠ざかった。

水谷準（みずたに・じゅん）
1904（明治37）〜2001（平成13）
本名・納谷三千男。函館生まれ。早稲田高等学院在学中の1922年、「新青年」の懸賞に投じた「好敵手」が一等に入選してデビュー。早稲田大学文学部仏文科卒業後、博文館に入社して「新青年」四代目編集長となり、獅子文六、小栗虫太郎、久生十蘭、木々高太郎らをデビューさせている。ガストン・ルルー『黄色の部屋』やシムノン『サンフォリアン寺院の首吊人』などフランスミステリの翻訳も多い。作家としては「恋人を喰べる話」「空で唄う男の話」「お・それ・みを」「胡桃園の青白き番人」など怪奇幻想小説に本領を発揮。ユーモア・ミステリに「さらば青春」「われは英雄」、時代推理に《瓢庵先生捕物帖》シリーズがある。戦後も「カナカナ姫」「メフィストの誕生」などの佳作が多く、1952年には「ある決闘」で第五回探偵作家クラブ賞短編賞を受賞している。

永瀬三吾（ながせ・さんご）
1902（明治35）〜1990（平成2）
東京生まれ。仏語専修学校卒。中国で京津新聞社社長を務めた。1947年、「宝石」に「軍鶏《しゃも》」を発表してデビュー。「殺人許可証」「告白を笑う仮面」「鴎聴く深夜」「轢死経験者」「殺人乱数表」「妻の見た殺人」など作品多数。1952年から57年まで「宝石」の編集長も務めた。1955年、「売国奴」

で第八回日本探偵作家クラブ賞を受賞。著書に少年小説『拳銃の街』、短篇集『売国奴』、推理長篇『白眼鬼』、捕物帳『鉄火娘参上』などがある。

夢座海二（ゆめざ・かいじ）

1905（明治38）〜1995（平成7）

本名・太田皓一。福岡市生まれ。法政大学英文科卒。松竹・大船文化映画部や日本映画社を経て、1957年よりフリーとなり、記録映画やPR映画の制作に携わる。49年、「宝石」の懸賞に投じた「赤は紫の中に隠れている」が候補作となり、「別冊宝石」に掲載されてデビュー。サスペンスものを得意とし、「フィルムに聴け」「黒髪はなぜ編まれる」「空翔る殺人」「どんたく囃子」など六十篇余りを発表した。秘境小説「難船者島」、怪奇小説「変身」、時代ミステリ「歓喜魔符」など作風はバラエティに富む。早くから科学小説（SF）にも興味を示し、プロ作家によるSF同人グループ「おめがクラブ」に参加。「地球よさらば」「惑星114号」「明日のアリバイ」などの作品がある。

大谷羊太郎（おおたに・ようたろう）

1931（昭和6）〜2022（令和4）

本名・一夫。大阪府生まれ。慶応義塾大学文学部中退。ギタリストを経て芸能マネージャーとして活躍する傍ら推理小説を執筆。1968年、前年に江戸川乱歩賞の最終候補作となった『美談の報酬』を改稿した『死を運ぶギター』を「推理界」に発表してデビュー。70年には『殺意の演奏』で第十六回江戸川乱歩賞を受賞し、翌年から専業作家となる。作風は本格派で、『虹色の陥穽』『レコーディング殺人』『モーニングショー殺人事件』『殺人変奏曲』など芸能界を舞台にしたものが多い。『悪人は三度死ぬ』『殺人予告状は三度くる』などの長篇ではトリックと人間ドラマの融合を試みた。90年代以降は『伊豆高原殺人事件』『奥州平泉殺人事件』などトラベル・ミステリを数多く手がけ、2000年代には文庫書下しの捕物帳シリーズも執筆した。

鮎川哲也（あゆかわ・てつや）

1919（大正8）〜2002（平成14）

本名・中川透。東京府生まれ。父の仕事の都合で満州で育った。拓殖大学商学部卒。48年、「ロック」に那珂川透名義で「月魄」を発表してデビュー。以後、中川透、中川淳一、薔薇小路棘麿などの筆名を用いて探偵小説を執筆した。49年、中川透名義で「宝石」の百万円コンクールに投じた『ペトロフ事件』が一等に入選するが、賞金の不払いを巡って同誌とトラブルになり、作品発表の場を「密室」「探偵実話」に移すことを余儀なくされる。56年、講談社が《書下し長篇探偵小説全集》の最終巻を公募した「十三番目の椅子」に『黒いトランク』を投じて当選したのを機に筆名を鮎川哲也と改め、本格推理専門に質の高い作品を書き続けた。60年、『憎悪の化石』『黒い白鳥』の二作で第十三回日本探偵作家クラブ賞（現・日本推理作家協会賞）を受賞。その他の作品に『りら荘事件』『人それを情死と呼ぶ』『死のある風景』など多数。埋もれた作家と作品に光を当てることに情熱を傾け、『怪奇探偵小説集』『見えない機関車』『鮎川哲也の密室探求』などのアンソロジーを精力的に編纂。インタビュー集『幻の探偵作家を求めて』などの著書もある。89年、長篇ミステリ公募の新人賞・鮎川哲也賞が創設された。93年には光文社文庫で短篇ミステリ公募のアンソロジー『本格推理』を創刊し、99年の第15巻まで選者を務めた。

斎藤栄（さいとう・さかえ）
1931（昭和6）～2024（令和6）
東京生まれ。湘南高校在学中に石原慎太郎らと同人誌「湘南文芸」を発行していた。東京大学法学部卒。横浜市役所に勤務する傍ら推理小説を執筆し、懸賞募集に投稿を続ける。1960年、「星の上の殺人」で「宝石」「面白倶楽部」共同主催の推理コント募集の佳作に入選。63年、「機密」で第二回宝石中編賞受賞。66年、『殺人の棋譜』で第十二回江戸川乱歩賞を受賞。72年から専業作家となる。69年の長篇『紅の幻影』でストーリーとトリックを組み合わせた造語「ストリック」を提唱。実在人物の死の謎を検証する『Nの悲劇』『日本のハムレットの秘密』、作中に大量の図版が挿入された『犯人を捜せ』など、趣向を凝らした作品を次々と発表。「最長のミステリ」を企図した《魔法陣》シリーズは全九部十四冊に及んだ。タロット日美子、二階堂警部、犬猫先生、江戸川探偵長とシリーズキャラクターも多く、オリジナル著作数は三百九十冊に達している。

山村美紗（やまむら・みさ）
1931（昭和6）～1996（平成8）
京都府生まれ。京都府立大学国文科卒。京都市立伏見中学校で教鞭を執る傍ら推理小説を執筆。1964年に退職して専業主婦となり、67年、「目撃者御一報下さい」が「推理界」に掲載されデビュー。70年の第十六回で『京城の死』、72年の第十八回で『死の立体交差』、73年の第十九回で『ゆらぐ海溝』と立て続けに江戸川乱歩賞の候補となり、74年に『ゆらぐ海溝』を『マラッカの海に消えた』と改題して刊行。アメリカ副大統領の令嬢キャサリンが探偵役を務める『花の棺』『燃えた花嫁』をはじめ、『京都殺人地図』以下の検視官・江夏冬子シリーズ、『京都の祭りに人が死ぬ』以下の推理作家・矢村麻沙子シリーズ、『赤い霊柩車』以下の葬儀屋探偵・明子シリーズと、多彩な探偵役を生み出した。『京都花の寺殺人事件』『京都大原殺人事件』『京都嵯峨野殺人事件』など京都を舞台にした作品が多い。また、熱心なトリックメーカーとしても知られ、新製品や新技術を使ったトリックを、いち早く作中に取り入れていた。帝国ホテルで執筆中、心不全で急逝。

小林久三（こばやし・きゅうぞう）
１９３５（昭和10）〜２００６（平成18）
茨城県生まれ。東北大学文学部卒。松竹に入社して、助監督、脚本家、プロデューサーを務めた。勤めの傍ら推理小説を執筆、１９７０年に「零号試写室」を「推理界」に発表してデビュー。71年、『フィルムの葬列』で第十七回江戸川乱歩賞の候補となり、翌年には冬木鋭介名義の「腐蝕色彩」で第三回サンデー毎日新人賞を受賞している。74年に『暗黒告知』で第二十回江戸川乱歩賞を受賞して旺盛な執筆活動を開始。『黒衣の映画祭』『裂けた箱船』『殺人試写室』と映画業界を舞台にした作品を立て続けに刊行した。『錆びた炎』『大包囲網25時』などのサスペンス、『死の霧の伝説』『帆船が舞い降りた』などの伝奇ミステリ、『落日の儀式』『むくろ草紙』などの時代ミステリと、幅広いジャンルの作品がある。自衛隊のクーデター計画を描いた『皇帝のいない八月』は松竹制作・山本薩夫監督で映画化された。

西村京太郎（にしむら・きょうたろう）
１９３１（昭和６）〜２０２２（令和４）
本名・矢島喜八郎。東京生まれ。東京府立電気工業学校卒。人事院に勤める傍ら、推理小説を執筆。１９５６年、講談社の長篇探偵小説公募に本名で投じた『三〇一号車』が最終候補となる。以後、本名の他に西村京太郎、黒川俊介、西崎恭などの筆名で懸賞募集に投稿を繰り返し、講談倶楽部賞、江戸川乱歩賞、読売短編小説賞、宝石賞、空想科学小説コンテストなどの候補に残った。61年、第十四回宝石賞の候補作「黒の記憶」が同誌増刊号に掲載されてデビュー。翌年、「病める心」が第五回双葉新人賞の二席に入選して「傑作倶楽部」に掲載された。63年、「歪んだ朝」で第二回オール讀物推理小説新人賞を受賞。翌年、文藝春秋新社から初の著書となる長篇『四つの終止符』を刊行した。65年には『天使の傷痕』で第十一回江戸川乱歩賞を受賞し、本格的な活動を開始。スパイ小説『Ｄ機関情報』、ＳＦ『太陽と砂』、パロディ『名探偵なんか怖くない』、本格ミステリ『殺しの双曲線』と多彩な作品を発表していた、80年の『終着駅殺人事件』で翌年の第三十四回日本推理作家協会賞を受賞してからは、トラベル・ミステリが活動の中心となる。ほとんどの作品が十津川警部シリーズで、総著作数は六百五十冊にも達した。

渡辺剣次（わたなべ・けんじ）
１９１９（大正８）〜１９７６（昭和51）
本名・健治。東京生まれ。慶応義塾大学法学部卒。実兄に氷川瓏がいる。ＮＨＫに勤務する傍ら、47年に発足した探偵作家クラブ（現・日本推理作家協会）の初代書記長となり、会報の編集に携わる。55年、江戸川乱歩の長篇

『十字路』の執筆に協力。翌年、同作が「死の十字路」として映画化された際にシナリオを担当して脚本家としてデビュー。NHKの推理ドラマ「私だけが知っている」の脚本も数多く執筆した。定年退職後は評論家、アンソロジストとして旺盛な活動を開始。トリックを解説した読み物風の評論『ミステリイ・カクテル』の他、テーマ別のアンソロジー『13の密室』『13の暗号』『13の凶器』『続・13の密室』の四冊を編纂した。

松村喜雄（まつむら・よしお）
1918（大正7）〜1992（平成4）
東京生まれ。実母が江戸川乱歩の従妹で、幼少時から乱歩と親交があった。東京外国語学校仏語科卒。外務省に勤務する傍ら、翻訳や創作の筆を執った。1953年から都筑道夫との共訳でシムノン、ガボリオの翻訳を「宝石」や「探偵倶楽部」に発表。58年、短篇「復讐は死神の手で」が「耽奇小説」に掲載されてデビュー。同年、長篇『女はみんな殺っつけろ』『事件の背骨』を刊行した。61年の第七回江戸川乱歩賞に花屋治名義で投じた『紙の爪痕』が最終候補となり、翌年に刊行される。以後、花屋名義で『水の鎧』『白い乱気流』などを発表。78年に外務省を退官したのを機に筆名を本名に戻した。フランスミステリの評論『怪盗対名探偵』で第三十九回日本推理作家協会賞評論部門を受賞。その他の長篇推理に『謀殺のメッセージ』『江戸川乱歩殺人原稿』、評論に『乱歩おじさん』、訳書にS・A・ステーマン『マネキン人形殺害事件』、ガボリオ『ルコック探偵』などがある。

【編者】日下三蔵（くさか・さんぞう）
1968（昭和43）〜
神奈川県生まれ。出版社勤務を経て、ミステリ・SF評論家、フリー編集者。著書に『日本SF全集・総解説』『ミステリ交差点』、編著に『天城一の密室犯罪学教程』『筒井康隆、自作を語る』《都筑道夫少年小説コレクション》《年刊日本SF傑作選》（大森望と共編）《山田風太郎ベスト・コレクション》など。

装丁――――高林昭太
カバー／画――小泉癸巳男
「昭和大東京百図絵版画 第六十八景 王子区・岩渕町
放水路閘門」1935年
表紙・扉／画――「新青年」（博文館、1926年8月号）「五階の窓」より
目次／画――「新青年」（博文館、1926年6月号）「五階の窓」より
DTP――――株式会社 精興社
校正――――佐藤健太・浜田知明
資料提供――小野純一
＊著作権者の連絡先不明のため掲載許可をいただいていない作品があります。
お心当たりのある方は編集部にご一報ください。

合作《がっさく》探偵《たんてい》小説《しょうせつ》コレクション8
悪魔《あくま》の賭《かけ》／京都《きょうと》旅行《りょこう》殺人《さつじん》事件《じけん》

二〇二四年十月二十九日　初版第一刷発行

編　者　日下三蔵

発行者　伊藤良則
発行所　株式会社　春陽堂書店
〒104-0061
東京都中央区銀座3-10-9　KEC銀座ビル
TEL　03-6264-0855（代）
https://www.shunyodo.co.jp/

印刷　株式会社　精興社
製本　加藤製本株式会社

ISBN978-4-394-77018-3　C0393
2024 Printed in Japan